www.ingramcontent.com/pod-product-compliance
Lightning Source LLC
Chambersburg PA
CBHW030844030726
47495CB00005B/1365

اَسبابِ شَرّ

جواد علوی

نشر آسمانا، تورنتو، کانادا
۲۰۲۵ /۱۴۰۳

اَسباب شَرّ

نویسنده: جواد علوی

ناشر: آسمانا، تورنتو، کانادا

طرح روی جلد: محمد قائمی

صفحه‌آرا: ایلیا اشرف

نوبت چاپ: اول، ۲۰۲۵/ ۱۴۰۳

شماره آی‌اس‌بی‌ان: ۹۷۸۱۰۶۹۰۲۱۰۲۱

‌آسمانا

اَسبابِ شَرّ

جواد علوی

فهرست

نویسنده از همه دوستانی که قبل از انتشار این رمان آنرا خواندند و با نظرات خود به اصلاح آن یاری رساندند، بهویژه از بهرنگ صدیقی که زحمت ویراستاری متن را کشیده است سپاسگزار است.

فصل یک

ایستاد و از برِ خیابان به کوچهٔ قالی‌شورها نگاه کرد، ابراهیم نیامده بود. قصابی حاج‌مهدی باز بود. آفتاب مایلِ صبحگاهی تند می‌تابید و چشم‌هایش را طوری می‌زد که اگر تا بعد از قهوه‌خانه و نزدیکیِ نانوایی هم می‌رفت نمی‌توانست رمضان را ببیند. رمضان در تاریکیِ آن سوی سایه‌بان سردرِ دکان، مقابل پیشخوان، روی چهارپایهٔ کوتاهی کنار حاج‌مهدی ایستاده بود و با کارد کوچکی که گه‌گاه با آهنگی خاص روی تسمهٔ چاقوتیزکن کنار دستش می‌کشید، خس و گروکی و دمبهٔ ران و سردست و قلوه‌گاهی را که پدرش از لاشهٔ گوسفندها جدا و کنار دستش می‌انداخت تمیز می‌کرد و گوشت‌های لُخم را گوشهٔ پیشخوان پرت می‌کرد. تابستان‌ها این کارِ هر روزه‌اش بود.

در آفتاب ایستاد و بدون آن‌که رمضان را واضح ببیند، برای شبحِ به سایهٔ دکان خزیده‌اش دستی تکان داد تا شاید ببیند که آمده و این-

طرف خیابان منتظر است. رمضان از سایه بیرون آمد و میان چهارچوبِ در ایستاد و دست و کارد سلاخی را برایش بالا برد و تکان داد. انگار لبخندی زد و باز به سایه رفت. این‌پا و آن‌پا کرد و ایستاد به تماشای الکیِ خیابان تا کار رمضان تمام شود. قرارشان بود ابراهیم که آمد، سه نفری بروند کورس دوچرخه در گاوچال‌های بیابانیِ شترخان.

حسن، شاگرد قهوخانهٔ داداعلی، این‌سوی خیابان صندلی و نیمکت و میز را بیرون قهوخانه در سایهٔ پیاده‌رو گذاشته بود و آفتابه را از جوی آب کرده بود و مشغول آب‌پاشیِ پیاده‌روی خاکی و نمناک کردن زمین بود. شاطر اصغر، حسین خمیرگیر، و اکبر شونه‌گیر که تازه از پخت صبح دست کشیده بودند زیر سایهٔ درخت چنار در پیاده‌رو، روی گونی‌های خالیِ آرد جلوی سکوی نانوایی نشسته بودند. کتری و قوریِ دودگرفتهٔ تنوری میان سفره بود و استکان‌های کِبره‌بسته از رنگ چای پروخالی می‌شدند و با لقمه‌های بزرگ نان و پنیر از لُپ‌های ورم‌کرده‌شان پایین می‌رفتند. آن‌سوی خیابان، در و پنجرهٔ مغازهٔ خواربارفروشی مُنصف، همسایهٔ قصابی حاج‌مهدی، غرق در نور آفتاب بود و مشدعباس در تاریکیِ داخل مغازه دیده نمی‌شد. این‌سوی خیابان، بعد از نانوایی و خانهٔ نیره‌سادات، اکبرورامینیِ سبزی‌فروش، بار روزانه‌اش را از گاری‌دستیِ حسین‌چهارنعل پیاده می‌کرد.

رفت آن طرف خیابان، زیرسایهٔ چنارِ سرکوچهٔ قالی‌شورها ایستاد تا ابراهیم برسد. بالای سرش گنجشک‌ها جیک‌جیک‌کنان از این شاخه به آن شاخه می‌پریدند و جوجه‌های ترسوشان را به پریدن و ترکِ لانه تشویق می‌کردند. منیره، همکلاسی خواهرش، میان زن‌های دیگر جلوی درِ خانهٔ قالی‌شورها نشسته بود و سبزی پاک می‌کرد. اتوبوس بنزِ شرکت واحد در ایستگاه مهربان ایستاد و یکی دو نفر که پیاده

شدند زوزه‌کشان راه افتاد. راننده برای داداعلی، که جلوی قهوخانه کلاه شاپویش را برای سلام به او از سر برداشته بود، دستی تکان داد. گرد و خاک چند دقیقه هوای خیابان را آلود.

فکر کرد شاید امروز دیگر بتواند یحیی، از بچه‌های محلهٔ لُرزاده را توی کورس بگیرد و عین رمضان روی او را کم کند و پوزه‌اش را به خاک بمالد. دوچرخهٔ حاج‌مهدی با اینکه یک خروار زین و یراق داشت، روان و نرم بود ولی بیشتر راه‌دست رمضان بود و برای او کورس گذاشتن با آن آسان نبود.

ابراهیم از ته کوچه برایش دست تکان داد. دو سه قدم داخل کوچه رفت و از همان دور داد زد: «ابراهیم، نامرد، این رسم قول و قراره؟!»

ابراهیم به او رسید و دستی به بازویش زد و گفت: «چطوری سعید؟ مگه رمضون کارش تموم شده؟» نگاهی به سرکوچه انداخت و گفت: «نه!» «پس چته؟!»

به خیابان نرسیده بودند که حسن، شاگرد قهوه‌چی، داد زد: «غلام‌ـلانتور داره می‌یاد!» برگشت به انتهای خیابان و میدان‌گاهیِ مقابل باغ بیسیم نگاه کرد. خودش بود، بلندقد و چهارشانه با سینهٔ جلوداده و دست‌های آویزان و بازوهای باز، کفش‌های نوک‌تیزِ پشت پاشنه خوابانده‌اش را سلانه‌سلانه و یِلخی و گشاد می‌کشید و می‌آمد. انگار در نور خورشیدی که از پشت‌سرش می‌تابید حل شده بود.

با هشدار حسن، زن‌ها شمد و سبد سبزی‌هاشان را جمع کردند و داخل خانه رفتند و در را بستند. از غلام حساب می‌بردند، می‌ترسیدند بابت نشستن در پیاده‌رو و در انظار، کُلُفتی بارشان کند. شایع بود عادت دارد صبح‌ها اول یک پنج‌سیری بالا بیندازد و بعد به خیابان بیاید. شاطراصغر و حسین‌خمیرگیر و اکبرشونه‌گیر هم

بساط چاییشان را جمع کردند و به دکان برگشتند که مبادا آنها را ببیند و تلکه‌ای بخواهد بکند.

عادتش بود وسط خیابان راه برود. ماشینی اگر سر می‌رسید بوق نمی‌زد، سرعتش راکم می‌کرد، آرام به کنار او می‌پیچید، راننده دستی برایش تکان می‌داد و به احترامش بوقی می‌زد و رد می‌شد. پارسال پیرارسال‌ها که شرکت واحد هنوز به محله نیامده بود، رانندهٔ اتوبوسِ اتاق چوبیِ بیسیم‌میدان خراسان هم که از تهِ بیسیم با دَه شاهی مسافرها را به میدان خراسان می‌برد، به او که می‌رسید سرعتش را کم می‌کرد و منتظر می‌شد تا غلام‌لانتور با تأنی خودش را کنار بکشد، بعد با بوق و بفرما، اگر سوار نمی‌شد از کنارش عبور می‌کرد.

مجانی سوار اتوبوس‌ها می‌شد. یک پا داخل گودی پلهٔ رکاب اتوبوس پای دیگرش را کف ماشین می‌گذاشت و دستگیرهٔ روی داشبورد را می‌گرفت و رو به خیابان به حرف زدن با راننده مشغول می‌شد. همهٔ اهل محل با او اگر رودررو می‌شدند سلام می‌کردند، کاسب‌ها بفرما می‌زدند و حتی پدر خودش، با اینکه او را لات و چاقوکش می‌دانست، هروقت می‌دیدش سلام می‌کرد. پاسبان‌های گشت کلانتری هم همین‌طور. او را که می‌دیدند سلام می‌کردند و گاهی جلو می‌رفتند و می‌ایستادند با او به حرف زدن و خوش‌وبش کردن. پدرش می‌گفت به چشم خودش دیده که در جریان کودتا در میدان مولوی خِرخرهٔ یکی از بازاری‌های طرفدار مصدق را با چاقو بریده. غلام‌لانتور گاه‌گُداری فقط برای حاج‌مهدی، آنهم اگر سلام می‌کرد، دستی تکان می‌داد.

اسم غلام برای او با تلکه و شیتیل و چاقو و عربده همراه بود. دیده بود که کاسب‌ها چه‌جوری به او می‌سُلفیدند و بسته به کسب‌وکارشان، نانی، گوشتی، برنجی، قالب پنیری، ظرف حلیم یا پول نقدی دَرِ خانه‌اش می‌رسانند. چند سال قبل اول‌بار او را در

بیابانیِ ذغالی‌ها دیده بود. بیابان را قُرق کرده بود و با چندنفر دیگر که از میدان مولوی و میدان بارفروش‌ها آمده بودند قاپ می‌انداختند. آخرِ بازی کار به چاقوکشی و دعوای دسته‌جمعی کشید. پاسبان‌ها آمدند، اما مداخله نکردند، ترسیده بودند از دو طرف چاقو بخورند. ایستادند تا وقتی که آنها هم‌دیگر را خوب لَت‌وپار کردند و از نفس افتادند، جلو رفتند و با خواهش و تمنا و من بمیرم و تو نمیری از هم جداشان کردند و زخمی‌ها را با جیپ‌های کلانتری بردند.

نیمهٔ یکی از شب‌های تابستانِ همان سال هم سرِ کوچهٔ مهربان، مست و لایعقل عربده کشیده بود و نفس‌کش طلبیده بود. صدا از کسی در نیامده بود و آنها که بالای بام‌هاشان خوابیده بودند با ترس و لرز فقط برای تماشایش سَرَک کشیده بودند. بالاخره بعد از یک ساعت عربده‌کشی، غزل‌خوان در انتهای خیابان و در دلِ تاریکی ناپدید شده بود.

دست ابراهیم را گرفت و به سایهٔ زیر درخت چنار عقب نشستند و منتظر ماندند تا غلام‌لانتور برسد. سکوت و سکون خیابان را پر کرده بود. همه یک لحظه دست از کار کشیدند. تنها حاج‌مهدی و رمضان سرشان به کار خودشان بود. در سکوت دلهره‌آور خیابان، انگار فقط صدای برخورد ساطور و خرد شدن استخوان‌ها و کشیدن کارد قصابی روی تسمه و سنگ چاقو تیزکن مثل آهنگ آمن و دلنشینی گوش را نوازش می‌داد. کنار ابراهیم ایستاده بود وچشم از انتهای خیابان برنمی‌داشت. تک و توکِ عابران از پیاده‌روهای دو سمت خیابان به غلام سلام می‌کردند و او سری برایشان تکان می‌داد.

همین‌که غلام به نزدیکی‌شان رسید محض خودنمایی بادی به گلو انداخت و گفت: «سام‌علیکم شاه‌غلام!» غلام برگشت و باچشم‌های

آبیِ روشنش نگاهی از سر بی‌اعتنایی و تحقیر و تهدید به او انداخت، گرهی به ابرو آورد، و از مقابلشان گذشت. ابراهیم ترس‌خورده برگشت و آهسته گفت: «سعید، خَره، چرا این‌جوری سلام کردی! فکر کرد داری مسخره‌اش می‌کنی».

جواب ابراهیم را نداد. مسخره نکرده بود، ترسیده بود و با سلام کردنِ لاتی خواسته بود بر ترسش غلبه کند. باچشم غلام را دنبال کردند تا به قصابی رسید. حاج‌مهدی بفرما نزد و سلام نکرد. غلام ایستاد، برگشت، و از همان وسط خیابان رو به دکان قصابی پرسید: «بینم مهدی چته؟ سامی، علیکی، بفرمایی؟ پشت سرم صفحه می‌ذاری و می‌ری به اکبر کله‌پز می‌گی مملکت قانون و حساب‌کتاب داره و غلوم رو بی‌خیال! دوقُرت و نیمِتَم باقیه! آقا رو باش زن گرفته و رفته مکه واسه ما شده پوریای ولی. اگه مردی و با حاجیت خُرده‌بُرده‌ای داری بگو تکلیف خودمو بدونم!»

نفس در سینه‌اش حبس شد. نگاهی به ابراهیم انداخت و قدمی برداشت و میخ ماند. حاج‌مهدی با ضربهٔ ساطور روی استخوان ران کوبید و آن را دو شقه کرد و گفت: «غلوم راتو بگیر برو، کسی کار به کار تو نداره!» غلام گفت: «نه ترو خدا بیا حالا یه کاری‌ام داشته باش! دورغ نگم یه چیزیت می‌شه! همین‌که بفرما نمی‌زنی، یعنی غُلوم به تخمم! نه؟ مهدی تو بمیری راستشو بگو! غلوم به تخمت شده؟!»

قلبش تپیدن گرفت. رمضان پشت سر حاج‌مهدی ایستاده بود. حاج‌مهدی در همان حال که با ساطور مشغول خرد کردن قلم‌ها و استخوان‌ها بود خونسرد گفت: «غلوم می‌شه صبح اول دشتی دست از سرم ورداری؟ برو خدا روزیت رو جای دیگه حواله بده! برو اون روی سگم رو بالا نیار، بذار به کارم برسم!». حاج مهدی دست از

کار کشیده بود و مستأصل و ساطور به‌دست مقابل دخل ایستاده بود و به غلام نگاه می‌کرد.

شانه به شانهٔ ابراهیم شد و به رمضان نگاه کرد و مردد قدمی به جلو برداشت. دید که غلام دو قدم طرف قصابی رفت و ایستاد و رو به حاج‌مهدی گفت: «مثلاً اگه روی سگت بالا بیاد چه غلطی می‌خوای بکنی؟»

تا یادش می‌آمد، رمضان توی هر بازی و مسابقه‌ای که کم می‌آورد پدرش را به‌عنوان تنها کاسب بیسیم که شیتیل و درِ باغی به غلام‌لانتور نمی‌داد به رخ می‌کشید. بیشتر از اینکه نگران حاج‌مهدی باشد دلش پیش رمضان بود که با عصبانی شدن پدرش، به پیشخوان برگشته بود و کُند و با احتیاط ران گوسفند مقابلش را تمیز می‌کرد و زیرچشمی غلام و پدرش را می‌پایید. داداعلیِ قهوه‌چی از این طرف خیابان با صدای بلند گفت: «شاه‌غلوم، ما نوکرتیم، شما کوتاه بیاین!»

غلام که غَرّه شده بود، رویش را طرف داداعلی برگرداند و گفت: «تو بهتره خفه‌خون بگیری و زِر نزنی، شیره‌ای خارجنده!» داداعلی یک قدم عقب رفت و هاج‌وواج ایستاد به تماشا.

دلش شور افتاد. ابراهیم پرسید: «سعید اگه دعوا بشه؟» گفت: «داره می‌شه!»

حاج‌مهدی بدون اینکه ساطور را روی پیشخوان بگذارد آمد میان چارچوب درِ دکان ایستاد و گفت: «غلوم چیه؟ نکنه باز نَنَت دعوات کرده و از خونه انداختتت بیرون! می‌شه بری دق‌دلی‌تو یه جای دیگه خالی کنی و بذاری به کارم برسم!»

سینه رمضان مثل سینه خودش و ابراهیم از غرور باد کرد و جلو آمد. در دل، حاج‌مهدی را ستود. بیشتر از پدر خودش از او حساب

می‌برد. جَذَبه و هیبت داشت، اهل دعوا و لات‌بازی نبود. رمضان همیشه می‌گفت: بابام قبلنا لات بوده، از وقتی رفته مکه دیگه لات‌بازی رو گذاشته کنار.

حاج‌مهدی آدم بامرام و مهربانی بود. همهٔ محل دوستش داشتند. به بی‌پول‌ترها نسیه می‌فروخت و بدهی مردم رو طلب نمی‌کرد و به رخ‌شان نمی‌کشید تا خودشان هر وقت بتوانند تسویه کنند. دوچرخه‌اش را به رمضان و او وسعید می‌داد تا بروند بیابانی شترخوان بازی کنند. احترام پدر را داشت و گوشت خانهٔ آنها را سفارشی کنار می‌گذاشت. مشدعباس و اکبرآقا و شاطراصغر و حسین خمیرگیر و کاسب‌های دور و نزدیک به پیاده‌رو آمده بودند و مقابل دکان‌هاشان ایستاده بودند به تماشا. لای درِ بیشترِ خانه‌های برِ خیابان باز شده بود و زن‌ها سرک می‌کشیدند.

غلام گفت: «توی این راسته آدم به گُهی و پررویِ تو ندیدم! تاپاله فکرمی‌کنی کی هستی؟!»

حاج‌مهدی به پیاده‌رو آمد و برافروخته و غضبناک با صدای بلند گفت: «گُهِ سگ! اولاً که تاپاله خودتی، دوماً هرکی هستم مثل تو لاشخور و آسمون جُل نیستم» غلام گفت: «مهدی اندازهٔ دهنت حرف بزن. نذار اون روم بالا بیاد!» حاج‌مهدی رو به کاسب‌ها و مردم که به تماشا ایستاده بودند کرد و گفت: «خوبه توی محل همه تو رو می‌شناسن لاشخور!» و ادامه داد: «مردم شاهدین که؟ هرچی کوتاه می‌یام پُرروتر می‌شه!» بعد رو به غلام کرد و با صدای بلندتر گفت: «مرد حسابی، سرتو بنداز پایین برو پیِ کارت. اول صبحی شّر به پا نکن! تو اگه بی‌کس و کاری و از زیر بته دراومدی، مابقی اینجا همه زن و بچه‌دار و خونواده‌دارن!»

در این بین، رحیم جیگرکی، از هم‌محلی‌های غلام و پای قاپ‌بازیش، رسید و خودش را انداخت وسط و گفت: «داش‌غلوم رو نوکرم چی شده؟» غلام با دیدن رحیم شیر شد و رو به حاج‌مهدی گفت: «هیچی، مهدی بُنجُل خیالات ورش داشته کَسیه. هرجا می‌شینه پشت ما صفحه می‌ذاره هیچی، سلامم به ما که نمی‌کنه بی‌خیال، ما رو تخمِشَم به حساب نمی‌یاره بمونه، یواش‌یواش داره تو روم مَتَلکم بارم می‌کنه. خیالشه این راسته رو خریده، یادش رفته که غلوم شاهِ بیسیمه!» بعد رو به حاج‌مهدی گفت: «بی‌خودکی نیس که به حاجیت می‌گن شاه‌غلوم!»

حاج‌مهدی از کنار درِ قصابی با صدای بلند گفت: «رحیم‌نوچه می‌شه از این ارباب بی‌همه‌چیزِ لانتورت بپرسی آخه مگه چه خریه که من بهش سلام کنم!»

غلام خیز برداشت. حاج‌مهدی ساطور به‌دست به‌طرفش جستی زد و وسط خیابان گلاویز شدند. رمضان که هنوز چاقوی قصابی دستش بود، دنبال پدرش از دکان بیرون آمد و میان پیاده‌رو ایستاد و پریشان به آنها نگاه کرد. دست ابراهیم را گرفت و به‌طرف رمضان دویدند. رمضان هراسان رو به او گفت: «سعید دیدی مادرقحبه رو چه پررو بازی‌ای درآورد. بابام سرش به کار خودش بودها؟»

مچ دست حاج‌مهدی، دستی که ساطور را محکم گرفته بود، میان هوا در دست غلام‌لانتور گیر افتاده بود. رحیم جیگرکی به بهانۀ اینکه دارد آنها را از هم جدا می‌کند، از پشت حاج‌مهدی را بغل کرده بود و نمی‌گذاشت دستش را از دست غلام آزاد کند. نعره‌ها و فحش‌های غلام‌لانتور لرز به جان همه می‌انداخت. رنگ به رخ ابراهیم و رمضان نبود. با پشت‌پای رحیم، حاج‌مهدی نقش زمین شد و غلام روی او پرید و نشست تا مهارش کند. رحیم کنار کشید و پشت هم

می‌گفت: «داش‌غلوم ولش کن، شما کوتاه بیا! بنده‌خدا حاجی زن و بچه داره، خدا رو خوش نمی‌یاد!»

نمی‌توانست حاج‌مهدی را افتاده بر زمین و خاک‌شدهٔ غلام ببیند. با چشم خودش دید که رحیم به حاج‌مهدی پشت‌پا زد. بلند، طوری که رمضان بشنود گفت: «این رحیم نامرد خودش بود که به بابات پشت‌پا زد!» رمضان رو به او گفت: «توام دیدی سعید؟ می‌بینی نامردا دو نفر به یه نفر!»

ساطور روی زمین رها شد و تا کنار جوی آب و مقابل آنها لغزید. تا حاج‌مهدی تقلا کند که خودش را از خاک غلام بیرون بکشد، چاقوی غلام از ضامن خارج شده بود. دستش بالا رفت و برق چاقو چشم‌ها را زد. ابراهیم گفت: «یا امام زمون! رمضون!»

غلام ضربهٔ اول را به شانهٔ حاج‌مهدی زد. حاج‌مهدی فریاد کشید و دست‌هایش را دور گردن غلام حلقه کرد. رمضان چاقو به‌دست از جوی پرید و دوید طرف پدرش. فریاد زد: «کجا می‌ری رمضون؟! بیّا داداش!» رمضان نرسیده، ضربهٔ دوم در پهلوی حاج‌مهدی فرو رفت و فریاد کشید. تقلایی کرد خودش را از خاک غلام خلاص کند، بار دیگر چاقوی غلام به پهلویش فرو رفت. رمضان فریادزنان مثل تیر پرید پشت غلام و روی کولش سوار شد و چاقوی دستش را در شانهٔ او فرو کرد. غلام نعره‌ای کشید و لحظه‌ای از روی سینهٔ حاج‌مهدی بلند شد و برگشت که رمضان را از پشت خودش بکَنَد که رحیم‌جیگرکی او را گرفت و از پشتِ غلام کَند و پرت کرد میان جوی آب و رو به مردم گفت: «جلوی این بچه رو تا نفله نشده یکی بگیره!» و برگشت سمت غلام و گفت: «داش‌غلوم بسشه، بی‌خیالش شو!»

میخ شده بود به زمین. ابراهیم گفت:«سعید چرا ماتِت برده؟» دستش را گرفت و طرف رمضان دویدند و او را از لجن و جوی آب بیرون کشیدند، سراپا خیس بود و چاقو به‌دست زار می‌زد. می‌خواست خودش را دوباره به غلام برساند که مشدعباس بقال رسید و بازویش را محکم گرفت و نگذاشت. حاج‌مهدی که فرصتی پیدا کرده بود از زمین بلند شد و، همین‌طور که غلام از پشت او را دودستی گرفته بود، دور خودش چرخید و با چند کش‌وقوس غلام به زمین افتاد و حاج‌مهدی خلاص شد.

رمضان بازویش را از دست مشد عباس آزاد کرد و داد زد: «بابا بگیر!» کارد توی دستش را برای او پرت کرد. حاج‌مهدی بی‌حال و گیج کارد را از روی زمین برداشت و بالا نبرده با پشت‌پای دوبارهٔ رحیم سکندری خورد و دوزانو به زمین افتاد و غلام هم بلند شد و درجا چاقو را در گردنش فرو کرد. حاج‌مهدی دست روی گردنش گذاشت و ناله ای کرد و از حال رفت. حاجی جان می‌کَند و غلام‌لانتور بالای سرش ایستاده بود و پایی را که بیخ گلویش گذاشته بود فشار می‌داد. خون از گردن حاج‌مهدی فواره می‌زد. رمضان که خودش را از دست مشدعباس خلاص کرده بود گیر رحیم افتاده بود و نمی‌توانست از چنگش خلاص شود، ضجه می‌زد و پشت هم می‌گفت: «بابا! بابا!»

غلام چشم از حاج‌مهدی غرقِ خون گرفت و رو به جمعیتی که در دو سمت خیابان جمع شده بودند کرد و با صدای بلند گفت: «همه شاهد بودین، من کاریش نداشتم، بی‌خودکی دعوا راه انداخت. چیزی نمونده بود با ساطورش بزنه تو ملاجم». بعد هم خونسرد دستمال ابریشمی‌اش را از جیب بیرون کشید و شروع کرد به پاک کردن چاقویش و با همان صدای بلند گفت: «داش‌تون باکیش نیس و هم الان می‌ره کلانتری و خودشو معرفی می‌کنه».

رو به ابراهیم که هاجواج محو صحنه بود گفت: «اِبی بُدو برو حاج‌اختر خانم رو خبر کن!» ابراهیم از جا کَنده شد و دوید طرف خیابان خیام وگفت:«رفتم سعید. حواست به رمضون باشه».

غلام که داشت برای رفتن این‌پا و آن‌پا می‌کرد رو کرد به رمضان و گفت: «بچه کونی! غلوم ضعیف‌کش نیست، این زخمی که به شونم زدی یادم می‌مونه. قابل آدم که شدی می‌دم حسابتو برسن!» دستش را به کتف و شانهٔ زخمیش بند کرد و سلانه‌سلانه به‌طرف کلانتری راه افتاد. رحیم جیگرکی نگاهی به جمعیت انداخت و گفت: «منم باهاش می‌رم تا ببرمش درمونگاه دکتر زخمش رو ببینه.»

مشدعباس دست رمضان را گرفت و آهسته به خودش در واقع خطاب به رحیم، گفت: «از تو نامردتر خودتی رحیم، دو نفر به یه نفر؟»

رمضان سمت جسد حاج‌مهدی دوید و خودش را روی آن انداخت و رو به غلام و رحیم فریاد زد: «بی‌شرف، می‌کُشمت! می‌کشمت». غلام نشنیده گرفت و رحیم برگشت نگاهی از سر بی‌اعتنایی به او انداخت و به راهشان ادامه دادند.

بهت‌زده و گیج ایستاده بود و از لابه‌لای حلقهٔ جمعیتی که با رفتن غلام و رحیم به جسد نزدیک شده بود به رمضان نگاه می‌کرد. اولین‌باری بود که مقابل چشم‌هایش یک نفر جان داده بود. دهانش تلخ و خشک شده بود. رمضان سرش را روی سینهٔ خونین حاج‌مهدی گذاشته بود و پشت هم می‌گفت: «می‌کشمش! می‌کشمش بابا!»

از لابه‌لای دیوار جمعیت عبور کرد و جلو رفت و دور از رمضان ایستاد. حاج‌مهدی تکان نمی‌خورد. با گریهٔ رمضان صورت او هم خیس شد. چشم‌هایش می‌سوخت و غرق در اشک به رمضان که

می‌لرزید و به پهنای صورت اشک می‌ریخت نگاه می‌کرد. صدای شیون حاج‌اختر خانم از هشت‌متری خیام به گوش رسید. دایرهٔ جمعیتِ دور جسد شکافت و برای او که سراسیمه و هراسان و بچه به بغل همراه فروغ و نجمه به‌آن سمت می‌دوید راه باز کرد. رنگ به رخ نداشت. جسد غرق به خون را دید، بهتش زد و ساکت و مات در جای خودش خشک شد. چادرش بر روی شانه افتاده بود و با چشم‌های پرسان، هاج‌وواج طوری به جمعیت نگاه می‌کرد که گویی باور نکرده کسی که آغشته به خون روی زمین افتاده شوهرش است. ملتمسانه با چشم‌هایش مردم را به شهادت می‌گرفت تا به او بگویند حاج‌مهدی زنده است.

فروغ و نجمه که پشت مردم مانده بودند و ابراهیم در پی‌شان آرام‌آرام میان دایرهٔ جمعیت آمدند. بچه‌ها گریان چادر مادرشان را مشت کردند و با نگاهی مشوّش به جسد خونین پدر و به رمضان که سر بر سینهٔ او گذاشته بود خیره شدند. حاج‌اختر خانم ناامید از چشم‌هایی که یک‌به‌یک از او دزدیده می‌شد، به تن بی‌جان حاج‌مهدی و پهنای خونِ دویده بر کف خیابان چشم دوخت، جیغی کشید، و دوباره به جسد خیره ماند، گویی ایستاده مرده باشد. مصیبتی فوقِ طاقت و باور بر سرش آوار شده بود.

خیابان در سکوت فرو رفته بود. صدا از کسی درنمی‌آمد. جماعت بدون تکان و جنبشی، با احساسی آمیخته به‌گناهکاری ایستاده بودند و شرمگینانه چشم از او و بچه‌ها می‌دزدیدند. بعضی سرشان را پایین انداخته بودند تا چشم در چشم حاج‌اختر نشوند. بعضی گریه می‌کردند و برای او و بچهٔ بغلش و دو دختر قدونیم‌قدی که چادر او را گرفته بودند دل می‌سوزاندند.

قدمی جلوتر رفت. رمضان بالای سر پدر نشسته بود و پرسان و اشک‌آلود به مادرش نگاه می‌کرد. حاج‌اختر که گویی ناغافل پی به

مرگ شوهر و فقدان او برده باشد، بار دیگر فریاد از گلو برآورد، سر به آسمان برداشت و ضجه زد: «خدایا به‌دادم برس که بچه‌هام یتیم شدن! خدایا خودت به‌دادم برس! بدبخت شدم. غلام! نامرد! خدا به خاک سیاه بشونتت! خدا از رو زمین ورت داره!» روی زانو کنار جسد افتاد و شیون‌کنان از جمعیت پرسید: «یکی نبود جلوی این گردن‌کلفتِ بی‌همه‌کس رو بگیره؟ اکبرورامینی! شاطراصغر! داداعلی! شماها کجا بودین؟ چرا همین‌جور وایستادین منو نگاه می‌کنین؟ یکی به‌من بگه چه بلایی سر حاج‌مهدی آوردن؟ یکی به‌من بگه چی شد! چرا کسی نیومد کمک شوهر بیچارهٔ من!» مجتبی را که بغلش بود زمین گذاشت و روی جسد تا شد و مویه‌کنان گفت: «حاجی تو که سرت به کار خودت بود و سر به راه شده بودی؟ حاجی تو که دیگه آزارت به یه مورچه‌ام نمی‌رسید. یکی نبود به این غلام بی‌ناموس بگه آخه چی‌کار به کار شوهر بی‌آزار من داشتی. مسلمونا! حالا با چهار تا بچه چه خاکی به‌سرم کنم؟»

مجتبی که از آغوش مادر کنده شده بود، از ضجه و شیون مادر لب ورچید و زیر گریه زد و با انگشت جسد پدرش را نشان داد و گفت: «بابا! بابا!»

زن و مرد به گریه افتادند. رفت کنار رمضان که سر بر شانهٔ مادر گذاشته بود و زار می‌زد. نشست و دستش را روی شانهٔ او گذاشت و آهسته گفت: «رمضون، داداشم جون سعید نکن، پاشو! مامانت داره خودشو می‌کشه».

زن یکی از همسایه‌ها شمدی آورد و به اکبرورامینی داد و او شمد را روی جسد کشید و رو به مردم گفت: «خیابون رو خلوت کنین! وایستادین چی رو تماشا می‌کنین؟ میّت و بدبختیِ این زن که تماشا نداره!»

چیزی نگذشت که پاسبان‌ها هم رسیدند و جمعیت را از خیابان و اطراف جسد به پیاده‌روهای دو طرف خیابان راندند. مشدعباس عینک ته‌استکانی‌اش را جابه‌جا کرد و حاج‌اختر و دخترها را بُرد داخل دکانش که از جسد دور باشند. شانه‌به‌شانهٔ ابراهیم شد که دست رمضان را گرفته بود. دلش می‌خواست رمضان را دلداری بدهد و مانده بود چه بگوید. ابراهیم به‌سمت او برگشت و به جسد حاج‌مهدی و شمد سفیدی که سرخی خون آرام‌آرام به آن نشت می‌کرد نگاه کرد و آهسته، انگار به خودش ولی خطاب به او گفت: «کی فکرشو می‌کرد سعید؟ حالا چی‌کار کنیم؟» چانه‌اش از بغض می‌لرزید وجواب داد: «هیچی!»

رمضان ساکت بود و همچنان اشک می‌ریخت.

نعش‌کش پزشکی قانونی رسید. مردی که کنار دست راننده نشسته بود پیاده شد و بدون اینکه به اطراف و به جمعیت توجهی بکند رفت سراغ جسد. یکی دو نفر از پاسبان‌هایی که نزدیک بودند خبردار ایستادند و سلام نظامی دادند. مرد گوشی معاینه را گوشش گذاشت، شمد را کنار زد و جسد را معاینه کرد، چیزهایی را روی کاغذ نوشت و بلند شد و به راننده اشاره کرد. راننده درِ عقب نعش‌کش را باز کرد و برانکارد را برداشت و سمت او رفت. یکی از پاسبان‌ها آمد کمکِ راننده و جسد حاج‌مهدی را برداشتند و روی برانکارد گذاشتند. همان شمد خونی را رویش کشیدند و داخل نعش‌کش گذاشتند. کف خیابان از خون دَلَمه‌بسته پوشیده بود.

وقت شهادت شهود و صورت‌مجلس که رسید، پاسبان‌ها از تک‌تک جماعت می‌پرسیدند: آیا حاج‌مهدی با ساطور به‌طرف غلام‌لانتور حمله کرد؟ دلش می‌خواست داد بزند و بگوید اول غلام بود که بدوبیراه گفت. وقتی داشتند از اکبرورامینی همین سئوال را

می‌پرسیدند، ابراهیم با صدای بلند گفت: «اول غلام‌لانتور فحش داد سرکار! حاج‌مهدی کاریش نداشت».

پاسبان‌ها نه به ابراهیم نه به اکبر محل نگذاشتند. دست ابراهیم را گرفت و به پاسبانی که استشهاد می‌نوشت با صدایی بلندتر از ابراهیم گفت: «سرکار حاج‌مهدی با ساطور داشت لاشه شقه می‌کرد، غلام بند کرد و فحش داد!» داداعلی پرید وسط و دنباله حرف آنها را گرفت و با لکنت گفت: «این بچه‌ها درست می‌گن سرکار، اولش غلام بددهنی کرد!» پاسبان دیگری به‌تندی و با عصبانیت گفت: «ما به بدوبیراه و بددهنی این یکی و اون یکی کاری نداریم. فقط این رو بگین اونی که اول سلاح روی او یکی دیگه بلند کرد کی بود؟ همین! شیرفهم شدین؟» نیره‌سادات که نزدیک آمده بود، رو به او و ابراهیم اما انگار خطاب به پاسبان‌ها گفت: «دارن حق رو ناحق می‌کنن و طرف غلام رو می‌گیرن ننه!»

زنی دیگر به همان آهستگی جواب داد: «کِی اینا طرف حق رو گرفتن که حالاش باشه».

به‌طرف صدای زن برگشت، از زن‌های خانهٔ سرکوچهٔ قالی شورها بود. یکی از پاسبان‌ها رو به زن کرد و گفت: «نه قاتل داداشِمونه، نه مقتول داییمون آبجی که حق و ناحق کنیم!» داداعلی گفت: «سرکارجون پس شهادت شهود رو درست بنویس! همه دارن می‌گن غلوم لانتور بدوبیراه گفت و دعوا رو شروع کرد! اون ساطوری‌ام که دست حاج‌مهدی بود وسیلهٔ کارش بود، داشت باهاش لاشه شقه می‌کرد، بی‌هوا تو دستش مونده بود». پاسبان گفت: «تو نمی‌خواد به‌من یاد بدی چی بنویسم، علی‌شیره‌ای!»

صورت‌مجلس تکمیل شد. یکی از پاسبان‌ها به بقالی مشدعباس رفت و رمضان و حاج‌اختر و بچه‌ها را بیرون آورد. حاج‌اختر جای

خالیِ جسد و خون دلمه‌بسته روی آسفالت را که دید بلندبلند شیون و زاری کرد و ناخن به صورتش کشید و روی زمین پیاده‌رو نشست و به سرش کوبید. ابراهیم قدمی به جلو برداشت و او هم پشت سرش جلو رفت. فروغ با چشم‌های خیس به ابراهیم نگاه کرد و سرش را پایین انداخت. رمضان زیر بغل حاج‌اختر را گرفت و از زمین بلندش کرد و به‌طرف جیپ کلانتری رفتند و سوار شدند و جیپ به راه افتاد و ماشین نعش‌کش هم پشتِ سرشان آهسته حرکت کرد. رانندهٔ نعش‌کش دستش را از پنجره بیرون آورده بود و مردم را از ماشین دور می‌کرد.

با ابراهیم رفتند روی سکوی قصابی نشستند. اکبوررامینی شاگردش را صدا زد و گفت: «باقر برو سرتاسای ترازو و جارو رو بیار بینم!» باقر با سرتاس‌های ترازو و جارو برگشت. اکبر رو او به گفت: «آقا سعید، پسرمحسن‌آقا! پاشو بیا ببینم! ابراهیم توام بیا!» بلند شدند و به‌طرف اکبر رفتند. اکبر کفه‌های ترازو را یکی به او و یکی دیگر را به ابراهیم داد و گفت: «برین از جوب آب کنین بریزین خونا رو بشورین و پاک کنین. باقر تو وقتی سعید و ابراهیم آب می‌ریزن جارو بکش تا خونا خوب پاک بشن».

آفتاب قائم شده بود و سرتاس‌های پرآب را که روی آسفالت داغ و دلمه‌های خون می‌پاشیدند، هُرم بخار و بوی خون زیر دماغشان می‌زد. باقر جارو می‌کشید و خونابه‌ها را سمت جوی می‌راند. اکبر پشت هم می‌گفت: «بازم، دوباره، ها بارک‌الله!»

چند نفری زن و مرد ایستاده بودند به تماشای خوبابه‌ها و سر تکان می‌دادند. خون به آسفالت نفوذ کرده بود و آسفالت تیرگیِ خون را گرفته بود و هرچه آب می‌ریختند و باقر جارو می‌کشید پاک نمی‌شد. عرق روی پیشانی‌شان نشسته بود و خونابه‌ها کف خیابان می‌سُرید و پخش می‌شد و سطح بیشتری آغشته به خون می‌شد. شنیدند یکی

توی پیاده‌رو به دیگری می‌گفت: «خونی که به ناحق ریخته بشه به این آسونیا پاک نمی‌شه». هر دو دنبال صدا گشتند. سعیدخرّاز بود. اکبرورامینی گفت: «سعید گُل گفتی! ببینم کی جرأت می‌کنه پاکش کنه!»

کار تمام شد و خون شسته شد و آمدند روی سکوی مقابل قصابی بنشینند که مشدعباس از دکان بیرون آمد و گفت: «سعید، ابراهیم، بیاین کمک کنین یکی دو تا قالب یخ خورد کنیم بریزیم توی یخچال قصابی و گوشتای روی سرتختی رو تا فاسد نشدن بذاریم تو یخچال. هوا بدجوری گرم کرده!». بلند شدند. تبرِ کوتاه و باریک یخ‌خُردکنی را از مشدعباس گرفت و گفت: «باشه، چشم». بعد رفت گونی خیس روی یخ‌ها را کنار زد و پرسید: «یه قالب یا دو تا مشدعباس؟» مشدعباس داخل قصابی رفت و درِ اَنبارک یخ وسط یخچال را باز کرد و نگاهی داخل آن انداخت و گفت: «دوتا قالب خورد کنین! خالیِ خالیه» به دکان خودش رفت و یک استامبولی آورد به ابراهیم داد. ابراهیم تکه‌های خردشدهٔ یخ را توی استامبولی ریخت. پُر که شد آن را برداشت به دکان قصابی رفت و یخ‌ها را توی انبارک یخچال ریخت و برگشت و مشغول پر کردن دوبارهٔ استانبولی شد. مشدعباس به دکانش رفت تا مشتری راه بیندازد. ابراهیم پرسید: «حالا کی می‌خواد قصابی رو بگردونه سعید؟» گفت: «لابد یکی از عموهاش!» ابراهیم سر تکان داد و گفت: «هیچی‌هیچی چی شد؟ نامردیِ نامردی کشته شد. فروغ و نجمه چه اشکی می‌ریختن طفلکیا! دلم براشون سوخت» جابه‌جا شد و به استانبولی اشاره کرد و گفت: «سنگین شد ابراهیم، ببر خالیش کن!»

چشمش افتاد به دوچرخهٔ حاج‌مهدی که به درخت چنار روبه‌روی قصابی زنجیر شده بود.

قرار بود از حاج‌مهدی اجازه بگیرند و سه‌نفری برن گاوچال دوچرخه
سواری. هربار رمضان از حاج‌مهدی می‌پرسید: «بابا اجازه هست
دوچرخه را بردارم با سعید و ابراهیم بریم یخچال؟» نشده بود
رمضان جلوی آن‌ها از پدرش چیزی بخواهد و حاج مهدی نه بگوید.
همیشه جلوی او و ابراهیم هوای رمضان را داشت. کلید قفل چرخ
را به رمضان می‌داد و می‌گفت: «بیاین بگیرین! سه‌ترکه سوار می‌شین
مواظب باشین زمین نخورین».

یکی از جمعه‌های همین زمستانِ قبل بود که با رمضان و ابراهیم
سه‌ترکه خیابان شهباز را تا ایستگاه یخچال سربالایی رفتند. پا زدن
نفس‌گیر بود و سه چهار بار جا عوض کردند. با جان کندن بالاخره
خودشان را رساندند. تمام سطح استخر یخچال یخ زده بود و
بچه‌های جهان‌پناه و غیاثی و خاقانی و دروازه دولاب هم بودند.
دوچرخهٔ حاج‌مهدی تک بود. دوره‌شان می‌کردند و می‌ایستادند به
تماشای آن. بدنه‌اش با نوار سرمه‌ای نوارپیچ شده بود و به چشم
می‌آمد. بار اولی بود که با دوچرخه به یخچال می‌رفتند. قبلاً وقتی
کوچک‌تر بودند با اسماعیل، برادر بزرگ ابراهیم، برای تماشا رفته
بودند. توی یخچال کورس کمتر می‌گذاشتند. بیشتر مارپیچ رفتن،
دورزدن سریع، ترمز کردن جلوی مانع و سد کردن راه دیگران باب
بود. اگر کسی این مراحل را می‌رفت و زمین نمی‌خورد آخرسر که
ناشی‌ها از بازی و استخر اوت می‌شدند، نوبت کورس می‌رسید. سه
نفری شان تازه‌کار و ناشی بودند و بالاخره آن‌قدر سُر خوردند و زمین
افتادند که یکی از آینه‌های روی دستهٔ دوچرخه شکست. دوچرخه را
که به دکان برگرداندند، حاج‌مهدی گفت: «فدای سرتون، همین الآن
یه آینه از احمد دوچرخه‌ساز واسش می‌خرم».

انبارک یخچال پُر از یخ شد و مشدعباس را صدا زدند. آمد و
گوشت‌های روی سرتختی را توی یخچال چید. سایه‌بان دکان را

پایین آورد و به درِ دکان، بدون اینکه تخته‌های روی پنجره‌ها را بگذارد، قفل زد. ایستاد عینکش را روی چشم‌هایش جابه‌جا کرد و نگاهی به دکان انداخت، سرش را تکان داد و زیرلب گفت: «حاجی! همین دو ساعت پیش بود اومدی کمکم کردی لنگهٔ برنج رو از تو پستوی دکون برام آوردی بیرون. تف به این زندگی! یکی مثل تو بامعرفت و حلال‌خور باید کشته بشه، یکی‌ام مثل این غلامِ قُرمساقِ قمارباز و عرق‌خور و تلکه‌بگیر و آدم‌کُش زنده بمونه!»

پرسید: «یعنی چی می‌شه مشدعباس؟ شما می‌دونی واسه چی رمضون و مادرشو بردن کلانتری؟» مشدعباس جواب داد: «واسه چی آقا سعید؟.. واسه اینکه رمضون چاقو زد به غلام، مادرش رو.. واسه تکمیل راپُرت» پا روی سکوی دکانش گذاشت و برگشت وکاغذی را طرف او گرفت و گفت: «سعید می‌شه این رو واسم بخونی؟» کاغذ را از مشدعباس گرفت و نگاهی به آن انداخت و گفت: «صورت‌حسابه مشدعباس!» مشدعباس گفت: «میدونم!.. چقده؟» دوباره به صورت‌حساب نگاه کرد و خواند: «صورت‌خرید نسیه: ابتیاعی آقای مشهدی عباس اراکی. برنج درجه دوی شمال دو کیسه، صد کیلو، جمعاً پنجاه و شش تومان، به‌قرار یک‌ماهه». مشدعباس دستش را به‌طرف او دراز کرد و صورت‌حساب را گرفت. از پشت عینک نگاهی به آن انداخت و پرسید: «سعید میدونی امروز چندمِ برجه؟» گفت: «نه!» با خودش گفت: «فکرکنم اول برجه! لامصب. اَد سررسیدش به چه روزی افتاده! الانه که سروکلهٔ شاگرش پیدا بشه!»

سری تکان داد و به تاریکی دکانش خزید. با ابراهیم آمدند روی سکو و پشت درِ بستهٔ قصابی نشستند.

جلوی خانهٔ نیره‌سادات، صاحب مِلکِ سبزی‌فروشی اکبرورامینی، زن‌های همسایه با چادرهای سفید و سرمه‌ای گلدار و کُدری‌شان

هنوز مشغول حرف زدن بودند. خیلی‌هاشان حاج‌اختر را می‌شناختند و با او رفت‌وآمد داشتند. خیابان از بهت و ماتم بیرون نیامده بود. چند تا گنجشک از شدت گرما شکم‌های بادکرده‌شان را روی نموریِ لایهٔ آبی که از شستن خون‌های کف خیابان به‌جا مانده بود چسبانده بودند و بال‌بال می‌زدند تا خنک شوند. ابراهیم گفت: «سعید میای بریم دمِ کلانتری ببینیم چه خبره؟» کمی فکر کرد و گفت: «باشه! برم به مادرم بگم و بیام».

بلند شد و رفت آن طرف خیابان، مقابل قهوه‌خانهٔ داداعلی و نانوایی، دورخیز کرد و از روی جوی آب که آشغال و کثافت و لجن با خودش می‌آورد پرید وسط پیاده‌رو. رفت روی پلهٔ مقابل درِ خانه‌شان ایستاد و برگشت به ابراهیم نگاه کرد که روی سکوی قصابی نشسته بود و آرنج‌هایش را به زانو تکیه داده بود و سرش را میان دست‌هایش گرفته بود. فکر کرد اگر غلام‌لانتور کمی دیرتر از آنجا رد شده بود شاید حاج‌مهدی مثل هر روز که کار شقه کردن لاشه‌ها تمام می‌شد رفته بود داخل پستوی دکانش و چپقش را برداشته بود و از کیسهٔ گلیم‌بافتِ توتونش آن را پرکرده بود. مثل هر روز روی سکوی جلوی مغازه می‌نشست و توتون‌ها را در حقهٔ چپق با انگشتش فشار می‌داد و کبریتی می‌کشید و با پُک‌های محکم و مکرر شعله چوب‌کبریت را به درون حقه می‌مکید، توتون‌ها را می‌گیراند و دود آن را از کناره‌های دهان و سرچپق بیرون می‌داد. بعد هم حقه که سرخ می‌شد پُک عمیقی می‌کشید، همهٔ دود را به سینه‌اش فرو می‌برد و ته‌ماندهٔ مزهٔ توتون را قورت می‌داد و سینه را از دود خالی می‌کرد و داد می‌زد: «داداعلی! یه قند پهلو!» دادا هم ازاین طرف خیابان و از داخل قهوه-خانه و مقابل منقل و قوری‌های دم‌گذاشته‌اش جواب می‌داد: «به روی چشم حاجی جون، اومدم!»

در خانه‌شان را که زد فاطی، خواهرش، در را باز کرد و پردهٔ مقابل در را کنار زد و برگشت به راهرو. دنبال او داخل شد و در را پشت سرش بست و صدای مادر را از آشپزخانه شنید: «کی بود فاطی؟» فاطی داد زد: «سعیده مامان!»

پیرموس روشن بود و نمی‌گذاشت صدا به صدا برسد. به آشپزخانه رفت، سلام کرد. بوی سبزی آش همه‌جا را پر کرده بود. پرسید: «نشنیدین تو خیابون چه خبر بود مامان؟!» جواب داد:«نه مادر، مگه صدای این پیرموس کوفتی می‌ذاره. چه خبر بود؟»

گفت: «دعوا شد».

فاطی که ایستاده بود کنارِ پیرموس و دیگ آش را هم می‌زد گفت: «آره یه سروصدایی شنیدم، فکر کردم واسهٔ سبزی فروشه بار آوردن و سروصدا راه انداخته».

اکبرورامینی با صدای کلفت و نکره‌اش وقتی بار می‌رسید با آوازی، به‌قول رمضان، خردرچمن اهالی محل را خبر می‌کرد: «انگوری مثل چراغ زنبوری! خربزه، خونه‌دار و بچه‌دار خربزهٔ ایوانکی! قند و عسل، باغِت آباد شه! هندونهٔ شریف‌آباد به شرط چاقو! بدو که سَرِ باره، الانه که تموم شه».

مادر که رویش به سرتختی و پشتش به او بود پرسید: «کی با کی دعواش شد؟»

مانده بود از کجا شروع کند و چه جوری حرف آخر را بزند. بریده‌بریده و با لکنت گفت: «هیچی غلام‌لانتور داشت رد می‌شد بند کرد به حاج‌مهدی چرا سلام نکرده و بفرما نزده!» مادر اسم غلام را که شنید برگشت و رودرروی او و منتظر ایستاد. ادامه داد: «فحش و فحش‌کاری شد و حاجی با ساطور دستش از دکون پرید بیرون و گلاویزشدن.» فاطی پرسید: «با ساطور؟!» آب دهانش را قورت داد

وجواب داد:«داشت گوسفند شقه می‌کرد رحیم جیگرکی بهش پشت‌پا زد. زمین خورد و ساطور از دستش افتاد. غلام‌لانتور با کارد پرید روش و بهش چاقو زد».

مادر وحشت‌زده و با چشم‌های گشاد طوری نگاهش کرد که ترسید ادامه بدهد و ساکت ماند تا که مادر پرسید: «بعدش چی شد، چرا لال شدی؟» ادامه داد: «رمضون دویید کمک کنه. یه چاقوام بهش زد، ولی زورش نرسید».

گریه‌اش گرفت و نتوانست ادامه دهد. انگار که فرصتی پیدا کرده بود تا ترس و هراس و بغض متورم در گلویش را خالی کند. هق‌هق‌کنان برگشت و سرش را روی دیوار آشپزخانه گذاشت. مادر که ادامهٔ ماجرا را حدس زده بود ناخن به گونه کشید و گفت: «ای وای خدا مرگم بده!»

چادر به سر انداخت و همین‌طور که به‌طرف درخانه خیز برداشته بود گفت: «فاطی پیرموس رو خاموش کن آش ته نگیره. برم ببینم چی شده!»

فاطی طرف او آمد و پرسید: «سعید، راستی راستی حاج‌مهدی رو کشتن؟» اشک‌هایش را پاک کرد گریه‌کنان گفت: «آره آبجی!»

فاطی پیچ پیرموس را باز کرد و باد آن خالی و خاموش شد و سکوتی سنگین برقرار شد. حالا سروصداهای کوچه به خانه می‌آمدند. چادرش را سر کرد و باهم از در حیاط بیرون رفتند. مادر با خانم نوروزیِ همسایه که معلم کلاس اول او و ابراهیم و رمضان بود مشغول صحبت شده بود. روی پله‌های جلوی خانه ایستاد و سلام کرد. خانم نوروزی جواب داد: «سلام آقا سعید گُلم».

ابراهیم از آن طرف خیابان صدا رساند: «سعید! چی شد، می‌یای یا نه؟» رفت در پیاده‌رو کنار جوی ایستاد و داد زد: «صبر کن الان

می‌یام!» رو به مادرش کرد و گفت: «مامان من و ابراهیم می‌ریم تا دم کلانتری ببینیم رمضون اینا چی شدن». مادر رویش را از خانم نوروزی برگرداند و نگاهش کرد و با تردید، طوری که ابراهیم هم بشنود، گفت: «برو مادر، مواظب باشین، یه وقت قاطی شلوغی نشین‌ها؟!» راه که افتادند ادامه داد: «زود برگردین!»

ابراهیم به دوچرخهٔ حاج‌مهدی آن طرف خیابان اشاره کرد و گفت: «ندُزدَنِش سعید؟!» جواب داد: «نه بابا، به درخت زنجیره، مشدعباسم بالاسرشه!»

مشدعباس روی سکوی بقالی نشسته بود و سیگار دود می‌کرد. ابراهیم پرسید: «سعید فکر می‌کنی حالا که بعضیا شهادت دادن رمضون به غلام چاقو زده رمضون رو چی‌کارش کنن؟»

به این جنبهٔ ماجرا فکر نکرده بود گفت: «نمی‌دونم. تو چی فکر می‌کنی؟» ابراهیم جواب داد: «منم نمی‌دونم، شاید چون بچه‌س کاریش نداشته باشن» فکری کرد و گفت: «اگه زندونیش کنن بدجور می‌شه».

مابقی راه را تا کلانتری دویدند. مقابل کوچهٔ کلانتری شلوغ بود. چند نفر از نوچه‌ها و تلکه‌بگیرها و آدم‌های پایِ قمارِ غلام هم بودند. علاوه بر نگهبان داخل کیوسک، چند نفر پاسبان هم مقابل درِ کلانتری ایستاده بودند. خیلی از کاسب‌های برِ خیابان بیسیم و چهارراه مسجد و اهالی محل هم بودند. نفس‌زنان با ابراهیم رفتند کنار سعیدخرّاز ایستادند که با چند نفر دیگر داخل کوچهٔ کلانتری مشغول صحبت بود. قاسم را که از بچه‌های هشت متری خیام بود می‌شناخت، در هیئت سقاها او را دیده بود. توی دکان نجاری اوس‌علی کار می‌کرد.

سعید خرّاز با دست درِ کلانتری را نشان قاسم داد و گفت: «این پاسبونا اگه جُربِزه داشتن نمی‌رفتن مثل موش تو کلانتری قایم بشن. می‌اومدن تو خیابون جلوی گردن‌کلفت‌هایی مثل این غلام رو می‌گرفتن».

قاسم گفت: «توام دلت خوشه‌ها! همه‌شون دستشون تو دست همه. مگه همهٔ اهل محل جمع نشدن و از باقرکچل شکایت نکردن؟ آخرش چی شد؟ باقر داد شاهرگ مرتضی کبابی رو زدن تا همهٔ کاسبای محل حساب کار دستشون بیاد». بعد به درِ کلانتری اشاره کرد و ادامه داد: «این قرمساقا کجا بودن وقتی صلات ظهر اونجوری وسط چهارراه مسجد چند نفری ریختن سر مرتضای بدبخت!» یکی دیگر گفت: «مملکت که حساب‌کتاب و قانون نداشته باشه همین می‌شه! مگه حاج‌مهدی به اون نازنینی بدبخت چی‌کار کرده بود؟» سعید خرّاز گفت: «چی‌کار کرده بود؟ باج نمی‌داد! نه به آجان، نه به غلوم، نه به باقرکچل».

یکی از نوچه‌های غلام از آن طرف خیابان با صدای بلند گفت: «آهای سعیدخراز، می‌بینم معرکه گرفتی! ». سعیدخرّاز آهسته و زیرلب گفت: «گرفتم که گرفتم، به توچه!» وساکت ماند.

یکی دو نفری از جمع جدا شدند و راهشان را گرفتند و رفتند. سعیدخرّاز ماند و دو نفر دیگر. این‌پا و آن‌پا کردند و رفتند سرکوچه و دور از کلانتری و جمع نوچه‌های غلام ایستادند. رفت لب جوی نشست و ابراهیم آمد کنارش پرسید: «منظورت چی بود سعید که گفتی اگه رمضون رو نگرش دارن بدجوری می‌شه؟ چه‌جوری می‌شه؟» جواب داد: «واسهٔ مادر و خواهرا و برادرش گفتم. دکون قصابی رو!» ابراهیم گفت: «خودت گفتی لابد یکی رو دارن، عمویی، دایی‌ای».

فکری کرد وپرسید: «ابراهیم یعنی با رمضون چی‌کار می‌کنن؟ با غلام چی؟» ابراهیم به جمع نوچه‌های غلام‌لانتور نگاه کرد و جواب داد: «رمضون رو نمی‌دونم. ولی غلام رو که دیدی، پدرسگ شاهد می‌طلبید که اول از همه حاجی با ساطور بهش حمله کرده. یهو دیدی همین امروز ولش کردن، یا که فوقش دوسه ماهی می‌ره زندون و می‌آد بیرون».

ابراهیم برگشت و باز به حیاط کلانتری نگاه کرد. خبری از رمضون و مادرش نبود. دلش می‌خواست می‌رفت جلوی در و از پاسبان پست می‌پرسید چه وقت می‌آیند. انگار که با خودش حرف بزند گفت: «باورم نمی‌شه ابراهیم، چقدر اَلکی‌اَلکی حاج‌مهدی کشته شد. ناکس چه‌جوری تونست اونجور چاقو رو فرو کنه تو گردن حاج‌مهدی؟ حاجی دوتای اون سن داشت. نامردی بود!»باقرکچل با چند نفر وارد کوچهٔ کلانتری شد. یکی از نوچه‌های غلام با صدای بلند گفت: «صلوات!»

همه دوروبری‌های او صلوات فرستادند. یکی دیگر گفت: «داش باقرو عشقه! ماکه به والله نوکرتیم! چه خوب کردین اومدین!» یکی از همراه‌های باقر رو به آن‌ها گفت: «باقرخان اومده قباله بذاره!»

نوچه‌های باقر ماندند و باقر داخل کلانتری شد. ابراهیم گفت: «سعید بیا، اینم تکلیف غلام‌لانتور که می‌پرسیدی!»

حاج‌اختر خانم با مجتبای توی بغلش از کلانتری آمد بیرون و فروغ و رمضان و نجمه پشت سرش بودند. از کنار جوی بلند شدند ایستادند و نگران به آن‌ها نگاه کردند و به‌طرفشان رفتند. حاج‌اختر خانم که نمی‌توانست جلوی گریه‌اش را بگیرد، رو به آن‌ها کرد و گفت: «دیدین چه‌جوری بچه‌هام بی‌پدر شدن؟!» با ابراهیم که گریه‌اش گرفته بود، دست انداختند دورِ گردن رمضان و سرشان را روی شانهٔ

هم گذاشتند و چند لحظه‌ای به همان‌حال ماندند. حاج‌اختر خانم با صدای گرفته گفت: «بچه‌ها بریم، موندن اینجا خوبیت نداره، الانه که غلام و باقر از کلانتری بیان بیرون».

حاج‌اختر خانم مجتبی را زمین گذاشت و دستش را گرفت که خودش راه برود. فروغ و ابراهیم پشت او و کنار حاج‌اختر خانم خیابان بیسیم را به‌سمت ایستگاه مهربان و هشت‌متری خیام راه افتادند. شانه‌به‌شانهٔ رمضان وکنار او راه می‌رفت.

ابراهیم همین‌طورکه اشک‌هایش را پاک کرد، قدمی جلو آمد و دست روی شانهٔ رمضان گذاشت و پرسید: «غلام چی شد؟» رمضان گفت: «داشتن می‌بردنش دادسرا، باقرکچل اومده بود باهش بره قباله بذاره» ابراهیم پرسید: «چی می‌گفت؟» رمضان جواب داد: «هیچی! همه‌چی رو انداخت گردن بابام. بعضی ترسوهام که تو محل شهادت داده بودن اول بابام با ساطور به اون حمله کرده. فکر کنم همه‌چی رو انداختن گردن بابام. غلامم، اگه چن ماه حبس بکشه، که اونم فکر نکنم!» ابراهیم ادامه داد:«همه دیدن قبل اینکه غلام بیاد و دعوا راه بندازه ساطور دست بابات بود، داشت کار می‌کرد!» رمضان زیرچشمی نگاهی به او کرد و گفت: «کی به این حرفا گوش می‌کنه داداشم!»

از مقابل چشم و نگاه دلسوزانه و همدردانهٔ کسبه و اهالی محل می‌گذشتند. بعضی می‌آمدند جلو و می‌پرسیدند با غلام چه کردند. حاج‌اختر خانم می‌ایستاد و برایشان توضیح می‌داد که در کلانتری چه گذشته است. ابراهیم دوباره رو به رمضان پرسید: «چاقویی که تو بهش زده بودی چی شد؟» به چهارراه مسجد رسیده بودند. حاج‌اختر خانم برگشت و گفت: «رمضون بیا این بچه رو بغل کن!» رمضان همین‌طور که می‌رفت مجتبی را از کنار مادر بغل بگیرد جواب داد: «با اینکه خیلیا شهادت داده بودن که من بهش چاقو زدم،

خودش به افسرنگهبان گفت نه زخم شونه‌م از چاقوییه که حاج‌مهدی زده. کار این چلغوز نبوده. عارش می‌اومد بگه از یه بچه چاقوخورده! گفتم جناب سرهنگ من زدم، دروغ می‌گه! کسی حرفم رو باور نکرد. غلام گفت این نیم‌وجبی می‌خواد جرم باباشو کم کنه و جرم منو ببره بالا! ننه‌ام درِ گوشم گفت رمضون ولش کن، پیِ‌شو نگیر!» بعد با مکث و زیرلب ادامه داد: «یه روزی بالاخره مادرشو به عزاش می‌شونم، حالا ببین!»

پرسید: «اگه غلام این رو نمی‌گفت و راستشو می‌گفت نگرت می‌داشتن، نه داداشی؟» رمضان ادامه داد: «فکر کنم سعید! ننه‌ام دلواپس همین بود».

ممدآقا چراغ‌ساز از آن طرف چهارراه به حاج‌اختر خانم سلام کرد و جلو آمد و گفت: «خواهر، من نبودم اونجا. وقتی شنیدم خیلی ناراحت شدم، این حاج‌مهدی‌ایکه من می‌شناختم آدم باشرفی بود. آقا و بامعرفت بود، خدا صبرتون بده!» بعد رو کرد به رمضون و پرسید: «یعنی هیشکی نبود جلوی این مرتیکه رو بگیره؟!»

رمضان سلام کرد، سرش را پایین انداخت و گفت: «بودن، ناکس مهلت نداد کسی قدم جلو بذاره». سعید خرّاز که به مغازه‌اش برمی‌گشت ایستاد و وارد صحبت شد: «بگو کسی جرأتشو نداشت بیاد جلو! بس کی همه از این غلام بی‌همه‌چیز می‌ترسن!» حاج‌اختر خانم با گوشهٔ چادر اشک‌هایش را پاک کرد و گفت: «الهی به حق علی تو همین دنیا تقاصشو پس بده. به حق فاطمه زهرا به خاک سیاه بشینه ایشالا». ممدآقا گفت: «آبجی! دست بالای دست بسیاره. حالا ببین خون حاج‌مهدی چه‌جوری خِرِشو بگیره!»

و رو به رمضان ادامه داد: «ببین عمو! خودت، مادرت، کاری، چیزی اگه داشتین خبرم کنین. بابات گردن من خیلی حق داشت». حاج‌اختر خانم گفت: «خدا حفظتون کنه ممدآقا».

راه افتادند. احساس می‌کرد رابطه‌اش با رمضان جور دیگری شده. یه چیزی با کشته شدن حاج‌مهدی فرق کرده بود و اتفاق افتاده بود که نمی‌فهمید. به نظرش رمضانی که از کلانتری بیرون آمده بود رمضان دیگری شده بود. مجتبی در بغل رمضان دست کوچکش را به‌طرفش دراز کرده بود و می‌خندید. رو به رمضان کرد و گفت: «خسته شدی داداش بچه رو بده من!»

رمضان امتناع کرد، وقتی دست‌های او و مجتبی را به‌سمت هم گشوده دید بچه را به بغلش داد گفت:«سعید جون خستت نکنه؟» گفت:«نه بابا خستهٔ چی؟»

دستش را بالا برد و برگی از شاخهٔ درخت بیدی را که برِ خیابان سرخم کرده بود کَند و به مجتبی داد. مجتبی گرفت و شادمان آن را تکان می‌داد و به این و آن نشان می‌داد.

حاج‌اختر خانم روبه‌روی بقالی مشدعباس کنار خیابان ایستاد و به ته‌رنگ سیاهی که از رد سیاه خونی که اگرچه شسته شده بود هنوز روی آسفالت به چشم می‌آمد خیره شد. مشدعباس از دکان بیرون آمد و به رمضان نگاه کرد و به حاج‌اختر خانم گفت: «خب الحمدالله که رمضون اومد، دلواپس بودم نگرش دارن». حاج‌اختر خانم گفت: «غلام قبول نکرد که رمضون بهش چاقو زده، واسه همین ولش کردن». مشدعباس پرسید: «خودشو چی؟» اخترخانم به‌طرف سعید رفت و مجتبی را که شاخه درخت را انداخته بود روی زمین و نق می‌زد و خودش را به‌طرف مادرش می‌کشید گرفت و به مشدعباس گفت: «خودشم ول می‌کنن! باقر اومده بود باهاش بره دادسرا براش

قباله بذاره. گزارش رو طوری نوشتن که انگار اون هیچ گناهی نداشته، داشته راه خودشو می‌رفته و حاج‌مهدی از دکون با ساطور پریده بیرون بهش حمله کرده. اِی مشدعباس! بی‌مروتی و ظلم آجانا و کلانتری که حد نداره».

مردم و کسبه دورادور نگاهشان می‌کردند. انگار خجالت می‌کشیدند جلو بیایند. مشدعباس دسته‌کلید حاج‌مهدی را به اخترخانم داد و گفت: «اینم دسته کلید قفلای دکون. همه‌چیز بسته‌اس، فقط باید واسه گوشتا تا عصر یه فکری بکنین وگرنه فاسد می‌شن». حاج‌اخترخانم دسته کلید را به رمضان داد و گفت: «بگیر برو زنجیر دوچرخه رو از درخت باز کن» بعد رو به مشدعباس گفت: «تا واسه گوشتام یه فکری بکنم».

رمضان رفت کلید انداخت و قفل زنجیر دوچرخه را باز کرد و همین‌طور که دسته‌اش را گرفته بود رو به او کرد و گفت: «سعید، داداشی می‌شه بیای این زنجیر رو ببندی ترک دوچرخه؟»

بعد هم نگاهی به مادرش کرد و گفت: «وامیستم دم دکون گوشتا رو می‌فروشم، نمی‌شه بذاریم بمونه!» حاج‌اخترخانم بدون اینکه چیزی بگوید نگاهش کرد. مشدعباس به اخترخانم گفت: «راست می‌گه حاج خانم! آقا رمضون خودش یه پا قصابه، بذار واسته بفروشه!»

رمضان دوچرخه را دوباره به درخت تکیه داد و به او که داشت زنجیر رو به ترک می‌بست گفت: «بی‌خیالش سعید، ولش کن. ببندش به درخت» رو به مادرش ادامه داد: «تو برو عمو و عمه و فامیلا رو خبر کن، من می‌مونم دکون رو باز می‌کنم». حاج‌اخترخانم مردد اما تحسین‌آمیز به رمضان نگاه کرد: «باشه مادر! مواظب باش».

رمضان به ابراهیم گفت: «ابراهیم توام اگه کمک کنی و یه سر بری تا صفاری و لُرزاده خونهٔ عمو و عمهٔ من خبرشون کنی من می‌تونم واستم دم دکون و گوشتا رو بفروشم».

دوچرخه که به درخت زنجیر شد حاج‌اختر خانم با لحنی نگران اضافه کرد: «مواظب باش دس‌وبالتو نبُری مادر!». رمضان که به‌نظر دلخور می‌آمد جواب داد: «ننه کِی من دستمو بریدم که اینو می‌گی؟»

حاج‌اختر مجتبی را داد بغل فروغ و از مشدعباس خداحافظی کرد و دست نجمه را گرفت و راه افتادند. به سر خیام نرسیده بودند که مشدعباس صدا رساند: «خواهر واسه ختم و این چیزاکاری از دست من یا زنم برمی‌اومد بگو، رودربایستی نکنی‌ها. چایی ، قند، خرما و چیزی اگه خواستی خبرم کن!» حاج‌اختر خانم گفت: «خدا شما رو واسه بچه‌هاتون نگر داره، حتماً».

رمضان کلید را به قفل در دکان انداخت. مشدعباس گفت: «من یه پرچم سیاه تو مغازه دارم. می‌دم بهت بزن سردرِ دکون» و بعد پشت سرِ مشتری تازه‌رسیده رفت داخل بقالی. رمضان همین‌طور که درِ قصابی را باز می‌کرد گفت: «سعید تو بیرق رو از مشدعباس بگیر بزن سر درِ دکون تا من سایه‌بون رو ببندم»

بعد چهارپایه را از کنار درِ دکان برداشت و جلوی در گذاشت. مشدعباس با پرچم سیاه آمد. مشتری مشدعباس میان چارچوب درِ بقالی ایستاد و رو به رمضان گفت: «خدا صبرت بده رمضون. بابات آدم نازنینی بود، خدا بیامرزدش!». رمضان جواب داد: «خدا رفتگان شما رو هم بیامرزه!»

مشتری و مشدعباس به دکان برگشتند. سعید که پرچم را از مشدعباس گرفته بود روی چهارپایه ایستاد و منتظر ماند تا رمضان چادرِ سایه‌بان را ببندد. بعد علَم پرچم را در جاپرچمی سردرِ دکان

فرو کرد و از چهارپایه پایین آمد. رمضان گفت: «دستت درد نکنه، من می‌رم یه سر به گوشتای توی یخچال بزنم. یه چندتایی رون و سردست و دنده سرچنگک‌ها بالای پیشخون بذارم. تو هم سطل رو بردار تو پیاده‌رو آب بپاش، شاید یه‌کم هوای دکون خنک شه».

داشت آب می‌پاشید که دو نفر از زن‌های خانهٔ قالی‌شورها آمدند و بیرون دکان ایستادند و از او پرسیدند: «پسرمحسن آقا! قصابی بازه؟» نفسی کشید و گفت: «بله بازه، نمی‌شد بستش، گوشتا خراب می‌شد».

زن‌ها داخل دکان رفتند. رمضان سلام کرد. یکی‌شان گفت: «خدا پدرت رو بیامرزه رمضون. الهی به حق علی ابن ابی‌طالب قاتلش زیر ماشین ده‌چرخ بره که شما رو بی‌پدر کرد!» دیگری گفت: «آدم چشم‌پاک و کاسب باانصافی بود». زن اول رو به دومی گفت: «خدا به مادرشم صبر بده!»

رمضان سرش را پایین انداخته و ساکت بود. نیم کیلو گوشت آبگوشتی گرفتند و موقع خداحافظی آن یکی که نفرین کرده بود گفت: «آقا رمضون خدا تو رو واسه مادرت نیگر داره!»

بیرون که آمدند اولی آهسته به آن‌یکی گفت: «ماشاالله واسهٔ خودش مردیه!»چهارپایه را برداشت و رفت داخل دکان و روبه‌روی پیشخوان گذاشت. روی آن نشست و به رمضان نگاه کرد که با دستمال روی پیشخوان را تمیز می‌کرد. آن احساس گنگ نسبت به رمضان دوباره سراغش آمده بود. دیگر آن رفیق امروز صبح و دیروز و روزهای بازی و دوچرخه‌سواری دورِ گاوچال، اَلک‌دولک توی بیابانیِ شترخوان، و کولی گرفتن و کولی دادن نبود. نگران شد که مبادا او را از دست بدهد و دلش نمی‌خواست به آن فکر کند.

مگرخودش آدم دیگری نشده بود؟ از لحظه‌ای که غلام روی سینهٔ حاج‌مهدی نشست و چاقو را در گلویش فروکرد و خون جهید دنیا در نظرش رنگ دیگری پیدا کرده بود.

همین هفتهٔ پیش بودکه با ابراهیم قرار گذاشته بودند سه نفری بروند دبیرستان پهلوی میدان شاه برای کلاس هفتم ثبت‌نام کنند. شش سال او و ابراهیم و رمضان در دبستان ادیب نیشابوری هم‌کلاسی بودند. پیش معلم‌ها و دانش‌آموزان به سه‌نخاله معروف بودند. اگر رمضان قصاب و دکاندار و مرد خانه می‌شد، دبیرستان رفتن و دوچرخه‌سواری و تیم والیبال‌شان چه می‌شد؟ از همین حالا زن‌های قالی‌شورها به چشم مرد نگاهش می‌کردند.

سر خودش چه آمده بود؟ فکر آن چاقو که توی گردن حاج‌مهدی رفته بود دست از سرش برنمی‌داشت. رمضان با آن فوارهٔ خونی که از گردن باباش بیرون می‌جهید چه باید می‌کرد؟

سروکلهٔ مشتری‌ها یکی‌یکی پیدا می‌شد. آنهایی که به‌خاطر دعوای صبح نتوانسته بودند گوشت بخرند می‌آمدند و رمضان فرز و پشتِ هم راهشان می‌انداخت. دلداری‌اش می‌دادند، رعایتش را می‌کردند، و توقع نمی‌کردند که چربی آن تکه را بگیر و یا استخوانش راکم کن و از اینجای ران بده و از آنجای قلوه‌گاه نده.

هیچ‌وقت او را این طور پشت دخل ندیده بود. وردست پدرش که کار می‌کرد کوچک‌تر به‌نظر می‌رسید و حالا بزرگ‌تر از همیشه به چشمش می‌آمد. کارکشته و فرز تکه‌های گوشت را از لاشه‌ها و استخوان می‌برید و جدا می‌کرد و با همان آهنگ حاج‌مهدی آنها را توی کفهٔ ترازو می‌انداخت، سنگِ کیلو و نیم‌کیلو و چارک در کفه دیگر می‌گذاشت، شاهین ترازو را بین دو انگشتش میزان می‌کرد، و گوشت را در کاغذ می‌پیچید و دست مشتری می‌داد. بعد هم حساب

و کتاب می‌کرد و پولش را داخل سرتاس برنجی روی دخل می‌ریخت. انگار سال‌ها است که کارش همین بوده.

بستهٔ گوشت را که دست یکی از مشتری‌ها داد رو به گفت: «سعید، داداش بیا از ته یخچال دو تا سرسینه دربیار تا من خانمِ آق‌داود رو راه بندازم» بلند شد، بادی به غبغب انداخت و سینه‌اش را جلو داد و گفت: «باشه داداش!» و طرف سرتختی و در یخچال رفت.

ابراهیم با بقچهٔ کوچک غذا آمد. ایستاد و به مشتری‌ها و رمضانِ پشت دخل و به او و سردستی که از چنگک آویزان می‌کرد نگاه کرد و گفت: «رمضون این غذای ظهرته، حاج‌اخترخانم داد، گفت از کتلت دیشبه». رمضان گفت: «ننه‌ام رو ببین! فکر می‌کنه اشتهای خوردن دارم!»

ابراهیم بقچه را کنار سرتختی گذاشت و روی چهارپایه نشست و به رمضان و زن آقا داود چشم دوخت. شاید ابراهیم هم مثل خودش توی فکر چیزایی بود که عوض شده بودند. وقت ناهار شده بود و باید می‌رفت خانه. مادرش منتظر بود و دلواپس می‌شد. رو به رمضان گفت: «رمضون من می‌رم خونه زودی برمی‌گردم داداش!» رمضان در جواب گفت: «برو سعید جون! ممنون که کمکم کردی!»

ابراهیم پرید توی حرف و گفت: «رمضون، مادرت گفت کلید دوچرخه رو ازت بگیرم برم عمه و عموهات رو خبر کنم».

دلش نمی‌آمد رمضان تنها بماند. نفهمید چرا اشک دور چشم‌هایش حلقه زد. با بغض رو به ابراهیم گفت: «اِبی تو باش، من که اومدم بعدش برو!» رمضان کلید قفل دوچرخه را به‌سمت ابراهیم گرفت و گفت: «نه دادش، بی‌خیال من باشین. بیا اِبی، این کلید. برو زودتر به عموانیام خبر بده».

در خانه را فاطی باز کرد. وارد راهرو شد و پرده را کنار زد. از پله به حیاط قدم نگذاشته بود که مادر صدا رساند: «سعید، ننه بیا بهت پول بدم بری نون بگیری. الانه که دست از پخت بکشن. همه چیم امروز بهم ریخت و از دستم دررفت!»

از پله‌ها پایین رفت. مادر روی ایوان و کنار درِ اطاق ایستاده بود. اسکناس یک‌تومانی را از دست او گرفت و پرسید: «پنج‌تا بگیرم؟» مادر گفت: «آره! زود بیا که بعد از ناهار باید برم یه سر به حاج‌اخترخانم بزنم». بعد مکثی کرد و پرسید: «رمضون چطوربود؟» به طرف درحیاط رفت وجواب داد: «چی بگم؟» درخانه را بازنکرده بود که فاطی گفت: «دادش سعید، منم باهات بیام؟» مادرگفت: «نه خیر! تو برو سفره رو بنداز». رو به مادرگفت: «مامان بذار بیاد، برگشتیم سفره رو باهم می‌ندازیم».

فاطی منتظر اجازهٔ مادر نماند و دوید توی اتاق و روسریش را سر کرد و باهم از درِ خانه بیرون زدند. در نانوایی تافتونی حبیب‌سیرابی و حسین‌سیاه، کارگر کارخانهٔ یخ‌سازی، قاسم، شاگرد نجاری، و عبدالله‌یه‌وری، شاگرد احمد دوچرخه‌ساز، در نوبت ایستاده بودند و مشغول صحبت دربارهٔ دعوای صبح و کشته شدن حاج‌مهدی بودند. حاج‌غلامعلی نانوا پشت پاچال و دخل نشسته بود و به آنها گوش می‌کرد. حسین‌سیاه از عبدالله‌یه‌وری پرسید: «موقع دعوا اونجا بودی؟» عبدالله جواب داد: «آره بودم. تو نبودی؟» حسین گفت: «نه، کارخونه بودم. شنیدم غلام‌لانتور از رمضون، بچهٔ حاج‌مهدی، چاقو خورده و شکایت نکرده. گفته چاقو رو حاجی بهش زده و واسه همین مجبوری حاجی رو کشته». حبیب‌سیرابی آمد وسط حرف: «بازم خدا رو شکر! اگه رمضونم می‌گرفتن زن و بچه حاج‌مهدی چی‌کار می‌کردن. همین الان دیدمش تو قصابی داشت مشتری راه می‌انداخت». قاسم درحالی‌که نان خودش را جمع می‌کرد گفت:

«خوبه اقلاً غلام این یه‌جو غیرت رو از خودش نشون داده». عبدالله گفت: «نه بابا، اگه غیرت داشت با حاج‌مهدی که دوتای اون سن داشت درگیر نمی‌شد. می‌گن عارش اومده بگه از یه الف‌بچه چاقو خورده». حاج‌غلامعلی گفت: «سن به‌کنار، والله واسه منم زور داره به غلام‌لانتور، نوچهٔ باقرکچل سلام کنم، چه برسه به حاج‌مهدی که خودش یه پا لوطی و مرد بود و بزرگ کاسبای محل». حبیب گفت: «حالا آزاد که بشه ببین می‌خواد چه گرد و خاکی تو این محل راه بندازه!» قاسم گفت: «طفلک رمضون، چه باری به دوشش افتاد!» حبیب پرید وسط حرفش و گفت: «همین هفته پیش بود که خودم از حاج‌مهدی شنیدم می‌گفت می‌خواد امسال رمضون رو بذاره بره دبیرستان، خوشحال بود».

قاسم همین‌طور که نان‌هایش را جمع می‌کرد ادامه داد: «حالا با این وضع طفلک مجبوره قصابی رو بگردونه». بعد رو به شاطراصغر گفت: «شاطر جون دستت درد نکنه، خیلی طول کشید. ما رفتیم. الانه که صدای اوستام در بیاد، خداحافظ!»

نوبت به حسین سیاه رسید. رفت جلوی پاچال و پیشخوان ایستاد و مشغول جمع کردن نان‌هایش شد. شاطراصغر آنها را با سیخونک یکی‌یکی از تنور بیرون می‌آورد و روی سرتختیِ مقابل پیش‌خوان می‌انداخت. فاطی سرش را بلند کرد و آهسته پرسید: «داداش سعید کی نوبت ما می‌شه؟» گفت: «این که بره دو نفر دیگه‌ام باید برن تا نوبت ما بشه».

شاطراصغر رو به حسین گفت: «چی شد امروز بی‌یخ اومدی سراغ ما؟» حسین جواب داد: «خبر دعوا و کشته شدن حاجی به کارخونه که رسید همه‌چی به‌هم ریخت. یکی دو ساعت دیگه اکبر رو بفرست بگیره». اکبرچونه‌گیر نگاهی به او کرد و گفت: «می‌بینی که؟ کارای مام امروز به‌هم ریخته. هر روز این موقع از پخت دست کشیده بودیم

و سهم آقا حبیبم رو کنار گذاشته بودیم. حالا آقا حبیبم مجبوره تو نوبت وایسته».

چندباری عصرها با ابراهیم و رمضان در راه برگشت از مدرسه، دم چهارراه مسجد از حبیب، سیرابی خریده بودند که با دیگ و پیرموس و سینی‌اش، جلوی نانوایی سنگکی بساط می‌کرد. از وقتی زن گرفته بود، پایین‌تر از خانه خودشان مستأجرِ خانهٔ نبشی هشت‌متری خیام شده بود. عبدالله گفت: «همه‌چی تو یه چشم به‌هم زدن بود. بی‌چاره زن حاجی، دیدینش؟ چه حال بدی داشت! خدا بهش رحم کنه». حاج غلامعلی گفت: «اونم با چارتا بچه!» شاطراصغرگفت: «خوشم اومد از غیرت رمضون، پسرش! اقلن یه زخمی بهش زد».

سینه‌اش را جلو داد و دست فاطی را گرفت. حبیب نگاهش کرد و خطاب به همه گفت: «رفیقشم اینجاس، آقا سعید، پسر محسن‌آقا!»

همه برگشتند و نگاهش کردند. شاطراصغر پرسید: «با رمضون هم‌سنی آقاسعید؟ چندسالشه؟» آهسته جواب داد: «سیزده سال، امسال می‌ریم کلاس هفتم».

حبیب رو به او گفت: «فکر نکنم که دیگه رمضون بتونه دبیرستان بره». حاج‌غلامعلی نگاهی به شاطراصغر کرد و گفت: «منم فکر نکنم». عبدالله گفت: «داشتم می‌اومدم نون بگیرم منم دیدمش. حبیب راست می‌گه، واستاده بود تو قصابی داشت مشتری راه می‌انداخت، عینهو باباش خدابیامرز، قبراق و فرز!»

دست فاطی را ول کرد و رو به عبدالله گفت: «مجبور بود! گوشتا اگه می‌موند خراب می‌شد». حبیب گفت: «دیدم دکون بازه! پس موضوع خراب شدن گوشتا بود!»

شاطراصغر نان سرِ سیخونک را جلویش پرت کرد و گفت: «بسکه خنگی حبیب!»

نوبت به حبیب که رسید رو او کرد: «آقاسعید، پسر محسن‌آقا.. چند تا می‌خوای؟» مکثی کرد و گفت: «پنج‌تا» حبیب از جلوی او کنار کشید و گفت: «تو اول بگیر برو. من بیست‌تا می‌خوام طول می‌کشه. البته با اِیزهٔ آق‌عبدالله؟»

حبیب آن‌همه نان را برای بساط عصر سیراب و شیردانش می‌خرید. عبدالله نگاهی به حبیب کرد، لبخندی زد و گفت: «پسر محسن‌آقاست دیگه. من نوکر باباشم. اجازهٔ مام دست شماست آق-حبیب».

رفت جلوی صف دم پاچال ایستاد. فاطی هم آمد بغل دستش و گفت: «داداشی یادت رفت بگی برشته‌ش کنه.» رو به شاطراصغر کرد وگفت: «اصغرآقا دستت درد نکنه، یه کم برشته‌ش کن!» شاطراصغر جواب داد: «باشه پسر محسن‌آقا!» حبیب رو به اصغرآقا درحالی‌که به او اشاره می‌کرد گفت: «حالا که آق‌سعید رفیق رمضونه، شاطرجون حواشو داشته باش!»

ناخودآگاه سینه‌اش را جلو داد و بادی در غبغب انداخت. عبدالله-یه‌وری از او پرسید: «با هم یه مدرسه می‌رفتین، نه؟» آهسته ولی با اتکاء به نفس جواب داد: «آره، ادیب نیشابوری می‌رفتیم!»

پیش خودش فکر می‌کرد دیگر توی محل دیده می‌شود. می‌توانست خودش را هم‌قد بچه‌های بزرگتر محل ببیند و در بازی والیبال مجبور نباشد همیشه عقب‌نگهدار بایستد. می‌توانست زیر تور برود پاس بدهد یا حتی آبشار بزند و جاخالی بیندازد. بدون واهمه و به تنهایی تا انتهای خیابان خیام برود و بی‌خیال بچه‌های آن‌جا شود که با بچه‌های محل خودشان همیشه دعوا داشتند. دیگر همه

می‌دانستند که او و رمضان رفیق جون‌جونی‌اند و رمضان همانی است که به غلام‌لانتور چاقو زده.

نان‌ها را توی کفۀ ترازو گذاشت. حاجی سنگ یک‌ونیم‌کیلویی را توی کفۀ دیگر گذاشت، سبک بود و حاجی تکه‌ای به آن اضافه کرد. میزان که شد نان‌ها را برداشت و به فاطی داد و اسکناس یک تومانی را توی کفۀ ترازو انداخت. پنج ریال مابقی‌اش را گرفت و از نانوایی بیرون آمدند. به آن طرف خیابان نگاه کرد، قصابی هنوز مشتری داشت. مردم می‌دانستند روزهای بعد، عزاداری و خاک‌سپاری و ختم حاج‌مهدی است و قصابی بسته است. همه آمده بودند خرید تا بی‌گوشت نمانند. فاطی گفت: «دادش دستم درد گرفت».

نان‌ها را از او گرفت. فاطی دستش را دراز کرد و گفت: «میشه اون تکه نون اضافی رو من بخورم؟»روی سکوی دَرِ خانه ایستاد و تکه اضافیِ نان را به او داد و بعد از اینکه درِ خانه را زد، برگشت به قصابی نگاه کرد. رمضان برایش دست تکان داد و مشتری‌ها برگشتند نگاهش کردند. دستش را برای او بالا برد. مادر که درِ خانه را باز کرد، همین‌طور که به آشپزخانه می‌رفت گفت: «مامان فکر کنم فردا پس‌فردا قصابی تعطیل باشه. همه ریختن دارن گوشت می‌خرن!» مادر گفت: «بدو برو به رمضون بگو نیم کیلو خورشتی و نیم‌کیلو آبگوشتی‌ام برای ما کنار بذاره، تا بابات غروب بره باهاش حساب کنه. زود برگرد، دارم ناهار رو می‌کشم».

توی پیاده‌رو مقابل دکان قصابی ایستاد. رمضان سرش به کار راه انداختن مشتری‌ها بود. شنید یکی از مشتری‌ها که نوبتش شده بود گفت: «رمضون‌خان سه‌چارک خورشتی!»

بار اولی بود که می‌شنید او را «رمضون‌خان» صدا می‌زنند. چند ماه پیش که حاج‌مهدی و رمضان آمده بودند خانه‌شان که گوسفند نذری

مادر را قربانی کنند، حاج‌مهدی کارد سلاخی را به رمضان داد و گفت: «رمضون تو معصوم‌تر از منی. برا اینکه ثواب حاج‌خانوم کامل بشه تو رو به قبله‌اش کن، سرشم ببر. ببینم چی‌کار می‌کنی بچه!»

رمضان جلوی چشم پدر، مادر، اسماعیل و فاطی ، فرز و چالاک، مثل یک سلاخ کارکشته، گردن گوسفند را گرفت و سرش را توی حوض فرو کرد. گوسفند دو قلپ آب که خورد، سمت باغچه و قبله کشیدش و با یک حرکت زمینش زد. پایش را روی کتف‌های حیوان گذاشت و دست چپش را زیر چانه‌اش برد و به‌سمت بالا کشید و گفت: «بسم الله الرحمن رحیم!»

کارد را به خرخره گوسفند کشید و خون فواره زد. ماند تا نفس‌های حیوان قطع شد و خون از تنش که خارج شد، سرش را از تن جدا کرد و چاقو و دست‌های خونی‌اش را با پشم‌های گوسفند پاک کرد و بلند شد. پدر گفت: «احسنت! الحق که بچهٔ باباتی!»

دستی برای رمضان تکان داد و جلو رفت و با صدای بلند، طوری‌که توجه دیگران را جلب کند، گفت: «رمضون، داداش نیم‌کیلو خورشتی و نیم‌کیلو آبگوشتی‌ام برا ماکنار بذار!» رمضان نگاهش کرد و گفت: «روی چشَم سعید جون، برو ناهارت رو بخور خیالت تخت باشه، برات می‌ذارم کنار. ناهارت رو که خوردی تا ابراهیم برگرده، من و توام یه سر با هم می‌ریم خونهٔ ماکمک ننه‌م ببینم چی‌کار باید بکنیم واسه کفن و دفن و ختمِ بابام!». گفت: «باشه حتماً داداشم!»

یکی از مشتری‌ها پرسید: «جنازه رو باید از پزشک قانونی تحویل بگیرین؟»

رمضان جواب داد: «آره! تو کلانتری گفتن فردا بریم پزشک قانونی تحویل بگیریم».

به خانه که برمی‌گشت احساس می‌کرد قد کشیده.

فصل دو

صبح روزِ اعتصاب مدرسه بود که پرویز را دید. بعد از زنگ اول، بچه‌ها به کلاس‌ها نرفتند و در حیاط ماندند. همه یک‌صدا شعار می‌دادند. پاسبان‌ها مدرسه را محاصره کرده بودند و با چوب‌های بلند سعی می‌کردند تخته‌سیاهی را که رویش شعارهای حمایت از اعتصاب معلم‌ها نوشته شده بود از پشت توری‌های محافظ روی دیوار به حیاط مدرسه پرت کنند تا از چشم عابران خیابان دور شود. نفهمید چطور ناگهان طرف دیوار رفت و پرید و دستش را به هرّهٔ سر دیوار بند کرد و خودش را روی خَرپشته کشید و پشت تختهٔ سیاه ایستاد تا پاسبان‌ها نتوانند آن را پایین بکشند. صدای فریاد تشویق دانش‌آموزان مدرسه و خیابان خورشید را برداشت و پاسبان‌ها را عصبانی کرد. او سرفراز و پاسبان‌ها بدجور خیط شده بودند. آن‌قدر سر دیوار ماند تا هوایی شلیک کردند. یک لحظه سکوتی محض مدرسه را گرفت. ترسید و از روی دیوار پرید پایین.

فریاد بچه‌ها به آسمان رفت و دوره‌اش کردند و از سروکولش بالا پریدند. پشت به دیوار ایستاد و سرش را پایین انداخت و مقابل چشم سیصد چهارصد دانش‌آموزی که یک‌صدا برایش هورا می‌کشیدند، پیروزمند و فروتنانه لبخند زد. همین موقع بود که پرویز لبخندزنان بچه‌ها را کنار زد و جلو آمد و سلام کرد. بلندقد و بزرگ بود. نمی‌دانست کلاس چندم است اما یازده یا دوازدهمی به‌نظر می‌آمد. از همان‌هایی بود که محل سگ هم به سال‌پایینی‌هایی مثل او نمی‌گذاشتند. موهای صاف و براق و چربی داشت که به عقب شانه کرده بود. کُت سرمه‌ای و شلوارِ طوسی‌رنگی پوشیده بود.

دوروبرش که خلوت شد، پرویز با لبخند مشوِقانه و نگاه ستایش‌آمیزی دستش را روی شانه‌اش گذاشت و پرسید: «کلاس چندمی؟»

پشت به خورشید ایستاده بود و صورتش را واضح نمی‌دید. سرش را بلند کرد و دستش را سایه‌بان صورتش کرد و جواب داد: «نهم!» از جلوی خورشید کنار رفت و پرسید: «بچهٔ کجایی؟»

کمی مکث کرد؛ خوشش نمی‌آمد هم‌مدرسه‌ای‌هایش بدانند او بچهٔ بیسیم نجف‌آباد است. اکثر بچه‌ها اهل خیابان ژاله و خورشید و ایران یا فخرآباد و دروازه شمیران بودند. زیرلبی گفت: «بیسیم!» نتوانست دروغ بگوید، صدای مهربان و صمیمی پرویز مانعش شده بود. با تعجب پرسید: «کدوم بیسیم، نجف‌آباد؟!»

از سر و وضعش معلوم بود که به او نمی‌آید بچهٔ بیسیم جاده شمیران باشد. لبخندی زد و گفت: «آره!»

شانه‌اش را فشرد و گفت: «بابا ایول! شیرین کاشتی! فقط اگه بچهٔ بیسیم باشی خایهٔ یه همچین کاری رو داری. خوب شد از رو دیوار اومدی پایین، یهو ممکن بود این دیوونه‌ها به تخته‌سیاه شلیک کنن!»

جواب نداد. پرویز ادامه داد: «موقع بیرون رفتن از مدرسه مراقب باش. ممکنه نشونت کرده باشن!»

به این فکر نکرده بود. پرویز با تأکید گفت: «زنگ که خورد با من بیا که هواتو داشته باشم!»

سرش را بالا گرفت و فخرفروشانه همکلاسی‌هایش را که دورادور نگاهش می‌کردند از نظر گذراند. مطمئن شد همه دارند می‌بینند او مشغول حرف زدن با یک سال‌بالایی است. بعد که بچه‌ها به‌سمت در بستهٔ مدرسه هجوم بردند، شانه به شانه‌اش شد و پرسید: «اسمت چیه؟» جواب داد: «ابراهیم». دستش را روی شانه‌اش گذاشت و گفت: «آقا ابراهیم، بیرون که رفتیم با هم می‌دوییم طرف کوچه بالایی، کوچهٔ کامشاد، همون که می‌خوره به فخرآباد، من سایه‌ات می‌شم، فهمیدی؟»

با اینکه منظورش را از «سایه» نفهمیده بود سرش را به علامت تأیید تکان داد. پرویز نگاهی به سرتاپایش انداخت و ادامه داد: «کُتِت رو هم درآر بگیر دستت، بدجوری خیطه و معلومه که خودتی!»

ترس برش داشت. وقتی روی دیوار پریده بود، فکر نکرده بود کارِ خطرناکی می‌کند. زمزمهٔ تعطیل کردن و بیرون رفتن به شعارِ همه‌گیرِ «فیتیله، امروز تعطیله!» تبدیل شده بود. میل به زورآزمایی با پاسبان‌ها و دور کردن آنها از مقابل درِ مدرسه در چهرهٔ همه موج می‌زد. ناظم و مدیر مدرسه نتوانستند جلوی هجوم بچه‌ها را به‌سمت درِ مدرسه بگیرند. حتی نصیحت معلم‌هایی که از داخل دفتر و از طریق بلندگو سعی می‌کردند آرامشان کنند و دعوتشان می‌کردند در حیاط مدرسه بمانند، اثر نکرد.

کتش را درآورد. همراه پرویز خودشان را به انبوه فشردهٔ بچه‌های پشت درِ مدرسه رساندند. همین‌که از فشاری که بچه‌ها برای خروج

از در به هم می‌آوردند به پهنای پیاده‌رو و خیابان خورشید پرت شدند، پاسبان‌ها با باتوم دنبالشان گذاشتند. از خیابان به پیاده‌رو گریخت و از پرویز جلو افتاد. به‌طرف دروازه شیمیران دویدند. پاسبانی که دنبالشان گذاشته بود نزدیک شد و با باتوم به پا و پشت پرویز زد که با قد بلندش مثل عقاب بر او سایه انداخته بود و سپرش شده بود. تازه معنی سایه را فهمیده بود.

به کوچهٔ کامشاد که پیچیدند پاسبان رهایشان کرد و سراغ پاسبان‌های دیگر رفت که دنبال جمعیت بزرگتری از دانش‌آموزانِ وسط خیابان گذاشته بودند. از خیابان که فاصله گرفتند سرعت‌شان را کم کردند و درحالی‌که مرتب به پشت سرشان نگاه می‌کردند تا فخرآباد را به‌تندی رفتند. توی خیابان فخرآباد پرویز شانه به شانه‌اش شد و گفت: «فکر کنم به‌خیر گذشت. ولی خوب می‌دویی‌ها؟!» برگشت نگاهش کرد و لبخندی زد و گفت: «پاسبونه شما رو بد-جوری زد؟» پرویزگفت: «نه، یارو شیره‌ای بود، باتومش بی‌جون بود! بگو ببینم کجای بیسیم می‌شنین؟» جواب داد: «ته بیسیم، ایستگاه مهربان، اونجا رو بلدین؟» پرویزگفت: «وقتی کلاس نهم بودم یکی از دوستای همکلاسیم بچهٔ همون‌جا بود، دم چهارراه مسجد، نهم رو خوند و ترک تحصیل کرد و رفت توی لبنیاتی باباش مشغول شد».

جلوتر، میانهٔ فخرآباد، وقتی دیگر نفس‌نفس نمی‌زدند و آرام شده بودند پرویز پرسید: «دلت می‌خواد اعلامیه‌های جبههٔ ملی رو پخش کنی؟»

چند روز قبل یکی از آنها را توی حیاط مدرسه پیدا کرده بود و با سعید خوانده بودند؛ اعلامیهٔ حمایت از اعتصاب معلمین بود. گفت: «آره، کجا؟» پرویز گفت: «تو مدرسه، موقع زنگ تفریح که بچه‌ها تو حیاطن بذاری توی جا میزی کلاسا».

فکری کرد و گفت: «آقای نیکبخت و سمیعی که زنگ تفریح همه رو از کلاسا و راهروها بیرون می‌کنن؟»

پرویزخندید و گفت: «همین دیگه! یه جایی باید خودتو قایم کنی. همه رو که بیرون کردن درهای راهروها رو که بستن شروع می‌کنی توی همه کلاس‌های دو طبقهٔ مدرسه اعلامیه‌ها رو تو جامیزیا می‌ذاری» گفت: «باشه، کِی؟» پرویز جواب داد: «فردا که جمعه‌س تعطیله، شنبه». پرسید: «اعلامیه‌ها رو کِی بهم می‌دین؟» لبخندی زد و گفت:«خونمون تو همین خیابونه، بریم خونه اعلامیه‌ها رو بهت بدم».

دیگرحرفی نزدند. قلبش از هیجان تند تند می‌زد. احساس خوبی داشت. جدی‌ترین کاری بود که در عمرش از او خواسته شده بود. همین باعث شده بود که درجا و بدون فکر کردن قبول کند. نفرتش از پاسبان‌ها هم بود، همان چیزی که او را روی دیوار مدرسه کشانده بود. انگار می‌خواست باجگیری‌ها و قلدربازی‌ها و حق‌کشی‌ای که در حق بابای رمضان و رمضان و خانواده‌اش کرده بودند را هم تلافی کند. پشتش هم به بچه‌های مدرسه و شعارها گرم بود. گویی طوفانی تند از زمین کنده بودش و به هوا و روی دیوار پرت کرده بود. روی دیوار نه، روی آسمان پرواز کرده بود و از تماشای چشم‌هایی که به او دوخته شده بود، از اینکه دیده شده بود، از آن همه هورا و دست زدن و تشویق‌هایی که شده بود، از اینکه دست آجان‌ها به او نرسید و نتوانستند تخته‌سیاه را از روی دیوار پایین بکشند و بور و کلافه شده بودند به شوق آمده بود. حالا همراه با یک سال‌بالایی، که مثل یک مرد با او حرف می‌زد، از لذت و شوق سرشار شده بود. به کوچهٔ بن‌بستی پیچیدند و مقابل درِ بزرگی در انتهای کوچه ایستادند. ماشین بنز دویست‌وبیست سفیدی کنار درِ خانه پارک بود.

پرویزکوبهٔ برنجی در را کوبید. مردی مسن که عرق‌چینی سیاه به سر داشت در را باز کرد و با تعجب گفت: «آقا چه زود از مدرسه برگشتین؟» و با نگاهی به ابراهیم با لحنی مهربان ادامه داد: «مهمون هم که دارین؟»

ابراهیم سلام کرد. پیرمرد بازوی او را گرفت و جواب سلامش را داد و از جلوی در کنار رفت. همان دست را به مهربانی پشت او گذاشت و گفت: «خوش اومدین، بفرمایین تو!»

وارد هشتی مدوّر و نیمه‌تاریکی شدند. ابراهیم مردّد ایستاد. پیرمرد با دست پردهٔ ضخیمی را کنار زد. نور آفتابی که حیاط را پُر کرده بود به داخل ریخت. پیرمرد گفت: «پرویزخان، پدرتان هنوز نرفتن بازار. من برم ماشین رو روشن کنم گرم بشه، دارن میرن.»

وارد حیاط بزرگ و سبزوخرمی شدند. فوارهٔ روی حوض باز بود و صدای پاشیدن آب همچون موسیقیِ ملایم و یکنواختی فضای حیاط را پر کرده بود. دورتادور حوض و کناره‌های حیاط را باغچه‌های پر گل و گیاهی پوشانده بودند. درخت‌های سر به فلک کشیدهٔ کاج و چنار و سپیدار سایهٔ مطبوع و رقصانی با پاره‌پاره نورهایی که از لابه‌لای برگ‌ها روی باغچه‌ها افتاده بود. در دو سمتِ سه پله‌ای که حیاط را از شمال شرق و غرب به ساختمان دورتادور حیاط متصل می‌کرد، گلدان‌های شمعدانی و اطلسی به‌چشم می‌آمدند. نسیمی خنک همراه با غباری مرطوب که آب فوارهٔ بلند حوض می‌پراکند صورتش را نوازش کرد.

مردی کت‌وشلواری و کراوات‌زده با شاپویی به سر روی پاگرد پلهٔ شمالی ساختمان ظاهر شد. ابراهیم سلام کرد. مرد نگاهی به او و بعد به پرویز انداخت و گفت: «سلام پسرم!» پرویز گفت: «از

بچه‌های مدرسه‌مونه. مدرسه اعتصاب بود و بچه‌ها ریختند بیرون و پاسبونا دنبالمون گذاشتن. آوردمش خونه تا سروصداها بخوابه!»

مرد از پله‌ها که پایین می‌آمد گفت: «پس مدرسه رو تعطیل کردین؟ یه کم دیگه فشار بذارین معلما به حقشون می‌رسن! صحبت استعفای نخست‌وزیر سرِ زبونا افتاده» با مهربانی دستش را به کتف‌های او زد و لبخندزنان گفت: «معلومه دوستت از اون بچه‌های زبر و زرنگه. اسمش چیه؟»

پرویز بااشتیاق گفت: «ابراهیم. بابا نمیدونین امروز صبح چه‌جوری رفته بود روی دیوار مدرسه تخته‌سیاهی رو که بچه‌ها روش شعار نوشته بودن نِگر داشته بود. انقدر پاسبونا رو کلافه کرد که تیر هوایی زدن!»

پدر پرویز به‌طرف هشتی و درِ خانه رفت و گفت: «پس دست به کارای خطرناکم زدین که این‌طور لپاتون گُل انداخته! مواظب باشین کار دست خودتون ندین! من برم بازار، دیرم شده! آقا ابراهیم رو ببر تو یه شربتی چیزی بخورین حالتون جا بیاد!»

پیرمرد که در آستانهٔ هشتی ایستاده بود پرده را کنار زد و بالا نگه داشت و پدر پرویز که رد شد پرده را رها کرد و پشت او راه افتاد. پرویز به‌سمت پلهٔ سمت شرقی ساختمان رفت و گفت: «ابراهیم بیا بریم اتاق من یه‌کم استراحت کن. شربتی بخوریم تا منم اعلامیه‌ها رو بهت بدم!»

دنبال پرویز راه افتاد. از پله‌ها بالا رفت و از میان عطرِ گلدان‌های شمعدانی و اطلسی عبور کرد و روی پاگرد ایستاد. پرویز در را باز کرد و همراه او داخل سالنی شد که سقف‌های بلند و گچ‌بری‌های دورتادور آن به رنگ‌های صورتی و آبی روشن و طلایی رنگ‌آمیزی شده بود. انتهای سالن، پرویز درِ دیگری را باز کرد و ایستاد تا او

داخل شود. با دودلی پیش افتاد و داخل اتاق رفت. پرویز به مبل کوچک نزدیکِ پنجره اشاره کرد و گفت: «بیا اینجا بشین تا من برم یه شربتی چیزی بیارم». جلو رفت و ایستاد. پرویز ادامه داد: «بشین! تعارف می‌کنی؟ اینجا اطاق منه راحت باش! الان برمی‌گردم».

پرویز از اتاق بیرون رفت. از سه سال پیش و روزی که پا به دبیرستان گذاشته بود اولین‌باری بود خانهٔ یکی از بچه اعیان‌های مدرسه را از نزدیک می‌دید. وضعیت بچه‌های محلات دوروبرِ مدرسه با آنها تفاوت زیادی داشت و دوستی با این بچه‌ها و رفت‌وآمد به خانه‌هاشان همیشه دور از دسترس به نظرش می‌رسید. موقع ثبت نامِ کلاس هفتم نزدیکترین دبیرستان به محله آنها دبیرستان پهلوی در میدان شاه بود. اسماعیل، برادر بزرگ به آن مدرسه می‌رفت و راضی نبود. مرتب در مدرسه دعوا و چاقوکشی می‌شد. پدرش پروندهٔ اسماعیل را از آنجا گرفت و او را در دبیرستان مَروی و کلاس دهم ثبت‌نام کرد. اما کلاس‌های هفتم مَروی پُر شده بود و برای همین اسم او را در دبیرستان پانزده بهمن نوشت. سعید که منتظر بود ببیند او کجا ثبت‌نام می‌کند هم آمد همان‌جا.

خیابان خورشید، محلهٔ دبیرستان آنها، به‌کل با کوچه مروی و میدان شاه و بیسیم فرق داشت. این را از همان روز اول با مقایسه سرووضع خودش و بچه‌های دیگر فهمیده بود و همین او را توی جوشیدن و رفاقت با دیگران دست به عصا و گوشه‌گیر کرده بود. اغلب بچه‌هایی که خانه‌شان کمی دورتر از مدرسه بود دوچرخهٔ کورسی یا هرکولس بیست‌وچهار و بیست‌وشش داشتند و با آن به مدرسه رفت‌وآمد می‌کردند. بعضی‌ها را هم با ماشین شخصی به مدرسه می‌رساندند. یکی دونفر سال‌بالایی هم بودند که خودشان ماشین داشتند. او و سعید تنها دانش‌آموزانی بودند که از جنوب‌شهر و بیسیم نجف‌آباد و میدان خراسان به آن دبیرستان می‌رفتند.

دبیرستانی‌های تیردوقلو و خیابان خراسان و بیسیم اکثرشان در دبیرستان پهلوی یا فوقش دبیرستان مرآت در میدان فوزیه ثبت‌نام می‌کردند. صبح‌های زود با سعید از خانه بیرون می‌زدند و تا تیردوقلو پیاده و از آنجا تا میدان ژاله با اتوبوس و مابقی راه را دوباره پیاده تا مدرسه می‌رفتند.

حالا روی مبل اتاقی نشسته بود که با قالیِ ابریشمی فرش شده بود. در سمتی از اتاق میزتحریر چوبی و خوش‌فرمی که چراغ مطالعه‌ای روی آن قرار داشت جای گرفته بود و در سمت دیگرش تختخوابی یک‌نفره بود با تابلویی کوچک بالای سرش و کمد لباس و کتابخانه‌ای کوچک. این اتاق با آن همه زیبایی و شکوهش متعلق به پرویز بود، چیزی که خودش حتی در خواب هم نمی‌دید که روزی نظیرش را داشته باشد. او و دو برادر و خواهرش که همه مدرسه‌ای بودند با پدر و مادرشان در دو اتاق تودرتو زندگی می‌کردند که با زیلو فرش شده بود. تنها اتاقی که قالی داشت مهمان‌خانه بود که طبقهٔ دوم بود و همیشه درِ آن قفل بود.

مبلی که روی آن نشسته بود کنار پنجره و مشرف به حیاط بود. حیاط از ارتفاعی که او می‌دید سبزوخرم‌تر به‌نظر می‌آمد. ذرات آب فواره در تابش اشعه‌ای که از لابه‌لای درختان می‌تابید قوس‌وقزحی کوچک در فضای روی حوض شکل داده بود. از اینکه دوستی سال‌بالایی و متمول پیدا کرده بود به خودش می‌بالید. پرویز با سینی و دو لیوان شربت آلبالو به اتاق آمد و سینی را روی میز کوتاه مقابل او گذاشت و گفت: «بخور که بعدِ اون دوییدن‌ها جگر رو جلا می‌ده!»

و به‌طرف کمد لباس‌هایش رفت و بسته‌ای را که خیلی مرتب لای روزنامه پیچیده شده بود و دورش را با نخ پرک بسته بودند آورد و گذاشت روی میز، کنار سینی، و گفت: «اینم اعلامیه‌ها!»

رفت صندلی پشت میز تحریرش را برداشت و آورد مقابل ابراهیم گذاشت و نشست و ادامه داد: «ابراهیم اینا حدود سیصدتا اعلامیهٔ جبهه ملیه که برات گفتم. فکر می‌کنی می‌تونی همه‌شو بذاری تو جامیزی بچه‌ها؟» نگاهی به بستهٔ روی میز کرد و گفت: «اگه تو یه زنگ تموم نشد زنگ بعدی باقیش رو می‌ذارم». پرویز نگاهی به او کرد و گفت: «نمی‌شه! همین که آقای سمعیی ببینه تو کلاسا اعلامیه پخش شده مأمور می‌ذاره. دیگه نمی‌تونی زنگ بعد اعلامیه پخش کنی. صلاح هم نیس!»

انگار تازه متوجه شده بود کار باید مخفیانه انجام شود، فکری کرد و گفت: «خب اگه این‌طوریه می‌تونم به یه بهانه‌ای شنبه صبح زود هرجور شده برم تو ساختمون و قایم شم تا ساعت هشت که زنگ بخوره و بخوان سرود شاهنشاهی بزنن و پرچم رو ببرن بالا و آقای نیکبخت سخنرانی کنه و اینا، سرفرصت اعلامیه‌ها رو پخش کنم». پرویز نگاهی به او کرد و گفت: «اگه بتونی این کارو بکنی که عالیه. این‌جوری مجبور نمی‌شی اعلامیه‌ها رو با خودت ببری تو کلاس. قبلِ زنگ اول همشون رو پخش کردی. ولی چه‌جوری می‌خوای بری تو ساختمون؟ همهٔ درها بستس؟!»جواب داد: «یه کاریش می‌کنم. مدرسه هفت‌وربع باز می‌شه. اون‌موقع خلوته». پرویز مردد نگاهش کرد و گفت: «ببین ابراهیم، این یه کار پُرخطریه. من چن‌بار این کارو کردم و آقای سمیعی بهم شکش برده و گرنه خودم پخشش می‌کردم». پرید وسط حرفش و گفت: «نه بابا خودم می‌کنم. کسی به یه کلاس نهمی شک نمی‌کنه. تازه اگه بفهمن چی‌کارم مگه می‌کنن؟!» پرویز با لحنی هشدارآمیز گفت: «ممکنه از مدرسه بیرونت کنن!» جواب داد: «بکنن! مدرسه که قحط نیس!» پرویز لبخندی زد و گفت: «ولی مُفتی‌ام نباس دُم به تله داد!»

به بسته اعلامیه‌ها نگاه کرد و ساکت ماند. پرویز لیوان شربت را برداشت و به دستش داد. بوی قالی و چرم مبلی که روی آن نشسته بود و نگرانی و توجه پرویز به او شادمانی و وجد خاصی برایش داشت که برای تداومش حاضر به هر ریسک و قبول هر دشواریی بود. پرویز به‌طرف میز تحریرش رفت و پرسید: «دوست داری موزیک گوش کنی؟»

با سر تأیید کرد و فکر کرد لابد می‌خواهد رادیوی روی پیش‌بخاریِ اتاق را روشن کند. پرویز درِ جعبهٔ صندوق‌مانندی را که روی میز بود بازکرد، گرامافون بود. پرسید: «دوست داری سمفونی پرسپولیس امین‌الله حسین رو بشنوی؟»

نه امین‌الله حسین را می‌شناخت و نه سمفونی پرسپولیس را شنیده بود. سرش را به‌نشانهٔ تأیید تکان داد. پرویز به‌طرف کتابخانه‌اش رفت و صفحه‌ای را از جلد بیرون آورد و روی گرامافون گذاشت. صدای سازهای بی‌شمار ارکستر فضای اتاق را گرفت و بر گوشش نشست. این نوع موسیقی را گاهی در نمایشنامه‌های رادیویی شنیده بود که معمولاً برنامه با آن شروع می‌شد و در طول صحنه‌های نمایش پخش می‌شد.

پرسپولیس به گوشش آشنا می‌آمد، موسیقی‌ای پر از نغمه‌های شرقی که احساسات خاصی را برمی‌انگیخت و شنیدنش باعث می‌شد به ایرانی بودن خودت ببالی.

هر دو ساکت ماندند و حواسشان به موسیقی بود. اولین‌باری بود که با آن دقت به قطعه‌ای سمفونی از سر تا ته گوش می‌کرد. سوزن روی صفحه به انتها رسید و پرویز درحالی‌که آن را از روی صفحه برمی‌داشت پرسید: «چطور بود ابراهیم؟ خوشت اومد؟» جواب داد: «خیلی خوب بود؟ این امین‌الله حسین کجا زندگی می‌کنه؟»

پرویز جواب داد: «این صفحه رو داییم برام از فرانسه آورده. امین‌الله حسین اونجا زندگی می‌کنه. اونجا بیشتر از ایرون می‌شناسنِش. موسیقیش آدم رو به گذشته‌ها و به تاریخ می‌بره، نه؟» کمی جابجا شد وگفت: «آره. فکر کنم قبلنم توی نمایشنامه‌های شبِ رادیو شنیده بودم». پرویز گفت: «نه، توی نمایش شهرزاد قصه‌گوی رادیو نیروی هوایی زیاد ازش استفاده می‌کردن». فکری کرد وگفت: «درست می‌گین! حالا یادم اومد». پرویز گفت: «کارایِ دیگهٔ امان‌الله حسین از برنامهٔ موسیقی کلاسیک رادیو تهرانم پخش می‌شه».

بعد از سکوتی کوتاه پرویز پرسید: «پدرت چی‌کاره‌س؟» جواب داد: «کارمند وزارت داراییه»

پرویز که می‌خواست دوباره موضوع اعلامیه‌ها را پیش بکشد پرسید: «آقا ابراهیم، بگو ببینم تا حالا اعلامیه‌های جبهه ملی رو خوندی؟» جواب داد: «آره، همین پریروزا یکی‌شو تو حیاط مدرسه پیدا کردم خوندم». پرویز پرسید: «کدومشو؟» جواب داد: «همونی که از شرایط بد زندگی معلما گفته بود و از دانش‌آموزا خواسته بود کلاسا رو تعطیل کنن و از معلما حمایت کنن».

پرویز با لحنی جدی گفت: «باید اِنقدر به این کارا ادامه بدیم تا معلما به حقشون برسن. این‌جوری میشه جلوی ظلم و تبعیض رو به کسایی بگیریم که بهمون درس می‌دن! امروز نوبت معلماس، فردا نوبت کارگرا و کارمندا و فقیربیچاره‌ها».

ساکت ماند و به پدرش فکر کرد که با شندرغاز حقوق و با چه سختی آنها را به مدرسه می‌فرستاد. ممکن بود روزی نوبت کارمندانی مثل او بشود که شش کلاس قدیم را خوانده بود و یک ثبّات بایگانیِ ساده بود. وقت خداحافظی بود، بعد از اینکه بستهٔ اعلامیه‌ها را در کیفش گذاشت، پرویز گفت: «خیلی مواظب باش. بهتره کسی تو

خونه‌تونم نفهمه! لازم نیست به کسی هم در مورد من بگی. همه‌چی بین خودمون بمونه، باشه؟» بعد انگار تردید کرده باشد ادامه داد: «خودت چی فکر می‌کنی ابراهیم؟» گفت: «درست می‌گین، این‌جوری بهتره!»

پرویز تا توی حیاط و پشت درِ خانه همراهی‌اش کرد. پیرمرد که توی هشتی نشسته بود در را برایش باز کرد. یکی‌دوقدم که از در فاصله گرفت برگشت به عقب نگاه کرد و با صدای بلند گفت: «خداحافظ!» پرویز دستش را بالا آورد و گفت: «شنبه می‌بینمت».

پیرمرد گفت: «به امان خدا.»

از کوچه وارد خیابان فخرآباد شد. خیابان سوت‌وکور بود و پرنده در آن پرنمی‌زد. خود را تنها و آدم دیگری یافت، با حسرتی نسبت به زندگی کسانی که تا آن وقت معاشرت با آنها برایش دست‌نیافتنی به نظر می‌رسید. رؤیاها و آرزوهایش برای داشتن اتاقی برای خود شکل ملموس‌تری به خود گرفته بود. فکر کرد می‌تواند مثل پرویز به موسیقی خاصی علاقه‌مند شود و به برنامهٔ موسیقی کلاسیک رادیو گوش کند. اگر تا همین امروز نمی‌فهمید و حتی به آن فکر هم نکرده بود که چرا این‌قدر از اعتصاب معلمین و دانش‌آموزان به هیجان آمده، حالا احساس می‌کرد علتش را بهتر می‌فهمد. «تبعیض» دیگر برایش کلمه‌ای نبود که در دیکته گفتن‌های آقای منزوی معلوم نبود با ر‍ـ‍ز نوشته می‌شود یا با دال‍ـ‍ذال یا که صاد‍ـ‍ضاد؛ آوایی بود که معنای واقعی‌تری به خود گرفته بود.

دلش می‌خواست زودتر سعید را می‌دید و با او راجع به پرویز حرف می‌زد. هر روز این راه را با سعید به خانه برمی‌گشتند و امروز تنها بود. او و سعید موقع کلاس‌بندی، شاید به‌عمد، توی یک کلاس نیفتاده بودند. سعید کلاس نهم ب بود و او نهم الف. صبح وقتی

روی دیوار مدرسه ایستاده بود سعید را بین دانش‌آموزان دیده بود و بعد که پایین آمد و از مدرسه بیرون آمدند دیگر او را ندید.

در خیابان شهباز، پایین‌تر از میدان ژاله، در ایستگاه منتظر اتوبوس ایستاده بود که چشمش به کفش‌های خاک‌گرفته و کهنهٔ خودش افتاد و یادش آمد روی مبل چرمی خوش‌بوی اتاق پرویز هم بیشتر از همیشه متوجه کهنگی لباس خودش شده بود. از روی مبل تکان نخورده بود و در آن فرو رفته بود و خود را پنهان کرده بود که کت‌وشلوار کهنه‌اش زیاد به چشم نیاید. اتوبوس که رسید سوار شد و رفت طبقهٔ دوم روی صندلی پنجرهٔ جلو نشست. آن‌جا را دوست داشت. می‌توانست وسعت و عمق آسمان و خیابان را تا دوردست‌ها ببیند. آسمان آبیِ بهاری با پاره‌های سرگردان ابر همچون گنبدی عظیم و بی‌انتها شهر و خیابان‌های دور را پوشانده بود. دستش را روی کیفش گذاشت و برآمدگیِ بستهٔ اعلامیه‌ها را لمس کرد. پرویز را با آن کت‌وشلوار مرتبِ اطوکشیده و پیراهن یقه آهاری آبیِ روشن مجسم کرد و به خود بالید که روز شنبه کاری را می‌کند که قبل از او پرویز کرده.

اتوبوس از مقابل دیوارهای بلند یخچال بر شهبازکه عبور می‌کرد فکر کرد حالا که مدرسه تعطیل شده بهتر است قبل از رفتن به خانه سری به قصابی و رمضان بزند. همیشه با فکر به رمضان، خواهرش فروغ را هم به خاطر می‌آورد. گاهی صبح‌ها او را درحاشیهٔ پیاده‌رو می‌دید که چادربه‌سر به مدرسه می‌رفت. کلاس ششم دبستان بود و معلوم نبود حاج‌اختر خانم و رمضان اجازه می‌دهند که سال بعد به دبیرستان برود یا مجبور می‌شد در خانه بماند و کمک مادرش باشد. چند بار خواسته بود از رمضان بپرسد، رویش نشده بود. ترسیده بود رمضان در جواب بگوید: «به تو چه!»

هچنین سئوالی آن‌هم از رمضان نه خوبیت داشت و نه ممکن بود.

وقتی در خیال به زن آینده‌اش فکر می‌کرد دختری تحصیل‌کرده و امروزی، مثل دخترهای دبیرستان اسدیِ سر چهارراه آبسردار که بی‌چادر و بی‌حجاب بودند و موهاشان را روی شانه‌هاشان می‌ریختند یا دم‌اسبی می‌بستند و کتاب‌هایشان را روی سینه‌شان می‌گرفتند، مجسم می‌کرد. البته مطمئن بود مادر و پدرش راضی به داشتن چنان عروسی نبودند. خودش هم دودل بود. بارها از مادر و پدرش و شیخ‌عباس آخوند هیئت بابا شنیده بود که جای زن‌های بی‌چادر روز قیامت در آتش انتهای جهنم است.

فروغ را دوست داشت. محجوب و نجیب و خوشگل بود. وقتی هفت‌هشت ساله بود و چادر سر نمی‌کرد همراه رمضان می‌آمد و روی پلهٔ جلوی درِ خانه‌شان می‌نشست و بازی والیبال او و سعید و رمضان را نگاه می‌کرد. موهای سیاهش را با روبان می‌بافت و پشت سرش می‌انداخت. آرزویش بود روزی موهای سیاه و براقِ مثل شبق او را نوازش کند. از شادی او وقتی در سه سِت پشت‌هم تیم خیام را می‌بردند جان می‌گرفت.

ایستگاه بیسیم از اتوبوس پیاده شد و به‌طرف خانه و دکان قصابی رفت. از مقابل دبستان ادیب نیشابوری که می‌گذشت احساس کرد سال‌ها از آن فاصله گرفته، با اینکه همین دو ـ سه سال پیش بود که این ساعت‌ها وقتی مدرسه تعطیل می‌شد با سعید و رمضان جلوی شانسی‌فروشی مقابل مدرسه می‌ایستادند، دَه شاهی می‌دادند، ده تا شانسیِ مخلوط در شیره را سبک و سنگین می‌کردند و یکی را برمی‌داشتند تا آیا یک سکه یک‌قرانی ببرند یا نه. رمضان یک‌بار که سوزن ته‌گردی را لای انگشت‌هایش پنهان کرده و به شانسی‌ها فرو می‌کرد گیر افتاد. شانسی‌فروش سوزن را از لای انگشتش درآورد و محکم پس کله‌اش زد و پولش را هم پس نداد.

به چهارراه مسجد نرسیده بود که صدای اذان از بلندگو برخاست. اذان را دوست داشت. ماه رمضان سحرها اسماعیل، برادرش، می‌رفت روی ایوان و اذان می‌گفت. افطارها او اذان می‌گفت. اذان گفتنِ آنها مادر را خوشحال می‌کرد. می‌گفت از گناه دورشان می‌کند. از نظر پدر سنگین‌ترین گناه با زبان روزه نگاه کردن به زن نامحرم بود. هربار که از دور به فروغ نگاه می‌کرد آن چشم‌های سیاه ومعصوم، موهای مشکیِ مطهر و پاک او را بین گناه ولذت پریشان وسرگردان می‌کرد.

رنگ خاکیِ خیابان و درودیوار و درخت‌ها و لباس و کفش‌هایش به بانگ حزن‌انگیز اذان آمیخت و مضطربش کرد. چهارپنج سال پیش، قبل از اینکه حاج‌مهدی کشته شود، وقتی شاه قرار بود روز درختکاری بیاید و در باغ بیسیم درخت بکارد، شهرداری همهٔ دیوارهای کاهگلی و گچ‌مالی‌شدهٔ برِ خیابان را از ابتدا تا انتها سفید کرد. آن‌موقع بیسیم فقط تا چهارراه مسجد آسفالت بود و از چهارراه تا باغ خاکی بود. یک‌عده شبانه آمدند و بدون جدول‌کشی، لایه‌ای آسفالت وسط خیابان ریختند و رفتند و پیاده‌روها و جوی‌ها خاکی و پر از لجن ماندند. بچه‌های محل از شادیِ سفید شدن دیوارها و آسفالت به خیابان ریختند و جشن و سرور و رقاصی و مسخره‌بازی‌ای به‌پا کردند که همهٔ اهالی را از خانه‌ها و دکان‌ها به پیاده‌روها کشاندند. روی آسفالت شلنگ‌تخته می‌انداختند و پشتک‌وارو و غلت می‌زدند و جفتک‌چارکش بازی می‌کردند و از خودشان ادا و اصول در می‌آوردند و لودگی می‌کردند.

دیگر جلوی فامیل‌های مادر که از محله‌های اعیان به خانه‌شان می‌آمدند، مثلاً صفا خانم دخترخاله مادرش یا خاله بدری و شوهرش یا حاج‌آقا و حاج‌خانم موسویان و عمهٔ مادرش کمتر احساس فقر می‌کرد. آن سال عید هم از دیدن بچه‌های شیک‌وپیک

خاله‌اش کمتر خجالت کشید. با عبور ماشین‌ها خاک بلند نمی‌شد و در و پنجره‌ها و خانه‌ها و درخت‌ها و گلدان‌های اطلسی و شمعدانیِ دور پاشویهٔ حوض رنگ خاک نمی‌گرفت. مادر هم دیگر مجبور نبود مدام پیش‌بخاری و پشت‌دری‌ها و چراغ‌های گردسوز سرِ تاقچه را گردگیری کند.

اما سفیدی درخشان دیوارهای خیابان با چند باران پی‌درپیِ بهاری به‌تدریج رنگ باخت و باران کاهگل‌های پشت‌بام‌ها را شست و گِلِ روی دیوارها شره کرد و نقش انداخت. چند ماه بعد رنگ خاک و گِل بر زمینهٔ سفید دیوارها بیشتر از پیش زشتی و نکبت محله را نشان داد و به چشم آورد. سال بعد لایهٔ نازک آسفالت هم ترک خورد و حفره‌حفره و پر از چاله‌چوله شد، بدتر از آنی که بود.

رمضان و سعید جلوی درِ قصابی ایستاده بودند. از همان دور برایشان دست تکان داد. هنوز چند قدمی با آنها فاصله داشت که رمضان با صدای بلند گفت: «به‌به آقا ابراهیم! شنیدم امروز تو مدرسه آرتیس‌بازی درآوردی!»

به سعید نگاه کرد، خبر را او به رمضان داده بود. رمضان ادامه داد: «ایول!» سعید پرسید: «از مدرسه که ریختیم بیرون یهو کجا غیبت زد؟ دم ایستگاه هرچی منتطرت شدم نیومدی؟» لبخندی زد، سری تکان داد، و جوابش را نداد. داشت چیزی را از سعید و رمضان پنهان می‌کرد که به او احساسی نارفیقانه می‌داد. معجزه‌ای شده بود و هدیه‌ای گرفته بود که هنوز قلباً قانع نشده بود چرا باید از رفقای جون‌جونی‌اش پنهان کند. چه می‌توانست به آنها بگوید؟ می‌گفت با کسی آشنا شده که نمی‌تواند نشانی از او بدهد! از دورنگی‌ای که در رابطه با آنها احساس می‌کرد دلگیر بود. سعید منتظر جواب او بود. گفت: «با چندتا از بچه‌ها رفتیم تا بهارستان و مجلس».

از این دروغی که گفت از خودش بدش آمد. از اینکه نمی‌توانست صاف و پوست‌کنده و روراست حرف بزند خودش را باخته بود. رو به رمضان کرد و گفت: «سعید که دلخوره، تو بگو چطوری؟»

رمضان لبخندی زد و گفت: «خوبم. امشب هیئت میای؟ خونهٔ ابول مسگری‌یه».

منظورش هیئت سقاها بود. ابوالقاسم مسگری از بچه‌های محل بود و درکوچهٔ قالی‌شورها زندگی می‌کرد. دبستان باهم بودند. توی دکان مسگری پدربزرگش در میدان سیداسماعیل کار می‌کرد. ابراهیم گفت: «ببینم چی می‌شه؟ شاید اومدم. شنبه جبر و فیزیک داریم، یه عالمه مسئله باید حل کنم!»

رمضان بعد از کشته شدن پدرش پای ثابت هیئت و از سردسته‌های آن شده بود. سعید یکی‌درمیان و او گه‌گاه می‌رفت. خودش نوبت خانهٔ حاج‌مهدی که می‌شد می‌رفت، شاید می‌خواست در هوایی که فروغ نفس می‌کشید نفس بکشد. این هم بود که هیئت دورانی را به یادش می‌آورد که حاج‌مهدی زنده بود. او بزرگ و سردستهٔ هیئت سقاها بود. روزهای عاشورا و تاسوعا با ابراهیم و رمضان و بچه‌های محل، با لباس سقاهای علمدار حسین، مَشک به گردن و جام دردست، مهم‌ترین هیئتی بودند که جلوی دستهٔ بزرگ طیب حاج‌طاهر و بعد از علامت بیست‌ویک تیغه قرار می‌گرفتند. هم دستهٔ سقاها هم حاج‌مهدی بین هیئت‌ها احترام زیادی داشتند.

غلام‌لانتور همراه مصطفی‌دیوونه و یکی‌دوتا از برادرهای حاج‌عباسی و خود طیب به نوبت زیر علامت بیست‌ویک تیغه می‌رفتند، دستهٔ سقاها پشت آن وپس ازآن سایر دسته‌ها حرکت می‌کرد. بیشتر از پنجاه دستهٔ سینه‌زن و زنجیرزن از خیابان خراسان و لُرزاده و تیردوقلو و بیسیم و جهان‌پناه و غیاثی حرکت می‌کردند و در خیابان

مولوی باهم یکی می‌شدند و به‌سمت سیروس و بوزرجمهری و بازار و گلوبندک می‌رفتند. ظهرهای عاشورا، جلوی بازار، دسته‌ها برای خوردن ناهار نذری هرکدام به‌سمتی می‌رفتند و متفرق می‌شدند، بعضی وارد بازار می‌شدند و گروهی از خیابان خیام سرازیر و در پاچنار دو گروه می‌شدند، تعدادی هم از ورودی پاچنار وارد بازار می‌شدند و مابقی از خیابان مولوی به میدان مولوی و میدان امین‌السلطان برمی‌گشتند و ناهار را مهمان تکیهٔ بارفروش‌ها و طیب بودند. باقی دسته‌ها به مساجد و خانه‌های اعیان و بازاری‌های محل خودشان برمی‌گشتند.

هیئت سقاها هر سال ناهار را مهمان حاجی اثنی‌عشری، از تجار بازار قماش‌فروش‌ها، بود که دههٔ محرم هرروز و هرشب خرجی می‌داد و هیئت‌های زیادی را از همهٔ تهران دعوت می‌کرد. ظهرهای عاشورا نوبت دستهٔ سقاهای حاج‌مهدی بود، حاجی اثنی‌عشری سبزی‌پلو با گوشت بره می‌داد. خانه‌اش امیریه بود و حیاط بزرگی داشت. دسته از سمت شاهپور وارد کوچهٔ که می‌شد حاجی اثنی‌عشری می‌آمد دم درِ خانه می‌ایستاد و با نوحه‌خوان دسته همراه می‌شد و دم می‌گرفت و به پیشانی‌اش می‌زد و اشک می‌ریخت. دستهٔ سقاها و حاج‌مهدی را دوست داشت. با ماشین پونتیاک سفیدش مراسم سوم حاج‌مهدی به مجلس ختمی که توی مسجد بیسیم برگزار شد آمده بود. طیب و رمضون‌یخی و هفت‌کچلون هم آمده بودند. بعد از آن بود که غلام‌لانتور و باقرکچل از جرگهٔ طیب و رفقا و نوچه‌هایش رانده شد و دیگر در دسته‌ها و تکیه‌های طیب و رمضون‌یخی و برادران حاج‌عباسی پیداشان نشد. می‌گفتند با شعبون بی‌مخ محشور شده و در روضه‌خوانی‌های کاخ گلستان و شاه شرکت می‌کند.

رمضان گفت: «حالا چی شد که تو یکی پریدی رو دیوار مدرسه؟ نترسیدی با تیر بزننت؟ دیر که کردی من و سعید گفتیم گرفتنت!»

با لحنی مطمئن جواب داد: «نه بابا! واسه چی بگیرنم؟ از این خبرا نبود». سعید گفت: «خودم دیدم دونفر از بچه‌ها رو موقع فرار گرفتن انداختند تو ریوی شهربانی». رمضان دستی به پشتش زد و گفت: «من که چشمم آب نمی‌خوره سعید کاره‌ای بشه. همهٔ امیدمون به توست آق ابرام که دکتری، مهندسی، خری واسه خودت بشی! خلاصه به‌پّا یهو دسته‌گل به آب ندی و از مدرسه بیرونت نکنن!»

سعید خندید و رو به رمضان گفت: «باهاس می‌بودی می‌دیدی، یه مدرسه داشتن براش هورا می‌کشیدن!»

بعد رو او کرد و پرسید: «عشق کردی سعید، نه؟!»

لبخندی زد و چیزی نگفت. سعید حال او را بالای دیوار خوب فهمیده بود. رفتن روی دیوار مثل مسابقات دوی مدرسه بود که همشیه می‌خواست توی آن برنده و قهرمان باشد. برنده شدن همان احساسی بود که وقتی همهٔ مدرسه برایش هورا می‌کشیدند به او دست داده بود. بستهٔ اعلامیه‌های داخل کیفش جدی‌تر از قهرمان‌بازی‌های روی دیوار مدرسه به‌نظرش می‌آمد. احساس می‌کرد با دیدن پرویز آن‌قدر بزرگ شده که دیگر در پوست بچگی و بچه‌بازی‌های این‌جوری نمی‌گنجد.

رفت داخل قصابی و کیفش را کناری گذاشت و آمد روی چهارپایهٔ جلوی دکان نشست. نسیمی سرگردان بوی لاشه‌های آویخته از چنگک‌ها را به مشامش رساند. از رمضان پرسید: «چی‌شده این‌وقت روز گوشتا موندن؟»

رمضان گفت: «نموندن! صبح از ماشین کشتارگاه یکی‌دوتا لاشه بیشتر از هر روز گرفتم، تخفیف داشت. گفتم فردا کمتر بیاره، مخصوصاً که جمعه‌ام هس. کلاً سه‌چار لاشه فروش دکونه که کفاف هیچی رو نمی‌کنه. دیروز عصری رفته بودم میدون خراسون حموم، عموم اتفاقی اونجا بود. گفت حاج‌طاهر حال ما رو پرسیده و گفته یه سر بهش بزنم. انگار تو میدون واسم یه کاری دست‌وپا کرده». پرسید: «بری میدون دکون رو چی‌کار می‌کنی؟» رمضان گفت: «دیشب با ننه حرفشو زدیم. اگه کارش نون‌وآب‌دار باشه دکون رو اجاره می‌دیم».

دلش نمی‌خواست رمضان قصابی را رها کند و از خودش و سعید دور شود. گفت: «ولی بری میدون همهٔ اون حرفایی که راجع به ثبت‌نام تو مدرسهٔ شبونه و امتحان متفرقه می‌زدی دود می‌شه میره هوا، نه؟!» رمضان جواب داد: «این‌جوریام نیس، یهو دیدی زد و کارم کمترم شد».

بلند شد که سرطاسی را از داخل دکان بیاورد گفت:«فکر نکنم رمضون».

کنار جوی نشست و شروع کرد با سرطاسی به آب‌پاشی پیاده‌روی جلوی دکان که زیر چتری درخت چنار مقابل آن به سایه نشسته بود. سعید گفت: «اِبی یواش‌تر، خیسمون کردی!»

رمضان گفت: «کار تو میدون از چارصبح شروع می‌شه. خیلی طول بکشه تا نه و ده صبح تموم می‌شه! می‌دونی چه وقتی پیدا می‌کنم؟!» از همان سالی که با سعید دو نفری در دبیرستان ثبت‌نام کردند، رمضان مرتب می‌گفت می‌خواهد وقتی خواهرهایش بزرگ شدند و مهدی برادر کوچکش به مدرسه رفت شروع کند به درس خواندن و در امتحانات متفرقه شرکت کند و دیپلمش را بگیرد. رمضان این

روزها داشت بیشتر شبیه حاج‌مهدی می‌شد. با اینکه هم‌سن‌وسال بودند توی محل و بین کسبه و اهل هیئت احترامی داشت و سری توی سرها پیدا کرده بود. احساس می‌کرد در سایهٔ رفاقت با رمضان او هم در محل دیده می‌شود، مخصوصاً که مادرش حاج‌اختر هم او را دوست داشت و این را بارها از زبان رمضان شنیده بود و هربار رؤیای ازدواج با فروغ برایش زنده شده بود ــ فروغی که جزء پنهان و پوشیدهٔ رابطهٔ بین او و رمضان بود.

وقتی بعضی جمعه‌ها توی کوچه و مقابل خانهٔ آنها تور می‌بستند و والیبال بازی می‌کردند، سر به آسمان که بلند می‌کرد و خیز برمی‌داشت تا روی پاس‌های بلند سعید از پشت خط یک‌سوم آبشار بزند، انگار تصویر فروغ و خنده‌هایش مثل کبوترهای طوقی دور سرش پر می‌زد و پرواز می‌کرد. خوشی‌اش این بود عصرها که با ابراهیم از مدرسه برمی‌گشتند نیم‌ساعتی دم درِ دکان قصابی بایستند و سه‌نفری گپ بزنند. از درودیوار و سینما، از برت لنکستر و جدال در اوکی کرال و نابخشوده، راج کاپور و آواره و واکسی و آقای ۴۲۰ گرفته تا کرک داگلاس و اسپارتاکوس بگویند. یا که حاج‌مهدی را به‌یاد بیاورند که در رفاقت و خدمت به دوست و اهل محل به قول خودش بنده‌وار همیشه پیش قدم بود. بی‌خود نبود که غلام‌لانتور بعد از اینکه حاجی را کشت از چشم طیب افتاد و دیگر نتوانست تو محل سربلند کند و در چشم مردم آن‌قدر ذلیل و حقیر شد که عاقبت از بیسیم فرار کرد.

آب‌پاشی که تمام شد سرطاسی را گذاشت روی ترازو و آمد نشست روی پلهٔ جلوی دکان، کنار رمضان، و به دوچرخهٔ حاج‌مهدی که مثل همیشه به درخت چنار زنجیر شده بود زل زد. کهنه و فرسوده و خاک گرفته شده بود پارگی‌های نوارپیچ سرمه‌ای بدنه‌اش توچشم بود. حاج‌مهدی سالی یکبار دوچرخه را می‌داد احمد دوچرخه‌ساز

نونوارش می‌کرد، اگر میلهٔ آینه‌ای چیزی زنگ زده بود عوضش می‌کرد، پره‌های چرخ را یکی‌یکی چک می‌کرد و طوری میزانشان می‌کرد که طوق دوچرخه ذره‌ای تاب نداشته باشد و لَنگ نزنند. دست آخر هم نوارهای قدیمی را باز می‌کرد و نوار نو می‌پیچید. رمضان می‌گفت دلش نمی‌آید در دوچرخه پدرش دست ببرد. فقط می‌داد احمد دوچرخه‌ساز روغن‌کاری و پنچرگیری و تعمیرش کند، ولی وسائل روی دوچرخه همانی مانده بود که بود.

سعید گفت: «بچه‌ها فیلم بن‌هور رو آوردن! بریم ببینیم؟»

به شوخی گفت: «صبر می‌کنیم تو سینما تمدن و رامسر با صدای استریو بوقی نگاش کنیم!» رمضان گفت: «قبول، با یه کاسه سیراب‌شیردونِ داغ تو آنتراکت مزه می‌ده، می‌گن چارساعته».

در پیاده‌روی آن‌طرف خیابان پسر و دختری رد می‌شدند که بچه‌های کارکنان و مهندس‌های سه‌چهار خانواده‌ای بودند که برای اداره بیسیم کار می‌کردند و خانه‌هاشان در باغ بیسیم بود. بیشتر اوقات راننده آنها را به مدرسه می‌برد و برمی‌گرداند و گاهی که راننده نبود ابتدای بیسیم از اتوبوس شرکت واحد پیاده می‌شدند و تا انتهای خیابان و باغ را پیاده و قدم‌زنان به خانه می‌رفتند. او تنها دختر بی‌حجابی بود که از خیابان بیسیم به دبیرستان می‌رفت.

کل بیسیم شش‌هفت دختر دبیرستانی بیشتر نداشت. دخترهایی که برای رفتن به دبیرستان‌های حول‌وحوش میدان ژاله صبح‌ها توی صف اتوبوس می‌ایستادند از خیابان زیبا و صفاری و شهباز بودند. نمی‌دانست آن دختر و پسر به چه مدرسه‌ای می‌رفتند. دختر را چندبار در اتوبوس و در راه همراه با همین پسر دیده بود. موهای بور و چشم‌های آبی داشت. پسر بلندقد بود و به سبک آرتیست‌های فیلم‌های امریکایی لباس می‌پوشید، پیراهن قرمز چارخانه یا بلوز

لیمویی و پرتقالی. دلش می‌خواست یکی از آنها را داشته باشد. آنها از همه بابت فرق داشتند؛ لباس‌هاشان، کیف مدرسه‌شان، کفش‌ها و نحوهٔ راه رفتنشان، و بی‌اعتنایی و بی‌توجهی‌شان به مردم و کاسب‌های محل که وقت عبور از خیابان بِرّوبِر نگاه و براندازشان می‌کردند. دست دردست هم راه می‌رفتند و گاهی هم دست پسر دور گردن دختر حلقه می‌شد. کسی کاری به کارشان نداشت، شاید هم جرأت نمی‌کردند. می‌ترسیدند با کلانتری سر و کار پیدا کنند. کافی بود پدرشان یک تلفن به کلانتری می‌زد. رمضان اسم پسر را کامبیز و دختر را مویز گذاشته بود.

سعید گفت: «رمضون کامبیز و مویزت اومدن!»

همین که از مقابلشان رد شدند، رمضان با صدای بلند صدا زد: «کامبیز!»

پسر برگشت و به عقب و به آنها که روبه‌روی دکان نشسته بودند با مکثی معنادار نگاه کرد. رمضان و سعید صورت‌هاشان را برگرداندند وخودشان را به کوچهٔ علی‌چپ زدند، طوری که انگار آنها هم دنبال همانی می‌گردند که کامبیز را صدا زد. او اما غافلگیرشده بدون آنکه صورتش را برگرداند به جوی آب خیره ماند. پسر نگاهی به آن‌ها انداخت و روی برگرداند و به راه خودشان ادامه دادند. رمضان نه گذاشت و نه برداشت یک شیشکی بلند برایش بست. این‌بار دخترک چشم آبی برگشت و با اخم و نگاه تحقیرآمیزی به آنها خیره شد و زیرلب چیزی مثل «اکبیریای بی...» را زمزمه کرد. از شیشکی بستن رمضان خجالت کشید. فکر کرد دختر او را در اتوبوس دیده و می‌شناسد. گفت: «رمضون چی‌کارشون داری؟ شیشکی دیگه چرا بستی؟» رمضان گفت: «شیشکی شیشکیه اِبی جون! از این کون‌لختیای باغ بیسیم خوشم نمی‌یاد!»

برخلاف رمضان، آنها به رؤیاهای او از زندگیِ رازآمیزی دامن می‌زدند که همه‌جا با او بودند و با هر جرقه‌ای به ذهنش سرازیر می‌شدند. وقتی ظهر عاشورا پا به خانهٔ پُر دارودرخت و باغچهٔ حاجی اثنی‌عشری می‌گذاشت و از حیاط آن، همان‌جا که سینی‌های پر از باقلاپلو و تکه‌های گوشت مقابل هر پنج‌نفر می‌گذاشتند، به عمارت دوطبقه و بزرگ و زیبایش با آجرهای سفید و بندکشی‌شده نگاه می‌کرد غرق می‌شد در زندگی‌ای که پشت آن پنجره‌های چوبیِ با حفاظ‌های کرکره‌ای در جریان بود. مخصوصاً آن بخش میانیِ عمارت خوراک تصوراتش بود که به‌طرزی دلفریب قوس برداشته و در حیاط پیش آمده بود و به باغچه و حوض میان حیاط تابی می‌داد و با پله‌هایی نیم‌دایره و باشکوه به در بزرگ و چوبیِ ورودی ساختمان منتهی می‌شد.

وقتی سالی‌ماهی، چه می‌شد اگر به خانهٔ خاله فخری می‌رفتند هم همین بود. شوهرخاله عضو هیئت مدیرهٔ اتاق بازرگانی بود و فاستونی انگلیسی وارد می‌کرد و در سرای امیر بازار عباس‌آباد تجارت‌خانه‌ای با چهار حجرهٔ بزرگ تودرتو داشت که بوی عطر چای کلکته می‌داد. خانه‌شان حوض و فواره داشت و سالنی با سقفی بلند با اتاق‌های تودرتو در دوطرف و درهای چوبی پر نقش‌ونگار. کلفت و نوکر بود که از این طرف به آن می‌رفتند و همه‌جای خانه بوی پلو و زعفران و روغن کرمانشاهی می‌داد. آرزو داشت اتاقِ کاظم، پسرخاله‌اش، را ببیند ولی او را به اتاقش راه نمی‌داد. شاید فکر می‌کرد اتاق از لباس‌های او کثیف می‌شود و دیوارهای آن عین دست‌هایش خشکی می‌زنند و کِبره می‌بندند!

وقتی نگهبان درِ بزرگ و آهنی باغ بیسیم را برای شورلت پدرِ آن دختر چشم‌آبیِ آراسته باز می‌کرد و لحظه‌ای می‌شد خیابان میانیِ بی‌انتها و تبریزی‌های سربه‌فلک کشیدهٔ دو سمت آن را دید و در

سحرانگیزیِ آن غرق شد. همان لحظهٔ کوتاه و نابی که تا شورلت پدر دختر چشم‌آبی سبک و آرام از در عبور کند کافی بود تصورات و رؤیاهایش از زندگی‌ای که در باغ و در پس دیوار بلند دورتادور آن جریان داشت شکلی بگیرد و تا شب و روی بام خانه، که سر بربالش می‌گذاشت با او بماند و در تاریکیِ شب به آنتن و دکلِ سربه فلک کشیده بیسیم چشم بدوزد و رؤیاهای شیرینش با چشمک زدن چراغ قرمز انتهای دکل آن‌قدر روشن و خاموش شوند تا پلک‌هایش به‌نرمی به هم بیفتند.

جوابی به رمضان نداد معمولاً همین کار را می‌کرد. اگر رمضان حرفی می‌زد یا حرکتی می‌کرد که خوشش نمی‌آمد عکس‌العملی نشان نمی‌داد. سعید هم همین‌طور بود. می‌ترسیدند او را دلخور کنند و روی دوستی‌شان اثر بگذارد. احساس می‌کرد رفاقت با رمضان علاوه بر اینکه او را در هوایی که فروغ نفس می‌کشید نگاه می‌داشت، جای امن‌تری هم میان بچه‌های محل و مردم به او می‌داد. فقط گفت: «اینا که مال اینجا نیستن رمضون، با ما خیلی فرق دارن. مجبوری تو محل ما بُرخوردن!» رمضان گفت: «همین دک‌وپزشون لجمو درمیاره! یه جوری توی این محل راه می‌رن که انگار ماها پشمیم!» سعید رو به رمضان گفت: «منظور ابراهیم اینه که کاری نباید کرد که اینا فکر کنن ماها یه مشت لات‌وپاتیم!»

رمضان براق شد و با صدایی کلفت‌تر از آنی که داشت درآمد که: «کون‌لقشون. هرچی می‌خوان فکر کنن. اینجا بیسیمه، جای این قرتی بازیا و دست به گردنِ دختر شدنا نیس!»

هم او هم سعید دیگرچیزی نگفتند. بیشتر اگر می‌گفتند ممکن بود برگردد یک کلفتی هم بارشان کند. قبلاً هم جاوبی‌جا بارشان کرده بود- برین درِتون رو بزارین و همچین‌که پاتون به دبیرستان رسید شدین سوسول و متمدنِ اطوکشیدهٔ امروزی- و از این حرف‌ها که

ورد زبانش بود. حواسش رفت پیش اعلامیه‌های توی کیفش و سفارش‌های پرویز. باید قبل از اینکه پدرش از اداره و برادرهایش از مدرسه برمی‌گشتند به خانه می‌رفت و آنها را جای امنی پنهان می‌کرد.

صبح روز بعد با صدای شیرخدا و ضربِ زورخانه‌اش از خواب بیدار شد. وضو گرفت و نماز صبح را همراه برادرها و خواهرش خواند و با تار جلیل شهناز و صدای تقی روحانی سر صبحانه نشست. عزّت، دخترِ خاله‌شمسی، که از شب پیش به خانه‌شان آمده بود سرِ سفره نشسته بود. پنج‌شش سالی از خودش بزرگتر بود. شش کلاس درس خوانده بود و دیگر نگذاشته بودند به دبیرستان برود. در عوض، کلاس خیاطی رفته بود و دیپلم دوزندگی گرفته بود. گاهی به خانهٔ آنها می‌آمد تا در کارهای خیاطی به مادرش کمک کند. مادر سفرهٔ صبحانه را در اتاق خودشان که اتاق نشیمن هم بود می‌انداخت. او و بچه‌های دیگر در اتاق کناری‌شان که با یک در چهارلت جدا می‌شد می‌خوابیدند. مهمان اگر داشتند در اتاق مهمان‌خانهٔ طبقهٔ دوم می‌خوابید.

پدر و مادرش صبح‌های جمعه مثل روزهای دیگر اذان سحر از خواب بلند می‌شدند و نمازشان را می‌خواندند. تا مادر سماور را روشن کند و آب را جوش بیاورد و چایی را دم کند، پدر می‌رفت از نانوایی تافتونی نانی را که شب قبل سفارش داده بود می‌گرفت و از لبنیاتی سلامت دوسیر پنیر تبریز و یک‌سیر کره می‌خرید و بر که می‌گشت رادیو را روشن می‌کرد. بعد هم می‌رفت سروقت بچه‌ها و یکی‌یکی بیدارشان می‌کرد تا قبل از آن‌که آفتاب بزند، نمازهاشان را بخوانند. نیمهٔ اول اردیبهشت بود و صبح‌ها خنکیِ مطبوعی داشت. مادر پنجرهٔ چوبیِ رو به حیاط را باز کرده بود. پدر با آبپاش حیاط و گلدان‌های شمعدانی و باغچه کوچک و پر از گل محمدی و اطلسیِ کنار حوض را آب‌پاشی کرده بود. عطر خشت‌های کف حیاط

و گُل‌ها با نسیم بهاری به سفرهٔ صبحانه می‌زد. بوی چای و سماور نفتی و نان‌های دنده‌ای و کنجدیِ تافتون همراه با تارِ سلام صبحگاهی و صدای تقی روحانی بهم می‌آمیختند و احساس گنگِ سُرور و خوشی‌ای را برمی‌انگیختند که تا زیر پوستش رخنه می‌کرد و حرارت بدنش را بالا می‌برد.

چند ماهی بود صدای رمضان و صدای سعید تغییر کرده بود و کلفت شده بود. یکی دو بار هم او را بابت صدای نازک و بچه‌گانه‌اش دست انداخته بودند. از اینکه شب‌ها مثل آنها خواب حوری و پری نمی‌دید و تکلیف نشده بود مقابلشان کم می‌آورد و احساس ضعف می‌کرد. اما حالا با آن حال خوشی که روز قبل، بعد از بیرون آمدن از خانهٔ پرویز، پیدا کرده بود این ضعف جایش را به توانایی و بی‌قراری شادی‌بخش و مرموزی داده بود و حس می‌کرد بی‌آن‌که تکلیف شده باشد بزرگ شده است.

به عزت نگاه کرد که بین مادر و مریم، خواهرش، نشسته بود و به او نگاه می‌کرد. عزت زیبا نبود، حتی زشت بود. آن اندازه که از نگاه کردن به فروغ لذت می‌برد و مشتاقانه و در هرحالی او را جستجو می‌کرد، از نگاه به عزت دوری می‌کرد و به فرشته‌های سرِ شانه‌هایش یادآوری می‌کرد که آن را در دفتر اعمالش به حساب موفقیت او در پوشاندن چشم بر نامحرم و پرهیزکاری‌اش بنویسند. وقتی همه سرِ سفره نشستند، مادر قوری را از روی سماور برداشت و در استکان‌های داخل سینی برنجیِ مقابل سماور تا نصفه چای دم‌کشیده ریخت و بعد یکی‌یکی استکان‌ها را زیر شیرِ سماور گرفت و از آب‌جوش پر کرد. استکان اول را جلوی عزت گذاشت. عزت استکان را برداشت و جلوی پدر گذاشت. پدر استکان را به مقابل او برگرداند و گفت: «مهمان حبیب خداست».

عزت که از شب پیش چندبار دزدکی به او نگاه کرده بود، دوباره لحظه‌ای به او چشم دوخت و سرش را پایین انداخت و با لبخندی شرمگینانه لب‌هایش را از هم باز کرد. چین و خطی پایین گونه و گوشهٔ لب‌هایش نقش بست که نیروی مرموز و جاذب آن به رنگ تیره و قهوه‌ای پوست صورت و چشمان سیاه و ابروهای کشیده‌اش سرایت کرد. آن خطِ دلفریب پیش از اینکه او را گرفتار کند، به همان تندی‌ای که ظاهر شد محو شد.

نتوانست از او چشم بردارد تا مگر آن چین اِغواگر دوباره ظاهر شود. سر درنیاورد که آن چین و خط بر اثر چه فعل و انفعالی مثل پرده‌ای نامریی صورت عزت را پوشاند و در نظرش زشتی او را بدل به زیبایی مدهوش‌کننده‌ای کرد. لحظه‌ای بعد سر بلند کرد و دوباره به او چشم دوخت. چیزی در نگاه او دید که پیش از آن ندیده بود، ته رنگی از تمنا و خواهشی وسوسه‌آمیز، نیرویی رازآلود که او را مثل آهن‌ربا به خود می‌کشید، نیرویی که پیش از آن احساسش نکرده بود و از جنسی نبود که او را به‌سمت فروغ می‌کشاند.

فروغ برایش فرشته‌ای بود که کوچکترین خیال جسمانی پاکیِ احساس مقدسش به او را زایل می‌کرد. شاید این شیطان بود که زیر جلدش رفته بود و او را جادو و مجذوب عزت کرده بود. دیده بود و شنیده بود که اسماعیل چطور وقتی چشمش به نامحرم می‌افتاد پشت‌هم زیرلب سورهٔ حمد می‌خواند. می‌گفت خداوند قدرتی در این سوره گذاشته که تو را مقابل وسوسه‌های خانمان‌برانداز شیطان محافظت می‌کند. قبل از اینکه در دلش حمد بخواند، نگاهی به عزت کرد که همین‌طور چشم دوخته بود که به او با انگشتان ظریفش لقمه‌ای نان و پنیر را با دلربایی و لوندیِ پوشیده‌ای به دهان گذاشت. آن خط و چین کنار لب‌ها و این دهان پروسوسهٔ گشوده اگر به‌خوابش می‌آمدند حتماً مثل سعید و رمضان و اسماعیل شیطانی‌اش می‌کردند

و او هم می‌بایست مثل آنها قبل از نماز صبح بقچه را بغل بزند و برود حمام و قربة الی الله غسل جنابت کند.

خواندن سورهٔ حمد را از یاد برده بود و وقتی یادش آمد که چشم‌های شوخِ عزت ارادهٔ خواندن آن را از او ربوده بود. همه صبحانه‌شان را خورده بودند و از سرِ سفره بلند شده بودند، جز مادر و عزت. باید بلند می‌شد، ولی انگار میخ شده بود به زمین. با چای اضافه‌ای که خواست و مادر برایش ریخت خودش را مشغول نشان داد. عزت دیگر نگاهش نمی‌کرد، داشتند با مادر درباره طرز بُرش یقه آرشال صحبت می‌کردند. به بهانهٔ اینکه دارد به حرف‌هایشان گوش می‌کند چشم از عزت برنمی‌داشت. وسط صحبت، عزت عامدانه لحظه‌ای به او براق شد و سگرمه‌هایش را درهم کشید. انگار که خواسته باشد بگوید «معلومه چته این‌جور بهم زل زدی پسرهٔ چلغوز جقل!؟»

ماندن جایز نبود. از جا کنده شد و از اتاق بیرون رفت. از پله‌ها بالا رفت و خودش را به زیر خرپشتهٔ خانه رساند و روی آخرین پلهٔ پشت دری که به بام باز می‌شد نشست. تنش از حرارت گُر گرفته بود و گونه‌هایش داغ بودند. شروع کرد به خواندن سورهٔ حمد و در همان حال به سگرمه‌های درهم‌کشیده و نگاه تحقیرآمیز عزت فکر کرد و اینکه به حسابش نیاورده بود. دلش می‌خواست صدایش مثل صدای رمضان و سعید کلفت می‌بود و موهای نرم پشت لب‌هایش تیره بود و روزی یک سانتی‌متر قد می‌کشید. دست پیش برد و بستهٔ اعلامیه‌ها را که روز قبل زیر خرت‌وپرت‌های پاگرد پله پنهان کرده بود لمس کرد و نفسی کشید و صدای قدم‌های سنگین پاسبان‌ها و برخورد باتون‌ها را به پشت پرویز که از پی او می‌دوید شنید. دانش‌آموزان یک‌ریز هورا می‌کشیدند و دست می‌زدند و او قد می‌کشید و اتکاء به نفس از دست رفته‌اش را باز می‌یافت و سرگمه‌های درهم‌شدهٔ عزت محو می‌شد. اسماعیل از میان حیاط صدایش زد: «ابراهیم کجایی؟

نگفتی میای با هم بریم چشمه علی یا نه؟»صدا رساند وجواب داد: «تو راه پشت‌بومم! نه، نمی‌یام درس و مشق دارم!»

اسماعیل عادت داشت جمعه‌ها از خانه بزند بیرون. از میدان گمرک برای خودش یک کوله و پتو و یقلاوی و قمقمه سربازی خریده بود و مادر برایش نان و پنیر و خیار و گوجه چای خشک جور می‌کرد و می‌گذاشت توی کوله‌اش. یا می‌رفت سمت دولت‌آباد و کارخانهٔ سیمان و چشمه علی، یا طرف سلیمانیه و دولاب، زیر درختی پتویش را پهن می‌کرد، آتشی می‌گیراند، و قوری روحیِ سیاه‌شده‌اش را جوش می‌آورد و چایی‌ای دم می‌کرد و به درخت تکیه می‌داد. بعضی وقت‌ها هم درس می‌خواند و تکالیفش را انجام می‌داد یا رمان در تلاش معاش و تفریحات شب و اشرف مخلوقات محمد مسعود را می‌خواند.

رفت روی پشت‌بام و به حیاط نگاه کرد. اسماعیل داشت از در بیرون می‌رفت. پدر از وسط حیاط با صدای بلند گفت: «ابراهیم رفتی رو پشت‌بوم چی‌کار می‌کنی؟ بیا پایین کارت دارم!»

فکر کرد شاید باید پیاده‌روی جلوی درِ خانه را جارو و آب‌پاشی کند. نگاهی به جایی کرد که بستهٔ اعلامیه‌ها را پنهان کرده بود و از پله‌ها سرازیر شد. پدر گفت: «زود باش حاضرشو باید بریم خونهٔ آقای اسفندیاری!»

آقای اسفندیاری از دوستان و همکاران قدیمی پدر در وزارت اقتصاد و دارایی بود. هردو سال‌ها بود که در بایگانی وزارت‌خانه کار می‌کردند. رفت‌وآمد خانوادگی داشتند. آقای اسفندیاری با اینکه جوانتر از پدر بود، عینک ته‌استکانی می‌زد. دکترها گفته بودند بیست درصد بینایی دارد و او این را در اداره از رئیس و رؤسا پنهان کرده بود و پدر می‌گفت تقریباً چشم‌بسته کارهای بایگانی را مثل او

و سایر همکاران انجام می‌دهد. آنها برای عیددیدنی آمده بودند و پدر و مادر وقت نکرده بودند بازدیدشان را پس بدهند و قرارشان این بود که قبل از ظهر به خانه آنها بروند. مادر از اتاق صدا رساند و گفت: «محمدآقا نه! ابراهیم می‌مونه خونه که عزت تنها نمونه».

به آخرین پله رسیده بود و پدر کنجکاوانه و با تأمل نگاهی به سرتا پای او انداخت و رو به مادر گفت: «باشه!»

چرا پدر آن‌طور موشکافانه براندازش کرده بود؟ یعنی می‌خواست مطمئن شود تکلیف شده یا نه؟ صدای نازک و پشت‌لب سبز نشده وصورت بچه‌گانه کمکش کرده بودند با عزت تنها بماند. ضربان قلبش تند شده بود ودر پوست خودش نمی‌گنجید. آخرین باری که فروغ را دیده بود همین‌طور قلبش تند زده بود، اما این‌بار فقط قلبش نبود که می‌زد و این ضربان به نقاط حساس بدنش هم رخنه می‌کرد و نیروی خفته‌ای را بیدار می‌کرد. رگ‌وپی و اعصابش کش می‌آمدند و ازاین احساس مبهم وخوشایند لذت می‌برد.

خوشحال از اینکه نه آن‌قدر بزرگ شده بود که پدر و مادرش نتوانند پنبه و آتش را توی خانه باهم تنها بگذارند، نه آن‌قدر کوچک که نتواند از دختری تنها در خانه، که کلی کارهای خیاطی مادر روی دستش مانده بود مراقبت کند. سعی کرد دوروبر عزت نچرخد مبادا مادر و پدرش به لرزش‌های تن و شماره افتادن نفس‌ها و امیال شیطانی‌اش پی‌ببرند. اگر مادر یا پدر پشیمان می‌شدند و تصمیم می‌گرفتند او را با خودشان ببرند چه باید می‌کرد؟ با بودن عزت در خانه نمی‌توانست بزند زیرش و درس و مشق را بهانه کند. نباید می‌گذاشت فرصت تنها ماندن با عزت که آتش به جانش انداخته بود بر باد برود. رو به مادر گفت: «مامان، پس من می‌رم یه سری به سعید و رمضون بزنم و بیام. دیشب قرار بود باهاشون برم هیئت نتونستم. شما کی می‌خواین برین؟»

مادر گفت: «نیم‌ساعت دیگه.. می‌خوای بری، برو!..»

از درخانه بیرون نرفته بود که مادر گفت:« ابراهیم زود برگرد مادر، عزت تو خونه تنها نَمونه!»

گفت: «باشه مامان، زود می‌یام».

از درِ خانه بیرون زد. این‌طوری هم دودلی و شک پدر کمتر می‌شد هم اگر پشیمان می‌شدند دم‌دستشان نبود که مجبور شود با آنها برود. سرِ کوچه ایستاد و اطراف خیابان را نگاه کرد. رمضان دکان را باز نکرده بود. جمعه‌ها دیرتر مشغول می‌شد. معمولاً این‌جور مواقع می‌رفت درِ خانهٔ سعید یا رمضان را می‌زد. با خودش فکر کرد شاید بهتر باشد آن دوروبرها نچرخد، هم ممکن بود گیر آن‌ها بیفتد و نتواند از دستشان خلاص شود هم چه‌بسا تصمیم پدر و مادرش عوض شود و بیایند دنبالش و صدایش بزنند. از کوچهٔ قالی‌شورها به‌طرف باغ و انتهای بیسیم راه افتاد. هرچه از خانه دورتر می‌شد احساس اطمینان بیشتری می‌کرد. به دیوار باغ بیسیم که رسید احساس کرد به اندازهٔ کافی از دسترس همه دور شده. نگرانی‌ای نداشت جز زمان که باخساست می‌گذشت. دیوار غربی باغ را دوبار تا انتها رفت و برگشت و فکر کرد هنوز خیلی مانده تا نیم ساعت شود.

صحنهٔ پشت‌بام در تابستان سال قبل لحظه‌ای از خاطر و برابر چشم-هایش گذشت. یادش آمد روی بام خوابیده بود که مویهٔ خفیفی بیدارش کرد. پدر و مادر و اسماعیل و مریم، خواهرش برای نماز رفته بودند پایین. او را چون هنوز نماز برایش واجب نشده بود دیرتر صدا می‌زد. هنوز آفتاب نزده بود. برگشت و دمر شد و آهسته سرش را از روی بالش به‌سمت صدا بلند کرد. صدا از بام همسایهٔ شمالی می‌آمد که در فاصلهٔ کمی از خانهٔ آنها در گودی بود. بدون اینکه دیده

شود می‌توانست زن و مرد همسایه را داخل پشه‌بند ببینید، گرچه محو و در نور کم. ترسیده بود. قلبش به‌تندی می‌زد. فکر کرد دارد گناهی بزرگ مرتکب می‌شود. صورتش را در بالش فرو برد و شروع کرد به خواندن سورهٔ حمد. به نیمهٔ سوره نرسیده بود که بی‌اراده دوباره سرش را بلند کرد. اولین اشعه‌های طلایی خورشید روی پشه‌بند افتاده بود و آنها را سایه‌وارتر می‌دید. صدای آه کوتاهی شنید و بعد همه‌چیز ساکت و ساکن ماند. صدای نفس‌نفس‌زدن‌های خودش را شنید که سکوت صبحگاهیِ روی بام را می‌شکافت و او را لو می‌داد. از ترس دهانش را بست و رفت نفس در سینه حبس کند که دستی محکم به پس سرش کوبید و صورتش در بالش فرو رفت. اسماعیل بود. نمازش را خوانده بود و آمده بود روی بام: «اوهوی پدرسگ! خجالت نمی‌کشی؟ تو خونهٔ مردم چی رو نیگا می‌کنی؟!»

درجا وادارش کرد هفت‌مرتبه سورهٔ حمد را بخواند تا او را به پدر لو ندهد.

دومین دوری بود که دیوار باغ را تا انتها رفته و برگشته بود. فکر زمانی که روی دیوار مدرسه ایستاده بود، فریاد تشویق بچه‌ها، و صدای گلوله‌ای که هوایی شلیک شد می‌رفت و می‌آمد و او را از عزت دور و به او نزدیک می‌کرد. سلانه‌سلانه به‌سمت خانه برگشت طوری که مطمئن شود نیم‌ساعت سه‌ربعی گذشته. کلون در را کوبید. عزت در را باز کرد و گفت: «کجا رفتی؟ چرا این‌قدر دیر کردی؟ همه رفتن! خاله می‌خواست بگه برا ظهر نون بگیری!»

بعد هم به حیاط برگشت و رفت طرف اتاق. ابراهیم دنبالش راه افتاد. پنجرهٔ رو به حیاط بسته بود و آفتاب کم‌سویی از چین‌های ریز و پُرپشتِ پشت‌دری‌های توری پنجره روی قالی تابیده بود. عزت به‌طرف درگاه رختخواب‌ها رفت و بالش و شمدی برداشت و آمد

نزدیک پنجره و سمت آفتاب و رودرروی او همین‌طور که می‌نشست با لحن محکمی گفت: «دیشب جابه‌جا شده بودم خوابم نبرد. خسته‌م، می‌خوام یه‌کم بخوابم و زود بلند شم. یه‌عالمه خیاطی دارم».

سرش را روی بالش گذاشت و شمد را روی صورتش کشید و خوابید. در حرکات و حرف زدن عزت جدیتی بود که باعث شد دل پراشتیاقش خالی شود و خیال شیطانی و آلوده به‌گناهش رنگ ببازد. شاید کار خدا بود که می‌خواست فکرهای معصیّت‌آمیز را از سرش دور کند. وسط اتاق و بالای سرعزت بلاتکلیف ایستاده بود و مانده بود چه کند. مردّد به‌سمت درگاه رفت و برای خودش بالش و ملافه‌ای برداشت و آمد بالای سر او ایستاد. رو به صورت عزت که با شمد پوشیده بود با صدایی لرزان گفت: «پس منم می‌خوابم!»

مکثی کرد و منتظر شد عکس‌العمل عزت را ببیند که او هم ساکت ماند و چیزی نگفت. با لحن متظاهرانه و معصومانه‌ای گفت: «میشه یه‌ذرّه بری اون طرف‌تر که منم بتونم تو آفتاب بخوابم؟»

عزت بعد از مکثی کوتاه و با حرکتی تند روی شانه برگشت و خودش و بالش را به‌سمت پنجره کشید و کنار خودش برای او جا باز کرد. بالش را نزدیک بالش او گذاشت و روی قالی تاق باز شد و ملافه را روی خودش کشید. پشت عزت به او بود و در سکوت در فاصلهٔ کمی از او خوابیده بود. لرزی خفیف که از ساعتی پیش به جانش افتاده بود شدت گرفته بود. کافی بود دستش را کمی به‌طرف عزت می‌سُراند تا بتواند آن موجودی که دیگر به نظرش نه تنها زشت نمی‌آمد که جاذبه و بوی تنش سِحرش کرده بود را لمس کند. عزت تابی به خودش داد و شانه‌اش به‌طرف قالی چرخید، طوری‌که برجستگی‌های پشت و باسن وکتف‌هایش در شمد پیچید و نمایان‌تر شد. چشم‌هایش را به سقف دوخته بود و می‌لرزید و نمی‌توانست کوچکترین حرکتی بکند؛ انگار میخ شده بود و به زمین فرو رفته بود.

دندان‌هایش تیلیک‌تیلیک به هم می‌خوردند و صدا می‌کردند. ترس برش داشته بود که عزت متوجه حال او بشود و بپرسد: معلومه چت شده؟

اتاق سرد نبود و در گرمای آفتاب خوابیده بود، فکر کرد پس چرا دندان‌هایش به‌هم می‌خورد؟ لرزیدنی که با میل و هوسی تند به عزت که در فاصله‌ای اندک و در عین حال دور و دست نیافتنی از او خوابیده بود همراه شده بود. اگر بزرگتر بود، یا دست‌کم عزت مثل بچه به او نگاه نمی‌کرد، می‌توانست بی‌هراس او را به آغوش بکشد و آتش اشتیاقی را که همهٔ رگ‌وپی‌اش را شعله‌ور و به کششی لجام‌گسیخته آورده بود مهار کند. با ناباوری فهمید کلمهٔ به‌گناه آلوده و ترسناک «شهوت» که از سر منابر وعظ در مسجد و از زبان اسماعیل بارها شنیده بود، واقعیتی است لذت‌بخش که حالِ دلپذیری دارد. اسیر شهوت شده بود و نه احساس گناه می‌کرد، نه خواندن سورهٔ حمد از فکرش می‌گذشت و نه تن عزت هولناکیِ روز قیامت و جهنم و سوختن در آتش را به ذهنش می‌آورد. بدن پیچیده در شمد او مثل هلو و حوری‌های بهشتی‌ای بود که به پرهیزکاران وعده داده شده بود.

در اشتیاق و کششی مفرط و رعشه‌ای آکنده از لذت در بوی خوش تنِ او می‌جوشید و ذرّه‌ذرّه بخار می‌شد. به خود که آمد دید روی شانه و به پهلو و طرف عزت چرخیده و دستش که دیگر به ارادهٔ او نبود، بدون واهمه‌ای از سگرمه‌های تحقیرکنندهٔ عزت به حرکت درآمده و آرام روی شانهٔ او نشسته است. عزت ساکت و ساکن به همان حال خوابیده بود و نه‌فقط تهدیدکننده نمی‌نمود که انگار او را به نوازش می‌خواند. چه بسا خودش را به خواب زده بود تا دست او را در پیشروی آرام و لرزانش آزاد بگذارد. به خودش جرأت داد، هوس بوییدن و لمس تن عزت بر ترس از او غلبه کرده بود. دستش را از

روی شانهٔ عزت برداشت و آرام‌آرام شمد را از روی سرش کنار کشید، آن‌قدر که موهای سیاه و براقش نمایان شدند. انگشت‌هایش را به‌نرمی لای بافه‌ای از موهای او برد و طره‌ای برداشت و لای انگشتانش نوازش کرد. صورتش را نزدیک برد و عطر و هوسِ نهفته در تارهای آن را بویید و با نفسی عمیق چون هوایی حیات‌بخش به سینه فرو برد.

عزت بی‌حرکت خوابیده بود. لرزش و تیلیک‌تیلیک رسواکنندهٔ دندان‌های آرام نمی‌گرفتند. نفسی عمیق از پیِ آهی جگرسوز کشید و دستش را زیر پشتهٔ موهای بلند او برد و آنها را کنار زد. گوش‌ها و پاره‌ای از گردن کشیده و قهوه‌ای‌رنگ عزت نمایان شدند. دیگر برایش مسلم شد که عزت بیدار است و پذیرای دست و انگشتان بی‌قرار و مردّد او. جسارتی یافته بود که از خود انتظار نداشت. سرش را از روی بالش برداشت و دستش را حایل آن کرد تا نیم‌رخ او را بهتر ببیند. پلک‌های عزت بسته و مژه‌هایش درهم فرورفته بودند. در چهرهٔ او نشانی از اخم و آن خط تهدیدکنندهٔ میان ابروها دیده نمی‌شد. صورتش را روی گردن او خم کرد تا عطری را که دورادور به مشامش رسیده بود از نزدیک‌ترین فاصله ببوید. ذرات رطوبت روی پوست گردن عزت می‌درخشیدند. بی‌اختیار لب‌هایش را روی رطوب گردن او سایید.

ناغافل عزت به شانه‌اش تکانی داد و خودش را به جلو کشید و بی‌حرکت ماند. آن‌قدر پرشتاب و ناگهانی تکان خورده بود که فکر کرد او خواب بوده و از خواب بیدارش کرده. وحشت‌زده پس کشید و سرش را روی بالش گذاشت و به سقف خیره ماند. پیش خودش فکر کرد نمی‌شود عزت به آن سرعت به چنان خواب عمیقی فرو رفته باشد. اگر بود چرا خودش را به آن شدت و تندی کنار کشیده بود؟ شاید خواسته به او بگوید زیاده‌روی نکند و حدّ خودش را

بشناسد. سهم یک بچهٔ نابالغ از تن بالغ و رسیدهٔ او همان نوازش بافه‌ای از موها است و بس! فاصلهٔ اندکی بین‌شان افتاده بود که در نظرش ده‌ها متر می‌آمد و آکنده بود از عطر دعوت‌کنندهٔ موها و رطوبت پوست گردن و ترس از عکس‌العمل تند عزت.

دوباره و این‌بار با احساسی گناه‌آلود خود را روی دیوار مدرسه و مقابل فریادهای بچه‌ها به‌خاطر آورد. چشم‌های ستایشگر آن دست مردانه‌ای یادش آمد که بستهٔ اعلامیه‌ها را به او داده بود. کمی بعد تنِ وسوسه‌گر عزت را ساکن و در کوتاه‌ترین فاصله از خود یافت. مگر می‌توانست او را نادیده بگیرد و بار دیگر موهایش را با انگشتانش نوازش نکند و نبوید! کاش نمی‌لرزید و آن ترسِ هوسناک آن‌طور تاروپودش را درهم نپیچانده بود و می‌توانست با صدایی بدون لرزش و بلند به او قول بدهد که دیگر در حد نوازش و بوییدن موهایش بسنده خواهد کرد و ذره‌ای پیشتر نخواهد رفت! باید دستش را دراز می‌کرد و انگشتانش را لای نرمی موهای او می‌برد و آنها را نوازش می‌کرد؛ همان هدیهٔ گران‌بهایی که لحظاتی پیش سخاوتمندانه به او ارزانی کرده بود. اما اگر ناگهان برمی‌گشت و باز اَخم‌هایش را درهم می‌کشید و آن خط بی‌رحم و تهدیدآمیز میان ابروهایش ظاهر می‌شد چه باید می‌کرد؟

به‌آرامی، طوری‌که سایش سرش به بالش صدایی نکند، صورتش را برگرداند تا دست‌کم حظی هوسبار و بصری از تن سفت و پیچیده در شمد او برده باشد. بدن عزت با تکان ناگهانی‌ای که به خودش داده بود و فاصله‌ای که از او گرفته بود، تنگ‌تر در شمد پیچیده بود و اندام باریک و کشیده‌اش با انحناهای شهوت‌بارتری به‌چشم می‌آمد. خیره به او ماند و میل سرکشِ به آغوش کشیدن و بوسیدن و بوییدنِ جزءبه‌جزء آن خطوط موزون هردم شعله‌ورتر می‌شد. فاصلهٔ واقعی و نه ترس‌خورده‌اش از عزت کمتر از نیم‌متر بود و کافی بود

بار دیگر دست او به ارادهٔ شیطان در می‌آمد تا آن فاصله اندک و رقت‌بار، اما دردناک و رنج‌آور، از میان برداشته شود.

صبرش تمام شده بود و مثل گناهکاری که پیشاپیش عقوبتِ عمل ناصواب خود را با جان و دل پذیرفته باشد، دستش را پیش برد و انگشتانش را به زیرِ دردسترس‌ترین طرهٔ موهای او سراند و آن را به‌نرمی نوازش کرد. شعاع‌های شهوتناکی به‌طرفش تابید و قلبش تند و نامنظم تپیدن گرفت. لرزهٔ تمنا این‌بار با کششی دردآلود در همهٔ تاروپودش رخنه کرد. خود را به شیطان، این موجود شجاع و پاکباز سپرد و از خودبی‌خود روی گردن عزت خم شد و بادابادا! لب‌هایش را با ذرات شبنم پوست قهوه‌ای و نرمِ همچون مخمل او مرطوب کرد و تا روی گونه‌های او سراند و بوی آن را با اشتیاق بلعید. عزت به‌تندی برگشت و رودرروی او شد. پیش از اینکه ابروهای تهدیدگرِ او را ببیند چشم‌هایش را بست. راه صعب و پرخطری را پیموده بود و در فاصلهٔ اندکی از قله، آویزان از صخره‌ای ترسناک میان زمین و هوا مانده بود و برگشت ناممکن بود.

با اینکه می‌دانست چنان لذتی پایدار نیست و با خشم رعدآسای عزت می‌تواند چنان برباد رود که جز فرار چاره‌ای نماند، پیش از اینکه او لب به اعتراض باز کند با همان اراده و اتکاء به نفسی که آن روز صبح تا روی دیوار به پروازش درآورده بود، لب بر لب‌های او گذاشت و به‌آرامی فشرد. لحظاتی را در بی‌هوشی و بی‌خبری سرشار از هراس و غرورِ سلطه بر جنسِ نامحرم و آلوده به گناهی که همواره به پرهیز و دوری از آن خوانده و ترغیب شده بود گذراند تا که ناباورانه احساس کرد دست‌های عزت دور گردنش حلقه شده‌اند و دهان و لب‌های گشوده و خیسش لب‌ها و زبان او را به درون و به گرمای دهان خود می‌مکند.

انقباض و لرز بدن همچون گشوده شدن زنجیر از دست و پای زندانی‌ای بی‌گناه از هم گسست و رها شد. جریانی بی‌هراس و بی‌گناه و ناآشنا همچون رودخانه‌ای خروشان در رگ‌وپی‌اش جاری شد و با شتاب به‌سوی تنگه‌هایی که هر آن متورم و متورم‌تر می‌شدند روان گردید. غلتیدن به روی تن پیچیده در شمد او شاید فتح نهایی به نظرش می‌آمد که توان انجام آن با دست‌های نوازشگر و لب‌ها و زبان داغ عزت از او گرفته شده بود. عزت به‌آرامی شمد را از روی خود سراند و شمد او را کنار زد و به زیر آن خزید و پای راستش را زیر شکم و لای پاهای او لغزاند و همزمان بلند شد و با فشارِ دست‌هایش او را طاقباز و کتف‌هایش را خاک کرد و خودش را به روی او کشاند. موهای بلند و سیاه و شفاف او چون آبشاری روی صورتش ریخت و نفس‌های نوازشگرش چون موسیقی‌ای که هردم اوجی تازه می‌گرفت، تند و تندتر شدند. چنان از بوی تن و پیچاپیچی امواج آن روی تنش از خود بی‌خود شد که نمی‌توانست چشمانش را باز کند و به او و به بلندیِ قلهٔ غرورآمیزی که فتح کرده بود نگاه کند. می‌ترسید مثل گشودن چشم از رؤیایی شیرین ناگاه آن‌همه حظ و گوارایی محو و ناپدید شود. عزت پیراهنش را بالا زده بود و با پستان‌ها و دهان و نفس‌های گرمش شکم و سینه‌های او را که نفهمیده بود کی و چگونه عریان شده بودند، نوازش می‌کرد و می‌بوسید.

پشت درِ مدرسه ایستاده بود. هنوز آقای حسنی، فرّاش مدرسه، در را باز نکرده بود. سنگینیِ اعلامیه‌ها را روی مچ دستش احساس می‌کرد. از اینکه توانسته بود طوری عمل کند که کسی از موضوع اعلامیه‌ها باخبر نشود و آن را همچون رازی مهم و گران‌بها برای خودش حفظ کند، احساس رضایت می‌کرد. به مادر گفته بود با یکی از همشاگردی‌هایش در مدرسه قرار دارد تا با هم درس بخوانند.

صبح که از خواب بیدار شد همان روحیه‌ای را که عصر روز قبل، وقتی عزت را تا خانهٔ خاله در خیابان دلگشا همراهی می‌کرد، داشت و آن را قوی‌تر احساس می‌کرد. مثل همان احساس غرور ناشی از رازی شخصی که داشتن اعلامیه‌ها به او داده بود. مادر خواسته بود همراه عزت تا خانهٔ آنها برود که تنها نباشد. چه وقتی تا سر خیابان بیسیم پیاده می‌رفتند و چه وقتی سوار اتوبوس شدند و کنار هم نشستند، با اینکه هم او هم عزت سرّ مشترکی داشتند آن را خجالت‌زده و شرمگینانه به روی خود نمی‌آوردند و از هم پنهان می‌کردند.

در تمام مسیر حرفی بینشان ردوبدل نشد جز تعارفی برای خرید بلیط اتوبوس و وقتی هم از روی صندلی اتوبوس بلند شدند تا در ایستگاه دروازه دولاب پیاده شوند عزت گفته بود «بذار اول من برم» و جلو افتاده بود. طوری رفتار می‌کرد که انگارنه‌انگار آن‌روز صبح بینشان اتفاقی افتاده است. حتی به نظرش از قبل خشک‌تر و جدی‌تر هم شده بود و همان‌جور مثل بچه با او رفتار می‌کرد. آن موانعی که به سختی برداشته بود و آن سدهایی که با فتح قلهٔ لذت شکسته بود، گویی یک‌سره به خواب و رؤیایی تعلق داشت که پس از بیداری با اینکه آثار آن دوام داشت به خاطر نمی‌آمدند. ناگزیر به بازیِ رازآلودِ فراموشی و خاموشی‌ای که عزت راه انداخته بود تن داده بود. وقتی در پیاده‌روی باریک خیابان دلگشا شانه‌به‌شانه شدند، نسیمی سرگردان عطر آشنای موها و تن او را به مشامش رساند و برای لحظه‌ای، کششی لذت‌بخش در عضلاتش شکل گرفت و لحظاتِ اوجی را به‌خاطر آورد که پیش از آن هرگز تجربه‌اش نکرده بود. دیگر می‌توانست به خودش ببالد و جلوی رمضان و سعید ادعا کند او هم تکلیف شده است، فقط می‌بایست کمی منتظر می‌ماند تا صدایش کلفت و مردانه شود.

درِ آهنی مدرسه تکانی خورد و درِ کوچک میانیِ آن باز شد. آقای حسنی سرش را از در بیرون آورد، به ساعت مچی‌اش نگاهی انداخت و رو به او که پشت در ایستاده بود گفت: «هفت و ربعه، بارک‌الله به تو بچهٔ سحرخیز، بیا تو!» پایش را روی پله گذاشت و از درِ میانی گذشت و به حیاط رفت. به جز آقای حسنی کسی در مدرسه نبود. قبل از اینکه حسنی وارد ساختمان شود و در را پشت سرش قفل کند پرسید: «آقاحسنی من جزوه فیزیکم رو روز چهارشنبه تو کلاس جاگذاشتم، پنجشنبه‌ام که مدرسه تعطیل شد، دبیرمون امروز سؤال می‌کنه. می‌شه برم تو کلاس برش دارم؟»

حسنی سرتاپایش را نگاهی کرد و به‌خاطر نیاورد که روز پنجشنبه او بوده که روی دیوار مدرسه بوده و کل مدرسه را به‌هم ریخته و به تعطیلی کشانده. دستی به پشتش زد و گفت: «برو بردار، زود برگرد!»

کلکش گرفته بود و از خوشحالی در پوست نمی‌گنجید. وارد ساختمان شد و پله‌ها را دوتایکی کرد و بالا رفت. کلاسش در طبقهٔ دوم و انتهای راهروی بلند و سراسری آن قرار داشت. فکر کرد از کلاس خودشان شروع کند. کیفش را باز کرد و بستهٔ اعلامیه را بیرون آورد و باز کرد. کیف را در جامیزی گذاشت و شروع کرد به گذاشتن اعلامیه‌ها در جامیزی‌ها. هیجان سراپایش را گرفته بود. باید قبل از اینکه آقای سمیعی یا نیکبخت می‌آمدند کار طبقهٔ بالا را تمام می‌کرد. ممکن بود حسنی هم شک کند و وقتی ببیند او برنگشته بیاید دنبالش.

سیصد برگ اعلامیه بود و شنیده بود تعداد دانش‌آموزان مدرسه حدود چهارصد نفرند. کلاس خودشان که تمام شد سرک کشید کسی داخل راهرو نباشد. مطمئن که شد مثل تیر خودش را به کلاس بعدی انداخت. درِکلاس را باز گذاشت که اگر از راهرو صدای پایی شنید فرصت پنهان شدن داشته باشد. برای سرعت دادنِ بیشتر به

کارش از هر میز جامیزیِ آخری را جا می‌انداخت. این‌جوری اعلامیه‌ها هم کم نمی‌آمد. آنها را برگ به برگ در جامیزی‌ها می‌گذاشت و می‌رفت سرِ میز بعدی. ده کلاس در طبقهٔ بالا بود و هشت تا در طبقه پایین. کلاس‌های بالا که تمام شد روی پیشانی‌اش عرق نشسته بود. از آقای حسنی خبری نبود.

قبل از اینکه بیاید پایین، از پنجره نگاهی به حیاط انداخت. چند دانش‌آموز در حیاط بودند. دو دستگاه کامیون شهربانی پُر از پاسبان جلوی مدرسه آن‌سوی خیابان پارک کرده بودند. بالای پله‌ها گوش ایستاد که مطمئن شود کسی در سالن پایین نیست. از دفتر مدرسه صدایی به‌گوشش خورد. شاید آقای سمیعی یا یکی‌دوتا از دبیرها آمده بودند. بقیهٔ اعلامیه‌ها را داخل شلوار و زیر کمربندش بست و دکمهٔ کتش را انداخت و آهسته از پله‌ها پایین آمد. برای رفتن به راهرو و کلاس‌های طبقهٔ اول باید از مقابل دفتر مدرسه رد می‌شد. درِ دفتر باز بود و صدای گفتگو می‌آمد. آقای حسنی در ساختمان نبود و می‌دانست او معمولاِ این ساعت‌ها، تا زنگ بخورد، جلوی درِ مدرسه می‌ایستد.

فرّاش‌های دیگر هم در حیاط یا در چایخانه سرشان به کار خودشان گرم بود. نمی‌بایست تردید می‌کرد. از آخرین پله پایش را روی موزاییک‌های کف سالن گذاشت و پاورچین تا کنار درِ دفتر رفت و ایستاد. نفسش را در سینه حبس کرد و آهسته سرک کشید. نیمرخ آقای سمیعی را دید که رو به پنجره حیاط نشسته بود و با تلفن صحبت می‌کرد. فکر کرد نکند موقع عبور از مقابل دفتر توجه او را جلب کند. ولی فرصتی برای این‌طور فکرها نبود. دلش را به دریا زد و با حالتی عادی بدون اینکه شتابی نشان دهد آهسته از مقابل دفتر گذشت. قدم‌هایش را تند کرد و به اولین کلاس سمت راست پیچید. فکری کرد و گوش ایستاد. آقای سمیعی متوجهش نشده بود.

اعلامیه را از زیرکمربندش بیرون آورد و به‌سرعت دست‌به‌کار شد. باید مراقب می‌بود از پنجرهٔ کلاس‌هایی که مشرف به حیاط بودند هم دیده نشود، برای همین دولّا و خمیده از این میز به میز دیگر می‌رفت و اعلامیه‌ها را داخل جامیزی‌ها می‌گذاشت. یکی‌دوتا کلاس مانده بود که از راهرو صدای پا شنید. ضربان قلبش شدت گرفت. لحظه‌ای مردّد مانده بود که اگر کسی داخل کلاس شود چه کند. ممکن بود آقای سمیعی صدای پای او را شنیده و شک کرده و با خودش فکر کرده بهتر است قبل از اینکه زنگ بخورد و نوبت مراسم صبحگاهیِ روزهای شنبه و بالا بردن پرچم برسد، سری به کلاس‌ها بزند.

نمی‌توانست پشت میزهای ردیف آخر خودش را پنهان کند؛ کلاس‌ها خالی بود و به‌راحتی دیده می‌شد. آن دفعه‌ای که با سعید زنگ تفریح در کلاس قایم شده بودند تا یکی از داستان‌های شرلوک هولمز را بخوانند، پشت همین میزها و روی نیمکت پنهان شده بودند که گیر افتادند. هم خودشان گیر افتادند هم درّه وحشت شرلوک هولمز را آقای سمیعی ازشان گرفت و برای همیشه ناتمام ماند. زودتر باید کاری می‌کرد. رفت روی نیمکت یکی از میزهای ردیف آخر کلاس دراز کشید تا دست‌کم کمتر در معرض دید باشد. صدای پا کلاس به کلاس قطع و سپس تا کلاس بعدی نزدیک و نزدیک‌تر می‌شد و ضربان قلب ابراهیم مدام تندتر می‌شد. با کاری که پنجشنبه کرده بود، اگر گیر می‌افتاد، حتماً از مدرسه اخراج می‌شد. نیکبخت و سمیعی مثل دبیرها دل‌رحم نبودند. صدای قدم‌ها در آستانهٔ درِ کلاس قطع شد و صدای باز شدن در را شنید. نفسش را در سینه حبس کرد و چشم‌هایش را بست. منتظر ماند تا اگر آقای سمیعی او را دید خودش را به مریضی بزند و بگوید چون حالش خوش نبوده آمده توی کلاس و خوابیده. صاحب صدای پا مکثی

طولانی کرد، درِ کلاس را بست، و رفت. آن‌قدر به همان حال ماند تا کار سرکشی به همهٔ کلاس‌ها تمام شد و صدای قدم‌ها در راهرو دور شدند.

روی نیمکت نشست و نفسی از سرِ آسودگی کشید. هنوز تعدادی اعلامیه مانده بود. آنها را هم در جامیزهای آخرین کلاس گذاشت و منتظر تمام شدن مراسم صبحگاهی ماند. این موقع‌ها معمولاً یکی از مبصرهای سال‌بالایی جلوی درِ ورودی ساختمان می‌ایستاد. بعد هم رفت‌وآمد دبیرها و کارمندهای دفتری و مبصر کلاس‌ها برای برداشتن دفتر کلاس از اتاق معلم‌ها در راهروها زیاد می‌شد. آخرین برگهٔ اعلامیه را مقابل چشمش گرفت و شروع به خواندنش کرد. اعلامیه به امضای سازمان دانشجویان و دانش‌آموزان جبههٔ ملی ایران بود و از همهٔ دانش‌آموزان دبیرستان‌های تهران خواسته بود آن‌روز مدارس را تعطیل کنند و به حمایت از معلمان جلوی مجلس شورای ملی جمع شوند.

درِ ساختمان باز شد و سروصدای ورود دانش‌آموزان در راهرو پیچید. باید قبل از رسیدن بچه‌ها از کلاس بیرون می‌رفت. خونسرد و قدم‌زنان و با قیافه‌ای انگارنه‌انگار در جهت مخالف و در شلوغی خودش را گم‌وگور کرد. در این میان کمی این‌پا و آن‌پا کرد تا صف بچه‌های کلاس خودشان وارد ساختمان شد و بعد با صف همراه و از پله‌ها بالا رفت. پشت میزش نشست. سعید قبل از اینکه به کلاس خودش برود آمد کنار میزش ایستاد و با دلخوری گفت: «ابراهیم باز که نامردی کردی و صبح نیومدی دنبالم. چی شده اِنقده قالم می‌ذاری؟»

گفت: «نه بابا توام! دیروز رفته بودم دخترخالم رو برسونم خونه‌شون، خالم شب نگرم داشت!»

این دروغ درجا به ذهنش رسیده بود. سعید گفت: «توی حیاط مدرسه هم که نبودی! زنگ‌تفریح می‌بینمت».

و رفت. دانش‌آموز بغل دستی‌اش خواست کتاب‌هایش را داخل جامیزی بگذارد که متوجه اعلامیهٔ داخل آن شد. هم‌زمان زمزمه‌هایی از بقیهٔ میزها هم بلند شد. بچه‌ها اعلامیه‌ها را به هم نشان می‌دادند و می‌گفتند: «اوخ جون، امروزم اعتصابه!»

آقای منزوی، دبیر ادبیاتشان نیامده بود. شاید باقیِ معلم‌ها هم تصمیم گرفته بودند سرِ کلاس نروند و در دفتر بمانند. کلاس به‌هم ریخت. بعضی بچه‌ها اعلامیه را بلندبلند می‌خواندند. صدای شعار: «فیتیله، امروز تعطیله!» از طبقهٔ اول و کلاس‌های سال‌بالایی‌ها شنیده می‌شد. در چشم بهم زدنی آقای نیکبخت وارد کلاس شد. ناگهان سکوت کلاس را فراگرفت. نیکبخت گفت: «آقایون کلاس‌ها امروز دایر هست و به هیچ وجه اجازهٔ شلوغ‌کاری نمی‌دم. جلوی درِ مدرسه دوتا کامیون پاسبونِ باتون‌به‌دست منتظر وایستادن. من مسئولیت دارم، کاری نکنین که پرونده‌تون رو بذارم زیر بغل‌تون! وای به‌حال اونایی که این اعلامیه‌ها رو تو کلاس‌ها پخش کردن!»

چند نفر، از جمله خودش انگشتشان را به علامت اجازه بالا آوردند. نیکبخت که از سکوت کلاس راضی به نظر می‌رسید به او اشاره کرد و گفت: «بگو!»

گفت: «آقا این اعلامیه‌ها در حمایت از معلماس. بدیش چیه؟».

نیکبخت سرخ شد و گفت: «بهترین حمایت از معلما اینه که شما نه تنها اخلال نکنین و شلوغ‌بازی درنیارین و درستون رو بخونین که اخلال‌گراها و اونایی که این اعلامیه‌ها رو پخش کردن رو هم اگر می‌شناسین معرفی کنین».

داشت از کلاس بیرون می‌رفت که همهٔ اونایی که انگشتشان بالا بود پشت هم و باهم گفتند: «آقا اجازه. اجازه!»

با بیرون رفتن نیکبخت، کلاس دوباره به‌هم ریخت و صدای شکسته شدن شیشهٔ پنجره‌ای هم از راهرو به‌گوش رسید. صدای «شی، شی، شیشه شکست!» از کلاسی به کلاس دیگر سرایت کرد و اوج گرفت. بلند شد و با چند دانش‌آموز دیگر به‌طرف در رفت. دیگران هم با آنها همراه شدند و همگی درحالی‌که دم گرفته بودند «شی، شی، شیشه شکست» از کلاس به راهرو ریختند و به دانش‌آموزان بقیهٔ کلاس‌ها پیوستند و به حیاط مدرسه سرازیر شدند. گوشه‌ای تعداد زیادی از دانش‌آموز جمع شده بودند و با تمام توان فریاد می‌زدند و شعار می‌دادند، صدای گروه دیگری بلند شد که می‌گفتند «آجان، برو گم شو!»

این شعار به‌سرعت همه‌گیر شد و فریاد رعدآسای دانش‌آموزان صحن مدرسه و محله را می‌لرزاند.

در همین حین، تخته‌سیاهی که رویش نوشته بود «آجان برو گم شو» روی دیوار رفت و پشت توری‌های سردرِ دیوار قرار گرفت.

دنبال سعید می‌گشت که چشمش به پرویز افتاد که انگار دنبال او می‌گشت. پرویز او را که دید لبخندزنان نزدیکش شد و دستش را فشرد و آهسته کنارِ گوشش گفت: «دستت درد نکنه! شیرین کاشتی! تونستی توی همه کلاسا پخش کنی؟!» در حالی که خندهٔ پیروزمندانه از روی لب‌هایش محو نمی‌شد سرش را به علامت تأیید تکان داد. پرویز دستش را روی شانهٔ ابراهیم حلقه کرده و زیرلب گفت: «بابا تو مثل بمب می‌مونی! ایوالله!»

بلندگوی داخل حیاط روشن شد و آقای نیکبخت دانش‌آموزان را به آرامش و پرهیز از دادن شعارهای تند علیه مأموران شهربانی دعوت

کرد. بچه‌ها اول با سوت زدن حرف‌هایش را قطع کردند و بعد هم با هو کردن مانع ادامهٔ حرف زدنش شدند. پرویز به او گفت: «دوست‌داری عصر بیای با هم بریم جلسهٔ جوانان جبهه ملی؟»

نمی‌دانست چه جواب بدهد. پرسید: «چه ساعتی؟». پرویز گفت: «ساعت چهار». به ساعتی که باید به خانه می‌رسید فکر کرد. باید یک‌راست از مدرسه به خانه می‌رفت و اجازه نداشت دیر برسد. پرسید: «کجا هس؟» پرویز جواب داد: «فخرآباد. جلسهٔ مشترک دانش‌آموزا و دانشجواس!»

جبهه ملی با نام مصدق و خاطرهٔ پدربزرگ و کودکی‌اش همراه بود. غروبِ آن روز گرمی را به‌خاطر آورد که با مادر و خاله‌ها و بچه‌ها خانهٔ مادربزرگ بودند. عصر که آقابزرگ از بازار آمد و روی تخت چوبیِ کنار حوضِ خانه‌شان نشست و سرش را روی زانو گذاشت. مادربزرگ پرسید: «حاج‌آقا، چی شده؟ زانوی غم بغل کردی!»

آقابزرگ سرش را بلند کرد و با بغض گفت: «خونهٔ مصدق رو به توپ بستن و خودشم گرفتن».

بعد از آن نام مصدق با یاد بغض و اندوه او همراه بود و طی سالیان و به‌تدریج در اشاره‌های احتیاط آمیز بزرگترها به اسم جبهه ملی پیوند خورد و به نامی مقدس برایش تبدیل شد. گفت: «باشه، میام».

کلمهٔ «دانشجوها» در ذهنش تکرار شد. رفتن به دانشگاه برایش مثل بلند شدن از زمین و پرواز در آسمان بود، پرواز به آینده‌ای رؤیایی که او مهندس شده بود. پاسبان‌ها آن سوی دیوار مدرسه سعی می‌کردند با چوب تخته‌سیاه را از پشت توری‌های دیوار به حیاط مدرسه بیاندازند که بچه‌ها یک صدا آنها را هو کردند. سروصدای چندنفر از بچه‌ها بلند شد که شعار می‌دادند: « اِبرام برو بالا، اِبرام برو بالا!»

بیشترشان همکلاسی‌های خودش بودند. کم‌کم همهٔ دانش‌آموزان مدرسه همان شعار را با صدای بلند تکرار کردند. روی پای خودش بند نبود و مانده بود چه کند. پرویز گفت: «نری پسر! می‌بینی که بدجوری تابلو شدی! عجب خراییَن این بچه‌ها. نباید اسم تو رو داد بزنن که! اگه دیروز کسی نشناختت امروز این خرا دارن لوت می‌-دن».

تا چشم به‌هم بزند، شش هفت دانش‌آموز سال‌بالایی روی دیوارها مشغول جولان دادن بودند و مراقب بودند پاسبان‌ها تخته‌سیاه را پایین نکشند. پرویز گفت: «ابراهیم همین‌جا وایسا تا وقتی ریختیم بیرون با هم بریم دم مجلس».

پرویز از دیوار بالا رفت. مشت‌هایش را گره کرد و همراه بچه‌های بالای دیوار رو به خیابان فریاد زد: «آجان، برو گم شو!»

همهٔ دبیرها از دفتر بیرون آمدند و روی پله‌های ورودیِ حیاط ایستادند و شروع کردند به دست زدن برای دانش‌آموزان که به حمایت از آنها شعار می‌دادند. دانش‌آموزان شعار دادند: «معلم پیروز است! استبداد نابود است».

فصل سه

بیشتر از مادر، خودش تقصیر داشت. همان وقتی که فروغ کلاس ششم دبستان را تمام کرد و مادر دل به دل او داد و دونفری دست به یکی کردند که فروغ به دبیرستان برود، باید جلوشان می‌ایستاد و تن نمی‌داد. خشت را همان‌جا کج گذاشته بود که حالا فروغِ دانشگاهی و یاغی بدجور کلافه‌اش کرده بود و دیگر نه خودش نه حتی مادر از عهدهٔ او برنمی‌آمدند.

مادر گفت: «دختر! دیگه کی بهتر از خونوادهٔ حاج‌طاهر!؟ پسره داره تو امریکا درس می‌خونه. اون از زن‌عموشون، یه پارچه خانم. این زن بعد از تیربارون شوهرش یه تنه وقتی همهٔ رفقای مثلاً لوطیِ شوهرش از ترس جونشون قطع‌رابطه کردن، همه دیدن چه‌جوری بچه‌هاشو به دندون کشید و از زیر دست‌وبال اراذل و اوباش و ساواکیا و شهربانی‌چیا حفظشون کرد و راهیشون کرد امریکا. اینم از بچه‌های برادرش که امروز واسه خودشون چه تو ایران چه اون

طرف دنیا کسین و مثل همین حسین‌آقا دارن اونور دنیا درس می‌خونن یا اگه ایرانن زندگیِ آبرومند و سرپایی دارن.»

فروغ گفت: «مامان من که نگفتم آدمای بدیَن. یادمم نرفته که پدرشون چقد کمک ما و رمضون بوده و هست. شایدم اگه به خواستگاری‌شون نه بگم نمک‌نشناسی به حساب بیاد. ولی من هنوز نمی‌خوام ازدواج کنم مامان. خیلی برنامه‌ها و کارا واسهٔ آیندهٔ خودم دارم که نمی‌تونم زیربار مسئولیت زناشویی برم. شما که دلتون نمی‌خواد یه دختر طلاق‌گرفته رو دستتون بمونه؟!»

رمضون اجازه نداد مادر جوابش را بدهد و پرید توی حرفش و گفت: «همین الانشم نجُنبی و بخوای لگد به بخت خودت بزنی رو دستمون موندی!»

حرف تندی زده بود. فروغ برافروخته و عصبانی نگاهی به او انداخت، مکثی کرد و گفت: «خوبه که توی خونهٔ مادرم زندگی می‌کنم و نون‌خور تو نیستم رمضون. وگرنه لابد تا حالا به صُلابه کشیده بودیم و داشتم کلفَتی یه لندهوری رو می‌کردم!»

فروغ نگفت که اگر کمک‌های او نبود چه به روزشان آمده بود. درست بود که مادر و بچه‌ها با اجاره‌ای که از دکان قصابی می‌گرفتند زندگی‌شان را می‌گذراندند، ولی هم کمکشان کرده بود و می‌کرد.

مادر رو به فروغ گفت: «این حرفو نزن دختر! اگه کمک داداشت نبود که تو نمی‌تونستی دانشگاه بری!» فروغ گفت: «بر منکرش لعنت. ولی شنیدین که چی گفت؟!»

مادر گفت: «اولاً حسین آقای حاج‌طاهر لندهور نیس، ثانیاً نه من نه داداشت که بدیت رو نمی‌خوایم دختر. خواستگار، اونم یه همچین خونواده و همچین پسری، تحصیل‌کردهٔ امریکا و همه‌چی تموم که

تو خیابون نریخته تا هروقت تو تصمیم بگیری ازدواج کنی پشت در صف بکشن».

فروغ مکثی کرد و گفت: «ببینین مامان، اگه بگم من اصلاً این‌جور ازدواج کردن رو قبول ندارم چی؟!» مادر ساکت شد و بهت‌زده به فروغ نگاه کرد. با طعنه گفت: «میشه بفرماین چه‌جور ازدواجی رو قبول دارین خانم تحصیل‌کرده؟»

فروغ نگاهش کرد و گفت: «واقعاً می‌خوای بدونی داداش؟»

گفت: «آره، می‌خوام بدونم تا تکلیفم روشن بشه!»

فروغ نفسی تازه کرد و گفت: «من با مردی که خوب نشناسمش، یک‌کلام، دوستش نداشته باشم محاله ازدواج کنم!»

بلند شد ومقابل فروغ ایستاد و با صدای بلند رو به مادرش گفت: «بیا! اینم از دختر دانشگاه رفتت. منِ احمقو بگو که چه‌جوری خر شدم گوش به حرف تو کردم ننه. حالا هی بشین و بگو بچه‌ها، چه دختر چه پسر باید برن دانشگاه. اینم از دانشگاه رفتن این خانم. نتیجه‌ش رو خوب ببین! شاید جلوی این نیم‌وجبی رو که این‌جور اینجا گوش نشسته بگیری که اقلاً آبروریزی‌مون دوتا نشه!»

اشاره‌اش به نجمه بود که ساکت نشسته بود به حرف‌های آن‌ها گوش می‌داد و بِرّوبِرّ نگاه نگاهشان می‌کرد. حرفش تمام نشده بود نجمه بلند شد و رو به او کرد و گفت: «ببخشین داداش رمضون که هنوز هیچ کاری نکرده باعث آبروریزیت شدم!»

بعد هم زد زیر گریه و به‌طرف درِ اتاق رفت. نجمه همین‌طوری بود، نمی‌شد نازک‌تر از گل به او گفت، تا می‌گفتی بالای چشمات اَبروست می‌زد زیر گریه و قهر می‌کرد. قبل اینکه نجمه از اتاق بیرون برود رو به اوگفت: «برو بابا توام که اشکت دمِ مشکته!»

نجمه بیرون رفت و در را محکم پشت سرش بست.

مجتبی که بی‌توجه به بگومگوها سرش به مشق نوشتن بود، بلند شد پشت سر نجمه از در بیرون برود که با عصبانیت گفت: «تو دیگه کجا می‌ری مفنگی؟!»

مجتبی جواب داد: «میرم دست‌به‌آب داداش!»

و از در بیرون رفت. فروغ پیِ حرف را گرفت و رو به او کرد و گفت: «ممکنه آقا بفرمایَن من چه آبروریزای کردم که به ریش و قباشون برخورده!»

گفت: «آبروریزی از این بالاتر که به خونواده و زن حاج‌طاهر بگم خواهر من با مردی که دوستش نداشته باشه ازدواج نمی‌کنه!»

صدایش را بالاتر برد و ادامه داد: «تا فردا تو میدون و تو دروهمسایه و محل، از مولوی بگیر تا تهِ بیسیم، بپیچه خونوادۀ حاج‌طاهر رفتن خواستگاری دختر حاج‌مهدی قصاب جواب رد شنیدن! چرا؟ چون دخترشون تا عاشق نشه ازدواج نمی‌کنه!»

رو به مادرش کرد و گفت: «بیا اینم از یه روز جمعه و تعطیلی‌مون! ننه من دیرم شده، بعد از قرنی با سعید و ابراهیم قراره بریم بیرون. جلوی این دختره رو اگه گرفتی که هیچ وگرنه خودم کاری باهاش می‌کنم که بفهمه این غلطای اضافی توی خونه و خونوادۀ حاج‌مهدی یعنی چی!»

به‌طرف درِ اتاق رفت و باعصبانیت و همین‌طور که ادای فروغ را درمی‌آورد زیرلب زمزمه می‌کرد: «تا دوستش نداشته باشم و عاشقش نشم باهاش ازدواج نمی‌کنم! ننه، به‌خدا دورغ نگم زیر سرِ عزیزکردت بلند شده. خدا به فریاد بابای خدا بیامرزم توی قبر برسه!»

وارد حیاط شد. نجمه لب پاشویۀ حوض نشسته بود و صورتش را میان دست‌هایش گرفته بود. رو به او کرد و گفت: «پاشو، پاشو.

بی‌خودی آبغوره نگیر! تو یکی دیگه پشت سرتو دیدی دانشگاه رو دیدی!»

مهدی از مستراح بیرون آمد. رمضان لحظه‌ای مکث کرد چیزی به او بگوید، ولی فکرش پریشان بود و پشیمان شد و از درِ خانه بیرون رفت. اگر او و مادر از عهدهٔ فروغ برنمی‌آمدند؟ اگر خانواده حاج‌طاهر از آنها جواب رد می‌شنیدند و خبرش تو میدان امین‌السلطان سر زبان‌ها می‌افتاد؟ چه‌جوری می‌توانست برای این نمک‌نشناسی تو رویِ آنها و چشم همهٔ دیگرانی که شاهد محبت‌های حاج‌طاهر به او و خانواده‌اش بودند نگاه کند. مردم دربارهٔ فروغ چه فکری می‌کردند؟ خصوصاً که همه می‌دانستند او دانشگاه هم می‌رود. هرجور فکر می‌کرد نمی‌توانست با عواقب و آبروریزی‌ای که فروغ ممکن بود به‌بار بیاورد کنار بیاید.

قرارش با ابراهیم و سعید جلوی سبزی‌فروشی اکبرورامینی و ایستگاه مهربان بود. بعد از مدت‌ها، به‌یاد گذشته‌ها از آنها خواسته بود سه‌تایی با هم بروند لاله‌زار و سری هم به کافه جمشید بزنند. خودش چند ماهی بود که هفته‌ای یکی دو بار به کافه جمشید می‌رفت؛ بیشتر به خاطر فتنه که آنجا می‌رقصید و مدتی بود که با او قاطی شده بود. به فتنه از رفاقتش با ابراهیم و سعید حرف زده بود. گفته بود که از بچگی با هم در یک محل بزرگ شده‌اند و بهترین رفقای او هستند. فتنه چندبار گفته بود چرا آنها را یک‌بار با خودش نمی‌آورد کافه که ببینَدشان. خودش هم دلش می‌خواست سعید و ابراهیم او را ببینند.

سعید برخلاف ابراهیم، که مقابل پیشنهاد او ساکت ماند و حرفی نزد، خوشش آمد و گفت: «چه عالی! اینقده از این و اون راجع به این کافه جمشید شنیدم که بدم نمیاد یه دفعه‌ام شده بیام ببینم این کافه جمشیدی که می‌گن چه‌جور جاییه؟ به هرکی می‌گم

کافه جمشید رو ندیدم یه جوری نگام می‌کنه که انگار نصف عمرم برفناست!»

سعید از وقتی با فکلی‌ها و نویسنده‌ها رفت‌وآمد پیدا کرده بود کمتر توی محل پیدایش می‌شد و به او سرمی‌زد. البته خودش قسم می‌خورد از رفاقتش سرِسوزنی کم نشده. پارسال بالاخره لیسانسش را گرفت و رفت آموزش‌وپرورش و معلم شد.

ابراهیم اما هنوز درس و دانشگاه را تمام نکرده بود. از پیرارسال که روز تشیع جنازهٔ تختی با چند دانشجوی دیگر دستگیر و چند ماهی زندانی شد، کم‌حرف‌تر شده بود و توی خودش رفته بود. از اول هم کله‌اش بوی قورمه‌سبزی می‌داد و تو کارِ سیاست و جبهه ملی و مصدقی‌ها بود. چیزی نمانده بود که مدرک مهندسی‌اش را بگیرد ولی دل از دانشگاه نمی‌کَند. با این‌همه برخلاف سعید، بیشتر به او سر می‌زد، چه موقع‌هایی که آخرهای وقت می‌آمد میدان و با هم به خانه برمی‌گشتند چه بعضی جمعه‌ها که می‌آمد خانه‌شان و با هم تخته بازی می‌کردند و مادر برای ناهار نگهش می‌داشت. مادر مخصوصاً ابراهیم را خیلی دوست داشت و همیشه به او می‌گفت: «تو مثل پسر خودمی!»

خواهرخواندگیِ مادر و فخری‌خانم، مادر ابراهیم، باعث شده بود ابراهیم از همان بچگی به او بگوید خاله. مادر همیشه از خانوادهٔ ابراهیم تعریف می‌کرد و روضه‌های چهارشنبه‌های اول هرماه به خانه آنها می‌رفت.

سعید و ابراهیم به‌هم که می‌افتادند مداوم راجع به تاریخ و زحمتکشان و آزادی و این‌جور چیزها بحث و جدل داشتند. خودش هم از پانزده خرداد به بعد مخالف شاه شده بود، خصوصاً بعد از تیرباران طیب‌خان. وقتی همهٔ لوطی‌های تهران و میدان امین‌السلطان

و مولوی با خانواده‌هاشان از دوروبر آنها کنار کشیده بودند، او و مادرش رابطه‌شان را با حاج‌طاهر و خانوادهٔ حاج رضایی‌ها حفظ کرده بودند. توی میدان دودستگی افتاده بود. یک عده رفتند دوروبر شعبان جعفری و بقول بچه‌ها خیابانی شدند، بعضی هم که ساکت مانده بودند به هیئت‌های عزاداریی که بعد از تیرباران طیب‌خان پراکنده شده بودند و به یکی دو تا زورخانه حول‌وحوش خیابون مولوی پناه برده بودند. پس از این دشمنی و کینهٔ او از دارودستهٔ غلام‌لانتور و شعبان جعفری هم بیشتر شد.

دارودستهٔ خیابونی‌ها جرأت نداشتند به میدان امین‌السلطان و خیابان خراسان و بیسیم پا بگذارند. حکومت بگیروببند راه انداخته بود و کسی جرأت دسته راه انداختن‌های آن‌زمان‌های طیب‌خان را نداشت. دسته‌های پراکنده توی محلات راه می‌افتادند. روضه‌خوان هیئت سقاهای خودشان را که طرفدار شاه و شعبان بی‌مخ بود، به اصرار او عوض کردند و شیخ‌حسن واعظ را که حرف‌های حسابی‌تری می‌زد و به قول ابراهیم از اسلام درست‌وحسابی و علی‌وار حرف می‌زد دعوت کردند. هرهفته شب‌های جمعه اول قرائت قرآن داشتند و حاج‌حسن تفسیر می‌کرد و بعدش می‌رفت سروقت وعظ و روضه‌خوانی. با آمدن حاج‌حسن، سعید و ابراهیم یکی دو سالی پای ثابت هیئت شدند. تفسیرهای او را که بیشتر علیه ظلم و ستم و کفّار و تبعیض بود دوست داشتند. البته سعید سال آخر دبیرستان یکی در میان می‌آمد و بعد هم که داستان‌هایش را مجلات چاپ کردند، کم‌کم اعتقاداتش سست شد و از هیئت و مراسم ماه محرم و صفر دور افتاد. ابراهیم با اینکه مثل سعید علاقه‌اش به هیئت کم شده بود، طول کشید تا فاصله بگیرد و شاید بیشتر به‌خاطر او ومادرش می‌آمد.

فروغ دیپلم که گرفت، پایش را کرد توی یک کفش که می‌خواهد دانشگاه برود. دانشگاهی شدن ابراهیم و سعید باعث شد به فروغ

زیاد سخت نگیرد. فروغ می‌خواست مثل ابراهیم فنی بخواند. به‌یاد آورد میان دعواها بر سررفتن و نرفتن فروغ به دانشگاه مادرش به او گفته بود اگر بابای تو را آن نامرد نکشته بود شاید خود تو هم الآن دانشگاه می‌رفتی. همین حرف‌ها بود که فکر کرد وقتی خودش از تحصیل جامانده، چرا باید جلوی فروغ و بچه‌ها را بگیرد و دل مادر و آنها را بشکند. با مهندس شدن فروغ خودش و خانواده‌اش می‌توانستند سری تو سرها و میان فامیل و اهل محل پیدا کنند، مثل خانوادهٔ حاج‌طاهر که به تحصیلات بچه‌هاشان می‌بالیدند، مثل ابراهیم که از وقتی دانشگاه قبول شد توی محل همه او را آقا مهندس صدا می‌کردند.

شب‌ها و روزهای تعطیل بنز ۱۸۰ی را که داشت در گاراژ آقا مصیّب، روبه‌روی کارخانهٔ یخ‌سازی، پارک می‌کرد. چند سالی بود که هیئت سقاها و هیئت سینه‌زنی جوانان علی‌اکبر دههٔ محرم گاراژ را سیاه می‌بستند و روضه‌خوانی راه می‌انداختند و روزهای عاشورا و تاسوعا دسته‌هاشان از همان‌جا حرکت می‌کردند و بعد از اینکه دستهٔ قمربنی‌هاشم، ابوالفضل عباس، و اراکی‌های مقیم تهران هم به آن می‌پیوستند پشتِ هم تا امامزاده اهل‌علی می‌رفتند. تاسوعا آقامصیب و هیئت جوانان علی‌اکبر در گاراژ خرجی می‌دادند و عاشوراها رمضان و هیئت سقاها.

زنگ گاراژ را زد. کبعلی سرایدار، در را باز کرد. ماشین را از گاراژ بیرون آورد و به‌طرف ایستگاه مهربان راند. سعید و ابراهیم مقابل سبزی‌فروشی منتظر بودند و برایش دست تکان دادند. جلویشان ترمز کرد. سعید جلو و ابراهیم روی صندلیِ عقب نشست. قبل از راه افتادن نیره‌سادات از خانه‌شان بیرون آمد. هر سه پیاده شدند و از همان کنار ماشین سلام کردند. نیره‌سادات صاحب مِلک سبزی‌فروشی اکبرورامینی بود که پای ثابت مراسم روضه‌خوانی‌های

مادرانشان بود. چادرش را دور کمرش جمع کرد و روی دستش انداخت و گفت: «رمضون مادرت چطوره؟ سلام من رو بهش برسون. سعید، ابراهیم! شما دوتام همین‌جور، به مادراتون سلام من رو برسونین. چی شده باز شما سه تا به‌هم اُفتادین؟ دیگه وقت داماد شدنتونه. کِی می‌خواین برین سرِ خونه‌زندگی و دست از یللّی‌تللّی بردارین؟»

سه نفری خندیدند و گفت: «خاله‌جون به این سعید بگین که معلم و حقوق بگیر شده! من که همین‌جوری‌شم زن نگرفته عیالوارم!»

نیره‌سادات گفت: «خدا الهی عاقبت به‌خیرت کنه مادر، خدا تورو به پنج‌تن آل‌عبا واسه مادر و خواهرات و برادرت نیگر داره! ایشالّا خودم تو دامادیت خدمت کنم رمضون!»

گفت: «خدا سایهٔ شما رو از سرِ ما کم نکنه!»

نیره‌سادات مکثی کرد و گفت: «دیروز خونهٔ حاج‌طاهر اینا روضه بودم. از فخری شنیدم خبراییه. به خیروخوشی باشه ایشالّا. به حق فاطمه زهرا بعدِ این‌همه سالی که از مرگ حاج‌مهدیِ خدا بیامرز می‌گذره از خونه‌تون صدای شادی بلند بشه».

سری خم کرد و گفت: «تصدّقتون خاله!»

بعد هم اجازه خواست و پشت فرمان نشست. سعید و ابراهیم هم خداحافظی کردند و سوار شدند.

هنوز نه به باری و نه به داری خبر توی محل پیچیده بود. حالا حتماً باید به سعید و ابراهیم هم جواب می‌داد. پایش روی کلاژ و دستش را پشت فرمان برد و ماشین را توی دنده گذاشت و راه افتاد. سعید فرصت نداد و پرسید: «رمضون این قضیه چی بود که نیره‌سادات می‌گفت؟ نامرد، نکنه داری داماد می‌شی و ما رو بی‌خبر گذاشتی؟»

مکثی کرد و فکر کرد چه جوابی بدهد. گفت: «کی؟ من داماد بشم؟ این نیره‌سادات رو که می‌شناسی، همین‌جوری یه چیزی پروند!»

سعید گفت: «حاشا نکن، همین‌جوری نگفت، یه خبرایی هس! حالا اگه ما رو نامحرم می‌دونی چیز دیگه‌س».

خبری که به این سرعت به محل رسیده بود، امروز و فردا به گوش سعید و ابراهیم هم می‌رسید. بهتر بود خودش به آنها می‌گفت تا از زبان این و آن بشنوند: «موضوع ربطی به من نداره. خونوادهٔ حاج‌طاهر خبر دادن می‌خوان بیان خواستگاری آبجیم فروغ».

برگشت به سعید نگاهی کرد و ادامه داد: «خیالت راحت شد؟ دیدی قضیه ربطی بمن نداره؟»

سعید گفت: «عِه، که این‌طور! مبارکه. لابد واسه حسین‌آقاشون که از امریکا اومده می‌خوان؟»

انگار که از قبل خود را پیروزِ جنگ و دعواهایی که فروغ راه انداخته بود و همه‌کارهٔ خانواده بداند گفت: «آره، برا حسین‌آقاشون می‌خوان بیاین. فخرالسادات‌خانم، مادر حسین، گفته اجازه نمیده پای عروسا و دومادای خونواده‌های بی‌دین و ایمون و پرافادهٔ فامیلا و آشناهای اعیون‌شون به خونَش باز بشه. آخه حسین گفته زنش باید تحصیل‌کرده و دانشگاه‌رفته و امروزی‌ام باشه! بعد تو دوروبری‌های دین و ایمون‌دارشون تنها آبجی من بوده که دانشگاهیه و درس خونده و دختر خونوادهٔ هم‌تیپ خودشونه. یکی دو روز پیش پیغام دادن می‌خوان بیان خواستگاری».

سعید بازوی او را فشار داد و گفت: «مبارکه! ایشالّا دومادی خودت رمضون! البته اگه الواتی بذاره زن‌بگیر بشی!»

رمضان با خنده گفت: «کدوم الواتی؟ با یه کافه جمشید رفتن که آدم الوات نمی‌شه! بعدشم حالا کو تا نوبت ما بشه».

ابراهیم آرام و بااحتیاط پرسید: «حالا نظر خودت و اخترخانم و فروغ‌خانم چیه؟»

رمضان که انگار نفهمیده باشد ابراهیم چرا این سئوال را کرده است: «از چه نظرِ‌ابی جوون؟ از لحاظ خونواده و نجابت و تَدّین که حرف ندارن! کی بالاتر از حاج‌طاهر، حسین که خدا رو شکر، درس‌خونده و امریکا رفته‌س. اومده بود میدون به حجرهٔ باباش سربزنه دیدمش. چه آدم افتاده‌ای! زمین تا آسمون با این جوجه‌فکلی‌های فرنگ‌رفتهٔ شمال‌شهری فرق داره. باید ببینیش! یه پارچه آقا! تازه فخرالسادات و حاج‌طاهر هم که حق مادرپدری به گردن من و بچه‌ها دارن. کیه که ندونه بعدِ بابام خدا بیامرز، اینا چه خوبی‌ها که در حق ما نکردن. خود من میدونی شدنم رو مدیون حاج طاهرم».

سعید مثل همیشه رُک گفت: «رمضون باز که زدی تو شونه خاکی! ابراهیم راجع به خونواده اونا که ازت نپرسید. گفت نظر مادرت و آبجیت چیه؟»

سال‌ها بود که پذیرفته بود دوام رفاقتش با سعید و ابراهیم به این بستگی دارد که در حرف زدن دست به عصا باشد تا آنها خیال نکنند چون شش‌کلاس سواد دارد پرت‌وپلا می‌گوید. برای همین با اینکه از کنجکاوی‌شان خوشش نیامده بود جواب داد: «اَوَلَندِش که اصل رضایت مادرمه که راضی به رضای خداست و خوشحاله! بعدش که من همه‌جوره خونوادشون رو و خودش رو قبول دارم. باقیش رو هم می‌سپریم به اوس کریم!»

سعید با پوزخند گفت: «بازم نگفتی آبجیت راضیه یا نه؟»

مکثی کرد و جواب داد: «آره که هس! نباشه‌ام راضی می‌شه. همچین که بره خونهٔ شوهر مهر و محبت هم پی‌اش می‌یاد».

سعید و ابراهیم ادامه ندادند. شاید فکر کردند اگر بیشتر پرس‌وجو کنند ممکن است او دلخور شود وبرای همین رعایت او را کردند. درست بود که فروغ مثل ابراهیم دانشگاهی و دانشجوی دانشکدهٔ فنی بود، ولی دختر حاج‌مهدی و خواهر رمضانِ حاج مهدی بود.

سعید پرسید: «حالا این حسین‌آقا درسش تموم شده؟»

گفت: «نه، قراره برگرده امریکا تموم کنه. ننه می‌گفت داره مغز و اعصاب می‌خونه».

در آینه ماشین نگاه کرد. ابراهیم ساکت پشت سرش نشسته بود و شانه‌اش را به درِ ماشین تکیه داده بود و به خیابان نگاه می‌کرد. گرفته و توی خودش به‌نظر می‌رسید. پرسید: «اِبی چته ساکتی، از چیزی ناراحتی؟»

ابراهیم فوراً سرش را برگرداند و به آینهٔ مقابل او چشم دوخت و گفت: «نه، چطور مگه؟ خیلی‌ام خوبم! داشتم به خیابون مولوی نگاه می‌کردم. یادته سه‌نفری می‌اومدیم اینجا از اون بساطیِ بغل سینما تمدن عکس و فیلم‌پاره‌های آپاراتچی‌ها رو می‌خریدیم. چقدر گشتیم دنبال او پنج‌تایی سری فیلم مشعل و کمانِ برت لنکستر. هنوز دارمشون. پنج‌تا فیلم دنبال هم».

سعید گفت: «یادش به‌خیر کلاس دوم دبستان. یادته از طرف مدرسه بردنمون سینما رامسر و دیدیمش؟ پسر چه عشقی کردیم! دفه اولّم بود می‌رفتم سینما. لالیَ رو که یادتونه. جیمی آرتیسته رو می‌گم رمضون!» گفت: «مگه می‌شه یادم بره؟!»

ابراهیم دنبالهٔ حرف خودش را گرفت: «کلکسیون داشتم. تک‌فیلمای امیرارسلان و فرخ لقا رو، هرکول و شب‌نشینی در جهنم. هنوز همون‌جوری تو آلبوم فیلمم دارمِش».

به آینه مقابل وبه ابراهیم نگاه کرد وگفت: «اون یارو فیلم‌فروشه چندساله بساطشو جمع کرده. بروبچه‌های این دوره دیگه فیلم و چه می‌دونم تیله و هستهٔ تمبر جمع نمی‌کنن. عاشق تیله جمع کردن بودم».

سعید گفت: «ماها که اهل تیله‌بازی نبودیم، نمیدونم چی شده بود که افتاده بودیم تو خط تیله جمع کردن. یادته پسر بزرگا وقتی ما کوچیک بودیم تو بیابونِ ذغالیا با تیله‌سنگی دُرُشتا، تیغی بازی می‌کردن؟» ابراهیم گفت: «عوضش به‌جاش مام والیبالِ تیغی می‌زدیم».

گفت: «تیمِمون رو بگو! همین آقاسعید با ذغال، درشت رو دیوار کارخونه یخ‌سازی نوشته بود: تیم رهبر هرجمعه در بیابانِ شترخوان جنب گاوچال آمادهٔ مسابقه‌س! زیرشم ریز نوشته بود ببریم یه‌برابر می‌گیریم، ببازیم دوبرابر می‌دیم. پسر چه غوغایی شد! از تیردوقلو و خیابون صفاری و خیام و سید ملک خاتون می‌اومدن با ما بازی کنن!»

سعید گفت: «خودمونیم رمضون اگه لات‌بازیا و جرِزدنای تو نبود محال بود اون‌همه ببریم. چه کِیفی می‌داد سینما رفتن با پولایی که می‌بردیم!»

خیابان سیروس را به‌سمت شمال می‌رفت. داخل بوذرجمهری که پیچید سعید گفت: «رمضون می‌شه جلوی پلهٔ مسجدشاه یه نیش‌ترمز بزنی!»

پرسید: «چی شد هوسِ مسجدشاه کردی؟»

گفت: «خیلی وقت بود اینجا نیومده بودم. یاد اون سالایی افتادم که تابستونا برا شهریهٔ مدرسه و لوازم‌تحریر تو بازار دکون شاگرد بودم».

روبه‌روی پله‌های مسجد، آن‌طرف خیابان نگه داشت. سعید نگاهی به گل‌دسته‌های ورودیِ به گودی افتادهٔ مسجد انداخت و زیرلب گفت: «ایستگاه مسجدشاه و بازار پیاده می‌شدم. از این پله‌ها می‌رفتم پایین و از راهروی سَردر وارد صحن می‌شدم. یه نیگا به حوض وسط مسجد می‌نداختم و از راهروی درِ می‌رفتم بازار بزرگ و تا بازار عباس‌آباد و سه‌دالونِ ملک و حجرهٔ حاج‌مم‌باقرِ بنکدار می‌رفتم. بابام همینکه تصدیق شش رو گرفتم گفت اگه می‌خوای بری دبیرستان خرج تحصیلت پای خودته. وقتی دانشگاه قبول شدم گفت: حالا که داری لیسانسه می‌شی خرج دانشگات با من! وضع مالیش بهتر شده بود».

ابراهیم گفت: «سعید یادته من و تو و اسماعیل داداشم اولای مهر هرسال عصرا باهم می‌اومدیم اینجا و کتابای کهنهٔ سال قبل‌مون رو می‌فروختیم و کتابای سال بعد رو دست‌دوم می‌خریدیم؟»

سعید ادامه داد: «جبرومثلثات هفت‌کچلون هشتم خریدارم! فارسی فروزانفر هفتم، فروشی! از اوایل مهر تا اواخرش هرروز عصرا هزارتا دوهزارتا دانش‌آموز دبیرستانی جلوی پلهٔ مسجد جمع می‌شدیم و داد می‌زدیم. پسر چه غوغایی بود! چاپ و توزیع کتابا که افتاد دست دولت و کتابا یه‌دست شد اون ماجرام ور افتاد».

گفت: «دبستان که می‌رفتیم کتابامون مجانی بود، یادتونه؟ من عاشق او کتاب بزرگای تاریخ بودم!»

ابراهیم گفت: «منم! یادته اون اتوبوسای اتاق‌چوبی دست‌ساز خط بازار و میدونِ خراسون رو، همون اتوبوسایی که شاسی و موتورش سوارشده از انگلیس می‌اومد و اینجا نجارا و حلبی‌سازا و اتاق‌سازا با دست براش اتاق می‌ساختن؟ درست جلوی همین پله وامی‌ستادن و داد می‌زدن و مسافر جمع می‌کردن». سعید ادامه داد: «بابای من

اون سالا هنوز با دوچرخه می‌اومد بازار. بچه که بودیم تابستونا بعضی روزا من و داداشم رو با خودش سه‌ترکه می‌آورد بازار. اون موقع تو طبقهٔ دوم سرای حاج‌حسن‌نو که سرپوشیده نبود و حیاط داشت و نوساز بود یه حجره اجاره کرده بود و ما رو می‌ذاشت اونجا و خودش می‌رفت دنبال خرید واسه شهرستانا، قماش می‌خرید و اونجا انبار و عدل‌بندی و بارنامه می‌کرد و می‌فرستاد واسه گاراژ گیتی‌نورد که بر ِ همین بوذرجمهری بود. غروبا تو بازار و برِ بوذرجمهری غلغله بود، پراز گاری اسبی‌هائی که از بازار تهرون صندوق‌صندوق و عدل‌عدل جنسای مختلف رو می‌بردن گاراژای بوذرجمهری، از ترانسپورت شمش‌العماره بگیر تا میهن‌نورد و اتوعدل و گیتی‌نورد که بار کامیونا و اتوبوسا بشه و بره شهرستانا. وقتی من پشت فرمون دوچرخه جلوی بابام نشسته بودم و داداشم رو ترک عقب و می‌رفتیم خونه، این بوذرجمهری اِنقده شلوغ بود که تا برسیم به سه‌راه سیروس هزاربار پیاده و سوار می‌شدیم».

پایش را روی کلاچ گذاشت و دنده را عوض کرد و راه افتاد و گفت: «ما رو بگو که اون سالا با بابای خدا بیامرزم گاهی دوترکه تا کشتارگاه می‌رفتیم!» ابراهیم گفت: «دوچرخهٔ باباتو که نگو رمضون؟ رولزرویس بود! راستی چی‌کارش کردی؟»

«هستش، دست مجتبامونه. گاهی باهاش می‌ره مدرسه».

سعید گفت: «اینم ترانسپورت شمس‌العماره، لامصب تکون نخورده!»

پیچیده بودند در ناصرخسرو. سعید پرسید: «رمضون داری کجا می‌ری؟»

گفت: «لاله‌زار داداش، قرارمون بود که بریم جمشید، شما سوسولا اِنقده این ورا نیومدین که خیابونا و راهِ لاله‌زارم یادتون رفته!»

سعید گفت: «توام رمضون! هی چپ و راست بما بگو سوسول.»

لاله‌زار شلوغ بود و ماشین آهسته حرکت می‌کرد. جمعه بود و جمعیت توی خیابان و پیاده‌روها موج می‌زد و در رفت‌وآمد بود. ابراهیم و سعید مشغول نشون دادن سینماهایی بودند که قدیم‌ها سه‌نفری با هم می‌رفتند. اولی سینما تابان بود، ابراهیم گفت: «بیشتر فیلم‌های اِدی کُنستانتین رو نشون می‌داد».

بعدی سینما ونوس، ابراهیم یادش آمد ۳۹ پلهٔ هیچکاک را آنجا دیده بودند. سعید گفت: «مشعل رو ببین! اون موقع‌ها تو مایهٔ وسترن بود، مثل ریو براوو، سینما خورشید تو مایهٔ فیلمای عربی و سامیه جمال بود». سر کوچهٔ ملی نیش‌ترمز زد و گفت: «اینجا رو دوس داشتم، کوچهٔ یه‌بلیط دوتا فیلم. بلیط می‌خریدیم می‌رفتیم تو؛ بیرون اومدنش دست خودمون بود، هروقت دلمون می‌خواست می‌اومدیم بیرون!»

سعید گفت: «اون سینماهه که درِ خروجیش زیر پرده بود و به کوچه باز می‌شد رو بگو. همیشه چارطاق باز بود و خرک‌چیا و طبق‌کشا و دوره‌گردا و درشکه‌ها که از تو کوچه رد می‌شدن مثل این بود که سینما دو تا پرده داره و هم‌زمان دوتا فیلم نشون می‌ده، یکیش مستندِ کوچهٔ ملی یکی‌ام فیلم روی پرده. نمیدونم چه حکایتی بود که هر خری‌ام که از اونجا رد می‌شد وامی‌ستاد به عَرعَر کردن».

خندید و گفت: «حیوونِ خدا هوس سینما رفتن به سرش می‌زده!»

خندیدند. ابراهیم گفت: «آخ از اون وقتی که تو سینما همه یه‌صدا همراه خره عَرعَر می کردن!»

گذشته ازمقابل چشم‌هایش تکه‌تکه و گسیخته می‌گذشت. بعد از کشته شدن پدرش آنها، برخلاف موقعی که بچه‌تر بودند، کمتر باهم تفریح و بازی می‌کردند. بعضی جمعه‌ها به همین خیابان می‌آمدند و

می‌رفتند سینما و گه‌گدار هم سری به تئاتر می‌زدند. بزرگ‌تر که شدند، اول در کافهٔ آقارضا سهیلا یک چَتوَر عرق و یه پرس باقالاپلو می‌خوردند و بعد می‌رفتند سینما.

ماشین را در خیابان منوچهری پارک کرد و پیاده به‌طرف سعدی راه افتادند. وارد کوچه که شدند، آسمان تاریک شده بود. نگهبان جلوی درِ کافه به او سلام کرد و گفت: «صفا آوردین آق‌رمضون! خوش اومدین!» از پله‌ها پایین رفتند، جای سوزن انداختن نبود. دود سیگار و بوی الکل و صدای درهم شدهٔ آکاردئون و سنتور و ویلون و کنترباس و تنبک و قره‌نی فضای کافه را گرفته بود. چشمش دنبال آشنا بود که سروکلهٔ کریم‌صفا، سرپرست گارسون‌ها، از میان تاریکیِ راهرویی که به آشپزخانه ختم می‌شد پیدا شد. آمد جلو گفت: «سلام رمضون‌خان، دیشب منتظرِتون بودم، نیومدین. می‌دونستم امروز می‌یاین، واسه همین میزِتون رو نگر داشتم».جلو افتاد و به‌طرف سن رفت. سوزان روی صحنه بود، داشت آهنگ «بادمجون» را می‌خواند. سمت راست سن، میان میزهای ردیف جلو، میزی خالی بود. کریم‌صفا کناری ایستاد و تا نشستند پرسید: «مشروب چی بیارم واستون؟»نگاهی به ابراهیم و سعید کرد و پرسید: «من که با کنیاک شروع می‌کنم، شما رو نمیدونم».

ابراهیم آبجوی شمس خواست و سعید هم گفت: «منم کنیاک!»

رو به کریم صفا کرد وگفت: «کریم‌جون یه بطر کنیاک هِنِه‌سی و دوبطر آبجوی شمس. پسته و ماست و خیار و ترشی سیر و یه‌کمم کالباس کنارش، تا واسه شام خبرت کنم!» کریم‌صفا گفت: «رو چِشم رمضون خان!»

سوزان می‌خواند: «آی بادمجون! واخ بادمجون!» ویلون‌زنی که سبیل‌های دوبلاسی داشت توی میکروفون همراه مشتری‌های کافه

یک‌صدا می‌گفتند: «آخه خانم‌جون اینقده نگو بادمجون!» سوزان جواب می‌داد: «تا چِشت کور بشه می‌گم بادمجون، آی بادمجون! واخ بادمجون! بادمجون خوش‌خوراکه، دلم براش هلاکه!»

ابراهیم که زل زده بود به سن و سوزان و گفت: «عجب لات‌بازاریه اینجا رمضون!» از آن سوی میز دستش را روی شانهٔ ابراهیم گذاشت و گفت: «داداشم یادت باشه تو کافه جمشیدی، مُتل‌قو که نرفتی!»

سوزان می‌خواند: «بادمجون اسم داره». همه جواب می‌دادند: «هی نگو بادمجون!» سوزان می‌گفت: «بادمجون رسم داره». همه تکرار می‌کردند: «هی نگو بادمجون!» و سوزان باز می‌گفت: «می‌خوام بگم بادمجون. آآآآی بادمجون وااخ بادمجون!»

ابراهیم به سوزان و سن اشاره کرد و گفت: «خیلی خیطه! معلومه این بابا چی داره می‌خونه؟»

سعید گفت: «این ابراهیم از همون اولشم به بچهٔ مؤدبا می‌زد. همچین که با اون پسره پرویز رفت تو جبهه ملی دیگه رفت که رفت و نشد اون ابراهیمی که باید می‌شد!»

گفت: «من که این همه سال نشنیدم محض رضای خدام که شده یه فحش به دهنش اومده باشه! تنها فحشی که بلده پدرسگه! آخه آدم بچهٔ بیسیم باشه و فحشش پدرسگ باشه؟!»

رو به سعید ادامه داد: «تو قضیهٔ پونزده خرداد آتشی‌تر از همهٔ ماها بود، یادته؟»

سعید گفت: «بعدشم که مرید شیخ‌حسن واعظ و تفسیرای قرآنش شد».

گفت: «چقدم شیخ دوستش داشت، هنوزم که هنوزه حالشو می‌پرسه. دانشگاهی که شدین، جفتتون گذاشتین رفتین و هیئت سقاها و شیخ‌حسن و رمضون رو سپردین به اَمان خدا!»

ابراهیم گفت: «دیگه واسه چی خودت رو سوژه کردی رمضون ؟»

سعید گفت: «ابراهیم راست می‌گه رمضون، رفاقت ما که الحمدالله سرجاشه!» گفت: «دلم لک زده واسهٔ اون روزایی که بدون هم نفس نمی‌کشیدیم!»

ابراهیم چشم از ارکستر برداشت و روی صندلی‌اش جابه‌جا شد و به او نگاه کرد و گفت: «اون جون‌جونی بودنای یازده دوازده سالگی رو اگه می‌گی رمضون، مال همون سن و سالایی بود که زندگی به بی‌خیالی و بازی می‌گذشت!»

ارکستر آهنگ شش‌وهشت دیگری را شروع کرده بود و سوزان از سن پایین آمد و در حالی که می‌رقصید با مشتری‌ها و آشناهایش خوش‌وبش می‌کرد. مقدمه که تمام شد شروع کرد به خواندن: «صددفعه گفتم با غریبه نشین/ ولی تو گوش نکردی. رفتی و یار دیگه‌ای گرفتی، برو که الهی دیگه برنگردی!»

کریم‌صفا همراه با گارسونی که سینی مشروب و مزه‌ها را در دست داشت از لابلای صندلی‌ها و میزها راه باز کردند و آمدند کنار میز آنها ایستادند. گارسون سینی را مقابل کریم گرفت و او یکی‌یکی ظرف‌ها را روی میز گذاشت و بطری‌ها را باز کرد و پرسید: «رمضون‌خان امری باشه؟»

الحق که کریم جلوی رفقاش سنگ تمام گذاشته بود. نگاهی به میز انداخت و رو به سعید و ابراهیم کرد و پرسید: «چیزی اگه می‌خواین بگین؟»

ابراهیم رو به کریم‌صفا گفت: «نه، ممنون!»

صورتش را به کریم نزدیک کرد و پرسید: «فتنه اومده؟»

کریم که خم شده بود تا صدایش را بشنود، گفت: «همین الان اومد رمضون‌خان، رفت حاضر بشه. برنامه داره!» «خوبه! برو ولی

حواسِت به ما باشه، چیزی اگه خواستیم خودتو زود برسون!» کریم گفت:«رو چِشم رمضون‌خان!»

کریم و گارسونِ همراهش تعظیم کوتاهی کردند و رفتند. سعید پرسید: «فتنه خانم دیگه کی باشن؟»

جواب داد: «می‌بینیش! یه دختر میزون و بامعرفت!»

سوزان میکروفون به‌دست از سن پایین آمده بود و می‌خواند و از این میز به آن میز می‌رفت و خدمتکاری دنبال او سیم میکروفونش را گرفته بود که به دست و پای مشتری‌ها و صندلی‌ها نپیچد. نوبت به میز آنها که رسید، آخرهای آهنگش بود. دستش را روی شانه و پشت سر ابراهیم گذاشته بود و می‌خواند و موهای او را نوازش می‌کرد. سعید یواشکی چشمکی به او زد و کنار گوشش گفت: «رمضون، دروغ نگم طرف چشش ابراهیم رو گرفته!»

خندید و برگشت نگاهی به سعید انداخت و گفت: «نه بابا اینا مرامشونه! داره مهمون‌نوازی می‌کنه!»

سعید گفت: «منتها فقط خوش‌تیپ‌ترا رو می‌نوازه!»

ابراهیم لبخندی زد و سرش را از دست سوزان کنار کشید و خواست دست او را کنار بزند که سوزان دستش را روی هوا گرفت و نگه داشت تا آواز و آهنگ به آخر رسید. میکروفون را به خدمتکار داد و با دست برای حضار بوسه فرستاد و برگشت به ابراهیم زل زد و گفت: «چته؟ نترس داشم نمی‌خورمت!»

بعد لپ‌های ابراهیم را گرفت و رو به کرد و پرسید: «رمضون این گوگوریِ نجیب کیه امشب با خودت آوردی؟»

سعید خندید و گفت: «نگفتم رمضون؟!»

فصل سوم

سوزان دست‌هایش را در موهای ابراهیم کرد و از سعید پرسید: «بما نیومده چِشمون یکی رو بگیره؟» پرید میان حرفش و گفت: «سوزی خانم رفیقمون نیت بدی نداشت. بفرما بشین خدمت باشیم! آقا ابراهیم و سعید آقا از رفقای قدیمی منن، بچه‌محلیم!»

سوزان روی صندلی خالی کنار ابراهیم نشست و گفت: «خوشبختم!»

رو به سعید کرد و ادامه داد: «خوش دارم از آق‌رمضون بپرسی که هم الان چن تا از مشتریای موند بالایِ مقامات‌دارِ این کافه حاضرن چقده اِخ کنن که نیم‌ساعت سوزی سر میزشون بشینه!»

سعید که جا خورده بود گفت: «والله به ابوالفضل سوزی خانم اصلا و ابدا منظور بدی نداشتم. داشتم با رفیقمون ابراهیم شوخی می‌کردم! می‌بینین که! خجالتیه. گفتم حالا ببین چی که نمی-شه؟!»سوزان دستش را روی شانه ابراهیم گذاشت و گفت: «من خاطرخواه مردای تیپِ این آقام که تو جمشید و افق‌طلایی کم‌یابه و حکم کیمیا داره! این تیپا لقمهٔ دخترای برِ خیابون شاهرضا و پهلوی و سینما رادیوسیتی و تریای پارامونتَن. مگه اون‌کاره باشی که به تورِت بخورن! بدبختی ما شب‌کارا اینه که این‌جور جاها راستهٔ کارمون نیس! مگه اینکه اِنقده انتِظور بکشیم تا سالی ماهی یکی مثل آق رمضون مَشتی دست یکشون رو بگیره بیاره کافهٔ ما لاتای جمشید نشین!»

بعد رو به رمضون گفت: «داش رمضون می‌بینم خلاف زدی، تو که همیشه کامیون‌کامیون میدونی‌یا رو بار می‌زدی و اینجا خالی می‌کردی، چی شده امشب با یه همچین آقایونی اومدی!»

معلوم بود سوزان کله‌اش حسابی گرم است. ابراهیم بدون عکس‌العمل به حرفای سوزان چشمش را به میز دوخته بود و

بی‌حرکت نشسته بود. از اینکه سوزان دست خودش را روی شانهٔ او انداخته و سینه‌هایش را به او چسبانده بود معذب گارد گرفته بود و در عالم دیگری سیر می‌کرد. پرسید: «ابراهیم چته داداش؟ از وقتی راه افتادیم دم دقه می‌ری توهم، از چیزی دلخوری بگو. سوزی خانوم حکم مهمون دارن. یه خوشی، بِشی، حالی، حولی!»

سوزان درهمان حال که دستش روی شانهٔ ابراهیم بود سرش را برگرداند و نگاهش کرد و منتظر عکس‌العملش ماند. ابراهیم لبخندی زد و رو به سوزان کرد و پرسید: «حالتون خوبه؟» سوزان قاه‌قاه زد زیر خنده و رو به رمضان گفت: «دیدی گفتم! حاجیت جنس‌شناسه!»لبخندی گنگ گوشهٔ لب‌های ابراهیم نشست. راحت نبود که سوزان به او بند کرده بود. برای اینکه سوزان دست از سر ابراهیم بردارد گفت: «سوزی جون، کنیاک می‌خوری برات بریزم یا مثل فتنه عرق خوری؟» سوزان گفت: «خواننده و سگی خور؟! اولندش که لولِ‌لولم، دومَندش سوزی تا ویسکی و کنیاک نخوره که حنجره‌ش باز نمی‌شه».

شیشهٔ کنیاک را برداشت و گیلاس سوزان و سعید و خودش را پر کرد و رو به ابراهیم گفت: «میشه روزه‌تو بشکنی و به خاطر گُل روی سوزی خانم و رمضون و داش سعید یه پیک کنیاک بندازی بالا!» ابراهیم خرده‌گیرانه به او نگاه کرد، لبخندی زد و سرش را به علامت تأیید تکان داد. گیلاس او را هم پُر کرد. گیلاس‌هایشان را بلند کردند و به هم زدند و یک نفس سر کشیدند. سوزان گیلاسش را روی میز کوباند و دستش را روی شانهٔ ابراهیم گذاشت و گفت: «چاکر آق‌اِبرام!»

برنامه‌گردان پشت میکروفون رفت و گفت: «توجه کنید! اینک نوبت به رقص عربی توسط رقاصه و آتشپارهٔ تهران و خاورمیانه خانم فتنه

رسید! این برنامه توسط ارکستر استاد سَلمکی همراهی می‌شود، این شما و این فتنه، آتشپارهٔ تهران!»

سوزان گفت: «رمضون نَشمَت اومد، برو تو حالش!»

دلش می‌خواست ابراهیم و سعید اول با فتنه سرمیز آشنا می‌شدند و می‌فهمیدند چقدر دختر با مرام و معرفتی است و با دیگر زن‌های کافه‌ای فرق دارد و بعد رقص او را می‌دیدند. در چشم او وقتی فتنه می‌رقصید حوریِ معصوم و باحیایی می‌آمد که از گناهکاری و جهنم فرسخ‌ها فاصله داشت و هاله‌ای از حُجبی معصومانه اطراف او را می‌پوشاند. حرکات اندام و عضلات او چون امواج رودخانه‌ای که بر دشتی صاف روان شود، درهم می‌غلتیدند و به‌نرمی روی تنش و از این‌سو و آن‌سویِ کنارهٔ شانه‌ها و دست‌ها و سینه و کمر و باسنش با لرزشی موّاج جاری می‌شدند. از تماشای او سیر نمی‌شد.

سوزان به صورت بهت‌زده و شیفتهٔ او نگاهی کرد و رو به ابراهیم کرد و گفت: «ببین از رفیقت آق‌رمضون یاد بگیر، پاش که به جمشید باز شد، تک‌خال رقص کافه‌های تهرون و رفیق جون‌جونی حاجیت رو به یه چشم به هم زدن قُر زد!»

فکر کرد کاش زودتر ماجرای رابطه‌اش را با فتنه به آنها گفته بود. سعید چشم از فتنه برنمی‌داشت و به او زل زده بود. ابراهیم اما گاهی از سر بی‌اعتنایی نگاهی به او می‌انداخت. حالا که رفقای جون‌جونی‌اش فتنه را تماشا می‌کردند احساس می‌کرد بیشتر از گذشته دلبسته و مالک اوست. انگار نگاه سعید به او مثل نگاه غریبه به ناموسش بود. سوزان رو به سعید کرد و گفت: «اوهو آقاهه! حواست باشه! این خانم که می‌بینی شش‌هفت ماهه که صاحاب داره و شش دُنگش وقف آق‌رمضونه. فتنه‌اس و جونش!»

رمضان با اینکه خوشش نیامد که سوزان سرمیز او رفقیش را کنف کند، تهِ دلش خوشحال شد. سعید خودش را جمع کرد و گفت: «قبول سوزی‌خانم!»

با لحنی خودمانی ادامه داد: «آقا رمضون می‌دونه که من یکی چقده مخلصشم. کی جرأت داره!» سوزان به ابراهیم اشاره کرد و گفت: «ازاین شاه‌پسر یاد بگیر!»هر دو به ابراهیم نگاه کردند و بلند خندیدند. فتنه رقصان از سن پایین آمد و لبخندزنان سمت میز آنها آمد و از رمضان پرسید: «خوش می‌گذره آقا رمضون!؟»

کنایه‌ای در حرکات و سؤال فتنه بود که نگرانش کرد. مبادا چون سوزان سرمیزشان مشغولِ بگو و بخند بود نگرانش کرده بود. ولی سوزان نزدیک‌ترین رفیق و دوست او بود. همیشه می‌گفت: «سوزی مثل خواهرمه! مونسمه، رازدارمه، کمک زندگیمه، تو همه‌چی، از خرید پارچه و رفتن به خیاطی و مدل لباسام و موهام بگیر تا گرفتن حق و حقوقم از صاب کافه، همه جا هوامو داره».

سوزان سوای اینکه فتنه را دوست داشت، زن حواس‌جمعی بود و طعنهٔ فتنه را گرفته بود و برای اینکه خیالش را راحت کند به ابراهیم اشاره کرد و گفت: «فتنه‌جون ببین رمضون چه تیکه‌ای امشب با خودش آورده؟!»

فتنه لبخندی زد و همان‌طور که بالای سر رمضان می‌رقصید دستی به گونه‌هایش کشید و آهسته و خودمانی و زیرلب گفت: «آقا رمضون، دیشب منتظرت بودم!»

گفت: «امشب اومدم که بچه‌ها رو هم با خودم بیارم! ابراهیم و سعیدن، بچه‌محلام، واست گفته بودم».

فتنه خم شد و فرق سر رمضان را بوسید و نفس‌زنان و با همان لحن گفت: «نامرد اقلاً یه تلفن می‌زدی خونه، یا به کافه زنگ می‌زدی

پیغوم می‌ذاشتی! فکر نکردی دلواپست می‌شم؟ سوزی شاهده، دیشب چه حالی داشتم، تا صب خوابم نبرد!»

مشتری‌ها اعتراض می‌کردند و با صدای بلند دم گرفته بودند: «پس ما چی؟! پس ما چی؟!»یک اسکناس پنجاه تومانی در سینه‌بند فتنه گذاشت و فتنه هم با بوسه فرستادن برای مشتری‌های معترض و رقصیدن و لرزاندن سینه‌هایش سعی کرد آنها را آرام کند. ممکن بود دعوا راه بیفتد. آن اوایل که تازه با فتنه قاطی شده بود، کریم‌صفا به او گفته بود: «رمضون‌خان واسه اینکه هرشب اینجا دعوا راه نندازی، هروقت فتنه سمت میزت می‌یاد جلوی همه یک صدی یا پنجاهی بذار تو سینه‌بندش تا همه بفهمن فتنه اگه بیاد سر میزشون خرج داره و این‌طوریام نیس که سر میز هرکی بره، هم باید آشنا باشه، هم دست‌ودل‌باز.»

فتنه سمت سن رفت تا رقص خودش را آنجا و مقابل ارکستر تمام کند. درحالیکه با چشم او را دنبال می‌کرد بطرکنیاک را برداشت برای سوزان و سعید و خودش ریخت و به ابراهیم گفت: «آبجوت گرم می‌شه، واسه خودت بریز. می‌خوام به کوری چشم حسودا سلامتی یه نفر بخورم که بد جوری خاطرِشو می‌خوام!» منتظر ماند ابراهیم لیوانش را پر کند. گیلاسش را برداشت، دیگران هم گیلاس‌هایشان را برداشتند و به‌طرف سن و فتنه بالا بردند. در حالی که حاضرین با سوت و کف زدن فتنه را تشویق می‌کردند آرام گفت: «فدای قدوبالات دختر!»

و در چشم بهم زدنی گیلاسش را سر کشید. فتنه انگشت‌هایش را بوسید و برای آنها فرستاد و با صدای بلند گفت: «نوش!» سوزان جرعه‌ای دیگر نوشید و گفت: «مرامتو رمضون!» سعید گفت: «بچه محلمونه دیگه!»

سرش گرم شده بود و همه‌چیز به نظرش خوب و رفیقانه و بی‌غل-
وغش می‌رسید. حتی سعید که تا همین لحظاتی پیش با نگاه‌های
هیزش به فتنه می‌رفت که از چشمش بیفتد در نظرش مهربان و
دوست‌داشتنی و همان رفیق ابدی‌ازلی‌ای رسید که بود. دمغی و
دلخوری ابراهیم اما دلواپسش می‌کرد. فکر کرد نکند باز دست از پا
خطا کرده و ساواک دنبالش افتاده است. از همه‌چیز ابراهیم خوشش
می‌آمد جز همین سیاسی‌بازی‌ها و توداریش. قدیم‌ها، وقتی بچه بود
خیلی با حالا فرق داشت. نمی‌فهمید چه به سرش آمد که از این‌رو
به آن‌رو شد. سعید یک‌بار گفته بود: «سیاست و زندان داداش! تا
خرخره رفته تو مبارزه با حکومت».

دستش را پیش برد و روی شانهٔ ابراهیم گذاشت و گفت: «مخلصِ
آقابرام هم هستیم!» ابراهیم سر بلند کرد و نگاه معنی‌داری به او کرد
و گفت: «ما بیشتر آقا رمضون». سوزان برگشت نگاهی به ابراهیم
انداخت و گفت: «منم مخلصتم آقابرام، یه مام بیشترم برا ما بزن
بلکه از خماری در بیام؟»

خندیدند. دستش را از روی شانهٔ ابراهیم برداشت و رو به سوزان
گفت: «سوزی می‌شه دست از سر این رفیق ما ورداری. نمی‌دونم
چرا امشب حالش خوش نیست». سوزان گفت: «باشه آق‌رمضون،
به‌خاطر گل روت ازش گذشتم!» و بطری کنیاک را برداشت
گیلاسش را پُر کرد و مقابل یکی‌یکی گرفت و گفت: «مخلص همهٔ
آقایون، دربست!»

فتنه لباس عوض کرده آمد و سرمیز ایستاد و سر رمضان را بغل
گرفت و گفت: «آقا رمضون، می‌شه رفیقات رو یه‌بار دیگه معرفی
کنی و بگی کدوم سعیده کدوم ابراهیم؟!»

آمد روی تنها صندلی خالی، کنارش نشست. گفت: «این سعیده، اینم ابراهیمه! گفتم که برات! همون رفیقای دوران دبستان و بچه‌محلی‌ام! بعدی که غلام‌لانتور نامردی بابام رو کشت، این دوتا رفتن دبیرستان و دانشگاه و من شدم نون‌بیار خواهر و مادر و داداشم! اگه بابام رو غلام‌لانتورِ کاسه‌لیس نکشته بود و مجبور نشده بودم درس و مشق رو ول کنم، زندگیم می‌افتاد تو یه خط و ربط دیگه. نشد دیگه! همه‌چیه اینا عوض شده، جزء رفاقتشون با من».

ابراهیم که معلوم بود کمی مست شده جابه‌جا شد و نگاهی به او انداخت و به فتنه چشم دوخت و گفت: «ماجرای پدرِ رمضون نه زندگی اونو که زندگی من و سعید و محله رو عوض کرد. خیلی چیزا تو محلمون با بابای رمضون رفت. همسایگی‌های قدیم از بین رفت، جمع شدنای مردم تو هیئت و مسجد و قهوه‌خونه از بین رفت، کمک و زیر بال‌وپر و دستِ اینو اونو گرفتن، نسیه‌فروشی و اعتماد مردم به‌هم، صدای اذون گفتن بچه‌ها روی پشت بوم. همه‌چی، همه‌چی». سعید گیلاسش را برداشت و گفت: «روحِش شاد!»

و سر کشید. ابراهیم دوباره به رمضان نگاه کرد و رو به فتنه ادامه داد: «هرچی بهتون از رفاقتمون تو بچگی بگم کم گفتم. اینجور رفاقتا رو می‌گن یه روح در دوبدن، ما سه نفر بودیم با یه قلب».

فتنه که محو حرف زدن ابراهیم شده بود مکثی کرد و گفت: «رمضون همیشه از شماها تا تعریف می‌کنه، اسمتون ورد زبونشه!»

سوزان رو به ابراهیم کرد و گفت: «ایول! تو بلد بودی به این خوبی حرف بزنی و از سرشب صم‌وبکم نشستی؟» رو به سوزان گفت: «ابراهیم رو این‌جوری نبینین، واسه خودش مخیه! بی‌خود نیست تو محل بهش میگن آقا مهندس».

ابراهیم لبخندی زد و ساکت ماند. سعید دنبال حرف را گرفت و گفت: «اگه واستون از نقشه‌هایی که وقتی بچه بودیم شبا روی کاغذای بزرگ و کاهی از محل و کوچه پس‌کوچه‌هاش واسه جنگ با بچه‌های تیردوقلو و لُرزاده و محله‌های دیگه می‌کشید بگم و اینکه چه‌جوری بچه‌های محل رو جمع می‌کرد و رو نقشه نشون می‌داد چه‌جوری از چه کوچه‌هایی بهشون حمله کنیم و از کدوما فرار کنیم، تو چه کوچه‌هایی کمین کنیم از خنده روده‌بُر می‌شین!» سوزان گفت: «جون من، می‌شه بگی؟»

همه چشمشان به سعید بودند. سعید تردید کرد و ادامه نداد. شاید او هم مثل خودش به حال ناخوشی ابراهیم فکر کرده بود. بطری کنیاک را برداشت و در حالی که گیلاس‌ها را پُر می‌کرد گفت: «بی‌خیالش بشین، ابراهیم امشب دل‌ودماغ نداره».

فتنه رو به او گفت: «رمضون تو از همه‌چیِ خودت برام گفتی جز از دختربازیات!» سوزان دست‌هایش را به هم زد و گفت: «آی گفتی فتنه! خوب وقتی گفتی، جلوی رفیقاش نمی‌تونه چاخان‌پاخان سرِ هم کنه و جانماز آب بکشه» و به ابراهیم نگاه کرد و ادامه داد: «ولی من بیشتر دلم می‌خواد بدونم این آقاهه چن‌تا دوست‌دختر داشته!»

نگاهی به ابراهیم انداخت و رو به سوزان گفت: «سوزی، به این ابراهیم اصلاً می‌یاد اهل این کارا باشه؟ از دانشگاش بی‌خبرم، اما نه که فقط آقا ابراهیم، اصلن تو محل ما از این خبرا نه اون موقع‌هاش بود نه الانش هست».

سعید گفت: «البته آقا رمضان هست کی جرأت می‌کنه به دخترای محل نگاه چپ بکنه!» خندیدند. سوزان گفت: «پاشین، پاشین بساطتون رو جمع کنین! پیش لوطی و معلق‌بازی. بی‌خود واسه ما جانماز آب نکشین!»

فتنه رو به او کرد و گفت: «رمضون معطل چی‌ای؟ بگو ببینم اولین بار با کی بودی؟» سوزان سکوت او را که دید رو به فتنه گفت: «مردا همینن. همین که از یه زن خوششون بیاد دیگه می‌شن امامزاده و انگار نه انگار که قبلنم مرد بودن!»

سعید که مست ولی حواس‌جمع به‌نظر می‌رسید گفت: «من الان یه ماجرایی از پونزده شونزده سالگی‌مون یادم اومد به‌شرطی می‌گم که رمضون و ابراهیمم رضایت بِدَن».

مجری برنامه در بلندگو اعلام کرد: «این شما و این خوانندهٔ معروف، محبوب قلب‌های مردم، قاسم جِبلّی!» هم‌زمان جبلّی روی صحنه آمد و مشتری‌ها دست زدند و یک صدا فریاد زدند: «محبوبه، محبوبه!»

فتنه گفت: «رمضون! رضایت بده بگه اگه نه حسابی دلخور می‌شم؟»

سعید می‌خواست ماجرای لو رفتن مجله‌های لختی را تعریف کند، بارها آن را یادآوری و به شکل‌های مختلف برای بچه‌های محل تعریف کرده بود. رو به فتنه کرد و گفت: «این‌جا جاش نیست، بعدن خودم برات تعریف می‌کنم!»

سوزان از جایش بلند شد و از آن طرف میز لپ‌های سعید را نیشگون گرفت و گفت: «ببین جونی، بی‌خیالِ رمضون و ابراهیم شو، بگو این چه تیکه‌ای بوده که سه‌تایی گرفتارش شده بودین!» سعید خندید و گفت: «صحبت سر تیکه و پیکه و این حرفا نبود، قضیه آبرویی بود که ازمون رفت!»

مقدمهٔ آهنگ محبوبه تمام شده بود و جبلّی شروع به خواندن کرد: «محبوبه، من عشق تو بودم...» مشتری‌ها با او دم گرفتند و صدا به صدا نمی‌رسید. سعید درحالی‌که به چشم‌های سوزان زل زده بود

دم‌به‌دم همه داد و زیرلبی و با مسخرگی خواند: «اکنون ز چه بردی تو زیادم؟ محبوبه من اشک تو بودم، کز چشم وفای تو فتادم».

بعد هم دست‌هایش را از هم باز کرد و همراه آهنگ سرش را به‌آرامی مثل داش‌مشدی‌های فیلم‌های جاهلی به دو طرف تکان داد و زیرلب خواند: «به‌دست موج غم مرا دیدی و رفتی/ به‌چشم گریانم تو خندیدی و رفتی!»

معلوم بود حسابی مست و شنگول و سر ذوق آمده بود. سوزان تعلل او را که دید صورتش را به او نزدیک کرد که یعنی مصّر است و می‌خواهد همه‌چیز را راجع به آن ماجرا بداند. سعید روی میز رِنگ گرفت و با جبّلی همراه شد: «اشکم تو نکردی ز چه باور/ محبوبه پشیمان شوی آخر».

مشتری‌ها آرام‌تر شدند و صدا به صدا که رسید، سوزان و فتنه منتظر، چشم به دهان سعید دوخته بودند. سعیدشیطنت‌آمیز همچنان روی میز رِنگ گرفته بود و همه را منتظر نگه داشته بود. سال‌ها سعید را به این حال ندیده بود. بچه که بود خدای چاخان کردن و این‌جور مسخره‌بازی‌ها بود. موقع تعریف کردن هر ماجرایی راست و چاخان را طوری با هم قاطی می‌کرد که همه سراپا گوش می‌شدند. یکی از کلک‌هاسش همین منتظر گذاشتن دیگران بود و وقتی همه گوش می‌شدند، ناز می‌کرد و حرف نمی‌زد و حاشیه می‌رفت. این اواخر با آب‌وتاب یک ماجرای عشقی را تعریف می‌کرد که دست آخر کسی نفهمید کجایش راست و کجایش را از خودش ساخته. ابراهیم گفت: «الحق که اگه هیچیت به یه نویسنده درست و حسابی نرفته باشه، چاخان‌بازی‌ها و ادا اصولاشون رو خوب یاد گرفتی!»

دست آخر، سعید رو به سوزان و فتنه محکم گفت: «گفتم که اون ماجرا رو واستون نمی‌گم مگه رمضون و ابراهیم راضی باشن که

راضی نیستن. ولی واسه اینکه روی ماهتون رو زمین نزده باشم یه کاری می‌تونم بکنم، اونم اینه که فقط صحنهٔ آخرش رو تعریف کنم. بگم؟» سوزان با عصبانیت گفت: «بگو بابا، تو که ما رو جون به لب کردی!»

سعید لبخند پیروزمندانه‌ای زد و گفت: «مادر رمضون که زاغ سیاهمون رو چوب زده بود، درِ حیاط رو قبلاً دوقفله کرده بود که نتونیم فرار کنیم، یه دستش جارو و دست دیگش مجله‌ای که از دست رمضون قاپیده بود. دورِ حوض حیاط دنبال سه‌تایی‌مون می‌دویید و با جارو می‌کوبید تو سرمون و پشت هم می‌گفت: نره‌خرای کثافت خجالت نمی‌کشین؟ از خدا نمی‌ترسین؟ روز قیامت باید واسهٔ یکی‌یکی صفحه‌های این مجلهٔ نجس جواب پس بدین. اوهوی سعید، با توام، اختر نیستم اگه به مادرت نگم! ابراهیم خاک تو سَرِت کنن که از تو یکی انتظار نداشتم، منو بگو فکر می‌کردم تو توی اینا آدمی، نگو که توام یه گُه دیگه‌ای مثل این رمضون خیرندیده! رمضونِ لندهور، کثافتِ از خدا بی‌خبر دیگه مگه تو خواب ببینی واست شیرین‌پلو بپزم! خلاصه اِنقدر دنبالمون کرد و تو سرمون زد و نفرین‌مون کرد که هم خودش هم ما از نفس افتادیم. بعدم از خونه بیرون‌مون کرد. من و ابراهیم از ترس اینکه قضیه رو به مامان و باباهامون گفته باشه رمضونم که معلوم بود حاج‌اخترخانم محاله خونه راهش بده، سه‌تایی رفتیم دَمِ خادمِ مسجد بیسیم رو دیدیم و اون شب رو خونهٔ خدا خوابیدیم و از برکت خونهٔ خدا تا دلتون بخواد خواب حوری و پری دیدیم. البته حوری و پریایی که با جارو تو سرمون می‌زدن!»

سوزان و فتنه در حالی که از خنده ریسه رفته بودند، با نگاه‌هایی مشکوک و کنجکاو به آنها چشم دوخته بودند. معلوم بود به همان اندازه هم که سعید لو داده بود ماجرا دستگیرشان شده بود. برنامهٔ

جبلّی که تمام شد کریم‌صفا آمد و پرسید: «آق‌رمضون غذا چی سفارش می‌دین!»

رو به ابراهیم و سعید کرد و گفت: «بچه‌ها شیشلیک اینجا حرف نداره! همه ششلیک بخوریم!» سوزان گفت: «رمضون راست می‌گه. منم شیشلیک».

همه با پیشنهاد او موافقت کردند. رو به کریم گفت: «پنج تا شیشلیک و مخلفات! یه بطر دیگه کنیاک و یکی دو تا آبجوی شمس!» کریم‌صفا دست روی سینه گذاشت و سری به علامت تعظیم خم کرد و گفت: «رو چِشم رمضون‌خان!»

و بعد مکثی کرد و رو به سوزان گفت: «سوزی خانم ببخشین، جناب سرهنگ شهریاری گفتن بهتون بگم برین سر میزِ ایشون».

سوزان مست و پاتیل، با چشم‌های لوچ و تابه‌تا زل زد به کریم و گفت: «جناب سرهنگ به اونجاشون خندیدن! می‌بینی که مهمونم؟»

کریم گفت: «سوزی خانم به جون بچه‌هام من بی‌تقصیرم، به ایشون گفتم شما مهمونین، خودشونم دیدن که اینجا نشستین، ولی بازم گفتن بهتون بگم.»

ابراهیم به سوزان نگاه می‌کرد. سوزان همان‌طور که رویش به کریم بود با زبان شل و وارفته دستش را طرف کریم پرتاپ کرد و گفت: «برو از قول من بهش بگو کوری؟ نمی‌بینی مهمونم؟!»

کریم رفت. سوزان رو به رمضان گفت: «رمضون، ببین یارو چه رویی داره. می‌بینه سرِ میز تو نشستم‌ها، بازم اُرد میده برم سر میزش. فکر می‌کنه دوتا قُپه ریدن سَرِ شونش می‌تونه به حاجیت فرمون بده!»

گیلاسش را برداشت که به‌سلامتی او بنوشد. ابراهیم گیلاس خودش را نزدیک برد و گفت: «رمضون، می‌شه یه کم کنیاک واسه منم بریزی؟ منم می‌خوام به‌سلامتی سوزی خانونم بخورم!»

سوزی ذوق‌زده برگشت نگاهش کرد و گونه‌اش را بوسید و گفت: «وای که می‌میرم برات آقا ابراهیم!»

خندیدند و به‌سلامتی سوزان گیلاس‌های خودشان را سر کشیدند.

شب از نیمه گذشته بود. هوشیارتر از همه خودش بود. ابراهیم با اینکه دیگر به‌جای آبجو کنیاک می‌خورد و مست بود، تمام‌مدت شق‌ورق نشسته بود. سوزان خسته و مست برای آخرین اجرای آن شبش بلند شد بالای سن برود. ارکستر مقدمهٔ آهنگ را زده بود و او تلوتلو خوران می‌رفت که شروع کند. از بالای سن با صدای بلند و شُل به میز آنها اشاره کرد و گفت: «بچه‌ها، بچه‌ها، می‌دونین این آقاهه چی‌چی می‌گه؟» همهٔ مشتری‌های کافه به جلوی سن و میز آنها نگاه کردند و با هم گفتند: «چی‌چی می‌گه؟» سوزان با همان لحن گفت: «صبر کنین بهتون بگم چی می‌گه. می‌گه که... صددفعه گفتم باباجون بیگی منو». تُنبک‌زن هم با همان ریتم و ضربه‌های مستانه او را همراهی کرد و همهٔ کافه یک‌صدا گفتند: «بیگی منو». مستانه‌تر گفت: «دارم می‌افتم بابا جون، بیگی منو!» همه داد زدند: «بیگی منو». با فاصله و پاتیل‌وار خواند: «حالم خرابه باباجون، بیگی منو!» همه جواب دادند: «بگی منو». سوزان طنازانه به میزآنها وابراهیم نگاه کرد وادامه داد: «وَالا ثوابه اِبی‌جون، بیگی مَنو».

ابراهیم سرخ شد و سرش را پایین انداخت و به میز نگاه کرد بلکه به این شکل خودش را از چشم مشتری‌ها پنهان کرده باشد. آهنگ که تمام شد سوزان انگشتانش را بوسید و برای ابراهیم و آن‌ها و همهٔ مشتری‌ها فوت کرد و رفت پشت صحنه و برنگشت. سوزی بدجور مست کرده بود و فتنه که دلواپسش شده بود بلند شد و با ابراهیم و سعید خداحافظی کرد که برود دنبالش. پیش از رفتن خم شد او را بوسید و گفت: «رمضون شبایی که قرار می‌ذاری بیای کافه، خواستی نیای خبر بده»

ودوباره او را بوسید. دور چشم‌هایش اشک حلقه زده بود. برای اینکه بُغضش را نبینند سرخودش را برگرداند و به‌سمت درِ پشت صحنه رفت.

احساس غریبِ بی‌حدی به او داشت و همین آشفته‌اش می‌کرد. اوایل سخت بود به این فکر کند که خاطرخواه او ویک رقاصه شده، ولی حالا مدام در دل اعتراف می‌کرد دلباختهٔ اوست و از این بابت می‌ترسید. مراقب بود همه‌چیز از فتنه پنهان بماند. نگران بود مبادا رفتاری بکند و یا چیزی بگوید که ناخواسته تعبیر به عهدی شود و امیدی در دل او بکارد؛ امیدی که از عهدهٔ عواقبش برنیاید و قلب او را بشکند و باعث گناه شود. بارها وسوسه شده بود به او اعتراف کند که خاطرخواه و والهٔ او شده ولی از دیدن صورت وحشت زدهٔ مادرش و پوزخند فروغ ترسیده بود و پشیمان شده بود. همین توقع کردن‌ها و بغض کردن‌های وقت خداحافظی، همین حلقه زدن اشک دور چشم‌های قشنگش، نشان چه بود جز اینکه دوستش داشت و مشتاق اعتراف متقابل از جانب او به عشق. اما به مادرش، فروغ، حتا سعید و ابراهیم چه می‌توانست بگوید. بگوید عاشق رقاصه‌ای شده که مردها در کافه‌های تهران برایش سرودست می‌شکنند؟

از کافه بیرون آمدند. سگ هم توی خیابان پرسه نمی‌زد. به‌طرف منوچهری جایی که ماشین را پارک کرده بود راه افتادند. به ماشین که رسیدند سعید که روی پا بند نبود گفت: «من می‌رم عقب که بخوابم».

رفت درِ عقب را باز کرد و روی صندلی ولو شد و گفت: «حواستون باشه رسیدم بیدارم کنین، یهو یادتون نره تو ماشین جام بذارین؟!»

هنوز به توپخانه نرسیده بودند که صدای خُرخُر سعید بلند شد. ابراهیم گفت: «عجب خوش‌خوابیه این دیگه!» گفت: «بدجور مَسته».

ابراهیم ساکت و آرام نشسته بود. میل غریبی به حرف زدن راجع به فتنه احساس می‌کرد. به‌نظرش ابراهیم باظرفیت‌ترین آدمی بود که می‌شناخت و اگر نظرش را درمورد فتنه می‌پرسید محال بود حرف ناجوری درباره‌اش بزند. برای اینکه سرِ حرف را باز کند و فرصتی به خودش بدهد که اوضاع را سبک‌سنگین کند گفت: «سوزیه بدجوری بهت بند کرده بود، ازت خوشش اومده!»

ابراهیم خندید وگفت: «پس پنجاه‌درصد ماجرا حله!» پرسید: «یعنی تو ازش خوشت نیومد؟» ابراهیم جواب داد: «نه بابا، دلت خوشه رمضون!»

و بعد مکثی کرد و ادامه داد: «البته از برخوردش با اون سرهنگه خوشم اومد، معلومه برا خودش یه غروری داره!» گفت: «خیلی از اینا زنای لوطی و خوبیَن». ابراهیم گفت: «آره، شنیدم. مثل مهوش که وقتی مُرد همه فهمیدند چقدر آدم دست‌ودل‌باز و دل‌پاکی بوده و به بچه‌یتیم‌ها و فقیرفقرا می‌رسیده».

گفت: «ایول، خوب گفتی!».

خودش را داشت آماده می‌کرد که اشاره‌ای به فتنه بکند که ابراهیم گفت: «از سوزی بگذریم، معلومه تو دل فتنه خانم رو خوب بردی!».

جملهٔ ابراهیم خیالش را راحت کرد. بدون اینکه به روی خودش بیاورد با لحنی جدی، انگار که خودش تا به حال متوجه این نبوده، پرسید: «این‌جور فکر می‌کنی؟» ابراهیم برگشت و ناباورانه نگاهش کرد و گفت: «آره خب، معلوم بود. خودت دیدی موقع خداحافظی

چه حالی شد! فقط زنای عاشق این‌جوری می‌شن که اون جلوی چشم ما شد».

همدلی ابراهیم را که دید اختیار از دستش خارج شد و گفت: «باورت نمی‌شه اِبی اگه بگم منم ازش خیلی خوشم می‌یاد. اِنقدر که موندم چی‌کار بکنم».

ابراهیم برگشت به صندلی عقب و به سعید نگاهی انداخت، انگار بخواهد مطمئن شود که او خواب است اعتراف مستانهٔ او درز نمی‌کند و با تعجب پرسید: «یعنی چی که چی‌کار کنی؟!» مردّد گفت: «می‌ترسم پیش خودش امید ببنده. یه جوری بشه که دلش بشکنه». ابراهیم گفت: «آره، مخصوصاً که این چیزا واسه این‌جور زنا که تو دنیا به هیچی بند نیستن زود جدی می‌شه. این‌جور که تو و اون رو امشب دیدم خیلی باید مواظب باشی!»

ماه‌ها بود این راز را نه تنها از فتنه بلکه از خودش پنهان کرده بود. بیش از هر زمان دیگری محتاج حرف زدن دربارهٔ حال و احوالش با کس دیگری بود. کی باور می‌کرد او عاشق یک رقاصه شود، آن‌هم رمضان پسر حاج‌مهدی. حتماً او را دست می‌انداختند، او را که اگر لب تَر می‌کرد بهترین و خوشگل‌ترین و نجیب‌ترین دخترهایی را که آفتاب و مهتاب رویشان را ندیده باشد دو دستی تقدیمش می‌کردند. ابراهیم اما مثل همه نبود، فرق می‌کرد، درس‌خوانده و ضعیف‌دوست بود. همین امشب وقتی سوزان آن‌طوری جواب دعوت سرهنگ را داده بود، به‌سلامتی او خورده بود و نشان داده بود برایش چه زن کافه‌ای، چه نجیب فرقی نمی‌کند و کافی است مرام و، به‌قول خودش، غرور و جُربزه داشته باشد تا قابل احترام باشد. در نظر او، ابراهیم از جهاتی مثل فروغ بود. هر دو خودشان بودند و نوعی پایبندی به اعتقاد و مرامی داشتند که روی آن غیرت ازخودشان نشان می‌دادند، روحیه‌ای که دردل تحسین می‌کرد.

دل به دریا زد و گفت: «این رو فقط برا تو می‌گم اِبی، جون رمضون قول بده پیش خودت بمونه». ابراهیم سرش را پایین انداخت و آهسته گفت: «باشه، از جونت وقتی مایه بذار که لازم باشه!»

سرش را کمی به‌طرف او خم کرد و آرام گفت: «ببخش داداش می‌دونم احتیاج به قول گرفتن نبود. واسه من تو و سعید از برادر بهم نزدیک‌ترین. اگه به هوش بود همینا رو به اونم می‌گفتم که می‌خوام واست بگم».

سرعت ماشین را کم کرد و دنده را کشید به سه و کمی ساکت ماند و آهسته‌تر گفت: «از تو چه پنهون، فکر کنم که منم خاطرخواش شدم، بدجوریم! نمیدونم چی شد. همین‌که اومدم به خودم بیام دیدم دیگه فکرش از سرم بیرون نمی‌ره. باورت نمی‌شه اگه بگم یه‌جورایی دارم فکر می‌کنم از این کار بکشَمش بیرون و آب توبه بریزم سرش و بشونمش خونه!»

ابراهیم برگشته بود و ناباورانه به او نگاه می‌کرد. در تاریکی به چشم‌های او نگاه کرد و پرسید: «چیه این‌جوری نگام می‌کنی اِبی؟ باورت نمی‌شه، نه؟! خودمم باورم نمی‌شد، ولی می‌دونی این‌جور چیزا دست خودِ آدم که نیست. چه می‌دونم، بعضی موقع‌ها فکر می‌کنم شاید این کار خدا بوده که فتنه رو سرِ راه من گذاشته و این‌جور مهرش رو تو دلم کاشته تا هم قدرت خودشو نشونم بده هم دین‌و-ایمون منو امتحان کنه».

ابراهیم گفت: «که چی؟ چه جوری؟!» جواب داد: «که پاکی به این چیزا نیس، که بفهمم چه‌جوری قلب یه زنی مثل فتنه می‌تونه این قدر صاف باشه، که نجابت این نیس که اگه نداشتی واسه تموم عمر نانجیب می‌مونی. ابراهیم، نمیدونم چقدر امشب فهمیدی؟ اون یه جواهره! همش هیجده نوزده سالشه. دارم فکر می‌کنم بدهی‌هاش رو

به صاحب‌کافه و طلبکارش بدم و حساباشو با همه صاف کنم، بی‌خبر ببرمش مشهد و آب توبه بریزم سرش و همون جا تو حرم امام رضا عقدش کنم و با خودم بیارمش تهرون. ببرمش خونه و بگم رفتم مشهد زن گرفتم! به نظر تو این کارو خدا قبول نداره؟»

ابراهیم سرش را پایین انداخته بود و ساکت مانده بود. پرسید: «چی فکر می‌کنی؟»

ابراهیم آهسته و زیرلب گفت: «چی بگم؟! راستش پاک جا خوردم. ببین اینکه عشق و خاطرخواهی حد و مرزی سرش نمی‌شه و با کسی هم رودروایسی نداره رو می‌فهمم. می‌فهمم که نه زشت و خوشگل می‌فهمه، نه پولدار و بی‌پول، نه نجیب سرش می‌شه، نه نانجیب ولی ازدواج! فکرشو کردی رمضون، صحبت یه عمر زندگیه‌ها. بچه‌دار شدن و... نمی‌دونم، چی بگم، حتماً فکراتو کردی».

سکوتی برقرار شد. میدان خراسان را دور زدند و پیچیدند داخل بیسیم. رمضان گفت: «میدونم با خودت فکر می‌کنی چرا؟ چرا رمضونی که لب تَر کنه خوشگل‌ترین و نجیب‌ترین دخترا رو بهش می‌دن باید خاطرخواه یه رقاصه بشه. خودمم موندم اِبی! اما این اتفاقیه که افتاده. هیچی نیس جز اینکه کار خداست! چطوریه‌که فتنه به چشم من مثل فرشته‌اییه که حاضر نیستم با هیچ دختر بکری تاختش بزنم؟»

مقابل کوچه قالی‌شورها ترمز کرد. سعید بیدار شد و سرش را از روی صندلی برداشت و گفت: «کجاییم؟ چه زود گذشت! ساعت چنده رمضون؟»

به ساعت ماشین نگاه کرد و گفت: «چهار صبحه! پاشو باید یه سر به خونه بزنم و برم میدون. خواب من رفت تا بعدازظهر که برگردم!»

خیابان در سکوت محض بود. صدای حرف زدن حسین خمیرگیر و اکبر شونه‌گیر که مشغول جروبحث باهم بودند از داخل نانوائی شنیده می‌شد. ابراهیم درِ سمت خودش را باز کرد و همین‌طور که پیاده می‌شد گفت: «دستت درد نکنه، خیلی خوش گذشت. حسابی افتادی تو خرج!»

جواب داد: «برو پی کارت، از این حرفا نزن!»

سعید هم پیاده شد و آمد سرش را از پنجره سمت شاگرد داخل ماشین کرد و گفت: «دست مریزاد رمضون، باعث شدی ما جمشید رو هم ببینیم! راستی راجع به فتنه‌ام بهت بگم، یه پارچه خانوم بود!»

ابراهیم دست سعید را گرفت و به‌سمت خودش کشید و گفت: «بیا بریم بچه دیر وقته! باید بره میدون!» خداحافظی کردند. ابراهیم به‌سمت کوچهٔ قالی‌شورها رفت و سعید به‌سمت خانه خودشان. راه افتاد و پیچید داخل خیابان خیام و ماشین را جلوی درِ خانه پارک کرد. کلید انداخت و در را باز کرد. از پله پایین رفت. مادر را دید که در تاریکی، کنار حوض ایستاده و وضو می‌گیرد. سلام کرد. مادر جواب داد: «سلام ننه. این چه وقت اومدَنه؟ الان که باید دوباره راه بیفتی بری میدون!» گفت: «می‌دونم! ابراهیم و سعید رو رسوندم گفتم یه سربیام خونه. سماور روشنه؟»

مادر جواب داد: «آره! تا وضو بگیری و نمازت رو بخونی، منم نماز بخونم چایی حاضره!» و به‌سمت بند رخت و حوله رفت و همین‌طور که دست و صورتش را خشک می‌کرد گفت: «خبر تازه بدم. نمی‌دونم چی شده درِ رحمت به روی فروغ باز شده! مریم خواهر ابراهیم عصری پشت پای تو اومد و گفت فخری‌خانم گفته اگه اجازه بدین می‌خوایم بیایم خواستگاری فروغ خانم واسه ابراهیم!»

جا خورد. مبهوت لب پله ساختمان ایستاد و گفت: «چی؟!»

فصل چهار

از روزی که با رمضون رفتیم راه‌آهن که سوار قطار بشیم و بریم مشهد رمضون رمضونِ دیگه‌ای شد. بعد از عمری که مردا بهم گفته بودن لخت شو، اینجا و اونجات رو نشون بده حالا یکی پیدا شده بود که می‌گفت اینجاتو بپوشون، اونجاتو بپوشون و سرِ من غیرت نشون می‌داد. خوشم می‌اومد. تا اون موقع عاشقش بودم، از اون روز به بعد دیوونش شدم. قبلَنا مثل همه با لخت و پتی بودن و رقصیدن و چه می‌دونم با این و اون لاسیدن نانجیبیم رو نشون می‌دادم، از اون روز به بعد خودمو به خاطر اون می‌پوشوندم و نجابتم رو حفظ می‌کردم. هرچی ازم می‌خواست با جون و دل گوش می‌کردم. خوشحال و سبک شده بودم که چشم مردای زن و بچه‌دار دنبالم نیست. منی که اون‌جور تو کافه‌ها جلوی صدتا مرد با یه نیمچه کُرست و شورت توری و چارلاخ نخ و النگون و دلنگونی که دور کمر و کونم آویزون می‌کردم و عربی می‌رقصیدم، همه‌جام رو با چادر می‌پوشوندم. تو خیابون و تو ماشین، تو مغازه و چلوکبابی، موقع خرید و غذا خوردن، مدام مواظب بودم گوشهٔ چادرم کنار نره که مبادا چشم یه مردی بیفته به گردن و سینه‌م و رنگِ جوراب و پیرهَنم. رمضونم

هرجا که دوتا مرد بود، نه یه کلمه باهام حرف می‌زد نه می‌تونستم باهاش حرف بزنم، مبادا صدامو یه نامحرمی بشنوه! نمی‌تونستم نُطُق بکشم، صدام یه کم بلند که می‌شد می‌گفت هیس! یواش حرف بزن! رمضونی که تو کافه شونه به شونم می‌چسبوند و لُپام رو وشگون می‌گرفت و ماچم می‌کرد و بُلن‌بُلن قربون صدقه‌م می‌رفت، توی خیابون و کوچه بازار دو متر از من جلوتر راه می‌رفت و منو دنبال خودش می‌دووند که مبادا آشنایی، دوستی، اهل محل و میدونی و بازاری‌ای با من ببینَدش.

بالاخره یه‌دفه کفرم دراومد و بهش گفتم: «ببین من که چادر سرَمه، رومَم که محکم گرفتم و صدامم که درنمی‌یاد، عیبش چیه دیگه که کنارم راه نمی‌ری، خسته شدم اِنقد دنبالت دوییدم».

گفت: «واسه یه مرد خوبیت نداره تو خیابون میون مردم کنار یه زن راه بره. همین».

عاشق این‌جور حرف زدنش بودم. حق داشت، می‌خواستم، دوسم داشت! اون یه جوون رعنای بلندقد چهارشونهٔ بیست و سه چار ساله‌ای بود که نصف رقاصه‌ها و جنده‌های تهرون واسهٔ اسمش غش می‌کردن چه برسه به خودش. اِنقده دوستم داشت و خاطرمو می‌خواست که از توی کافه‌ها و زیردست و پای آق‌مراد و یه مشت دلال و پُفیوز بیرونم کشیده بود. پولش نبود که خلاصم کرد، هیبت اسم و رسمش تو میدون و خیابون مولوی و خراسون و بیسیم بود. از بالای کافهٔ جمشید بگیر تا گنده‌لاتای دوروبرش، مثه مُرتِضِ‌پادگان و ناصرجیگرکی و یاروغاراشون، وقتی آق‌مرادِ جاکش طلباشو بابت من از رمضون گرفت، همه‌شون دُمِشونو گذاشتن روی کولشون و رفتن و دورَمو خط کشیدن.

خلاص شده بودم. آقا بالاسر بی آقا بالاسر! دیگه هیچ مفت‌خوری نبود که تا بگم حق و حقوقم رو بده وگرنه کار نمی‌کنم و می‌رم، بگه اول بدهی‌هاتو، چک و سَفته‌هاتو صاف کن بعد هرجا خواستی برو! مثل اون‌دفعه‌ای که نرفتم سر کار، همین آق‌مراد جاکش سفته‌هامو گذاشت اجرا و حکم جلبم رو گرفت. از اون دوازده هزارتومنی که داده بود به صَفَر و منو خریده بود، تا پول لباسایی که برام می‌خرید، خرج ماهانهٔ خورد و خوراکِ اون دوره که توی خونه‌شون مهمون بودم، خلاصه بابت همه چی، حتا گوزیدن تو توالت فرنگیِ خونه‌شم ازم سفته گرفته بود.

رمضون خودش که خوب بود هیچی، خونوادَش، رفقاشم خوب و آقا و از همه تیپی بودن. دوتاشون رو که آورده بود کافه سوزانم دیده بودشون. هر دو دانشگاه‌رفته و توی یه عوالم دیگه، ولی با هم جون‌جونی. ابراهیم که بعداً آبجیِ رمضون رو واسش عقد کردن که یه‌پارچه آقاس. همین‌که رمضون گفت می‌خوام بگیرمت، دیگه اگه جونمو می‌خواست دودستی تقدیمش می‌کردم. بداخلاقی‌ام داره، کدوم مردی نداره؟ همه‌جور اخلاقشو دوست دارم. فقط خدا خودش می‌دونه عشق چی به سرآدم میاره.

همین که رسیدیم مشهد، از ایستگاه راه‌آهن با ساکای دستمون تاکسی گرفتیم و یه‌راست رفتیم حموم تا هردومون غسل کنیم و آمادهٔ زیارت و خوندن نماز توبه کنار ضریح امام بشیم. دلاک حموم راه و رسم غسل کردن رو یادم داد و بعد که از حموم اومدیم بیرون رفتیم حرم. داخل شبستون دو رکعت نماز به نیت توبه خوندیم. همون‌جا رمضون به یه زیارت‌نامه‌خون پول داد تا زیارت‌نامهٔ امام رو برامون بخونه. جز به رمضون به هیچی فکر نمی‌کردم. شونه به شونه‌ش آهسته پشت نوحه‌خونه رفتیم تا ضریح. چسبیدم به ضریح، دست دراز کردم و دست آقا رو گرفتم. نمیدونی چه حالی بودم. صدای

نازک و غمگین زیارت‌نامه‌خونه با صدای نوحه‌خونای دیگه قاطی می‌شد و می‌رفت زیر گنبد می‌پیچید و دورِ سرم تاب می‌خورد و از این‌رو به اون‌روم می‌کرد؛ دستم تو دست رمضون عرق کرده بود. زیرلب یه تکه‌هایی از زیارت‌نامه رو مثل رمضون بعد از زیارت‌نامه‌خون می‌خوندم، او می‌خوند: «اللّٰهُمَّ صَلِّ عَلَی مُحَمَّدٍ عَبْدِکَ و رَسُولِکَ»،

منم قَر و قاطی همراه رمضون می‌خوندم: «اللّٰهُمَّ صَلِّ عَلَی مُحَمَّدٍ عَبْدِکَ و رَسُولِکَ»، او می‌گفت: «و نَبِیّکَ و سَیِّدِ خَلْقِکَ أَجْمَعِینَ»، ما‌م می‌گفتیم: «ونَبِیّکَ و سَیِّدِ خَلْقِکَ أَجْمَعِینَ»

خلاصه با اینکه غلط‌غولوط و سر و دُم بریده یه چیزایی رو زیرلب پچ پچ می‌کردم و دفعه اولی بود که تو عمرم زیارت‌نامه می‌خوندم حالی پیدا کرده بودم. بعداً که مرید آقام امام رضا شدم، اِنقده زیارت‌نامه‌شو با حاج‌اختر خانم خوندم که حفظ شدم. زیارت‌نامه‌خونه انگار که فهمیده باشه واسه چی اومدیم پیش امام رضا، زیارت‌نامه خوندنش که تموم شد به رمضون گفت هفت‌بار دور ضریح طواف کنین، یکی‌یکی گناها و اعمال معصیت‌آمیز خودتون رو یاد بیارین، خدمت امام استغاثه کنین تا بلکه امام نزد خدا واسطه بشه بخشیده بشین و دفتر اعمالتون پاک بشه.

به رمضون گفتم زندگیِ من انقده قاطی‌پاتی و توهم بوده که نمی‌تونم گناه و ثواب کارامو از هم سوا کنم، تکلیفم چیه؟ گفت: فکر کن همه کارات گناه بوده. شروع کردیم به طواف. اولش سخت بود و نمی‌تونستم به گناهام فکر کنم. بعد که از صدای نازک و سوزناک روضه‌خونای دور ضریح گریه‌م گرفت، یکی‌یکی صحنه‌های زندگیم جلوی چشمم اومد. صدای روضه‌های علی‌اصغر و قاسم و علی‌اکبر و ابَل‌فضلِ عباس از چهار گوشهٔ ضریح بلند می‌شد و زیرگنبد می‌-رفت و برمی‌گشت.

یاد روزایی افتادم که با بابام در دروازه غار، توی یه آشغالدونی یه‌وجبی که دیوار حیاطش ریخته بود زندگی می‌کردیم. همچین‌هام معلوم نبود که بابام باشه، مادری نبود بفهمم بابام بوده یا نبوده. مادرمو ندیده بودم. بابام می‌گفت بعد از اینکه منو به دنیا می‌یاره با یه پسری روهم می‌ریزه و فرار می‌کنه. دروغ می‌گفت. از زنای توی کوچه شنیده بودم که مدام کتکش می‌زده و از اتاق می‌انداختش بیرون. یکی از اون دفعه‌ها که شب بوده و هوام سرد بوده، صبح که بابام درِ اتاق رو باز می‌کنه می‌بینه پشت در نیست، دیگه‌ام پیداش نمی‌شه. انگار آب می‌شه می‌ره تو زمین.

بابام مَنَم می‌زد. همه کار براش می‌کردم ها! بازم می‌زد. نون خشک رو آب می‌زد و پرت می‌کرد جلوم! عملی بود و بیشتر توی خیابون و قهوه‌خونه‌ها و شیره‌کش‌خونه‌ها ولو بود و به این و اون حشیش و تریاک می‌رسوند. مشتریاش رو خونه‌م می‌آوُرد. نئشه که می‌شدن رو قابلمه ضرب می‌گرفتن و می‌خوندن و منم براشون می‌رقصیدم. کلی از تصنیفای مهوش و پریوش و حسین همدونی رو همون موقع حفظ کردم. اونی که منو خرید یکی از همین مشتری‌های نسناسش بود، اسمش صفَر بود. چشش منو گرفته بود. بابام جلو چشم خودم باهاش چونه زد و گفت بچه‌ساله، بکر و دست‌نخورده‌س، چش‌وابروش حرف نداره، رقص و آوازشم که دیدی! بالاخره به شرط اینکه باکره‌م به پنجاه تومن فروختم.

رمضون یه دعایی رو مویه می‌کرد و اشک می‌ریخت. میون غوغای عجزولابهٔ زوّار طواف می‌کردم و صحنه به صحنهٔ زندگیِ نکبتم پیش چشمم می‌اومد. هیچ‌وقت اونجوری و از روی پشیمونی و گناهکاری به زندگیم نگاه نکرده بودم. گناهام یکی‌یکی می‌اومد جلوی چشمم و از نامهٔ اعمالم پاک می‌شد و سبک و سبک‌تر می‌شدم. تو فکرشو بکن، چه کارا که نکرده بودم. صفَر یادم اومد که اولاش باهام خوب

تا کرد. خونه‌ش خیابون نیروهوایی و طرفای چهارصد دستگاه بود. یه خونهٔ حسابی، زنم داشت، از اون زنای هفت‌قلم آرایش‌کرده‌ای که بعداً فهمیدم می‌برتِش خونهٔ این و اون و باهاش کاسبی می‌کنه. اسمش پری بود. منو که دید شروع کرد سر شوهرش غر زدن که: «این ایکبیری گداگودولَه رو از کجا گیر آوردی؟»

نذاشت پام رو تو اتاقشون بذارم. بردم دم حوض لباسامو از تنم در آورد و شلنگ آب رو روم باز کرد و صابون داد دستم و گفت خوب خودتو بشور. کردم توی یه اتاق علی‌حده و یکی از پیرهن شلواری‌های خودشو بهم داد که بپوشم. شب تازه رفته بودم تو رختخواب بخوابم که صَفر و پری اومدن تو اتاقم. پری اومد بالای سرم و ماچم کرد و گفت شورتم رو در بیارم. ترسیدم. فکر کردم چی‌کارم می‌خوان بکنن. پرسیدم واسه‌چی؟ پری گفت: «نترس، کاریت نداریم. می‌خوام فقط یه نگاه کوچیک به اونجات بندازم، یه‌دقه‌ام بیشتر طول نمی‌کشه!»

گفتم: «این دیگه واسه چیه؟ درنمی‌یارم!»

زدم زیر گریه. دستی به موها و صورتم کشید و گفت: «برا چی گریه می‌کنی؟ نترس بابا، کاری باهات ندارم، فقط یه نگاه کوچولو می‌ندازم، همین». پرسیدم: «واسه چی؟»

گفت: «هیچی، مطمئن‌شیم بکری و سرمون کلاه نرفته».

صفَر اومد بالاسرم نشست و دست‌هاشو رو شونه‌هام گذاشت و فشار داد. پری پاهام رو از هم باز کرد و دو زانو وسط پاهام نشست. دستش رو آروم برد زیر پیراهنم و تُنکه‌م از پام درآورد. زورم بهشون نمی‌رسید، چشامو بسته بودم. پری گفت: «بارک‌الله دختر! خجالت نکش! فقط یه‌کم پاهاتو بیار بالا!»

صفر پرسید: «چی شد پری؟ بکره یا انداختن بهِم؟!» پری گفت: «تاریکه نمی‌بینم، چراغ‌قوّه‌ت رو بیار بلکه ببینم!»

صَفر رفت و با چراغ‌قوه برگشت و روشنش کرد و داد دست پری. پری چراغ‌قوه انداخت وسط پاهام و خوب که نگاه کرد خوشحال گفت: «حرف نداره! فقط یه شکاف اندازهٔ یه تارِ نخ‌قرقره!»

نمی‌دونستم چن دور چرخیده بودم. حساب از دستم در رفته بود. رمضون سایه‌به‌سایه‌م می‌اومد و مراقبم بود. زیرلب دعا می‌خوند و بغض می‌کرد و بغضش می‌ترکید و اشک می‌ریخت.

بعد از اون پری باهام مهربون شد و خوب تا می‌کرد. گفت مامان صداش بزنم. کار زیادی ازم نمی‌کشید. ناهارا بیشتر پلو داشتیم. بردم بازار برام یه قواره پارچهٔ پیراهنی خرید و رفتیم دادیم خیاط دوخت، یه پیراهن تور صورتیِ ژیپون‌دار، از اونا که دامنش پف می‌کرد. وقتی می‌پوشیدم مثل ماه می‌شدم و مامان قربون صدقه‌م می‌رفت. همون‌جا اسمم رو گذاشت فتنه و این اسم روم موند. اولش حوری بودم. مامان که روی قالی جلوی آینه می‌نشست و آرایش می‌کرد می‌رفتم کنارش می‌نشستم و نگاش می‌کردم. ازش خوشم می‌اومد، خوشگل بود. لباسای چین‌واچین می‌پوشید و من دایره می‌زدم و اون می‌رقصید. چرخ که می‌زد پاهای سفید و شورت قرمز و توریش از زیر دامنش می‌زد بیرون. دلم می‌خواست منم از اون شورتا داشتم. می‌گفت یه کم دیگه که بزرگ بشم واسم می‌خره. بعضی وقتا موقع رقصیدن آوازم می‌خوند. بهم یاد داده بود آهنگ غلامُ‌کله‌پز رو که می‌خوند و می‌گفت: «آق‌غلام پاچه داری؟» جواب بدم: «بله دارم، پاچهٔ پاک کرده دارم».و رونَمو بندازم بیرون و نشونش بدم. یا وقتی می‌گفت: «آبجی‌جون با اِجزه دوتا چشَم برات گذاشتم!»، ناز کنم و پشتمو بهش بکنم و کونمو قنبل کنم و بخونم: «من نمی‌خوام آق‌غلام، چشمای تو هیزه!»

خیلی بهم خوش می‌گذشت. صفَر روزا عین بابام تو شیره‌کش‌خونه‌ها ولو بود. مامانَمَم بعضی‌وقتا شیره می‌کشید. کف اتاق درازکش می‌شد، یه متکا زیر سرش می‌ذاشتم و چای شیرین و شربت آماده می‌کردم و کنارش می‌نشستم. شیره رو به حقهٔ وافورمی‌چسبوند و با ذغال می‌گیروندش و می‌گذاشت دهنش. اونقدر پُک می‌زد که چشای قشنگش خمار و لوچ می‌شد و از حال می‌رفت. شبایی که با صفَر بیرون می‌رفتن، شامم رو می‌خوردم و می‌رفتم تو رختخوابش می‌خوابیدم. نزدیکای سحر مست و پاتیل برمی‌گشت و می‌اومد بغلم می‌کرد و کنارم می‌خوابید. فوت و فنِ رقصیدن و عشوه و ناز و دلبری رو خوب یاد گرفتم. واسه خودم شده بودم یه پا رقاص. صفَر تنبک می‌زد و ما دوتا باهم می‌خوندیم و می‌رقصیدیم و کیف می‌کردیم.

خسته شده بودم و به رمضون گفتم: «می‌شه یه‌دقه بشینم؟»، گفت: «فقط سه دور دیگه! سعی کن همهٔ کارای بدتو یاد بیاری و هی بگی استغفرالله». به گناهام فکر می‌کردم و هی می‌گفتم: «استخفرالله!». رمضون می‌گفت: «استغفرالله، نه استخفرالله!»

یه روز مامان بردم حموم و واجبی بهم مالید و موهای تن و پاهام رو تمیز کرد و پوستم شد عین بلور و بردم آرایشگاه و گفت زیرابروهام رو ور دارن و صورتمو بند بندازن و موهامو میزانپلی کنن. شده بودم پنجهٔ آفتاب. خودم خودم رو نمی‌شناختم. خانم آرایشگاهیه به مامان گفت: «پری‌جون نگاش کن واسه خودش یه پا سوفیا لورنه».

مامان گفت: «دارم می‌برمش مهمونی نشونش بدم تا همه بفهمن که خدا چه دختر لعبتی نصیبم کرده!»

شَستم خبردار شده بود که یه خبراییه. برگشتیم خونه و پیراهن ژیپون‌دارمو پوشیدم و مامان گوشواره‌های خودش رو به گوشام

آویزون کرد و یکی از گردنبداشو به گردنم انداخت. بردم جلوی آینه و براندازم کرد و دامن پیراهنم رو بالا زد و تُنکه‌ام رو از پام پایین کشید و رفت از توی دولابچه و از صندوق رختاش یه شورت توری قرمزی که برام خریده بود آورد پام کرد. یه نگا به سرتاپام انداخت و گفت حالا شدی یه جنس اعلا! ماچم کرد و گفت امشب با خودم می‌برمت مهمونی، حیفه تو نیس تو خونه بمونی؟ دیگه وقتشه همه ببینت. بعدشم سفارش کرد که تو مهمونی خنده از رو لبام کنار نره، دست کسی رو که عرق بهم تعارف می‌کنه رد نکنم، به هیچکی کم‌محلی نکنم و اگه آزم خواستن برقصم خجالت نکشم، و میون رقصیدن پَروپامو نشون بدم و طوری بچرخم که باد تو دامنم بیفته و بره بالا و شورت قرمزم پیدا بشه.

دل تو دلم نبود که چی می‌خواد بشه. صفَر که اومد چادر سر کردیم و تاکسی گرفتیم و رفتیم دروازه شِمرون خونهٔ یه لندهور خرپولی که بعدن فهمیدم کافه داره. صفَر من و مامان رو دم در خونه گذاشت و خودش رفت که آخرشب بیاد دنبالمون. یه خونهٔ بزرگ بود با یه مهمون خونه‌ای که اون سرشو نمی‌دیدی. خانومای خوشگل و آقاهای کراواتی دورتادور نشسته بودن و پیشخدمتا پذیرایی می‌کردن. مطربم داشتن. شهپرم بود. دورش رو کلی خانم و آقا گرفته بودن و اون غش‌غش و آقاها قاه‌قاه می‌خندیدن. بعدشم هی براش دست زدن و پشت هم گفتن شهپر باید بخونه. اونم رفت بالای مجلس و پشت میکروفون و گفت: «چاکر همه‌تونم هستم، خجالتم می‌دین، قربون مرامتون! می‌بینین که پاتیلِ پاتیلم! باشه، باشه، بگین چی دوس دارین بخونم؟» همه باهم گفتند: «این کون کجه!»

ارکسترشروع کرد به زدن آهنگ کی می‌گه کجه و شهپر گفت: «بابا اون کون کجه مال مهوش خدا بیامرز بود!»

کونشو به مهمونا نشون داد و گفت «می‌بینین که مال من صافِ صافه و توپوله. حالا بگین بینم کی می‌گه کجه؟» همه گفتن: «مادرشوهر، دشمنته!» باقی‌شم که همه می‌دونن.

نشسته بودم و هاج‌وواج به اون همه دبدَبه و کبکَبه زل زده بودم. مامان که همون اول دو سه تا استکان عرق پشت هم بالا انداخته بود، مست بغل دستم نشسته بود. کنارش یه آقای دیگه‌ای بود که وقتی وارد شدیم اومد جلو دست مامان رو گرفت و آوردمون بغل دست خودش نشوند. از ریختِش خوشم نیومد. مست بود و دستشو انداخته بود دور گردن مامان و هی باهاش ور می‌فت. بعدم به من اشاره کرد و ازش پرسید: «پری‌جون، می‌شه بگی این خانم خوشگله رو از کجا پیدا کردی؟» مامان گفت: «وا، یه‌کاره! پیدا کردم؟ دخترمه!» یارو گفت: «دروغ می‌گی! به اون صفرشیره‌ای عَن‌چوسونه نمی‌یاد یه همچین لعبتی رو تو دِلت کاشته باشه!» مامان گفت: «تو نمیری خودمم تو فکرم! شایدم تخم خودت باشه یا چه می‌دونم یکی دیگه مثل خودِ عنتَرت، خدا می‌دونه!»

هردو غش‌غش خندیدند و اون آقاهه مامان رو ماچ کرد و رفت دوتا استکان عرق ریخت و آورد یکی داد به من و گفت: «خوشگل‌خانم، بخوریم به‌سلامتی اونی که تو رو تو دل مامانت کاشت!» به سرتاپام نگاه کرد و گفت: «الحق که تبارک الله احسن الخالقین!»

بار اولم نبود که عرق می‌خوردم، بابای گُهِ‌سگمم وقتی برا رفیقاش می‌رقصیدم و می‌خوندم یکی دو تا استکان به‌خوردم می‌داد. دیده بودم که مردم چه‌جوری استکان‌ها رو یه‌ضرب می‌ندازن بالا. لب استکان رو روی لب پایینم گذاشتم، دهنم رو باز کردم و خالیش کردم تو حلقم و قورتش دادم. سوزوند و رفت پایین و گیجم کرد. عرق دبش و دوآتیشه‌ای بود، دنیام یه فرم دیگه‌ای شد. دیگه یارو به‌نظرم مهربون و خوش‌مشرب می‌اومد. یه‌جورایی شاد و شنگول

شده بودم. نگام که می‌کرد براش غمیش می‌اومدم. حال خوشم رو که دید رفت یه استکان دیگه‌ام برام ریخت و آورد داد دستم و گفت: «هلو، بخورش تا درسته قورتت ندادم!» استکان رو از دستش گرفتم و بی‌معطلی انداختم بالا. مامان برگشت به آقاهه گفت: «ببین آقا پرویز، این دختر لقمهٔ تو نیست. خیلی بزرگ‌تر از دهنته! کونم پاره شده تا اینو پروارش کردم. لاس‌خشکه می‌خوای بزنی طوری نیس، ولی دستت بهش نخوره که گُندِه‌تر از تو پاش نشستن!»

نفهمیدم چرا یارو ترسید و توزد و عقب نشست. شهپر خوندنش تموم شد. اِنقده شنگول شده بودم و ورجه‌وورجه کردم که چشم همهٔ مهمونا دنبالم افتاد. یه آقای قدبلند و شیکم‌گنده‌ای که بعد فهمیدم آقامراد و صاب‌خونه‌س به مامان گفت: «پری، می‌شه بگی این لُعبت کیه امشب آوردی که حواس همه رو پرت کرده؟» پری دستشو گذاشت روی شونه‌م و گفت: «دخترمه آقا مراد». آقامراد گفت: «چطور؟! یعنی تو یه همچین دختری داشتی و از من پنهونش کرده بودی؟»

مامان گفت: «نه آقامراد، کی جرأت داره؟! زیر سایهٔ خودتون بزرگش کردم. بچه‌سال بود. تازه پاشو گذاشته تو پونزده‌سالگی. گذاشتم برسه بعد بیارمش خدمتتون!» آقامراد پرسید: «حالا بگو ببینم چیزی‌ام بلده؟» مامان جواب داد: «همه‌چی، دست پروردهٔ خودمه!»

روشو به من کرد و گفت: «پاشو نشونم بده خوشگله ببینم!» مامان گفت: «پاشو عزیزم!»

میخ شده بودم و به صندلی چسبیده بودم و زل زده بودم به پاهام. نمیدونم چم شده بود. مامان دوباره گفت: «فتنه، پاشو مامان. واسه آقایون و خانوما برقص تا ببینن چه خوب می‌رقصی!» نمی‌تونستم پاشم. قبلاً جلو این همه آدم نرقصیده بودم. نه اینکه خجالت

می‌کشیدم، نه! نمی‌دونم چه مرگم شده بود. مست بودم و می‌ترسیدم خراب کنم. مامان از جاش بلند شد و به مطربا گفت: «بابا یه رِنگی بزنین ببینم!»

تنبکی شروع کرد به خوندن آهنگ جیگرجون و مامان دست منو گرفت و کشید برد وسط اتاق. رِنگ مطربا و ضرب و آواز تنبکیه قری به جونم انداخت که بیا و ببین! همین‌که یارو خوند: «ای لعل لبت آلبالو گیلاس» با عشوه رو به آقامراد کردم و همون‌جور که مامان یادم داده بود یه بوس براش فرستادم و گفتم: «جیگرجون!»

از این به بعدش دیگه غوغا شد. مامان نامردی نکرد و رفت یه استکان دیگه عرق آورد و میون رقصیدن داد دستم و منم یه‌ضرب انداختمش بالا. میون دست زدن مهمونا و یه‌عالمه چشای هیز و زل‌زده به پَر و پام یه‌راست رفتم سراغ آقامراد و کلاهشو ازش گرفتم و گذاشتم رو سرم و شروع کردم به مَشتی رقصیدن. از یه جایی به بعد میدون رو از تنبکیه گرفتم و خودم خوندم: «خواهم شبی زود بیام به سراغت!» همه مهمونا رو به من گفتن: «جیگرجون، جیگرجون!» ادامه دادم: «بردارم یکی بوسه از آن گونهٔ داغت». و باز همه گفتن: «جیگرجون، جیگرجون!» بگیر برو تا آخر. یه لات بازیِ حسابی! مست بودم و حالیم نبود. آخر آهنگم آقامراد یه استکان عرق دیگه طرفم گرفت و ازش گرفتم و انداختم بالا. از این به بعدش دیگه زیاد نفهمیدم چی شد. یه‌جایی که چش وا کردم دیدم رو زانوی آقامراد تو بغلش نشستم و اون با پاهاش بالا و پایینم می‌ندازه و میگه جیگر جون جیگر جون!

سرم رو به دیوار شبستون بالا سر تکیه داده بودم. رمضون از رو یه کتابچهٔ رنگ‌وررفته‌ای داشت بلندبلند زیارت عاشورا می‌خوند. صداش با صدای زیارت‌خونای دیگهٔ شبستون قاطی می‌شد و تو گوشم می‌پیچید. خلسهٔ خواب‌آوری داشت.

اون‌شب آقامراد ما رو نگرداشت تا همه مهموناش که رفتن به مامان گفت: «بیاین بریم تو یکی دیگه از اتاقا. نوکر کلفتا می‌خوان اینجا رو تمیز کنن». سه تایی با یه خانم دیگه‌ای که بعدا فهمیدم نشمه و نشوندهٔ خودشه، رفتیم تو یه اتاق دیگه و نشستیم رو مبل. آقامراد به مامان گفت: «پری خودت می‌دونی واسه چی نگرت داشتم. من این خوشگله رو می‌خوام!» مامان زد رو زانوش و گفت: «وای خدا مرگم بده، آقامراد چی دارین می‌گین؟! می‌بینین که هنوز بچه‌س. طفل معصوم گناه داره به این زودی بیفته تو کار. به مرگ خودش امشب محض خاطر شما بهش اجازه دادم برقصه». آقامراد گفت: «بی‌خود واسه من بازارگرمی راه ننداز!» بعدم تو چشاش زل زد و گفت: «با مراد و معلق‌بازی پری دَمَرو؟! ببین عَنینِه! بجای زِرزِر کردن رُک بگو ببینم چقد می‌خوای؟»

یارو راستی‌راستی می‌خواست منو بخره. از مامان بدم اومد و به همه‌چیه دنیا شک کردم. هزارجور بهش دل بسته بودم. یواش‌یواش داشت از اون شوهرِ قرمساقش خوشم می‌اومد. دیر که می‌اومد خونه دلم واسش شور می‌زد که نکنه آجانا گرفته باشنش. با همهٔ اینا، تو عالم مستی دلم می‌خواست ببینم آقامراد چقد حاضره پام اِخ کنه. مامان گفت: «مرادخان به‌جون خودش صحبت پول نیس، دخترمه، پارهٔ جیگرمه، بچه‌ساله، دلم نمی‌یاد به این زودی بذارمش سرِ کار. سال دیگه خودم می‌یارمش دودستی تقدیمتون می‌کنم».

آقامراد گفت: «ببین پری، دیگه داری اون روی سگمو بالا می‌یاری. مادرجنده من همین الان و همین‌جوری می‌خوامش، یه کلام بگو چند؟» مامان گفت: «مرادخان، ناسلامتی این بچه بابام داره! اقلاً بذارین باباش بیاد ببینم اون چی می‌گه؟» آقامراد گفت: «اوهو، زکی‌سه! اون مادرقحبهٔ شیره‌ایه آشغال سگ کی باشه که طرف من بشه!» مامان گفت: «آقامراد به این قبله قسم، منو می‌کُشه! بالاخره

پدره و اختیار داره. شما باهاش حرف بزنین شاید قبول کنه. کی از شما بهتر، اقلاً خیال‌مون تخته زیردست یه مرد بامرامی مث شماکار می‌کنه».

آق‌مراد گفت: «حالا اون دیوس رو از کجا پیداکنم!» مامان گفت: «قرار بوده بیاد دنبالمون. شایدم پشت در منتظر واستاده باشه!» آقا‌مراد یکی از کلفتا رو صدا کرد و گفت بره تا سرِکوچه ببینه اگه صفَر اومده بیارش تو. نشمهٔ آقامراد گفت: «مرادجون، بذار ببینیم اصلاً این کوچولو خودش دلش می‌خواد پیش ما بمونه».

اومد طرف من و دستمو گرفت و گفت: «چه دختر نازی! بگو ببینم جونی، دوست‌داری پیش ما بمونی؟» کافی بود یه نیگا به خونه و زندگی و نوکر و کلفتشون می‌نداختم، خر بودم اگه می‌گفتم نه! سرمو انداختم پایین و یواش و با ناز گفتم: «بله!» مامان با چشای گشاد نگاهی بهم کرد که بیا و ببین! خانمه ماچم کرد و گفت: «قربون اون بله گفتنت برم!» آقامراد یه قدم جلو اومد و رو به نشمَش گفت: «دیدی سیمین؟ دختره خودش می‌خواد! این جنده‌خانم واسه ما طاقچه‌بالا گذاشته!» مامان به آقا مراد گفت: «مگه به حرف اونه آقامراد. بچه‌س، یه چیزی می‌گه. اصل من و باباشیم!»

دلم نمی‌اومد بگم دروغ می‌گن و اونا بابا و ننه‌ام نیستن و آبروشونو ببرم. همین موقع صفَر اومد تو اتاق و سلام کرد. آقامراد بدون اینکه جواب سلامشو بده گفت: «صفَر من این دختره رو می‌خوام. زنت می‌گه اختیاردارش تویی، بگو ببینم چند؟»

صفر با یه ادایی که مثلاً جاخورده گفت: «ای آقا مرادخان! نگین تورو خدا! خدا عمرتون بده! شما صاب‌اختیار مایین و ما هرچی داریم از شما داریم. ولی این دختر بچه‌س، بذارین بزرگ بشه، رو چِشم».

آقامراد گفت: «ببین صفَر، یه ساعته که زنت داره همین کس‌وشعرا رو واسم سرهم می‌کنه، تو دیگه حوصلموسرنبر! من این دختررو همین الان می‌خوام. بگو چند می‌خوای که بدیش وبری پی کارت».

صفرپابه‌پا شد و گفت: «پارهٔ جونمه. خب می‌گین چی‌کار کنم؟» آقامراد گفت: «ای بابا! دیگه دارین کُفرم رو بالا میارین! آخه مرتیکهٔ پُررو، تو و زنت تا همین جاش هرچی دارین از من دارین، اگه من زیر بال و پَرِتون رو نگرفته بودم و پَک و پُز خودت و زنت رو درست نکرده بودم و مشتریای خرپول واستون جور نمی‌کردم، تو و این زنیکه الان تو پیاده‌روی خیابونای شاهرضا و استانبول دنبال مشتری صنارسه‌شی بودین! تازه از کجا معلوم این دختر تخم یکی از مشتری‌های خودم نباشه. به کسی که نمی‌ره، به خود تاپالاته، حالیت اگه شد حالا بگو چند می‌خوای؟»

صفَر گفت: «آخه شما خودتون بگین دختر بکر و دست‌نخورده رو چه‌جوری می‌شه روش قیمت گذاشت». آقامراد گفت: «هرجور که دلت می‌خواد خارجنده!» صفَر گفت: «میدونین چقدر خرجش کردم به اینجا رسوندمش؟ به‌خدا نمیدونم چه‌جوری حساب کنم؟ خودتون بگین مرادخان». آقامراد گفت: «زِر نزن، یه قیمتی بگو!» صفَر گفت: «از همین پیرهنی که تنشه بگیرین که مامانش فقط پنجاه تومن داده براش دوختن. نمیخوام روتونو زمین بندازم، همین‌جوری الله‌بختگی دارم می‌گم. می‌دونم سرم داره کلاه می‌ره، ولی بی خیال! بیست‌هزارتا!» آقامراد از جاش پرید و گفت: «می‌فهمی چی می‌گی؟ مغز خر خوردی؟ کی همچین پولی پای یه دختر هر چقدم خوشگل می‌ده که من بدم؟» مامان گفت: «رقصشو که دیدین؟ یه هفته‌ای پول خودشو درمی‌یاره! فقط بذارین یه ماه تو کافه‌تون برقصه تا ببینین چه غوغایی بپا شه!» آقا مراد گفت: «همچین خبرایی نیس. اصلاً

معلومه شماها چی تو کله‌تونه؟ هر جنسی یه قیمتی داره، من آخرش ده تا حاضرم بدم و تموم».

صفَر بیست رو بالا گفته بود، من خودم رو پنج‌شش هزارتا فکر می‌کردم. ناکسا هفت هشت ماه پیشش منو از بابام پنجاه تا تک تومنی خریده بودن. مگه چی‌کار کرده بودن که حالا بیست‌هزارتا روم قیمت گذاشته بودن. دلم واسه اون بابای بیچارهٔ جاکشم سوخت که چه کلاهی سرش رفته بود. صفَر گفت: «خداییش آقامراد بیشتر از اینا تو این سالا خرجش کردم. محض خاطر شما شونزده‌تا آخرشه». آقامراد گفت: «بیشتر از ده‌تا نمیدم. تموم!» مامان گفت: «مرادخان، دوتا دیگه‌م بذارین روش دوازدهتا خیرشو ببینین. شما که می‌دونین ما دستمون تنگه و واسه خرجیِ زندگیمون موندیم. لطف می‌کنین، جای دوری نمی‌ره!» نشمهٔ آقامراد کنارم وایستاده بود. دستشو انداخت دور گردنم و رو به آقامراد گفت: «مراد جون بده غال قضیه رو بکن! من از این دختره خوشم اومده!»

همون شب پول رو گرفتن و منو گذاشتن و رفتن. مامان نیومد محض رضای خدا واسهٔ حافظی‌ام که شده یه ماچم بکنه، به‌جاش گفت: «فتنه اون گوشواره‌ها و گردنبدم رو دربیار بده!»

اون شب یکی از اتاقا رو دادن به من و شب رو واسه اولین بار تو زندگیم روی یه تخت فنری بزرگ مثل یه خانوم خوابیدم. صبح، بعداز خوردن صبحونه سرمیز، سیمین‌جون لباسام رو از تنم درآورد و کردم تو حمومِ سرِ خونه و بعد خودشم لخت شد و پشت من اومد باهم رفتیم تو وان که پر از آب گرم بود. دفعهٔ اولم بود که وان می‌دیدم. حمومه از پایین تا بالاش کاشی بود و یه کلفت تو سربینه آماده بود که بیاد لیفمون بکشه. بعداً فهمیدم سیمین‌خانم خوانندهٔ کابارهٔ شکوفه‌نو بوده و صفحه‌ام داره و یکی از آهنگاش رو هم رادیو پخش کرده بود. آقا مراد اونو از چنگ حجازیِ شکوفه‌نو در آورده

بود و نشمهٔ خودش کرده بود و نشونده بودش و فقط بهش اجازه می‌داد تو فیلما بازی کنه و بخونه و صفحه پرکنه و توی مهمونی‌های خودش بخونه.

زن باصفایی بود. از رقصم تعریف می‌کرد. توی وان که بودیم پستونام رو گرفت تو مشتش و فشار داد و گفت: چه سفت و درشته، جون می‌ده واسه رقص عربی! خوش به‌حالت که این‌قده تنت سفت و خوش‌تراشه و از این حرفا. آقامراد از همون شب اول به بعد منو دخترم صدا می‌زد. دخترم بیا اینجا رو زانوی بابا بشین، دخترم چی دوست داری برات بخرم؟ دخترم می‌خوای بیای کافه رو نشونت بدم؟ دخترم دوست داری با سیمین بری جنرال مد و فروشگاه فردوسی واسه خودت لباس بخری؟ دخترم بیا یه بوس به بابا بده!

حالا من ازشون تعریف می‌کنم، ولی همشون سروته کرباس بودن. همین سیمین تا معاینه‌م نکرد و از بکارتم مطمئن نشد دست از سرم ور نداشت. عاشورا تاسوعا بود و کافه‌ها بسته بود، شب اولی که باز شد، آقامراد برام برنامه رقص گذاشت. چند روزی بود بهم سفارش می‌کرد کافه که باز بشه چند تا مهمون مخصوص داره و باهاس براشون سنگ تموم بذارم. قرار بود عربی برقصم. شبی که بردم کافه سوزان رو دیدم. تو اتاق لباس و آرایش نشسته بودم و کامی، اِواخواهره، داشت آرایشم می‌کرد که سوزان از رو سن اومد تو اتاق که لباساشو عوض کنه و از کامی پرسید: «این دختربچه رو کدوم ناکسی تو این کار کشیده؟» بعد اون بود که شد خواهر بزرگم. کامی لباس رقص تنم کرد و بعدم موهامو درست کرد و آرایشم کرد. یه ساعتی کارش طول کشید و آخر سرم عقب واستاد و تو آینه براندازم کرد و دستاشو به هم زد و گفت: «فتنه جون، به خدا که معرکه شدی!». راست می‌گفت، خیلی خوشگل شده بودم. همین‌جور که

نگام می‌کرد و مرتبم می‌کرد گفت: «بهت قول می‌دم تو تهرون نمرهٔ یک بشی!»

خیلی از خودم خوشم اومده بود. مرتب تو آینه به لباسای رقصم نگاه کردم. نیمه‌لخت باید می‌رقصیدم. کرست نداشتم و به‌جاش دوتا قپهٔ نگین‌دار چسبونده بود نوک پستونام و یه شورت باریک کون‌نما با یه مشت النگون و دلنگون دور کمرم، همین. نوبتم که شد رفتم رو سن. اولش از دیدن اون‌همه آدم مستی که با دیدن من داد و هوار راه انداخته بودن جا خوردم. بعدش ولی بی‌خیال شدم. همچین رقصیدم که کافه رو به هم ریختم. اِنقده واسم دست زدن و داد و بیداد کردن و قربون صدقه‌م رفتن که مجبورشدم دوباره برقصم، عرقم در اومده بود. رقصم که تموم شد پشت سن آقامراد منتظرم بود گفت: «زود لباساتو عوض کن که شانست گفته دخترم. یکی از دم‌کلفت‌های شهربانی خواستت که بری سر میزشون بشینی! ده تا میز می‌خواستنت، همه پولدار، ولی به همه گفتم تو رزرو سرتیپ باختری‌ای! دخترم تا می‌تونی ازش پذیرایی کن، روزیِ من گیر این یاروئه. حالا که از تو خوشش اومده وقتشه خوب بهش برسی. می‌فهمی که چی می‌گم؟»

نمی‌فهمیدم چی می‌گه ولی گفتم باشه. بعداً فهمیدم دروغ و راست سرهم می‌بافته که منو خر کنه. مادرقحبه عمداً اون شب هرچی دم‌کلفت و پولدار تو شهر بوده رو جمع کرده بود که بازارگرمی راه بندازه و تا می‌تونه سرِ تیمساره منّت بذاره. خدا می‌دونه سرتیپه واسه اینکه منو از چنگ اونای دیگه دربیاره چقد بهش وعده وعید داده بود. همین که نشستم سرِ میزشون و چشمم افتاد بهش، فهمیدم که چه دلهٔ کثافت بدترکیبی‌ام هست. هیچی نشده دستشو گذاشت رو پاهام و شروع کرد به مالیدن. دستشو گرفتم و پس زدم، جا خورد.

خودشو زد به اون راه و گفت: «نوشیدنی، غذا هرچی دوست داری سفارش بده جونی!»

دونفر دیگه‌م سرمیز بودن، مثلی‌که گاراژدار و اتوبوس‌دار بودن. قربون صدقهٔ تیمساره می‌رفتن و براش ویسکی می‌ریختن و به‌سلامتیش می‌نداختن بالا و می‌گفتن: «تیمسار شما کافیه لب تر کنین هرچن‌تا دستگاه اتوبوس یا کامیون بخواین به نام خودتون و خونواده‌تون می‌زنیم. یه جوری حرف می‌زدن که انگار سرتیپه مهمون اوناس. دو سه تا استکان ویسکی که خوردم سرم گیج رفت و شنگول و ملَنگ شدم. همه‌شون پا به سن گذاشته و عاقله و شکم‌گنده و بدترکیب بودن، خوشگل‌شون سرتیپه بود، آدم نگاش که می‌کرد عُقش می‌گرفت.

آقامراد که از دور اون میز و منو می‌پایید خودشو رسوند به میز ما و رو کرد به سرتیپه و اون دو تا دیگه و پرسید: «همه‌چیز مرتبه؟ چیزی اگه لازم دارین درخدمتم!» اونای دیگه به سرتیپه نیگا کردن و سرتیپه گفت: «همه‌چی عالیه جز این ملوسک که با من راه نمی‌یاد، می‌شه سفارشم رو بهش بکنی!» آقامراد نگاهی به من انداخت و از اون پرسید: «چطور مگه تیمسار؟ اسائهٔ ادبی که نشده؟ گفتم که خدمتتون، تازه‌کاره» بعدم رو کرد به اونکه روبروی تیمساره نشسته بود و گفت: برا غلامحسین‌خان هم توضیح مبسوط راجع به وضع ایشون دادم، گفتم امشب شب اول کارشه، بار اولشه، منظورم رو که می‌فهمین. جسارته، راستشو بخواین نمی‌بایست می‌آوردمش سرِ میز شما، امر فرمودین منم نخواستم روتونو زمین بندازم و نه بیارم تو کار!»

سرتیپه گفت: «نه‌بابا، طوری نشده. اتفاقاً خیلی‌ام دخترخوبیه. فقط گفتم سفارش منو بهش بکنی که باهام راه بیاد». آقامراد رو به من کرد و یواشکی چشمکی زد و گفت: «فتنه جون، دخترم، من که بهت

آسابِ شَرّ

گفتم از آقایون پذیرایی کن! تیمسار باختری بعد از سالی قدم مشرّف فرمودن و به کافه ما اومدن. کاری نکنی خدا نکرده به ایشون بد بگذره!»

مراد رفت و نمی‌فهمیدم قراره چه بلایی سرم بیاد. مستی ویسکی ترس و دلواپسی رو ازم گرفته بود و بی‌خیالم کرده بود. مثل این بود که آدم خودشو سپرده باشه به قضا و قدر. از حرفا و گوشه و کنایه‌های اونا فهمیدم که آقامراد یا فروختتم یا سرِ من با پادرمیونی غلامحسین و اون یاروی دیگه با سرتیپه معامله‌ای کردن و قول و قراری گذاشتن که یه ربطی به کار گاراژدارا داشت. تو دلم از یه‌طرف به بابام فحش می‌دادم که من رو به اون روز انداخته بود، از طرف دیگه به خودم می‌گفتم: «حوری! یادت نره توی ِ چه نکبت و اَندونی‌ای زندگی می‌کردی و چه ریقونهٔ کثافتی بودی که سگم محلت نمی‌ذاشت و بابات یه شیره‌ای مفنگیِ گُهی بود که هر روز کتکت می‌زد. اون زندگی رو با کِیفی که الان داری می‌کنی مقایسه کن! خلاصه آخرشب که از مستی رو پا بند نبودم با آقامراد و سرتیپه رفتیم یه هتلی تو همون لاله‌زار که مراد براش اجاره کرده بود. آقامراد موقع خداحافظی به سرتیپه گفت: «تیمسار، گفتم براتون یه گرمافونم بذارن تو اتاق!»

اِنقده مست بودم که نفهمیدم چی گفتم که هردوتاشون خندیدن. همین که رفتیم تو اتاق سرتیپه لباساشو در آورد و با یه تُنُکه رفت رو تخت نشست و شکم گنده و پشمالوشو انداخت رو پاهاش و گفت: «حالا وقتشه لباساتو دربیاری و یه صفحهٔ عربی بذاری و واسم برقصی کوچولو». گفتم: «جون تیمسار نمی‌تونم، می‌بینین که چه حالی دارم؟» گفت: «من قربون همون حالت می‌رم. تو لباساتو در بیار!» نفهمیدم چه جوری شد که یهو خودمو لخت و عور وسط اتاق پیدا کردم. سرتیپه رفته بود سراغ گرامافون و پشتش بهم بود.

دستامو گذاشتم رو سینه‌هام و پرسیدم: «ببینم تیمسار! تو منو لخت کردی؟» جوابم رو نداد و آهنگش رو گذاشت و برگشت رو تخت نشست. دوباره پرسیدم: «تو منو لخت کردی؟» گفت: «نه، خودت لخت شدی!»

دروغ می‌گفت. پیراهنم رو برداشتم و گرفتم رو سینه‌م و رفتم روی مبلی که کنار پنجره بود نشستم. بلند شد اومد روی دستهٔ مبل نشست و خم شد روی سرم و موهام رو ماچ کرد و گفت: «باشه قهر نکن! دوس نداری نرقص. پاشو بیا رو تخت. این‌جوری لخت اینجا نشین. سرما می‌خوری! قربونت برم الهی». دستمو گرفت و از روی مبل بلندم کرد. وسط اتاق هرچی زور زد با آهنگی که پخش می‌شد منو برقصونه نتونست. تلوتلو می‌خوردم و خنده‌م گرفته بود و مرتب قربون صدقه می‌رفت! اِنقده التماس کرد که دلم واسش سوخت و شروع کردم به رقصیدن، آهنگه ضرب خوبی داشت. رو مبل نشسته بود و بهم زل زده بود. یه جایی دیدم مثل پرِکاه روی دستای یاروام و داره می‌ذارتم رو تخت. مست و خسته بودم. روی نرمیِ تخت از هم وا رفتم. به خودم که اومدم دیدم مثل یه خرس پشمالو روم خم شده. یه جوری افتاده بود روم که نمی‌تونسم نفس بکشم. جون نداشتم، تا اومدم بگم دارم خفه می‌شم، دستاشو گذاشت رو دهنم و گفت: «هیس، همه می‌شنون، آروم باش، قول می‌دم اذیت نشی».

دستش روی دهنم بود و نمی‌تونستم جوابشو بدم. وقتی دید از تقلا دست برنمی‌دارم گفت: «دیگه داری عصبانیم می‌کنی!» خوابوند تو گوشم و دستشو محکم روی دهنم فشار داد. از نفس افتادم و وا دادم. سوختم و از حال رفتم. به مادرم پناه برده بودم و سرم رو روی زانوهاش گذاشته بودم و اون داشت موهام رو نوازش می‌کرد. ندیده بودمش ولی از همون بچگی تو کله‌م واسه خودم یه مامانِ تروتمیز و خوشگل و مهربون ساخته بودم و موقعی که بابام می‌زدم، یا موقع

بدبختی‌هام بهش پناه می‌بردم و براش درددل و گریه می‌کردم. اگه بگم بعد از اون شب از هرچی مردی که آقامراد مجبورم می‌کرد باهاشون برم عُقم می‌نشست دروغ نگفتم.

از حرم که اومدیم بیرون مثل پرِکاه سبک شده بودم. همین که فکر می‌کردم نجیب شدم، گناهام بخشیده شده، دیگه مال رمضون شدم و هر کِس‌وناکسی نمی‌تونه بهم دست بزنه، هر از راه نرسیده‌ای نمی‌تونه باهام بخوابه اِنقده خوشحال و سبکم کرده بود که ناغافل به سرم زد دست رمضون رو بگیرم. لاکردار دستمو پس زد، نذاشت. گفت: «اَولندش که اینجا توی صحن و جلوی مردم اِنقده به من نچسب. دومندش که تو دیگه پاک و آمُرزیده شدی. دست به من نزن که گناهه. بذار عقدت کنم، مَحرَم که شدیم».

همون‌جا با یکی از این خادمای حرم درِگوشی حرف زد و اون یه جایی تو صحن رو نشونش داد. پشت درِ یکی از غرفه‌های گوشهٔ صحن امام گفت روتو محکم بگیر، گرفتم و با هم رفتیم تو. یه آخوندی اونجا نشسته بود. جلو رفت و رو زانو مقابلش نشست و منم پشت سرش نشستم. آهسته یه چیزایی به اون گفت و بعد هم سه‌تایی برگشتیم حرم و آخونده بالا سر امام صیغهٔ عقد من و رمضون رو خوند. به هم حلال شدیم. از خوشی چیزی نمونده بود غش کنم. فکرشو بکن اون همه معصیت دود شده بود و رفته بود هوا. شده بودم یه زن شوهردار. دستای من و رمضون به ضریح که رسید شنیدم آهسته زیرلب داشت می‌گفت: «آقاجون، حالا که پادرمیونی کردی و خدا بخشیدش قول می‌دم واسهٔ تموم عمرم همین‌جور نجیب و پاک رو چشام نگرش دارم و گذشته‌شو فراموش کنم و به روش نیارم!»

دیگه از خدا چی می‌خواستم. بردتم بازار واسم یه قواره پارچهٔ چادرمشکی و دو سه قواره پارچهٔ پیراهنی و چنددست زیرپوش و

لباس‌زیر و جانماز و مهر و تسبیح و مقنعه و یه گردن‌بند و چند تا النگو خرید و گفت: «برسیم تهرون عقد رسمیت می‌کنم». دوروبَر حرم تو یه مسافرخونه یه اتاق گرفتیم و چند روزی همون جا اتراق کردیم. از همون روز اول شروع کردم به نماز خوندن. خودش بهم یاد داد، چیزی بلد نبودم، کسی رو نداشتم که بهم یاد داده باشه.

چقده از اون روز گذشته باشه خوبه؟ اگه یه کلمه ازم پرسیده باشه که بابام کی بوده، ننه‌م کی بوده، مشتریای آقامراد با من چی‌کار می‌کردن، هیچی، هیچی. برا اون مثل اینه که انگار زیر گنبد و بارگاه امام رضا دنیا اومدم و بلانسبت، بلانسبت دختر خود امام باشم! تا مشهد بودیم هر روز می‌رفتیم حرم و زیارت و سرم رو به ضریح تکیه می‌دادم و باقی‌موندهٔ کارای بدی که تو زندگی کرده بودم و روز اول یادم نیومده بود به‌یاد می‌آوردم و از امام رضا می‌خواستم پیش خدا پادرمیونی کنه منو ببخشه و از گناهام بگذره. دلم می‌خواست واسه رمضون پاکِ پاک و معصوم بشم. همون‌جا با امام رضا عهد بستم سالی یه‌بار برم مشهد پابوسش. پادرمیونی امام رضا بود که خدا منو بخشیده و از گناهام گذشته بود و اون‌جور سبک و این‌رو به اون‌روم کرده بود. به قول رمضون جوری آمرزیده شده بودم که صورتم یه حال روحانی‌ای به خودش گرفته بود.

یه روز بعدازظهر که توی یکی از رواقای حرم چادرم رو رو سر و صورتم کشیده بودم و زیر آفتاب خوابیده بودم، یه مرد بلندبالایی با لباس سفید رو خواب دیدم که اومد بالا سرم وایساد و گفت: «حوری چرا خوابیدی پاشو بیا ببرمت تو ضریح!» اول فکر کردم رمضونه، گفتم: «خسته‌م، بذار یه‌کم بخوابم، می‌یام». مرده گفت: «چشاتو وا کن، منم!» چشام به گنبد آقا باز شده بود و به خودم که اومدم دیدم رمضون زل زده نگام می‌کنه. گفت: «چرا اِنقد رنگت پریده؟» گفتم: «مگه ندیدی؟ آقا اینجا بود!»

یه هفته‌ای مشهد بودیم. اِنقده خوب بود و خوش گذشت که روز و
شب برام یکی شده بود! به تهرون که برگشتیم، بی‌اونکه خونواده‌ش
خبر داشته باشن منو از راه‌آهن یه راست برد خونه‌شون. یادمه جمعه
بود. از راهروی خونه که وارد حیاط شدیم همون‌جا وسط حیاط دوتا
خواهراش و مادرش رو صدا زد. هر کدمشون از یه جای خونه
خودشون رو به حیاط رسوندند، با رمضون روبوسی کردن و
زیارت‌قبول بهش گفتن و وایسادن منو نگاه کردن. صورتشون پُرِ
سئوال بود که تو دیگه کی هستی؟ مادرش بیشتر از همه بهم زل زده
بود. داداش کوچیکشم اومد، رمضون ماچش کرد و همین‌جور که
اونو جلوی خودش وایسونده بود و دستاش رو شونه‌های اون بود به
یکی یکی نگاه کرد و رو به مادرش گفت: «معلومه می‌خواین بدونین
این دختر کیه؟»

چشم همه به دهَن اون بود. خودمو باخته بودم، نمی‌دونم چرا
یه‌لحظه به نجابت خودم شک کردم، من فتنهٔ رقاص و لَوَند رو چه
به این خونهٔ پاک و سه تا زن نجیب اهل خونه و خونواده؟ مثکه
واسه رمضونم سخت بود منو یکی مثل اونا و از خودشون بدونه،
مونده بود چی بگه. نفسی کشید و گفت: «ننه! این دختری که می‌بینی
اسمش حوریه، با خودم بُردمش مشهد و عقد شرعیش کردم و
آوردمش تا از این به بعد همین‌جا پیش ما زندگی کنه. این رو گفتم
که خیالت راحت باشه که بهم حلاله!»

رنگ به صورت حاج‌اخترخانم نمونده بود و مثل گچ سفید شده بود
و سرش گیج خورد و لب پاشویهٔ حوض نشست. خودش و
خواهراش دوییدن طرفش که ببین چش شده. بدجوری حالم گرفته
شده بود، خودمو مثل یه وصلهٔ ناجوری میون اونا می‌دیدم. صدبار
خودمو لعنت کردم که چرا اونجا که رمضون گفت برسیم تهرون
می‌برمت خونمون بهش نگفتم نه! بهتره یه‌کم صبر کنیم و

یواش‌یواش. مث مجسمه واستاده بودم و به زمین زل زده بودم. حاج‌خانم همین‌که رمضون رو بالای سرخودش دید گفت: «رمضون، مادر! فکر نکردی جلوی در و همسایه و فامیل و دوست و آشنا چی باید بگیم. کی تو قوم و خویشا همچین کاری کرده که تو کردی؟»

فروغ خواهرش که از همون اول با مهربونی نگام می‌کرد اومد طرفم و گفت: «ببخشین حوری‌خانم، ناراحت نشین، مامانم شوک شده، منظور بدی نداره! رویِ صحبتش به رمضونه نه به شما». رمضون ساکت واستاده بود. انگار می‌ترسید حرفی بزنه حال مادرش بدتر شه. خواهر کوچیکش یه لیوان آب آورد و داد دست مادرش. حاج‌اختر خانم بهتر که شد آهسته پرسید: «آخه مادر، این دختر مگه خودش پدر و مادر نداره که همچین کاری در حقش کردی؟»

رمضون نه گذاشت و نه برداشت و گفت نه نداره مادر! و یه قدم جلو رفت، مقابل مادرش رو پا نشست و گونه‌های مادرش رو میون دستاش گرفت و گفت: «توی کافه کار می‌کرد، ازش خوشم اومد، دست خودم نبود، کار خدا بود. بردمش مشهد زیارت، توبه کردم و توبه‌ش دادم و بعد بالای سر امام عقد شرعیش کردم. اون دیگه حالا عروس امام رضاس. هرکار دیگه‌ای که لازم باشه و شما بخواین می‌کنم که راضی باشین. عقد رسمیش می‌کنم، عروسی‌ام می‌گیرم».

همه مبهوت به رمضون نگاه می‌کردن. رمضون بلند شد و رو به فروغ و گفت: «چرا اینجوری بِروبِر نیگا می‌کنی؟ مگه همین تو نبودی که می‌گفتی با مردی که دوستش نداشته باشی محاله ازدواج کنی؟ مگه تو نبودی که باعث شدی جواب رد به خونواده حاج‌طاهر بدیم چون‌که معلوم شد جنابعالی خاطرخواه ابراهیم شده بودی؟ اقلاً تو یه چیزی به ننه بگو خانم تحصیل‌کرده و دانشگاه‌رفته!» فروغ که کنار من واستاده بود گفت: «توقع داری چی بگم داداش؟ اونی که باید

مامانو راضی کنه تویی نه من، اگه حرف من اونو راضی می‌کنه باشه می‌گم. مامان! هرکی حق داره هرجوری که دوست داره با هرکی که دوستش داره ازدواج کنه، خصوصاً که رمضون با این کارش یه کار خیر و بزرگی‌ام کرده!» بعد رفت زیر بغل مادرش رو گرفت و گفت: «پاشو مادر! حوری‌خانم سرپا واستادن. اینا از سفر اومدن، خسته‌ان، پاشو بریم تو اتاق!» بعد هم رو کرد به من گفت: «حوری‌خانم ببخشین که این‌جوری شد. تقصیر داداشمه که یهو همه رو شوکه کرد!» دست خودش رو پشت حاج‌خانم گذاشت و همین‌جوری که به‌طرف اتاق می‌رفتیم گفت: «مامان بی‌خود خودت رو ناراحت نکن، رمضون همینه دیگه. عوضش یه عروس خوشگل آورده تو خونه‌مون».

خداییش همه‌شون خوب و مهربون و خوش‌برخورد بودن. حاج‌اخترخانمم بعد از چند روز ملایم و مهربون شد. نمی‌دونم چی توش بود که محبتش به دلم نشست و مادرِ منم شد. رمضون پیشنهاد کرد که عقدکنون فروغ و عقد و عروسی ما رو یه‌جا تو خونهٔ خودشون بگیریم. فروغ شیرینی‌خوردهٔ ابراهیم بود و ابراهیم تو تشیع جنازهٔ تختی دستگیر و زندانی شده بود و قرار بود از زندان که اومد بیرون به عقد هم در بیاین تا بعد از اینکه دانشگاشون تموم شد عروسی بگیرن و دست‌به‌دست کنن. مجلس عقد اونا و عروسیِ ما یکی می‌شد و خوبیش این بود که بی‌کس و کاریم در نظر فامیل رمضون زیاد به چشم نمی‌اومد.

از اون به بعد هیچ‌کدوم راجع به گذشته‌م نه سئوالی کردن نه حرفی زدن. رمضون با همون یکی‌دو جملهٔ روز اول تقریباً همه‌چی رو راجع به من گفته بود. بیشتر از همه فروغ هوای منو داشت. یه روز از رمضون خواست اسم منو اکابر بنویسه، رمضون اجاره نداد. بعد از نجمه خواست که خوندن نوشتن یادم بده. اونم برام کتابای اکابر رو

گرفت و شروع کرد درس دادن به من. خیلی دوست داشتم. مراسم عقد و عروسی من و فروغ شیش ماه بعد به خوشی و خوبی برگزار شد. رمضون اجازه نداد واسه خریدای جشن عقد با فروغ و مادرش برم بازار. روز عقدم نه خودش نه ابراهیم تو زنونه نیومدن. از اون به بعدم یکی از اتاق‌های خونه‌شون که قبل از اینم مال رمضون بود مال ما شد. بیشتر واسه خواب ازش استفاده می‌کنیم، وسایل و لباسام اونجاس.

تموم روزا رو که رمضون خونه نیست، با حاج‌اختر خانم تو آشپزخونه و اتاق نشیمن می‌گذرونم. تا فروغ رو دست‌به‌دست نکرده بودن با اینکه اجازه نداشتم از خونه پامو بیرون بذارم همه‌چی به نظرم خوب و خوش می‌رسید. روزایی که فروغ دانشگاه نمی‌ره با هم گپ می‌زنیم و حوصله‌م سرنمی‌ره. ازش خوشم می‌یاد، مث یه خواهر خوب و مهربونه. خیلی وقتا سَرِ سخت‌گیریای رمضون برا لباس پوشیدنم، آرایش کردنم، جلوی مهمون رفتن و لحن حرف زدنم و نمی‌دونم پرس‌وجو کردنای زیادیش مثِ از صبح تا حالا چی‌کار می‌کردی و نمی‌دونم به ننه کمک کردی یا نه و اینا، به‌طرفداری من می‌یاد و با رمضون یکی‌به‌دو و دعوا می‌کنه و گاهی‌ام دستش می‌اندازه و می‌گه: «غیرت مرد به بزرگواری و غرورشه، نه به زور گفتن به زنش، اونم یکی مثل حوری که طفلک مثل کنیز مطیع و مثل پروانه دورت می‌چرخه!»

اون روزا فروغ دانشگاه می‌رفت و سرش شلوغ بود و خوشیم نجمه و درس خوندن پیش اون بود. تو درس خوندن خوب پیشرفت می‌کنم و نجمه همیشه ازم تعریف می‌کنه. هم سن سال خودمه، دو سال کوچیکتر، گاهی برام درددل می‌کنه و از آرزوهاش می‌گه. دل‌نازک و زودرنجه، مثل فروغ جنگی و سرزبون‌دار نیس. تو درس دادن به من کم نمی‌ذاره و واسه همین خوب پیش می‌رم. مجتبی دبستانی و

پرشروشوره و سرش به بازیگوشیه و مدام تو کوچه‌س. از اینکه منو زن‌داداش صدا می‌زنه خوشم می‌یاد. حاج‌اختر خانم با من خوب و مهربونه، اما دلش با رمضون پاک نیس. نمی‌گم چیزی می‌گه یا گوشه‌کنایه‌ای به اون می‌زنه، نه، یه‌جورایی باهاش سرده. نمی‌دونم شاید واسه اینکه سرخود رفته یکی مث منو گرفته. بهِم برمی‌خوره ولی ته دلم بهش حق می‌دم. اِنقده با خداست که دلش نمی‌یاد منو برنجونه، مهربونی می‌کنه و توهمه‌چی هوام رو داره. نماز خوندن و غسل کردن و تیمم کردن و وضو گرفتن رو یادم داده و اشکالاتم رو می‌گیره و با خودش به جلسه‌های روضهٔ زنونه می‌برتم. آشپزی بهم یاد می‌ده، خیاطی بهم یاد می‌ده. می‌گه: «دو روز دیگه بچه‌دار می‌شی این‌جور چیزاس که به‌دردت می‌خوره!»

زن سختی‌کشیدهٔ یه‌کم تلخ و بداخمیه. نه اینکه کاری به کار من داشته باشه، نه اصلاً! سرش به کارِ خودشه. اشکالی اگه تو کارم می‌بینه ندید می‌گیره، آدم ایرادگیری نیست. قلب پاک و باگذشتی داره. یه‌بار که رمضون جلوش داشت بدجور ازم پرس‌وجو می‌کرد که بگو ببینم از صبح چه کارا کردی، برگشت بهش گفت: «دختر بیچاره از صبح تو خونه بدون هم‌زبون چی‌کار کرده؟ به‌جای اینکه وقتی می‌یای خونه از بی‌حوصلگی و تنهایی درش بیاری، یا روزای تعطیل دستشو بگیری ببریش سینمایی، شابدالعظیمی، پارک شهری، جایی تا می‌رسی خونه می‌خوای سردربیاری از صبح چی‌کار کرده؟ چی‌کار کرده؟ هیچی، کلفتی من‌وتو رو کرده!» بعدم رو کرد به من گفت: «ببخشین حوری جون!»

فهمیده رمضون گرفتاریش اینه که می‌ترسه مبادا زیر سرم بلند بشه و هوس دوران نانجیبی به‌سرم بزنه و چون روش نمی‌شه اینو بگه بی‌خودی بهانه‌های الابختکی می‌گیره. منم روم نمی‌شه اینو به روی رمضون بیارم، چطوری بگم؟ مثل اینه که پردهٔ ضخیمی بین امروز و

دیروزم کشیده شده باشه. با اینکه روزای نانجیبیم همیشه دنباله‌مه، فکر می کنم با گفتن هر جمله‌ای که اون روزا رو به‌یاد خودم و رمضون بیاره این پرده پاره می‌شه و همهٔ اون چیزایی که دورم کشیده شده و واسم احترام و عزت می‌یاره دود می‌شه و می‌ره هوا.

اولا که روزا دلم می‌گرفت می‌رفتم تو اتاق خودمون تنهایی گریه می‌کردم که سبک بشم. بعضی از اینارو برای فروغ می‌گفتم که شاید یه راهی جلو پام بذاره که بالاخره گذاشت و زندگیم رو از این رو به اون رو کرد. گفت: «چرا بچه‌دار نمی‌شی، گفت بچه از شرّ بدبینی رمضون و سخت‌گیریاش خلاصت می‌کنه. خلاصه نگاش رو از تو می‌گیره و متوجه بچه می‌کنه. می‌گفت مادری بهت قدرت می‌ده. ببین این رو کی بهت می‌گم؟، آزاد می‌شی و از زورگوییهاش خلاص می‌شی. اونوقت می‌تونی پاتو از حد و حدودایی که به‌ناحق واست تعیین می‌کنه بیرون بذاری!» حرفی زد که اصلاً بهش فکر نکرده بودم و به عقلم نرسیده بود. پریدم دستمو انداختم دور گردنش و ماچش کردم. الانم دوماهمه و شدم تاج‌سر آقارمضون.

فصل پنج

ایستگاه تیردوقلو از اتوبوس پیاده شد. بی‌حوصله و بی‌برنامه به‌جای اینکه مستقیم طرف خانه برود، راهش را به‌سمت کوچه پس‌کوچه‌هایی کج کرد که دوسمت آن را خانه‌های کوچک و تنگ همی با خشت و آجر پوشانده بودند و ضلع شرقی شهباز جنوبی را به بیسیم متصل می‌کردند. این مسیر خصوصاً در بعدازظهرهای آفتابی روزهای آخر پاییز، بی‌حوصلگی و خستگیِ کار روزانه و تیزی نابهنگام سرما را از تنش بیرون می‌کرد. رنگ‌های زرد و اُخرایی و خاکی آجرها به عطرِ برگ‌های نمِ باران‌خوردهٔ پاییزیِ درخت‌ها به خلوتِ بعدازظهریِ کوچه‌ها می‌آمیخت و با احساس دلچسبی همراه می‌شد. ساعات طولانی تدریس در مدرسه تمام شده بود و قراری که آن‌روز عصر با بهرام وزیری و آیدا خجسته داشت عقب افتاده بود.

بهرام مدتی پیش و پس از دیدن جُنگ قصه‌ای که زیر نظر او منتشر می‌شد، به او پیشنهاد کرده بود که با کمک کارلا، مادر آلمانیِ آیدا خجسته، و خود آیدا داستان‌هایی را از نویسندگان معاصر آلمانی همراه با چند نقد و معرفی برای جُنگ او ترجمه و به‌صورت ویژه‌نامه منتشر کنند. خانم کارلا داستان‌هایی را گردآوری کرده بود و قرار بود برای انتخابشان دورهم بنشینند. با عقب افتادن آن جلسه دیگر کاری نداشت جز اینکه از مدرسه یک‌راست به خانه برگردد و روی تخت دراز بکشد و خواندن خشم‌وهیاهو را ادامه دهد تا مثل همهٔ بعدازظهرها کتاب روی سینه‌اش بیفتد و خوابش ببرد.

با اینکه تنها دو شماره از جُنگ قصه منتشر شده بود، در محافل ادبی و روشنفکری تهران و برخی شهرها مورد استقبال قرار گرفته بود. موفقیت جُنگ مرهون هم‌فکری و همکاری دوستانی مثل هوشنگ بود که از دوران دبیرستان آنها را می‌شناخت. او و هوشنگ همراه با ابراهیم زنگ‌های انشای کلاس‌هایشان را قُرق کرده بودند. ابوالفضل حکیمی، دبیر انشایشان، که آن‌سال‌ها دانشجوی دکترای ادبیات بود، خودش قصه‌نویس بود. خوبیِ کلاس او این بود که موضوع‌هایش را معمولاً آزاد و به‌انتخاب دانش‌آموزان می‌گذاشت. همین باعث شده بود استعدادهای خاموش و نهفتهٔ بسیاری از دانش‌آموزان بیدار شود.

هوشنگ قطعهٔ ادبی می‌نوشت و کمَکی طبع شاعرانه داشت. شمعی را در موقعیت‌های مختلف تصویر می‌کرد و از زبان آن داستان زندگی آدم‌ها را روایت می‌کرد؛ داستان زنی که در سقاخانه‌ها به‌نیّت بچه‌دار شدن شمعی روشن کرده بود، قصهٔ پسری که برای قبولی در امتحانات هر ثلث در امامزادهٔ محل شمع روشن می‌کرد، زندگی شاعر فقیر و گمنامی که در اتاقش شمعی افروخته بود تا در نور لرزان آن غزلی را تکمیل کند، توصیف دختری که بر اولین صفحهٔ

دفترچه‌خاطراتش شمعی نقاشی کرده بود، و از زبان شمع‌های تولد مادری نودساله که او با خاموشی آنها و پایان قیل‌وقال و شادمانی و کف زدن‌های فرزندان و نوه‌هایش، به خاموشی عن‌قریب شمع زندگی خودش می‌اندیشید. انشاهای او سوزناک و احساساتی و گاه اشک‌آور بود. سال‌های بعد و در کلاس‌های بالاتر هم برای بچه‌ها نامه‌های عاشقانه می‌نوشت و برای هر نامهٔ باکامروایی تضمینی در عشق، دو تومان می‌گرفت.

ابراهیم، برعکس، بوف کوری بود و نوشته‌هایش قطعات ادبی‌ای بود که سرشار از نومیدی و سیاهی‌های زندگی بود و معمولاً شعری بر تارک انشاهایش می‌گذاشت. گاهی این شعر از کارو: *طبال! بزن، بزن که نابود شدم/ بر تار غروب زندگی پود شدم/ عمرم همه رفت خفته در کورهٔ مرگ/ آتش‌زده استخوان و بی‌دود شدم.* یا این شعر از نصرت رحمانی: *یاران وقتی صدای حادثه خوابید/ بر سنگ گور من بنویسید: یک جنگجو که نجنگید اما شکست خورد!*. و یا آن جمله سرآغاز رمان بوف کور: *در زندگی زخم‌هایی هست که مثل خوره در انزوا روح را آهسته می‌خورد و می‌تراشد؛ این دردها را نمی‌شود به کسی اظهار کرد.*

سال‌های بالاتر که کمی بزرگ‌تر شد، بچه‌هایی که هیچ از فلسفه نمی‌دانستند ولی می‌خواستند برای پوچی و بی‌معنایی زندگی دلیلی پیدا کنند زنگ‌های تفریح دور او جمع می‌شدند و برایشان جملات قصاری را که از روی کتاب‌های سخنان بزرگان حفظ کرده بود ردیف می‌کرد. هر وقت هم کسی نظری متفاوت با او دربارهٔ معنای زندگی و انسان می‌داد، حرفش را قطع می‌کرد و می‌گفت: «کنفوسیوس می‌گه اونچه می‌شنوم فراموش می‌کنم، اونچه می‌بینیم به خاطرم می‌سپرم، اونچه که انجام می‌دم درک می‌کنم! به این می‌گن انسان».

اگر هم رندی حرف‌هایش را دست می‌انداخت قیافه‌ای عاقل اندر سفیه به خودش می‌گرفت و با لحنی جدی می‌گفت: «به‌قول شوپنهاور، همهٔ حقایق سه مرحله رو پشت سر می‌ذارن، اول مسخره می‌شن، دوم به شدت با اونا مخالفت می‌شه، سوم به‌عنوان یه چیز بدیهی پذیرفته می‌شن!» بعدها هروقت با آدم‌های بدبین و با افکار و اندیشه‌های ناامیدانه روبرو می‌شد از چارلی چاپلین نقل می‌کرد: «اگه زندگی صد تا دلیل واسهٔ گریه کردن به تو نشون می‌ده، تو هزار دلیل برای خندیدن بهش نشون بده!» خودش   اما بیشتر دربارهٔ اتفاقاتی که در دبیرستان و پیرامونش می‌افتاد می‌نوشت و ناظم و برخی از دبیران و مبصرها را موضوع داستان می‌کرد، داستان‌هایی که در زنگ انشاء بچه‌ها را به خنده می‌انداخت. البته آقای حکیمی هم گاهی به‌خاطر بی‌ادبی، هتاکی، و تشویش اذهان دانش‌آموزان او را از کلاس اخراج می‌کرد. در سال‌های بعد، غالباً داستان‌های کوتاهی می‌نوشت که اقتباسی از داستان‌های جمال‌زاده و هدایت و چوبک بود.

سال آخر دبیرستان دیگر او و هوشنگ و ابراهیم خوانندهٔ مجله فردوسی شده بودند. انشاهای ابراهیم بودار و سیاسی شده بود. از وضع زندگی در جنوب شهر و حلبی‌آبادهای اطراف و داخل تهران می‌نوشت. این نوشته‌ها پر از توصیف از فقر و نداری در خانواده‌های تهیدست بود. مثلاً از زندگی روزانهٔ یک آب‌حوضی می‌گفت و دربارهٔ سختی‌های و بدبختی‌های زندگی‌اش قلمفرسایی می‌کرد. معمولاً انشا را با جملات سئوالی مثل این شروع می‌کرد: «آیا هرگز در زندگی‌تان لحظاتی بوده که احساس فقر و گرسنگی کنید؟ هیچ به انسان مستأصلی برخورد کرده‌اید که از عهدهٔ مخارج خانواده برنمی‌آید و ناگزیر برای سیر کردن شکم بچه‌های خودش به دوست و رفیق و همسایه و فامیل رو می‌اندازد؟ هرگز به چشمان کودک

گرسنه‌ای نگاه کرده‌اید که در انتظار پدری است که بعد از یک روز گرسنگی با تکه‌نانی خالی به خانه برگردد؟ در زیرزمین نموری در همسایگی ما مردی زندگی می‌کند به نام یحیی که هفت‌سر عائله دارد. او آب‌حوضی است و...»

در ادامه هم شرح مفصلی از نحوهٔ گذران زندگی یحیی می‌داد. از محرومیت بچه‌هایش از مدرسه رفتن می‌گفت، توصیفی مفصّل از لباس‌های ژنده و کثیفیِ سروصورت و موها و وضعیت بد بهداشتی‌شان به‌دست می‌داد. از دوری کردن و هم‌بازی نشدن بچه‌های محل با آنها به این دلیل که کثیف بودند ماجراها نقل می‌کرد. و معمولاً انشا را مثل سرآغاز آن با جملاتی سئوالی مثل این به پایان می‌برد: «به نظر شما برای رفع ظلم و ستمی که بر مردمان محروم جامعه می‌رود چه باید کرد؟ آیا ثروتمندان سبب فقر محروم‌ان‌اند؟ به‌واقع چرا گروهی غرق در نازونعمت‌اند و گروهی در چنان فقری به‌سر می‌برند که نان‌خالی هم برای شکم‌های گرسنه‌شان به سختی فراهم می‌شود؟ برخی فکر می‌کنند خداوند چنین مقدر کرده، عده‌ای دیگر معتقدند ثروتمندان برخلاف فقرا از هوش و ذکاوت و قدرت آینده‌نگری برخوردارند، گروهی دیگر هم فکر می‌کنند که این ثروتمندان‌اند که سبب فقر دیگران شده‌اند. شما چه فکر می‌کنید؟»

ابراهیم چون رشتهٔ ریاضی را انتخاب کرد از کلاس دهم به بعد از او و هوشنگ که رشتهٔ ادبی و طبیعی را انتخاب کرده بودند جدا شد و حضورش در جمع آنها کم‌رنگ شد. کلاس دوازده را که تمام کردند دو شعر از هوشنگ و یک داستان از خودش در فردوسی چاپ شد و سری در سرها درآورد. در همین دوران، شاید تابستان سالی که دیپلم گرفتند، ترجمه و اقتباسی از او دربارهٔ فلسطین و اسراییل در صفحهٔ بین‌الملل روزنامهٔ کیهان چاپ شد که شهرت زیادی برایش

آورد. دوستی او با هوشنگ بعد از اینکه دانشگاه رفتند به روال سابق ادامه پیدا کرد، ولی ابراهیم که در دانشکدهٔ فنی تهران قبول شد دیگر کاملاً از او و دوستان دبیرستانی جدا افتاد و با وجود این، دوستی‌شان با رمضان پابرجا ماند و ادامه یافت.

ابراهیم و فروغ شیرینی خورده بودند که ابراهیم در ماجرای تشعیع‌جنازهٔ تختی دستگیر شد و پنج شش ماهی به زندان افتاد. از زندان که بیرون آمد، هم‌زمان با جشن دامادی رمضان آنها هم عقد کردند و یکی دو سالی طول کشید تا هر دو لیسانس گرفتند و عروسی کردند و زندگی مستقلی برای خودشان تشکیل دادند. به‌واسطهٔ آشنایی که در سازمان گسترش و نوسازی داشتند، هر دو به‌عنوان مهندس مکانیک به استخدام کارخانهٔ چیت‌سازی تهران درآمدند. یکی دو سال بعد هم با کمک پدر ابراهیم و پس‌انداز خودشان، خانه‌ای در خیابان خیام نزدیک خانهٔ حاج‌اختر خانم و رمضان و زنش خریدند.

رمضان همچنان در میدان بارفروش‌ها کار می‌کرد و از زنش حوری دو بچه داشت. اما فروغ و ابراهیم بچه‌دار نشدند. بچه‌های رمضان، رضا و آهو، او را عمو سعید صدا می‌کردند و شیرین و دوست‌داشتنی بودند. آهو چهارساله بود و رضا سه‌ساله. نجمه، خواهر کوچک رمضان، بعد از دیپلم پا جای پای خواهرش گذاشت و، برخلاف نظر رمضان، رفت دانشکده ادبیات تا تاریخ بخواند. مجتبی سال اول دبیرستان رشتهٔ ریاضی بود و سال قبل در دبیرستان مرآت دانش‌آموز خودش بود.

اما خودش بعد از استخدام در آموزش و پرورش، برخلاف برادر بزرگترش که با اولین حقوق مادر را فرستاد خواستگاری، ازدواج نکرده بود. تصمیم گرفته بود مستقل شود. پدرش خیال می‌کرد با رفتن او از خانه و زندگیِ مجردی قدرِ عافیت را خواهد فهمید و

بالاخره سرِ عقل می‌آید و زن می‌گیرد. خانه‌ای حول‌وحوش خیابان گرگان و شاهرضا و میدان فوزیه، همان منطقه‌ای که مدرسهٔ محل کارش هم در آن بود، اجاره کرد که با مخالفت مادرش و دوستان هم‌محلی، رمضان و ابراهیم روبه‌رو شد. پدرش هم دوست داشت در دسترسش باشد تا بتواند مراقب او باشد. خودش هم فهمید دل کندن از محلی که در آن بزرگ شده بود و گذشته و تمام مضامین داستان‌هایش را از آن می‌گرفت آسان نیست. بالاخره با کمک پدر و وام اداره و پولی که جمع کرده بود دوباره به همان محل برگشت و در کوچهٔ مهربان با فاصله‌ای کم از خانهٔ پدری، خانهٔ دو اتاقهٔ کوچکی را از یکی از رفقای رمضان خرید و با سفته‌ای که رمضان به او سپرد قبول کرده بود بخشی از پول خانه را قسطی بگیرد.

با گرمای خلسه‌آور آفتابی که از پشت سرش می‌تابید، قدم‌زنان روی سنگ‌فرش‌های آجری از کوچه‌ای به کوچهٔ دیگر می‌پیچید و مثل همیشه دورانی را به‌یاد می‌آورد که با ابراهیم و رمضان در همین کوچه‌ها با بچه‌های تیردوقلو تیغی والیبال بازی می‌کردند. طعم شیرین پول‌هایی که می‌بردند هنوز با او بود. با اینکه بارها از یک‌یک آن کوچه‌ها گذشته بود، هربار چیز تازه‌ای به‌چشمش می‌آمد و خاطره‌ای را به‌یادش می‌آوردند. اول دبستان که بود آنجا یک‌سره بیابان بود و حالا تا کوچه‌ای به انتها می‌رسد کوچهٔ دیگری دهان می‌گشود.

همیشه وقتی بی‌خیال و بی‌هدف قدم می‌زد برای اینکه در تودرتویی کوچه‌ها گم نشود، تنها راهنمایش شرق آبیِ آسمان محله بود. می‌دانست اگر چشم از آسمان برندارد جایی از خیابان بیسیم، یا نزدیکی‌های پارک و گاهی از دیوارهٔ سمت غربی آن، سر در خواهد آورد. افتاده بود در کوچه‌ای باریک و طولانی که به‌نظرش آشنا نمی‌آمد. میانهٔ کوچه زنی سر از درِ خانه بیرون آورده بود و به‌طرف او نگاه می‌کرد. قاعده در محله آنها، خصوصاً در ساعت‌های خلوت

و در کوچه‌های باریک، این بود که وقتی مردی غریبه از کوچه می‌گذشت، زنی اگر بر آستانهٔ خانه ایستاده بود، داخل خانه می‌رفت و در را پشت سرش می‌بست.

نزدیک‌تر شد و زن سرش را داخل نبرد؛ ماند و چشم‌درچشم او شد. خندهٔ کم‌رنگ و اغواگرانه‌ای روی لب‌هایش نشسته بود. جوان بود و آرایشی رقیق و به‌قاعده داشت. تنها یکی دو خاطره آن هم در شمال‌شهر از نگاه کردن مستقم و گذرای دخترها را به‌خاطر می‌آورد. حالا زنی ناشناس و زیبا در محله خودشان به او چشم دوخته بود و نگاه از او برنمی‌داشت. او پشت به خورشید بود و آفتاب غرب آسمان صورت زن را پوشانده بود و تیغه‌های آن چشم او را می‌زد. زن با نگاه جستجوگرش می‌خواست صورت پشت به خورشید او را دقیق‌تر ببیند و تابش خورشید مانعش بود. تماس نزدیک و اتفاقی او با غریبه‌ای که بوی آشنایی می‌داد باعث شد مثل همیشه ضربان قلبش تند بزند. چشم‌درچشم او بدون اینکه پلک بزند که مبادا ثانیه‌ای خود را از لذت تماشای رنگ ملایم و قهوه‌ای دو نقطهٔ درخشانی که به او دوخته شده بود محروم کند، با قدم‌هایی سست و قلبی بی‌تاب و تپنده به او نزدیک شد. پیش از عبور از مقابلش، در لحظه‌ای که شاید زن صورت او را با وضوح بیشتری دیده بود، مثل دو آشنای قدیمی که پس از سال‌ها یکدیگر را ببینند و یادشان نیاید کجا و کِی هم را دیده‌اند، از دیدن هم حیرت‌زده و کنجکاو درهم خیره مانده بودند. بی‌اراده سرش را به‌علامت سلام خم کرد. صورت زن به خنده‌ای گشوده شد، چشم‌هایش درخشید و در جواب، او هم سرش را به‌نرمی، انگار بی‌اراده، خم کرد.

از او عبور کرده بود و جسارت آن را نداشت که برگردد و دوباره به پشت‌سر نگاه کند. پاک خود را باخته بود. کوچه به انتها رسید و به کوچهٔ بعد و بعدی پیچید و مست و گیج به‌طرفی رفت که نمی‌دانست

به کجا می‌رسد. خود را سرزنش می‌کرد که چرا نایستاده و سر حرفی را با او باز نکرده. قدرت و توان بازگشتن نداشت، غرورش اجازه نمی‌داد. نگاه آشنا و جسورانهٔ زن بی‌تابش کرده بود. هرگز نشده بود از فاصله‌ای آنقدر نزدیک و درحال عبور عطر و گرمای زنی را احساس کرده باشد. حس غریب عاشقانه‌ای داشت. فکر کرد عشق‌های قبلی برعکس آن چه این‌بار اتفاق افتاده بود، معمولاً بدون اینکه نشانه‌ای از همدلی و یا توجه در طرف مقابل وجود داشته باشد یا که به‌وجود آید شعله‌ور می‌شدند و مدتی، گاهی طولانی، روشنایی و گرمای آنها دوام می‌آوردند و سپس در پی ناکامی در برقراری رابطه، یا با ورود رقیبی تازه‌نفس، خاموش و سرد می‌شدند. اما انگار این‌بار فرق می‌کرد.

برای اینکه بی‌تابیِ ناشی از احساساتی که دامنگیرش شده بود از خط و قاعده خارجش نکند، به قراری فکر کرد که انگار لحظهٔ عبور با او گذاشته بود تا روز بعد همان ساعت باز به آن کوچه برگردد و یکدیگر را ببینند. به خود امید می‌داد که اگر دیدن دوبارهٔ او دست بدهد، آن کشش دوجانبه به رابطه‌ای پُردوام می‌انجامد. عمق شرق آبیِ آسمان را نشان گرفت تا به کوچهٔ قالی‌شورها پیچید و از مقابل خانهٔ پدری ابراهیم گذشت و به خیابان بیسیم رسید. معمولاً موقع برگشت به خانه، سری به مادر و خانهٔ خودشان می‌زد تا اگر برایش غذایی کنار گذاشته‌اند بخورد یا بگیرد و به خانه ببرد. ناهار نخورده بود و اشتهایی هم به غذا نداشت. به کوچهٔ مهربان پیچید، خانه در انتهای بن‌بست بود. کلید انداخت و در را که به حیاط باز می‌شد گشود و به اتاق رفت و بدون اینکه لباس‌هایش را عوض کند روی تخت تک‌نفرهٔ اتاقش خوابید.

در بحبوحهٔ شور و غلیان، صورت زن از ذهنش گریخته بود و چشم‌های جسور و زیبای او را از خاطر برده بود. هرچه بیشتر سعی

می‌کرد او را مجسم کند، محو و دورتر می‌شد. در لذت اندوهگینی که سال‌ها بود تجربه نکرده بود فرو رفته بود. آیا آن زن تنها بود؟ بعید به‌نظر می‌رسید. دراین صورت با چه کس و یا کسانی زندگی می‌کرد؟ ازدواج کرده بود و شوهر داشت؟ آرایش صورتش گواه آن بود. پیش خودش فکر کرد چه سرنوشتی در انتظارش است؟ پیش از این به دخترهای دبیرستانی و دانشکده دل بسته بود که عموماً تعلق و تعهدی نداشتند و عشقشان با رنج و نگرانی و بیم همراه نبود.

به روز بعد و گذشتن دوباره از آن کوچه امید بسته بود و با فکر آن مشغول بود. اما نکند فردا کوچه و خانهٔ او را پیدا نکند؟ ترس برش داشت. بلند شد، کفش‌هایش را پوشید و دوباره از خانه بیرون زد تا مطمئن شود کوچه و خانهٔ او را از یاد نبرده و پیدا خواهد کرد. به‌طرف تیردو قلو راه افتاد. باید از همان کوچهٔ برِ شهباز جنوبی و از مسیر همشیگی وارد می‌شد تا خانهٔ او را پیدا می‌کرد. تنها نشانی که از خانه در ذهنش مانده بود درِ چوبیِ آن بود که رنگ آبی آسمانی داشت. دری که او را در قاب آن دیده بود. بعد از تیردوقلو مثل همیشه در اولین کوچهٔ سمت چپ خیابان شهباز پیچید. آهسته و با تأمل قدم برمی‌داشت. فکر کرد دقت و توجه به اطراف ممکن است او را به اشتباه اندازد و از مسیری که همیشه خودبه‌خود می‌رفت منحرفش کند و ناخواسته به راه دیگری هدایت شود. باید خود را از دغدغهٔ اینکه کجاست و کجا می‌رود خلاص می‌کرد.

سعی کرد ذهنش را با فکر کردن به موضوعی دیگر مشغول کند، به شرق آسمان نگاه کند و آنرا ملاک بگیرد. آسمان اما رنگ همیشه و بعدازظهری خودش را نداشت و خورشید در غرب پایین افتاده بود و شرقِ آسمان خاکستری و لایه‌ای از ابری سرخگون به آن بُرشی از خاکستری سرد زده بود. باز سعی کرد صورت او را به‌خاطر بیاورد

و راهنمای خودش کند: تردید نداشت که آن چشم‌هایی که به او دوخته شده بود قهوه‌ایِ روشن بودند. سفیدی انگشتان ظریف دستی را هم که بالا برده بود و لنگه بستهٔ در را گرفته بود و سری که شوخ و طنازانه به کوچه خم شده بود و موهایی تیره و قهوه‌ای‌رنگی که با فرقی به یک سمت شانه شده بود و با پیچشی دل‌فریب نیمی از پیشانی و اَبروی او را پوشانده بود خوب در ذهن داشت. همهٔ آن جزئیات را به‌خاطر می‌آورد، حتی درخشش اَلنگوهای دستش و لرزش پیراهن سرخابی‌اش را در نسیمِ تند بعدازظهری پاییزی و صورتی با پوستی ترکیب‌شده در چشم‌هاَ و اَبروهایش و لب‌هایی که از سرخی به کبودی می‌زد و به خنده‌ای آشنا گشوده بود. با همهٔ اینها کلّیت صورت او را فراموش کرده بود و نمی‌دانست آنچه در ذهن مجسم می‌کند واقعی است یا خیالی در ذهنش.

واقعی یا خیالی، فکر کردن به چنین اجزائی راهنمای او به‌سمت خانهٔ گمشده‌ای بود که با دل‌نگرانی جستجویش می‌کرد. زمان می‌گذشت و از کوچه‌ای به کوچهٔ دیگر می‌پیچید و سمتِ شمالِ کوچه‌ها درِ آبی آسمانی را پیدا نمی‌کرد. با خود فکر کرد اگر آن را پیدا نکند هزاربار هم شده این مسیر را کوچه‌به‌کوچه می‌رود و می‌آید، سر هر کوچه و پیچی نشانی می‌گذارد تا بالاخره پیدایش کند. خود را در خیابان اصلی‌ای یافت که به پارک بیسیم منتهی می‌شد. مسیر را اشتباه آمده بود. برگشت تا دوباره از نقطهٔ اول شروع کند. با اینکه مطمئن بود در مسیرِ عکس ممکن نیست به مقصود برسد، نومیدانه کوچه‌به‌کوچه درِ خانه‌ها را از نگاه می‌گذراند. وقتی دوباره از کنارهٔ شهباز در مسیر کوچه پس‌کوچه‌ها قرار گرفت، خورشید غروب کرده بود و شرق آسمان تیره شده بود.

صدای اذانِ بلندگوی مسجد بیسیم بر اضطراب و اندوهگینی‌اش می‌افزود. در انتهای کوچهٔ اول با خودکار فلشی به‌سمت راست روی

تیر چوبی ادارهٔ برق کشید و به‌طرف جنوب و تقاطع بعدی حرکت کرد. از تقاطع بعدی بار اول هم گذشته بود. ماند و علامت دیگری به‌سمت شرق روی تیر برق کشید و از آن گذشت و به کوچهٔ بعدی پیچید. با اینکه کوچه خلوتی و رنگ‌وبوی بعدازظهر را نداشت، فضا به چشمش آشنا آمد. چند زن جلوی خانه‌ها ایستاده و مشغول حرف زدن بودند. چند بچهٔ قدونیم‌قد فوتبال بازی می‌کردند.

نیمه‌های کوچه نشانه‌هایی را که از حافظه‌اش پاک شده بودند یکی بعد از دیگری به‌خاطر آورد. ناگاه درِ آبی نمایان شد. تصویر او ایستاده بر چارچوب دَر به‌خاطرش آمد. شادمان از یافتن خانه و اینکه وجود گمشده‌اش را ملموس و زنده‌تر می‌توانست احساس کند، ثانیه‌ای متوقف شد و به درِ بسته چشم دوخت. کوچه شلوغ بود و تعلل بیشتر شک‌برانگیز بود. به قرار ناگذاشتهٔ بین خودش و او در روز بعد دل‌خوش کرد و به‌سمت خانه راه افتاد. هرچه زمان بیشتر می‌گذشت میل به تجسم صورت او شدیدتر و خطوط آن دست‌نیافتنی‌تر می‌نمود و دلتنگیِ او هم بیشتر می‌شد.

برِ خیابان بیسیم که رسید، رمضان با پیکان سرمه‌ای رنگ جدیدش روبه‌روی او ترمز کرد و خم شد و شیشهٔ سمت شاگرد را پایین کشید. سعید از پیاده‌رو به خیابان و کنار پنجرهٔ ماشین رفت و سلام کرد. رمضان پرسید: «تازه داری از مدرسه می‌یای؟ چرا اِنقده دیر؟!» جواب داد: «نه بابا، از خونه اومده بودم بیرون یکی دو تا کار داشتم. تو چطوری؟ از میدون می‌یای؟» رمضان گفت: «آره، از خروس‌خون تا الان که دارم می‌رم خونه. بیا بالا بشین بریم خونهٔ ما، ابراهیم و خواهرمم قراره بیان، دورهم باشیم. مادرم همین دیروز پریروزا حالِت رو می‌پرسید، می‌گفت خیلی وقته سعید پیداش نیس؟»

بی‌حوصله بود، دلش می‌خواست برود خانه و روی تخت دراز بکشد و به او و روز بعد فکر کند و خودش را به بازی عشق و خیال بسپارد.

رمضان تردید او را که دید، خم شد و دستش را دراز کرد و درِ سمت شاگرد را باز کرد و گفت: «چرا واستادی نیگا می‌کنی؟ می‌گم بپر بالا، بگو خب! تعارف می‌کنی؟»

رفت و روی صندلی کنارش نشست. رمضان راه افتاد و نگاهی به‌سمت راست و قصابی که هنوز باز بود انداخت و همین‌طور که به خیابان خیام می‌پیچید گفت: «معلومه چه مرگته که از ما دوری می‌کنی؟ نکنه بعد از این‌همه سال هنوزم فکر می‌کنی چون من و ابراهیم قاطیِ مرغا شدیم قابل رفاقت نیستیم؟»

گفت: «چرند نگو رمضون! ما که همین جمعهٔ دو هفته پیش با هم بودیم». تلفن زده بود و با ابراهیم آمده بودند خانه‌اش بساط تخته راه انداخته بودند. رمضان ماشین را برِ خیابان خیام پارک کرد و پیاده شدند. از صندوق عقب ماشین سه‌تا خربزه ایوانکی بزرگ بیرون آورد، دوتا را به او داد و یکی را خودش برداشت و گفت: «تازه و قندِ عسل، دیروز سرِ جالیز بوده!»

پرسید: «بارِ خودته؟» رمضان گفت: «پس چی؟!»

میوه و سبزی خانه را از میدان می‌آورد. ماشین را قفل کرد و به‌طرف درِ خانه رفت و زنگ روی چارچوب را فشار داد و برگشت و به یکی از خربزه‌های توی دست او اشاره کرد و گفت: «یکی‌شو بده من؟» گفت: «نه می‌یارم».

در را مجتبی باز کرد. او را که دید یک قدم عقب رفت و سلام کرد. رمضان گفت: «این خربزه‌ها رو از دست آق‌معلِمت بگیر پسر!» مجتبی بیرون آمد و یکی از خربزه‌ها را گرفت.

پرسید: «خوبی مجتبی؟ درس و مشق پیش می‌ره؟» مجتبی سرش را پایین انداخت و گفت: «بله آقا!» بچه که بود به او می‌گفت عمو و از پارسال که معلمش شده، آقا صدایش می‌زند. رمضان وارد هشتی

خانه شد و قبل از اینکه پردهٔ مقابل حیاط را کنار بزند با صدای بلند گفت: «یاالله!» صدای حوری را شنید که از داخل حیاط گفت: «صبر کن، دارم وضو می‌گیرم!» رمضان تعللی کرد و دوباره گفت: «یاالله!» صدای حوری از دورتر به‌گوش رسید: «بیاین تو!» همین‌طور که پرده را کنار می‌زد، دوباره و این‌بار آهسته‌تر گفت: «یاالله» پرده را بالا برد و نگاهی به حیاط انداخت و رو به او کرد و گفت: «بیا تو!»

داخل خانه شد و در را پشت سرش بست. از راهرو گذشت و پشت سر رمضان از پله پایین رفت و وارد حیاط شد. حاج‌اختر خانم درِ اتاق را باز کرد و روی ایوان باریکِ جلوی ساختمان ایستاد و چادرش را به کمر گرفت. سلام کرد. گفت: «علیکم و سلام سعید آقای گُل! چه عجب از این طرفا ننه! احترام چطوره؟ حاج‌محسن خوبه؟» گفت: «بله، خوبن، سلام دارن خدمتتون!» رو به رمضان گفت: «ننه، خربزه‌ها رو همون‌جا بذارین لب پاشویهٔ حوض تا من بیام بشورمشون و ببرم تو آشپزخونه بذارم یخچال. خودتم با آقا سعید برین تو مهمونخونه تا چایی براتون بیاریم! الانه که ابراهیم و فروغم پیداشون بشه. فروغ تلفن کرد گفت تو کارخونه گرفتار شدن دیر می‌رسن».

رمضان پرسید: «بچه‌ها کجان؟» گفت: «نمی‌دونم، تو اتاق سمت خودتون داشتن بازی می‌کردن».

از پلهٔ مقابل اتاق مهمان‌خانه بالا رفتند. رمضان در را باز کرد و داخل شد و پرده‌های مقابل پنجره‌ها را کنار زد و لامپ‌های مهتابی اتاق را روشن کرد و گفت: «بشین! چرا وایستادی؟»

روی یکی از صندلی‌هایی که دورتادور اتاق چیده شده بود نشست. رمضان دستش را روی شانه او گذاشت و گفت: «بگو ببینم داش

سعید، چه خبرا؟» گفت: «هیچی، مثل همیشه». رمضان ادامه داد: «ابراهیم گفت داری یه چیزی واسهٔ فیلم می‌نویسی؟» گفت: «آره، یکی از دوستام داره واسه تلویزیون یه فیلم راجع به ماهیگیری تو دریای مازندران می‌سازه خواسته سناریو و گفتارشو من بنویسم». رمضان پرسید: «یعنی چی‌کار می کنی؟» گفت: «می‌ریم محل رو می‌بینیم و درمورد ماهیگیرا و ماهیگیری از آدمای دست‌به‌کار پُرس-وجو می‌کنیم و کتابی اگه کسی در این باره نوشته باشه می‌خونیم. بعد من با کمک کارگردان فیلم یه چیزی مثل سناریو می‌نویسم و اونا بر اون اساس فیلم رو می‌سازن. روی اون فیلمم یه گوینده نوشته‌ای رو که من نوشتم می‌خونه و ضبط می‌کنن». رمضان پرسید: «بعد فیلمتون رو کجا نشون می‌دن، مام می‌تونیم ببینیم؟» جواب داد: «احتمالاً تلویزیون نشون می‌ده. شما که تلویزونم ندارین!» رمضان جواب سئوال او را نداد و پرسید: «سفر که می‌ری، مدرسه رو چی‌کار می‌کنی؟» گفت: «چند روزی مرخصی می‌گیرم». رمضان بادی به غبغبش انداخت و گفت: «خوبه که تلویزیون مال ثابت پاسال نیست!» گفت: «آره، وگرنه لابد مثل پپسی فیلم ما رو هم حروم می‌کردی!»

رمضان خندید. رضا و آهو درِ اتاق را باز کردند و آمدند خودشان را انداختند توی بغلش. هر دوی آنها را روی زانوهایش نشاند و گفت: «به‌به، چه لباسای خوشگلی!» آهو گفت: «مامانم واسمون دوخته عمو». پرسید: «بلوز تو که مثل بلوز رضا پسرونه‌س عمو!» آهو آب دهانش را قورت داد و از روی زانواهایش پایین آمد و گفت: «خودم از مامان‌جونم خواستم بلوزمو پِسَلونه و مثه لضا بدوزه. خیلی بلوز پسلونه دوست دالم!» بعد هم بلند شد و دستی به دامنش کشید و چرخی زد و گفت: «عوضش دامنم دختَلونه‌س!» گفت «به‌به! چقدم خوشگله، حالا می‌شه بگی بالاخره چند سالت شده؟» آهو با

انگشتانش شروع به شمردن کرد: «یک، دو، سه، سه‌سالمه!» گفت: «چه خانم گُلی شده دخترم! می‌تونی بگی رضا چندسالشه؟» آهو جواب داد: «آله، چال‌سالشه!» گفت: «بارک‌الله به تو. منو یه بوس می‌کنی؟» آهو گفت: «آله!» و او را بوسید. رضا پرسید: «عمو سعید شام می‌مونی؟» گفت: «نه!» رضا پرسید: «چرا؟» جواب داد: «بابات دعوتم نکرده!» رمضان با دستش کوبید رو زانوی او گفت: «دروغ می‌گه رضا! سعید چاخان معروفه! چاخانش رو که شنیدی؟» منظور رمضان قصه‌هایی بود که گاهی به اصرار بچه‌ها برایشان تعریف می‌کرد.

حاج‌اختر خانم و حوری چادر به‌سر به اتاق آمدند. حوری طبق معمول با چادر سفت و سخت صورتش را پوشانده بود. حاج‌اخترخانم گفت: «سعید، ننه بگو ببینم چطوری؟ چی‌شد یاد ما کردی؟»

رمضان گفت: «فکر نکن با پای خودش اومده، سر کوچهٔ قالی‌شورا گیرش انداختم، داشت می‌رفت خونَشون، رو هوا قاپیدمش!» حاج‌اختر خانم خندید و گفت: «خوب کردی!» حوری با صدای آهسته گفت: «نمی‌دونین بچه‌ها چقد شما رو دوست دارن سعیدآقا! تا صداتونو شنیدن اومدن به من گفتن لباس‌نوهامونو تنمون کن عمو سعید اومده». آهو را دوباره روی پایش نشاند و هر دوشان را در آغوش فشرد و در حالی که می‌بوسیدشان گفت: «منم دوستشون دارم!» رضا رو به مادربزرگش گفت: «خانم‌جون، خانم جون، عمو سعید شام می‌مونه!» حاج‌اختر خانم گفت: «قدمش رو چشم مادر جون!»

حوری بیرون رفت و حاج‌اختر خانم همان‌جا نزدیک درِ اتاق روی یکی از صندلی‌ها نشست و رو به سعید کرد و پرسید: «خواهرت فاطی‌جون با خونهٔ شوهر چطوره؟» جواب داد: «خوبه، می‌دونین که

با مادرشوهرش زندگی می‌کنه، یه‌کم از دست اون ناراحته. شوهرش مرد خوبیه، باهم خوبن، گاهی از مادرشوهرش گله می‌کنه. ولی خوبه، سرش به بچه‌هاش گرمه».

حاج‌اختر خانم چادر را، که از روی صورتش کنار رفته بود و بلوز گل‌ریز سرمه‌ای‌رنگش نمایان شده بود، از دوروبر خودش جمع کرد و روی زانویش کشید و جابه‌جا شد و گفت: «احترام واسم گفته، فاطی خودش موقع شیرینی‌خورون قبول کرد با مادرشوهرش زندگی کنه. به من بگو ببینم داداشت که زن گرفت، آبجیتم که خیلی وقته رفته خونهٔ شوهر و ماشاالله بچه‌هاشم مثل دستهٔ گل! تو کی می‌خوای زن بگیری سعید؟ می‌تُرشی‌ها؟!» خندید، رمضان بلندتر خندید و گفت: «چی می‌گی ننه؟ بوی ترشیدگیش تموم بیسیم رو ورداشته. نمی‌بینی مگه، عین ترشی سیرِ هفت‌ساله داره از هم وا می‌ره!؟»

حوصله نداشت با رمضان کَل‌کَل کند. خندید و گفت: «خاله شما دعا کنین تا اسبابش فراهم بشه!» حاج‌اختر خانم گفت: «مادرجون زن که سگ نیست که اِنقده ازش می‌ترسی!»

به دوران بچگی و ترسش از سگ کنایه زده بود و خندیدند. حاج‌اختر خانم ادامه داد: «احترام آرزوش اینه که دامادی تورو ببینه. تو بگو آره تا خودم با مادرت بریم واست خواستگاری. شده درِ خونهٔ هزارنفر رو بزنیم، می‌زنیم تا اونی رو که تو بپسندی پیدا کنیم». رمضان دستش را به پشت او کوبید و گفت: «ننه این اگه اهل خواستگاری رفتن و این‌جور چیزا بود تا حالا عین داداشش زن گرفته بود و قال قضیه رو کنده بود. این آقاپسر مثل دخترت و آقا ابراهیم امروزیه! دانشگاه رفته‌س!»

حوری با سینی چای وارد اتاق شد. رمضان بلند شد و رفت سینی را از دستش گرفت و آمد جلوی او گرفت و رو به مادرش کرد و

گفت: «آره ننه جون، تو بهتره بری دعا کنی که آق‌سعید خاطرخواه یکی از این دخترای امروزی بشه!»استکان چای را از سینی برداشت و لحظه‌ای تصویر محو زنی را که امروز دیده بود به‌خاطر آورد. دلش می‌خواست در خانه و اتاقش بود و به او فکر می‌کرد. زنگ درِ حیاط را زدند. حوری گفت: «فروغ اینام اومدن!» و بلند شد درِ اتاق را باز کرد و بیرون رفت. آهو و رضا هم از روی زانوهای او پایین آمدند و دنبال او رفتند. مجتبی از حیاط صدا رساند: «من می‌رم باز می‌کنم زن داداش».

حوری همان‌جا منتظر ایستاد. رمضان از حاج‌اختر خانم پرسید: «ننه‌جون، شام چی داریم؟»

حاج‌اختر خانم گفت: «دندون رو جیگر بذاری می‌فهمی!» رمضان رو به او کرد و گفت: «می‌بینی سعید، نَنَمه دیگه، سربالا جواب می‌ده؟!» بعد خنده‌ای کرد و ادامه داد: «شرط می‌بندم شیرین‌پلو با مرغ داریم، می‌گی نه، می‌بینیم حالا! این و حوری هروقت شیرین‌پلو می‌پزن جوابمو سربالا می‌دن!» حوری از روی پاگرد و سرِ پله مشغول سلام و احوال‌پرسی با فروغ و ابراهیم شده بود. بچه‌ها آمدند داخل اتاق و باهم گفتند: «عمه فروغ اومد!»

فروغ به اتاق آمد و سراغ بچه‌ها رفت، روی زانو نشست و آنها را در آغوش کشید و بوسید. وقتی بلند شد روسری عنابی‌رنگش دور گردنش افتاد. توی بیسیم و محله خودشان روسری سرمی‌کرد، اما در کارخانه بی‌حجاب بود. جلوی او، چه رمضان بود چه نبود، مقید به حجاب نبود. مادرش را بوسید و به‌طرف سعید آمد و سلام کرد و دست داد و پرسید: «چطوری سعید؟» گفت: «خوبم، تو چطوری؟» فروغ نفس عمیقی کشید و کشدار جواب داد: «خوب و خسته!» بعد دست انداخت دور گردن رمضان و او را بوسید و پرسید: «تو چطوری داداش؟» رمضان گفت: «مفت زنده‌ایم!» گاهی

که طرف مقابل را جدی نمی‌گرفت با این جمله پاسخ احوال‌پرسی‌ها را می‌داد.

ابراهیم جلو آمد و روبوسی کرد و گفت: «سعید چی‌شده این طرفا؟!» رمضان پرید وسط و گفت: «تو خودش بود داشت می‌رفت خونه‌ش، مچشو گرفتم!» ابراهیم رو به رمضان گفت: «چطور شده که کفتر جَلدنشدهٔ بیسیم از دستت پر نزد؟ ما که هروقت گیرش انداختیم یه‌جوری پیچوندمون!» بعد هم رو کرد به حاج‌اختر خانم پرسید: «حاج‌خانم شما که انشاالله سلامتید؟» حاج‌اختر خانم گفت: «ای بحمدالله، نفسی می‌کشیم!» فروغ پرسید: «پس نجمه کجاست؟» حاج‌اختر خانم گفت: «تو نشیمَنه، چه می‌دونم، داره تزشو می‌نویسه». ابراهیم رو به حوری کرد و آرام پرسید: «حوری خانم شما خوبید؟ با زحمتای ما؟» حوری گفت: «اختیار دارین، چه زحمتی، خوشحالمون کردین!»

از ازدواجش با رمضان پنج شش سالی گذشته بود و روزبه‌روز مؤمن‌تر و باخداتر شده بود. ابتدایی را تمام کرده بود و رمضان می‌گفت در قرآن خواندن رودستِ حاج‌اختر زده. هربار که او را می‌دید، احساس می‌کرد فاصله‌اش با گذشته‌اش بیشتر و بیشتر شده. طوری شده بود که رمضان از او می‌ترسید و حساب می‌برد و خیلی از کارهای خلافش را پنهانی و دور از چشم او انجام می‌داد. آن حوری جایش را به حوری‌خانمی داده بود که مؤمنی‌اش زبانزد خواهرو مادر خودش و همهٔ محله شده بود و از هرلحاظ که نگاهش می‌کردی از رمضان سرتر به‌نظر می‌آمد. با همهٔ اینها، هنوز گهگاه وقتی او را می‌دید تصویر نیمه‌برهنه و رقص عربیِ آن زن جوانی به ذهنش می‌آمد که با معصومیتی خاص می‌رقصید. همین بود که نمی‌توانست رابطه‌ای طبیعی با او داشته باشد و گفتگوهایشان را غالباً کوتاه و شرمگینانه و کاملاً رسمی نگه می‌داشت.

رمضان اما نسبت به گذشته فرق چندانی نکرده بود. با اینکه حوری و حاج‌اختر خانم افسارش را محکم گرفته بودند، گاهی به خانه‌اش می‌آمد و دُمی به خمره می‌زد یا با رفقای میدانی‌اش، که به‌قول خودش دیگر جزء خانواده و ناموسش شده بودند، به کافه‌ها سرک می‌کشید. حوری از اتاق بیرون رفت. بچه‌ها رفتند سراغ عمه‌شان. رمضان گفت: «ابراهیم راست می‌گه سعید. ما همه‌مون رو هرجای تهرون ول کنن برمی‌گردیم بیسیم. ولی تورو انگار به زور تو قفس بیسیم نگرداشتن!» گفت: «بی‌خود حرف درنیارین. خوبه خونه و زندگیم اینجاس!» ابراهیم گفت: «آره خونَت اینجاس، خودتم اینجایی ولی روحت طرفای نادری و شاهرضا و پهلوی و میدون ولیعهد و کِریمخان دور میزنه!» جواب داد: «تقصیر من نیس که پاتوقای دوستام، کتابفرشیا و سینماها، تئاتر و کنسرتا، همه‌چی اون طرفاس». رمضان آهسته و زیرلب گفت: «داداش‌مون مینی‌ژوپی‌ها رو از قلم انداخت!»

ابراهیم گفت: «منم همین رو می‌گم. خونت اینجاس و خودت شمال‌شهری، حقم داری، همهٔ اینایی که گفتی یکی‌شم تو بیسیم پیدا نمی‌شه، اما تا دلت بخواد هیئت سینه‌زنی و زنجیرزنی داریم». رمضان پرسید: «حالا که همه‌چیت اون بالا بالاهاس، می‌شه بگی دیگه واسه چی موندی تو بیسیم، بامرام؟!» جواب داد: «شبا فقط تو بیسیم خوابم می‌بره. دیدین بعضی آدما وقتی جابه‌جا می‌شن یا رخت‌خوابشون عوض می‌شه بی‌خواب می‌شن؟ بیسیم حکم خونه و همون رختخواب رو واسه من داره»

حاج‌اختر خانم گفت: «خوشتون اومد از جوابش؟! نه، تو از خیلیای دیگه جَلدتر و محله‌دوست‌تری! بچه‌های محل دارن یکی‌یکی پدرمادراشون رو می‌ذارن و میرن، توالحمدالله موندی». فروغ روبه اوگفت: «غیراز این آرامش و امنیتی که گفتی، بیسیم دیگه واست چی

داره؟» با شوق، بدون اینکه به کسی نگاه کند گفت: «مثلاً امروز بعدازظهری، تیردوقلو که از اتوبوس پیاده شدم انداختم تو کوچه پس‌کوچه‌ها که قدم‌زنون بیام طرف خونه. کوچه‌های محله بعدازظهرای پاییز خلوت و ساکته و یه هوای دیگه‌ای دارن. قدم زدن تو اونام حال دیگه‌ای داره که جاهای غریبه و دیگهٔ تهرون و شمال‌شهر لااقل واسه من نداره. چه‌جوری بگم فروغ خانم! مثل تابلوی نقاشی‌ای می‌مونه که انگار خودم کشیدمش!»

مابقی جمله مثل جرقه‌ای از ذهنش گذشت: *مثل وقتی خورشید ملایم پشت سرم می‌تابه و آسمونِ صاف و آبیِ روبه‌رو آغوش خودش رو برام باز می‌کنه. تو کوچه‌ها بوی پاییزی می‌پیچه و گاهی باد می‌یاد و خاکی هوا می‌کنه و به همه‌چی رنگ خاک می‌زنه و یه جورایی همه چی رو غمگین می‌کنه، از دیوار خونه‌ها بگیر تا آجرفرش کف کوچه‌ها و سرک کشیدن‌های زن‌ها و دخترهایی که تا یه مرد غریبه می‌بینن سرشون رو می‌دزدن و می‌رن تو خونه و در رو روی خودشون می‌بندن. تنها تو یه‌همچین کوچه‌هاییه که اگه زنی سرش رو تو نبره و اِنقدر دم دَر بمونه تا از مقابلش رد بشی، رنگی به زندگیت می‌زنه که هیچ‌جای دیگهٔ تهرون نمی‌زنه. تو این‌جاست که نگاه یه زن به یه مردِ رهگذر توش رازها و ناگفته‌ها پنهانه، نه نگاه دخترای شمال‌شهر که خالی و تهی از معناست. اینجا نگاه‌کردن زن به مرد شجاعته، تو اگه با همچنین نگاهی روبه‌رو بشیه که سرگشته و حیرون می‌شی و ضربانِ عشق به دیوار قلبت می‌کوبه.*

به خودش آمد، ناخواسته او را، آن زن را، به مهمانی و جمع خودشان دعوت کرده بود تا مبادا آن دلتنگیِ مدهوشانه و مستیِ سرخوشانه رخت ببندد. نگاهی به ابراهیم انداخت و پرسید: «تو اگه باشی دلت می‌یاد یه همچین چیزایی رو که توشون بزرگ شدی بذاری و بری؟» رمضان خندید و رو به ابراهیم گفت: «این سعید لاکردار رو تا ولش

کنی می‌پیچه تو ادبیات!» فروغ خندید و پرسید: «اینا که گفتی کوچه و خشت و آجر و دیوار و رنگ خاک بود. مردم محله، خود محله چی؟» حوری با یک مجمع بزرگ تنقلات و شیرینی وارد اتاق شد و چادرش را به دندان گرفت در چارچوب در ایستاد و سعید را از سختی و سنگینی پاسخی که به فروغ می‌بایست می‌داد خلاص کرد. با این سبک سئوال‌های فروغ و ابراهیم آشنا بود. پیش از این هم بارها از این بحث‌ها با هم کرده بودند، برای همین گفتن دوبارهٔ همان چیزها برایش سخت بود. تا آل‌احمد زنده بود مسئلهٔ تعهد هنرمند و روشنفکر درقبال مردم، مخصوصاً اقشار محروم مردم، داغ بود. پس از مرگ او و واقعهٔ سیاهکل این بحث‌ها گاهی به ضدیت با روشنفکرها و اهل کتاب هم میل پیدا می‌کرد و روشنفکر کسی بود که با توده‌ها نشست و برخاست داشت و مثل آنها و در کنارشان زندگی می‌کرد. رمضان بلند شد و رفت مجمع را از دست حوری گرفت و آورد گذاشت روی میز کوتاه وسط اتاق و گفت: «بفرمایین مشغول بشین!»

رضا و آهو رفته بودند سراغ مجمع. حوری آمد طرف آنها و کاسهٔ کوچکی برداشت و گفت: «بچه‌ها صبر کنن تا هرچی دوس دارن من بهشون بدم!» بچه‌ها بادام‌هایی را که مشت کرده بودند توی کاسهٔ دستِ او ریختند و کنار ایستادند. رمضان در کنایه به فروغ و رو به حوری گفت: «اینا رو نیگا، باز رفتن تو حرفای بالاتر از شیش ابتدایی. حوری می‌شه اون کاست مهستی رو بذاری؟!» فروغ گفت: «دادش توام! تا ما می‌یایم یه کم حرف جدی بزنیم می‌پری وسط و خرابش می‌کنی!» رمضان گفت: «اگه می‌خواین از این حرفا بزنین سعید رو دعوت کنین خونهٔ خودتون و بشینین تا صبح حرف بزنین. وقتی مهمون مایین بحث و محث نداریم! یه‌دقه دور هم نشستیم

بذارین حال کنیم» و رو کرد به حوری و گفت: «چرا واستادی پس؟ گفتم اون کاست مهستی رو بذار!»

حوری رفت از میان نوارهای چیده‌شده روی تاقچهٔ پیش‌بخاری یکی را برداشت و در ضبط‌صوت دستی کنارشان که دو بلندگوی استریویی داشت و روپوشی فاخر از مخمل زرشکی روی آن کشیده بودند گذاشت و روشنش کرد: مهستی «آن‌که دلم را برده خدایا» را شروع کرد به خواندن. یادش آمد چند سال قبل، روزهای متمادی مرتب آنرا از رادیو و مخصوصاً از پنجرهٔ خانه‌های در کوچه پس‌کوچه‌ها و قهوخانه‌های محلهٔ خودشان و مغازهٔ صفحه‌فروشیِ روبه‌روی کوچهٔ کلانتریِ بیسیم شنیده بود، آهنگ عاشقانهٔ غمگین و سوزناکی که فضای خانه‌ها و محله را طوری پر کرده بود که انگار سرود ملی محله است و بیسیم را می‌شد با آن شناسایی کرد. با صدای مهستی زن ایستاده بر قاب درِ آبی درنظرش مجسم و زنده شد.

حوری گفت: «سعیدآقا، قابل شمارو نداره، بفرمایین میل کنین، آقا ابراهیم، فروغ‌جون چرا میل نمی‌کنین؟ آجیل می‌خورین براتون بریزم؟» فروغ گفت: «بذار من برای همه می‌ذارم». فروغ بلند شد و کمی آجیل داخل پیش‌دستی ریخت و یک شیرینیِ زبان کنار آنها گذاشت و داد دست او و همین کار را برای خودش و ابراهیم و رمضان هم تکرار کرد و رفت روی صندلیِ کنار حاج‌اختر خانم نشست. زیادی جذب آهنگ شده بود و ساکت در خود فرو رفته بود و چه‌بسا ابراهیم و رمضان و فروغ انتظار داشتند بیشتر از اینها حرف بزنند.

برای اینکه چیزی گفته باشد از رمضان پرسید: «وضع کاسبی چطوره؟» رمضان گفت: «توپ! شکرخدا همه‌چی فَت و فراوون!» حاج‌اختر خانم گفت: «رمضون دیگه واجب‌الحج شده». حوری

گفت: «انشاالله سال دیگه سه‌نفری با حاج‌خانم مشّرف می‌شیم!» رمضان گفت: «انشاالله! من که اسم سه‌تاییمون رو نوشتم، ببینیم قسمت چی می‌شه». گفت: «به‌سلامتی». حوری گفت: «حاج‌خانم بار دومه می‌خوان مشّرف بشن، بار اول با خدابیامرز حاج‌مهدی رفته بودن!»

رضا رفت به زانوهای فروغ تکیه داد و پرسید: «عمه، کی بیام خونه‌تون تلویزیون نگاه کنم؟»

فروغ خم شد او را بوسید و گفت: «هروقت دلت خواست عزیزم!» و رو کرد به حوری و گفت: «حوری‌جون، این جمعه بچه‌ها رو بیار بذار خونهٔ ما تا هم تلویزیون نگاه کنن هم ناهارو پیش ما باشن». حوری نگاهی به رمضان، که به او خیره شده بود، کرد و گفت: «باشه، ببینیم تا جمعه چی پیش می‌یاد!»

صدای مهستی اوج گرفته بود. در نظر سعید زمان به‌کندی می‌گذشت و عقربه‌های ساعت سمجی آزاردهنده‌ای داشتند. با وجود میزبان‌هایی که او را به حرف و گفتگو می‌گرفتند، فکر او خاموشی نمی‌گرفت. رمضان از فروغ پرسید: «فروغ این آهنگ چطوره؟ خوشت میاد؟» فروغ گفت: «توکه سلیقهٔ منو می‌دونی». رمضان گفت: «همون جمعه‌ها خون جای بارون می‌باره رو می‌گی!» ابراهیم خندید و گفت: «رمضون، جون داداش شروع نکن!» و رو به او کرد و ادامه داد: «سعید تو بگو شد ما یه آهنگی بزاریم این رمضون دست ننداز‌ه!» دوباره رو کرد به رمضان و گفت: «آقا، وقتی آقاسی و سوسن می‌ذاری ما حرفی می‌زنیم؟ ما که دلکش و مرضیه و پوران رو هم گوش می‌کنیم». رمضان حرف ابراهیم را قطع کرد و گفت: «نه، جون من بیا گوش نکن!» حاج‌اختر خانم گفت: «خواننده فقط اکبر گلپایگانی! یه مست مستم خوند که می‌شه یه عمر گوشش کرد!» فروغ گفت: «هرکی یه سلیقه‌ای داره مادر!»

حوری با روی گرفته کنار حاج‌اختر خانم ساکت نشسته بود و ساکت گوش می‌داد. آهو به‌طرفش آمد و آهسته گفت: «عموسعید! عموسعید! می‌شه به بابام بگین واسهٔ ما تلویزیون بِخَله؟» گفت: «باشه عمو، می‌گم» و طرف رمضان برگشت و گفت: «شنیدی که رمضون؟ آهوخانم تلویزیون می‌خواد، چرا براش نمی‌خری؟» رمضان کمی جابه‌جا شد و رو به آهو گفت: «چه غلطا، نیم‌وجبی! برو پیش مامانت بشین حرف زیادی نزن!» فروغ گفت: «این چه‌جور حرف زدن با بچه‌س؟ درست جوابشو بده!» حوری آهسته و با کمی غیظ در جواب فروغ اما انگار به خودش گفت: «رمضونه دیگه!»

قبل از اینکه رمضان به فروغ و حوری براق شود و بگومگو بالا بگیرد، حرفشان را قطع کرد و رو به رمضان گفت: «حالا بگو چرا واسشون نمی‌خری؟» رمضان گفت: «هزارجور بی‌حیایی توش هست. آقام که حرومش کرده. سر قبر پدرمون مثلاً ما توی این خونه روضه‌خونی داریم!» سعید گفت: «کدوم بی‌حیایی؟ برنامه کودک و کارتونن که بی‌حیایی‌ای توشون نیست. تازه بی‌حیایی داشت، ببرش کانال دو، اونم اگه داشت خاموشش کن، اختیارش دست خودته!» رمضان گفت: «نه داداش، بچه‌ها با همین رادیو و برنامه کودکش و قصه‌هاش سرگرمن بَسِشونه. تازه ضبطم که واسشون خریدم، اونم بسکه ننه گفت. گاهی‌ام که خونهٔ فروغ می‌بینن!»

فروغ گفت: «نباید گذاشت بچه‌ها حسرت به دل بشن. دیگه نصف بچه‌های فامیل و در و همسایه تلویزیون دارن. بچَن، غصه می‌خورن!» رمضان گفت: «بچه‌ها بهتره به اونایی که ندارن نیگا کنن و غصه نخورن!» حاج‌اختر خانم به فروغ گفت: «من و حوری‌ام بهش می‌گیم، مگه حریفش می‌شیم؟! دلم واسهٔ این طفلکیا می‌سوزه. می‌گم هرچی به‌جای خودش. درسته که تو این خونه روضهٔ امام‌حسین خونده می‌شه، ولی بچه که این حرفا سرش نمی‌شه، پیش

خودش می‌گه این امام‌حسین دیگه کیه نمی‌ذاره بابام واسه ما تلویزیون بخره! هیچی بدتر ازین نیست بچه حسرت به دل بار بیاد!»

ابراهیم برای اینکه نقش حوری را که ساکت نشسته بود به سایرین گوشزد کرده باشد رو به حوری کرد و گفت: «شما نظرتون چیه حوری‌خانم؟» حوری مکثی کرد و گفت: «والله چی بگم ابراهیم‌آقا؟ من که حریفش نمی‌شم. تصمیم تصمیمِ رمضون و حاج‌خانمه، من مطیع اونام!» ابراهیم از جا بلند شد و آمد آهو را که با بعض جلوی مادرش ایستاده بود و به حرف‌های آنها گوش می‌داد بغل کرد و به شوخی و خنده گفت: «یه صلوات بلند بفرستین! آهوخانوم و آقا رضام هر وقت دل‌شون خواست می‌تونن بیان خونهٔ ما تلویزیون نیگا کنن!» بعد هم رو کرد به فروغ و گفت: «پامی‌شی به حوری‌خانم کمک کنی شام رو بیارین!» فروغ بلند نشده بود که حاج‌اختر خانم گفت: «نه تو بشین مادر، تازه از سرِ کار اومدی خسته و هلاکی، خودم می‌رم کمکش» و بلند شد و با حوری و بچه‌ها از اتاق بیرون رفتند.

بعد از لحظه‌ای سکوت در اتاق، از ابراهیم پرسید: «کارخونه چه خبر؟ راضی‌ای؟» ابراهیم گفت: «چی بگم سعید جون، برا فروغ که تعمیرات قطعاته بد نیست. بیشترِ وقتش تو گارگاه تعمیرات و دفترش می‌گذره. واسه من که قسمت نگهداری و تعمیرات ماشین‌آلاتم کار یه‌کم سخت‌تر و ریسکیه. بیشتر وقتا تو کارگاه‌های ریسندگی و بافندگی‌ام که پُرِ غبار الیافه. وضع ما که خوبه، بیچاره اون کارگرایی که روزی هشت‌ساعت پای این ماشینا کار می‌کنن. خیلیا بعد از چند سال مشکل تنفسی پیدا می‌کنن، قدیمی‌ترا به سن بازنشستگی نرسیده سرطان و هزارجور درد دیگه می‌گیرن!»

پرسید: «مگه فیلتر و هواکش ندارین؟» فروغ گفت: «نه به اون شکلی که روی هر ماشینی نصب شده باشه و بتونه خوب هوا رو فیلتر کنه.

یه سری کانال و هواکش توی سالن‌ها نصب کردن که شاید به‌زور سی‌درصد غبار رو بگیره». پرسید: «کسی حرفی نمی‌زنه؟» ابراهیم گفت: «می‌گیم، فایده نداره سعید. تا همه فشار نیارن بی‌فایده‌س. تشکّل و سندیکای درستی‌ام که نیست، اونی‌ام که هست فرمالیته‌س!» فروغ گفت: «حالا با ابراهیم داریم سعی می‌کنیم یه‌جوری این مسئله رو ببریم توی کارگرا و براشون توضیح بدیم چقدر برا سلامتی‌شون مهمه که دستگاه‌های پیشرفتهٔ فیلترینگ تو کارخونه نصب بشه. خوشبختانه چه سرپرستای قسمت‌ها چه کارگرا ابراهیم رو دوست دارن».

ابراهیم ادامه داد: «مشکل اینه که تا میای یه چیزی راجع به سختی کار و خطراتش به رئیس رؤسا بگی بهت برچسب مخالف و چپی می‌خوره. بااحتیاط باید باشیم. اخیراً با کمک بعضی از کارگرا یه نامهٔ شکایت به وزارت کار نوشتیم و وضعیت و خطرات کار تو کارخونه برای سلامتیِ کارکنا و کارگرا رو شرح دادیم و خواستیم بازرس بفرستن بیاد این وضع رو ببینن. یه صدنفری از کارگرا اسمشون رو پای نامه گذاشتن. البته راه به جایی نمی‌بره ولی از هیچ بهتره، همین که بیان و بازرسی کنن و گزارشی بدن خودش یه‌قدمه».

رمضان گفت: «مدام به این دوتا می‌گم زندگی همینه دیگه، یکی کارگر می‌شه، یکی سرمایه‌دار، این چیزا همش دست خداس. تو یه همچین اوضاع و احوالی آدم بهتره سرش تو کار خودش باشه، خصوصاً که ابراهیم زندونم بوده و مث گاو پیشونی سفیده! رفیقش پرویزم رو هم که گرفتن و تو حبسه. حتم بدونین ساواک از جیک‌وپوک و سابقهٔ رفاقت اونو و ابراهیمم باخبره».

فروغ گفت: «پرونده پرویز که ربطی به ابراهیم نداره. پرویز به چریکا مربوط بوده و ابراهیم بعد از دانشگاه رابطه‌ای باهاش نداشته. ابراهیمم که این سالا فعالیتی نداشته. بعدم اینکه آدم مواظب باشه یه

چیزیه، بدبختی‌های مردم یه چیز دیگه. از کارگر ضعیف‌تر و بدبخت‌تر تو این مملکت کسی هست که آدم بی‌خیال بشه و سرش تو کار خودش باشه؟» رمضان گفت: «آره که هس، بیا تا کارگرا و حمالا و آشغال‌جمع‌کنای میدون رو نشونت بدم تا بفهمی باقالی به چن منه! اشکال شما دوتا اینه که کله‌تون بوی قورمه‌سبزی می‌ده و همینَم آخرش یه‌کاری دستتون می‌ده». رو به رمضان گفت: «تو حتماً دلت نمی‌خواد خواهرت و شوهرخواهرت چند سال دیگه از تنگی نفس زمین‌گیر بشن یا خدا نکرده سرطان بگیرن. کارگرا که زبون اعتراض ندارن، حالا اگه دو نفر پیدا شدن باهشون هم‌دردی کنن چرا تو ذوقشون می‌زنی؟» رمضان گفت: «آقا سعید گل! سوای اینکه ابراهیم زیر چشم ساواکه، ترسم از اینه خدا نکرده از کار بیکارشون کنن.» فروغ گفت: «بیکارم شدیم که شدیم، هزارتا کار تو این مملکت ریخته».

حاج‌اختر خانم از حیاط فروغ را صدا زد. فروغ بلند شد و از اتاق بیرون رفت. رمضان از فرصت غیبت زن‌ها استفاده کرد و گفت: «بچه‌ها دلتون واسهٔ یه آقارضا سهیلای درست و حسابی تنگ نشده؟ یاد اون روزا بخیر، چه حالی می‌کردیم! دوتا خبط بزرگ تو زندگیم کردم، یکی اینکه زن گرفتم و بچه‌دار شدم، دوم اینکه آبجی‌مو دادم به رفیق جون‌جونیم!» بعد هم زد زیر خنده، ابراهیم هم خندید. نگاهی به ابراهیم کرد و رو به رمضان پرسید: «ضرر کردی؟» رمضان گفت: «ضرر بیشتر از این سعید جون که دیگه نمی‌تونیم باهم بریم الواتی، تو فکرشو بکن با شوهرخواهر زن‌ذلیلت بری عرق‌خوری و الواتی، خدا می‌دونه اونوقت تو این خونه به چند نفر باهاس جواب پس بدم».

فروغ همراه نجمه با سفره و سینیِ بشقاب‌ها و نان و قاشق چنگال و لیوان و شیشه‌های نوشابه به اتاق آمدند. نجمه رو به همه سلام

کرد. روسریِ کوچکی سرش بود. سعید فکر کرد برای خودش خانمی شده. سینی را روی زمین گذاشت و به سعید نگاه کرد و گفت: «شما خوب هستین عموسعید؟» سعید جواب داد: «خوبم. شنیدم داری تز می‌نویسی». نجمه گفت: «بله عمو، اگه خدا بخواد دارم تمومش می‌کنم». پرسید: «تزت راجع به چیه؟» نجمه گفت: «مقاومت مردم نیشابور مقابل حملهٔ مغول عمو سعید». رمضان گفت: «می‌خواد دبیر تاریخ بشه!» رمضان با اینکه از دانشگاه رفتنِ خواهرهایش دل خوشی نداشت به‌نظر می‌آمد از دبیر شدن نجمه بدش نمی‌آید.

مجید با سینیِ لیوان و پارچ آب به اتاق آمد. رو به او کرد و پرسید: «آقامجید ما چطوره؟» مجید سرخ شد و گفت: «خوبم آقا». رو به رمضان کرد و گفت: «یه دانش‌آموز نمونه، همهٔ همکارای مدرسه ازش راضی‌ان. تو مدرسه سرش به کار خودشه و تو کلاسم همهٔ حواسش به درسه». رمضان گفت: «این‌جوریام نیست، از تو خجالت می‌کشه». مجید سرخ شد و ساکت ایستاد. به کنار خودش اشاره کرد و گفت: «بیا بشین عمو، چرا وایستادی؟»

بعد از اینکه همان شیرین‌پلوی خوشمزه‌ای را که رمضان حدس زده بود و حوری گفت پختن آن را مثل همهٔ چیزهای دیگر از حاج‌اختر خانم یاد گرفته و مدیون اوست، نوار مست مستم گلپا را گذاشتند. ساعت داستان شب رادیو نزدیک شد و می‌دانست رمضان و حوری و حاج‌اختر خانم هر شب به آن گوش می‌کنند. گفت فردا هشت صبح کلاس دارد و رضا و آهو را بوسید و از یکی‌یکی خداحافظی کرد و از خانهٔ آنها بیرون آمد. خیابان خیام خلوت و با تک‌وتوکِ چراغ‌های سر تیرهای برق در نوری زردرنگ و کم‌رمق به خواب رفته بود. دلش می‌خواست چشم به هم می‌گذاشت و فردا می‌شد. انتظاری سخت پیش رویش بود. به خانه که رسید خودش را روی

تخت انداخت. بی‌خواب شده بود و بین خواب و بیداری شب را گذراند. صبح خسته و بی‌حوصله و بی‌اشتها به مدرسه رفت.

کلاس‌ها را به دوره کردن مطالب قبلی و روخوانیِ دانش‌آموزان گذراند. بعدازظهر کلاس را ده دقیقه زودتر تعطیل کرد و بدون اینکه به دفتر برود از مدرسه بیرون آمد و باعجله خودش را به ایستگاه اتوبوس رساند. بی‌قرار و مشوّش بود. ایستگاه تیردوقلو پیاده شد. به ساعتش نگاه کرد و به‌سمت شهباز جنوبی راه افتاد. طوری قدم برمی‌داشت که مثل روز قبل چهاروچهل دقیقه به آن کوچه برسد. قلبش ازخود بی‌خود و نامنظم می‌زد و بی‌محابا می‌تپید و فکرد کرد هر آن ممکن است از حرکت بایستد. نزدیک‌تر که شد پاهایش سست و بی‌حس شدند و لرزی خفیف سراپایش را گرفت. پیش از اینکه به داخل کوچه بپیچد، از دلهرهٔ اینکه نباشد و در چارچوب آبیِ در نایستاده باشد، چشم‌هایش را بست. لحظه‌ای چشم‌بسته راه رفت.

با تردید چشمانش را باز کرد، میان درِ آبیِ خانه‌اش ایستاده بود. سرش را به همان شکل روز قبل از در بیرون آورده بود به‌سمت او خم کرده بود. طره‌های پیچ‌خوردهٔ موهای بلندش آویخته و رها در هوا تاب می‌خوردند. باور نکرد و چشم‌هایش را بست. به او نزدیک می‌شد و برایش انگار رؤیایی واقعیت‌یافته بود. امواج نشاط و شادمانی کوچه و آسمان را پوشاند و زمین و هر چه را در آن بود به حاشیه برد. اضطرابِ رسیدن و عبور ناگزیر از مقابل او با هر قدمی که برمی‌داشت در وجودش بیشتر می‌شد و دیگر چیزی نمانده بود همهٔ شادمانی‌ای را که در وجودش احساس می‌کرد بر باد رود.

طوری که آشکار نباشد قدم‌هایش را کُند کرد تا از کوتاهیِ دیدار بکاهد و ثانیه‌ای چند بر آن احساس مسرت‌بخش بیفزاید. در کوچه پرنده پَر نمی‌زد، انگار همه‌کس و همه‌چیز به خواب رفته باشند تا

خلوت و سکوت و حریمی اَمن برای آنها فراهم آورند. شبِ قبل بارها برای همین اندک ثانیه‌ها ساعت‌ها نقشه کشیده بود و رؤیا بافته بود. فکر می‌کرد چطور اجزاء صورتش را به‌خاطر بسپارد که بتواند تا دیدار بعد شفاف و روشن او را در ذهن مجسم کند. دست ظریف و کوچکش را سایه‌بان چشم‌ها و صورتی کرده بود که در نور خورشید می‌درخشید. می‌توانست لبخند آشنا و نگاه منتظر او را که روی لب‌های سرخ‌گونش نقش بسته بود و به انحنای گونه‌ها، درخشش چشم‌ها، سایهٔ مژه‌ها، کشیدگی و قوس ملایم ابروها، و بلندی پیشانی‌اش سرایت کرده بود ببیند.

با آن‌که با خودش قرار گذاشته بود وقتی به مقابلش رسید سلام کند، حیرت‌زده فقط نگاهش می‌کرد. حتی از زدن لبخندی شوق‌آمیزِ ناشی از موهبت دیدار هم عاجز بود، از آن جنس لبخندهائی که هم‌محله‌یی‌های قدیمی به‌وقت دیدارهای اتفاقی در کوچه و خیابان هنگام عبور از کنارِ هم بر صورتشان ظاهر می‌شود. در یک‌قدمیِ گذر از او و سقوط دوباره در چاه سیاهِ دلتنگی قرار گرفته بود. زن که انگار مثل خودش ناگاه خطر فرود آمدن آوار فراق را در کسری از ثانیه احساس کرده بود سلام کرد. بی‌درنگ، بدون اینکه به اطراف نگاه کند، مبادا کسی مشغول پاییدنشان باشد، آهسته و مرّدد گفت: «سلام» و ایستاد. بیشتر از دقیقه‌ای ماندن جایز نبود. زن خندید و گفت: «این‌جوری نمی‌شه حرف زد».

درنگ نکرد. خودکار را از جیب بغلش بیرون آورد، زیپ کیف دستی‌اش را باز کرد، و برگی از دفترچهٔ نمره‌ها و علامت‌های مثبت و منفی دانش‌آموزان کَند و شمارهٔ تلفن خودش را روی آن نوشت و به او داد. زن برگه را گرفت و با لبخندی به‌لب گفت: «مرسی. ما تلفن نداریم، از عمومی یا خونهٔ دوستم بهتون زنگ می‌زنم» بعد

مکثی کرد و ادامه داد: «اسمم شبنمه». گفت: «اسم من سعیده. منتظر تلفن‌تون می‌مونم».

صدای گریهٔ دختربچه‌ای از داخل حیاط به‌گوشش رسید. به پشت سر او نگاه کرد. در پس تاریک و روشنای راهرو که با پله‌ای پایین‌تر از سطح کوچه قرار داشت، میان حیاط دخترکی سه‌چهار ساله با موهای ژولیده‌ای که در آفتاب بعدازظهر می‌درخشید، ایستاده بود و با پشت دست چشم‌هایش را می‌مالید و گریه می‌کرد. زن با دستپاچگی به پشت سرش نگاه کرد و برگشت و گفت: «ببخشین بچم بیدارشده! منتظر نمونین، نمی‌تونم زود تلفن بزنم». سعید گفت: «عصرا خونه‌م، هروقت تونستین زنگ بزنین» بعد هم خداحافظی کرد و از مقابل خانه گذشت.

از انتهای کوچه مردی به‌طرف او می‌آمد. نگران از اینکه مبادا آنها را دیده باشد قدم‌هایش را تند کرد و بی‌اعتنا از کنار او گذشت. نفهمید چه‌طور به خانه رسید، انگار تمام راه را پرواز کرده بود. از عالم واقع جدا شده بود و در خواب و رؤیایی شیرین سیر می‌کرد. گویی پرده‌ای از سرمستی و غرور بین او و پیرامونش کشیده شده بود و چیزی جز تصویر و حضور شبنم را نه می‌دید و نه حس می‌کرد. از حیاط خانه گذشت و به اتاق رفت و روی تخت دراز کشید و به تلفن روی پاتختی چشم دوخت. دخترک کوچکِ میان حیاط و شتاب و هراس شبنم وقتی سرش را برگرداند و به او نگاه کرد از مقابل چشمانش محو نمی‌شدند. نمی‌خواست به چیزهای نگران‌کننده فکر کند، می‌خواست خودش را به نیروی شگرفی که شبنم آفریدگارش بود بسپارد، نیرویی که دغدغهٔ خطرها و محدودیت‌هایی را که بر سر راه رابطه با زنی شوهردار در محله قرار داشت پس می‌راند تا آزاد و رها، مالک تمام‌عیار و یکه‌تاز رؤیایی باشد که تنها سوژه‌اش شبنم بود. آرزو می‌کرد زنی طلاق گرفته باشد.

بعد از به‌هم خوردن قرارهای روز قبل، بهرام وزیری صبح همان روز زنگ زده بود و قرار گذاشته بود که شب با او به خانهٔ آیدا و کارلا خجسته بروند. قرارش با او ساعت هشت بود و چندساعتی وقت داشت. از اینکه زمانی را که می‌توانست به شبنم فکر کند باید صرف رفتن به خانهٔ دکتر خجسته و مادر آلمانیِ آیدای بازیگر و درگیر شدن با فضای تنگ و نفس‌گیر برقراری رابطهٔ همواره گران‌بار با اشرافیت بالاشهری کند آزرده بود. خشم و هیاهو را از روی پاتختی برداشت و باز کرد. نمی‌توانست از یادآوری لذتِ غرورآمیزِ لحظه‌ای بگذرد که شبنم را در انتظار خود و بر آستانهٔ درِ خانه‌اش دیده بود و انگار جهان لحظه‌ای از حرکت باز ایستاد. یا وقتی هراس عبور کردنش را از جلوی درِ خانه در نگاه شبنم دیده بود و جسورانه سلام کرده بود و هدیه‌ای به بزرگیِ زندگی به او بخشیده بود. چگونه آن‌همه احساس آشنایی و نزدیکی از پیِ آن لحظات کوتاه و پرشتاب ممکن شده بود؟

دیگر به‌روشنی و باجزئیات می‌توانست او را مجسم کند: بدن و قامتی با عطری گرم، صدایی آرام و متواضع، موهایی با فرقی گشوده از یک‌سو و تابیده و پیچ‌خورده به‌سمت دیگر، پیشانی‌ای با وقار که طره‌ای از موها سمتی از آن را محجوبانه پوشانده بود، دهانی شیرین و لب‌هایی مرطوب و شفاف، و چهره‌ای به‌رنگ معصومیت مهربانِ چشم‌ها. آیا همسرش، اگر که همسری داشت، مردی برخوردار از همهٔ مواهبِ او و همراهِ همیشگی‌اش، مقام و قدر و مرتبهٔ او را به‌جا می‌آورد و ارج می‌گذاشت؟ هرمردی در هر مقام و موقعیتی برای به‌دست آوردن قلب چنان زنی جسور تا حد نثار خویش می‌تواند به او عشق بورزد و تلاش کند، چنین اگر بود، که می‌طلبید باشد، می‌بایست هم اکنون بی‌نیاز و سیراب از عشقِ همسرش باشد و او

اسیر هوس و نه عشق پایدار زنی به خود شده بود که یقیناً سهمی زودگذر و بهره‌ای اندک از آن دریای حُسن را نصیب می‌برد.

شرایط دهشتناکی بود و پریشانش می‌کرد. این فکر را از ذهنش دور می‌کرد مبادا آبی شود بر آتشِ شعله‌ور عواطف لجام‌گسیخته‌اش و سردش کند. عشق و احساسات منقلب‌کننده‌ای به او هجوم آورده بود که برای برخورداری از مواهبِ آن شناختی آزادنه و اعتمادی سترگ و هم‌طراز با جسارت معشوق را می‌طلبید. آیا شبنم شباهتی با اِمای شهرستانی مادام بواریِ فلوبر داشت که دریا را فقط در حالت طوفانی‌اش دوست داشت، آن هم با شوهری معمولی و بی‌استعداد. یا به آنای تولستوی که همه‌چیز داشت ـ پول، رفاه، زیبایی فوق‌العاده، همسری در مرتبه و موقعیت بالای اجتماعی، و فرزندی که دیوانه‌وار می‌پرستید ـ جز همسری که قادر باشد روح پرشروشور و عصیانی او را درک کند.

تا همین دیروز تصورش از رابطه‌ای عاشقانه مطابق با مناسبات مرسوم و جاری دوروبَرش بود، همان روابط عاشقانه‌ای که بین دخترها و پسرهای مجرد، چه وقتی در دانشگاه بود و چه بین دوستانش به‌کرّات اتفاق افتاده بود و معمولاً بعد از مدتی چه به ازدواج منتهی می‌شد چه نمی‌شد، سرد می‌گردید و در بهترین حالت به وفاداری متقابل می‌انجامید. رابطهٔ ابراهیم و فروغ از این نوع بود؟ آنها از سال‌ها پیش، پیش از دانشگاه، بی‌آنکه بر زبان بیاورند و آشکار کنند، یکدیگر را دوست داشتند. زیبایی و اوج رابطهٔ پنهان و بر زبان نیامدهٔ آنها یکی در ایستادگیِ فروغ و جواب رد دادن به خواستگار آمریکارفته‌اش خود را نشان داد و یکی هم در ابتکارعمل ابراهیم در خواستگاری از او قبل از اینکه فروغ به تحمل رنجی گران و جبران‌ناپذیر محکوم شود.

چنین شکل‌هایی از رابطهٔ عاشقانه را می‌پسندید، البته اگر به سردی و یکنواختی منجر نمی‌شد. عشق غیرمرسوم و شجاعت رمضان را هم دوست داشت که به‌خاطر به‌دست آوردن حوری چشم بر تمام سنت‌هایی بست که خودش متعصبانه به آنها پایبند بود و پایبند ماند و گوشش بدهکار حرف و سخن‌ها و پچ‌پچ‌های درِ گوشی و کنایه‌های فامیل و مردم محل و میدانِ بارفروش‌ها نبود و پا در وادی‌ای گذاشت که از عهدهٔ هر کسی در موقعیت او برنمی‌آمد. او می‌توانست سَرَور عاشقان جهان شود اگر سعی نکرده بود از حوری زنی بسازد که خودِ خودخواهش می‌خواست، نه آنچه حوری دوست داشت و می‌توانست باشد. مسیری که حوری به‌نظر با رنج بسیار، خود به‌تنهایی و در جدالی دائمی با رمضان، گام‌به‌گام می‌رفت و در هر گامِ به‌پیش، هم از رمضان فاصله می‌گرفت. چرا باید عشق برای او از دری چنین پیچیده و دلهره‌آور وارد شود که نه شجاعت رمضان نه صبوری و مقاومت فروغ و نه زیرکی ابراهیم را هم اگر داشت می‌توانست او را پیروز میدان دلباختگی کند؟ به‌نظرش عشقی بود که پیشاپیش شکست بر تارک آن ثبت شده بود.

تلفن که زنگ زد کتاب روی سینه‌اش افتاده بود. چشم باز کرد، کتاب را برداشت و خم شد و سراسیمه آن را روی میز پای‌تخت گذاشت و گوشی را برداشت: «اَلو!». «سلام! شبنمم!». پاهایش را روی زمین گذاشت و لبهٔ تخت نشست و گفت: «سلام! خوبی؟» شبنم مکثی کرد و پرسید: «خواب بودی؟ از خواب بیدارت کردم؟ ببخشین!» از نگرانی و مهربانیِ توأمانی که با شنیدنِ صدای او که گرفته و لرزان، خود پاسخ سئوال خود را داده بود سراسیمه گفت: «نه، نه! بیدار بودم. رو تخت دراز کشیده بودم. چه خوب شد که زنگ زدی!» شبنم گفت: «نمی‌تونستم صبر کنم. خودمو با بچه از خونه انداختم بیرون و اومدم خونهٔ دوستم. خیلی وقت ندارم، زود

باید برگردم خونه». بی‌اختیار، مثل مستِ عقل‌باخته‌ای که با خودش حرف بزند، گفت: «شبنم؟ چه اسم قشنگی دارین! به قشنگی‌ای که روی گلا می‌شینن و صبحِ باغچه‌ها رو باطراوت می‌کنن!» خندهٔ شبنم او را به خود آورد. گفت: «چه بامزه! هیشکی تا حالا این‌جوری راجع به اسمم حرف نزده بود». گفت: «واقعاً اِسم قشنگییه!» و شبنم به طعنه گفت: «برخلاف صاحب اسم!»

شبنم قصد کرده بود در همان اولین لحظات او را در موقعیتی بگذارد که فی‌الفور پرده از راز درونش بردارد و به دلباختگی اعتراف کند. گفت: «دیروز که دیدم‌تون با اینکه اسمِ‌تون رو نمی‌دونستم، تا امروز یه لحظه نتونستم از فکرتون بیرون بیام، حالا که اسمتونَم می‌دونم! راستشو بخواین امید نداشتم دوباره ببینمِتون. کاری که شما کردین جرأت زیادی می‌خواست». شبنم خندید و پرسید: «کدوم کارم‌رو می‌گی؟ چه کار کردم که خودم نفهمیدم؟ می‌شه بگی؟»

نه تنها با خطاب کردن زود هنگام و خودمانی‌اش او را غافلگیر کرده بود که با سئوال‌های شوخ‌طبعانه و پاسخ‌های زیرکانه‌اش مانع از برملا شدن عواطفی می‌شد که در حیای ناشی از نابه‌هنگامی و نامتعارف بودن رابطهٔ آنها پنهان مانده بودند و او را در مخمصهٔ حُجبی ناخواسته گیر انداخته بود. شبنم شرم ناشی از جسارت خودش را پشت ناتوانی و کُندی او در پاسخ دادن به سئوال‌های صریحش پنهان می‌کرد. دلش نیامد حظّ لذت این پنهان‌سازی را از او دریغ کند و با کمی تأخیر گفت: «اینکه دیروز منو که دیدین و نرفتین تو خونه». شبنم پرید وسط حرفش و گفت: «و پررو پررو نگات کردم! امروزم که اِنقده واستادم تا بهت سلام کنم» و بلند خندید و ادامه داد: «فهمیدم! تو به این می‌گی جرأت؟»

شبنم سئوال ساده‌ای از او کرده بود که پاسخ به آن نیاز به فکر نداشت. مگر نه اینکه خودش هم تمام دیروز و امروز را انتظار

کشیده بود تا دوباره امروز درست در همان ساعت از کوچهٔ آنها عبور کند؟ مگر این او نبود که دیروز عصر وقتی دربارهٔ نشانی آن خانه دچار تردید شد، آن‌طور سراسیمه به آن محله برگشت تا پیدایش کند و مطمئن شود روز بعد به مخمصه نمی‌افتد؟ آیا تمام آنها را باید به حساب جرأت خودش می‌گذاشت؟ شبنم زن بود و می‌دانست حرف‌های او چه معنایی دارند، پس چرا آن‌ها را ریشخند کرده بود؟ پاسخی ناغافل در ذهنش جرقه زد، پاسخی که اگر به زبان می‌آورد زودهنگام پرده از عواطف تند او به شبنم برمی‌داشت. ترجیح داد ساکت بماند و از خود مراقبت کند و لذت پیروزیِ اولین مجادله را به شبنم بدهد.

شبنم سکوت او را که دید، فاتحانه خنده‌ای کوتاه کرد و گفت: «شوخی بسه، می‌شه از خودت بگی؟» نفسی کشید و پرسید: «از چیِ خودم؟» شبنم گفت: «یه چیزی که بیشتر بشناسمت». گفت: «بیست‌وهفت سالمه، معلمم، دبیر ادبیاتم، خونه‌م تو بیسیم و تقریباً نزدیک خونهٔ شماس». شبنم گفت: «حالا فهمیدم که چرا اون چیزا رو در مورد اسم من گفتی، دبیر ادبیاتی!» و بعد بامکث پرسید: «ازدواج کردی؟» سعید جواب داد: «نه، تنها زندگی می‌کنم».

موقعیت خوبی فراهم آمده بود که پاسخ سئوالی را که از لحظه اولِ دیدن او و خصوصاً پس از دیدن دختر کوچکش ذهن او را مشغول کرده بود را بشنود. با تردید و نگرانی پرسید: «شما چی؟» شبنم آرام و مردّد گفت: «آره. یه بچه‌ام دارم!» وادامه داد: «چه این حق رو داشته باشم چه نداشته باشم، چه تو به عنوان یه زن‌شوهردار بپذیریم چه نپذیریم، دیگه عاشقم. باور نمی‌کنم، ولی اتفاقیه که افتاده. چیزی نبود که دنبالش باشم، حتی بهش فکر کرده باشم! دیروز همین‌که رفتی و درِ خونه رو بستم دیگه شبنمِ قبلی نبودم، همه‌چی تو یه چشم به‌هم زدن عوض شده بود. دنیام زیرورو شد. بچه رو خوابونده بودم،

دلم از تنهایی گرفته بود، همین‌جوری اتفاقی درِ خونه رو باز کرده بودم و نمی‌دونستم چه خوشبختیِ بزرگی درانتظارمه».

جمله‌اش را ناتمام گذاشت. در لذتِ لرزان و ناامن دوست داشته شدن از جانب زنی غرق شده بود که صادقانه و صریح عواطف خودش را بر زبان آورده بود. لحظاتی پیش در فرصتی که شبنم برایش فراهم آورده بود او همین صداقت و صراحت را در بیان عوطفش خودخواهانه از او دریغ کرده بود و حالا دیگر دور از انصاف و قدرناشناسی بود اگر بازهم سکوت می‌کرد و پاسخ او را به همان خلوص و روشنی نمی‌داد. گفت: «برخلاف شما، من سال‌ها بود که منتظر یه‌همچین اتفاقی بودم، ولی این از اون چیزایی نیست که با خواستن اتفاق بیفته، زیبایی‌شم تو همینه. احساس نیاز و بی‌قراریِ بی‌حد و حصر و لذت‌بخشی که بعد از دیدن شما از دیروز بهم دست داده، بی‌اغراق، خارج از توان و تحمل‌مه، چه‌جوری بگم! تنم تاب حفظ و مراقبت از این حد از احساسات و عواطف رو نداره. با اینکه همهٔ وجودم رو تسخیر کردین، انگار در یه فراق دائمی بسر می‌برم و مدام شما و دیدن‌تون رو طلب می‌کنم، حتی همین الان که دارین با من حرف می‌زنین! این عجیبه».

شبنم ساکت ماند و کمی بعد انگار از خوابی عمیق بیدار شده باشد گفت: «قشنگ حرف می‌زنی!» و مکثی کرد و با شوخ طبعی ادامه داد: «یه سئوالی ازت بکنم راستشو می‌گی؟» گفت: «حتماً!» پرسید: «شما از چیِ من خوشتون اومد؟ می‌دونین، از دیروز تا حالا همش دارم به خودم سرکوفت می‌زنم که نکنه به چشم شما زن جلف و بدی اومده باشم. کدوم زنِ عاقل و درست و حسابی‌ای کاری رو که من دیروز و امروز کردم می‌کنه؟» جواب داد: «راستش این فکر دیروز تا حالا منم به خودش مشغول کرده. چی توی من بود که دیروز شما اون‌جور مث یه آشنای قدیمی نگام می‌کردین؟ هیچ جوابی پیدا

نکردم. در مورد شما گفتم، جسارت و بی‌پروایی‌تون بود. چیزی که دیروز تو نگاتون و امروز هم جلوی درِ خونه‌تون در وجودتون موج می‌زد، همین تلفنی که کردین خودش گواه شجاعت‌تونه. اگه امروز نمی‌دیدمتون ممکن بود دست به دیوونگی بزنم».

شبنم پرسید: «چی‌کار می‌کردی مثلاً؟» سعید گفت: «ممکن بود برا اینکه شما رو ببینم درِ خونه‌تون رو می‌زدم!» شبنم خندید و گفت: «اتفاقای این‌جوری نه دلیل روشنی داره نه آیندهٔ معلومی. آدما اول عاشق می‌شن، بعداً اونی رو که عاشقش شدن می‌شناسن. واسه همینم خیلی از عشق‌ها بعد از اینکه به رابطه و آشنایی می‌رسه خاموش می‌شه. خیلی ازدواجام که با عشق شروع می‌شه به جدایی می‌کشه». گفت: «اینو قبول دارم. عشقِ با شناخت قبلی عشق نیست، دوستیِ سنجیده‌س، یه‌جور به تفاهم رسیدن دوتا آدمه سر یه‌چیزای مشترک. از این حرفا بِگذریم. از خودت بگو!»

شبنم گفت: «از چی بگم؟ بیست‌ودو سالمه، دیپلم گرفتم. عاشق شوهرم بودم، ازدواج کردم، بچه‌دار شدم، نتونستم به درس خوندن ادامه بدم. زورگویی‌ها و تعصبای شوهرم باعث شد ازش بِبُرم. پدر و مادرم تو خیابان شکوفه زندگی می‌کنن. منم همون‌جا مدرسه رفتم. دخترم چهارسالشه!» پرسید: «کی ازدواج کردی؟» جواب داد: «بعد اینکه دیپلم گرفتم» پرسید: «شوهرتون چن ساله شه؟» شبنم مکثی کرد و گفت: «سی‌سال، خیاطه، تو خیابون خراسون یه خیاطی داره. خیاط‌خونه مال باباش بود، خیاطی رو از اون یاد گرفته.، باباش که بیناییش رو از دست داد اون ادامه داد. شاید بشناسی، خیاطی دانشمند رو می‌گم، پسر خاله‌مه».

سعید صدای گریهٔ بچه‌ای را آن طرف خط شنید، گفت: «دخترتون خسته شد» شبنم گفت: «ممکنه آدرس خونت رو داشته باشم؟ شاید

بشه بیام از نزدیک ببینمت!» آدرس خانه را به او داد. قرار شد هر وقت خواست به خانه‌اش بیاید تلفن بزند. خداحافظی کردند.

فصل شش

علی کار رو به جایی رسونده بود که دیگه نمی‌تونستم اون همه بدبختی رو تو خودم نِگَر دارم و تحمل کنم. چه‌جوری روم می‌شد به بابا و مامانم بگم چن ساله عاشق یه مرد دیگم و علی بو برده و زندگی رو برام سیاه کرده، اونم وقتی بابام مخالف ازدواج من بود و خودم پامو تو یه کفش کردم که می‌خوام با علی ازدواج کنم. چه‌جوری می‌فهمیدم بین عاشقِ کسی بودن با عروس شدن و شوهرداری فرق هست، هیجده سالم بود همش. بعد از سعید، از قدسی نزدیک‌تر به خودم کسی رو نداشتم و ندارم. تمام این سالا تنها قدسی بوده که از جیک‌وپوک زندگیم و رابطه‌م با سعید خبر داشته. از همون روزی اولی که رفتم پیشش تا به خونهٔ سعید تلفن بزنم، همه‌چی رو فهمید.

اون روزا روزای دیوونگیم بود، نه که حالا عاقل شده باشم، نه. تا همین یکی دو ماه پیش، قبل اینکه بیام خونهٔ آقاجونم، هروقت با سعید قرار داشتم گلی رو می‌ذاشتم پیش قدسی. خوب یا بد، من

آدمی‌ام که دوست دارم بیشتر به خوشی‌ها و خوشبختی‌یام تکیه کنم و اونا رو با دوستام درمیون بذارم تا اینکه به بدبختی‌هام بچسبم و مدام پیش این و اون سفره دلم رو باز کنم. بدبختی‌هام رو توی دلم نگر می‌دارم و گاه‌گداری که دستم از همه‌جا کوتاه می‌شه، بهشون فکر می‌کنم و واسه خودم زمزمه می‌کنم.

سعید بیشتر از خودم دلواپس این بود که یه‌وقت کاری نکنم که علی بفهمه. مراقب بود که تو رفت‌وآمد به خونه‌ش افراط نکنم. دفعهٔ اولی که رفتم خونه‌ش روبروم نشست و گفت شبنم متوجه هستی؟ تو شوهر داری، بچه داری، سرنوشت من بوده که عاشق یه زن شوهردار بشم، تو اما نباید بذاری زندگیت از هم بپاشه. نتونستم جلوی خودمو بگیرم و زدم زیر گریه. گفتم این سرنوشت منم بوده که با داشتن شوهر و بچه عاشق تو بشم. سه چهار ماه دستش بهم نخورد. فقط می‌نشست روبروم می‌گفت بذار نگات کنم! هروقت می‌رفتم پیشش و برمی‌گشتم خونه و علی بعد از ده دوازده ساعت سوزن زدن از سر کار برمی‌گشت و می‌دیدم روحشم از حال و روزم خبر نداره عذاب می‌کشیدم. چی‌کار می‌تونستم بکنم، کاری از دستم برنمی‌اومد، سِحر شده بودم. یه روزم نمی‌تونستم از سعید بی‌خبر بمونم. اگه نمی‌شد ببینمش، تلفن می‌زدم که صداش رو بشنوم. دو ماه از رابطهٔ ما گذشته بود و می‌گفت همین که عاشق منه خوشبخت‌ترین مرد دنیاست.

تا اینکه ماجرای سفرش پیش اومد. از مدرسه مرخصی گرفته بود تا همراه یه گروه فیلم‌بردار برن شمال و از صید ماهی و صیادا فیلم تهیه کنن. روز خداحافظی همین‌جور اشک می‌ریختم و نمی‌تونستم جلوی گریهٔ خودم رو بگیرم. گفتم ظلم بزرگی‌یه که داری در حق من می‌کنی. گفت: «ظلمِ بزرگتر اونه که دارم در حق خودم می‌کنم». قرار شد به آدرس خونه خودشون برام نامه بنویسه و کلید خونه رو هم داد که برم اونا رو بردارم و بخونم. جواب نامه‌هاشو نمی‌تونستم بدم،

اونا قرار بود کناره دریا رو از آستارا تا بندرشاه از این شهر به اون شهر برن و فیلم‌برداری کنن و جای ثابت و آدرس مشخصی نداشتن.

سخت‌ترین روزای زندگیم همون روزا بود. کارم این شده بود که هفته‌ای یکی‌دوبار برم خونهٔ اون و نامه‌ها رو از پشت در بردارم و برم تو اتاقش بشینم و بخونم و اشک بریزم و بعدم خونه‌ش رو مرتب و تروتمیز کنم ــ یه روز کمدای آشپزخونه‌شو، یه روز کمد لباساشو، یه روز حمومشو، خلاصه اتاقاشو و حیاطشو مثل دستهٔ گل کردم. کارام که تموم می‌شد، می‌رفتم پشت میز کارش می‌نشستم و به وسائل روی میز و توی اتاقش نگاه می‌کردم.

یه روز که رفته بودم توی اتاق خوابش خودمو انداختم روی تختش و بالشش رو بغل کردم و تو خیالم شروع کردم به بوسیدنش و بو کردن ملافه‌هاش و تختش. مست و از خود بی‌خود شده بودم. گریه می‌کردم و می‌لرزیدم. صدای قلب اونو تو قلب خودم می‌شنیدم. توی اون یه ماهی که نبود بیشتر از بیست تا نامه برام نوشت، نامه‌هایی که از یه طرف آرومم می‌کرد و از طرف دیگه آتیشم می‌زد. پر بودن از دلتنگی‌هاش واسهٔ من و یادآوری روزایی که با هم بودیم و شرح سفر و کارای روزانه‌ش. مرتب می‌نوشت می‌بینی چه ظلمی در حق خودم کردم، تو اقلاً نامه‌های من رو می‌خونی و از من خبر داری، خودت رو جای من بذار تا بفهمی چه حالی دارم.

رفتن خونهٔ اون از بابت اینکه تو محل غریب و ناشناس بودم برام آسون نبود. می‌ترسیدم یکی منو ببینه. یه‌روز همین‌که کلید انداختم و رفتم تو خونه، هنوز توی حیاط بودم که درِ خونه رو زدن. فکر کردم همسایه‌ای کسی منو دیده که وارد شدم، واسه همین برگشتم و در رو باز کردم. مرد بلندقد و چارشونه‌ای که پشت در وایستاده بود سلام کرد و پرسید سعید خونه‌س؟ از سفر برگشته؟ منم که دستپاچه شده بودم گفتم نه، هنوز نیومده! آقاهه نگاهی بهم انداخت و پرسید: «شما

فامیلش هستین؟» گفتم بله، کاری داشتین؟ گفت نه، همین‌جوری شما رو دیدم رفتین تو خونه فکر کردم سعید برگشته. گفتم نه نیومده، اومدم یه سری به خونه‌ش بزنم و باغچه و گلدوناش رو آب بدم. خداحافظی کرد و رفت.

دل تو دلم نبود. ترس برم داشته بود که مبادا یارو از قوم‌وخویشای سعید باشه و شک ورش داره و بره به پدر و مادرش بگه و واسه سعید بد بشه. بعداً وقتی نشونی‌های اون رو به سعید دادم فهمیدم دوستش رمضون بوده. گفت نگران نباشم، رفیقشه و دَهَنش قرصه. سَرزدنای من به خونهٔ سعید ادامه داشت تا اینکه اون اتفاقی که نباید می‌افتاد افتاد. یه روز که طبق معمول رفته بودم ببینم اگه نامه‌ای اومده بردارم، همین که کلید انداختم و در رو بازکردم، درِ اتاق اونور حیاط باز شد و گفت: «کیه؟ شبنم تویی؟!»

قلبم هُری ریخت. دیگه نفهمیدم که چی شد، فقط یادمه جیغ کشیدم و دویدم طرفش و خودم رو انداختم تو بغلش. دستپاچه گفت: «چی‌کار داری می‌کنی؟!» و از زمین بلندم کرد و بردم تو اتاق و در رو بست. دستاش دور کمرم حلقه شده بود. صورتش رو میون دستام گرفته بودم و نوازش می‌کردم و می‌بوسیدمش. چشمای خیسم رو می‌بوسید و لباش رو روی گونه‌ها و اشکام می‌کشید. اولین بار بود نفسش رو روی صورتم احساس می‌کردم و می‌بوسیدمش. بوسیدن و نوازشی که هیچ‌کدوم‌مون سیر نمی‌شدیم. دوتا آدمی که دیوونه‌وار همدیگه رو دوست داشته باشن هفته‌ها هم‌رو ندیده باشن، همهٔ مدتی‌ام که از آشنایی‌شون گذشته باشه دست به‌هم نزده باشن، همین‌که به‌هم برسن و تا به خودشون بیان ببینن تو بغل همن.، معلومه چی پیش می‌یاد. مثل اینکه درِ دیگ آبِ روی آتیشی که یه‌عالمه وقت از جوش اومدنش گذشته باشه رو یهو برداری.

شاید صدبار بوسیدمش و گفتم دوستش دارم. بی‌طاقت شده بودم و به خاطر سعید و پرهیزی که از نزدیک شدن بهم داشت مراقبم بودم از یه حدی جلوتر نرم. همین که بغلم کرده بود و می‌بوسیدم انگار دنیا رو بهم داده بودن. نمی‌تونم بگم چه حالی پیدا کرده بودم. همین که احساس کردم داره سعی می‌کنه ازم فاصله بگیره، دستم رو دور گردنش حلقه کردم و بوسیدمش و سرم رو گذاشتم روی سینه‌ش و هرچی که تا اون روز نگفته بودم گفتم: «ببخش که این‌جوری شد! معذرت می‌خوام! دوستت دارم، همه چیه تو رو دوست دارم، نخواستنت رو، اینی که من بخوام بغلت کنم و تو نخوای و دوری کنی، حتی اگه نخوای کنارم باشی. اصلاً همین فرقای تو با خودم رو دوست دارم. همین که هستی و می‌بینمت رو دوست دارم. نمی‌تونم بگم نبودنت رو دوست دارم، باش، هرجوری که می‌خوای باش. کاش می‌شد منم هرجوری که دلم می‌خواد با تو باشم، با گریه‌هام از دوریت، با شادیم از دیدنت، با پریدن تو بغلت، با بوسیدن و صدبار بوسیدنت. تو رو می‌خوام، همون جوری که هستی».

ساکت موند و موهام رو بوسید و گفت: «فکر می‌کنی من شبنم دیگه‌ای جز همین شبنمی که هستی رو می‌خوام؟ خودت می‌دونی چقدر این روحیهٔ تو رو دوست دارم. عاشقت شدم واسه همین بی‌پروایی و حال‌وهوای دوست داشتَنیت. اونم با همه محضوریتا و محدودیتایی که داری. هر روزی احساس کردی می‌خوام ازت یه شبنم دیگه بسازم، بدون اون روز دیگه دوستت ندارم و ازت خسته شدم، که سعید دیگه اون سعیدی نیست که تو دوستش داری و دوستت داشته!»

سرم رو از رو سینه‌ش برداشتم و بوسیدمش و گفتم: «دوستت دارم! من این سعید رو می‌خوام، سعیدی رو که منو همین‌جوری که هستم دوست داشته باشه». بعدم گفتم: «میتونم یه چیزی بگم؟ تو داری

باری رو که باید به‌خاطر شوهر و بچه‌م به دوش بکشم سنگین‌ترش می‌کنی. اون طرف وایستادی و بخاطر اینکه بغلت کردم احساس گناهکاری و عذاب وجدان بهم می‌دی. کارم شده سرزنش کردن خودم به این خاطر که عاشقتم و می‌خوامت!»دستش رو روی دهنم گذاشت و گفت اشتباه می‌کنی، فکر بعدش رو بکن! گفتم: «نمیتونم جز به تو، به هیچی دیگه فکر کنم. گفت: «بعد چه‌جوری می‌خوای با علی رابطه داشته باشی؟ فکرش رو کردی؟» گفتم «نمی‌خوام فکر کنم!» گفت: «از بعدش بترس شبنم». گفتم: «تو که می‌گی نمی‌خوای به‌جای من تصمیم بگیری!» یادم نمیره که با چه شوری اونو بغل کردم و بوسیدم و نوازش کردم. خودم رو کشیدم روی تنش ولبام روگذاشتم رولباش وفرصت ندادم که دیگه حرف بزنه. عشق وعطشِ کامجوئی سرتا پام رو گرفته بود ودیگه هیچی جلو دارم نبود. هیچ وقت اون روز یادم نمیره مثل این بود که بهشت رو تسخیرکرده بودم، غرق خوشبختی وکامیابی بودم. خودم رو مثل فرشته‌ها پاک وسبک احساس می‌کردم. مثل این بود که بهشت رو تسخیر کرده بودم. غرق خوشبختی و کامیابی بودم. وقتی داشتم هول‌هولی از خونه‌ش می‌-رفتم که خودم رو برسونم خونهٔ قدسی و گُلی رو بردارم و برم خونهٔ خودمون، تو بغلم خوابش برده بود، تازه از سفر رسیده بود و خسته بود و تموم شب تو اتوبوس نخوابیده بود. آروم بوسیدمش و زیر لب گفتم: «مرسی که کمکم کردی به آرزوم برسم».

شب همون روز وقتی علی موقع خواب می‌خواست با من رابطه داشته باشه فهمیدم که دیگه اون شبنم قبلی نیستم، نه تنها روحم که جسمم مال سعید شده بود. با همهٔ مراقبتی که می‌کردم، نه به‌خاطر خودم، به خاطر خود علی تا ضربه نخوره، بالاخره شکش برد. شاید بیشتر از بی‌رغبتیم به خودش، از حال پریشونم وقتی مجبورم می‌کرد باهاش رابطه داشته باشم، از بی‌میلی و دوریم ازش. اول‌ها مرتب

می‌پرسید چی شده که اِنقده سرد شدم، نه اینکه قبل اون گرم بودم! قبل از اینکه سعیدم بیاد تو زندگیم خوشم نمی‌اومد از رابطه باهاش. تو همون ماه اول ازدواجم فهمیدم که اون کسی نیست که دوستش داشتم و بخاطرش آینده‌م رو فدا کرده بودم. از اینکه مجبورم می‌کرد بی‌زار بودم.

تا اینکه ماجرای دفتر شعرای سعید پیش اومد که اتفاقی اون رو توی کشوی لباسام دیده بود. از اون به بعد بود که فهمید یه خبرایی هس. اولش خیلی شلوغ کرد و هرچی سعی کردم براش توضیح بدم اون شعرا رو از این طرف اون طرف و از تو مجله‌ها جمع کردم، باورش نشد. یه مدت توی خودش رفت. بعدم شروع کرد به سرک کشیدن تو زندگیم: امروز چی‌کارا کردی، واسه چی رفتی خونه قدسی، بعد از خونه قدسی کجا رفتی، اینجا حق نداری بری، اون‌جا اگه می‌خوای بری صبر می‌کنی تا با خودم بری، چرا انقدر آرایش می‌کنی، چی شده که اینقدر لباس رنگ‌وارنگ می‌خری، الان زنگ می‌زنم خونه‌تون ببینم راست می‌گی با مامانت رفته بودی خونهٔ خاله‌خانمت یا نه! خلاصه انقده ادامه داد تا جونم رو به لبم رسوند.

نمی‌تونستم نقش بازی کنم و ظاهرسازی کنم و دلش رو به‌دست بیارم، حقیر کردن خودم و علاقه‌م به سعید بود. من عاشق کسی‌ام که چند سر و گردن از علی بالاتره، قابل مقایسه با علی نیست، اصلاً قابل مقایسه با هیچکس نیست. کسی که دنیای من رو عوض کرد، منو از نکبتی که توش بودم بیرون آورد و بالا کشید. کنار اون قد کشیدم و همون شبنمی شدم که دوست داشتم باشم. بودن اون کنارم باعث شد برم با هر جون‌کندنی شده اسمم رو کلاس کنکور بنویسم تا برم دانشگاه. اون به رؤیاهای من یه رنگ دیگه زد. برعکس علی که تو زندگی باهاش از خودم بدم می‌یاد و فکر می‌کنم به یه موجود بی‌ارزش و خاک تو سری تبدیل شدم. بعد بیام تو یه همچین وضعی

وانمود کنم که خوب و خوشم. از اینکه سعید بخواد یه همچین شبنمی رو دوست داشته باشه از خودم بیزار می‌شم. شبنمی که جلو علی طوری رفتار کنه که انگارنه‌انگار عاشق یه مرد دیگه‌س.

من دیگه شبنم علی نیستم! بخوامم نمی‌تونم. همه وجودم به سعید بسته شده. آدم نازنینی که کوچکترین توقع و انتظاری ازم نداره، با اینکه می‌دونه براش می‌میرم، قد یه سرانگشتم مغرور نشده! خودش رو با من مساوی می‌دونه و بهم احترام می‌ذاره. برخلاف علی که دلش می‌خواد منو تو خونه حبس کنه و مثلاً با دادن خرجیِ ماهانه محتاج به لطف خودش نگر داره و شب و روز مِنَّت سرم بذاره و سرکوفت بزنه که: «من برم جون بکنم پول دربیارم تو بری واسه خودت بچرخی و کلاس کنکور و دانشگاه بری؟» چه‌جوری با یه همچین آدمی می‌شه طوری رفتار کرد که آب از آب تکون نخوره. توهین به سعیده، توهین به خودمه. یه سر سوزن تو این آدم بدبینی، حسادت، یا دخالت و امر و نهی کردن نیست. همین که خودش رو همه‌کاره و صاحب‌اختیار جسم و روحم نمیدونه بدیای علی رو بیشتر به چشمم می‌یاره.

چطور ممکنه آدم با یکی مثل سعید باشه و بعدش بتونه با علی ادامه بده؟ اگه بگم من دیگه از هم‌خوابه شدن با علی احساس گناه و خیانت می‌کنم، نه با سعید، دروغ نگفتم. گناه اونیه که عشقی در کار نباشه و تو مجبور باشی با یه آدمی باشی که فقط اسم شوهر روشه و هروقت اراده کنه باید واسش لخت بشی! بی‌خود نبود که دفعهٔ اولی که با سعید رابطه داشتیم گفت اگه رابطه با عشق باشه آدما رو به جایی می‌بره که دیگه برگشت ازش ممکن نیست. روزای اول آشناییم با سعید که از حال خودم شوک شده بودم، به خودم می‌گفتم اینم یه عشق زودگذره و مثل همه عشقای دیگه دیر یا زود سرد و خاموش

می‌شه. این اتفاق که نیفتاد هیچی، روزبه‌روز رابطهٔ من و اون گرم‌تر و کامل‌تر شد.

گاهی دلم برای علی می‌سوزه. فکر می‌کنم بالاخره اونم انسانه. صدبار بهش گفتم مهرمو می‌بخشم بیا طلاقم بده و دست از سرم بردار، زیربار که نرفت هیچی بدترم شد. می‌خواد ازم انتقام بگیره. نمی‌دونم، شایدم فکر می‌کنه با این کارا می‌تونه منو به جایی برسونه که مجبور بشم برگردم سر خونه زندگیم. نمی‌دونه کار از این کارا گذشته و ممکن نیست دیگه به خونه‌ای برگردم که توش کتک خوردم. این چیزارو نمی‌تونم به سعید بگم و اون رو درگیر نکبتِ زندگی خودم کنم. آدم خیلی حساسیه و نمی‌خوام آرامشش رو به‌هم بزنم، چیزی که شدیداً بهش احتیاج داره. این سالا بار کثافت و بدبختی زندگیم رو خودم تنهایی کشیدم، چون زندگیم یه روی دیگه‌م داشت که دلم نمی‌اومد با فکر کردن و حرف زدن راجع بهش، مخصوصاً با سعید، لذت خوشبختیم رو از بین ببرم.

سعید یه تیپی‌یه که اگه بفهمه تو زندگیم چیا دارم می‌کشم، فوری می‌ذاره به حساب خودش و رابطه‌ش با من و ترکم می‌کنه. محاله بتونه تحمل کنه. اگه تو این چندسالی که از آشناییم با سعید گذشته اندازهٔ سر سوزنی از محبتم به اون کم شده بود، واسه خاطر بچه‌مم شده بود سعی می‌کردم یواش‌یواش به زندگیم سروسامون بدم و یه‌جوری سعید رو فراموش کنم- هرچند فکرشم دق‌مرگم می‌کنه. چطور می‌شه آدمی رو که بیشتر از من نگران علی‌یه و هی نصیحتم می‌کنه مواظبش باشم ترک کرد. وقتی بهش می‌گم نمی‌تونم نزدیک شدن به مرد دیگه‌ای رو تحمل کنم، می‌گه بالاخره اونم یه مردی‌یه که فکر می‌کنه تو رابطه با تو شکست خورده، غرورش جریحه‌دار شده، باید مراقبش باشی.

تا حالا صددفعه گفته کافیه من بخوام تا اون پاشو به‌خاطر من و علی، مخصوصاً به‌خاطر گُلی از رابطه با من کنار بکشه، هردفعه‌م بهش گفتم اون روز، روز مرگ منه.

این یه‌جور آدمه، علی‌ام یه جور دیگه‌ش. کارش شده بدوبیراه گفتن و کتک زدن من. بلند کردن دست رو من واسش دیگه عادی شده. این‌جور وقتا طوری کوچیک و حقیرش می‌کنم که از ترس اینکه مبادا فاصله‌م با اون از اینی که هس بیشتر بشه، عقب می‌کشه. یه روی زندگی من رو احترام و محبت و ستایش و شعر و عاطفهٔ آدمیزادی گرفته، یه روی دیگه‌ش رو اهانت و تحقیر و فحش و زورگویی و تجاوز و کثافت! رفته نشسته هرچی دلش خواسته راجع به من به مامان و آقاجونم گفته. آقاجون برگشته بهش گفته اگه دختر من اِنقدر بد و خرابه که تو می‌گی چرا طلاقش نمی‌دی؟ آدمی‌که وقت و بی-وقت راه می‌ره به من می‌گه جنده شهامتش رو نداره طلاقم بده.

همه می‌دونن آقاجون جونشه و من. همون موقعشم مخالف ازدواج کردنم بود، می‌خواست برم دانشگاه بعد ازدواج کنم. مامانم دودل بود. می‌ترسید اگه برم دانشگاه دیگه نتونم شوهر کنم! خودمم که بچه بودم و عاشق علی. ته‌تغاری خونواده‌شون بود و تا کلاس دهم خونده بود. شوهرخاله‌م که نتونست کار کنه ترک‌تحصیل کرد و خیاط‌خونهٔ باباش رو روپا نگر داشت و مشغول کار شد. آقاجونم می‌گفت: «بابا، بخودت فرصت بده، برو دانشگاه، همش هجده‌سالته، شانسای زیادی جلو روته». آخرشم حرف، حرف خودم شد. هنوز یه هفته از عقدکنونم نگذشته بود که فهمیدم چه بلایی سر خودم آوردم. کاشکی به حرف آقاجونم گوش کرده بودم و صبر می‌کردم و می‌رفتم دانشگاه. اقلاً الان یه لیسانسی داشتم و شغلی داشتم و جلوی سعید و دوستاش سرم بلند بود!

دفعه آخری که جون به لبم کرد هرچی دَم دستم بود پرت کردم طرفش و شکستم. کبود و آش‌ولاشم کرد. گلی رو برداشتم و رفتم خونهٔ بابا و مامان. بچه‌م تمام‌مدت تو تاکسی اشک ریخت و تو دامنم گریه کرد. طفلک فقط ده ساله‌شه، خدا می‌دونه این وضع نکبت چه اثری رو این بچه گذاشته. برگشت به آقاجونم گفت: «آقاجون می‌شه ما همیشه خونهٔ شما بمونیم».

روز بعد آقاجون بردم کلانتری و پزشک قانونی. نامه گرفت که شکایت کنم. رفتیم دادگستری پرونده تشکیل دادیم. با این شلوغی و اوضاع مملکت که ادارات همه بِهَم ریختن چشمم آب نمی‌خوره به این زودیا کارم درست بشه. روزِ روزش کسی به داد مردم نمی‌رسید، حالا که مملکت به‌همم ریخته. کدوم دادگاهی تو این خرتوخریِ اعتصاب و تظاهرات می‌یاد به داد من برسه و تقاضای طلاقم رو به جریان بندازه و به دردم برسه؟ همه‌چی شده از سَر واکنی و نصیحت کردن که: «خانم شما جوونی و بچه داری، برگرد سر خونه زندگیت!» بعدم که اصرار می‌کنی، هی امروز فردا می‌کنن. کبودی روی بازوم و پای چشم رو نشون قاضی دادم و گفتم یه‌جوری به دادم برسین و گرنه شوهرم منو می‌کُشه. گفت: «اخطاریه می‌دم بیاد اینجا ببینم چرا این کارو می‌کنه. همچین حقی نداره». گفتم نه، تورو خدا این کارو نکنین آقای قاضی، اگه بفهمه یه همچین شکایتی ازش کردم دیگه جسدم رو میارن خدمتتون! من فقط طلاقم رو می‌خوام و بچم رو، نه مهریه می‌خوام نه چه می‌دونم، نفقه و این‌جور چیزا!

مریضیِ گلی رو بهانه کردم و یه هفته ده روزی سعید رو ندیدم. کبودیام که خوب شد رفتم خونه‌ش. گفتم رفتم خونه بابا و مامانم و دارم طلاق می‌گیرم. هم خوشحال شد هم نگرانِ وضع من و مدرسهٔ گلی. گفتم فعلاً که مدرسه‌ها تعطیل و تق‌ولقه و لازم نیست نگران منم باشه. گفتم دیگه محاله به اون خونه برگردم. امیدوار بودم با

موندن خونهٔ آقاجون علی ناامید بشه و دست از سرم برداره و بره پیِ کارش. ولی مگه دست برمی‌داشت. خاله رو فرستاده بود پادرمیونی کنه و بگه چرا نمی‌رم خونه. واسهٔ گلی یه بلوز دامن و برا من یه شیشه عطر خریده بود. همه‌شون رو برگردونم به خاله و گفتم ببخشین خاله‌جون ولی دیگه مگه جسد منو برگردونن به اون خونه. گفتم من فقط طلاقم رو می‌خوام و بس! خاله شروع به نصیحت کردنم کرد که یه جورایی تهدیدم توش بود- اینکه خدا رو خوش نمی‌یاد دخترت بیفته زیر دست زن‌بابا. گفتم مگه علی منو بکشه که بتونه اون رو ازم بگیره. گلی زد زیر گریه و گفت: «منو ببرین تو اون خونه، خودمو می‌کشم». تصمیم خوم رو گرفته بودم، گفتم بهش بگین محاله دیگه پا تو اون خونه بذارم. خوشبختانه خونه بابامم نه روش میشه نه جرأت می‌کنه شلوغ‌بازی دربیاره.

این روزا همین که سعید رو بی‌دلهره می‌بینم خوشحالم. تا ببینم چی پیش می‌یاد. علی‌ام این‌جور که شنیدم سرش گرمه و کارش شده که بره مسجد بیسیم و پای سخنرانی آشیخ محمود بشینه و بعد با مردم راه بیفتن برن تو خیابونا. چه می‌دونم، لابد بزنن شیشهٔ بانکا رو بشکنن و برن میدون فوزیه و خیابون شاه‌رضا و دانشگاه تهرون تظاهرات کنن و مرگ بر شاه بگن. بابام می‌گفت از شوهرخاله‌م شنیده با یکی دو تا از سردسته‌هاشونم قاطی شده. شبا تو مسجد بیسیم دور هم جمع می‌شن واسه روز بعد نقشه می‌کشن. الحمدالله سرش گرم شده و فکر آزار منم کمتر به سرش می‌زنه.

خونهٔ آقاجونم اینا راحتم، یه نفسی می‌کشم، وقتی‌ام پیش سعیدم دردام رو فراموش می‌کنم. این روزا بیشتر راجع به آخرعاقبت رابطه‌مون، زندگیِ آینده‌مون حرف می‌زنیم و نقشه می‌کشیم. بهش می‌گم ممکن نیست پدر و مادرت راضی بشن تو با یه زن طلاق‌گرفته که یه بچه‌ام داره ازدواج کنی. می‌گه ممکنه، ولی تو قراره با من

ازدواج کنی نه با اونا! می‌گه اگه ناراحت باشن می‌ریم یه طرف دیگهٔ شهر که جلوی چشم‌شون نباشیم. بعد که تو رو بشناسن و قبولت کنن برمی‌گردیم تو محل خودمون. چند ساله این ترس با منه که رفت‌وآمدم به خونهٔ اون یه روزی تو محل براش دردسر بشه و حرف دربیاد و نتونم برم پیشش. همهٔ می‌شناسنش. پدرمادرش دویست-سیصد متر اون‌طرفتر، دو قدمیش زندگی می‌کنن،

اولا خیلی نگران بودم. نمی‌دونم، ولی شاید همسایه‌ها واسه احترامی که به خونوادش و خودش می‌ذارن و دوستش دارن، یا واسه اسم و رسمی که تو محل به‌خاطر دبیر بودنش داره، هرچی هست به‌نظرم رفت‌وآمدم به خونه‌ش عادی شده. حتماً به‌گوش پدر و مادرشم رسیده و به روی خودشون نمی‌یارن. رفیقش رمضون رو یادم نمی‌ره که همون اولا منو تو خونهٔ سعید دید و صداش رو درنیاورد. منم که دم به دقه اونجا نیستم. خیلی وقتا بیرون قرار می‌ذاریم. طرفای میدون ژاله، خونهٔ یکی از دوستاش که تو تلویزیون کار می‌کنه. می‌شینن باهم از کتاب و فیلم و وضع مملکت حرف می‌زنن، منم گوش می‌کنم. خیلی دوست دارم. بعضی موقع‌هام دوستش ما رو تنها می‌ذاره و می‌ره بیرون. به روزی که بتونیم واسه همیشه مال هم بشیم و توی یه خونه و باهم زندگی کنیم فکر می‌کنیم و درباره‌ش حرف می‌زنیم، به اینکه علی طلاقم می‌ده یا نه؟ به آیندهٔ گُلی، به اینکه چی‌کار کنم به بچه لطمه نخوره.

سعید گاهی شعرایی رو که برام گفته می‌خونه. می‌گه هیچ‌وقت شاعر نبوده، من شاعرش کردم. کاش منم می‌تونستم مثل اون از خودم براش بنویسم. همه رو تو همون دفترچه‌ای که علی روش حساس شده بود رونویسی می‌کنم. برام نامه‌ام می‌نویسه. می‌گه یه چیزایی تو رابطه که به زبون نمی‌یاد بهتره نوشته بشه تا تو دل آدم بمونه. از بی‌قراری‌هام می‌نویسه، با اینکه می‌دونه دلخور می‌شم، از اینکه فکر

عاقبت کار رو بکنم و سعی کنم یه‌جوری با زندگیم کنار بیام. یه‌بار نوشته بود تا خودت نخوای و تصمیم نگیری، محاله من ازت فاصله بگیرم و ترکِت کنم. قصه‌هایی رو که ازش تو مجله‌ها چاپ می‌شه می‌ده بخونم.

همین چن روز پیش به اصرار رمضون و ابراهیم، روز اربعین رفته بود تظاهرات، بدجوری تو ذوقش خورده بود. از آخوندا خوشش نمی‌یاد، می‌گه خُرافی و عقب موندن. نه که شاهی باشه، اصلاً. باباش بازاریه و خونواده‌ش مؤمنن. همهٔ بچگیش رو، تا پونزده شونزده سالگی، توی هیئت و مسجد و دورهٔ قران گذرونده...، مادرش روضه‌خونیِ ماهانه داره و پدرش هیئتی و دورهٔ قرآن تو خونه‌شون می‌ذاره. واسه همینم هس که آخوندا و هیئتی‌ها و مداح‌ها و دسته راه‌بندازا رو خوب می‌شناسه، می‌گه اونا از مؤومنی و اسلام فقط آداب جماع و انواع طهارت و شک بین سه و چهار و نماز و روضه‌خونی و تو سروکله خودشون زدن رو بلدن.

اون روز که با ابراهیم اینا تو تظاهرات می‌بینه زنای بی‌حجاب رو تو صف راه نمی‌دادن خیلی ناراحت می‌شه. زن ابراهیم و زن رمضونم بودن و هردوشون چادر سرشون بوده. تو راه برگشت، سر همین چیزا و چادر سر کردن و نکردن بگو مگوشون می‌شه و بحث می‌ره سر آخوندا و خمینی و حسابی حرفشون می‌شه و دلخوری پیش میاد. می‌گفت از ابراهیمِ زندون‌رفته و زنِ دانشگاه‌رفتش توقع نداشته. ابراهیم وقتی دانشجو بوده سرِ ماجرای تشیع‌جنازهٔ تختی زندونی شده بود. می‌گفت اون از همه ماها سیاسی‌تر و خوش‌فکرتره و حالا افتاده پشت کسایی که معلوم نیست دارن مملکت رو کجا می‌برن.

این روزا بیشتر تو خونه و تو خودشه. حال خوشی نداره و سر همین اتفاقا با خیلی از دوستاش و همکاراش اختلاف پیدا کرده. از دل‌ودماغ افتاده و کمتر از خونه بیرون می‌ره. واسه همینم پیشش که

می‌رم خوشحال می‌شه. نه تلویزیون می‌بینه نه اخبار گوش می‌کنه. کنار هم می‌خوابیم و برام شعر می‌خونه و واسه هم از خاطرات دورهٔ بچگی و نوجوونی‌مون تعریف می‌کنیم. راجع به کتابایی که داده بخونم صحبت می‌کنیم. قلباً خوشحاله که رفتم خونهٔ آقاجونم اینا.

همین پریروز که اونجا بودم ازش خواستم کیف عکساشو بیاره تا واسه هزارمین بار باهم ببینیم. هر عکسی رو که نشونم می‌ده خاطره‌ش رو هم از اونایی که توی عکسن تعریف می‌کنه. دیگه داییا و عموها و خاله و عمه‌ها و همهٔ بچه‌هاشونم رو بدون اینکه دیده باشم می‌شناسم. دوستاش رو همین‌جور، بیشترشون نویسنده و شاعرن و کتاب ترجمه می‌کنن. میون دوستاش هنرپیشه و رهبر ارکستر و استاد دانشگام هست. حتی می‌دونم یه زمانی عاشق دختردادییش بوده. اسمش مریمه. شوهر کرده و بچه‌دارم شده. عکس عروسیش رو که خودش گرفته بود نشونم داد. وقتی دختره عروسی می‌کنه سعید هفده سالش بوده، براش خیلی سخت بوده. نه فقط خودش رو که بچگی و نوجوونی و خاطره‌ها و عاشق شدن‌هاش رو هم دوست دارم. دیگه مثل این می‌مونه که باهاش بزرگ شده باشم.

کلی‌ام از خودم عکس گرفته، عاشق این کاره، شاید صدتا عکس مدلای مختلف و جابه‌جای خونه ازم گرفته. توی همه‌شون از خودم قشنگ‌ترم. وقتی‌ام بهش می‌گم اِنقدرام که عکسای تو نشون می‌ده خوشگل نیستم، می‌گه هستی یا نیستی من این‌جوری می‌بینمت که عکسام نشون می‌دن! منم از فامیلام و دوستام و عشقای دورهٔ دبیرستانم می‌گم، از دوستم قدسی. میدونه اون رازداره منه. میدونه اگه پای اون درمیون نبود به این سادگی‌ها نمی‌تونستم ببینمش. یه‌بارم قدسی رو بردم خونه‌ش که سعید رو ببینه.

وقتی با همیم حرفم که نداشته باشیم، خودمو می‌سپرم به آغوش آرامش‌بخشش و به صدای قلبش گوش می‌کنم. این روزا اونم انگار

از چیزایی که دوروبرش می‌گذره و آزارش می‌ده به من پناه می‌یاره. برا گُلی‌ام خوبه، بیشتر پیش مامانمه و بهش خوش می‌گذره. فعلنم که مدرسه‌ها تق‌ولقه و سرش به بازی گرمه، عاشق مامانمه. آقاجونم یه‌بارم نشده به روم بیاره بگه دیدی گفتم صبر کن و نکردی و این شد عاقبتت. روزی‌ام که گفتم دارم می‌رم کلاس کنکور، منتظر بودم بگه دیدی بالاخره به حرف من رسیدی، ولی هیچی نگفت و فقط نگام کرد و زیرلب گفت: «مبارکه!»

مامان ولی نگران فامیل خودش و آقاجونه که اگه طلاق بگیرم، آبرومون تو فامیل بره. راه می‌ره می‌گه یه‌جوری با شوهرت کنار بیا، نذار اَنگ طلاق روت بخوره که تا آخر عمر باهات می‌مونه. از این حرفا که مادرا می‌زنن. تا حالا که صداش رو تو فامیل درنیاوردیم، اما همین که ببینن شبانه‌روز خونهٔ مامانم، پچ‌پچا شروع می‌شه. من ککَمَم نمی‌گزه، ولی دلم واسه مامان و آقاجونم می‌سوزه. طفلیا تنها بچه‌شون باید از شوهرش جدا بشه. از رابطهٔ من و سعید چیزی نمی‌دونن، اگرم فهمیده باشن و یا حرفای علی رو باور کرده باشن و شکی‌ام برده باشن تا حالا که به روی خودشون نیاوردن. مامانم چرا، چونکه جنس منو بهتر می‌شناسه، راه می‌ره می‌گه اگه شوهرت راست می‌گه و راستی‌راستی پای مرد دیگه‌ای میونه بگو! اقلاً شاید قبل از اینکه آبروریزی بشه جلوشو بگیریم. می‌گه من شوهرت رو بهتر از خودت می‌شناسم. اگه رگ غیرتش بیرون بزنه خدا می‌دونه چه بلایی سرت بیاره و چه آبرویی تو فامیل اَزمون ببره!

علی‌ام کارش شده که مدام پیغوم پسغوم بده و تهدیدم کنه گلی رو ازم می‌گیره. مگه بتونه سرم رو از تنم جدا کنه که بذارم دخترم رو ازم بگیره. اون بچه اِنقد به من وابسته‌س که بدون من دِق می‌کنه. هزارجور امید و آرزو براش دارم. می‌دونم ممکنه به اونجام بکشه که اگه بیاد پای طلاق، همچین ادعایی بکنه که بچه رو می‌خواد. ولی

کور خونده. تهدید می‌کنه. فکر نکنم کار رو به اونجاها بکشونه. عُرضهٔ بچه نگهداشتن نداره. حالام که افتاده تو خط تظاهرات و مسجد رفتن و با این و اون گشتن و سر کوچه‌ها جمع شدن و وقت گذرندون اَلکی به این بهونه که کار نیست و همه‌چی تق‌ولقه و همه‌جا تعطیله. یه حُسن خونهٔ آقاجون موندنم اینه که بچه هر روز دعوا مرافعهٔ من و باباش رو نمی‌بینه. طفلک با یه همچین وضعی مدرسه‌ام می‌رفت.

از یه چیزی که می‌ترسم اینه که سعید به‌خاطر من و آیندهٔ بچه، یا نمی‌دونم اینکه رابطهٔ ما به من و خونوادم ضربه بزنه، رابطه‌اش رو باهام قطع کنه. زندگیم به آخر می‌رسه. اگه توی یه همچین وضعی سعیدم از زندگیم بره بیرون دیگه همه‌چیم رو از دست دادم. ولی فکر نکنم، همچین آدم بی‌فکری نیست. نمی‌ذارم کار به اونجاها بکشه. به هر قیمتی شده طلاقم رو می‌گیرم، چه سعید بعدش با من ازدواج بکنه چه نکنه و بخواد همین‌جوری باهم باشیم، برام مهم نیست، مهم اینه که باشه.

هرکی یه روحیه‌ای داره، شاید اگه کس دیگه‌ای جز سعید بود و اینقد باهاش یکی نشده بودم، منم مثل خیلیای دیگه جدایی رو به هر دلیلی که اتفاق می‌افتاد می‌تونستم تحمل کنم. یه دفعه راجع به خودمون حرف جالبی زد. می‌گفت اگه عشق در عاشق و معشوق فقط خودشو تو لذت جسمی نشون بده و خلاصه بشه، مثل آتیش زبونه می‌کشه و زود خاموش و خاکستر میشه و گاهی هم پیشمونی و احساس مغموم شدنم با خودش می‌یاره. ولی اگه عشق ناب و پاک باشه و احساس گناهکاری و ترس از آلوده شدن و از بین رفتن اون مانع همخوابه شدن بشه، عشق حتی اگه عاشق و معشوق از هم دور بیفتن، سال‌های سال، حتی تا مرگ تو قلب و ذهن آدما دووم می‌یاره و باقی می‌مونه. گفت یه شکل دیگه‌ای هم هست که شبیه

وضع من و خودشه، اونم موقع‌یه که عاشق و معشوق هردوی اینا رو با هم داشته بشن، هردو هم طالب پاکی، هم کامجویی باشن. می‌خندید و می‌گفت اونوقته که سرنوشت عشق میفته دست قضا-وقدر! راستش اولش ترسیدم و ناراحت شدم، ولی بعداً که خوب به حرفاش فکر کردم دیدم قشنگیِ رابطهٔ من و اون توی همینه که پایان معلومی نداره. فهمیدم چرا انقدر هربار که پیش اونم، یا حرفی می-زنم، کاری می‌کنم که می‌دونم اون دوست نداره نگران می‌شم مبادا ازم سیر بشه و دوستم نداشته باشه. این ترس‌ها یه‌جورایی منو به اون وابسته‌ترم کرده.

فصل هفت

فرصتی پیدا کرده بود پشت میز بنشیند و کارت‌های سرویس ماشین‌های بافندگی را مرتب کند و در جعبه مخصوص خودشان بگذارد. دو سه ماهی بود که کارگران کارخانه با هدایت کمیتهٔ اعتصاب، که او هم عضو آن بود، به تناوب در اعتصاب بودند، ماشین‌های ریسندگی و بافندگی خاموش و کارگاه‌های کارخانه در سکوت و انتظار بودند. کارگرها سرِ کار حاضر می‌شدند، ساعت می‌زدند، و به جای تولید به سرویس و نظافت ماشین‌آلات و مرتب کردن انبارها و رنگ کردن دیوارها و تمیز کردن در و پنجره‌های کارگاه‌ها مشغول می‌شدند. سرکشی‌های روزانه او به دلیل افزایش فعالیت سرویس و تعمیر ماشین‌آلات زیاد شده بود. همه‌جا و همه‌چیز نوونوار و تروتمیز شده بود. ماشین‌آلات برق می‌زدند و از تمام سوراخ‌سنبه‌های کارخانه غبارزدایی شده بود. مدیران کارخانه و بعضی از سرپرست‌های قسمت‌های مختلف خصوصاً بعد از خروج

آسابِ شَرّ

شاه از ایران خواستند کارخانه راه‌اندازی شود، اما کارگرها قبول نکردند.

او و فروغ و سایر اعضای کمیتهٔ اعتصاب که پیش از خروج شاه مخفیانه فعالیت داشتند، دیگر علنی از ادامهٔ اعتصاب حمایت می‌کردند. چون بین کارگرها از محبوبیت زیادی برخوردار بود برای شورای نمایندگی کارگران و کارکنان، که هفت نفر عضو داشت، انتخاب شده بودند. مأموریت اصلی شورا این بود که خواست کارگران و در رأس آن تشکیل سندیکای مستقل را به بحث عمومی بگذارد. گاهی هم برای کارگرهایی که در محوطهٔ بیرونی کارخانه و یا در سالن غذاخوری جمع می‌شدند سخنرانی می‌کردند. دو سه روز بعد از رفتن شاه، در کشاکش درگیری با مدیریت کارخانه برای پایان دادن به اعتصاب، بین کارگرها بحثی درگرفته بود که در تظاهراتی که قرار بود به مناسبت اربعین برگزار شود به‌صورت جمعی و با آرم و نشان کارخانه شرکت کنند یا هر کس با خانواده و از محله خودش راه بیفتد و به تظاهرات برود.

چند نفری از کارمندان بخش اداری و حسابداری و سرپرست‌های سالن‌ها و عده‌ای از کارگرها که حسن خاتون‌آبادی رهبری‌شان می‌کرد و با جریان‌هایی در بیرون از کارخانه و مسجد نازی‌آباد مرتبط بودند، مخالف این بودند که کارگران با نام و نشان کارخانه در تظاهرات شرکت کنند و می‌گفتند به این شکل ساواک کارگرها را شناسایی می‌کند. اما در نهایت پیشنهاد او و فروغ که کارگران با نام و نشان کارخانه شرکت کنند مورد استقبال اکثریت کارگرها قرار گرفت و به تصویب رسید. اکبر خانی‌آبادی، کارگر قدیمی کارخانه و یکی از نماینده‌های کارگران، وقتی از جلسه بیرون آمدند بغلش کرد و گفت: «مهندس‌جون، بابا جدِّ منم نمی‌تونست این‌جور که شما

حرف زدین حرف بزنه و همه رو قانع کنه که چرا باید با اسم و بیرق کارخونهٔ خودمون تو تظاهرات شرکت کنیم».

آهنگ شاد و پیروز صدای او در گوشش تکرار می‌شد. فروغ درِ اتاق را باز کرد و آمد داخل گفت: «ابراهیم، ببینم از نتیجهٔ سفارش خرید قطعات یدکی خبر داری؟ پایهٔ قیچی‌های ماشینای بافندگی دیگه قابل تعمیر نیست و اوراق شده، باید از نوهای انبار استفاده کنیم. دیدم تو انبارم چن‌تایی بیشتر نمونده، دولا تاب‌ها و پایهٔ ترمزهام همین‌طور. داریم به زور تعمیرشون می‌کنیم. همین‌که کارخونه راه بیفته و ماشینا روشن بشن، نوی اونا لازم می‌شه». جواب داد: «فعلاً که از سفارشایی که دادیم خبری نیست. با این وضع مملکت و اوضاع به‌هم ریختهٔ گمرک، همش امروز فردا می‌کنن. همه‌چی خوابیده. تا اعتصابا تموم بشه و کارخونه راه بیفته وقت داریم».

فروغ روی صندلی مقابل او نشست و گفت: «به سعید زنگ زدی؟». گفت: «بذار اول ببینیم رمضون می‌یاد یا نه، بعد زنگ می‌زنم!» فروغ گفت: «رمضون چه بیاد چه نیاد من و تو می‌ریم می‌بینیمِش». دستش را طرفِ تلفن سبزرنگ روی میزش برد و آن را سمت فروغ سُراند و گفت: «بیا این تلفن، تو یه زنگ به داداشت بزن ببین چی می‌گه. اگه نخواست بیاد، زنگ می‌زنم که خودمون بریم!» فروغ شماره اُپراتور را گرفت: «سلام خسته نباشین. حاج‌مهدی هستم، لطفاً اگه ممکنه شماره ۵۴۲۳۳۲ رو برام بگیرین!»

به او چشم دوخت و گفت: «ابراهیم اینم کار بود رو دستم گذاشتی؟! حالا دو ساعت باید به چرت‌وپرتای آقا گوش کنم. چی می‌شد خودت زنگ می‌زدی؟ اقلاً با تو یه کم رودرواسی داره». گفت: «اووَ، چقدم!» فروغ گوشی را روی گوشش گرفته بود و منتظر به او نگاه می‌کرد. انگشت سبابه‌اش را روی شقیقه‌اش گذاشت و به کسی

که آن طرف خط گوشی را برداشته بود گفت: «ممکنه با آقا رمضون حرف بزنم، خواهرشون هستم؟»

دلباختهٔ فروغ بود و آن روزها احساس می‌کرد بیشتر از هر وقت دیگر دوستش دارد. شادمانیِ ناشی از فرار شاه، شوروحال انقلابیِ کارگرهای کارخانه، و امیدواری به آزادیِ پیشِ رو به روابط او به‌ویژه با فروغ روحی تازه دمیده بود. هفت هشت سالی از ازدواج آنها می‌گذشت. به یاد نمی‌آورد که هیچ‌وقت به اندازه این روزها از حضور او کنار خودش مسرور و مغرور بوده باشد. او را می‌ستود و بیش از هر زمان دیگری به توانایی‌های چشمگیرش در برقراری ارتباط با کارگرها، بویژه زن‌های کارخانه پی برده بود. از اینکه او بین کارگرها محبوب بود به خود می‌بالید.

فروغ گوشی را به گوشش فشار داد و همین‌طور که به او خیره شده بود گفت: «سلام داداش! چطوری؟ زنگ زدم بگم من و ابراهیم داریم عصر می‌ریم خونهٔ سعید. بد نیست توام بیای یه سری بهش بزنیم. اون روز تو تظاهرات بی‌خودی باهاش تند شدیم. مخصوصاً تو که کار رو به دعوا کشوندی. خوب نیس داداش، دوست و رفیق قدیمی‌تونه. سعید که غریبه نیست که به خاطر یه حرفی که زده باهاش قهرکنیم... نه بابا این جوریام که می‌گی نبود؛ اون داشت حرف خودش رو می‌زد، نظرش رو می‌گفت، ما بی‌خودی پریدیم بهش! خوبه دیدی وقتی گفتی غلط کردی برو دهنتو بشور! ساکت شد و دیگه حرفی نزد... چی؟!.. این چه حرفیه می‌زنی؟... تو اول بهش پریدی گفتی غلط کردی! توقع داشتی معذرت بخواد؟... روتو بِرم رمضون!... برو خوب فکراتو بکن، عصربمن خبربده... ببین چی می‌گم، نیای خیلی بد می‌شه؟... فکر نکنی اگه پشت سرت گِله کنه پشتت رو می‌گیرم. بهتره بیای!... خداحافظ... باشه، خداحافظ».

گوشی را گذاشت روی تلفن و گفت: «دیدی ابراهیم، گفتم روش با من بازه و هرچی دلش می‌خواد می‌گه! مگه شده رمضون واسه یه بارم شده تو زندگیش بگه اشتباه کردم؟» گفت: «فکرش رو نکن، اومد اومد، نیومدم خودمون می‌ریم. من و توام بی‌خود دم‌به‌دم رمضون دادیم و به سعید پریدیم. فکر کنم اون اهانتی‌ام که کرد خودشم قبول داشت که خوب نبود، جروبحث بالا که گرفت همین جوری از دهنش پرید». فروغ انگار چیزی را به خاطر آورده باشد مکثی کرد و گفت: «راستی ابراهیم! باید مراقب این آقای شاهمرادیِ پرسنلی باشیم. این روزا رنگ عوض کرده. توی ماجرای حزب رستاخیز یکی‌یکی کارگرا و کارمندا رو صدا می‌زد و برگه درخواست عضویت می‌ذاشت جلوشون! حالا خودش رو میون اعتصابیون جا زده و مرتب دور و برِ خاتون‌آبادیه!» جواب داد: «اصل کَله‌گُنده‌هاشون بودن که یکی‌یکی دارن فرار می‌کنن، نگران بیچاره‌های ابن‌الوقتی مثِ شاهمرادی نباش. دوتا از بچه‌های اداری رو گذاشتم مراقب اون و یکی دو نفری از کارمندای حفاظت و نگهبانی باشن. صدتا کار مهم‌تر هست که باید حواسمون به اونا باشه، آدمایی مثل شاهمرادی شاید از رو ترس یا نداری از اینجور کارا می‌کنن».

تلفن را جلوی خودش کشید و گوشی را برداشت و شماره سعید را به تلفنچی داد: «سلام سعید!... خوبی؟... عصری خونه‌ای می‌خوایم با فروغ یه سر بیاییم پیشت... نه، همین‌جوری برا احوال‌پرسی، نمی‌شه یهو دلمون واست تنگ بشه؟!... فکر کنم پنج و نیم، شیش... باشه، پس می‌بینیمت». گوشی را روی تلفن گذاشت و به ساعتش نگاه کرد و گفت: «اینم تلفن به سعید. پاشو بریم ساعت دو شد. بیرون تو محوطهٔ کارخونه هوا سرد بوده جلسه رو انداختن ناهارخوری!» فروغ همین‌طور که بلند می‌شد پرسید: «موضوع جلسه

چی هست؟» ابراهیم گفت: «سندیکا، همون که توی جلسه نماینده‌ها حرفش رو زدیم، خودت بودی که».

از اتاق بیرون آمدند. فروغ گفت: «اون روزم گفتم، اِنقد عجله واسه چی؟ این کاری نیس که بشه یه شبه انجامش داد. صبر می‌کردن یه کم اول فکر می‌کردیم، منظورم روی اساسنامه و این‌جور چیزاس». وارد محوطهٔ کارخانه شدند و در راهِ باریکی که به‌طرف ناهارخوری می‌رفت و دو سمت آن را شاخه‌های خشک درخت‌های سر به فلک کشیده و قدیمی سپیدار گرفته بود راه افتادند. راه رفتن در آن باریکه و میان دیوارهٔ آن درخت‌ها به او در هر فصلی، مخصوصاً وقتی از هیاهوی کرکنندهٔ سالن‌های ریسندگی و بافندگی به حیاط و باغ کارخانه می‌آمد، احساس خوبی می‌داد ـ چه زمستان‌ها که سفیدپوش می‌شدند و بهار که جوانهٔ برگ‌های تازه می‌دادند چه سبزیِ سایه‌گستر تابستانی آن‌ها و رنگ‌آمیزی و موسیقیِ خرد شدن برگ‌ها در زیر قدم‌هایش در پاییز. در نظرش انبوه درختانی محوطه نمادی از استقامت و پایداری کارگرانی بود که نسل به نسل با کار سخت و توان‌فرسا کارخانه را زنده و سرپا نگه داشته بودند بدون اینکه جز دستمزدی بخور و نمیر چیزی عایدشان شده باشد. دستش را آرام پشت فروغ گذاشت و جواب داد: «ببین! من و توام اگه کارگر بودیم همین‌که بوی آزادی به مشاممون می‌خورد، همین‌قدر عجله می‌کردیم به حقمون برسیم». فروغ نفسی کشید و گفت: «آره، ولی اول باید یه فکری واسهٔ اوضاع به‌هم ریخته و مدیریت کارخونه کرد».

وارد سالن شدند. کارگرها ناهار خورده بودند و میزهای ارج را جمع کرده بودند و روی صندلی‌ها و روی زمین و کنارِ دیوار، کیپ تا کیپ، نشسته یا ایستاده بودند و به سخنرانی مرتضی ورامینی که بالای سالن پشت به پنجره بزرگ و مشبّک مشرف به محوطه ایستاده بود گوش می‌دادند. چند نفری با دیدن آنها سلام کردند و بلند شدند

و جایشان را تعارف کردند. دستش را روی شانه یکیشان گذاشت و گفت: «بشین! ما همین جا وامی‌ستیم، راحت باشین!» فروغ گفت: «ابراهیم من می‌رم اون طرف.».

به انتهای سالن، سمت غذاخوریِ خانم‌ها رفت. مرتضی از اعضای کمیته اعتصاب هم بود. وقتی متوجه ورود آنها شد حرف خودش را خلاصه کرد و گفت: «خانم مهندس حاج‌مهدی و آقای مهندس افتخاری هم اومدن و میتونن توضیحات بیشتری راجع به سندیکا بدن». اکبر خانی‌آبادی جای مرتضی را گرفت و گفت: «دوستان! امروز دیدم بعضی از بچه‌ها اعتراض می‌کردن که هنوز انقلاب به نتیجه نرسیده، پیش کشیدن خواست‌های صنفی و تشکیل سندیکا یه‌جور خلاف قیام مردمه و ممکنه خواست اصلیِ مردمو که برچیدن دستگاه ظلم و فساد شاهه، که خواست ماها هم هست، تحت‌الشعاع قرار بده! والا من به‌شخصه فرقی بین این دوتا نمی‌بینم. اتفاقاً راه انداختن سندیکا در جهت انقلابه و کمک می‌کنه دم و دستگاه ظلم زودتر برچیده بشه. شما فکرشو بکنین اگه سندیکا تشکیل بشه، بعد سندیکاها یک اتحادیه درست کنند کی دیگه میتونه به کارگرا زور بگه و حق و حقوقشون رو پایمال کنه! کارگرا قوی باشن یعنی مردم و ملت قوی شدن!»

همه دست زدند و حرف او را تأیید کردند. ادامه داد: «تا اونجا که من خبر دارم الان توی بیشتر کارخونه‌ها، مخصوصاً پالایشگاه‌ها، کارگرا کمیته‌هایی برا این کارا درس کردن، همه می‌دونن. ما اولین کارخونه‌ای نیستیم که می‌خوایم این کارو بکنیم. امروز از نماینده‌های شیفت عصر و شبم دعوت کردیم بیان تو جلسه حرف بزنیم. قبل اینکه از آقای مهندس بخوام بیان اینجا برای شما راجع به سندیکا حرف بزنن باید یه مطلبی رو راجع به پاداش‌های معوقه بگم که...!»

چشم برگرداند و انتهای سالن فروع را جستجو کرد. کنار آنوش، سرپرست ارمنی سالن شماره دو ریسندگی، ایستاده بود. آنوش زن جوان و متأهلی بود که دو بچه داشت. فروغ و آنوش این روزها خیلی به هم نزدیک شده بودند. آنوش در همهٔ جلسات حاضر و فعال بود. در روزهای سخت اعتصاب برخوردش با کارگران اعتصاب‌شکن سنجیده بود و روزبه‌روز، مخصوصاً بین کارگران زن ریسندگی، بیشتر مورد توجه همه قرار می‌گرفت. در تمام آن سال‌ها زن‌های زیادی را در سالن‌های ریسندگی و بافندگی یا در قسمت‌های دیگر کارخانه دیده بود که به خاطر زحمات و سخت‌کوشی‌شان مورد توجه بودند. اما آنوش تحصیل کرده بود و با مدرک فوق‌دیپلم مدیریت و سرپرستی استخدام شده بود و بین زنان فعال کارخانه شاخص و مثال‌زدنی بود. لهجه رقیق ارمنی او حرف زدنش را دلنشین و اثرگذارتر می‌کرد. وقت حرف زدن لبخند دوستانه و آشنایی در صورتش ظاهر می‌شد. خانی‌آبادی با دست به او اشاره کرد و گفت: «آقای مهندس افتخاری، بفرمایین نوبت شماست!»

به بالای سالن رفت و با ورامینی و خانی‌آبادی دست داد. نگاهی به سالن انداخت؛ کاملاً پر بود و نشان می‌داد موضوع برای کارگرها اهمیت دارد. با صدای بلند طوری که همه بشنوند گفت: «سلام خدمت همهٔ رفقای عزیز! قبل از هرچی یه‌بار دیگه فرار شاه رو تبریک می‌گم. منم با اونا که با وجود رفتن شاه می‌گن انقلاب هنوز تموم نشده هم‌نظرم و فکر می‌کنم تا برچیده شدن تمام دم و دستگاه نظام سلطنتی و استبداد نهضت ما ادامه داره. دوستان، آیندهٔ این انقلاب در صورتی تضمین می‌شه که علاوه بر جانفشانی و مبارزه تا محو حکومت شاه، از همین امروز پایه‌های حکومت عدل و مساوات رو با دستای خودمون محکم کنیم تا دوباره قدرت به دست سرمایه‌دارها و اعوان و انصارشون نیفتاده. برا همین تو هر سازمان،

کارخونه، و صنفی که هستیم باید سندیکا درست کنیم. سندیکای کارگران برای این کارخونه و همهٔ کارخونه‌ها از نون شب واجب‌تره. همون‌طور که می‌دونین امروز اینجا جمع شدین تا کمیته‌ای از بین خودتون انتخاب کنین که با توجه به وضعیت و شرایط کاری این کارخونه پیش‌نویس اساسنامهٔ سندیکا رو تهیه کنه تا همه بخونن و نظر اصلاحی اگه دارن بدن و به تصویب مجمع عمومی برسونن. مجمع عمومی یعنی یه چیزی مثل همین جلسه!»

حسن مجتبایی، سرپرست سالن رنگرزی، دستش را بالا آورده بود. حرفش را قطع کرد و با دست به او اشاره کرد و گفت: «بفرمایید آقای مجتبایی!» مجتبایی با صدای بلند گفت: «آقای مهندس افتخاری، شما خودتون از ما بهتر خبر دارین که وضع کارخونه بدجوری به‌هم ریخته. رییس‌رؤسا یکی‌یکی دارن غیب می‌شن، بالاترام توی وزارت صنایع و چه می‌دونم سازمان گسترش و نوسازی صنایع، که ما مثلاً ابواب‌جمعی اوناییم نه وزیری مونده نه رئیس و مدیری. همه از ترسشون یا فرار کردن یا دارن چمدوناشون رو می‌بندن! واسه همین از روزی که اعتصاب‌ها تموم بشه معلوم نیست کارخونه چه‌جوری باید اداره بشه. صدجور مشکل مالی هست، مواد اولیه و لوازم یدکی، و چه می‌دونم چی‌وچی نداریم. معلوم نیست حقوق‌ها رو چه‌جوری باید بدیم. منظورم اینه چه‌جوری می‌خوایم کارخونه رو توی یه همچین وضعیتی دوباره راه بندازیم؟ با سندیکا که نمی‌شه کارخونهٔ بی‌صاحب و بی‌پول رو راه انداخت و اداره کرد!»

یکی از کارگرا دستش را بلند کرد. به او اشاره کرد. از جایش بلند شد و رو به مجتبایی گفت: «آقای مجتبایی اللّهم بیربیر!» همه خندیدند! صدای خنده‌ها و همهمه که خوابید همان کارگر گفت: «این مملکت بی‌صاحب باقی نمی‌مونه. بالاخره یه جوری سروسامون می‌گیره!» با دست به آن کارگر اشاره کرد که صبر کند و

ادامه ندهد و گفت: «ببخشید رفقا، حرف آقای مجتبایی حرف درستیه. این کارخونه نمی‌تونه بدون هیئت مدیره و مدیر عامل اداره بشه و ادارهٔ اونم کار سندیکا نیست. اصلاً این جور کارا نمی‌تونه تو وظایف سندیکا باشه. فکر می‌کنم ما هم باید مثل بعضی جاهای دیگه یه شورایی از میون کارگرها و سرپرست‌ها و کارمندای فنی و اداری انتخاب کنیم که کارِ ادارهٔ موقت کارخونه رو به عهده بگیرن تا اینکه وضع مملکت روشن بشه. نه سندیکا می‌تونه جای همچین شورایی رو بگیره نه اون جای سندیکا رو».

همهمه‌ای بلند شد و بالا گرفت. صدای زنی از انتهای سالن آمد که فریاد می‌زد: «لطفاً ساکت! یه دقیقه گوش کنین!» آنوش بود، هنوز کنار فروغ ایستاده بود. با بلند شدن صدایِ قاطع و زنانه او سالن ساکت شد. آنوش رو به او گفت: «آقای مهندس افتخاری اجازه دارم حرف بزنم؟» گفت: «بفرمایید خانم هاراطونیان!» آنوش خطاب به همه گفت: «حرف آقای مجتبایی درسته. این‌جور که من امروز از خانم مهندس حاج‌مهدی در مورد قطعات یدکی و از سرپرست انبار راجع به مواد اولیه شنیدم و با حرف و حدیث‌هایی که راجع به خالی شدن حسابای بانکی شرکت سرِ زبونا افتاده، همین الانم اگه کار شروع بشه دیره. پیشنهاد می‌کنم هرچه زودتر شورای پیشنهادی رو تشکیل بدیم که ادارهٔ کارخونه رو دست بگیره و بتونه اقلاً جلوی خرابکاری و دزدیِ بیشتر اَعوان و انصار مدیرای فراری رو بگیره. بعدم همین کمیته یا شورا به آدمای باصلاحیت از بین خودشون یا بیرون از خودشون مأموریت بده اساسنامه سندیکا رو بنویسن!»

همه از زن و مرد گفتند صحیح است. رو به آنوش کرد و گفت: «ممنون از پیشنهاد تکمیلی خانم هاراطونیان!» و مکثی کرد و ادامه داد: «اگه کسی با این پیشنهاد مخالفه یا پیشنهاد دیگه‌ای داره،

دستش رو بالا ببره!» تعداد کمی دست بلند کردند. بین آنها حسن خاتون‌آبادی، متصدی شیفت سالن شماره یک ریسندگی، را شناخت. رو به او کرد و گفت: «آقای خاتون‌آبادی، شما بفرمایین!»

خاتون‌آبادی بلند شد و طوری ایستاد که به هردو سمت سالن مسلط باشد و گفت: «بسم‌الله الرحمن الرحیم. برادران و خواهران کارگر، انقلاب ما اسلامیه. تصمیمای ما هم از این به بعد باید اسلامی باشه. مواظب باشیم عده‌ای صفوف و اتحاد الهی ما رو به انحراف نکشن. این شوراها و کمیته‌ها که اینجا حرفش زده میشه ریشهٔ کمونیستی دارن، ما که قرار نیست حکومت شورایی درست کنیم که حرف شورا و انتخابات و تشکیل کمیتهٔ فلان و بیسار رو می‌زنیم. باید صبرکنیم ببینم بزرگان دین چی می‌گن و از اونا پیروی کنیم».

یکی از کارگرها از میان جمعیت بدون اینکه اجازه بگیرد حرف او را قطع کرد و فریاد زد: «حسن معلومه چی می‌گی! کارخونه رو دارن تاراج می‌کنن حالا ما صبر کنیم ببینیم بزرگای دین راجع به شورا و کمیتهٔ اداره کارخونهٔ ما چی می‌گن! شماها صبر کنین! ما نمی‌تونیم دست رو دست بذاریم تا کارخونه‌ای که با گوشت و پوست و خون ما و کارگرای قبل و قبل‌تر ما ساخته شده رو یه مشت سرمایه‌دارِ بی‌صفت تاراج کنن!»

همه دست زدند و او را تشویق کردند و شروع کردند با هم به حرف زدن. دستش را به علامت اینکه سالن متشنج را ساکت کند بلند کرد و گفت: «لطفاً ساکت! رفقا توجه کنین! ساکت باشین! کار زیاد داریم. نذارین نظم جلسه به هم بخوره. اینجا بلندگو نداریم، سکوت رو مراعات کنیم که صدا به صدا برسه». عده ای از میان جمعیت با ساکت ساکت گفتن به کمک او آمدند. سکوت برقرار شد و گفت: «می‌خوام از همه خواهش کنم از این به بعد چند تا چیز رو تو جلسات عمومی رعایت کنیم. یکی وقتی کسی داره حرف می‌زنه توی

حرفش نپریم، اجازه بگیریم بعد اگه مخالف یا موافق پیشنهادی هستیم حرف خودمون رو بزنیم. نکتهٔ بعد هم اینه که قرار نیست که اینجا نظر، عقیده، یا برنامهٔ یه عده خاص یا طرز فکر خاصی به دیگران تحمیل بشه. هر پیشنهادی رو به رأی می‌ذاریم، اگه رأی اکثریت رو آورد اجراش می‌کنیم». بعد رو کرد به حسن خاتون‌آبادی و اطرافیانش پرسید: «با این موافق هستین آقای خاتون‌آبادی؟ منظورم با رأی‌گیری و نظر و تصمیم اکثریته؟»

خاتون‌آبادی که نشسته بود دوباره از جایش بلند شد و گفت: «نه! واسه اینکه کار شما مثل این می‌مونه که الان از اکثریت بپرسیم با انقلاب اسلامی مردم موافق هستین یا نه؟ آقی مهندس افتخاری عرض من اینه که حکومت اسلامی برای همه این چیزا برنامه داره، ما الان باید همهٔ هم و غم خودمون رو بذاریم تا اول اون رو به نتیجه برسونیم». میان همهمه از خاتون‌آبادی پرسید: «آقای خاتون‌آبادی، اگه اشتباه نکنم پیشنهاد شما اینه که فعلاً برای تشکیل کارخونه و سندیکای کارگران زوده. باید صبر کنیم تا انقلاب کاملاً به نتیجه برسه و به نظر بزرگان و علمای اسلام عمل کنیم، درست گفتم؟»

حسن خاتون‌آبادی سکوتی کرد و گفت: «بله!» پرسید: «اجازه می‌دیدید نظر شما رو به رأی بذاریم؟» خاتون‌آبادی گفت: «گفتم که! با رأی‌گیری توی یه همچین شرایطی مخالفم. این کارا انحرافیه!» صدای فریاد همه بلند شد و از خاتون‌آبادی خواستند که بنشیند و حرف نزند. عده‌ای هم به او به عنوان سخنران جلسه اعتراض می‌کردند که چرا به خاتون‌آبادی که مخالف رأی‌گیری و نظر اکثریت است اجازه حرف زدن می‌دهد. دست خودش را بلند کرد و سعی کرد کارگران را ساکت کند. هنوز حاضرین ساکت نشده بودند که خانی‌آبادی که پشت سر او ایستاده بود آمد جلو و آهسته به او گفت: «مهندس ابراهیم، بذار من جواب اینا رو بدم!»

خانی‌آبادی جای او را گرفت و با صدای بلند گفت: «دوستان اجازه بدین، اجازه بدین!». سکوت که برقرار شد رو به خاتون‌آبادی کرد و گفت: «حسن‌جون، قربون شکل ماهت، تو دیگه چرا؟ این موها رو می‌بینی؟ من تو این کارخونه سفید کردم، از همهٔ شماها قدیمی‌ترم و بالا پایین این کارخونه رو دیدم! دوره مصدق و توده‌ای‌ها رو هم دیدم، همه جورش رو تجربه کردم. اینم دیدم که هر وقت حرف سندیکا زدیم گفتن کمونیستیه. ولی دیگه این یکی رو ندیده بودم که یکی با رأی‌گیری و نظر اکثریت اونم توی این شرایط خرتوخریِ کارخونه مخالف باشه! بگو ببینم منظورت اینه بذاریم رئیس‌رؤسا همه‌چیز این کارخونه رو حیف و میل کنن و ببَرن؟! یعنی چی؟ معلومه چی داری می‌گی؟ ببین خود قرآن می‌گه *شاورهم فی الامر*، یعنی در کارها و تصمیم‌گیری‌های بزرگ با هم مشورت کنین؛ کمیته و شورای کارخونه‌م برا همین مشورت‌هاست که قرآن دستور داده. حواست نیست داداشِ من، زدی تو شونهٔ خاکی!»

همه خندیدند. خانی‌آبادی مکثی کرد و ادامه داد: «حالا که همه گذاشتن و فرار کردن، ما فقط یه راه جلومونه اونم رأی‌گیریه. باهاس تابع نظر اکثریت باشیم! دیگه دورهٔ اونی که یکی بیاد برامون تصمیم بگیره گذشته. بی‌خودی که انقلاب نکردیم!» همه گفتند احسنت! خانی‌آبادی نگاهی به او کرد و آرام گفت: «مهندس‌جون، با اجازه؟!» بعد دوباره رو به خاتون‌آبادی و جمعیت کرد و گفت: «چه موافق باشی چه نباشی، روی حرفی که زدی رأی می‌گیریم. اونایی که با نظر برادرمون حسن‌آقا خاتون‌آبادی موافقن که فعلاً برای تشکیل شورای کارخونه و سندیکای کارگرا زوده و باید صبر کنیم تا انقلاب پیروز شه و بعد با نظر بزرگا و علمای دین عمل کنیم دستشون رو بلن کنن!»

سالن در سکوت محض فرو رفته بود و ضربان قلبش تند شده بود. ده دوازده نفری که دست‌هایشان را بلند کرده بودند هاج‌وواج به هم نگاه می‌کردند. همه ساکت ماندند و این سکوت فضای مخالفت کارگرها را با پیشنهادِ خاتون‌آبادی سنگین‌تر کرد. خانی‌آبادی با صدای بلند گفت: «صلوات!» صدای بلند صلوات در سالن غذاخوری پیچید. خانی‌آبادی برگشت کنار ابراهیم ایستاد و آهسته نزدیک گوشش گفت: «مهندس ابراهیم، خاکش کردم! بروکه باقیش با خودته، ببینم چی‌کار می‌کنی؟» جلو رفت و گفت: «خب، پس معلوم شد همه موافقن کمیته یا شورای کارخونه رو واسهٔ نظم و نسق دادن به‌کارا تشکیل بدیم». شاهمرادی دست بلند کرد و گفت: «آقای مهندس، بعضی برادرها اینجا سئوال می‌کنن وظیفه این شورا چی هس؟» گفت: «والا اون جور که من می‌فهمم و شرایط کارخونه اقتضا می‌کنه همون وظایفی که قبلاً هیئت مدیره و مدیرعامل انجام می‌دادن، این شورا به‌صورت جمعی انجام می‌ده» و مکثی کرد و ادامه داد: «حالا اونا که با تشکیل کمیته‌ای از کارگرها و سرپرست‌ها و کارمندای فنی و اداری موافقن تا کار ادارهٔ موقت کارخونه رو شروع کنه دستشون را ببرن بالا!»

تقریبا همهٔ کارگران دست بالا بردند. نگاهی به اطراف سالن و جمعیت انداخت. تعداد کمی از جمله خاتون‌آبادی و شاهمرادی و چند نفر دیگر دست‌هاشان بالا نبود. گفت: «همین‌جور که می‌بینین اکثریت قریب به اتفاق با پیشنهاد تشکیل شورای کارخونه موافقند. حالا باید تصمیم بگیریم این کمیته چند نفر و با چه ترکیبی باشه». مجتبایی دست بلند کرد و وقت خواست. گفت: «بفرمایید آقای مجتبایی!» مجتبایی گفت: «تکلیف سندیکا چی می‌شه؟» جواب داد: «گفتم! پیشنهادم اینه که شورای کارخونه از بین اعضای خودش یا بیرون از خودش یه گروه رو مأمور تهیه پیش‌نویس اساسنامه و

تصویب اون بکنه تا بعدن با رأی‌گیری و تعین هیئت مدیره، سندیکای کارخونه‌م تشکیل شه».

ورامینی آمد جلو و گفت: «من پیشنهاد می‌کنم از میون دوستان هر کی نظری دربارهٔ تعداد و ترکیب شواری کارخونه داره بیاد اینجا پیشنهاد خودش رو مطرح کنه». آنوش و چند نفر دیگر از کارگرها دستشان را بلند کرده بودند. گفت: «این‌طور که می‌بینم آقای کمالی، مجتبایی، و خانم‌هاراطونیان...»

اعتراض تعدادی از زن‌ها برخاست، صدای یکی از آنها بر دیگران غلبه کرد، گفت: «آقای مهندس افتخاری اجازه می‌دین حرف بزنم؟» گفت: «بفرمایین خانم!» همان زن به حالت اعتراض گفت: «تقریباً نصف کارگرای خط تولید تو این کارخونه خانومن، ولی اینجا مرتب آقایونن که اجازهٔ حرف زدن پیدا می‌کنن. آقای مهندس ممکنه بذارین اول خانم هاراطونیان بیاد حرف بزنه!» گفت: «به روی چشم خواهرم! ما مقابل همکارای خانم گردنمون از مو هم نازکتره!»

همه خندیدند. با دست به آنوش اشاره و از او دعوت کرد به بالای سالن بیاید. آنوش دست فروغ را گرفت و دو نفری به بالای جلسه آمدند. گفت: «بفرمایین خانم هاراطونیان!» آنوش قدمی به جلو آمد و از فروغ فاصله گرفت. جای خودش را به او داد و عقب رفت و کنار فروغ ایستاد. آنوش با صدای بلند گفت: «از همه خصوصاً از خانم‌ها ممنونم که به من اجازه دادین حرف بزنم. به نظر من ترکیب این شورا باید بر اساس پنج بخش کارخونه باشه. ما یه بخش تولید و یه قسمت نگهداری و تعمیرات داریم که مهمن، بعدم مالی و بازرگانی هست و اداری و خدمات و آخرش هم پرسنلی. هرکدوم از این بخشا یه اهمیتی دارن. خب تولید تو کارخونه از همه مهمتره، پس کارگرای تولید باید نماینده بیشتری داشته باشن. بخش تعمیرات

و نگهداری هم مهمه. بخش‌های دیگه‌م نسبت به تناسب اهمیت‌شون باید تو این شورا نماینده داشته باشن».

سالن ساکت بود. خانی‌آبادی رفت جلو و از آنوش پرسید: «حالا که شما راجع به این قضیه فکر کردین، می‌شه پیشنهاد خودتون رو راجع به تعداد نماینده هر بخش بگین؟» آنوش رو به خانی‌آبادی کرد و گفت: «نه من اینا رو از خودم در نیاوردم، شوهرم تو پالایشگاه تهرون کار می‌کنه، از اون شنیدم که چه‌جوری شوراشون رو تشکیل دادن. من یه فکرهایی همین جوری کردم، اما از تعداد کارگر و کارمندا تو بخشا درست خبر ندارم. همین‌جوری نمی‌تونم حرف بزنم!» خانی آبادی گفت: « حالا خوبه که پیشنهادتون رو بگین!»

آنوش گفت: «به نظر من اگه از تولید شش نفر، پنج نفر کارگر، یه سرپرست قسمت، که سه نفرشون خانم باشن انتخاب کنیم، بعد از تعمیرات و نگهداری دو نفر بیان که بهتره از مهندسای قدیمی باشن، از بازرگانی و مالی هم یه نفر آدم قدیمی و معتمد انتخاب بشه، از اداری و خدماتم یک نفر، و امور پرسنلی هم یه نفر با سابقهٔ روشن، تقریباً با تعداد کارکنان بخشا جور در میاد. اکثریت باید با کارگرا باشه، چون اونا اکثریت هستن و کارخونه روی دوش اونا می‌گرده. این‌جوری سه نفر از اونام خانم هستن و حقی ازشون ضایع نمی‌شه. راجع به اختیارات و وظائف این شورا هم همون‌جور که آقای مهندس افتخاری هم گفتن، اعضای شورا همون وظایف هیئت مدیره و مدیرعامل رو در اولین جلسه‌شون بررسی می‌کنن و طبق شرایط جدید تغییرش می‌دن. بعد هم در جلسه عمومی به نظر همه کارگرا و کارکنا می‌رسونن و تصویب می‌کنن».

دست زدن از قسمت زن‌ها شروع شد و بعد به همه سالن سرایت کرد. در دل توانایی و صراحت و قاطعیت کلام آنوش را ستود. آهسته زیر گوش فروغ گفت: «بابا دست‌خوش! این خانم واسه

خودش یَلیه. بی‌خودی نیس زنای کارخونه اِنقد قبولش دارن!» فروغ گفت: «فکر می‌کنی همین‌جوری الکی باهاش دوست شدم ابراهیم؟!» قدمی جلو آمد و گفت: «تشکر از خانم هاراطونیان. اونایی که نظر انتقادی، تکمیلی، یا پیشنهاد دیگه‌ای دارن دستشون رو بلند کنن تا به نوبت بیان اینجا حرفشون رو بزنن». کمالی و خاتون‌آبادی دست بلند کردند. گفت: «آقای کمالی و حسن‌آقا، تشریف بیارین!» کمالی که نزدیک‌تر به او نشسته بود آمد و کنارش ایستاد. باقر کمالی سرکارگر بافندگی و از کارگرهای مسن کارخانه بود و سی‌سالی سابقه داشت. خاتون‌آبادی با دوروبری‌های خودش مشغول حرف زدن شد. ابراهیم رو به کمالی کرد و گفت: «بفرمایین آقای کمالی!»

کمالی به‌طرف جمعیت برگشت و گفت: «برادرا وقت‌تون رو زیاد نمی‌گیرم. اولاً از خواهرمون خانم هاراطونیان بخاطر پیشنهاداتش تشکر می‌کنم. من فقط می‌خوام چن تا چیز بگم و حرفای خواهرمونو تکمیل کنم. دوستان، تو کارخونه روزانه یه سری چیزا پیش می‌یاد که باید باهاشون زود برخورد بشه. نمی‌شه که دم به دقیقه این ده یازده نفر شورا رو جمع کرد که مثلاً برای خرید فلان ابزار تصمیم بگیرن یا بگن تکنسینی که یک قسمتی درخواست کرده لازمه یا نه و بعد دستورات لازم رو بدَن! کارخونه یه مدیری، سرپرستی، چیزی می‌خواد که یه اختیاراتی داشته باشه و بتونه این‌جور کارا رو، البته زیرنظر شورای کارخونه انجام بده. فکر نکنیم حالا که مدیر عامل و هیئت مدیره غیبشون زده می‌شه کارخونه رو فقط با شورا اداره کرد. مسئلهٔ دیگه اینه که کل کارگرا و کارمندای این کارخونه باید این حق رو داشته باشن که حداقل هر شش ماه یه‌بار کار شورا و تک‌تک اعضای اون رو بررسی کنن و اگه لازم باشه همه یا تعدادی‌شونو عوض کنن. منظورم اینه که شورایی که قراره تشکیل بشه، اعضاش

اَسبابِ شَرِّ

قرار نیست یه بار واسه همیشه انتخاب بشن. این یه وظیفهٔ بی‌جیره
و مواجبه که ما به‌گردن یک عده می‌ذاریم. این‌جوری اگه باشه آدمای
اهل کار داوطلب می‌شن!»

یکی از میان جمعیت گفت: «اَحسنت، صلوات». همه صلوات
فرستادند. جلو رفت و گفت: «ممنون آقای کمالی. اگه حرف دیگه‌ای
ندارین، نوبت رو بدیم به حسن آقا؟» کمالی تشکرد کرد و رفت جای
خودش بنشیند. رو به خاتون‌آبادی کرد و گفت: «حسن آقا، شما
بفرمایین!» خاتون‌آبادی جای کمالی را گرفت و گفت: «برادرها،
خواهرها، من وظیفهٔ شرعی خودم می‌دونم که دوباره تکرار کنم که
انقلاب ما انقلاب اسلامیه. واسه همین اگرم بخواد توی این
کارخونه شورایی تشکیل بشه باید شورای اسلامی باشه». یکی از
میان حاضرین با صدای بلند پرسید: «یعنی چه‌جوری باشه حسن
آقا؟» خاتون‌آبادی لبخندی زد و گفت: «یعنی آدمای مسلمون و
نمازخون برن توش، نه که هرکی هرکی! بعدم مسائل شرعی توش
رعایت بشه. برا خواهرای خودمون خیلی احترام قائلم، ولی شما بمن
بگین کجای اسلام گفته که زن و مرد دور یه میز بشینن و باهم شور
و مشورت کنن، اونم واسه اینکه یه کارخونه رو اداره کنن؟ پیشنهادم
اینه که خواهرا کمیتهٔ مشورتیِ خودشون رو داشته باشن و مسائل
خودشون رو بحث و فحص کنن و نتیجه‌اش رو به شورای اسلامی
کارخونه اعلام کنن! برادرا و خواهرا نذارین که این بنایی رو که
می‌خواین بسازین خشت اولش رو یه عده کج بذارن!»

فروغ با صدای بلند گفت: «آقای مهندس، اجازه دارم در رابطه با
حرفای ایشون یه چیزی بگم؟» ابراهیم برگشت به فروغ نگاه کرد و
گفت: «بفرمایین!» فروغ از آنوش فاصله گرفت و قدمی جلو آمد و
رو به خاتون‌آبادی کرد و گفت: «آقای خاتون‌آبادی، برادر! اول با
اجازتون یه چیزی راجع به اون تعریفی که از شورای اسلامی کردین

بگم. از جمعیت حدود دوهزار نفریِ این کارخونه تا اونجایی که من خبر دارم یه هفت هشت نه درصدی مسلمون نیستن، ارمنی و آسوری و یهودی و زردتشتی و بهائیین. با حرف شما هیچ‌کدوم از این بنده‌خداها نباید انتخاب بشن، حتی اگه مثل همین خانم هاراطونیان لیاقتش رو هم داشته باشن! بعدم اگه قرار رو به نماز خوندن آدما بذاریم که از فردا همهٔ آدمای ناجور و فرصت‌طلب میان وسط حیاط کارخونه وامیستن به نماز، واسه نمایش مسلمونی‌شون. مگه این روزاها نمی‌بینیم اونایی رو که تا همین دیروز تو این کارخونه جاوید شاه می‌گفتن، اذون تموم نشده تو کارگاه پشت دستگاشون وامیستن به نماز خوندن! دور از جون شما، که همه به مؤمنی می‌شناسیمِتون، انشاالله منظورتون از مسلمونای نمازخون این‌جور آدمای ابن‌الوقت نباشه. اما اون پیشنهادتون راجع به همکارای خانم! شما این‌جوری زیر لوای اسلام جمعیت هزارنفری کارگرا و کارمندای زن این کارخونه رو اونم تو شرایطی که اونا دوش به دوش مردا تو اعتصابات کارخونه و تظاهرات مردم شرکت کردن و می‌کنن از حق و حقوق‌شون محروم می‌کنین. واقعاً این حقه؟ اسلامیه؟! آقای خاتون‌آبادی، من تو یه خونوادهٔ مؤمن و مقید بزرگ شدم، ما مسلمونا پیغمبری داریم که زنش یه بازرگان و تاجر سرشناس بوده. هیچ فکر کردین حضرت خدیجه توی جامعهٔ عقب‌موندهٔ عرب میون ده‌ها مرد بازرگان و کاسب چه‌جوری به همچین مقام و منزلتی رسیده؟»

یکی از کارگرها گفت: «احسنت، صلوات!» همه صلوات فرستادند و مشغول حرف زدن با هم شدند. آنوش که نزدیک فروغ ایستاده بود، آهسته زیر گوشش پچ‌پچی کرد. قدمی به‌سمت فروغ و آنوش رفت و زیرلب و کنار گوش فروغ گفت: «نمیدونم چرا این خاتون‌آبادی اینجوری می‌کنه. داره یواش‌یواش نگرانم می‌کنه».

اَسبابِ شَرَّ

خاتون‌آبادی وسط حرف‌های فروغ برگشته بود و در جای خودش نشسته بود. فروغ گفت: «بدم نیست ابراهیم که خودشو واسه شورا کاندید کنیم!»

یکی از کارگران با صدای بلند گفت: «آقا مرتضی، اکبرآقا، خانوم و آقای مهندس، بابا تو رو خدا یه‌کم به‌جای این همه حرف زدن عمل کنین و به کارا یه سرعتی بدین! ما الان یه ماهه داریم همش حرف می‌زنیم. بابا شاه از مملکت رفت، برگشتنی‌ام تو کار نیست دیگه! حرف رو کم کنیم، وقت کار و عمله!» مرتضی ورامینی که کنار پنجرهٔ رو به حیاط ایستاده بود، جلو آمد و به گفت: «مهندس جون، اجازه بده من جواب بدم!»

مرتضی کارگر بافندگی را سال‌ها بود که می‌شناخت. چهل و هفت هشت ساله بود و در جلیل‌آباد ورامین دنیا آمده بود و همان جا به دبستان رفته بود. بعد هم که در کارخانه استخدام شده بود ازدواج کرده بود و آمده بود تهران و در دو اتاق اجاره‌ای در نازی‌آباد با زن و سه بچه زندگی می‌کرد. مرد سردوگرم چشیده و جاافتاده‌ای بود و رابطهٔ دوستانه و خوبی با او و کارگرها داشت. بعد از هفده شهریور باب گفتگو را با او باز کرده بود و خیلی زود به فعالیت‌های مخفی کمیتهٔ اعتصاب که ابراهیم و فروغ در کارخانه شروع کرده بودند پیوسته بود. مرتضی روبه همان کارگر گفت: «ممدآقا، گر صبر کنی ز غوره حلوا سازی! می‌دونم همه دارن تو دلشون می‌گن یه عمر پای این کارخونه صبر کردیم تا بتونیم به یه همچین روزی برسیم که اقلاً به‌اندازهٔ یه سر سوزن رو کار و شغل و زندگیمون اثر بذاریم. می‌گی چرا معطلیم! داداشم برای اینکه اولاً هر تصمیمی رو که داریم می‌گیریم همه بدونیم بالا پایین و عاقبتش رو خوب فهمیدیم یا نه. دوماً بدونیم اکثریت کارخونه پشتش هستن یا نه. برا این باید موافق و مخالف بحث کنن تا معلوم بشه اکثر کارگرا با یه تصمیم موافقن

یا نه! واسهٔ همین لطفاً دندون رو جیگر بذار تا کارامون رو درست و به‌قاعده پیش ببریم، که فردا روز خودمون زیرش نزنیم». بعد برگشت رو به ابراهیم و فروغ و اکبر و آنوش کرد و گفت: «یه‌بار رأی گرفتیم معلوم شد اکثریت کارخونه با تشکیل شورای کارخونه موافقن، اما چون یه‌عده بیشتر راجع بهش بحث کردن یه‌بار دیگه‌ام رأی‌گیری کنیم». رو به جمعیت گفت: «اونایی که با تشکیل شورای کارخونه موافقن دستشون رو بلن کنن!» قریب به اتفاق جمعیت داخل سالن دستشان را بلند کردند.

رفت جلو و گفت: «آقا مرتضی، اجازه می‌دین؟» مرتضی عقب کشید و گفت: «خواهش می‌کنم، بفرمایین مهندس‌جون!» رو به سالن کرد و گفت: «دوستان توجه کنین ما یه رأی‌گیری شفاهیِ دیگه‌ام داریم که مهمه، بعدش نوبت به انتخاب اعضای شورا می‌رسه که با رأی‌گیری کتبی انجام می‌شه. همهٔ همکارا حرفای خانم هارطونیان و آقا کمالی و حسن‌آقا رو شنیدین. اگه موافق باشین برای اینکه زودتر به نتیجه برسیم اول روی پیشنهاد خانم هاراطونیان که راجع بهش بحث شد رأی بگیریم. اگه رأی نیاورد رو پیشنهادهای دیگه برای ترکیب شورا حرف می‌زنیم. پیشنهاد این بود که شورا یازده نفره باشه، از تولید شش نفر، پنج نفر کارگر و یه سرپرست قسمت که سه نفرشون زن باشن، از تعمیرات ماشین‌آلات دو نفر، ترجیحاً از مهندسای قدیمی، از بازرگانی و مالی یه نفر آدم معتمد، از اداری و خدمات یه نفر، و از امور پرسنلی هم یه نفر. اینا در اولین جلسه وظائف و آیین‌نامهٔ شورای کارخونه رو که وظائف هیئت مدیره و مدیر عامل رو هم دربرمی‌گیره با توجه به شرایط جدید کارخونه می‌نویسن و به تصویب مجمع عمومیِ کارخونه یعنی همین جمع حاضر میرسونن. بعد هم پیشنهاد شد یه نفر مدیر برای کارخونه انتخاب کنن که به کارای روزمرهٔ کارخونه رسیدگی کنه. قبل از

اَسبابِ شَرّ

رأی‌گیری برای آخرین بار هر کسی، مخصوصاً نماینده‌های شیف‌های عصر و شب، پیشنهاد تکمیلی دارن دستشون رو بلند کنن!»

عباس اسماعیلی، کارگر انبار ریسندگی که نزدیک خاتون‌آبادی نشسته بود، دستش را بلند کرد. رو به او گفت: «بفرمایین آقای اسماعیلی». اسماعیلی بلند شد و با صدای بلند گفت: «این شورا یه شورای کارگریه و همه اعضاشم باید کارگر باشن. اینکه مهندسا و سرپرستا و کارمندای قسمت حسابداری و اداری رو قاطی شورا کنیم شورای ما رو بی‌خاصیت می‌کنه!» بعد لحظه‌ای سکوت کرد و نشست. مرتضی قدمی جلو آمد و گفت: «مهندس‌جون، بذار من جواب ایشون رو بدم که فکر نکنن چون شما خودتون مهندس هستین نفعی دارین!» لبخندی زد و گفت: «باشه، بفرمایین!» مرتضی رو به اسماعیلی کرد و گفت: «همون‌جور که بحث شد این شورا سندیکا نیست که کارگری باشه، این شورا قراره اداره کارخونه رو توی این وضعیتی که همه مدیرا و رئیس رؤسا گذاشتن رفتن دست بگیره. واسه ادارۀ کارخونه ما باید از همه قسمتا نماینده داشته باشیم، اگرنه نمی‌تونن درست تصمیم‌گیری کنن. تازه کارگرا توی این شورا اکثریت رو دارن، یعنی تو این شورا چیزی تصویب نمی‌شه اگه اکثریت کارگرای عضو مخالفش باشن!»

لحظه‌ای سکوت شد و یکی از میان جمعیت فریاد زد: «اسماعیلی، شیرفهم شد؟!» همه خندیدند. مرتضی به‌سمت همان صدا گفت: «رفقا، لطفاً احترام به دیگران و ادب رو تو جلسات رعایت کنین. هرکی حق داره حرف خودشو بزنه. اگه مخالف اونیم فقط دلیل خودمون رو بگیم، نه اینکه دست بندازیم». بعد هم رو کرد به اسماعیلی و گفت: «آقای اسماعیلی، من از جانب ایشون معذرت می‌خوام!» و همین‌طور که نگاهی به اطراف سالن می‌انداخت گفت:

«مثلی که پیشنهاد دیگه‌ای نیست، پس می‌ریم برا رأی‌گیری. نماینده‌های شیف‌ها لطفاً تشریف بیارن اینجا تا شاهد رأی‌گیری باشن».

ده دوازده نفر نماینده شیفت‌ها آمدند و مقابل جمعیت داخل سالن و کنار آنها ایستادند. مرتضی سرفه‌ای کرد و با صدای بلند گفت: «کسایی که با تشکیل شورا به شکلی که گفته شد موافقن دستشون رو ببرن بالا». تقریباً کل سالن و همهٔ نمایندگان شیفت‌ها دست بالا بردند. هیجانی جلسه را فراگرفت. مرتضی عمداً مکث کرد و چیزی نگفت تا همه خوب اتفاق‌نظر همه، خصوصاً کارگرها ببینند و پیروزی به‌دست آمده را احساس کنند. به محض اینکه گفت: «تصویب شد!» همه در سالن از جای خودشان بلند شدند و شادمانه فریاد کشیدند و دست زدند. اکبر خانی‌آبادی همین‌طور که به جلوی سالن می‌رفت گفت: «با اجازهٔ دوستان» و رو به کارگران هیجان‌زده گفت: «رفقا توجه کنین! یه‌دقه توجه کنین! آخرین کار امروز ما تعیین کاندیدهاس تا بعد از اینکه کاندیدهای شیفت‌ها معلوم شد و وسائل کار آماده شد، انتخابات انجام بشه».

با اشارهٔ او چند نفر از کارگرها تخته‌سیاه بزرگ کنار سالن را آوردند و روی دو صندلی ارج گذاشتند. ابراهیم نگاهی از سرِ خوشی و رضایت به فروغ و آنوش کرد و جلو رفت و رو به سالن گفت: «دوستان همون‌جور که اکبر آقا گفت امروز کاندیدها رو معلوم می‌کنیم تا تو یکی دو روز آینده همه خوب روی تک‌تکشون فکر کنن. بعد کتبی و مخفی رأ می‌گیریم. همین امروزم یه هیئت از میون خودمون برای سرپرستی و نظارت به رأی‌گیری و شمارش آرا انتخاب می‌کنیم».

به‌طرف تخته‌سیاه رفت و در بالای آن اسم بخش‌های پنجگانهٔ کارخانه را نوشت و رو به فروغ کرد و گچ سفید را به او داد و گفت:

«زحمت بکشین با خانم هاراطونیان یا یکی از بچه‌ها اسم کاندیدا رو بنویسین». بعد رو به سالن کرد و با اشاره به تخته‌سیاه گفت: «هرکی دلش می‌خواد خودش رو برای بخش تولید کاندید کنه دستشو بلن کنه. از این بخش شش نفر به شورا می‌رن که پنج نفر کارگرن و سه نفرشون باید زن باشن با یه سرپرست. خانوم‌ها یادشون نره که توی این بخش سه تا نماینده دارن!».

جمعیت در سالن به یکدیگر نگاه می‌کردند و کسی دست بلند نکرد. گفت: «حالا که کسی خودش داوطلب نمی‌شه بگین چه کسایی رو برای این بخش‌ها کاندید می‌کنین؟»

جنب‌وجوشی درگرفت و از هر گوشه کسی اسمی را گفت که با سکوت یا مخالفت صاحب اسم روبرو می‌شد. تا اینکه عاقبت روی تخته‌سیاه دوازده اسم از جمله اسم آنوش، حسن خاتون‌آبادی، مرتضی ورامینی، اکبر خانی‌آبادی، مجتبایی، و باقر کمالی نوشته شد. اسم او و فروغ هم جزو سه مهندسی که نامشان در بخش نگهداری و تعمیرات قید شده بود آمد. جلو رفت و گفت: «با اجازه‌تون من آقای اسماعیلی رو هم به‌عنوان کاندید معرفی می‌کنم». همه دست زدند و مرتضی گچ را از فروغ گرفت و اسم او را روی تخته سیاه نوشت: «اسمائیلی!» یک نفر از میان کارگرها با صدای بلند گفت: «آقا مرتضی، اسماعیلی رو با عین می‌نویسن، نه با همزه!» همه خندیدند. مرتضی هم خندید و گفت: «از تصدیق نم‌کشیدهٔ ششم دبستان جلیل‌آباد بیشتر از این نباید توقع داشته باشین!»

باز خندید و اسم اسماعیلی را اصلاح کرد. همه برایش دست زدند.

زمانی نسبتاً طولانی صرف نحوه انتخاب هیئت اجرایی و نظارت بر انتخابات و بارزس‌ها شد.

ابراهیم همراه فروغ و آنوش از سالن بیرون آمدند. احساس خستگی
همراه با شادمانیِ ناشی از موفقیت در صورت آنها محسوس بود. از
فروغ و آنوش پرسید: «جلسه چطور بود؟» فروغ گفت: «خوب بود،
بدون اینکه هماهنگی کرده باشیم، چه بچه‌های کمیته اعتصاب چه
دیگرون، آقای کمالی، مجتبایی، و مخصوصاً آنوش‌جون که خیلی
خوب بود. همه‌چیز کنترل‌شده پیش رفت».

رو به آنوش کرد و گفت: «خانم هاراطونیان، الحق که پیشنهادتون
کارساز بود. می‌دونین من راجع به شورای پالایشگاه شنیده بودم ولی
جزئیاتش رو نمی‌دونستم. چه به‌موقع مطرحش کردین. باید کلی و-
قت می‌ذاشتیم تا همه با ترکیب شورا موافقت کنن، خیلی کار رو
آسون کردین، مخصوصاً مثال پالایشگاه که کارگرای ما قبولشون
دارن خیلی مؤثر بود».

آنوش گفت: «ممنون آقای افتخاری! اما من نگران کارگرای اسلامی-
یم. اینجا تو اقلیت قرار گرفتن. توی پالایشگاه‌ها به‌خاطر کمکای
مالی‌ای که بازاریا و میدون‌دارها به اعتصابیون می‌کنن وضع فرق
می‌کنه. اونجا اسلامیا از نظر نیرو بیشترن، ولی شوهرم می‌گه شعارای
چپ‌ها تو کارگرا بیشتر هواخواه داره». فروغ گفت: «باید حداقل به
یکی دو تاشون رأی بدیم که احساس نکنن کنار گذاشته شدن. نظر
تو چیه ابراهیم؟» جواب داد: «موافقم. باید تو یکی دو روز آینده
بچه‌ها رو تشویق کنیم یه لیست ائتلافی تهیه کنن و ببرن تو کارگرا و
باهاشون حرف بزنن چرا لازمه اونام باشن. منم قبول دارم تا همهٔ
کارگرا و کارکنا با هر فکر و گرایشی که دارن کنار هم نباشن کاری از
پیش نمی‌ره، مخصوصاً این روزا که یه‌عده تو کارخونه دارن به این
اختلافا دامنَم می‌زنن».

نزدیک سالن نگهداری و تعمیرات رسیده بودند. گفت: «خانم
هاروطونیان، اگه کاری ندارین چند دقیقه بیاین با هم بریم دفتر من

یه کم بیشتر حرف بزنیم!» آنوش گفت: «نه کاری ندارم، سالن که تعطیله. بریم، می‌یام!» دلش می‌خواست از مواضع او بیشتر سر در بیاورد. فروغ گفت: «آنوش‌جون، گفتی شوهرت تو پالایشگاه کارش چیه؟» آنوش گفت: «تو واحد نفت و گاز اپراتوره». پرسید: «تو شورام فعاله؟» آنوش جواب داد: «بله آقای مهندس، جزو نماینده‌های بخش پالایشه. اونا یه شورای مرکزی بیست و پنج نفره دارن».

در اتاق را باز کرد و کناری ایستاد تا خانم‌ها وارد شوند. به آنوش تعارف کرد بنشیند و رفت پشت میز خودش نشست. آنوش و فروغ روی صندلی‌های روبه‌روی میز او نشستند. آنوش موقع پیشنهاد کاندیدها دفاع محکمی مقابل یکی دو تا ساواکی که دور اسلامی‌ها جمع شده بودند وبطور ضمنی به او اتهام چپی بودن می‌زدند، از او و کاندیداتوری‌اش دفاع کرده بود. آن لحظات بود که احساس کرد رفیقی به رفقای او و فروغ اضافه شده است. گفت: «راستی ممنون بابت دفاعی که از من کردین» فروغ گفت: «به‌موقع و جانانه بود!» آنوش گفت: «نه بابا، شما آقای مهندس با اون سابقهٔ زندان و محبوبیتی که بین کارگرای کارخونه دارین احتیاجی به دفاع من نداشتین. من بیشتر می‌خواستم این فرصت‌طلبایی که دور و بر خاتون‌آبادی و اسلامیا جمع شدن رو سرِ جاشون بشونم». فروغ گفت: «چه خوبم زدی تو پَک و پوزشون!»

فکر کرد از او بخواهد که به جمع مخفیِ سیاسی-صنفیِ سوسیالیست‌های کارخانه بپیوندد. مردد بود که در همین لحظه فروغ گفت: «ابراهیم، فکر کنم وقتش شده از آنوش‌جونم بخوایم تو جلسات گروه‌مون شرکت کنه». با خوشحالی گفت: «اگه خودشون مایل باشن چرا که نه، خیلیم خوبه!» فروغ به آنوش گفت: «ما با دو سه نفر دیگه از همکارای کارخونه ضمن بحث و جدلای مربوط به اعتصاب متوجه شدیم نظرامون به هم نزدیکه. من و ابراهیم

خودمون رو سوسیالیست می‌دونیم و یکی دو نفر دیگه‌م از طرفدارای فداییا که به اعلامیه‌های اونا تمایل دارن تو جمع ما هستن. پرویز دستمالچی‌ام که چن ماهه از زندان آزاد شده می‌یاد تو جلسه‌مون، دوست دبیرستانی ابراهیم بوده. اخبار و تحولات رو تحلیل می‌کنه و راجع به کارخونه و برخورد پلیس و ساواکیا با اعتصابیا، اختلافا و مسائلی که تو اعتصاب پیش می‌یاد، یا اعلامیه‌هایی که گروه‌های سیاسی تو کارخونه پخش می‌کنن بحث می‌کنیم. تازگی‌ام با پیشنهاد پرویز شروع کردیم به خوندن بعضی کتابای چپ و جنبش‌های کارگری. اگه دوست داشته باشی می‌تونی توام بیای».

آنوش نگاهش را به فروغ دوخت و گفت: «چی بگم، چرا که نه؟ باشه، خوشحال می‌شم. مخصوصاً که رفیق دستمالچیم هستن. شوهرمم ایشون رو از دوره دانشجوییش می‌شناسه». فروغ گفت: «هفته‌ای یه‌بار همه میان خونهٔ ما تو بیسیم. یه‌کم به تو که توی وحیدیه و تهران‌نویی دوره». آنوش گفت: «یه کاریش می‌کنم. اگه یه‌جوری باشه که بتونم تو راه برگشت از کارخونه بیام خوب می‌شه». ابراهیم رو به فروغ کرد و گفت: «فکر کنم بشه این کارو کرد». فروغ گفت: «آره، چرا که نه. این رو یه‌جوری با هم تنظیم می‌کنیم. فکر کنم برا انتخابات شورا مجبوریم فردا دور هم جمع بشیم، نه ابراهیم؟» جواب داد: «آره، قرار رو می‌ذاریم بعد از تعطیلی کارخونه که خانم هاراطونیانم اگه بخوان می‌تونن با ماشین ما بیاین». آنوش گفت: «مزاحم نمی‌شم. سرویس کارخونه از سر خیابون شما رد می‌شه».

فروغ گفت: «از سر بیسیم رد می‌شه، تو بیسیم که نمی‌یاد. ما که داریم این راه رو می‌ریم، خب باهم می‌ریم، تعارف نکن آنوش‌جون!» آنوش رو به فروغ کرد و گفت: «بعداً حرفشو باهم می‌زنیم».

ابراهیم به ساعتش نگاه کرد و ادامه داد: «دلم می‌خواست نظرتونو راجع به ترکیب شورا بپرسم. می‌ذارم فردا که مفصل‌تر صحبت کنیم!» ساعت تعطیلی کارخانه نزدیک بود. آنوش گفت: «من دیگه یواش‌یواش باید برم که به سرویس برسم» و بعد مکثی کرد و ادامه داد: «چه روزایی رو پشت سر گذاشتیم، روزای حکومت نظامی رو می‌گم. یادتونه راننده‌های سرویس‌ها رو ترسونده بودن، نه صبحا دنبالمون می‌اومدن نه عصرا برمون می‌گردوندن! خود شما و آقای مهندس چقدر زحمت کشیدن تا قانع بشن و با کارگرا همکاری کنن. از ساواکیای کارخونه می‌ترسیدن». با هر دو دست داد و خداحافظی کرد و از اتاق بیرون رفت.

فروغ گفت: «مام بریم که باید خودمون رو به خونهٔ سعید برسونیم». گفت: «خوب کردی فروغ که به گروهمون دعوتش کردی. حالا شدیم شش نفر. فکر می‌کنی با دو تا بچه بتونه مرتب بیاد؟» فروغ در حالی که آماده بیرون رفتن از اتاق بود گفت: «فکر کنم، زن اُس و قُس داریه! مخصوصاً که معلوم شد شوهرشم فعال و سیاسیه. حواسشم جمه. فهمیدی چرا گفت واسه جلسه با سرویس کارخونه می‌یاد و با ماشین ما نمی‌یاد؟ به‌نظرم فکر ساواکی‌ها رو کرد. بریم که دیرمون شده!»

پشت در خانهٔ سعید که رسیدند هوا تاریک شده بود. ابراهیم گفت: «این کوچهٔ سعیدم که همیشه تاریک و سوت و کوره، آدم جلوی پاشم نمیبینه». فروغ گفت: «فکر نکنم رمضون بیاد». ابراهیم گفت: «نیاد!»

سعید در را باز کرد و گفت: «سلام، بیاین که رمضونم همین الانه رسید. نکنه دست به یکی کرده بودین؟» فروغ گفت: «اِ، پس رمضونم اومد؟»

فروغ را پشت سر گذاشت و جلو رفت سعید را بغل کرد و با دست به پشتش زد و گفت: «واسهٔ بچه‌ننه بازی‌های تو آدم مجبور به چه کارایی که نمی‌شه!» فروغ گفت: «ابراهیم بسه، نیومده شروع نکن!» سعید گفت: «اگه راضی میشی، باشه اِبی‌جون من بچه‌ننه!» و جلو رفت و در اتاق را باز کرد و منتظر ماند تا فروغ و او داخل شدند. رمضان وسط اتاق و کنار بخاری علاءالدین ایستاده بود. فروغ جلو رفت و با او دست داد و گفت: «چطوری داداش؟» رمضان گفت: «توپ!» فروغ که کنار رفت، جلو رفت و رمضان را بغل کرد و گفت: «خوب شد که اومدی رمضون وگه نه این آبجیت منو می‌کشت!»

سعید گفت: «معرفتم معرفت فروغ خانم. می‌دونستم از شماها این بخارا بلن نمی‌شه». فروغ خندید و روی مبل قدیمی و آنتیک تک‌نفرهٔ گوشهٔ اتاق نشست. رمضان روی کاناپه‌ای که با گلیم و پشتی‌های بختیاری خوش نقش‌ونگاری پوشیده شده بود، شد و روی صندلی ارج نزدیک درِ اتاق نشست و آرنجش را روی میز کارِ مقابل پنجرهٔ سعید گذاشت و به آن تکیه داد. فروغ با اشاره به یکی دو تا پوست‌پرتقال نیمه‌برشته کنار کتری روی بخاری گفت: «چه بوی پوست‌پرتقالی راه انداختی سعید؟»

سعید گفت: «عطر خوبی داره، دوست دارم». و به‌طرف آشپزخانه که با دری چوبی به اتاق باز می‌شد رفت.

نگاهی به میز کار او انداخت. یکی دو تا رمان و شعر و چند کاغذ و دست‌نوشته و خودکار و مداد روی میز پراکنده و رها شده بود. معلوم بود پیش از ورود آنها مشغول کار بوده. کتاب آیدا درآینهٔ شاملو وخطوط نوشته بر یکی از کاغذها کنجکاوی‌اش را برانگیخت: «شبنم، عزیزم! دیروز بعد از اینکه آن‌طور آشفته رفتی تصمیم گرفتم همه آن چیزهایی را که بعد از رفتنت درباره‌اش فکر کردم برایت بنویسم. تو درست می‌گویی و من اشتباه می‌کردم که گاهی تو را به

مصالحه تشویق می‌کردم. با این اوصافی که تو کردی کاملاً به تو حق می‌دهم که احساس امنیت نکنی و هرگز از خواست طلاق عقب ننشینی...».

فروغ نگاهش کرد و گفت: «ابراهیم به میز کار مردم چی‌کار داری؟!» سرش را از روی نامه برداشت و با کمی دستپاچگی گفت: «داشتم به *آیدا در آینهٔ* شاملو نگاه می‌کردم». فروغ با بی‌اعتنایی نگاهش را از او گرفت و از رمضان حالِ حوری را پرسید.

در فکر رفت. درست خوانده بود، پس سعید هنوز هم درگیر رابطه با همان زنی بود که همه درباره‌اش درِ گوشی حرف می‌زدند و به رویش نمی‌آوردند. اتاق بوی سیگار کهنه و آمیخته به رطوبت همیشگی را می‌داد. سعید با سینیِ کوچک مسی و کنگره‌دار قدیمی و چهار استکان کمر باریک و نعلبکی‌های نقش‌ونگاردارش به اتاق برگشت و آن را روی میزِ گرد و چوبی تیرهٔ پذیرایی گذاشت و قوریِ بَش‌خوردهٔ ناصرالدین شاهی را از روی کتری لعابی روی بخاری برداشت و شروع به ریختن چای کرد.

رمضان گفت: «بالاخره کی می‌خوای زن بگیری که از این‌جور کارا خلاص بشی؟» فروغ گفت: «اگه قراره زنی بگیره که این کارا رو براش بکنه همون بهتره که نگیره!» رمضان که فرصتی برای لودگی پیدا کرده بود گفت: «باز این آبجی ما به رگ غیرتش برخورد! خدا می‌دونه این ابیِ بدبخت از دست تو چی می‌کشه. ببینم اِبی چرا ساکتی؟ درست می‌گم یا نه؟ راستش رو بگو، ازش حساب می‌بری؟ بایدم ببری. دختر حاج‌مهدی و حاج‌اختره. من که داداش‌شم ازش حساب می‌برم، وای به تو! اون یه‌ریزه جرأتی‌ام که یه زمانی داشتی ازت گرفته. له و لوردت کرده! جون داداش راستشو بگو، دروغ می‌گم؟»

گفت: «شبانه‌روز خدا رو هزاربار شکر می‌کنم که فروغ به تو نرفته رمضون». رمضان پرسید: «مگه من چمه؟ شاخ شمشاد!» سعید زیرچشمی به او نگاه کرد و خندید و گفت: «این روزا رمضون بایدم به خودش بنازه». رمضان که انتظارِ تکه‌پرانیِ او را نداشت براق شد و پرسید: «واسه چی؟ مگه این روزا چشه؟» فروغ نگران شد و پرید وسط گفت: «باید می‌بودی می‌دیدی همین امروز یکی از بچه‌های اتفاقاً خوبِ کارخونه که اسلامی شده، شایدم بوده و این روزا فرصت عرض‌اندام پیدا کرده، سر انتخابات شورای کارخونه چه حرفایی به اسم اسلام راجع به شرکت زنا توی شورای کارخونه می‌زد».

فروغ خواسته بود با پیش کشیدن این ماجرا هم جلوی رمضان را بگیرد، هم به نحوی با سعید همدلی کند، تا شاید دلخوریِ راهپیمایی اربعین را کم کرده باشد. رمضان پرسید: «شورا دیگه چی باشه؟» فروغ برای اینکه مبادا دوباره بحث بالا بگیره گفت: «شورا قراره جای خالی مدیرای کارخونه رو پُر کنه، همون‌جور که تو و بچه‌های دیگه دارین با گشت‌زنی‌های محلی جای کلانتریِ تق‌ولق بیسیم رو پُر می‌کنین یا به توزیع نفت و گاز و ارزاق مردم سروسامون می‌دین».

رو به فروغ کرد و گفت: «فروغ داشتی می‌گفتی خاتون‌آبادی راجع به زنا چی می‌گفت..» فروغ با لحن بی‌طرفانه‌ای گفت: «هیچی، اولش که می‌گفت کاری نکنیم تا ببینیم بزرگان دین چی می‌گن! بعد که گفتیم کارخونه بی‌صاحب شده نمی‌شه صبر کرد و دست رو دست گذاشت، گفت انقلاب ما اسلامیه و شوراهام باید اسلامی باشه. کارگرا ازش پرسیدن یعنی چه‌جوری باشه، گفت مسلمونا و نمازخونا برن توش، نه هرکی هرکی». رمضان حرف فروغ را قطع کرد و گفت: «این رو که درست می‌گفته!» فروغ توجهی به حرف او نکرد و ادامه داد: «می گفت بعدم مسائل شرعی توش رعایت بشه، یعنی زن و مرد

تو شورا نباید دور یه میز بشینن و با هم شورومشورت کنن!» رمضان با صدای بلندتر گفت: «درستش همینه!»

رمضان مکثی کرد و پرسید: «خب بعدش چی شد؟»

نگران شد که اوضاع شکرآب شود پرید میان حرف فروغ ورمضان و گفت: «هیچی، فروغم خیلی محترمانه بهش گفت این حرفای شما وقتی زنای مملکت ملیونی دارن دوش به دوش مردا مبارزه می‌کنن درست نیست». رمضان گفت: «آره، ولی توی همهٔ تظاهراتا صف زنا و مردا از هم جداست!» فروغ حرفش را قطع کرد و صدایش را بالا برد و گفت: «کار تو کارخونه‌ای که نصف کارگراش زنن که صف تظاهرات نیست که بشه جداش کرد داداش!» رمضان گفت: «آره، ولی کار زنا تو کارخونه‌هام بایس اسلامی بشه. خودتم دیگه باید مراعات کنی با این سر و وضع نری سر کار». فروغ براق شد و گفت: «ببخشین! کدوم سر و وضع؟ ممکنه تو یکی دیگه به سر و وضع من کاری نداشته باشی؟ خوبه همیشه تو محل، اونم بخاطر مامان، روسری سر کردم». رمضون گفت: «منظورت اون یه‌وجب لچکیه که به سرت می‌بندی؟» فروغ گفت: «یه وجب، دو وجب، هرچی که هس به خودم مربوطه!»

رمضان شاید به‌خاطر او کمی عقب نشست و گفت: «محض اطلاع گفتم بدونی، امروز فرداس که آقا بیاد و ریشهٔ همهٔ این معصیت‌ها رو از بیخ بِکَنه» و بعد رویش را به او برگرداند و ادامه داد: «ببین ابراهیم، حواست به خودت و این آبجیِ من باشه و خودتون رو بی‌خودی قاطی چیزایی که بهتون مربوط نیست نکنین. از بروبچه‌های مسجد شنیده‌م که این شوراهای ادارات و کارخونه‌ها رو بیشتر کمونیستا دارن هوا می‌کنن!»

سعید که در این میان با تأنی و آرامش مخصوص به خودش چای می‌ریخت و مقابل دیگران می‌گذاشت استکانش را از سینی روی میز برداشت و با لبخند زیرکانه‌ای که نشان می‌داد خود را حق به جانب می‌داند صندلی پشت میزش را برداشت و سمت آنها برگرداند و نشست و به ابراهیم و فروغ طوری چشم دوخت که یعنی «می‌بینین؟ من که می‌گم!» فروغ در جواب رمضان گفت: «اینم از اون حرفاس! این انقلاب مال همهٔ اونابیه که توش شرکت کردن، چه مسلمون، چه کمونیست و ارمنی و جهود و گبر». رمضان گفت: «آره این رو آقام گفته. همه، حتی کمونیستام اگه توطئه نکنن می‌تونن تو حکومت اسلامی زندگی کنن، اما معنیش این نیس که کارخونه‌ها و ادارات مملکت رو بدیم دست اونا و شوراها». فروغ گفت: «تو کارخونه ما کاری به فکر و عقیده و دین و مذهب آدما نداریم. واسه ما سلامت اخلاقی و قابلیت آدما مهمه. آدمایی که بشه ادارهٔ کارخونه رو بهشون سپرد و اکثر کارگرا قبولشون داشته باشن». رمضان گفت: «همین جوری واسه خودتون نبُرین و بدوزین! این مردمی که دارن خون می‌دن اسلام رو می‌خوان و بس! قانون اسلام باید همه جای این مملکت پیاده بشه، چه تو کارخونه، چه تو اداره، چه تو مغازه و خیابون. آقا پاش به این مملکت برسه همه‌چی درست می‌شه. بعد ببینم این کمونیستا و طرفدارای بختیار جرأت نفس کشیدن پیدا می‌کنن؟!»

وضعیت دوباره داشت به‌هم می‌ریخت. آمده بودند سعید را از دلخوری بیرون بیاورند، دعوای تازه‌ای شروع شده بود. گفت: «فروغ رمضون! بحث موقوف! قرار بود مثلاً بیام دور هم باشیم و کدروتی اگه با سعید پیش اومده برطرف کنیم، لطفاً دعوای تازه اونم تو خونهٔ این پسر راه ندازین!» رمضان بی‌توجه به حرف او گفت: «منم اگه بودم اجازه نمی‌دادم کمونیستا و زنا و چپیا برن تو شوراها. بچه‌های

مؤمن همون‌جور که آقا گفته باید تو کارخونه‌ها کمیته‌های اسلامی درست کنن و کمونیستا و بهایی‌های بی‌دین و ایمون رو شناسایی کنن و اجازه دخالت بهشون ندن!» بعد هم رو به فروغ گفت: «اینکه صبح گفتی بیا، اومدم، ولی این آقا سعید که دوستش دارم و خاطرشم می‌خوام تا با صدای بلند واسه حرف اون روزش عذر نخواد، من دلم باهاش پاک نمی‌شه!»

سعید نفسی کشید و با خونسردی رو به او و فروغ کرد و گفت: «وقتی اون روز تو تظاهرات اربعین گفتم بوی گند عقب‌موندگی و اختناق به مشامم می‌خوره همه‌تون ناراحت شدین! حالا بگین ببینم حق داشتم یا نه؟ رمضون‌جون یواش‌یواش دیگه داره ترس برم می‌داره. نه از اینکه دلتون با من پاک نشه و تنهام بذارین، نه، من واسه خودم نمی‌ترسم، واسه شماهایی می‌ترسم که دوستتون دارم، واسه اینکه هنوز هیچی نشده به جون هم افتادین. این همون لجنیه که اون روز گفتم دارم بوشو می‌شنوم. گَندی که یه‌مشت عقب‌موندهٔ خرافاتی و متعصب می‌خوان با دیوار کشیدن بین زنا و مردا به این مملکت بزنن. چپ و راست و کمونیست و لیبرال و شیعه و سُنی و مسلمون و غیرمسلمون و جهود و بهایی بکنن و ماها رو که عمری با هم زندگی کردیم به جون هم بندازن و رودرروی هم قرار بدن، ترسم از اینه!»

رمضان با عصبانیت از جایش بلند شد و رو به فروغ با لحن زنانه‌ای ادای او را درآورد و گفت: «حالا هی بگو سعید که چیزی نگفت داداش! داشت نظرش رو می‌گفت، تو بی‌خودی پریدی بهش دادش! شنیدی؟ حظ کردی؟ دیدی چه‌جوری تو چش من هرچی تهمت و بهتون بود بار مقدسات مردم کرد!» بعد هم رویش را به سعید کرد و گفت: «نه داداشم، بی‌خودی ترس ورت داشته. بذار آقا بیاد تا ببینی از این مملکت سر تا پا شرّ و معصیت و نکبت چه گلستونی

بسازه» بعد هم درِ اتاق را باز کرد و برگشت دوباره رو به سعید گفت: «دیگه نه من نه تو!» و از اتاق بیرون رفت. هاج‌وواج به هم و به درِ اتاق که محکم بسته شد نگاه کردند. صدای قدم‌های رمضان از حیاط آمد که با عصبانیت به‌طرف درِ خانه می‌رفت. ابراهیم رو به فروغ کرد و گفت: «پاشو! نذار بره». فروغ آهسته و زیرلب گفت: «ولش کن، بذا بره!»

سعید رنگ‌پریده ولی بی‌تفاوت به میز و استکان چایی که مقابل رمضان گذاشته بود و هنوز لایهٔ کمرنگی بخار از آن بلند می‌شد چشم دوخته بود. فروغ رو به سعید کرد و گفت: «به دل نگیر، رمضون رو که می‌شناسی؟ دیوونه‌س!» سعید پاکت سیگار را از روی میز کارش برداشت و نخی لای لب‌های کبودش گذاشت. از جا بلند شد و سرش را روی لبهٔ بخاری خم کرد و سیگار را بااحتیاط از بالای استوانهٔ لعابی آن داخل برد و پشت هم چند پک محکم زد و آن را گیراند و برگشت و در جای خودش نشست. پکی زد و دودش را با نفسی عمیق فرو داد و با آهی بلند و کشیده بیرون داد و ساکت ماند.

مانده بود چه بگوید. فروغ سرش را پایین انداخته بود و ساکت در فکر بود. شاید او هم مثل خودش دلش نمی‌آمد که لبش به انتقاد از سعید باز شود و بگوید آخر این چه‌جور حرف زدن راجع به مردمه مرد! اما بالاخره دید نمی‌تواند سنگینی سکوتی را که برقرار شده تحمل کند و نگاهش را از زمین برداشت و رو به سعید گفت: «درست یا غلط، تو ممکنه با رمضون و ما مخالف باشی و بگی ما افتادیم دنبال آخوندایی که تو قبولشون نداری. اقلاً وقتی ملیون‌ها آدم علیه ظلم و استبداد تو خیابونا دارن می‌جنگن خوبه آدم یه‌کم بااحتیاط حرف بزنه، نه؟»

سعید گفت: «قبول ندارم ابراهیم!» نگاهی به فروغ که غافلگیر شده بود کرد و روی صندلی نیم‌خیز شد و رو به سعید برگشت و گفت:

«چی رو قبول نداری؟ مبارزه مردم علیه استبداد رو قبول نداری؟»
سعید گفت: «شوخی می‌کنی؟! اولاً که من سر این‌جور مسائل نه
رودربایستی با کسی دارم نه مماشات و احتیاط‌کاری می‌کنم. دوماً
آخوندا و اسلامیا بتونن واسه این مملکت و مردم آزادی و چه می-
دونم عدالت بیارَنم قبول ندارم. خوبه هنوز هیچی نشده نشونه‌هاشو
تو کارخونه و توی تظاهرات و تو اظهارنظرای دوپهلوی حضرت‌آقا
از نوفل لوشاتو می‌شنوین. فکر می‌کنین رمضون همین‌جوری
شیرشده؟ اون زودتر از همهٔ ما بو برده که اگه آخوندا قدرت بگیرن
چی قراره تو مملکت پیش بیاد. مگه نمی‌شنوین چقد آقا آقا می‌کنه
و هیچی نشده هی داره تهدید می‌کنه که آقا پاش به ایران برسه چه‌ها
که نمی‌شه؟» بعد با لحن ملایم‌تری ادامه داد: «ابراهیم، تو که تو
زندون با اینا بودی باید بهتر از من از ضدیت اینا با غیرمذهبیا،
کمونیستا، جبهه ملی‌چیا و اقلیتای مذهبی، حتی سنی‌ها خبر داشته
باشی. آخه تو دیگه چرا باید به من ایراد بگیری؟ این رو هم بگم
حساب آدمایی مثل طالقانی و امثالهم از اینا جداس. نمی‌دونم چی
تو این انقلاب شماها رو این‌جور ذوق‌زده کرده که یادتون رفته یه
نگاهی بکنین و ببینین این مردم، مردمی که می‌گین دنبال چه جماعتی
افتادن؟»

فروغ گفت: «فکر نکن که ما نمی‌دونیم! ببینم، تو قبول داری تو این
مرحله همهٔ مردم باید علیه استبداد همراه باشن». سعید گفت: «آره،
ولی نه که همه‌چی رو بسپریم به عقب‌مونده‌ترین‌ها که بویی از
دموکراسی نبردن». فروغ آمد جواب او را بدهد که حرفش را قطع
کرد و گفت: «یه‌دقه صبر کن فروغ! ببینم سعید، یعنی تو قبول نداری
که روحانیت ضداستبداد و ضددیکتاتوریه؟» سعید گفت: «غافلی!
اونا ضد استبداد شاهن تا استبداد خودشون رو عَلم کنن. از زمان
مشروطه و اون شیخ فضل‌الله و کارای اینا تو مجلسای اون دوره

بگذریم، بابا یه نگاه به بلایی که همین ۲۵ سال پیش سر مصدق آوردن بندازین. دخالتی که تو کودتا داشتن رو اگه به‌چشمم ندیده باشین صدتا روایت که ازش شنیدین! رفیق من، حساب مردم بی‌پناه و جون به لب رسیده رو باید از حساب آخوندایی جدا کرد که قرن‌ها دم و دستگاهی راه انداختن که از توش واسه دنیا و آخرت مردم هیچی در نیومده جز یه خروار کتاب توضیح‌المسائل و روایت و حدیث و خواب‌نما شدن‌های من‌درآوردی که تمومی هم نداره. اینا هیچی رو جز همین چیزایی که از خودشون ساختن رو نمیتونن واسه من و تو بیارن. همینا رو به زور به خورد همه‌مون می‌دن، ببین حالا من کی گفتم».

ابراهیم گفت: «الان شرایط فرق می‌کنه. مردم عوض شدن. کسی دیگه به حرف اینا گوش نمی‌کنه. این همه آدم درس‌خونده و باسواد و امروزی مگه می‌ذارن اینا حرف خودشون رو پیش ببرن! طرفدارهای شریعتی، اسلامیای متجدد، آخوندایی مثل آقای طالقانی که خودتم قبولش داری!» سعید سیگارش را در جاسیگاریِ روی میزش خاموش کرد و گفت: «امیدوارم اینجور که میگی باشه، من که چشمم آب نمی‌خوره. این موج عظیم و بلندی که من می‌بینم داره می‌آد، همهٔ اینارو باخودش می‌بره» و سرش را تکان داد و ادامه داد: «ابراهیم، بترسیم از روزی که استبداد از نوع دینیش سوار کار بشه. کم از تکفیرا و حکم‌های ارتدادی که قاضی‌القضاتا و آخوندا به مردم این مملکت بستن تو تاریخ خوندیم؟» فروغ گفت: «ابراهیم! قرار نیست که من و تو سعید رو قانع کنیم. نظرش اینه دیگه. هی بحث تازه راه نندازیم. فقط اشکال بحثش اینه که همهٔ مذهبیا و آخوندا رو مث هم می‌بینه. بالاخره تو همون مشروطه میرزای شیرازی و نایینی و بهبهانی و طباطبایی هم بودن دیگه. بگذریم ما نیومدیم که دوباره بحث راه بندازیم».

باز لحظه‌ای سکوت برقرار شد و فروغ با لحنی آرام و خودمانی پرسید: «بگو ببینم فاطی چطوره؟» سعید جواب داد: «هیچی، سرگرم بچه‌هاشه دیگه. خبر زیادی ازش ندارم». فروغ ادامه داد: «مامان و بابا چی، خوبن؟» سعید گفت: «آره خوبن! اونام کارشون شده که هیئتی‌ها رو تو خونه‌شون جمع کنن و دسته را بندازن برن تظاهرات». فروغ آرام‌تر گفت: «فاطی رو دیدی سلام من رو بهش برسون». سعید گفت: «حتماً!» فروغ ادامه داد: «راستی گفتی چن تا بچه داره؟» سعید جواب داد: «چهارتا، بزرگ‌ترش پسره و بعدیا، یه درمیون دختر و پسرن. بزرگ‌تره فکر کنم سال اول راهنماییه!» فروغ گفت: «چه زود بچه‌ها بزرگ شدن!» سعید گفت: «نه اون جوریایم! فاطی رو بابام زود شوهر داد. یادته که. پونزده سالش بود. بعد هم شونزده‌سالگی پسرش رو دنیا آورد. به خودتون دو تا نیگا نکنین که این همه سال از ازدواجتون گذشته هنوز بچه‌دار نشدین». فروغ خندید و گفت: «با زندونی شدن ابراهیم چی‌کار می‌تونستیم بکنیم. خیلی برنامه‌هامون به هم خورد. یکی‌شم بچه‌دار شدن بود. بذار کلک این رژیم کنده بشه، چه دیدی شایدم شدیم. دیر که نشده. ابراهیم سی و دو سه سالشه منم که همسن و سالای فاطی‌ام».

سعید گفت: «ببینین چایی‌تون اگه سرد شده تازه‌ش کنم؟» فروغ استکانش را برداشت و گفت: «نه، خوبه، گرمه هنوز. وسط این همه بحثای داغ که چایی سرد نمی‌شه!»

فصل هشت

بعد از نماز صبح تو شبستان مسجد با عبدالله یه‌وری و احمد - دوچرخه‌ساز و بچه‌های کمیته نشسته بودند به شوروشورت که چه‌جوری غلام‌لانتور را گیر بیندازند. دو روز پیش به نشانی‌ای که از خانه‌اش در امیریه داشتند رفته بودند و پیدایش نکرده بودند. زنش همراه با پسرِ سیزده چهارده ساله‌اش در را باز کرده بودند و گفته بودند رفته شهرستان. خانه را خوب گشته بودند، به جز زن و بچه‌هایش که بدجوری ترسیده بودند کس دیگری در خانه نبود. موقع بیرون آمدن دلداری‌شان داده بود: «خواهرم، نگران نشو، چیز مهمی نیست، یه کار کوچیک باهاش داریم. اگه اومد خونه بگین یه سر به مسجد بیسیم و کمیته بزنه فقط چن تا سؤال ازش می‌خوایم بپرسیم».

روز قبل بچه‌های پاچنار و گلوبندک ردّش را تا کوچهٔ پشتیِ امام‌زاده سیدنصرالدین زده بودند. حدس می‌زدند در خانهٔ قدیمی همپالکی-

اش، اکبر سگ‌پز، که انبار شده بود پنهان شده. آفتاب نزده بود که اکبر ورامینی و باقر هم از گشت‌زنیِ شبانه برگشتند. باقر گفت: «موقع اومدن رفتیم یه‌سر به کلانتری زدیم ببینیم چه خبره، فقط چهار تا آژان نشسته بودن. الکی گفتیم شکایت داریم گفتن کلانتری تعطیله. هیچ‌کدوم از افسرا و استوارا و درجه‌دارا از ترسشون نیومده بودن و سر پُستاشون. نه نگهبانی بود، نه مأموری».

رمضان از جایش بلند شد و گفت: «پاشین تا مردم نریختن کلانتری رو بگیرن خودمون رو برسونیم!»

با درگیری‌های روز و شب قبل در نیروی هوایی و اشغال بعضی کلانتری‌ها به‌دست مردم که تا نیمه‌های شب ادامه داشت، اگر خودشان اقدامی نمی‌کردند ممکن بود کلانتری دست مردم بیفتد و تاراج شود. تفنگ‌هاشان را برداشتند و راه افتادند. خیابان خلوت بود و چندتایی از خواربارفروشی‌ها و لبنیاتی‌ها باز بودند. بیست سی نفری می‌شدند. رمضان وسط خیابان و جلوی همه حرکت می‌کرد و به سلام تک‌وتوکِ عابرین صبحگاهی جواب می‌داد. تفنگ‌هایی را که بند فنگ به شانه کرده بودند و کلت‌هایی را که به کمر بسته بودند شب قبل همراه عبدالله یه‌وری از پادگان نیروی هوایی در وانت نیسان اکبر ورامینی بار زده بودند. درِ کلانتری نیمه‌باز بود. رفتند داخل.

پاسبانی که وسط حیاط ایستاده بود تا چشمش به آنها افتاد دست‌ها را بالا برد و بهت‌زده و بی‌حرکت خشکش زد. انگار انتظارشان را می‌کشید. رمضان قدمی جلو گذاشت و گفت: «نترس سرکارجون. می‌شه اونای دیگه رو هم صدا بزنی بیان تو حیاط! فقط بهشون بگو یکی دو نفر نیستیم، لشکریم!» پاسبان جوان و سبزه‌رو با رنگ پریده روی خودش را به یکی از اتاق‌های دور حیاط کرد و با لحنی مرّدد و صدایی بلند گفت: «سرگروهبان، بیان بیرون، برادرا اومدن کارمون

دارن!» درِ چوبی و کهنهٔ اتاقی باز شد و سه نفر پاسبان یکی بعد از دیگری از اتاق بیرون آمدند و وقتی دیدند تفنگ‌ها به‌سمتشان نشانه رفته دست‌هایشان را بالا بردند و با اشارهٔ لوله تفنگش، به‌سمت آن یکی که میان حیاط ایستاده بود رفت، لبخندی زد و گفت: «آقایون، به نام الله من رمضون حاج مهدی، کلانتری در محاصره و تصرف نیروهای انقلابه» و بعد رو کرد به یکی‌شان که ارشدتر بود و روی آستین کتش سه سردوشی هشت داشت گفت: «سرگروهبان، اول از همه اسلحه‌خونه رو نشون بده ببینیم!»

سرگروهبان او را شناخته بود و گفت: «حاج‌رمضون، با اینکه من همچین اختیاری ندارم مگر اینکه یه مقام بالاتر دستور بده، ولی فعلاً که کسی اینجا نیس جز من و دو سه تا از همکارا که ارشدشون منم. خداییش همه‌مونم مسلمون و نمازخونیم. آقام که فرمودن نیروهای مسلح برخلاف قَسمی که خوردن عمل کنن و به مردم بپیوندند. منَم که می‌شناسَم‌تون و خدمتون ارادت دارم و میدونم همه‌تون بچه‌های همین محلین. بفرمایین تا درِ اسلحه‌خونه رو واستون وا کنم».

لبخند پیروزمندانه‌ای زد و به عبدالله گفت بماند و مراقب آنها باشد. خودش و باقر دنبال سرگروهبان راه افتادند. گروهبان یکی از درهای رو به حیاط را باز کرد و داخل شد. پشت سر او و همین‌طور که تفنگ را به‌طرفش نشانه رفته بود وارد راهرویی شدند. گروهبان مقابل دری ایستاد و دست به جیب برد و دسته‌کلیدی بیرون آورد. کلیدی را به در انداخت و باز کرد و رفت تو و گفت: «بفرمایین آقا رمضون، اینم اسلحه‌خونه!»

باقر گفت همان‌جا کنار در بماند و داخل شد. دو سه ردیف تفنگ ام — ۲، ردیفی یوزی، و دو قفسه انواع تپانچه و کُلت و کمد جعبه‌های فشنگ و کلاهخود و باتوم و فانوسقه و دستبندها مقابل چشمان بهت‌زده‌اش ظاهر شدند. همه‌چیز از تمیزی برق می‌زد.

سرگروهبان به میز کنار اتاق اشاره کرد و گفت: «اونم دفتر آمار و تحویل سلاحِ اسلحه‌خونه». از خوشحالی در پوست نمی‌گنجید. نگاهی به اتاق انداخت و گفت: «خوبم همه‌چیز مرتبه! حالا اون کلیدا رو رد کن به من!» سرگروهبان دسته کلید را به او داد و گفت: «بفرمایین رمضون‌خان! تو رو خدا کاری نکنین که اگه دو روز دیگه ورق برگشت پای ما بیاد وسط». گفت: «خیالت تخت سرکارجون، ورقی به‌جا نمونده که برگرده. همهٔ ورقا افتاده دست ما!» و با نوک تفنگش به او اشاره کرد و گفت: «حالا تشریف ببرین بیرون!»

از اتاق که بیرون آمد دسته کلید را به باقر داد و گفت: «باقر، داداشم، قربونت این درو قفل کن و زود بیا تو حیاط که کارت دارم!» و رو به سرگروهبان کرد و گفت: «ماشین پاشینای کلانتری پس کوشن؟» سرگروهبان گفت: «رمضون‌خان کلانتری دوتا جیپ داشت که مردم چند روز پیش آتیش‌شون زدن!» خندید و گفت: «نوش جونشون!»

سرگروهبان سری تکان داد و رفت کنار پاسبان‌های دیگر ایستاد. رو به آنها گفت: «برادرا، همه‌تون جز سرگروهبان از امروز تشریف می‌برین مرخصی تا دولت تکلیف‌تون رو مشخص کنه. با افسراتون تماس نگیرین، اگه اونا تماس گرفتن بهشون بگین بشینن تو خونه‌هاشون تا یکی‌یکی خبرشون کنیم. دور هم جمع نشین، فکر توطئه‌موطئه رو هم از سرتون بیرون کنین، این تو بمیری دیگه از اون تو بمیریا نیست. اگه اسلحه‌ای چیزی تحویلتونه، همراتونه، چه می‌دونم تو کشوی میزتونه، همین الان تحویل بدین. اگرم بردین خونه همین امروز تا غروب بیارین تحویل بدین. دفتر و آمار اسلحه‌خونه دیگه دست حاجی‌تونه. می‌تونین برین. برادر عبدالله همراتون می‌یاد تا وسائل‌تون رو جمع کنین و چیزمیزای دولتی اگه تو کشوهاتونه تحویلش بدین».

رو به سرگروهبان کرد و پرسید: «سرگروهبان، گفتی اسمت چیه؟» سرگروهبان گفت: «چاکرتون، صفرعلی دیناروندی». گفت: «آقا صفر، چون ازت خوشم اومد می‌ری خونه‌تون لباس شخصیت رو می‌پوشی و برمی‌گردی تا وردست خودم بشی و کمک کنی رسم و رسومات کلانتری رو به بچه‌ها یاد بدی! از فردام دیگه نه لازمه لباس‌فرم بپوشی نه ریشتو این‌جور مث اَرمَنیا دوتیغه کنی!» سرگروهبان لبخندی زد و گفت: «رو چشَم رمضون‌خان. یه ساعت دیگه اینجام» و بعد بنا به عادت سلام نظامی داد و از کلانتری بیرون رفت.

آفتاب صبحگاهی رنگی طلایی به آجرهای ساختمان سمتِ غربی حیاط کلانتری پاشیده بود. رو به بچه‌های دوروبرش کرد و گفت: «خب برادرا! الان یه ماهه از وقتی شاه دررفته داریم دست‌خالی شب و روز تو محل کشیک می‌دیم. به لطف انقلاب و برکت اسلام و رهبری آقا از امروز دیگه دست‌خالی نیستیم، هم به اندازهٔ کافی اسلحه داریم هم یه ساختمون به این مجهزی. آجانا رو هم که دیدین! اون از افسراشون که از ترس کون‌شون خونه‌نشین شدن، اینم از درجه‌دارشون که تا چش‌شون به ما افتاد زرد کردن. حالا دیگه ماییم و خودمون! کمیتهٔ بیسیم رو از این به بعد تو همین کلانتری برقرارش می‌کنیم. اول از همه درِ کلانتری رو ببندیم که هر کس‌وناکسی نتونه سرشو بندازه بیاد تو. وقتی تو مسجد بودیم خوبیت نداشت در رو ببندیم اما اینجا واجبه. جلوشم با کیسه‌های شن سنگر می‌سازیم و نگهبانیِ بیست‌وچهار ساعته می‌ذاریم که شبی، نصفه‌شبی اگه ساواکی‌ای، ضدانقلابی تیری انداخت به بَروبچه‌های کمیته نخوره. خلاصه ورود و خروج به کمیته رو سفت می‌گیریم.»

کمی مکث کرد و ادامه داد: «بعدم هرکی مسئول یه کاریه. یه گروه ضربتم لازم داریم واسه پاک‌وپوک کردن محل خودمون و جاهای

دیگه از پسمونده‌های رژیم ممددماغ که خودم فرمانده‌شم. کار اولمونم زدن غلام‌لانتور و دارودستشه. یه چیز دیگه‌ام که واسه زهر چشم گرفتن از اعوان و انصار شعبون بی‌مخ و غلام‌لانتور و نوچه‌هاشون دلم می‌خواد همین امروز ردیفش کنم اینه که اسم خیابون رو عوض کنیم و بذاریم طیّب. قاسم می‌ره به اوس باقر حلبی‌ساز می‌گه چن تا تابلو کوچیک بسازه که روش خوش خط بنویسن خیابون طیّب. هرچی تابلوی چه می‌دونم خیابون بیسیم و پارکه از جا بکَنیم و اونارو جاش بزنیم. تابلو پارک ولیعهد رو هم می‌کَنیم به‌جاش می‌ذاریم پارک ولی‌عصر. مقام بالای ما اول خداست و بعدشم آقا که امام و امیرالمؤمنینِ همه مونه. اگرم کاری پیش بیاد، سئوالی داشته باشیم، از شیخ‌علی‌اکبر پیش‌نماز مسجد خودمون می‌پرسیم. شماهام معلومه هرکاری داشته باشین با خودمه».

عبدالله یه‌وری با پاسبان‌ها به حیاط آمد و پرسید: «حاج‌رمضون، اینا کارشون تمومه؟ مرخصن؟» نگاهی به آنها کرد و گفت: «آره، برن!» بعد دوباره گفت: «یادتون نره، خونه می‌شینین تا معلوم شه دولت انقلاب می‌خواد با شماها چی‌کار کنه. شایدم خودم نمازخوناتون رو صدا زدم بیاین سر کار. اون لباسا و کلاه‌های مسخره رو هم بندازین تو سطل آشغال!» عبدالله در را باز کرد و پاسبان‌ها بیرون رفتند و در را پشت آنها بست و برگشت و گفت: «فاتحه!» همه خندیدند.

گفت: «برادرا خیلی کار داریم. اول از همه احمدآقا که فنیِ ماهاست و با آچار و پیچ‌گوشتی و روغن و گریس و این‌جور چیزا سروکار داره می‌شه اسلحه‌دار و اسلحه‌خونه تحویل اونه!» دستش را توی جیبش کرد و دسته کلید را بیرون آورد و به‌طرف احمد دوچرخه‌ساز گرفت و گفت: «اینم کلید اسلحه‌خونه! حساب‌کتاب همه‌چیِ اسلحه‌خونه با تو!» احمد کلید را گرفت و گفت: «حاج‌رمضون، من همش دو کلاس سواد دارم، اگه قرار به دفتر و دستک نویسی باشه،

چیزی سرم نمی‌شه». جواب دا: «مهدی، پسرتو، بگو بیاد واسته وردستت کمک، گفتی چن کلاس خونده؟» احمد سرش را خاراند و گفت: «سیکل رو خوند و ول کرد حاجی جون». گفت: «بسه! یه مسلسلم تحویل این عبداللهِ خودمون می‌دی که از همین امروز نوبتی دمِ در با بچه‌های دیگه نگهبانی بدن. یکی دو تا از بچه‌هام برن مسجد عکسای آقا رو بیارن بزنیم تو اتاقا و رو درِ کمیته! تابلوی کلانتری رو هم می‌کشین پایین».

رو به حسین‌سیاهِ یخ‌سازی کرد و گفت: «تو با پسر شاطراصغر بدو برو مسجد هم به شیخ‌علی‌اکبر بگو کلانتری رو گرفتیم هم عکسای آقا رو بیار! سرِ رات یه تُک‌پام برین شیرینی‌فروشیِ عسل از قول من به حاجی‌یزدی بگو به اندازهٔ پنج شیش تا جعبه دوکیلویی کیک‌یزدی آماده کنه تا وقتی بر می‌گردی بگیرین با خودتون بیارین که جلوی کمیته، تو خیابون پخش کنیم! اگه فکر می‌کنی دو نفری نمی‌تونین، سه نفری برین!»

پابه‌پا شد و رو به اوستاعلیِ نجار کرد و گفت: «اوستاجون، توام که بزرگ مایی پست‌های نگهبانی رو مشخص می‌کنی و کسی اگه اومد کاری، خبری، شکایتی چیزی داشت بهش جواب می‌دی. بچه‌های دیگه‌ام رو هم اگه واسه کاری، مأموریتی، چیزی خواستی بفرستی این‌ور اون‌ور، زیر نظر خودت می‌فرستی. همون طوری که توی این یکی دو ماه بالاسرشون بودی و هواشون رو داشتی، کمک‌شون کن دیگه». اوستاعلیِ نجار گفت: «باشه رمضون، هرچی تو بگی. ایشالا که از پسش بربیام». گفت: «چرا برنیای اوستا؟ تو واسه خودت تو این محل اسم و رسمی داری. از وقتی یادمه واسه مردم بیسیم در و پنجره ساختی و تعمیر کردی و چارپایه و میز و تختِ رو حوض زدی. کی بهتر از تو که یه محله به مؤمنی و دست‌پاکی می‌شناسنت و دوستت دارن. برو پدر من! برو به کارات برس و خودتو دس کم

نگیر! یکی دو روز صبر کنین، این‌جا رو پر می‌کنم از بروبچه‌های جوون و درس‌خونده و مدرسه‌رفته‌ای که تفنگ به‌دست تو خیابونای شهر وِل شدن. ضمناً، فعلنم مث روزای دیگه ناهار و شامتون با مسجد و حاج‌علی‌اکبره تا سر فرصت یه سامونی به خرج و مخارج اینجا بدم. مثل ماهای قبل هوای فقیر بیچاره‌ها، بیکارشده‌ها، یتم‌شده‌های انقلاب رو داشته باشین که دیگه حکومت حکومتِ مولام علی‌یه».

بعد هم رو کرد به اکبر ورامینی و حسین خمیرگیر و یحیی، شاگرد داداحسین قهوه‌چی، و گفت: «من و شماهام می‌ریم غلام‌لانتور بی‌همه‌چیز رو تا فرار نکرده خِفتش کنیم. همین دیشب خواب بابای خدا بیامرزمو دیدم که می‌گفت رمضون، پس کِی می‌خوای کار نیمه‌تموم رو تموم کنی؟!» اکبر ورامینی گفت: «خدا بیامرزدش. لابد اون چاقویی رو گفته که زدی تو کتف او نامرد. دوازده سینزده ساله بودی حاجی، یادم نمی‌ره، عین یه بچه‌شیر پریدی روش!» رمضان گفت: «دیگه وقتشه باری که رو دوشمه بذارم زمین!»

رو به احمد کرد و گفت: «احمدجون، یحیی باهات می‌یاد. از اسلحه‌خونه یه کلت واسه من و یه یوزی واسه اکبرآقا، با یه دست‌بند بده بیاره. اسلحهٔ اکبر رو هم ازش بگیر نگردار که بعدن بهش بدی! راستی این سرگروهبانه رو، چی بود اسمش؟ صفرعلی، هر وقت برگشت به‌کارش بگیر. فعلاً بگو راه و رسم اسلحه‌خونه رو بهت یاد بده و سوراخ‌سنبه‌های کلانتری رو نشونت بده تا خودم برگردم». به‌طرف راه‌پله‌ها راه افتاد و آنها که دوره‌اش کرده بودند پراکنده شدند. از پله که بالا می‌رفت گفت: «اکبرآقا، تو با من بیا کارت دارم».

پله به بالکنی ختم می‌شد که در دوسو امتداد می‌یافت و چهار جهت ساختمان و حیاط میانی کلانتری را دور می‌زد. به‌سمتی پیچید که دری بزرگ به آن باز می‌شد. در را باز کرد و وارد شدند. اتاق رئیس

کلانتری بود. میزی چوبی و عنابی‌رنگ با صندلی چرخان و چند مبل چرمی دور اتاق چیده شده بود. چشمش به قاب عکس شاه روی دیوارِ پشت میز افتاد و رو به اکبر گفت: «دکی! عکس این مرتیکه که هنوز اینجاس. اکبر این مادرقحبه رو از رو دیوار بکش پایین. عکسشو درآر پارَه‌ش کن. قابشو نگردار تا عکس آقا رو بذاریم توش بزنیم جاش».

اکبر ورامینی یکی از صندلی‌ها را گذاشت زیر پاهایش و عکس را برداشت و مشغول بیرون آوردن آن از قاب شد. رفت پشت میز روی صندلی چرخان نشست و نیم‌چرخی زد و گفت: «اینجا می‌شه اتاقِ حاجیت و اینم میز کارش!» اکبر نگاهی به او انداخت و براندازش کرد و گفت: «چقدم بهت می‌یاد حاج‌رمضون!» بادی به غبغب انداخت، به پشتی صندلی تکیه داد و نفسی کشید و با چشم وسائل روی میز را ورنداز کرد. دستش را دراز کرد و پرچم سه‌رنگ شیروخورشید روی میزی را از میله بیرون آورد و پرت کرد جلوی پای اکبر و گفت: «این شیروخورشیدِ تاج به‌سرَم بنداز تو سطل آشغال جلو چشمَم نباشه!» از خوشیِ میز چوبی بزرگ و صندلیِ چرخانِ ریاست و فضای اتاق دلش غنج می‌زد.

روزی را یادش آمد که همراه مادر و فروغ و نجمه در همان اتاق جلوی رئیس کلانتری و غلام‌لانتور ایستاده بودند. صورت ماتم‌زدهٔ مادر را از یاد نبرده بود، مجتبی در بغلش بود و ضجه می‌زد و به رئیس کلانتری می‌گفت کاری نکند که خون شوهرش و پدر بچه‌های یتیم‌شده‌اش پایمال شود. رو به اکبر که هنوز داشت با قاب عکس ور می‌رفت کرد و گفت: «انگار همین دیروز بود که با ننه‌م و آبجی‌یام اینجا وایستاده بودیم. غلام اون روز عارش اومد بگه از من چاقو خورده. مادرم می‌ترسید اگه بگم من به غلام چاقو زدم زندونیم کنن. رئیس کلانتری‌ام بهانه خوبی پیدا کرد که همه‌چی رو بندازه گردن

بابام و غلام رو بی‌گناه نشون بده. مادرسگا چاقویی رو که من بهش زده بودم نوشتن به حساب بابام. آخ که چقدر دلم می‌خواد امروز گیرش بندازیم؟!»

اکبر که بالاخره موفق شده بود عکس شاه را از قاب بیرون بیاورد، در حالی که آن را پاره می‌کرد گفت: «روح بابات شاد! چه مرد نازنینی بود. بیسیم بود و یه حاج‌مهدی. کاش بود و این روزا رو می‌دید». رمضان یک بار دیگر روی صندلی نیم‌چرخی زد و الاکلنگ کرد و گفت: «اکبر برو ببین اگه یحیی کلت و یوزی رو تحویل گرفته با حسین سه‌تایی حاضر بشین با ماشین من بریم خدمت آق‌غلام برسیم. به بچه‌ها بسپر همین که حبیب از مسجد برگشت، جعبه‌های شیرینی رو ببرن روبه‌روی کلانتری، برِ خیابون بیسیم پخش کنن. همون‌جوری که گفتم بسپُر عکسای امام رو بچسبونن به در و دیوار اتاقا و درِ کلانتری و به اوس‌علی‌ام بگو هاشم لُره رو خبر کنه تا ترتیب سنگرِ جلوی درِ کمیته و پایین آوردن تابلوی کلانتری رو بده!»

با اینکه بازار بسته بود، پاچنار شلوغ و بلبشو به‌نظر می‌آمد. رمضان ماشین را نرسیده به امامزاده نصرالدین، مقابل کوچهٔ کردبچه پارک کرد. قبل از اینکه پیاده شوند گفت: «حسین، جلوی درِ انبار که رسیدیم، تو و یحیی، تو کوچه پشت در وامی‌ستین تا کسی بیرون نره، اکبرآقا و من می‌ریم تو. یحیی، اون دستبند رو بده من!» دستبند را گرفت و گفت: «خب دیگه بریم!»

از ماشین پیاده شد. بچه‌ها بند اسلحه‌ها را به دوش انداختند. دست به فانوسقه و اسلحهٔ کمری‌اش برد و آن را لمس کرد، نفسی کشید و جلو افتاد و دیگران را پشت‌سر گذاشت و وارد کوچه شد. کوچه تنگ و ناهموار و شیب‌دار بود و با پیچی تند به چپ می‌پیچید. انعکاس صدای ضرب قدم‌هاشان بر دیوارهای بلند دوسمت کوچه به ریتم تند قلب او می‌آمیخت و نفسش را به لرز می‌آورد. میانهٔ

کوچه، مقابل درِ چوبی کهنه‌ای که پلاک آن افتاده بود و با ذغال روی ستون آجری حاشیه‌اش نوشته بود پلاک شانزده، ایستادند. اکبر به در کوبید. به ارتفاع دیوار انبار نگاهی انداخت و گفت: «اگه باز نکردن درو می‌شکنیم». اکبرگفت: «این دیگه کار خودمه حاج‌رمضون، تو لب تر کن، از پاشنه درش می‌یارم!» و دوباره به در کوبید و منتظر ماندند. صدایی از آن سوی در پرسید: «کیه؟» باهم گفتند: «بازکن!» همان صدا که به‌نظر پیرمردی بود پرسید: «کی هستی؟» با صدای بلند گفت: «باز کن، از کمیتهٔ انقلابیم!» صاحب صدا با کُندی و تعلل کلونِ پشت در را برداشت و دوباره پرسید: «کمیتهٔ انقلاب دیگه چیه؟ کارتون چیه؟» گفت: «بازرسی!» صدا مکثی کرد و گفت: «بارزسیِ چی، اینجا انباره؟» یک لحظه از ذهنش گذشت که طرف دارد وقت می‌خرد، لگدی به در زد و گفت: «می‌گم در رو باز کن!» صاحب صدا که جا خورده و هول شده بود گفت: «خیله خب! چرا لگد می‌زنی؟» و همین‌طور که غر می‌زد مشغول باز کردن کلون پشت در شد. صدای انداختن کلید به قفل در آمد و لنگهٔ در روی لولاهای خشک به‌سختی چرخید و باز شد. پیرمردی که کلاه کاموایی دست‌بافتی به سر داشت بر چارچوب در ظاهر شد. چشمش به آنها و تفنگ‌هاشان که افتاد قدمی عقب رفت و گفت: «بفرمایین، فرمایشی داشتین؟ گفتین از کجا هستین؟»

با اکبر داخل رفتند و سینه به سینهٔ پیرمرد شدند. اکبر گفت: «کمیتهٔ انقلاب! نترس بابا پیری، با تو کاری نداریم. دنبال غلام‌لانتوریم، بگو ببینم اینجاست؟» پیرمرد گفت: «اینجا لانتور نداریم». اکبر گفت: «غلوم چی، غلوم که دارین». پیرمرد گفت: «اینجا حمال و باربر زیاد داریم، اسم همه رو نمی‌دونم». شانه به شانهٔ اکبر دو سمت راهرویی را که در سایه و تاریکی فرو رفته بود وارسی کرد. به‌طرف حیاط رفتند و پیرمرد که سلانه‌سلانه دنبالشان می‌آمد ادامه داد: «تا

حالا کمیتهٔ چی‌چی گفتی نیومده بود اینجا. خیلیا می‌یان و می‌رن، بیجک و حواله می‌یارن، جنس تحویل می‌گیرن، جنس تحویل می‌دن، واسه انبارگردونی می‌یان، واسهٔ حساب‌کتاب می‌یان، از دارایی، گمرک، شهربانی، کلانتری. اونا پیِ قاچاق می‌یان. من سرایدارم. کارم اینه که درو باز کنم و ببینم کی اومده و چی می‌خواد. اِسماشون رو نمی‌گن، اگه بگَنم یادم نمی‌مونه. نیتم جسارت نبود، بی‌جهت به در لگد زدین. گفتین دنبال غلوم می‌گردین. چن نفر از حمالای بازار شبا اینجا می‌خوابن. غلوم چی‌چی‌توری بود؟ نشنیدم، شنیده باشمم یادم نمی‌مونه».

وسط حیاط کوه عدل و صندوق روی هم انبار شده بود. پرسید: «مهمون چی باباجون، مهمونم می‌یاد اینجا؟» پیرمرد که در راهرو و رو به حیاط و لب پله ایستاده بود به‌کندی پایش را روی پله اول گذاشت و همین‌طور که پله‌پله پایین می‌آمد جواب داد: «بعضی وقتا مهمون از دهات می‌یاد، ولی گمونم الان مهمون نداریم». باریکهٔ دور عدل‌های وسط حیاط را دور می‌زدند که چشمش به راه‌پله‌ها و دری خورد که به زیرزمینی می‌رفت که درش قفل بود. پرسید: «این زیر چیه؟ درشو وا کن ببینم!» پیرمرد گفت: «کلیدشو من ندارم! اجارهٔ حاج‌حسن چرم‌فروشه، عمده‌فروشه، حجره‌ش تو بازار کفاشاس، معروفه، از اون کله‌گنده‌هاس. شاگرش، گاهی‌ام میرزاش، میان. اونا کلید دارن. میان در رو باز می‌کنن، جنس می‌برن، جنس می‌یارن، گفتم که...!»

دورتا دور حیاط اتاق بود و روی درِ هر اتاقی قفلی خورده بود. پرسید: «خودت کجا می‌خوابی؟» گفت: «یه اتاق تو زیرزمین اون‌ور حیاط، پشت اون عدلا مال منه. بزرگتره مال حمالاس. جسارت نباشه سئوال می‌کنم! گفتین کمیته؟ یعنی از ساواک اومدین؟ چون تفنگ دارین می‌پرسم، جسارت نباشه!» با اکبر دو نفری زدند زیر

خنده. اکبر رو به او گفت:«حاج‌رمضون، آقارو باش. دنیا رو آب برده این بنده خدا رو خواب». رو به پیرمرد ادامه داد:«باباپیری، ساواک‌ماواک زِپِلِشکا». حرفش تمام نشده بود که صدای حسین از بیرون در بلند شد: «برادراکبر، یکی داره می‌ره بیرون قیافه‌ش آشنا می‌زنه، بره؟» رمضان قبل از اینکه اکبر جواب او را بدهد داد زد: «نگرش‌دار اومدم» و باعجله رو به اکبر ادامه داد: «اکبر تو همین جا واستا!» و طرف درِ حیاط دوید و در حالی که از پله بالا می‌رفت اسلحهٔ کمری‌اش را از جلد بیرون آورد.

همین‌که چشمش به او افتاد شناختش. کلت را به‌طرف سرش نشانه رفت و گفت: «بَه‌بَه! داش غلوم! می‌بینم داری درمی‌ری، کجا بی‌ما نسناس؟ اینه رسم مهمون‌نوازی؟ از چارتا مشتی بامعرفت این‌جوری پذیرایی می‌کنن؟ چیه، چته؟ جوری بهم زل زدی انگار نمی‌شناسیم؟ بهتر همون که نشناسی، می‌بَرمِت یه جایی تا منو یادت بیاد و اَنت با گوت قاطی شه!» بیست سال بیشتر از آخرین‌باری که او را بالای سر جسد پدرش دیده بود گذشته بود و با اینکه پیر شده بود و موهای سروسبیل‌های او سفید شده بود و ته‌ریشی داشت، از چشم‌های آبی‌اش او را شناخت. دستبند را از فانوسقه‌اش باز کرد و طرف حسین گرفت و گفت: «حسین، دستاشو از پشت دستبند بزن!» و بعد سرش را داخل دالان کرد و داد زد: «اکبر! پیری‌یَرو ولش، بیا گرفتمش!»

غلام در حالی که حسین به دستهایش دستبند می‌زد رو به یحیی کرد و پرسید: «معلومه شما کی هستین؟» یحیی زد زیر خنده و گفت: «حاج‌آقا رمضون، آقا رو باش! می‌گه ما کی‌ایم؟» گفت: « یحیی نگی بهش‌ها؟ بذار تو خماری بمونه!» اکبر از انبار به کوچه آمد و غلام را دید و گفت: «بَه‌بَه! شاه‌غلوم! حال و احوال؟ مویی سفید کردی داداش!» غلام نگاهی مردّد به او کرد و گفت: «تو یکی

قیافه‌ت برام آشناس». اکبر رو به رمضان کرد و گفت: «آقا رو باش! تازه قیافهٔ ما واسش آشناس!» و لولهٔ مسلسل خودش را طرف او گرفت و گفت: «بیفت جلو تا حالیت کنیم اوضاع به چن مَنِه! هوس فرارمَرارم به سرت نزنه که چشم وا کنی، سولاخ‌سولاخ شدی!» راه افتادند. به خیابان رسیدند و درِ عقب ماشین را باز کرد. غلام وسط و حسین و یحیی دو سمت او نشستند. خودش و اکبر رفتند جلو. ماشین را روشن کرد. خیام را سرازیر شد و میدان اعدام را به‌طرف مولوی دور زد. غلام گفت: «بالاخره می‌گین جرمم چیه؟ کجا دارین می‌برینم؟» اکبر خندید و گفت: «اولندش بگو ببینیم تو که خونهٔ به اون درندشتی تو امیریه داری، چی شده که از گل‌بندک و انباری اکبرسگ‌پز سر درآوردی؟» یحیی گفت: «بگو اَندونی اکبرسگ پز!» همه خندیدند. اکبروارامینی ادامه داد: «ببینم ریگی به کفشته که قاطی حمالا شدی؟»

دندهٔ ماشین را عوض کرد و انگار در جواب اکبر گفت: «این همون غولومی‌یه که شاهِش رو همین یه ماه پیش ختنه کردیم و حالا شده خواجه غولوم. خارجنده بیست سال پشتِ شعبون درخونگاه، تو امجدیه و استادیوم عاری از مهر جلو شاه و فرح جفتک‌چارکُش رفته و جای دوست و دشمن نشون داده، حالا واسه ما کله‌مَلَق می‌ره!»

غلام گفت: «پس جرمم اینه که جلو شاه ورزش باستانی می‌کردم؟»

همه خندیدند. حسین گفت: «خواج‌غلوم همین؟ ورزش باستانی؟» غلام پرسید: «دیگه چی؟» نگاهی به کنارش و اکبر کرد و سرش را به عقب برگرداند و گفت: «دیگَه‌شو اگه تا این ماشین به تهِ خط رسید خودت بگی شاید بهِت تخفیف بخوره!» غلام بااستیصال گفت: «ببینین، من کاره‌ای نیستم، جز اینکه با شعبون بودم و زورخونه‌ش می‌رفتم و تو جشنا جلو شاه و مهمونای خارجی میل می‌گرفتم کار دیگه‌ای نکردم». یحیی گفت: «آقا رو! باز می‌گه کاری

نکرده؟» دنده ماشین را عوض کرد و دوباره سرش را به عقب برگرداند و گفت: «پونزده خرداد کجا بودی؟» اکبر گفت: «تو زورخونهٔ شعبون داشته میل می‌گرفته!» و برگشت محکم زد تو گوش غلام. غلام لحظه‌ای ساکت ماند و با حالی که معلوم بود خودش را باخته گفت: «به مولا من تو زندگی آزارم به یه مورچه‌م نرسیده. پونزدهٔ خرداد کجا بودم؟ تو خونه‌م نشسته بودم». به طرف اکبر برگشت و گفت: «اکبر مشیکه نمی‌خواد دس‌ورداره!» اکبر دوباره به عقب برگشت و روی غلام خم شد و محکم‌تر از قبل خواباند توی گوش او و برگشت و نشست و گفت: «حاجی‌جون، فکر کنم شیر فهم شد، فکِشو یه وری کردم!»

به خیابان خراسان که رسیدند غلام گفت: «شما بگین چی می‌خواین، قول می‌دم هرچی بخواین و از دستم بر بیاد انجام بدم!» حسین گفت: «چرا معطلی؟ هرچه می‌خواهد دل تنگت بگو!» غلام گفت: «شاید فکر می‌کنین برا ساواک کار می‌کردم؟» در حالیکه دنده ماشین را عوض می‌کرد به آینه مقابلش نگاه کرد و پرسید: «نه بابا! مگه می‌کردی؟!» غلام جواب داد: «به حضرت عباس! من قابل این حرفا نیستم. منو چه به ساواک و این حرفا؟» برگشت و نگاهی معنی دار به اکبر کرد و به میدان خراسان پیچید. اکبر گفت: گرفتم حاج-رمضون.» به عقب چرخید و باکف دست طوری توی صورت غلام خواباند که صدای آخش درآمد. حسین خندید، به اکبر اشاره کرد و گفت: «دروغکی به حضرت‌عباس قسم خوردی، حضرت علی‌اکبر خوابوند تو دماغت!» از خنده ریسه رفتند. به بیسیم پیچید و گفت: «اول می‌ریم کمیته یه‌کم مشت‌ومالش می‌دیم، بعدم طناب می‌ندازیم گردنش تو بیسیم می‌چرخونیمش تا اهل محل عاقبت غلام‌لانتورِ باج‌بگیر رو ببینن. ببینن به چه روزی افتاده!» غلام آشفته و پریشان گفت: «قربونتون برم! من مَکّه رفتم و الان ده پونزده ساله که توبه

کردم و دوروبر این‌جور کارا رو خط کشیدم! اون موقع‌ها جوون بودم، جاهل بودم!» اکبر سرش را به عقب برگرداند و داد زد: «خارجنده! خفه خون نگیری دوباره می‌خوری.»

به آینه مقابلش نگاه کرد و به یحیی گفت: «یحیی، می‌ری خونهٔ ما، ننه‌مو خبر می‌کنی! می‌خوام بیاد این مادرقحبه رو ببینه!» یحیی گفت: «رو چشَم حاجی جون.»

چشم‌هایش را به آینه مقابل دوخت، غلام با نگرانی نگاهش می‌کرد. اگر هنوز او را نشناخته بود، با پیچیدن به خیابان بیسیم و اشاره به مادرش بو برده بود قضیه از چه قرار است. از اینکه غلام را بترساند و تحقیر کند لذت می‌برد. سال‌های سال آرزو کرده بود این روز را ببیند که او روی پاهایش افتاده و عجزولابه و التماس می‌کند که از او بگذرد. جان غلام در دست و در ارادهٔ او بود. کافی بود ماشین را کناری می‌زد و اسلحه کمری‌اش را از غلاف بیرون می‌آورد، برمی‌گشت و لوله آن را روی پیشانی او می‌گذاشت و شلیک می‌کرد. ولی برنامهٔ مفصل‌تری تدارک دیده بود. ماشین را مقابل کوچهٔ کلانتری پارک کرد. پیاده شدند. حسین سرش را داخل برد و به غلام گفت: «بیا پایین!»

رمضان به انتهای کوچه نگاه کرد. بچه‌ها تابلوی کلانتری را پایین کشیده بودند و رو دو لنگهٔ بستهٔ درِ آبی‌رنگ ورودی دو عکس از آقا را چسبانده بودند. پسر اصغرآقاشاطر تفنگ به‌دست جلوی در مشغول نگهبانی بود. اکبر و حسین بازوهای غلام را گرفتند و به‌سمت درِ کمیته رفتند. ماشین را قفل کرد و رو به یحیی گفت: «چرا وایستادی؟ موتورتو سوار شو برو به حاج‌اختر بگو بِره دم دُکون قصابی وایسه تا ما برسیم. زود برگرد که کارت دارم». یحیی به‌طرف درِ کلانتری دوید که موتورش را بردارد. دو نفر عابر سلام کردند. دستش را به سینه‌اش گذاشت و جواب داد: «چاکرم!»

پسر اصغرشاطر در کلانتری را برایشان باز کرد. رفتند داخل حیاط. رو به نگهبان گفت: «برو بیرون وایسا و در رو ببند. فعلاً تا من نگفتم کسی تو نیاد». نگاهی به غلام انداخت و وسط حیاط را نشان داد و گفت: «بشین اینجا!» غلام روی دو زانو نشست. مقابلش ایستاد. دست برد و کلت را از غلاف بیرون آورد و جلو رفت و آن را روی پیشانی او گذاشت و به اکبر ورامینی گفت: «اکبرآقا، بگو ببینم اینی که اینجا نشسته همون غلامی‌یه که وقتی از سر بیسیم تا ته بیسیم وسط خیابون راه می‌رفت کسی جرأت نداشت یه قدم ازش جلو بزنه، سواره و پیاده بایست پشت سرش راه می‌رفتن؟» اکبر دَم به دَمِش داد و گفت: «فکر نکنم داش‌رمضون، اون غلومی که من می‌شناختم واسه خودش خری بود، نه این بدبختی که اینطور موش و مموش شده؟ می‌دونی چرا حاجی‌جون؟» گفت: «آره که می‌دونم، از ترس کونش تخماش آب شده» و لوله کلت را روی پیشانیِ غلام فشار داد و گفت: «بینَم! بالاخره حاجیت رو شناختی؟» غلام درحالی‌که سرش به عقب خم شده بود آهسته گفت: «نه به‌خدا!»

دروغ می‌گفت، به این امید که شاید گریزی باشد. با سر و صدایی که از حیاط می‌آمد، احمد دوچرخه‌ساز و کریم گاوچال و پسر سعیدخراز و حسن‌گربه و سرپاسبون صفرعلی و بچه‌های دیگه از اتاق‌ها به حیاط آمده بودند. صدایش را بالاتر برد و گفت: «اکبرآقا! چی می‌گی؟ راست می‌گه؟!» اکبر جلو رفت و توی چشم‌های غلام زل زد و گفت: «نه آق‌رمضون، چاخان می‌کنه!» و محکم خواباند پس سرش، طوری که پیشانیِ غلام به لوله کلتی که به او نشانه رفته بود خورد و تعادلش را به‌هم زد و با صورت روی زمین ولو شد. با دست‌های از پشت بسته نمی‌توانست بلند شود. نگاهی از سر رضایت به اکبر کرد وقدمی جلو رفت و با لگد به پهلوی غلام کوبید

و گفت: «خب، حالا که خودتو زدی به خریّت اِنقده می‌زنمت که یادت بیاد!»

پشت هم با لگد محکم به شکم و سینه و صورت او کوبید. غلام روی زمین به پهلو افتاده بود و پاهایش را توی شکمش جمع کرده بود. داد کشید: «یادت اومد یا نه؟ دِیالا، بگو بینَم!» غلام فریاد می‌زد و از درد به خود می‌پیچید. میان نعره‌های دردآلود گفت: «پسر حاج‌مهدی، جون مادرت بس کن، رحم کن!» چرخی دور غلام زد و کلت را به‌طرفش نشانه رفت و گفت: «خب مثیکه یادت اومد. حالا کاری رو که اون روز نتونستم بکنم امروز می‌کنم. نه اینجا، می‌برمت جلو قصابی، درست همونجا که بابام رو نامردی کشتی!» لوله کلت را مشت کرد و جلو رفت، روی غلام که سعی می‌کرد بنشیند، خم شد و با قنداق آن محکم به صورتش کوبید. غلام ناله‌ای کرد و دوباره به زمین غلتید و گونه تا اَبرویش شکافت و خون بیرون جهید. رو به کریم گاوچال و حسن گربه کرد و گفت: «بیاین این مادرقحبه رو از رو زمین جمع کنین!»

کریم و حسن جلو رفتند و زیر بغل‌های غلام را گرفتند و روی پا نگه داشتند. طنابی به گردنش انداختند که با چشم‌های متورم و خونی که یک سمت صورت او را پوشانده بود حالتی نزار به او می‌داد. همانی شده بود که دوست داشت در نظر محل جلوه کند، ذلیل و زبون و حقیر. به‌طرف در رفت. برگشت ایستاد و گفت: «براداکبر و برادرحسین، همراه کریم و حسن با من بیاین. می‌ریم ایستگاه مهربان». غلام که با فهمیدن عاقب کار شهامت از دست رفته‌اش را لحظه‌ای باز یافته بود، وقتی از مقابلش می‌گذشت زیر لب با غیظ گفت: «رمضون حقت بود که می‌ذاشتم همون موقع می‌افتادی زندون و همون‌جا ترتیبت رو می‌دادم!» پای خودش را جلوی پای غلام گذاشت و با دست او را به جلو هُل داد. غلام با صورت روی

زمین افتاد. بالای سرش ایستاد و گفت: «چاقو رو به‌جای شونت باید می‌زدم پس گردنت دیوسِ بی‌همه چی! بچه بودم، دلم نیومد.»

غلام صورت آش و لاشش را از روی زمین برداشت و نگاهی به او کرد و پیشانیش را به زمین تکیه داد و ناله‌ای کرد. کریم و حسن زیر بغل او را گرفتند و از روی زمین بلندش کردند و به‌طرف در رفتند. نیمروز بیسیم بود و خیابان شلوغ بود. از ایستگاه کلانتری فاصله نگرفته بودند که مردم، زن و مرد، دنبالشان راه افتادند. کریم و حسن بازوهای غلام را گرفته بودند و حسین طناب دور گردن او را گرفته بود و می‌کشید و خودش و اکبر ورامینی همراه جمعیتِ پشت‌سرشان خیابان را به‌سمت ایستگاه مهربان سرازیر شدند. بعضی از کسبهٔ برِ خیابان به آنها پیوستند و بعضی از مقابل در دکان‌هاشان برای او دست به سینه می‌شدند و سلام می‌کردند.

به چهار راه مسجد نرسیده بودند که حسن فریاد زد: «لانتورِ ساواکی اعدام باید گردد!»

جمعیت فریادزنان شعار دادند: «لانتورِ ساواکی اعدام باید گردد!» شعار چندبار دیگر هم تکرار شد. سرِ چهارراه شیخ‌علی‌اکبرِ پیشنماز از مسجد بیرون آمد. جلو رفت و خم شد و دست شیخ را بوسید و گفت: «سلام‌علیکم حاج آقا. بالاخره گیرش انداختم!»

شیخ علی‌اکبر گفت:«جَزَاکُمُ الله خَیراً حاج‌آقا رمضون!» شیخ را میان خودش و اکبر جای داد. جمعیت صلوات فرستاند و شعار داد: «صل علی محمد، شیخ‌علی‌اکبر خوش آمد!». راه افتادند.

شیخ گفت: «تصرف کلانتری مبارک باشد! اَجرت با امام زمان برادر رمضان!» گفت: «حاجی‌جون، این از برکت انقلابه. من مقابل این مردم پشه‌م نیستم! ریاست کمیته با شماست که سرور مایید، بندهٔ بی‌مقدار اونجا فقط نایب شمام!» شیخ لبخند رضایت‌آمیزی زد و

گفت: «راهنمایی‌ای، سئوالی، یا مثل آن قضیهٔ قلعهٔ شهرنو فتوایی اگه خواستید من هستم، وگرنه که همین مسجد و نماز جماعتی که برای مردم می‌خوانم مرا بَس».

جمعیت هردَم بیشتر می‌شد و شعارها تندتر: «لانتورِ مفسد، ساواکیِ آدم‌کش، اعدام باید گردد!»

از فرصت استفاده کرد و ازشیخ علی‌اکبر پرسید: «حاج‌آقا، می‌شه حکم این مرتیکه رو بفرمایین که خدای نکرده کاری خلاف قرآن و اسلام انجام نداده باشم!» شیخ اکبر آرام و شمرده گفت: «یَا أَیُّهَا الَّذِینَ آمَنُوا کُتِبَ عَلَیْکُمُ الْقِصَاصُ فِي الْقَتْلَی الْحُرُّ بِالْحُرِ. جان مقابل جان. این نص قرآنه. مخصوصاً که تو پونزده‌خردادم مسلمون‌کشی کرده» بدون‌آنکه معنی آیه را خوب فهمیده باشد نگاهی به آسمان کرد و گفت: «قربون برم آخدا رو که فکر همه‌جاشو کرده!» یحیی با موتور و اسلحهٔ بند فنگ شده و به پشت انداخته از مقابل آمد و دور زد و با آنها همراه شد و گفت: «سلام حاج‌آقا!» شیخ گفت: «سلام، آقا یحیای گل!» یحیی رو به او کرد و آهسته پرسید: «برادر رمضون، چی‌کار کنم؟ برم کمیته یا بمونم!» آهسته جواب داد: «می‌-بینی که چه خبره؟ جمعیت رو ببین! بهتره بمونی و مراقب باشی. به حاج‌اختر که گفتی؟» یحیی گفت: «آره حاج‌آقا!» و همین‌طور که سوارِ موتور بود با جمعیت همراه شد.

حاج‌اخترخانم چادر به‌سر مقابل قصابی ایستاده بود. شیخ‌علی‌اکبرگفت: «می‌بینم والده را هم خبر کردین؟» رمضان گفت: «گفتم بیاد شاهد باشه دلش خُنک شه حاج‌آقا». مقابل قصابی حسین طناب را از گردن او برداشت و کریم و حسن غلامِ خونین و کبود را با چشم‌های متورم و صورت آش‌ولاش جلو بردند تا با حاج‌اخترخانم روبرو شود. شانه به شانهٔ شیخ‌علی‌اکبر پشت‌سرِ غلام ایستاد و جمعیت دایره وار دور آنها ساکت ایستاد. حاج‌اختر

قدمی جلو رفت و به غلام خیره شد و با صدای بلند از رمضان پرسید: «کی همچین بلایی سر این اسیر آورده؟» رمضان ساکت ماند. حاج‌اختر صورتش را نزدیک‌تر برد و به صورت نزار و آش‌ولاش غلام خیره شد و رو به جمعیت کرد و دوباره پرسید: «کی همچین بلایی سرِ این بدبختِ دست‌بسته آورده؟»

صدایی در پاسخ از کسی برنخاست. برگشت به غلام نگاه کرد و پرسید: «تو این جمعیت که یه باجرأت پیدا نشد، خودت بگو ببینم کی همچین بلایی سرت آورده؟» غلام سرش را پایین انداخت و مکثی کرد و آهسته گفت: «خجالت می‌کشم حاج‌خانم! از روت خجالت می‌کشم. جوون و جاهل بودم. از این بزرگواری‌تون خجالت می‌کشم. به‌خاطر بچه‌هام منو ببخشین و ...» اکبرورامینی طاقت نیاورد و از پشت دودستی محکم کوبید تو سرغلام. حاج‌اختر داد زد: «چرا می‌زنیش اکبرآقا؟ نزنِش! بذار حرفم رو بهش بزنم» و جلو رفت و به چشمای غلام خیره شد و گفت: «تو بچه‌هام رو یتیم کردی و منو تو این دنیا بی‌پناه و بی‌شوهر کردی». جمعیت به هیجان آمد و شعار داد: «لانتور مفسد، ساواکیِ قاتل اعدام باید گردد!»

جلو رفت و دست مادرش را گرفت و رو به غلام کرد و با صدای بلند گفت: «باید به پای مادرم بیفتی و التماس کنی». شیخ‌علی‌اکبر گفت: «مگه این‌جوری بارِ گناهاتو سبک کنی».

غلام به حاج‌اختر نزدیک شد و روی زانوهایش نشست. دست‌های او از پشت بسته بود و نمی‌توانست روی پاهای او بیفتد. اکبر ورامینی با لگد به پشتش زد و با صورت روی پاهای حاج‌اخترافتاد. حاج‌اختر یکه خورد و حیران عقب کشید و رو به اکبر گفت: «این چه کاریه، رمضون یه چیزی به اینا بگو! اکبرآقا راضی نیستم بزنینِش! این چه کاریه با یه اسیر دست‌بسته می‌کنین؟ بیست سال پیش من

اونو به خدا واگذار کردم، همین بسشه. شماها مگه مسلمون نیستین؟ ببینین چه بلایی سر یه آدم کَت‌بسته آوردین؟»

نگاهی به مادرش انداخت و همان‌طور که دورخیز کرده بود لگدی به پهلوی غلام بزند گفت: «ننه تو این مادرقحبه رو نمی‌شناسی، بهتره دلت واسهٔ خودت بسوزه!» با ضربهٔ او، غلام ناله‌ای کرد و به پهلو غلتید و از درد به خودش پیچید. حاج‌اخترخانم آهی کشید و دست به سر گذاشت، کنار غلام نشست. سر بلند کرد ورو به او کرد و گفت: «رمضون، بی‌مروت! نزنش، زدنِ اسیر، زدن زخمی گناهه! رحم و مروتت کجا رفته رمضون؟!» با پوزخند نگاهی به مادرش انداخت رو به شیخ‌علی‌اکبر و با صدای بلند طوری که جمعیت بشنوند گفت: «مادرِ مارو باش! دلش واسهٔ قاتل شوهرش سوخته!»

اکبر ورامینی جلو رفت و گفت: «حاج‌اخترخانم، شما بِسپُرینِش به ما، کارتون نباشه. این مرتیکه لایق دلسوزی شما نیس».

چشمش میان جمعیت به نیره‌سادات افتاد و گفت: «نیره‌سادات‌خانم شما این مادر منو ببرین تا ما بتونیم حساب این مادرسگ رو برسیم!» نیره‌سادات رفت طرف حاج‌اخترخانم و روی او خم شد و گفت: «اخترجون پاشو! پاشو قربونت. دلت واسهٔ این لندهور نسوزه، قاتل شوهرته!» و زیر لب زمزمه کرد: «اونم قاتل چه مردی، حاج‌مهدی! پاشو خانمم، پاشو خواهرم!» حاج‌اخترخانم همین‌طور که چشمش به غلام بود که به پهلو روی زمین افتاده و ملتسمانه نگاهش می‌کرد بلند شد. رو به شیخ‌علی‌اکبر کرد و گفت: «حاج‌آقا، من به سهم خودم از این فلک‌زدهٔ بدبخت گذشت کردم، راضی نیستم که بلایی سرش بیاد. شما این رمضون رو نصیحت کنین ازش بگذره، بهش رحم کنه، به زن و بچه‌ش رحم کنه». شیخ‌علی‌اکبر گفت: «شما تشریف ببرین! بسپرین به من. همه باید تابع دستور خداوند باشیم».

حاج‌اختر دستش را از دست نیره‌سادات بیرون کشید و رودرروی رمضان ایستاد و با صدای بلند گفت: «رمضون تو رو به ارواح خاک پدرت قسَمت می‌دم دست از سر این بیچاره بردار، دستت رو به خون آلوده نکن!» با چشم مادرش را تا پشت باجهٔ بلیط‌فروشیِ ایستگاه، روبروی درِ خانهٔ نیره‌سادات دنبال کرد. زن‌های همسایه دور حاج‌اختر را گرفته بودند وکنار سبزی فروشی اکبرورامینی ایستاده بودند. جمعیت شعاری راکه یحیی فریاد زده بود محتاطانه تکرار می‌کردند: «حاج‌مهدی روحت شاد، قاتِلت گیر افتاد!»

رو به جمعیت کرد و گفت: «مادرِ من ممکنه بخواد از قاتل ساواکیِ شوهرش بگذره، من نمی‌گذرم، نه از خون بابام، نه از خون اون جوونایی که به‌دست این ساواکیا و دارودستهٔ شعبون بی‌مخ تو همین یه سال گذشته کشته شدن!» شیخ‌علی‌اکبر با صدای بلندتر طوری که جمعیت مردّد بشنوند رو به او کرد و گفت: «حاج‌رمضون، خودت میدونی، موظفم بگم که شرع مقدس می‌گه همسر مقتول ولی دَم محسوب نمی‌شه. قصاص حق بچه‌های مقتوله. اینکه حاج‌خانم قاتل رو بخشیده مانع قصاص نیست، خود دانی».

جملهٔ شیخ تمام نشده بود که چشمش به سعید افتاد. در پشتهٔ انتهایی جمعیت ایستاده بود و سرزنش‌بار نگاهش می‌کرد. به روی خودش نیاورد که او را دیده است. احتمالاً سروصدای مردم را شنیده بود و از خانه بیرون آمده بود تا ببیند چه خبر شده. نمی‌خواست به او فکر کند. درست موقعی که نمی‌خواست آنجا باشد، سبز شده بود. فکر کرد اگر التماس‌های مادرش را شنیده بود، که یقیناً شنیده بود، چه چیزی در سرش درباره او می‌گذشت؟ نباید مادرش را خبر می‌کرد. شاید در همان کلانتری با یه گلوله توی سر غلام باید کار را تمام می‌کرد. دلش نمی‌خواست به نظر سعید و فروغ و ابراهیم ونجمه فکر کند.

جماعت منتظر ایستاده بودند و به او نگاه می‌کردند. پیش خودش فکر کرد مردم رمضانِ باجربُزه را دوست دارند نه رمضانی را که شهامت کشتن قاتل پدرش را نداشته باشد. باید نگاه‌های ملامت‌بار سعید، التماس‌های مادر، گوشه‌کنایه‌های این روزها و روزهای بعد ابراهیم و فروغ، کم‌محلی کردن حوری، و حتی سگرمه‌های به‌هم آمدهٔ نجمهٔ را که این روزها پُز لیسانس و دبیر شدنش و کتاب و مجله خواندنش را می‌داد ندید می‌گرفت. همین عقب‌نشستن‌های یک‌عمر او بود که باعث شده بود مادر گوشش به حرف آنها باشد.

احساس کرد حالا یک محله، شیخ‌علی‌اکبر، تمام بچه‌های کمیته، کاسب‌ها، هیئتی‌ها، نوحه‌خوان‌ها، و مسجدبروها چشمشان به او بود. وقتش بود رمضانی باشد که باید از همان اول می‌بود، همان رمضانی که وقتی سیزده ساله بود چاقو به غلام‌لانتور زده بود. باید عزمش را جزم می‌کرد و نشان می‌داد که دیگر دورهٔ بزدل‌ها و ترسوها، دورهٔ فخرفروشیِ فکلی‌ها و امروزی‌ها گذشته است.

رو به غلام کرد و به کریم و حسن گفت: «بشونیدش!» دست به کمر و تپانچه شد و آن را ازغلاف بیرون آورد و به‌سمت آسمان گرفت و شلیک کرد. صدای تیر که بلند شد یک‌باره جمعیت و محله در سکوت فرو رفت، سکوتی که انعکاسش را در چشم‌های وحشت‌زدهٔ غلام دید و به‌دنبال جیغ کوتاه حاج‌اختر ماندگار ماند. فریاد زد: «به حکم آیهٔ شریفهٔ یا أَيُّهَا الَّذِينَ آمَنُوا كُتِبَ عَلَيْكُمُ الْقِصَاصُ فِي الْقَتْلَى الْحُرُّ بِالْحُرِ، با فتوا و درحضور حاج‌شیخ‌علی‌اکبر، مجتهد و پیشنماز عادلِ مسجد، غلام‌لانتور رو به جرم قتل بابام، حاج‌مهدی قصاب، که بعضی از شماها هم شاهدش بودین، قصاص می‌کنم!»

نَفَس در سینهٔ جمعیت حبس شده و آرام‌آرام عقب نشستند و فضای دور غلام وسعت گرفت. جمعیت مثل دیواری او را از نگاه مادرش محافظت می‌کرد. کریم و حسن غلام را روی زانو نشانده بودند.

شیخ‌علی‌اکبر و اکبر ورامینی همراه کریم و حسن دور او را خالی کردند و به حاشیهٔ جمعیت عقب نشستند. رمضان پشت‌سر غلام ایستاد و تپانچه‌اش را به سر او نزدیک کرد. نگاهی به شانه‌های غلام انداخت که می‌لرزیدند.

مردّد شد و گفت: «نه این‌جوری نمی‌شه!» رو به کریم کرد و گفت: «برو از قصابی کارد سلاخی رو بیار!» کریم سمتِ قصابی رفت. غلام ملتمسانه به جمعیت نگاه می‌کرد و مردمِ بهت‌زده در سکوت انتظار می‌کشیدند. کریم که با کارد سلاخی برگَشت سلاح کمری را به غلافش برگرداند، چاقو را از کریم گرفت. همان‌طور که پشت غلام ایستاده بود با دست چپ چانه و دهان غلام را گرفت و سر خمیدهٔ او را بالا آورد. پهنای گلوی او که با ریشی بلند پوشیده بود بیرون زد. تیغهٔ کارد را روی گلوی او گذاشت و بلند گفت: «حیف گلوله واسه یه همچین آدمی. من این نامرد عوضی رو همون‌جور که بابام رو کشت، قصاص می‌کنم!» و تیغه کارد را از روی گلوی او برداشت و با حرکتی سریع در گردن و شاهرگ غلام فرو کرد. پهنای تیغهٔ کارد سلاخی گردن و شاهرگ او را درید و خون فواره زد. غلام ثانیه‌ای ماند و سپس میان دست‌های او مثل شمع آب شد و به زمین غلتید. یکی گفت: «فاتحه مع الصلوات!»

جمعیت صلوات فرستاد و مردم شروع کردند به فاتحه خواندن. حاج‌اخترخانم که فوران و سرخی خون را از لابه‌لای جمعیت دیده بود، خودش را از حلقهٔ زن‌ها بیرون انداخت و صدای صلوات جمعیت را شکست و رو به رمضان فریاد زد: «خدایا مرگم بده! خدایا مرگم بده! الهی خیر نبینی رمضون! خدا نبخشدت. خدا نبخشدت!» غلام با دست‌های از پشت دستبندزده، تاشده از کمر و به‌پهلو افتاده و غرقِ خون جان می‌کَند. جمعیت در سکوت برخی به

او چشم دوخته بودند و برخی راه افتادند و رفتند. یحیی دوباره فریاد زد: «فاتحه مع الصلوات!»

مردم همین‌طور که پراکنده می‌شدند با صدایی خفه صلوات فرستادند و دور که می‌شدند، زیر لب سوره حمد و قول هوالله می‌خواندند.

چشم دواند که باز سعید را در جمعیت پیدا کند که نکرد. فکر کرد یعنی برگشته خانه یا هنوز جایی همان دوروبرها خودش را داخل جمعیت گم کرده تا چشم در چشمش نشود؟ زن‌های محل جلوی خانهٔ نیره‌سادات دور مادرش حلقه زده بودند و مشغول آرام کردن او بودند. نباید ناله و نفرین‌های او را جدی و به‌دل می‌گرفت. اصلْ خودش بود. آرزوی سال و سالیانش برآورده شده بود. مشدعباس بقال با عینک ته‌استکانیش کورمال و سلانه با چند گونی رفت بالای سر جسد که حسن دستبند را از دستش باز کرده و او را به پشت و درازبه‌دراز وسط خیابان خوابانده بود. کیسه‌ها را روی او انداخت.

شیخ‌علی‌اکبر به‌طرف اوآمد و گفت: «برادر رمضان، اَجرَت با امام زمان! شّر یه شرورِ آدمکش و ساواکی رو کم کردی. یادت نره شرعاً یه دیهٔ کامل به گردنته که به بچه‌هاش می‌رسه». گفت: «قربون شما حاج‌آقا، روی چِشَم. شما بفرمایین چند می‌شه، می‌دم بهشون. فقط دعا کنین قبول خدا و شادی روح بابام باشه!» شیخ دو دستش را با سستی و نصفه‌نیمه به آسمان برد و گفت: «انشاالله!»

از شیخ‌علی‌اکبر فاصله گرفت و با اشاره به جسد گونی‌پوش غلام، رو به اکبر ورامینی گفت: «بگو بچه‌ها جمش کنن ببرنش کمیته. خبر بدین بیان ببرنش پزشک قانونی و تا تحویل خونواده‌ش بدن! خیابونم بده بشورن!» اکبر گفت: «روی چِشَم حاجی‌جون!» بیشتر از هر وقت به شیخ‌علی‌اکبر ایمان آورده بود. نفس گرم و محبت

ملکوتی او سبب شده بود تا شوق و شوری روحانی پیدا کند. اینکه احساس کند هر کاری که می‌کند برای رضای خدا و باعث خوشحالی و مورد قبول شیخ‌علی‌اکبر است به او نیرو و ایمانی دوچندان می‌داد. فکر کرد از برکت انقلاب مقام و منزلتی پیدا کرده که ابراهیم و فروغ و سعید که هیچ، گنده‌های میدان بارفروش‌ها و بازار هم به پایش نمی‌رسیدند. شیخ را باید برای خودش نگه می‌داشت، خصوصاً که با علما و نزدیکان امام هم روابطی داشت.

زن‌ها هنوز جلوی خانهٔ نیره‌سادات، دور مادرش جمع بودند. حوری هم بود، سرِ مادر را بغل گرفته بود و دلداری‌اش می‌داد. به یحیی سپرده بود به او بگوید خانه بماند و مراقب بچه‌ها باشد و بیرون نیاید. شاید دنبال صدای تیر آمده بود بیرون. رو به یحیی کرد و گفت: «معطل چی وایستادی؟ برو یه شمدی چیزی بیار و لَشِ اینو بپیچ توش با نیسان اکبر ببرینش کمیته تا منم بیام».

تا بعدازظهر آن‌روز که از کمیته بزند بیرون، جسد غلام را تحویل پزشک قانونی داده بود و شش پست نگهبانی در محله و یک ایست بازرسی سرِ خیابان بیسیم برقرار کرده بود. تصمیم داشت برای همکاری با محلات دیگر و جمع‌وجور کردن همهٔ نیروها، با استفاده از نفوذ شیخ‌علی‌اکبر، گروه‌های گشت و نگهبانی و توزیع نفت و سیلندر گاز را که اطراف محله و در حوزهٔ استحفاظی کلانتریِ سابق برپا شده بود زیرنظر کمیتهٔ بیسیم بیاورد. با اکبر قرار گذاشت بعد از خواندن نماز جماعت مغرب و عشاء سراغ شیخ بروند و راجع به اهمیت این مسئله از نظر امنیت محل و جلوگیری از نفوذ ضدانقلاب صحبت کنند. می‌خواست شیخ را راضی کند راهی پیدا کند همهٔ کسانی را که حالا دیگر اسلحه داشتند و در محل خودشان کمیته راه انداخته بودند به مسجد بکشاند و از آنها بخواهد زیرنظر کمیتهٔ بیسیم فعالیت کنند.

تا نماز مغرب و عشاء یکی دو ساعتی مانده بود و از بعد از قصاص غلام از اوضاع خانه و مادرش خبری نداشت. سوار ماشینش شد و به‌طرف خانه رفت. در را مجتبی باز کرد و سلام کرد. رمضان پرسید: «مهمون داریم؟» مجتبی جواب داد: «نه، فروغ و عمو ابراهیم اومدن». پرسید: «کجان؟» مجتبی گفت: «تو اتاق مامان!». نجمه هم با اینکه مدارس تعطیل بودند برای جلسه معلمان به مدرسه رفته بود.

به‌سمت اتاق مادرش رفت و مجتبی دنبالش افتاد و پرسید: «راستی داداش، منم می‌تونم بیام تو کمیته؟» گفت: «فردا پس فردا دانشگاها باز می‌شه، تو بهتره به درس و مشقت بچسبی!» مجتبی گفت: «فقط بعضی روزا!» گفت: «باشه، بذا ببینم چی می‌شه!» درِ اتاق مادر را باز کرد و سلام کرد. فروغ و ابراهیم و حوری جلوی پایش بلند شدند و سلام کردند. مادر روی برگرداند و جواب سلامش را نداد. در رختخوابش نشسته بود و به بالش پشتش تکیه داده بود. با ابراهیم و فروغ خوش‌وبشی کرد و به حوری گفت: «یه چایی به ما می‌دی؟»

حوری به‌طرف بخاری و کتری‌وقوریِ روی آن رفت. جلو رفت و کنار رختخواب مادر نشست و پرسید: «چی شده تو رختخوابی ننه؟» حوری که مشغول چای ریختن بود جواب داد: «از ظهر حالشون خوب نیست! دوباره طپش قلب گرفتن». رو به مادرش پرسید: «واسه چی؟ باز قرصاتو نخوردی؟» مادرکه چشم به زانوهای خمیدهٔ خودش دوخته بود سئوال او را بی‌جواب گذاشت. حوری سکوت مادر را که دید جواب داد: «قرصاشونو خوردن» با اینکه می‌دانست دلخوری و ناراحتی مادر از کجاست، دوباره رو به او پرسید: «پس چی شده ننه؟» مادر ساکت بود. فروغ و ابراهیم نگاهش می‌کردند. حوری گفت: «ظهری که از خیابون برگشتیم خونه طپش قلبشون شروع شد. کشتن غلام حالشونو بد کرده!» فروغ پرید وسط و گفت:

«شهرنو رو آتیش زدین، گفتی کار شماها نبوده، این دیگه چه کاری بود کردی رمضون؟» از کوره در رفت و گفت: «چیه؟ می‌خواستی واسه اینکه ماها رو بی‌بابا و یتیم کرد و ننه‌مون رو بی‌شوهر دستشو می‌بوسیدم ازش طلب مغفرت می‌کردم؟ یا می‌گفتم آق‌غلام، بابا، دست مریزاد که زندگی‌مون رو به باد فنا دادی؟!» با کف دست روی زانویش زد و ادامه داد: «بابا یه جو غیرتم خوبه آدم داشته باشه! شماها دیگه چه‌جوری آدمایی هستین!»

مادر همان‌طور که نگاهش را از او برگردانده بود گفت: «خجالت بکش! از کِی تا حالا آدمکشی شده غیرت؟ من اونو به خدا سپرده بودم که هرجور صلاح می‌دونه حقش رو کف دستش بذاره. آره، بی‌پناه و تنها شدم، اما خدا درِ برکتش رو روی ماها باز کرد. کشتن بابات حق نبود، اما الحمدالله یکی‌تون بهتر از اون یکیِ دیگه شدین. این بچه‌ها که همه درس‌خون و مهندس و لیسانس شدن، خودتم که تو زندگی چیزی کم نداری یه زن مثل حوری داری که دوستت داره، تو میدون و بازارم که پول پارو می‌کنی! چه‌جوری چشمت رو روی اینا بستی؟ این همه برکت و رحمت خدا دلتو به رحم نیاورد؟ دستت رو به خون آلوده کردی. انقلاب شده که این کارا رو بکنین؟ یه مشت آدم راه بندازی دنبال خودت شعار بدین و بعد هرکاری دلتون خواست بکنین؟ من نرفتم تو تظاهرات که بچّم وسط خیابون جلوی چشم کوچیک و بزرگ خون بریزه. چه‌جوری دلت اومد بچه‌هاشو بی‌پدر کنی و زن بدبخت‌شو به خاک سیاه بشونی؟ از ظهر تا حالا همین‌طور دلمو می‌ذارم جای دل زنش که باید تقاص گناه شوهرش رو خدا می‌دونه با چن تا بچه به دوش بکشه. ببینم خوبه فردا روزی پسرغلوم بیاد بلانسبت خون تو رو بریزه و بچه‌هاتو یتیم کنه؟»

با غیظ دستش را تکان داد و گفت: «برو بابا توام با این مروّت بازیای آبکیِ صدمن یه‌غازت! انگار نه انگار اون بی‌همه‌چیز خون

بابام رو اونطور نامردی ریخته؟ اون خدا بیامرز تازه امروز روحش آروم شده. خوبه اسم خودتونو گذاشتین مسلمون. ببین مادر من، پسر بزرگ حاج‌مهدی قصاب به فرمون قرآن عمل‌کرده! الْحُرُّ بالْحُرِ، جون مقابل جون! نَنه این چیزیه که قرآن میگه! من و توام انقلاب کردیم که قانونْ قانونِ قرآن بشه. دست از این حرفا و اطوارای این دخترای امروزی‌شده‌ت وردار. بی‌خود نیفت دنبال حرفای اینا. بچسب به همون قرآن خدا!»

فروغ گفت: «برو برو! تو دیگه نمی‌خواد به مامان مسلمونی یاد بدی. آدم خوبه یه‌کم شرم و حیا داشته باشه. تو که حتی بلد نیستی حرمت مادرتو نگرداری چه‌جوری دم از مسلمونی و قرآن و انقلاب می‌زنی؟! خجالت نمی‌کشی با مادرت که تموم عمر پنجاه شصت ساله‌ش اسم خدا از زبونش نیفتاده درس مسلمونی می‌دی! ببین قرآن اگه الْكَاظِمِينَ الْغَيْظَ داره عِوضش الْعَافِينَ عَنِ النَّاس هم داره، گذشت و انسانیت کجا رفته آقای باغیرت!»

گفت: «انسونیت؟! پاشین جمع کنین بساطتونو! نه که غلام درحق تو و من و این نَنه بیچاره‌مون انسونیت بخرج داد. نه اینکه اون و داردسته شعبون کم تو این مملکت آدم کشتن و به کشتن دادن. این شماهایین که بی‌غیرتین و یادتون رفته اون غلام بی‌همه‌چیز بی‌خود و بی‌جهت زد بابامون رو که دوتای اون سن‌وسال داشت اونجور به نامردی کشت». حاج‌اختر آهی کشید و آهسته و این‌بار رو به آسمان گفت: «خدایا، منو بکُش که از این زندگی به تنگ اومدم!»

ابراهیم گفت: «خدا نکنه حاج‌خانم، خدا هیچ‌وقت سایه شما رو از سرِ ما کم نکنه، این چه حرفیه می‌زنین؟» بعد رو کرد به او گفت: «رمضون تو که اون رو دستگیر کرده بودی، می‌سپردیش دست قانون، می‌ذاشتی قانون راجع بهش قضاوت کنه!» رو به ابراهیم کرد و گفت: «قانون؟ تو دیگه چرا این حرفو می‌زنی، کدوم قانون؟ همون

۲۹۸

قانونی که یه‌بار تقصیرو انداخت گردن بابام؟ گذشت اون دوران!» ابراهیم گفت: «داداش خوبه انقلاب شده، حق باید به حق دار برسه، این همه کشته و زخمی دادیم واسه چی؟ واسه اینکه عدالت برقرار شه، حکومتْ حکومتِ قانون‌شه!»

فروغ حرفش را قطع کرد و گفت: «ابراهیم، به‌کی داری این حرفا رو می‌زنی؟ ولش کن، این اگه معنی انقلاب رو فهمیده بود که جلو چشم مردم آدم نمی‌کشت!» گفت: «فروغ خانم، خانم مهندس، تو دیگه نمی‌خواد به من درس قانون و انقلاب بدی! قانون انقلاب قانون اسلام و قرآنه! منم قانون اسلام رو اجرا کردم. حالا ننه‌م غصهٔ زن و بچهٔ اونو بخوره، من به تکلیفی که خدا برام معین کرده عمل کردم!» فروغ گفت: «تو هیچی از قانون اسلامم سرت نمی‌شه. اگه می‌شد اینم باید می‌دونستی که واسه قصاص یا بخشیدن اون همهٔ ماها، من و نجمه و مجتبام حق داشتیم. تو حق ما رو غصب کردی!»

حوری که مدتی بود استکان چای در دستش مانده بود، جلو آمد و آن را مقابل رمضان گذاشت و گفت: «کاریه که شده. صلوات بفرستین. می‌بینین که حاج‌خانوم حالش خوش نیست». فروغ گفت: «اجرای قانونِ خدام حساب و کتاب داره، این نیست که چاقوی سلاخی رو بگیری وسط خیابون بدون هیچ محاکمه و حکمی فرو کنی تو گردن یارو. اینجوری فردا تو این مملکت سنگ روی سنگ بند نمی‌شه!» جابه‌جا شد و گفت: «فروغ دیگه حوصله‌مو داری سر می‌بری! اولندش تو کمیته محاکمه‌ش کرده بودیم، دومندش از شیخ‌علی‌اکبرم حکم و فتوا گرفته بودم، سومندِشم من جلوی خلق‌الله و صدتا آدمی که شاهد کشته شدن بابام به‌دست اون ناکس بودن حکم خدا رو اجرا کردم، چهارمندش یه ساواکی کم شد!» بعد مکثی کرد و آهسته و با خودش گفت: «ما رو بگو فکر می‌کردیم ننه‌مونو خوشحال می‌کنیم».

حوری گفت: «رمضون، فروغ خانم، تورو خدا، مادرتون حال خوشی نداره، می‌بینین که، رنگ به صورتش نیس!» بلند شد و رو به ابراهیم و فروغ گفت: «پاشین بریم طرف ما، بذارین ننهٔ دلرحم‌مون استراحت کنه!» از اتاق که بیرون می‌رفت مادرآهسته و نالان گفت: «خجالت بکش، برو نماز وحشت بخون و استغفار کن آه زن و بچه غلام دامنت رو نگیره!» وسط حیاط حوری اتاق خودشان را نشان داد و گفت: «آقا ابراهیم، فروغ خانم بفرمایین، چرا وایستادین؟ هوا سرده!» فروغ گفت: «نه حوری جون، ما می‌ریم دیگه، برم خونه به کارام برسم، مزاحم نمی‌شیم». به‌طرف در حیاط رفتند. حوری گفت: «این‌جوری که بد شد!» ابراهیم جلو آمد و خداحافظی کرد و از درِ خانه بیرون رفتند. مجتبی سرش را بیرون برد، سوار ماشین خودشان که شدند، آمد داخل و در را پشت سرش بست. رو به او کرد و پرسید: «داداش، فردا می‌تونم بیام کمیته؟» گفت: «گفتم که، ببینم چی می‌شه».

صبح روز بعد مادر جواب خداحافظی‌اش را نداد و با مجتبی از درِ خانه بیرون آمدند. مجتبی به‌طرف ماشین او که کنار خیابان پارک بود رفت. رمضان گفت: «با ماشین نمی‌ریم!» می‌خواست پیاده برود و خودی در محل نشان دهد و اثر اعدام غلام را روی مردم و همسایه‌ها ببیند. با اینکه اولِ وقت بود، در محله جنب‌وجوشی دیده می‌شد. صادق تُرکه، مستأجر قصابی، خم شده بود و قفل‌های کرکرهٔ قصابی را باز می‌کرد. کمر راست کرد، ایستاد، و دستی بلند کرد و گفت: «جمالِ آق‌رمضون رو، بفرما!» سری برایش تکان داد و گفت: «قربونت صادق‌خان». صادق از همان دور گفت: «آق‌رمضون، چاقوئی که دیروز کردی تو گردن غلوم غُسلش دادم و پاکش کردم و گذاتمش کنار. می‌خوام بدم اسمتو رو دسته‌ش حک کنن یادگاری نگرش دارم!» و زد زیرخنده.

مشدعباس روی سکوی جلوی بقالی نشسته بود، دستی به عینک خودش برد، آن را جابه‌جا کرد و لبخندی سرد به لب آورد و سلام نکرد. مجتبی که سلام کرد پیرمرد دست خودش را برای او بالا آورد و لبخندی زد. پرسید: «چطوری مشدعباس؟» مشدعباس به سردی پاسخ داد: «هی، شکرِ خدا، نفسی هست رمضون!» آن‌طرف‌تر مُرتِض انگوری، شریک سبزی‌فروشی اکبرورامینی، مشغولِ دست‌به‌دست کردن و پیاده کردن صندوق‌های پرتقال و نارنگی از نیسان اکبرآقا بود. از روی وانت دستش را بلند کرد و گفت: «چاکر آق‌رمضون!» پرسید: «از اکبر چه خبر مُرتِض؟» مرتضی صندوقی را به دست شاگردش داد و گفت: «شما بیشتر ازش خبر دارین تا من. پیشِ پای شما از میدون اومد، وانت رو گذاشت و گفت می‌ره کمیته. انقلابی شده و پاک دکون رو بی‌خیال شده، عشق تفنگ گرفتَتِش!» گفت: «مرتض، فکرکنم دیگه باهاس بی‌خیال شریکت بشی!» مرتضی گفت: «شدم آق‌رمضون! می‌بینی که» و به صندوق توی دستش اشاره کرد و بلند خندید.

از مقابل وانت عبور نکرده بودند که نیره‌سادات درِ خانه‌اش را باز کرد. هم‌زمان با مجتبی سلام کردند. نیره‌سادات چادر گلدار کودری‌اش را مرتب کرد و گفت: «سلام به روی ماه هردوتون! تو حیاط بودم صداتو شنیدم گفتم بیام یه حالی از اختر بپرسم، چطوره؟» جلوی درِ خانه ایستاد و گفت: «خوبه حاج‌خانم!» نیره‌سادات گفت: «دیروز پریشون بود. آدم به این دل‌رحمی ندیدم، نه که بی‌شوهری خودش و بی‌پدری کشیدین شماها رو دیده، غصهٔ بچه‌های غلام رو می‌خوره. کارِ خوب رو تو کردی ننه، کم آدمی می‌تونه از خون پدرش بگذره که تو بتونی. اینو دیروز به حاج‌اختر نگفتم، اما من یکی که دلم خنک شد. یه چند روزی بگذره مادرتم خوب می‌شه. مزاحمت نمی‌شم، برو به کارات برسی. جارو پارومو

بکنم می‌رم یه‌سر بهش می‌زنم!» گفت: «خدا سایه شما رو از سرِ ما کم نکنه نیره‌سادات خانم. قربون شما، عزت زیاد!»

چند قدم جلوتر دو نفر عابر سلام کردند. دستش را روی سینه‌اش گذاشت و زیرلب گفت: «مخلصیم!» ممدکبابی که حلیم روزش تمام شده بود و مشغول شستن دیگش بود، سرش را بلند کرد و از پشتِ ویترین و لابه‌لای نوشتهٔ «کبابی اسلامی» روی ویترین دکانش، دست تکان داد و با صدای بلند گفت: «ایول داش‌رمضون، خوشم اومد، خوب کلکش رو کَندی»، بعد دستش را مشت کرد و انگشت سبابه‌اش را روی گردن و شاهرگش فشار داد و گفت: «فیش‌ش‌ش، خلاص» و قاه قاه خندید. رمضان لبخندی زد، دستی برای او تکان داد، سرش را بالا گرفت، بادی به غبغب انداخت و عبور کردند.

مجتبی داشت زیرچشمی نگاهش می‌کرد. گفت: «مجتبی می‌بینی، حالا ننه هی منو لعن و نفرین کنه و بگه این چه کاری بود کردی!» مجتبی ساکت ماند. به چهارراه مسجد که رسید، اِسمال کله‌پز، حسن سنگکی، مصطفی مرغی، مهدی مسقطی، و جعفرکفاش دوره‌اش کردند و گرفتندش به حرف. حسن گفت: «داش‌رمضون، دیروز نبودم، صلات ظهر و اسیر پاچال بودم. شیندم گُل کاشتی، دست مریزاد. هیچکی یادش نرفته بیست سال پیش این مادرقحبه چقده ما رو تلکه می‌کرد!»

اسمال کله‌پز گفت: «جات خالی حسن، باهاس می‌بودی و قیافهٔ غلووم رو می‌دیدی وقتی داش‌رمضون کارد به‌دست چونه‌شو تو مُشتش گرفته بود. غلوم شده بود عین یه برّه تو دشتش. کاش دوربین داشتم عکس می‌گرفتم!» مصطفی مرغی گفت: «حاج رمضون دیشب بعدِ نماز دعات کردم. هم واسه خلاص کردن غلوم، هم واسهٔ اینکه مارو از شرّ آجانای تلکه‌بگیر کلانتری نجات دادی، همم واسهٔ

اون کاری که با بَروبَچِ محل دوهفته پیش برا آتیش زدن شهرنو کردین!»

فکری کرد و جواب داد: «حیف که اون روزجلومون‌رو گرفتن نذاشتن کار قلعه و جنده‌جات رو یه‌سره کنیم.. بزودی جوری پاک وپوکش کنیم که اثری ازش نمونه آقا مصطفی.» مهدی مسقطی گفت: «چپ می‌رفتیم، راست می‌رفتیم پاسبون مَلَکی جلو درِ دکونم بود و می‌گفت جناب سرهنگ گفته بیست تا مسقطی! مادرسگ پول مسقطی‌ها رو از کلانتری می‌گرفت، به من نمی‌داد، می‌ذاشت تو جیبش، فکرشو بکن! آخه آدم اِنقده لاشخور؟!» جعفرگفت: «من که یه شاگرد گرفته بودم فقط واسه واکس زدن کفش آجانا و افسرای کلانتری! چیزی نمونده بود دیگه یه شعبهٔ صلواتی تو کلانتری بزنم!» همه خندیدند.

کمی صدایش را کلفت‌تر و آمرانه کرد و گفت: «دیگه اون دوورون گذشت. من و بچه‌های کمیته در خدمت همه هم‌محلیامون هستیم. کاری باری داشته باشین خودم چاکرتونم. مهدی، شنیدم زیر قرضی، یه سر بیا کمیته ببرمت پیش شیخ‌علی‌اکبر از صندوق مسجد واست یه قرض‌الحسنه‌ای، وامی بگیرم بدهی‌تو بدی». مهدی مسقطی گفت: «چاکرتم آقارمضون. خدا بچه‌هاتو واست نگر داره. باشه، مزاحم می‌شم».

رو به دیگران کرد و گفت: «از این به بعد خودتون، دیگرون گرفتاری-ای، کاری، سفارشی، چیزی داشتین خودم درخدمتتونم». جعفرکفاش گفت: «قربون مرامت! همین که آجان نباشه ما رو بس!» گفت: «قربون همه‌تون برم. با اجازه برم برسم به کمیته. راستی تو دوروبرتون ساواکی‌ای، ضدانقلابی، چیزی اگه می‌شناسین بچه‌های کمیته رو خبر کنین».

وقتی رسید یحیی وسط حیاط کمیته ایستاده بود و گفت: «برادررمضون، علی‌خیاط از صبح زود اومده تو نگهبانی نشسته می‌گه می‌خواد شما رو ببینه!» گفت: «امام زمون! نگفتیم بسم‌الله شروع شد. ببینم، نگفت چی کار داره؟» یحیی گفت: «نه نگفت! گفت با خود شما می‌خواد حرف بزنه». گفت: «رفتم تو اتاقم، بیارینش ببینم چی می‌خواد». به‌طرف اسلحه‌خانه رفت و درِ اتاق را باز کرد و به مجتبی که پشت سرش ایستاده بود گفت: «برو تو!» احمد و پسرش و پاسبون صفرعلی مشغول تمیزکاری و مرتب کردن اسلحه‌خانه بودند، سلام کردند. به مجتبی اشاره کرد و گفت: «برادراحمد، اینم مجتبی داداشم. دانشجوئه، مهندس بعد از این!» احمد گفت: «بله می‌شناسمش آقا رمضون!» ادامه داد: «می‌خواد وقتای بیکاریش تو کمیته و پیش داداشش باشه. بکارش بگیر. یادتون باشه همه باید نگهبانی بِدَن، لازم باشه گشتَم برن».

مکثی کرد و رو به احمد پرسید: «چه خبر؟ کارا پیش می‌ره؟» احمد گفت: «بله آقا رمضون، آقا صفر دو تا دفتر تازه و سفید از دفترای قدیم رو پیدا کردن. یکیش مال آمار اسلحه‌خونه‌س، یکی دیگشم مال تحویل دادن و تحویل گرفتن اسلحه و ملزوماته که از همین امروز مهدی پسرم داره ورود و خروج اسلحه رو توش می‌نویسه. صفر یادش داده. آمار اسلحه‌خونه رو هم داریم با کمک آقاصفر دوباره از ازسر می‌نویسیم. اسلحه‌هایی‌ام که از پادگان عشرت‌آباد غنیمت گرفتیم همه رو تحویل اسلحه‌خونه دادیم و داریم می‌آریمشون جزو آمار». گفت: «خوبه، امامم دستور دادن مردم اسلحه‌هایی رو که برداشتن تحویل کمیته‌ها بدن. از امروز هرکی تفنگی، فشنگی، چیزی آورد ازش تحویل بگیرین تا بعداً ترتیب برگردوندن اضافی‌هاش رو به دولت بدیم. مجتبام می‌تونه کمکتون کنه، من می‌رم. چارچشمی همه‌چی رو بپاین! یه آمارم از همهٔ فشنگا دربیارین». رو به صفر کرد

و ادامه داد: «آقا صفر، شمام کاراتو که کردی زنگ می‌زنم بیا تو اتاقم ببینمت، کارت دارم!» صفر لبخندی زد و گفت: «چشم حاج‌آقا!»

از اسلحه‌خانه بیرون آمد و از پله بالا رفت و وارد اتاق خودش شد. پشت میز و روی صندلی گردان نشست. تلفن را برداشت و دکمهٔ خط آزاد را زد و شمارهٔ میدان بار فروش‌ها را گرفت. میرزا عبدالحسین گوشی را برداشت: «کربلایی چه خبر؟ بچه‌ها چطورن؟» میرزا گفت: «خوبن حاجی جون. همه از هشت شب دیشب مشغولن. کارا شروع شده و میدون به برکت انقلاب داره حسابی رونق می‌گیره. بار رو تحویل گرفتیم و تُخسِش کردیم و چیدیم. پرتقال زیادی از شهسوار اومده بود، جنسش بد نبود، تقریباً همش رفت. سِدحسین تجریشی یه چک هزاری فرستاد و بدهیشو صاف کرد. نقدیا رو همراه چکایی که موعدش رسیده بود صبح بردم خوابوندم به حساب. براتعلی می‌گه آخرهفته می‌خواد بره اردبیل یه سر به خونواده‌ش بزنه، باید یکی رو پیدا کنیم بذاریم جاش! حاج‌آقا رمضون شما کِی تشریف می‌یارین حجره؟»

جواب داد: «معلوم نیس! بدجوری گرفتار شدم. تا تورو دارم غمی ندارم. فکر کنم یه وردستی لازمت بشه. راستی چک خُمس امسال رو گفته بودم بفرستی مدرسهٔ علوی دفترآقا، فرستادی؟» میرزا گفت: «بله، به‌واسطه فرستادم دفترایشون، پای رسیدشم مُهر مبارکشون خورده، گذاشتم تو گاوصندوق. نگران کارای اینجا نباشین. انقلاب شده و به‌قول آقا دیگه هرکی یه تکلیف شرعی‌ای به‌عهدشه. شما اونجا یه تکلیفی دارین و منم اینجا یه تکلیف دیگه».

یحیی همراه علی وارد اتاق شدند، باعجله خداحافظی کرد و گوشی را روی تلفن گذاشت. علی سلام کرد. رمضان سرش را بلند کرد و از جایش بلند شد و گفت: «سام‌وعلیکم اوس‌علی، این طرفا؟» دست داد و روبوسی کردند. یحیی پرسید: «حاج‌آقا کاری ندارین؟

من برم، یه‌ربع دیگه گشت دارم». گفت: «نه، برو!» و رو به علی کرد و پرسید: «چطوری علی؟ چند روزی بود تو مسجد نمی‌دیدمت، گرفتار بودی؟ راستی بابات چطوره؟» علی گفت: «بابام بد نیس، چی بگم! چشاش دیگه سو نداره، یه‌عمر سوزن زده دیگه. دو سه سالیه که بار خیاط‌خونه گردنِ منه».

نیم‌چرخی روی صندلی چرخانش زد و گفت: «هیچ‌وقت اون سالایی رو که بابام دستمو می‌گرفت و میومدیم پیش بابات که کت شلوارعیدمون رو بدوزه یادم نمی‌ره. همون موقعشم عینک داشت. کاری داشتی؟ درخدمتَم». علی روی صندلی جابه‌جا شد و گفت: «آقا رمضون، شما رو تو این محل همه به مردونگی و دین و ایمون درست‌وحسابی قبول دارن. غرض از مزاحمت این بود که اومدم باهاتون درددل کنم. می‌دونین، مسئله ناموسیِ و گفتنش واسم سخته، ولی دیگه آب از سرم گذشته. چند سال پیش یهو زنم از این‌رو به اون‌رو شد و باهام سرِ ناسازگاری گذاشت. یه بچه ازش داشتم و دوستش داشتم، واسه همین مدارا کردم. خودم رو گول می‌زدم می‌گفتم ایشالا که گربه‌س! درست می‌شه! عوض که نشد هیچی بدترم شد. توقعش اونقده بالا رفت که دیگه راه و بیراه به همه‌چیِ من ایراد می‌گرفت. می‌گفت کله‌ت کار نمی‌کنه، اُمّلی، این چه طرز حرف زدنه، یه رفیق درست حسابی نداری، همش با لات‌ولوتا می‌گردی، این چه لباس پوشیدنیه و از این حرفا. کار رو به جایی رسوند که شک برَم داشت نکنه زیر سرش بلند شده باشه. هرچی بیشتر تو نخش می‌رفتم شکّم بیشتر می‌شد، داشتم دیوونه می‌شدم. وقتی بهش می‌گفتم نکنه پای کس دیگه‌ای درمیونه می‌گفت اگه این‌جور فکر می‌کنی چرا طلاقم نمی‌دی؟ زندگیم سیاه شده بود. شبانه‌روز این فکر که اون با کس دیگه‌ایه دست از سرم برنمی‌داشت و موضوع مرافعهٔ دائمی ما شده بود. اونم مرتب حرفش این بود که

طلاقم بده. نمی‌ذاشت بهش دست بزنم. رختخواب و اتاق خودشو جدا کرد و در رو روم بست. مرتب قهر می‌کرد و می‌رفت خونهٔ مادرش. فکرم این بود که این کارو می‌کنه که بتونه بی‌سرخر با رفیقش باشه!»

پرسید: «حالا مگه رفیق داشت؟» علی گفت: «یه‌بار یه صفحه کاغذ لای دفتر شعرش گیر آوردم توش یه شعر عاشقانه با یه خطی که خط خودش نبود نوشته شده بود. پرسیدم این چیه؟ گفت اینو یکی برا من گفته، خوندی؟ بسوز! نمی‌دونم از سر لج گفت یا داشت واقعیت رو می‌گفت. البته بعدش گفت همه شعرای توی دفترش رو از تو مجله‌ها و اینور اونور نوشته و جمع کرده. سرتو درد نیارم حاجی جون، دست آخرم گذاشت رفت خونهٔ پدرمادرش و پاشو کرد تو یه کفش که طلاق می‌خواد. سختم بود آقا رمضون، بدجوری ازش رو دست خورده بودم، بچَمم دوست داشتم که اونم با خودش برده بود. دیروز ظهری داشتم می‌رفتم مسجد سری بزنم و نماز بخونم که شما و غلام و جمعیت رو سر چهارراه دیدم. دنبال جمعیت اومدم و بعد از اینکه از اعدام غلام برگشتم مسجد و نمازمو خوندم مشغول خوندن زیارت عاشورا شدم. زیارت‌نامه رو که تموم کردم خوابم گرفت. همین‌طور که سرم رو به دیوار تکیه داده بودم خوابم رفت. تو خواب توی یکی از حجره‌های بهشت، روبه‌روی شیخ‌علی‌اکبر نشسته بودم، داشت نماز می‌خوند. نمازشو که سلام داد گفت: چطوری علی آقا، چرا خودتو از شرّ شیطون خلاص نمی‌کنی و بیای تو یکی از این حجره‌ها همسایهٔ من بشی؟ از خواب پریدم، همش چن ثانیه بود، مثل برق اومده بود و رفته بود! پا شدم رفتم خیابون شکوفه، خونهٔ پدرومادرش، و هرطور بود راضیش کردم چند ساعتم شده باهام بیاد بشینیم حرف بزنیم که من اقلاً بفهمم چه‌جوری از هم جدا بشیم. بچه رو سپرد به مادرش و باهام اومد. تو خونه اولش

راجع به جدا شدن حرف زدیم، وسطش گفتم اگه برگرده به زندگیش همه‌چی رو فراموش می‌کنم و می‌بخشمش. گفت اگه یه‌سرِ سوزن دوستت داشتم این کارو می‌کردم. بعدشم راست‌راست تو چشام نیگا کرد و گفت دیگه مال کس دیگه‌ایه و به من حروم شده، فقط طلاق می‌خواد و بس! دنیا جلوی چشام سیاه شد، دیگه نفهمیدم چطور شد، وقتی به خودم اومدم که دیدم کف اتاق بالای جسد غرق خونش نشستم و دارم به چاقویی که قلبش رو سوراخ‌سوراخ کرده بودم نگاه می‌کنم!»

از روی صندلی بلند شد و به چشم‌های علی خیره شد وگفت: «جدی‌جدی کشتیش؟!» علی گفت: «آره آقا رمضون، دست خودم نبود! نمی‌خواستم این کارو بکنم، آورده بودمش که راجع به طلاق حرف بزنم و از شرّش خلاص شم. نمیدونم چی شد که یهو اون‌جوری شد». پرسید: «توی خونه خودت؟!» علی گفت: «آره، بعدشم دوش گرفتم و لباس پوشیدم و رفتم سر کوچه‌مون به مادرش تلفن زدم گفتم شب می‌مونه پیش من و فردا می‌یاد بچه رو ور داره. مادرش خوشحال پرسید ایشالا به‌سلامتی آشتی کردین؟ گفتم: ای همچین! تموم شب بیدار موندم و خوابم نبرد. دیروز از بچه‌ها شنیدم که کلانتریم افتاده دست شما و بچه‌های مسجد. واسه همین صبح گفتم بیام پیشتون و همه‌چی رو به شما بگم و خودم رو تسلیم کنم».

رمضان جلو رفت و بالای سرش ایستاد و گفت: «تو مطمئن بودی با یکی دیگه بوده؟ شاید داشته بلوف می‌زده که طلاقش بدی؟» علی گفت: «با چشمای خودم ندیدم، ولی حتم دارم با کسی بوده. مثل روز روشن بود، از بی‌میلیش، از اینکه آروم‌قرار نداشت. انگار ازم دل کنده بود. خودشم رو که به من حروم می‌دونست! آقا رمضون، من فقط حکم خدا رو اجرا کردم». رمضان گفت: «علی جون، خدا می‌گه چهارتا مرد مسلمون باید شهادت بدن! اگه شاهد نداشته باشی

گناه کردی». علی گفت: «شهادت نمی‌خواست، وقتی به زبون خودش گفت مال کس دیگه‌س و به من حروم شده! یه سال بیشتر بود که رفته بود خونهٔ باباش. ما از خیلی قبلِ اونم دیگه زن و شوهر نبودیم».

دستش را روی شانه او گذاشت و گفت: «حالا پاشو با هم بریم جسد رو ببینم و پزشک قانونی رو خبر کنم تا ببینم بعدش چی‌کار می‌تونم بکنم». یه خودکار و کاغذ داد دست علی و گفت آدرس خونت رو بنویس». گوشی تلفن را برداشت و دکمهٔ تلفن اتاق نگهبانی را فشار داد. صدای حسین‌گربه بود که سلام کرد. گفت: «حسین خودت و اکبر ورامینی حاضر بشین می‌ریم مأموریت. یه زنگم بزن به پزشک قانونی بگو از کمیتهٔ انقلاب زنگ می‌زنی، یه قتل اتفاق افتاده، یه نعش‌کش بفرستن به این نشونی که می‌گم».

علی کاغذ را روی میز مقابلش گذاشت. رمضان ادامه داد: «می‌نویسی؟ شهباز جنوبی، کوچهٔ تیموری، کوچهٔ دانش، کوچهٔ لاله، پلاک هفت! نوشتی؟» حسین گربه گفت: «آره حاجی‌جون. صفرعلی اینجاس می‌گه بیاد خدمتتون؟» گفت: «نه یه کار فوری پیش اومده دارم می‌رم بیرون. باشه وقتی برگشتم». گوشی را قطع کرد و گفت: «پاشو بریم داش‌علی!»

چهارنفری میان‌بر انداختند توی کوچه مدرسهٔ ادیب نیشابوری تا از تیردوقلو سر در آورند. به اکبر ماجرای علی را گفت. اکبر کمی ساکت ماند و رو به علی پرسید: «خب داداشم چرا طلاقش ندادی؟» علی گفت: «می‌خواستم، نمی‌دونم چرا این‌جوری شد. نمی‌تونستم دودستی بذارمش تو بغل رفیقش!»

داشت متقاعد می‌شد که به او اعتماد کند. به‌نظرش می‌آمد آدم بی‌-شیله‌پیله و راستگویی باشد. فکر کرد اگر حق با او باشد که بود،

برود پیش شیخ‌علی‌اکبر و ماجرای خواب او را تعریف کند و شهادت بدهد و برایش حکم برائت بگیرد. بعد هم کمکش کند تا رضایت خانوادهٔ زنش را بگیرد و دیه بدهد. پرسید: «جسد رو پوشوندی؟» علی گفت: «نه آقا رمضون. دیشب که از اتاق اومدم بیرون، دیگه برنگشتم». اکبر ورامینی گفت: «زنی که به شوهرش خیانت کنه حقش همینه که تو کردی، غیرتت رو نشون دادی». رمضان گفت: «خصوصاً که علی دو سه سالی دندون رو جیگر گذاشته و صبر کرده، مطمئن که شده، کشتتِش! واسه همین خیالش تخته که حکم خدا رو اجرا کرده. زنشم که اعتراف کرده که با یکی دیگه‌س».

علی پرسید: «حالا چی می‌شه حاجی‌جون؟» گفت: «هیچی، کافیه چارتا شاهد مؤمن شهادت بدن زنت رو با یکی دیدن و تو راست می‌گی». علی نگاهش کرد و گفت: «من حکم قرآن رو اجرا کردم. همون‌جور که شما دیروز حکم خدا رو درحق غلام اجرا کردین!» به خانه رسیدند و علی کلید انداخت و در را باز کرد. از راهرو گذشتند و به آن طرف حیاط رفتند. رمضان پرسید: «همسایه‌ای، مستأجر دیگه‌ای اینجا زندگی نمی‌کنه؟» علی گفت: «اتاقای سمت کوچه چن‌ساله همین‌جوری افتاده، مخروبه شده و صاحب‌خونه نمی‌تونه اجاره‌شون بده». درِ اتاق خودشان را نشان داد و گفت: «این‌-جاست!» اکبر با علی ماند.

وارد اتاق شد، تاریک بود. پردهٔ ضخیمی جلوی پنجره را پوشانده بود. کلید برق را زد، تک‌لامپ آویزان از سقف روشن شد. زن وسط اتاق به‌پشت با موهای بلند و پریشان افتاده بود. نزدیک رفت و روی صورت او خم شد. خشکش زد. باورش نمی‌شد. همان زنی بود که سه چهار سال پیش وقتی سعید مسافرت بود در خانهٔ او دیده بود. یک‌بار دیدن او کافی بود تا از یاد نرود، بس که متین و مقبول بود.

همان روزها هم صورتش را نتوانسته بود از یاد ببرد. حرف او را که گفته بود فامیل سعید است باورکرده بود و برای همین به روی سعید هم نیاورده بود. معلوم بود سعید هم اگر ماجرا را از زبان زن شنیده، ترجیح داده به روی خودش نیاورد. بعداً هم که پچ‌پچ‌هایی تو محل پشت سر او و از رفت‌وآمد زنی به خانه‌اش سرِ زبان‌ها افتاد بازهم به روی خودش نیاورد.

علی درست فهمیده بود. زنش مدت‌ها بود که فاسق داشت. آن‌قدر به قلب او چاقو زده بود که حفره‌ای بزرگ و سیاه از خونی دَلمه بسته در سینهٔ زن درست شده بود. همان‌جا تصمیم گرفت لب از لب باز نکند. دلیلی نداشت که پای خودش را به مسئله‌ای باز کند که چند سال پیش اتفاق افتاده بود و او از کنار آن گذشته بود. هرچه بود سعید رفیق قدیمی‌اش بود و همهٔ محل این را می‌دانستند. حرفی اگر می‌زد، پای مادر خودش و پدر و مادر سعید و ابراهیم و فروغ و فک‌وفامیل‌های همشون وسط کشیده می‌شد و یک‌عمر باید جوابگو می‌شد که درحق رفیقش چه نامردی‌ای که نکرده است. از این‌ها گذشته، سعید مجرد بود و شرعاً حکمش شلاق بود که یعنی هیچ. درِ اتاق را باز کرد و گفت: «علی، این‌جوری که نمی‌شه جسد رو جمع کرد، برو یه شمدی پتویی بیار تا بپیچی‌مِش!» علی درِ اتاق بغل را باز کرد و داخل شد و با شمد و پتو برگشت. پتو و شمد را گرفت و رو به اکبر کرد و گفت: «بیا کمک کن نعش رو بپیچیم! الانه که نعش‌کشِ پزشک قانونی برسه!»

اکبر داخل شد و نگاهی به جسد انداخت و پتو را کنار آن پهن کرد و شمد را روی پتو انداخت. رمضان گفت: «تو پاهاش رو بگیر من دستاشو!» اکبر پاهای جسد را گرفت و گفت: «داش‌رمضون، ببین چی‌کارش کرده؟ انگار صدتا چاقو به قلبش زده باشه. وقتی با یکی دوتا ضربه می‌شه کار رو تموم کرد، آدم باید یه‌چیزیش باشه که

همچین کاری بکنه». جسد را روی شمد گذاشتند. رمضان نفسی کشید و گفت: «غیرت اگه تو خونت باشه این‌جوری می‌شه که می‌بینی!»

پیش از اینکه شمد را روی او بکشد یک‌بار دیگر نگاهش کرد. با اینکه خونی به صورت نداشت و چشم‌های باز و بی‌فروغش رنگ مرگ گرفته بودند، هنوز نگاهی متین و معصوم داشت. دلش نیامد، دست پیش برد و پلک‌های زن را بست. اکبر گفت: «حاجی‌جون، چقدم مظلوم و خانم به‌نظر می‌یاد. اصلاً بهش نمی‌یاد این‌کاره بوده، نیگا، عینهو فرشته‌س!» با اینکه با اکبر موافق بود ساکت ماند و نگاهی به او کرد، سری تکان داد، و شمد را روی جسد کشیدند، بعد پتو را روی شمد برگرداندند و به حیاط برگشتند.

رو به علی گفت: «وامی‌ستیم تا پزشک قانونی بیاد». علی پرسید: «بعدش چی می‌شه آقا رمضون؟» جواب داد«می‌خوای چی بشه؟ فعلاً میای کمیته تا من و تو و سه تا از بچه‌ها با هم بریم پیش شیخ‌علی‌اکبر ماجرا رو براش بگم و شهادت بدیم چون زنت فاسق داشته کشتیش. شهادت من واسه شیخ حجته و تو رو هم که می‌شناسه و به مؤمنی قبولت داره، حتماً حکم به برائتِ می‌ده. یه پولیم برا رفع بلا بِدی به شیخ که بریزه تو صندوق صدقات مسجد و صرف فقیرفقرا کنه همه‌چی حله و خلاص!»

صورت علی رنگ رضایت و آرامش گرفت. اکبر گفت: «بدم نشد، علی‌آقا تو کمیته می‌تونه کمک‌مونم باشه، مخصوصاً که گشت کم داریم». گفت «اگه خودش بخواد چرا نه، ولی نه حالا، بذار یکی دو ماهی بگذره، ببینیم خونواده دختره چی‌کار می کنن، آبا که از آسیاب افتاد، بعد». علی گفت: «راستی اینو نگفتم، اون دخترخالم بود. آقا رمضون راست می گه، اگه نه که من از خدامه. خودمم دیروز، قبل این ماجرا وقتی شنیدم کلانتری رو گرفتین بهش فکر کرده بودم...

ازبس که این روزا مردم کت وشلوار دوخته می‌خرن کاسبی ما پاک کساد شده». گفت: «بذار یه مدت بگذره ببینم چی‌کار می‌تونم واست بکنم. تا حاجیت رو داری نگران کاری‌ام که کردی نباش! همه‌چی درست می‌شه. فکر کنم دیه باید بدی، این چیزا رو شیخ‌علی‌اکبر میدونه. فوقش دیه‌ش رو هم می‌دی و از پدر و مادرش حالیت می‌طلبی، تموم! تو یه نذری بکن، کارا خودش روبه‌راه می‌شه. چه دیدی! شاید یه امام رضایی‌ام باهم رفتیم، آخه منم بدهکار امامم. نذر کرده بودم اگه آقا بیاد ایران برم زیارت امام رضا و قربونی کنم».

در خانه را زدند و اکبر رفت در را باز کرد. دو نفر با روپوش سفید داخل شدند. یکی‌شان که بلندقدتر بود پرسید: «چیه، باز ساواکی کشته شده؟ ما از صبح تا حالا این دفعهٔ شیشمه که جسد ساواکی و درباری و جنده‌جات رو از این‌ور اون‌ور جمع می‌کنیم!» جلو رفت و گفت: «من رمضون حاج‌مهدی، رییس کمیتهٔ انقلاب بیسیمم! نه داداش این یکی قتل ناموسیه!» به علی اشاره کرد و گفت: «این آقا زنش رو کشته چون فاسق داشته، بعدم با پای خودش اومده کمیته خودش رو معرفی کرده! شما جسد رو ببرین فردا گزارش کمیته و امام جماعت محل رو براتون می‌فرستم تا بتونین به خونواده‌ش تحویل بدین!» همان مرد گفت: «فعلاً همه‌چی انقلابی شده و شهربانی و دادستانی‌ام که رفته رو هوا. ما‌م کاری به این کارا نداریم جز اینکه جسد رو ببریم پزشک قانونی که معاینه‌ش کنن و گواهی فوتش رو صادر کنن. باقیش دست شما برادراست و به خودتون مربوطه!» و به دوروبرش نگاه کرد و پرسید: «حالا جسد کجا هس؟» اکبر درِ اتاق را نشانش داد. به‌طرف اتاق که می‌رفت گفت: «ماشین رو نمی‌شد بیاریم تو کوچه، تا سر خیابون باید کمک‌مون کنین!»

رو به اکبر کرد و گفت: «راستی اکبر، یادت باشه برگشتیم کمیته بابت دیهٔ غلوم یه چندهزارتومنی گردنمه بهت بدم ببری درِ خونهٔ

أَسبابِ شَرّ

غلوم بدی به زن و بچه‌هاش. ببینی کاری، مشکلی‌ام اگه دارن کمک‌شون کنیم».

فصل نه

هرچی بیشتر رمضون رو شناختم جای خالیِ سوزی رو بیشتر احساس کردم. چه خوب شد که بالاخره قبرشو پیدا کردم. این رو از حاج‌اخترخانم داشتم، می‌دونست سوزی واسم مثل خواهری‌یه که گمش کرده باشم. وقتی بعد از ماجرای فرخنده به حاج اختر گفتم سوزان همون اولای انقلاب کشته شده، به یکی از خانومای هم‌جلسه‌ایش که شوهرش کارمند بهشت‌زهرا بود سپرد دنبالش بگرده شاید قبرش رو پیدا کنه. اون دفعه‌ایی‌م که تازه عروسی کرده بودم بازم حاج‌خانوم کمک کرد تو امامزاده اهل‌علی ببینمش. گردن‌بندی که سوزی اون روز بهم کادو داد تازگی‌یا به یادش می‌ندازم گردنم. روز اولی که رفتم سر قبرش، به‌خاطر بی‌تفاوتی‌ای که همهٔ اون سال‌ها نسبت به سرنوشت اون از خودم نشون داده بودم ازش حلالیت طلبیدم. روزای انقلاب که کافه‌ها تعطیل شد، به‌کل گمش کردم. نه اون تلفنی زد، نه من تونستم ردی ازش پیدا کنم. پیش خودم فکر می‌کردم شاید فرار کرده و رفته امریکایی، لوس‌آنجلسی،

جایی. خیلیای دیگه‌م رفته بودن. وقتی‌ام زنگ زد و فهمیدم چی به سرش اومده بی‌خیالی و شاید حسودی کرده بودم که پیِ‌شو نگرفتم. یه‌ذره عقل اگه تو کله‌م بود باید می‌فهمیدم حق نبود با اون همه خوبی‌هاش و خاطره‌هایی که ازش داشتم، اون‌جور بی‌فکری می‌-کردم.

انقلاب شده بود و همین که رمضون غلام رو کشت همه‌چی به‌هم ریخت و زندگیم از این‌رو به اون‌رو شد. جّو خونه، اخلاق رمضون، زندگی حاج‌اخترخانم، برخورد فروغ و ابراهیم و سعید و رمضون باهم، همه و همه‌چی یه شکل دیگه شد. از اون روزا هفت هشت سال بیشتر نگذشته، اما انگار عمری از من گذشته و زندگی پیرم کرده. چه دورانی بود اون روزایی که یه‌ساعت یه‌ساعت با سوزان می‌نشستیم درددل می‌کردیم. چشم بستم و باز کردم بیست سال از ازدواجم گذشت. جفتمون جوون و هم‌درد و هم‌سرنوشت بودیم. حماقت خودم بود که مثل همیشه خرِ حرفای سراپا دروغ رمضون راجع به اون شدم.

با همهٔ اینا همیشه ته دلم جا داشت و فراموشش نکردم. خصوصاً اون دوسه سالی رو که باهم هم‌خونه بودیم. توی اون آپارتمان برِ لاله‌زارنو، روبروی سینما کریستال. تازه رفته بودم تو جمشید و با آق‌مراد قرارومدار گذاشته بودم. گفته بود تا سامون بگیرم، برم پیش اون بمونم. از همون روز اولی که تو جمشید دیدمش ازش خوشم اومد و عاشقش شدم. زود باهم قاطی شدیم. شبایی که تو کافه هیچ کدوم بیرون‌بر نداشتیم، مست و خراب و خسته می‌اومدیم می‌افتادیم رو تخت و همدیگه رو بغل می‌کردیم و به پنجره و به خاموش و روشن شدن نئونای سینما کریستال روی پردهٔ اتاقمون اِنقده نگاه می‌کردیم تا خوابمون می‌برد. بعضی روزام، ظهر که از خواب پامی‌شدیم لباس می‌پوشیدیم از پله پایین می‌اومدیم و می‌-

رفتیم سینما کریستال و از بوفه‌ش یکی یه ساندویچ کالباس و یه کوکا می‌خریدیم. مدیر سنیما، همون آقا مؤدبه‌ای که کراوات می‌زد، ما رو می‌برد لژ مخصوص می‌نشوند که مشتریا اذیتمون نکنن. هرچی‌ام به خودمون نمی‌رسیدیم، بازم قیافه‌هامون داد می‌زد.

چقده تو لژ خوش می‌گذشت و راحت بودیم، مخصوصاً اگه سینما فیلم عشقی نشون می‌داد. سرمو می‌ذاشتم رو شونش و چه آبغوره‌ای باهم می‌گرفتیم! کاش بود و می‌تونستم بازم سرم رو بذارم رو شونش درددل کنم. همه‌اش تقصیر بی‌فکری و سادگیِ خودم بود. تنها کسی‌ام که خبری از اون داشت خود رمضون بی‌شرف بود. مگه جرأت می‌کردم اسم سوزان رو جلوش ببرم، اونم تو اون روزا! کاش عقلم سرجاش بود. شده بود جونم رو می‌دادم تا از زیر دست‌وپای کمیته‌چیای اون می‌کشیدمش بیرون. نمی‌دونم چم شده بود، انگار کور و کر شده بودم. سرِ ماجرای غلامم خفه خون گرفته بودم. حاج‌اخترخانم، فروغ، و نجمه خدمتش می‌رسیدن، باهاش یکی‌به‌دو و دعوا می‌کردن، من اما خفه خون گرفته بودم، می‌ترسیدم. اون‌جور که اون جلوی چشم مردم کارد سلاخی رو فرو کرده بود تو گردن غلام، پاش می‌افتاد بی‌رحم‌ترم می‌شد. همه‌کارهٔ کمیته شده بود و واسه خودش اسم و رسمی پیدا کرده بود. به مردم و فقیرفقرای محل رسیدگی می‌کرد، جلوی زورگویی‌ها رو می‌گرفت و به ضعفا بال‌وپر می‌داد، اما حق و ناحقم می‌کرد.

تو قضیهٔ شبنم، زن اون خیاطه، واسه اینکه شوهرش رو خرِ خودش کنه، کاری کرد طرف هیچ توئونی بابت کشتن زنش به هیچکی پس نداد. بعدنم بردش تو کمیته و وردست خودش کرد. یکی دو ماهی از انقلاب و این ماجرا گذشته بود یه شب سعید با حال پریشون اومد خونهٔ ما. هیچ‌وقت اون‌جوری ندیده بودمش. خشک و سرد دست انداختن گردن هم و ماچ و بوسه کردن. اومد سمت اتاقای طرف ما،

معلوم بود که با رمضون کاری داره و اومده که باهاش حرف بزنه. خیلی وقت بود خونهٔ ما نیومده بود. بعدِ دلخوری‌یایی که تو تظاهرات اربعین از هم پیدا کرده بودن رابطه‌شون سرد شده بود. رنگ به صورت نداشت. دستاش و صداش می‌لرزید و چشاش خشک و بی‌نور شده بود. دلواپس شده بودم و فکر کردم چی شده که سعید اومده پیش رمضون. طوری به رمضون نگاه می‌کرد که انگار به یه غریبه نیگا می‌کنه. با خودم گفتم خدا به‌خیر کنه. سینی چایی رو گذاشتم و رفتم اتاق بغلی در رو بستم واستادم گوش. میون احوالپرسی و حرف‌توحرف، باصدایی که انگار از ته چاه در می‌اومد پرسید: «می‌خوام یه چیزی ازت بپرسم رمضون، چطوره که این علی خیاطه زنش رو کشته و راست‌راست می‌گرده و کمیته‌چی هم شده؟»

از این ماجرا چیز چندونی نمی‌دونستم، از حاج‌اخترخانم و نجمه شنیده بودم که مردم می‌گن رمضون یکی رو که زنش رو روز اول انقلاب کشته، برده تو کمیته و وردست خودش کرده. می‌ترسیدم پیِ چیزایی رو که از مردم و این‌واون می‌شنیدم از رمضون بگیرم و پرس‌وجو کنم، مبادا بگه این فضولیا به تو نیومده، سرت به کار خودت و بچه‌هات باشه! رمضون درجواب سعید گفت: «چطو مگه؟» جوری پرسید که یعنی تو رو سَنَنه! سعید گفت: «واسه اینکه خودت می‌دونی که خودش و خونواده‌شون رو می‌شناسم». رمضون گفت: «فامیلن؟»

سعید گفت: «نه، آشنان! واسم این سئواله که تو چه طوری یه آدم قاتل رو بردی تو کمیته؟!»

رمضون گفت: «مگه چشه؟ زنش رفیق داشته و بهش خیانت می‌کرده و اونم کشتش، قانون اسلام رو اجرا کرده، گناه که نکرده هیچ، غیرت و دین‌وایمونش رو نشون داده که دست‌خوشم داره!» سعید گفت: «پس بهش پاداش دادی که بردیش تو کمیته؟! قانون اسلامِشم

بگیری باید چارتا شاهد عادل داشته باشی که بتونی یه همچین بلایی سر زنت بیاری. تا اونجایی که من می‌دونم زن اون یه سال بوده از شوهرش جدا زندگی می‌کرده و درخواست طلاقم داده بوده، یعنی اصلاً دیگه زنش نبوده!» رمضون بُراق شد و گفت: «شوهرش طلاقش داده بود؟ نه! تازه چارتا شاهدم داشت و شیخ‌علی‌اکبرم حکم برائت‌شو داد». سعید پرسید: «چه‌جوری؟ این چارتا شاهدا کیا بودن که من نمی‌شناسم‌شون؟» رمضون گفت: «اونایی که باید بشناسن خوب می‌شناسن‌شون! چه‌جوری‌شم خودت بهتر می‌دونی! نذار دهنم واشه!» سعید گفت: «دلم می‌خواد واشه اقلاً ببینم حرفت چیه؟!»

رمضون صداش رو بلند کرد و گفت: «بگم؟، بگم؟! همین که جسد زنه رو دیدم شناختمش. چن سال پیش تو خونه خودت دیده بودمش، همون وقتی که مسافرت شمال بودی. حتماً خودشم بهت گفته بوده و خودتم خبر داری، از پشت دیدمش رفت تو کوچه و تو خونت. فکر کردم از سفر برگشتی. درِ خونت رو زدم، اومد در رو باز کرد و گفت که سفری. فکر کردم فامیلی چیزیه اومده سری به خونت بزنه. بعدشم دیگه به روت نیاوردم، یعنی روم نشد به روت بیارم. رفت‌وآمدای خونهٔ تو به من مربوط نبود. وقتی جسدش رو دیدم و پچ‌پچای مردمم پشت سرت رو که گذاشتم کنارش تازه فهمیدم قضیه از چه قرار بوده».

سعید گفت: «همین‌جوری همه چی واست مسلّم شد؟ فکر نکردی تو خونهٔ من وقتی نبودم و سفر بودم اون چی‌کار می‌کرده؟ رمضون اون زن یه فرشته بود. تنها گناهش این بود که شوهرش رو دوست نداشت، هر کاری از دستش برمی‌اومد کرد که طلاقش رو بگیره، یه سال بود از خونهٔ اون اومده بود بیرون. چی می‌خوای بگی؟ می‌خوای بگی با من رابطه داشته؟ آره من دوستش داشتم، عاشقش بودم. نه

از اون دوست داشتنای هواوهوسی، نه! از اون‌جور دوست داشتنایی که زندگیم رو از این‌رو به اون‌رو کرد، نور امید بود برا زندگیم! رمضون تو خودت تجربه کردی می‌دونی، عاشق شدن و دوست داشتن، شوهردار و بی‌شوهر، زن‌دار و بی‌زن، نجیب و نانجیب، پیر و جوون سرش نمی‌شه. هر آدم عاشقی پاک و مطهره! اون زنْ منو دوست داشت، منم عاشقش بودم، عشق که گناه نیست، هست؟»

تازه شصتم خبردار شد قضیه از چه قرار بوده. سعید ساکت شد، معلوم بود جون ادامه دادن نداره. دلم واسش سوخت. مرد نازنینیه، از اون مردایی که هر زنی آرزوی داشتنش رو داره. می‌خواستم بدونم رمضون چی جوابشو می‌ده. از ترس و دلشوره تن‌وبدنم می‌لرزید. رمضون گفت: «نه که بخوام به تو تهمتی چیزی زده باشم سعید! شوهرشم آدم مؤمن و باخداییه، معلوم بود دروغ نمی‌گه. زنش تمکین‌م نمی‌کرده، این معنیش چیه؟» سعید همون اندازه که آدم ملایم و دل‌نازکی بود آدم رُکی هم بود، می‌ترسیدم بگومگوشون به بد جایی بکشه. اومدم درِ اتاق رو باز کنم به یه بهانه‌ای برم تو که صدای سعید بلند شد: «خب نمی‌کرده که نمی‌کرده، نمی‌خواسته، دوستش نداشته. یه همچین چیزی این حق رو به یه مرد می‌ده که زنش رو بکشه؟ زنی که فکر می‌کرده گناهه که وقتی دلش با کس دیگه‌س با شوهرش بخوابه؟ رمضون اون یارو قاتله!»

رمضون گفت: «ما رو باش فکر می‌کردیم درحق رفیق‌مون...» سعید پرید تو حرفش و با صدای بلند گفت: «بی‌خود چرت نگو! تو خوب می‌دونستی اگه پای من رو می‌کشیدی وسط کار اثباتِ رابطهٔ خصوصی من و اون زن به میون می‌اومد که کار آسونی نبود. تو شلوغ‌پلوغیِ روزای انقلاب فکر کردی همه‌کاره‌ای و علی رو از اتهام قتل خلاص کردی. چرا؟! تا اون مرتیکه رو مدیون و آدم خودت کنی! حالام بُردیش تو کمیته که آَمن‌وآَمون باشه. این مرتیکه قاتله،

زنشو می‌زده، جون‌به‌لبش کرده بود. چه خوب بود دودقه‌م وقت می‌ذاشتی با مادر و پدر داغدیده‌ش حرف می‌زدی. یه دختربچهٔ هفت هشت ساله رو بی‌مادر کرده و روی دست یه پیرمرد و پیرزن گذاشته. اونوقت تو کشتن یه زن بی‌گناه رو که شوهرشو دوست نداشته، گیرم عاشق منم بوده، ولی مهرشو بخشیده بوده که طلاقشو بگیره و یه سالم بوده که با این مرتیکه زندگی نمی‌کرده اسمشو می‌ذاری قانون اسلام؟! قانونی که تو و شیخ‌علی‌اکبر با چهار تا شاهد قلابی و قسم دادن قاتل سرهم‌بندیش کردین. پیش خودتم فکر کردی داری در حق من خوبی می‌کنی، لابد توقع داری ممنونتم باشم!»

یه لحظه ساکت شد و ادامه داد: «رمضون، این انقلاب هیچ خیری اگه واسه من نداشت یه چیز داشت و اونم اینکه تو رو خوب بهم شناسوند!» طاقت نیاوردم و در رو باز کردم رفتم تو اتاق که جلوی بگومگوشون گرفته بشه. ساکت شدند. لب‌های سعید کبود شده بود و رنگ به صورت نداشت. اختیار از دستم رفت و رو به رمضون کردم و گفتم: «سعید آقا راست می‌گن، دیگه چرا بردیش تو کمیته؟ که دقِ خونواده‌ش و سعید آقا بشه!» برگشت بِرّوبِرّ نگام کرد و گفت: «این فضولیا به تو نیومده!» جلوی سعید پاک آبروم رو برد. خداحافظی نکرده از اتاق اومدم بیرون و رفتم سمت اتاق اخترخانم اینا و زدم زیر گریه. صدای پای سعید رو تو حیاط شنیدم. درِ خونه رو که باز کرد با صدای بلند گفت: «حوری خانم خداحافظ!»

رفت و درِ حیاط رو پشت سرش بست. رمضون اومد منت‌کشی که: «می‌خواستم به در بگم که دیوار بشنوه!» بدیش این بود که هرچی دوستاش و خونواده‌ش ازش دورتر می‌شدن بیشتر به من می‌چسبید و این‌جوری خودشو راضی می‌کرد که اگه تو خونواده یکی‌یکی دارن بهش پشت می‌کنن، اقلاً منو با خودش داره. منم بی‌خبر از عاقبت کار، از ترسم هرچی می‌شنیدم از این گوش می‌گرفتم از اون گوش

بیرون می‌کردم. اونم هی قربون صدقه‌م می‌رفت و می‌گفت: «تا تو رو و بچه‌های کمیته رو و شیخ‌علی‌اکبر و مردم رو دارم دیگه تو دنیا غمی ندارم». شیخ‌علی‌اکبرم که از بالا حکم گرفته بود و تموم کمیته‌های خیابون خراسون و مسگرآباد، شهباز و شوش و دروازه‌غار و صابون‌پزخونه و بیسیم رو به اون سپرده بود و فرماندهٔ کل منطقه‌ش کرده بود. خداییش رمضونم خوب بهش خدمت می‌کرد. هر قدمی که واسهٔ مردم ورمی‌داشت به اسم شیخ‌علی‌اکبر تموم می‌شد. بارفروشای میدون رو تو مسجد بیسیم جمع کرد و صندوق قرض‌الحسنهٔ مسجد رو، به‌قول خودش، به «گاوصندوق» تبدیل کرد و شروع کرد به وام دادن به بی‌بضاعتا و محتاجا. اسباب و اثاث خونه‌های مصادره‌ای رو می‌فروختن پولش رو می‌ریختن تو همین صندوق.

یادمه یکی از همون ماه‌های برو بیای اول انقلاب اومد خونه گفت: «لباسات رو بپوش و لباس رقص و صفحهٔ رِنگ عربیتم وردار و بچه‌ها رو بسپر به نجمه و مامان بگو می‌خوایم بریم قم زیارت صب برمی‌گردیم. امشب رو می‌خوام بی‌خیال همه‌چی بشم و جشن بگیریم و عشق کنیم». هرچی می‌گفتم، چه جشنی؟ چه عشقی؟ رِنگ عربی و قُم؟! رمضون خجالت بکش، مثلاً انقلاب شده! محل نمی‌ذاشت و بالای سرم وایستاده بود و پشت هم می‌گفت: «زود باش! تو راه بهت می‌گم». سوار ماشین شدیم و راه افتادیم. دلم به هزار راه رفته بود. وقتی دیدم شهباز رو داره سربالایی می‌ره پرسیدم: «اقلاً می‌شه بگی کجا داریم می‌ریم؟ قم که این وری نمیرن؟» خندید و گفت: «دِکی، اینو باش! قم؟ کجای کاری زن؟ داریم می‌ریم خونهٔ نو، چن وقتی میشه گرفتیمِش، مال یه ساواکی گردن‌کلُفت بوده».

ردّ خونه‌ش رو از دفترای ساواک زده بودن. به شیخ‌علی‌اکبر خبر می‌دن و شیخم اونو مأمور می‌کنه. می‌رن قفل خونه رو می‌شکنن.

هیچکی خونه نبوده، خونوادگی فرار کرده بودن. تلفن می‌زنه به شیخ که جا تره و بچه نیست، اونم می‌گه یه قفل به درِ خونه بزن و کلیدش پیش خودت بمونه تا تکلیفش روشن بشه! دست به جیب شد و گفت: «اینم کلیدش، دست حاجیته! نذاشتم بچه‌ها دست به هیچی بزنن».

پرسیدم لباس رقص دیگه واسه چی‌یه؟ گفت: «برسیم می‌فهمی. می‌ریم جشن بگیریم». خندید، از اون خنده‌هایی که معنی‌شو فقط من می‌فهمیدم. بعدِ عروسی و بعدم که بچه‌دار شدیم، شبایی که رضا و آهو می‌موندن پیش عمه‌شون، درای اتاقمون رو می‌بست، پشت‌دری‌ها رو می‌کشید. لباس رقصم رو می‌پوشیدم و رِنگ عربی رو با صدای کم می‌ذاشت و براش می‌رقصیدم. خودمم دوست داشتم، شوهرم بود. یادمه دفه اولی که خواست براش برقصم بهش گفتم اینکه گناهه. قاه‌قاه خندید و گفت: «کی گفته؟ تو زنمی، محرممی، حلالمی، گناه که نیست هیچ، ثوابم کردی!» راست می‌گفت، بعداً محض احتیاط هم از حاج‌اخترخانم پرسیدم، هم از آخوندی که قبل انقلاب می‌اومد تو روضه‌خونیِ چهارشنبه‌های آخر ماهِ حاج‌اخترخانم که هم مسئله می‌گفت هم روضه می‌خوند. یکی دو ماهی‌ام بعد از انقلاب اومد دیگه پیداش نشد. اینطور که اون می‌گفت هر کاری که زن در جهت کام‌گیری و تمتعات شهوانی شوهرش انجام بده گناه که نیست هیچ، صوابم داره. رمضون وقتی دید ساکت و تو فکرم، سرش رو کنار گوشم آورد و بااحتیاط گفت: «فقط همین رو بهت بگم واسه همیشه تهرون رو از جنده‌جات پاک کردیم».

نفهمیدم منظورش چی بود. اونا یه‌بارا بچه‌های محل چند ماه قبل یکی دو روز قبل اومدن امام به ایران شهرنو رو آتیش زده بودن و وسط کار جلوشون رو گرفته بودن. توی یکی از فرعی‌های

سلطنت‌آباد ماشین رو مقابل یه خونهٔ درَندشت پارک کرد. درِ خونه قفل و زنجیر شده بود. کلید انداخت و در رو باز کرد. وارد یه حیاطی شدیم که یه طرفش یه استخر بزرگ داشت که خالی بود. از پله بالا رفتیم و درِ ساختمون رو باز کردیم. نمی‌تونم بگم چه خونه‌ای بود، مثل کاخ. یه سالن و نشیمن بزرگ تو طبقهٔ اول و یه پله کنارش که پیچ می‌خورد می‌رفت طبقهٔ دوم. چارشاخ وسط سالن وایساده بودم و داشتم به دوروبرم نیگا می‌کردم. چه فرش و مبلی، چه مجسمه‌ها و وسایل آنتیکی! یه بار گوشهٔ سالن با قفسه‌های پر از مشروب. فقط آشپزخونه‌ش تنهایی از حیاط خونه‌مون بزرگ‌تر بود. پُرِ قفسه و جاظرفی، چه ظرفایی! رمضون پشت سرم می‌اومد و هی می‌پرسید: «خوشت اومد؟» برگشتم تو سالن چادرمو ورداشتم و روی کاناپه نشستم و سرمو بلند کردم و به سقف گنبدی و چلچراغ بزرگ کریستالی که زیرش آویزون بود نیگا کردم. اومد روبروم وایساد گفت: «اگه به این می‌گن خونه، خونهٔ ما پیشش طویله‌س!»

با اینکه ناشکری بود، ولی خداییش راستم می‌گفت، حتی خونهٔ آق‌مرادِ کافه‌جمشیدم پیشش هیچ بود. همین جوری اَلکی از دهنم پرید و گفتم: «یعنی می‌شه ما یه روزی همچین خونه‌ای داشته باشیم؟» چه می‌دونستم عاقبت چی‌می‌شه. رفت از قفسه‌های پشت بار دو تا گیلاس و یه بطر مشروب برداشت و گفت: «فعلاً امشب رو اینجا عشق می‌کنیم، خدا بزرگه، چه دیدی! اگه حاجیته که همین‌جا رو از شیخ‌علی‌اکبر یه‌جوری که غصب به حساب نیاد می‌گیره. ناسلامتی ما واسه اوس‌کریم جز همین دو رکعت نماز که میخونیم کاری دیگه‌ای که نمی‌کنیم که بخوایم اونم پوچش کنیم».

کنارم نشست و شیشهٔ کنیاک رو جلو چشمام گرفت و گفت: «به عمرم یه همچین کنیاکی ندیده بودم. یه عمر داشتن عرق سگی رو رنگ می‌کردن جای کنیاک بخوردمون می‌دادن، مام می‌خوردیم و

می‌گفتیم به‌به! بیا یه پیک بزنیم که وقت عشق رسید!» روی مبل جابه‌جا شدم و با تعجب در حالی که باور نمی‌کردم گفتم: «می‌فهمی چی می‌گی؟! خوبه من و تو مکّه رفتیم، من جلوی چشمای خودت پیش امام‌رضا توبه کردم. محاله حروم‌خوری و گناه کنم. هنوز دست از این کارات برنداشتی؟! خوبه انقلاب شده. همین دیروز داشتین خروارخروار شیشه‌های مشروب رو از عرق‌فروشیا بیرون می‌کشیدین وسط خیابون می‌شکوندین. حالا چی شده یهو هوس مشروب‌خوری به‌سرت زده؟»

خندید و لپم رو وشگون گرفت و گفت: «فقط همین یه‌دفه، قول می‌دم! ببین تو دین و ایمونِ من هرچی جای خودشه! انقلاب، انقلابه. داش رمضونم، داش رمضونه. چن ماهی گرفتیم و زدیم شکوندیم، حالا چن ساعتی‌ام عشق می‌کنیم. گناه که نمی‌کنیم، با زنِمونیم!» بعد هم سرش رو به آسمون بلند کرد و ادامه داد: «این روزا اِنقده به این اوس‌کریم خدمت کردم که بتونم ازش یه مرخصی تشویقی چن ساعته بگیرم!» قاه‌قاه زد زیر خنده و درِ شیشهٔ مشروب رو باز کرد و گیلاسا رو پر کرد و گفت: «ورش دار که بدجوری هوس رقص و لَوَندیت رو کردم!» یه جوری به چشاش نگاه کردم که یعنی خیال کردی. گفتم: «خجالت بکش! به جون بچه‌هام محاله بخورم. به همون مکّه‌ای که رفتیم، به همون امام‌رضایی که حرَمش غسلم داد و پاکم کرد، به‌جون حاج‌اخترخانم که مادرمه و مسلمونیم رو از اون دارم اگه بخورم و بزارم بخوری! بخوری، نه من نه تو!»

رمضون گفت: «زن! هرچی به‌جای خودش، دست وردار، گفتم که فقط این دفه» گفتم: «اگه کسی بو ببره آبرو واست نمی‌مونه». گفت: «کی بفهمه؟ تازه بفهمن! وسط خیابون که نخوردم، تو خونه و کنار زنم که مثه تربت پاک و حلالمه خوردم! وقتی می‌گم بخور، بخور! گناهیم اگه بشه اوس‌کریم پای من می‌نویسه. خودش گفته زن باهاس

فرمون‌بر شوهرش باشه!» گیلاس رو طرفم گرفت و گفت: «بگیر که می‌خوام به‌سلامتیِ هم بخوریم!» بوی الکل زیرِ دماغم زد و عقب کشیدم و گفتم: «اصلاً دیگران و آبرو به کنار، خدا و فرشته‌های درگاش حی و حاضر و ناظرن، روز قیامت چی جواب می‌خوای بدی؟» محکم با دستم گیلاس رو پس زدم، طوری‌که از دستش پرت شد و افتاد رو کاناپه. جا خورد و افتاد به خواهش و التماس. دوباره گیلاس رو پر کرد و جلوم گرفت، هرچی قسمم داد و گفت گناهش رو به‌گردن می‌گیره، زیر بار نرفتم. گفتم: «بکُشی‌مم نمی‌خورم. گفتم توبهٔ من از ته دل بوده و نمی‌تونم بشکونمِش. می‌ترسم همه‌چی بهم حروم بشه، تو و بچه‌هام بهم حروم بشین. به جون خودم اگه بذارم این کارو باهام بکنی!»

خسته شد و دست برداشت. بعدم ماچم کرد و خودش رو زد به اون راه که می‌خواسته منو امتحان کنه. دروغ می‌گفت و منم مث همیشه باور کردم. رفت از آشپزخونه یه ظرف آجیل و شیرنی و دوتا پیش‌دستی آورد نشست کنارم و پرسید: «برام که می‌رقصی؟» مدت‌ها بود براش نرقصیده بودم، از همون اولای انقلاب، از تظاهراتِ بعد از عید فطر که یهو از این‌رو به اون‌رو شده بود. گفتم به‌شرطی که بگی قضیهٔ جشن چیه. گفت: «هیچی بابا، تو یکی دو هفته تهرون رو از گناه و فسادِ طاغوت پاک کردیم». بعدم بلند شد دستم رو گرفت و گفت: «خیالم که راحت شد، گفتم برم خونه با عزیز دلِ خودم یه حالی بکنم!» از جا بلندم کرد و گفت: «تا من یه آهنگی بذارم، توام لباسات رو عوض کن». لباسام رو از توی ساک بیرون آوردم و گفتم: «بی‌آرایش؟» گفت: «معلومه که نه. بیا بریم بالا تا یه میز آرایشی نشونت بدم حظ کنی!»

درِ یکی از اتاقا رو باز کرد. یه اتاق خواب به‌اندازهٔ یه دریا، با یه تختخواب سفید و شاهانه و میز آرایش بزرگِ چوبی جلوم ظاهر

شد عینهو فیلما بود. گفتم: «رمضون، مطمئنی صاحبای اینجا فرار کردن، اگه پیداشون بشه چی؟» گفت: «خیالت تخت! اومدیم پیداشون شد، دَهَنِشون سرویسه!» دستش رو برد زیر کتش و کُلتش رو بیرون آورد و گفت: «با این طرفن!» از پشت بغلم کرد و اسلحه‌شو چسبوند به پهلوم و ماچم کرد. با دست پَسِش زدم و گفتم: «می‌شه دست ورداری و یه‌دقه دندون رو جیگر بذاری!» جلوی آینه وایستاده بودم و به خودم نگاه می‌کردم. میون اون همه زرق وبرق و دبدَبه خودمو فقیر و بدلباس و زشت می‌دیدم. روی نیمکت مقابل میز آرایش نشستم و نگاهی به لوازم و وسائل روی میز انداختم؛ نه مارک‌هاشو می‌شناختم نه می‌دونستم بعضی‌هاش به چه دردی می‌خورن. به رمضون گفتم: «می‌شه بری بیرون ببینم چه خاکی باید به سرم بریزم!» رمضون گفت: «نمی‌شه همین‌جا واستم نگات کنم؟» گفتم: «نه، برو بتونم حواسمو بدم به کارم!»

از اتاق بیرون رفت. در رو بستم. تو آینه به خودم نگاه کردم. صورتم درب‌وداغون بود. ابروهام رو کشیدم، خط چشممو کشیدم و ریمل مفصل زدم، کرم پودر و سرخاب و ماتیک غلیظ مالیدم و یه‌بار دیگه به خودم نیگا کردم. بدک نشده بودم، همونی شده بودم که رمضون خوشش می‌اومد. لباسام رو از تنم درآوردم و دوباره به خودم تو آینه نگاه کردم. خیلی فرق کرده بودم، یه کم شکم آورده بودم، سینه‌هام درشت‌تر و باسنم گنده‌تر شده بود! لباسای رقص‌مو تنم کردم و مثل همیشه همون‌جور که رمضون دوس داشت شورت پشت‌بندیِ توریم رو پوشیدم. جلوی آینه چرخی زدم و در رو باز کردم و رفتم دم پله وایستادم. رمضون یه پاش رو پلۀ اول بود و سرش رو بالا آورده بود و نگام می‌کرد. گفتم: «واستادی منو نگاه می‌کنی که چی؟ برو از کیفم نوارو در بیار بذار تو ضبط، صداشو زیاد نکنی!»

رمضون نوار رو ور داشت و طرف قفسهٔ بزرگی رفت که تلویزیون و ضبط‌صوت و این چیزا توش چیده بود. نوار رو داخل ضبط گذاشت و انقدر باهاش کلنجار رفت تا بالاخره تونست روشنش کنه. پایین نرسیده بودم که صدای بلند ضربِ ریز تمپوی عربی بلندشد و زیر سقف گنبدی سالن پیچید. جنون رقص به جونم افتاد. با پیچ و تاب دادن آروم کمر و باسنم شروع کردم، یه پامو نرم و کش‌دار از لای دامنِ اَلَنگون‌دلَنگونیم درآوردم و با ریتم کُند تمپو، خودم رو به عقب و جلو پیچ‌وتاب دادم و آروم‌آروم از پله پایین اومدم و رفتم طرف رمضون. روی یکی از کاناپه‌های سالن با لنگای باز ولو شد و به پروپام زل زد. چشماش از شهوت تابه‌تا شده بود. روبروش و جلوی صورتش باسنم رو به عقب و جلو پیچ و تاب دادم و پام رو گذاشتم رو زانوش. تا اومد به خودش بجنبه، عقب کشیدم و چرخی زدم و رفتم میون سالن. ضربِ آهنگ تند شد و لرزه‌های ریز به همهٔ تنم دویید. دستام رو از هم باز کردم و بال‌بال زدم و سینه‌هام رو جلو چشمای خمار و لوچش لرزوندم. یک لحظه نمی‌دونم چرا، شایدم به‌خاطر فضای خونه، فکر کردم فتنه‌س که داره میون سنِ کافه‌جمشید سبُک و نرم و پر از پیچ‌وتاب، با لرزه‌های بی‌اختیاری که روی تنم می‌دویدند، می‌رقصه. از خودم خجالت کشیدم. آهنگ از ضرب تند افتاد و با صدای کُند و یه در میونِ تَق‌تَق تمپو، با خم‌وشِکنای ماهی‌وارِ کمرم خسته و از نفس افتاده شِنوکُنون رفتم طرفش. رمضون روی مبل از حال رفته بود. جلو رفتم، دست انداخت دور کمرم و من رو کشید طرف خودش، دهنش بوی کنیاک می‌داد. خودم رو کشیدم عقب و گفتم: «آخر کار خودت رو کردی؟»

از دستش فرار کردم و از پله بالا رفتم. توی اتاق خواب، بی‌حال و بریده و نفس‌زنون و بغض‌کرده دمر افتادم رو تخت. به صدای پای

رمضون گوش دادم که از پله می‌اومد بالا. کنار تخت گیلاسش را پر کرد و یه نفس سرکشید و بطری را گذاشت روی میز آرایش.

طرفای صبح بود که لختِ مادرزاد وسط حیاط وایستاده بودم و اتاقا و ساختمون داشت تو آتیش می‌سوخت. اومدم از خونه بزنم بیرون در بسته بود، آتیش لوله می‌شد و می‌پیچید طرفم و زبونه می‌کشید. انقدر با مشت به درخونه کوبیدم تا باز شد. پشت در، تو خیابون، جمعیت زیای وایستاده بودن و سنگ پرت می‌کردن طرفم و دم گرفته بودن: فتنه باید بسوزه، فتنه باید بسوزه! سنگا عین گلوله‌های آتیش به سر و روم می‌خوردن و تنم جلز و ولز می‌کرد. خونی که از تنم بیرون می‌زد مثل بنزین گُر می‌گرفت. سرتاپا آتیش شده بودم. پریدم میون جمعیت و مردمی که مثل موج جلو می‌اومدن و و از ترس عقب می‌کشیدن. وسط خیابون می‌دوییدم، مردم داد می‌زدن: «فتنه باید بسوزه! جنده باید بسوزه!»

با صدای بلند الله‌اکبر گفتن و نماز خوندن رمضون از خواب پریدم. خیس عرق شده بودم. صدای رمضون از اتاق بغلی می‌اومد. سرم درد می‌کرد و احساس می‌کردم تن‌وبدنم رو تو هاون کوبیدن! چشمم به آینه و خودم افتاد، لخت‌وعور روی تخت افتاده بودم. خودم رو جمع‌وجور کردم و ملافه رو دور خودم پیچیدم و نشستم و به آینه زل زدم. بطر خالیِ کنیاک هنوز روی میز آرایش و مقابل آینه بود. مونده بودم که حوریم یا فتنه، زنده‌ام یا سوخته؟ پاهام رو بغل کردم و به آینه خیره شدم. احساس گناه می‌کردم. سرم رو روی زانوهام گذاشتم. صدای نماز خوندن رمضون زیر سقف بلند اتاق می‌پیچید. دیگه داشت آفتاب می‌زد و نمازم قضا می‌شد. به‌زحمت از تخت پایین اومدم و خودم رو به حموم و زیر دوش رسوندم بلکه از شر چیز بدی که تو تنم مونده بود خلاص بشم. گریه‌م گرفت و زیردوش یه‌فصل گریه کردم. سبک که شدم غسل کردم و لباسامو پوشیدم و چادر سر

کردم و اومدم واستادم به نماز. رمضون گفت: «زود باش که باید خودمو برسونم کمیته. شیخ‌علی‌اکبر می‌یاد تکلیف اونایی رو که تو یه هفته ده روز قبل دستگیر کردیم، همونا که گفتم برات، جنده جات واینا رو روشن کنه».

یادم اومد دیشب همون‌جور که روم افتاده بود و دستش رو دهنم بود و فشارم می‌داد کنار گوشم پرسیده بود: «فهمیدی چی رو جشن گرفتم؟» این جمله رو پشت هم اونقده پرسید و جوابش رو نداد تا که وقتی داشتم بیهوش می‌شدم گفت: «جنده‌کُشون رو!»

ماجرای آتیش زدن قلعه رو مثل خواب وکابوس بیاد می‌آوردم. شهرنو رو آتش و دود گرفته بود و داد و فریاد و شعار مردا و ضجهٔ زنا قلعه رو برداشته بود. خونه‌ها رو رو سرِ زنا، خانم‌رییسا، جاکش-ها، و قوّادا خراب می‌کردن. پری‌بلنده و اشرف‌چارچشم و مژگان‌کچل رو جلوی دروازهٔ قلعه دار زده بودند و آویزون رها کرده بودن. جزغالهٔ چندتا از زنای دیگه رو از زیر آوار یه خونهٔ سوخته بیرون کشیده بودن و روی دوش بچه‌های شوش و پاخط و صابون پزخونه و میدون امین‌السلطان، تو قلعه و خیابون جمشید و دروازه قزوین می‌گردوندن. نمی‌دونستم کدومش واقعی بوده، کدومش رو خودم از ترس ساختم.

تو ماشین که برمی‌گشتیم، به خیابونا نگاه می‌کرد و پشت هم می‌گفت: «به‌به! به این می‌گن بهشت، تازه شد تهرون خودمون، پاک و مطهر! دیگه می‌شه هر جاش وایسی به نماز خوندن». وقتی دید ساکتم پرسید: «چیه تو همی؟ دیشب خوش گذشت؟ خوشت اومد؟ دلت می‌خواد بریم تو این خونه زندگی کنیم؟ دیدی تختش چه حالی می‌داد؟ انگار توی پرقو خوابیده باشی. می‌دونی این چیزا حق منه. اینا که ما داریم هر روز می‌گیریم و ضبط می‌کنیم، غنیمت اسلامه، منم توش سهم دارم. شیخ‌علی‌اکبر قولش رو داده قسمت هر کی رو

بهش بده. می‌تونم بگم من اینِ خونه رو می‌خوام! همین چن روز پیش بهم گفت تو دیگه واسه خودت سردار شدی، سردار اسلام!»

اون روزم مثل روزای دیگهٔ سالای اول انقلاب ساکت موندم، نمی‌تونستم جوابشو بدم. احساس بدی از شب قبل توم مونده بود. اگه حواسم بود همون جا باید سراغ سوزی رو ازش می‌گرفتم. یه چیزی توم خُرد و خمیر و داغون شده بود. بعدها ازحاج‌اخترخانم شنیدم که ازمردم شنیده بوده که بچه‌های کمیته و صابون‌پَزخونه ودروازه غار وبیسیم وشوش یه هفته بوده که شروع کرده بودن به تخریب قلعه و وشهرنو و دستگیر کردن فاحشه‌های اونجا و افتادن پیِ زنای کافه‌ای و تک‌پرونای درباری و هنرپیشه‌ها و گوینده‌های رادیو و تلویزیون. یه عده‌شون رو گرفته بودن و برده بودن تو سینما ذغالیا که شیخ‌علی‌اکبر و حاکم شرع واسشون تصمیم بگیره، یه عده‌شونم رو اکبر ورامینی و حسین گربه و بچه‌های دیگه می‌برن تو بیابونای دولت‌آباد تا می‌تونن می‌زنن‌شون و لِه‌ولَورَده‌شون می‌کنن و همون‌جا ول‌شون می‌کنن. اون گوینده‌هه رو، همون که صدای خوبی داشت و اخبار می‌گفت، اِنقده تو سرش زده بودن که لال شده بوده. فهمیدم رمضون اون روز چی رو جشن گرفته بود، اون کار نیمه تمومش رو تموم کرده بود.

خبری از سوزی نبود و شکّم برده بود سر اونم بلایی آورده باشن. اون روزای انقلاب هنوز از گذشتهٔ خودم، از شرم اینکه یه موقعی چی و کی بودم، از اینکه مبادا رمضون فکرای عوضی راجع به منم بکنه، از ترس اینکه یهو بچه‌هام بو ببرن، مثل همه‌چیزای دیگه‌ای که به‌چشم می‌دیدم و از کنارشون می‌گذشتم از اون ماجرام هم گذشتم و پیِ‌شو نگرفتم. نمی‌دونم چم شده بود که انگار پاک یادم رفته بود من و سوزانم هرچی نبودیم، تَهِش آدم که بودیم. دو رو نبودیم، نارو به کسی نمی‌زدیم، رحم و مروتی داشتیم. تو ماها یکی مثل مهوشم

بود که دارونداراش رو بخشیده بود به فقیر فقرا. خودِ سوزی اونقدر با همه صاف و روراست و مهربون بود که تو همون کافه‌جمشید از مطرب و گارسون گرفته تا آشپز و پیشخدمت و نگهبان و کارگر به اسمش قسم می‌خوردن.

درست مثل ماههای اول انقلاب که مردم محل به اسم همین رمضونِ ناساز و دمدمی قسم می‌خوردن، چرا؟! چون دست مردم محتاج رو می‌گرفت، کمک می‌کرد جوونا دوماد بشن، به مستأجرا می‌رسید تا اجاره‌های عقب افتاده‌شون رو بِدَن، یا وامی، تکه‌زمینی واسه مردم جور می‌کرد تا با پس‌انداز خودشون صاب‌خونه شن. بچه مسلمونای محل رو جمع می‌کرد و می‌فرستاد تو دهات براشون مسجد و حموم بسازن. طوری شده بود که نه‌فقط تو بیسیم، که رمضون هرجای جنوب‌شهر قدم می‌ذاشت گُله‌به‌گُله براش صلوات می‌فرستادن! کوچیک و بزرگ جلوش خم و راست می‌شدن. میدون بارفروشا که گوش به‌فرمونش بودن هیچی، بازاریا با اشاره‌ش کرورکرور پول به حسابای مسجد و کمیته و خیریه‌ها واریز می‌کردن. دنبال همین رمضون یه عدهٔ دیگه‌م بودن که گوش‌شون به دهنش بود که دنبالش راه بیفتن و از این تظاهرات به اون تظاهرات برن، به دانشگاه حمله کنن و میتینگ چپیا رو به‌هم بزنن، حق و ناحق کنن تا شاید رمضون دستشون رو بگیره ببرشون تو کمیته‌ای جایی و به نون‌ونوایی برسن.

خودش و شیخ‌علی‌اکبر شده بودن همه‌کاره. با اشاره‌شون زندگیِ خیلیا از هم پاشید یکیش اون کاری بود که با همین مردم و بچه‌های کمیته با دستفروشای خیابون مصدق و نازی‌آباد و کرج کرد، به اسم اینکه همه‌شون چپی و هوادارای کمونیستان ریختن، گرفتن، زدن، بساط و شندرغاز سرمایه‌شون رو خردوخمیر کردن و یه‌مشت جوون و بدبخت و بیکارشدهٔ بعد از انقلاب رو از هستی ساقط

کردن. خدا می‌دونه چه خونای ناحقی تو همون یکی دو سال اول با اشارهٔ شیخ‌علی‌اکبر و به‌دست رمضون یا به اشارهٔ خودش و به دست دیگرون که ریخته نشد و چشمو رو چه حق‌کشیای کمیته‌چیا نبست. هرکی از خودیاش با کسی دشمنی داشت کافی بود به رمضون بگه، اونم واسه اینکه تا می‌تونه دور خودش نوکر و نوچه به اسم نیروی انقلابی جمع کنه، بدون اینکه پرس‌وجویی بکنه، یارو رو یا سربه‌نیست می‌کرد یا با تهمت ساواکی و ضدانقلاب و کمونیست و چپی بلایی سرش می‌آورد و طوری از هستی ساقطش می‌کرد که دیگه تا ابد نتونه از جاش بلن شه. اگه بخوام فقط از اونایی که تنها من ازشون باخبرم بگم می‌شه مثنوی هفتاد مَن.

اینا رو دارم به خودم می‌گم که معلومم بشه این همه سال دارم با چه آدمی زندگی می‌کنم. دو سالی از انقلاب نگذشته بود که پاشو کرد تو یه کفش که بریم خونهٔ سلطنت‌آباد. یه سالی طول کشید تا شیخ‌علی‌اکبر تونست مجوز تملک اونجا رو براش بگیره. حاج‌اخترخانم مخالف بود و می‌گفت: «می‌خوای بری رو مال غصبی و حروم نماز بخونی که نسلت حروم‌زاده بار بیاین! منم خونهٔ خودمون رو بیشتر دوست داشتم. بچه‌هام نزدیک مادربزرگ و عمه‌ها و عموشون بودن و فامیل و آشنا پشت‌سرمون حرف در نمی‌آوردن که چی شده اینا یه‌شبه سلطنت‌آبادنشین شدن! همین‌جوری‌شم پشت‌سرمون هزارجور حرف و سخن بود. فروغ که علنی تو روی رمضون می‌گفت: «خجالت نمی‌کشی می‌خوای بری رو بیت‌المال بشینی. هنوز نرفتی سلطنت‌آباد ببین تو محل چیا که پشت سرت نمی‌گن! چپ می‌ری، راست می‌ری، می‌شنوی رمضون حاج‌مهدی یه‌مشت فرصت‌طلب و دورقاپ‌چین رو به اسم انقلابی دور خودش جمع کرده!»

کار فروغ و رمضون همیشه به دعوا و مرافعه می‌کشید. شایدم اصرار رمضون برا اینکه از اون خونه بریم واسه همین بود که می‌خواست از دست فروغ و طعنه‌های ابراهیم و نجمه و مادرش و بعضی حرفای مردم محل خلاص بشه. بالاخره اِنقده گفت و گفت و خونه نیومد و شبا تو خونهٔ سلطنت‌آباد خوابید که مجبور شدم جُل‌وپلاسم رو جمع کنم و بچه‌ها رو بردارم و برم اونجا. حاج‌اخترخانومم ذلّه شده بود و فکر می‌کرد اگه من برم اونجا اقلاً مواظبم که رمضون کمتر معصیت کنه. یکی دو هفته‌ای بیشتر به اول مهر نمونده بود، رضا و آهو رو که از همون ساعت اول بهانهٔ مامان بزرگشون و عمه و عمو مجتباشون رو می‌گرفتن تو مدرسه‌های همون‌جا نزدیکمون ثبت‌نام کردم. رضا می‌رفت کلاس سوم، آهو کلاس اول. مشغول رسیدن به خونه شدم.

روزای اول دست‌ودلم به کار نمی‌رفت و هرجای خونه رو می‌دیدم، دست به اسباب و اثاثه و هرچی می‌زدم زن و بچه‌های صاب‌خونه جلو چشَم می‌اومدن. خیلی چیزا رو ریختم دور. یه روز که نشسته بودم و داشتم آلبومای عکساشون رو نگاه می‌کردم که دور بندازم، رضا و آهو هم اومدن نشستن تماشا. دست از سرم بر نداشتن تا مجبور شدم بگم باباشون چه‌جوری صاحب اون خونه شده. حواسشون رفته بود دنبال دو تا خواهر و برادری که هم‌سن خودشون بودن و یه‌عالمه عکس توی جاهای مختلف اون خونه داشتن. رمضون که اومد خونه، اول آهو گفت دلش نمی‌خواد تو اتاقا و خونه‌ای که مال اون بچه‌هاس بمونه و دلش واسه خونهٔ خودمون و مامان‌اخترش تنگ شده، بعدم رضا که تمام‌مدت اخم کرده بود گفت دلش می‌خواد همون مدرسه پارسالش و پیش دوستای خودش بره.رمضون نشست و واسه بچه‌ها از بدی ساواکیا و شکنجه‌هایی که مردم رو می‌کردن گفت. اینکه مردم گرسنگی می‌کشیدن و عوضش

خودشون تو یه همچین خونه‌هایی زندگی می‌کردن. خلاصه اینقد گفت و گفت و بچه‌ها ساکت شدن. دست‌آخرم گفت: «پنبهٔ اینکه دوباره به اون محل برگردیم از گوش‌تون بیرون کنین. همین‌جا موندَنیم و تمام».

تا بفهمم با اون خونه چه‌جور کنار بیام و بهش عادت کنم جنگ شروع شد. درست روزی که فرداش بچه‌ها قرار بود برن مدرسه، فرودگاه مهرآباد رو زدن. همه‌چی به‌هم ریخت. دیگه خیلی چیزا عوض شد. یک‌سالی از جنگ نگذشته بود که دعواها و درگیریای بیرون به خونه و خونواده کشید. بگیربگیر شروع شده بود و رمضون کاروان پشت کاروان میوه و تره‌بار می‌فرستاد جبهه. وقتی‌ام مجاهدین تو تهرون تظاهرات مسلحانه راه انداختن و حزب جمهوری رو منفجر کردن، مشغول قلع‌وقمع کردن هوادارای مجاهدین و چپی‌ها شد.

بیسیم و خیابون خراسون و مولوی و شهباز قُرُق رمضون شده بود. نوار حرف‌های آقا و شیخ‌علی‌اکبر رو راجع به جنایات منافقین و چپی‌ها ضبط می‌کرد ومی‌آورد خونه می‌گذاشت و صداش را بلند می‌کرد تا من و بچه‌هام بشنویم. صداشون زیر سقف گنبدی سالن خونه می‌پیچید و هنوز که هنوزه تو گوشمه: «آقایان، این را امشب که شما از همه محله‌ها جمع آمده‌اید می‌گویم تا به همه بگویید. به حسب تکلیف شرعی، هرکسی در خفیه از خانهٔ خودش خانه‌های اطراف را بپاید. خوب ببیند چه می‌گذرد. وقتی این محلات و این شهر و این مملکت مال خود شماست و این‌ها دارند برضد مملکت شما عمل می‌کنند، خودتان باید این بلایا را دور بکنید. همهٔ شما باید اطلاعاتی و گروه‌های امنیتی شوید. راحت است فهمیدن اینکه در خانهٔ همسایه چه کسانی زندگی می‌کنن، چه می‌کنن، یا آدم‌های منزل آن طرفترش چه می‌کنند. این دو سه تا منزلی را که در اطراف

شما هستن را درنظر بگیرید. اگر ده روز، بیست روز، یک ماه، همهٔ مردم توجه به این داشته باشند که این همسایه‌های من چه می‌کنند، به خانه‌شان کی رفت و آمد می‌کند پیدا کردن یک ردپایی از این منافقین و منحرفین آسان می‌شود. تا یافتید فوراً اطلاع بدهید که یک همچون قصه‌ای در این‌جا و آن‌جا هست. پس از این، غائله برچیده می‌شود. پدر مادرها بچه‌هایشان را به‌طور پنهانی زیر نظر بگیرند چه می‌کنند و چه اطراف آنها می‌گذرد، این دختر را، این پسر را نگذارند در دام بیفتند، خودشان آنها را نصیحت و هدایت کنند و اگر نصیحت‌پذیر نیستند معرفی کنند. برادر مراقب برادر، خواهر مراقب خواهر، همه مراقب عمو و عمه و خاله و دایی و اقوام خویش باشند. میانشان منحرف دیدند معرفی کنند. این یک تکلیف شرعی است. وقتی اسلام درخطر است همهٔ شما موظفید که با جاسوسی حفظ بکنید اسلام را. اگر ما اسلام را در خطر دیدیم، همه‌مان باید از بین برویم تا حفظش کنیم. حفظ خود اسلام از جان مسلمان هم بالاتر است. برای حفظ اسلام دروغ گفتن هم واجب است، شرب خَمر هم واجب است».

وضع طوری شد که دیگه نیم‌ساعتم نمی‌شد خونهٔ حاج‌اخترخانم دورهم جمع بشیم، ننشسته بگومگوی رمضون و ابراهیم و فروغ و حاج‌اخترخانم شروع می‌شد و کار به داد و بیداد و دعوا می‌کشید. کار رو به جایی رسوند که رسماً به فروغ و ابراهیم می‌گفت چپی‌های بی‌نماز و ضدانقلاب! حاج‌اخترخانم بیشتر از گذشته از رمضون فاصله گرفت. ابراهیم و فروغ رو از کارخونه اخراج کردن، بعدم کمیته‌چی‌های رمضون رفتن اونا رو تو خونهٔ حاج‌اخترخانم دستگیر کردن و تحویل دادستانی دادن. اگه پای حاج‌خانم میون نبود تو زندون سربه‌نیست‌شونم کرده بودن. پیرزنِ بنده خدا رفت مسجد بَست نشست و اونقدر موند و پیش شیخ‌علی‌اکبر عجز و

لابه کرد که مبادا اعدامشون کنن. دو سه سال بعدم نجمه مخفی شد. مجتبام که از همون اولای انقلاب و موقعی که تازه وارد دانشگاه شده بود، تو جریانِ حمله به دانشگاه و انقلاب فرهنگی با اینکه رمضون رو دوست داشت گاهی کمیته‌ام می‌رفت، از بعضی کارای داداشش دلگیر و آزرده بود. جنگم که شروع شد رفت جبهه. بعد از اینکه عراقی‌ها رو از خرمشهر بیرون کردن، فرماندهٔ گردان شد. سال بعدشم که دانشگاه‌ها باز شد توجبهه موند و دانشگاه نرفت. بعد از یک سال بی‌خبری، خبر نجمه رو از آذربایجان شوروی آوردن. رمضون کاری کرد نه‌فقط مادرش، بیشتر فامیلِ خودشون و ابراهیم اینام بهش پشت کردن.

میون کاروان راه انداختن‌ها و رفت‌وآمداش به جبهه سرپرست همهٔ کمیته‌های جنوب تهرونم شد. با همهٔ این حرفا رمضون هوای مادرش رو داشت، می‌ترسید مبادا آهش دامنش رو بگیره، خصوصاً که با رفتن نجمه و پناهنده شدنش به شوروی و زندونی بودن فروغ و ابراهیم، حاج‌اخترخانم تنهام شده بود. مجتبام که همش جبهه بود، تهرونم که می‌اومد مدام تو قرارگاه‌ها دنبال جذب نیرو و امکانات بود که با خودش ببره جبهه. برا همین رمضون معذب و نگران مادرش بود. واسه اینکه نرمش کنه و دلش رو به‌دست بیاره مرتب براش گوشت و مرغ و مواد غذایی می‌فرستاد و یا عیدای مبعث و قربون و غدیر شیرینی و کفش و لباس می‌گرفت و می‌داد به من که با بچه‌ها می‌ریم دیدنش ببریم براش. اونم همه‌چی رو، خوراکی و غیرخوراکی رو، از این دست می‌گرفت و از اون دست صدقه می‌داد به در و همسایه‌های عیالوار و محتاج محل. می‌گفت مال مردم رو به مردم باید برگردوند. رمضون جرأت نمی‌کرد بهش سربزنه. همین که چشم حاج‌اخترخانم بهش می‌افتاد اشک می‌ریخت و یه‌بند

نفرینش می‌کرد. روضهٔ ماهانهٔ خونه‌شون رو تعطیل کرده بود. نماز خوندن تو مسجد رو ترک کرده بود.

کارش این شده بود که دو هفته یه‌بار با فخری خانم، مادر ابراهیم، برن ملاقات فروغ و ابراهیم. می‌گفت اوین شده زیارتگاهش. مریم، خواهر ابراهیم یا محمدآقا، پدرش، با ماشین می‌بردنشون و می‌-آوردنشون. میون خونوادهٔ زندونیا کلی دوست و آشنا و رفت‌وآمد پیدا کرده بود. چن‌بار از زندون به رمضون زنگ زده بودن و شکایت حاج‌اخترخانم رو کرده بودن که مادرتون هرچی از دهَنش درمیاد به پاسدارا و نگهبانای زندون، مقامات زندون، و دادستانی می‌گه و مردمو تحریک می‌کنه. رمضونم چی می‌تونست بگه جز اینکه یا ساکت بمونه یا بگه باشه بهش تذکر می‌دم. اما مگه جرأت می‌کرد با مادرش حرف بزنه!

رضا و آهو عاشق مامان بزرگ‌شون بودن و جونشون به جون حاج‌خانم بسته بود. حاج‌اخترخانم با من خوب بود ولی حق اینکه اسم رمضون رو جلوش بیارم نداشتم. هر دفعه‌ام می‌رفتم خونه‌شون چیزایی که از در و همسایه و مردم راجع به رمضون شنیده بود با اشاره و کنایه و لعن و نفرین برام تعریف می‌کرد، اینکه: «شنیدم هروئین و موادی که ضبط می‌کنه می‌ده به قاچاق‌چیای کله‌گنده تا از کشور خارج کنن و به‌جاش اسلحه واسه جنگ وارد کنن و تحویلش بدن»، منِ ساده‌ام با اینکه می‌دونستم نصف بیشتر حرفایی که مردم پشت سرش می‌زنن درسته، واسه دلداری حاج‌خانم، واسه اینکه غصه نخوره تا می‌اومدم بگم حاج‌خانم مردم حرف درمیارن، رمضون رو من می‌شناسم و باهاش دارم زندگی می‌کنم، این‌جورام نیست که می‌گن، می‌گفت: «با همین پولاس که صدتا صدتا کامیونِ گوشت و برنج و روغن و نخود و لوبیا هرهفته می‌فرسته جبهه. می‌گفتم: «برفرضم که مردم راست بگن، خب خرج جبهه‌ها می‌کنه».

می‌گفت: «این جنگ اگه جنگ و جهادِ اسلام با کفره، از راه حروم به نتیجه نمی‌رسه».

اوضاع مملکت ناامن شده بود، هرروز یه‌جایی رو منفجر می‌کردن یا یکی رو ترور می‌کردن. رمضون صبحا که از خونه می‌رفت بیرون تا برگرده دلم هزار راه می‌رفت. خونه اَمن بود، اگه صدام بمب نمی‌انداخت. رمضون دوتا پست نگهبانی، یکی سرِ کوچه یکی دم‌درِ خونه گذاشته بود، خودشم همیشه دوماشینه و با محافظ رفت آمد می‌کرد، ولی من دلشوره داشتم، خصوصاً که رمضون برا خودش خیلی دشمن‌تراشی کرده بود. برخلاف بیسیم که با همه سلام‌علیک داشتم و توی دوره‌های روضه‌خونی و ختم‌انعامی که با حاج‌خانوم می‌رفتم و همه من رو می‌شناختن و به‌عنوان عروس و دختر حاج‌اخترخانم احترامم رو داشتن، توی محل جدید مردم با شک و غیظ نگاه‌مون می‌کردن و نزدیک‌مونم نمی‌شدن.

مدرسه بچه‌ها را هم بعد از یک سال عوض کردیم و توی یه مدرسهٔ اسلامی مخصوص خونوادهٔ پاسدارا و شهیدای جنگ ثبت‌نامشون کردم. زندگی من بیشتر تو خونه می‌گذشت، استخر خونه رو آب کرده بودیم و بچه‌ها تابستونا توی حیاط مشغول بازی و شنا می‌شدن. یواش‌یواش با خونه اُخت شده بودم. یکی‌ام بود که هفته‌ای دو سه روز می‌اومد تو کارای خونه کمکم می‌کرد. بچه‌ها بزرگ شده بودن. رضا سال آخر و آهو سال دوم راهنمایی بود. تا اینکه کم‌کم متوجه سرد شدن رمضون و شب خونه نیومدناش به بهانهٔ مشغله و کار زیاد و بعضی مسافرتای دوروغی به کیش و اینا شدم. یه روز اومد گفت: «آقا از پاسدارها و سربازا خواسته ازدواج با زنای شهدا رو غنیمت بشمرن و گفته حضرت محمد با چهار زن شهید ازدواج کرده، حضرت علی هم با زن شیهد ازدواج کرده، امام حسین و

حضرت عباس و اماما هم با زنان شهدا ازدواج کردن و منم اگه تو رضایت بدی می‌خوام یکی از این خانما رو عقد موقت کنم».

خیلی فکر کردم. به‌نظرم همون موقعم یه عقدی داشت، فقط چون ترسیده بود بفهمم و الم‌شنگه راه‌بندازم، خودش اومده بود جلوجلو بگه که مثلاً مؤمنی و صداقتش رو بهم ثابت کنه. وقتی دید ساکتم و حرفی نمی‌زنم گفت: «ببین حوری، به جون جفت‌بچه‌هام فقط اگه تو راضی باشی این کارو می‌کنم، اگه راضی نباشی بی‌خیالش می‌شم». بازم حرفی نزدم و جوابش رو ندادم، دستش رو انداخت دور گردنم و گفت: «من اول از همه نیّتم اینه که امر آقا رو اجابت کنم، دومم برا رضای خدا کمکی کرده باشم به یه خونوادهٔ شهید و بی‌سرپرست».

چَک‌وچونه زدن فایده‌ای نداشت، چه رضایت می‌دادم چه نمی‌دادم فرقی نمی‌کرد. اون یا این کارو بدون رضایت من کرده بود یا اگرم نکرده بود پنهون از من می‌کرد. بهتر بود موافقت می‌کردم که اقلاً هر کاری می‌خواست بکنه جلو چشم خودم بکنه. فقط یه کلمه گفتم باشه. روز بعد عکس طرف رو آورد نشونم داد. زن جاافتاده چهل و یکی دو ساله‌ای بود که با مقنعه و چادر عکس انداخته بود. گفت اسمش فرخنده‌س، زن فرماندهٔ گردانی بوده که تو حمله عراقیا به مهران و تصرف اونجا کشته شده. گفت می‌خواد شش ماهه صیغه‌ش کنه که روز بعد از اون گفت صیغه‌شو حاجی‌علی‌اکبر خونده.

بی‌قرار و بی‌خواب شده بودم. واسه اینکه بیشتر از کاراشون سردربیارم زنه رو دعوت می‌کردم خونهٔ خودمون. زن باتجربه و پخته‌ای بود. با اینکه همسنای رمضون بود، سی و پنج شش ساله و جوون و همسن خودم بنظر می‌اومد. خودش رو حسابی تو دل رمضون جا کرده بود. هردوشون جلو من طوری رفتار می‌کردن که انگار اون زیرمیرا هیچ جیک‌وپوکی باهم ندارن و فقط به امر خدا

گردن گذاشتن. دوتایی طوری من رو که یه موقعی هفت‌خط روزگار بودم خام کردن که انگار اون کلفت منه و من خانم و سرور اون. چپ می‌رفت، راست می‌اومد می‌گفت خوش به‌حالتون که شوهرتون انقده دوست‌تون داره. منم خودمو به این راضی کرده بودم که همه‌چی جلوی چشمم و به فرمون خودمه. نگو فرخنده زیرزیرکی داشت با حقه‌بازی و دلبری منو خام و رمضون رو خرِ خودش می‌کرد که خودش رو جا کنه تو زندگیِ من و بشه سوگلیِ آق‌رمضون و زن عقدیش و منِ ساده‌ام فکر می‌کردم دارم واسه رمضون و خودم آخرت می‌خرم، بی‌خبر از اینکه پنهون از چشم من دوتایی حسابی با هم سروسّری پیدا کردن.

همین که رمضون گفت می‌خواد باخودش ببردش حج فهمیدم چه بلایی سرم اومده. خودم رو جمع کردم و نذاشتم از کوره در برم و عقلم رو از دست بدم، گفتم: «تو که گفتی شش ماهه صیغه‌ش کردی و سر شش ماه عقدش رو فسخ می‌کنی؟» رمضون گفت: «آره، می‌ذارم بعد از اینکه از مکه اومدیم. بنده‌خدا آرزوی زیارت خونهٔ خدا داره. یه زن تنها اونم حج تمتع، خدارو خوش نمی‌یاد بذارم تنهایی بره!» تو نگو اون‌جور که بعدنم فهمیدم تو این مدت دور از چشم من برا خانوم یه خونم خریده. دید که ساکتم و حرفی نمی‌زنم پرسید: «چی شد چرا توهم رفتی؟ یه‌چیز بگو!» چی می‌تونستم بگم؟ آتیش گرفته بودم. ما زنا موجودات بدبختی‌ایم. تا می‌یایم به خودمون بجنبیم، مردا دوتا بچه تو شکم‌مون می‌کارن و بچه‌ها هنوز از آب‌وگل درنیومدن می‌بینیم یه لکاته‌ای پیدا شده می‌خواد بابای بچه‌هاتو از دست دربیاره. گفتم: «راست می‌گی، خیلی‌ام خوبه! برین مکه و بیاین بعدش».

واسه خودم وقت خریدم ببینم چه خاکی باید سرم بریزم. چند روزی گذاشت و حرفی نشد تا اینکه یه روز جمعه‌ای که داشتم حاضر

می‌شدم برم بچه‌ها رو از کلاس انگلیسی بردارم، رمضون شروع کرد که: «عموهای بچه‌های فرخنده بعد از اینکه فهمیدن صیغه‌ام شده، خونه و مال و اموال شوهرش رو به اسم بچه‌هاش کردن و ممکنه همین‌روزا از خونهٔ خودشم بندازنش بیرون. خصوصاً که بچه‌ها رو هم کشیدن سمت خودشون! چطوره یه خونه‌ای چیزی واسه این بنده‌خدا دست‌وپا کنیم که از مکه برگشت بره توش و آواره نشه».

دیگه اختیار از دستم در رفت و گفتم: «هر غلطی می‌خوای بکنی بکن! اون تو و اونم اون زنیکهٔ لکاته!» خیلی بهش برخورد. انتظار نداشت اون‌جور جوابشو بدم و بپرم بهش. گفت: «اولَندش که لکاته خودتی، پشت سر یه زن مؤمن و متدّین این‌جوری حرف نمی‌زنن! یادت رفته خودتو از کجا بیرون کشیدم؟!». با اینکه معلومم بود داره به چی کنایه می‌زنه، واسه اینکه ببینم می‌تونه تو رومم بگه از کجا تا حسابی بزنم تو دهنش پرسیدم: «از کجا؟» اونم نه گذاشت، نه برداشت و گفت: «کافه‌جمشید! فتنهٔ رقاصه رو که جلوی هرکس و ناکسی لنگای درازشو باز می‌کرد که یادت نرفته؟!»

اینو که گفت شروع کردم به جیغ کشیدن. تو سر خودم می‌زدم و به صورتم ناخن می‌کشیدم و پشت‌هم می‌گفتم : «خاک تو سر بی‌غیرتت بکنن! مرتیکهٔ قرمساق! بی‌همه‌چیز! اگه از روی امام‌رضا خجالت نمی‌کشی از بچه‌هات خجالت بکش! کثافت، تو لایق همون فرخندهٔ باجی‌خانمی که معلوم نیست قبل تو صیغهٔ چن نفر مثل خودت بوده!» طوری خوابوند تو گوشم که نزدیک بود برم تو دیوار. دیوونه شده بودم و سرم رو به درودیوار می‌کوبیدم و زار می‌زدم و هرچی دَم دستم بود پرت می‌کردم طرفش. انگار دنیا رو روی سرم خراب کرده باشن. با همون حال کیفم رو ورداشتم و سوار ماشین شدم و از خونه زدم بیرون.

تموم این سالا نه از دوست و آشنا، نه از خونوادش، نشنیده بودم که گذشته‌م رو، اونم اونجوری به روم بیارن. اشکم بند نمی‌اومد. خیلی کوچیک و حقیرم کرده بود، انگار چشمم یهو به چیزایی که دوروبرم می‌گذشت باز شده بود و جای واقعی خودم رو تو دنیا بهم نشون داده بودن. بدون اینکه بفهمم، تو کثافتی فرو رفته بودم که دیگه به چشمم از بالا تا پایینش وگناه و مَعصیّت و دروغ و نجاسَت بود. از خودم عُقم گرفته بود و دلم می‌خواست زمین دهن باز می‌کرد و منو می‌کشید تو خودش تا دوباره با رمضون چشم تو چشم نشم. تصمیم خودم رو گرفتم. باید بچه‌ها رو از کلاس‌هاشون بر می‌داشتم و می‌رفتم خونه حاج‌اخترخانم! با اینکه اشکام رو پاک کرده بودم و یه‌کمم تو ماشین آرایش خودم رو درست کرده بودم، بچه‌ها فهمیدن یه خبری شده که انقدر به‌هم ریخته‌م. ماشین رو به پایین و شریعتی که رفت رضا گفت: «مامان رد شدی، چرا نپیچیدی؟ سه‌راه پاسداران رو رد کردی!» گفتم: یه سر می‌ریم خونهٔ مامان‌اختر. آهو گفت: «چی شده؟ مامان اختر طوریش شده؟» گفتم: «نه مامان!» رضا گفت: «پس چرا انقدر گرفته‌ای؟» آهو هم که روی صندلی کنارم نشسته بود هم‌کلام اون شد و ادامه داد: «رضا راست می‌گه مامان! چشاتم قرمزه». گفتم: «چه می‌دونم، شاید دارم سرما می‌خورم!» جمله‌م تموم نشده بود که نتونستم جلوی خودم رو بگیرم و اشکام مثلِ سیل جاری شد. آهو گفت: «مامان! می‌شه بگی چی شده؟ مامان‌اختر چیزیش شده؟» گفتم: «نه به جون مامان، مامان‌اختر خوبه!»

ساکت موندم، نگفتم که این مامانتونه که آرزوش اینه بمیره و تا کسی خفتِ گذشته‌شو به روش نیاره. تا برسیم بچه‌هام نه دیگه سؤالی کردن، نه حرفی زدن. حاج‌اخترخانم در رو باز کرد. بچه‌ها رو یکی‌یکی بغل کرد و بوسید و پشت هم گفت: «چه خوب کردین

اومدین، دلم واسه دیدنِتون پر می‌زد مادر! چرا بی‌خبر؟» نوبت به من که رسید اختیار از دستم رفت و سرم رو روی شونه‌ش گذاشتم و هِق‌هِق زدم زیر گریه. بچه‌ها هاج واج وایستاده بودن و نمی‌تونستم از بغل حاج‌اخترخانم جدا بشم. مثل بچهٔ ترس‌خوردهٔ بی‌پناهی بودم که به دامن مادرش پناه آورده باشه. همهٔ بی‌کسی و تنهاییم توی دنیا روی قلبم افتاده بود. گریه دست از سرم برنمی‌داشت. حاج‌اخترخانم پشت هم می‌گفت: «چی شده مادر؟ آخه یه چیزی بگو! ترو خدا این‌جور نکن. الانه که دلم بترِکه. بچه‌ها شما اقلاً بگین چی شده؟»

آهو و رضا مستأصل ایستاده بودن و ما رو نگاه می‌کردن. شونه‌هاش رو گرفتم به چشای خیسش نگاه کردم و همون‌طور که اشک می‌ریختم گفتم: «هیچی حاج‌خانم، هیچی! دلم گرفته بود. دیدمتون نتونستم خودم رو کنترل کنم». آهو گفت: «دروغ نگو مامان!» و رو به مادر بزرگش گفت: «دروغ می‌گه مامان‌اختر، تو ماشینم که می‌اومدیم گریه می‌کرد». گریه‌م بند نمی‌اومد، زورکی لبخندی زدم و اشک‌هام رو پاک کردم و رو به آهو گفتم: «یعنی حق ندارم واسه اینکه دلم واز شه گریه کنم؟» حاج‌اخترخانم دست انداخت دور کمرم و به‌طرف در اتاق رفتیم و گفت: «بیا، بیا بریم تو خوشگلم بگو چی شده که دلت گرفته، نکنه رمضونِ بی‌پیر اذییت کرده؟»

واسهٔ من که تو زندگیم محبت مادر ندیدم، حاج‌اخترخانم مادری بود با یه آغوش اَمن و یه دریا محبت و پاکی. دین‌وایمون رو از امام رضا داشتم و قران خوندمو، نماز خوندن‌مو، روزه گرفتن‌مو، خلاصه همهٔ اون چیزای دیگه‌ای که منو پیش آقا امام‌رضا سربلند نگر می‌داشت مدیون حاج‌اختری بودم که واسم عین فاطمهٔ زهرا مقدس بود. اصلاً اون خونه و اون موقع‌هاییکه نجمه و فروغ و ابراهیم و مجتبی و خودمون همه توش جمع بودیم کعبهٔ آمالم بود. انگار حاج‌اخترخانم گرما و روح اون خونه بود و ما همه دورش طواف می‌کردیم. تنها

آرزوم این شده بود که برگردم اونجا و به اون روزا. وارد اتاق نشیمن شدیم. سیم سماور گوشه اتاقش رو به برق زد و گفت: «ننه می‌خواستی بیای یه زنگ می‌زدی یه‌کم به وضع اتاقم می‌رسیدم». همچی که خواست طرف کمد ظرفا بره آهو گفت: «مامان جون، شما بشینین، بگین چی باید بیارم، من می‌یارم!» دست انداخت گردن آهو و ماچش کرد و گفت: «قربون او قدوبالات برم دخترم که واسه خودت خانمی شدی». گفتم: «شما بیاین بشینین! سماور جوش بیاد آهو چایی رو دم می‌کنه». به آهو گفت: «مادر، شیرینی توی کمد و میوه‌ام تو یخچال هست، بیار».

صداش خسته و غمگین بود. صددفعه خودمو لعنت کردم که این چه ظلمییه که من غم و غصه‌هامو بیارم سر زنی خالی کنم که دختر پارهٔ تنش و دوماد عزیزتر از بچه‌ش تو زندون باشن و یه دخترش تو غربت آواره و یه پسرش تو جبهه. بعدم از کسی پیشش شکایت ببرم که خودش بانیِ همهٔ این بدبختی‌یاشه. گرد غم و تنهایی صورتش رو پوشونده بود و سنگینیِ رنجی که می‌کشید پشتش رو خم کرده بود. نه صدای فروغ و ابراهیمی بود، نه نجمه‌ای که خنده‌های آروم و مهربونش خونه رو پُر کنه، نه مجتبا که دور مادرش بچرخه و گوش به فرمونش باشه.

پرسیدم: «مادر از آقامجتبا چه خبر؟» به مبل تکیه داد و گفت: «هشت ماهه که یه دلِ سیر ندیدمش! فقط چند وقت یه‌بار از جبهه یه زنگی می‌زنه!» پرسیدم: «نجمه چطوره؟»

«خبری ازش ندارم مادر، جز همونی که هنوز تو باکو زندگی می‌کنه! زندگی تو غربت، دختر بیچاره اسیر شده. نمی‌دونم چه بلایی سرش اومده!» آهو و رضا سینیِ چایی و شیرینی و میوه را روی میز گذاشتن. اخترخانم به آهو گفت: «مادر برا خودت و داداشت میوه

و شیرینی بذار. چاییا تون رو بردارین برین تو اتاق نشیمن تلویزیون نگا کنین تا من یه‌کم با مامان‌تون حرف بزنم».

فهمیده بود که از ناچاری بهش پناه آوردم. می‌دونست اهل شکایت و ناله و نفرین نیستم، خصوصاً پشت‌سر رمضون. همون‌جور که اون کمتر از رمضون و بدیاش می‌گفت، ملاحظه من و بچه‌ها رو می‌کرد و می‌ترسید مبادا از زندگی با اون دلسرد بشم. منم کمتر پیش می‌اومد مشکلات زندگیم رو باهاش درمیون بذارم. بچه‌ها که رفتن نگام کرد و ساکت موند. انگار داشت تو چشام دردم رو می‌خوند و می‌پرسید: چی می‌خوای بگی، رمضون بچهٔ منه، من نشناسمش تو می‌شناسیش؟ گریه کردم و گفتم: «خدا به‌سر شاهده که دلم نمی‌خواد با حرفای خودم یه ناراحتی به ناراحتی‌های شما اضافه کنم، سزا نیست. شما خودتون اینقد غم و غصه دارین که من یکی دیگه نباید بهشون اضافه کنم . همین‌که اومدم اینجا و صورت نورانی و پرمحبت‌تون رو، صدای آروم و مادرونه‌تون رو دیدم و شنیدم و آروم شدم برام بسه. همین‌که هنوز سایهٔ مادری‌تون رو سرمه و پناهمه برام کافیه. همین‌که بیام اینجا سرمو روی دامن‌تون بذارم و گریه کنم برام مرهَمه! خودم تقصیر داشتم که بهش میدون دادم، فکر کردم دارم ثواب دنیا و آخرت رو برا اون و خودم می‌خرم، نگو دارم خودم دستی‌دستی خاک تو سرم می‌کنم».

هق‌هق گریه مجالم نمی‌داد. گفت: «اقلاً بگو چی شده، گریه نکن! آخه چی شده؟» گفتم: «چی بگم مادرجون! نمی‌دونم خبر دارین یا نه، رمضون زن یه شهید رو...» حرفم تموم نشده بود، گفت: «آره همه‌چی رو می‌دونم مادر. آدمی که به خواهر و شوهرخواهر و رفیقی که از برادر بهش نزدیک تر بود رحم نکرد چه توقعی ازش می‌شه داشت که به زن و بچه‌هاش رحم کنه؟ غافلی از چیزایی که مردم پشت سرش می‌گن؟!» گفتم: «خیال می‌کردم دارم ثواب می‌کنم و به

قرآن عمل می‌کنم مادر». گفت: «رمضون ندونه اون شیخ‌علی‌اکبر بی‌همه‌چیز میدونه که آیهٔ فَمَا‌اسْتَمْتَعْتُم بِهِ مِنْهُنَّ فَآتُوهُنَّ أُجُورَهُنَّ فَرِيضَةً واسهٔ مسلمونای صدر اسلام بوده، تازه با هزارتا اگرمگر و شرطوشروطی که پیغمبر گذاشته بوده. تو گناهی نداری، تو که قرار نبوده از این‌جور چیزای اسلام سر در بیاری، منم که جای مادرتم و عمری پای وعظ این آخوندا نشستم و جلسهٔ ختم قرآن رفتم، نمی‌دونستم قضیه چیه. وقتی بعد از جنگ تو مردای خونواده رواج پیدا کرد اونقدر پرس‌وجو کردم تا فهمیدم اصل قضیه مال کِی بوده و مربوط به چی بوده و چه‌جوری و چرا خود پیغمبر منسوخش کرده و چقدم سر تفسیر اون آیه‌ای که بهش متوسل می‌شن اختلافه». گفتم: «کاشکی دردم فقط ندونستن بود مادر. از اینکه با دست خودم به خیال اینکه دارم کار خیر می‌کنم، به خیال اینکه بهتره جلوی چشمم باشه تا بره پنهونی هرکاری دلش می‌خواد بکنه گفتم بذار بکنه، همش شش ماهه، سیر می‌شه و از سرش می‌افته». از حاج‌اخترخانم خجالت می‌کشیدم. منی که سی و شش‌ـ هفت سالم بود و دوتا بچه بزرگ کرده بودم و بالاخره سردوگرم چشیده بودم، درسی خونده بودم وسوادی داشتم، چه‌جوری یه همچین بلایی باید سرم خودم می‌آوردم.

رمضون تلفن زد و آهو اومد تو اتاق گفت مامان، بابا پشت خطه. جوابش رو ندادم. حاج‌اخترخانم نصیحتم کرد که بخاطر بچه‌ها و خودم برگردم خونه. اینکه با نبود من و بچه‌ها دیگه ممکنه هیچی جلودار رمضون نباشه و صبر کنم تا اینکه شاید خدا خودش یه جایی رمضون رو به راه راست هدایت کنه. بعدشم گفت نذار بچه‌هات بفهمن، خوبیت نداره.

برگشتم خونه اما رمضون رو واسه همیشه از خونهٔ قلبم بیرون انداختم. این کاری بود که باید سر ماجرای سوزان همون هفت

هشت سال پیش می‌کردم. حالا که خوب فکر می‌کنم منم اگه جای سوزان بودم همون کاری رو می‌کردم که اون کرده بود. خصوصاً که خدا می‌دونه که رمضون و قداره‌بنداش جلوی چشم اون چن‌تا از خواننده‌ها و دوستای کافه‌ایش رو سربه‌نیست کرده بودن. اونقدر معرفت داشت که به من تلفن بزنه و همه‌چی رو بگه. از همون اولشم با مرام و رفیق و زن درست وحسابی‌ای بود، نه حسود بود، نه چشش دنبال این بود که جای من رو تو دل رمضون بگیره. خودش بود که بعد از عروسیم اونقدر اصرار کرد منو ببینه. هنوز که هنوزه گرمای محبتش وقتی داشتم با رمضون می‌رفتم مشهد باهامه. با چشمای خیس موقع خداحافظی بغلم کرده بود و به خودش فشارم می‌داد.

رمضون همه‌چی رو ازم پنهون کرده بود. بعد از تلفن سوزی بود که پاپیچش شدم که چطور دو سه هفته‌س اون رو برده تو یه خونهٔ به‌قول خودش اَمن زندونی کرده و به من هیچی نگفته. شروع کرد به صغراکبرا کردن. دیدم از رو نمیره و گفتم که سوزی چی راجع بهش بمن گفته. خودش رو کشت تا بهم ثابت کنه قصدش این بود یه‌جوری سوزی رو نجات بده و اون اصلاً اهل این حرفا و اینکه بخواد با یکی مث سوزی باشه نبوده و نیست، اونم وسط گیرودار انقلاب و بگیر و ببند جنده‌های شهرنو و زنای کافه‌ای وتک‌پرون وکافه ای.

خلاصه خامم کرد. ازش قول گرفتم واسه اینکه به من تلفن کرده اذیتش نکنه و همون‌جور که بهش گفته بود یه کاری بکنه بتونه بره خلیجی، پاکستانی، جایی. اونم قول داد که حتماً این کار رو می‌کنه. دو روز بعدش اومد گفت سپُردتش دست یه آدم مطمئن که از مرز ردش کنن. منم باور کردم، تا اینکه خبر پیدا شدن جسد تکه‌تکه‌اش رو تو بیابونای وارمین روزنامه‌ها نوشتن. روزنامه رو خودش آورده بود و خوند. گفت لابد از دست اونی که سوزی رو بهش سپرده فرار

کرده که یه همچین بلایی سرش اومده. یادم نمیره می‌خندید و می‌گفت: «حالا خیالت راحت که دیگه سوزی‌ای در کار نیست که به شووَرِت نظر داشته باشه!» همونجا بو بودم که دست خودش باید تو کار باشه، ولی مگه جرأت داشتم بهش بگم. راستش خودمم باورم نمی‌شد.

بعد از قضیهٔ فرخنده بود که چشمم وا شد و به خودم اومدم که چی‌کاره‌ام و کجای این دنیا واستادم. اگه رمضون رو از دست داده بودم عوضش تو زندگی مزهٔ رفاقتِ سوزی و خوبیا و صفا و صداقتش رو چشیده بودم، مهربونی‌های بی‌حد نجمه رو که کمکم کرد تا تونستم ابتدایی رو تموم کنم و برم دبیرستان و دیپلم بگیرم رو دیده بودم، فروغ که مثل یه خواهر مراقب و راهنمام بود رو تو قلبم داشتم، ابراهیم و سعید که گذشتهٔ منو دیده بودن و مثل یه خانم تموم‌عیار باهام می‌کردن قوت قلبم بودن، مجتبی رو مثل برادر کوچیکم دوست داشتم مخصوصاً وقتی زن‌داداش صدام می‌کرد و خودم رو عضوی از خونه و خونواده احساس می‌کردم، بچه‌هام رو داشتم که مثل بوته‌های محمدی مرتب گُل می‌دادن و جلوی چشام بزرگ می‌شدن. تازه اینا به‌کنار، مهمتر از همه حاج‌اخترخانم رو داشتم که مادرم بود و از مادری برام کم نذاشته بود و نور چشمام بود. رمضون توی این دنیای بزرگ دیگه جایی نداشت، اون رو از قلبم بیرون انداختم و همهٔ قلبم رو به ثروتی سپردم که تو زندگیم داشتم. فردای اون روز رفتم بهشت‌زهرا سر خاک سوزی و یه سنگ درست و حسابی واسهٔ قبرش سفارش دادم و بهش قول دادم دیگه ترکش نکنم. حالا شبای جمعهٔ اول هر ماه می‌رم سرِ خاکش.

فصل ده

من بودم و کُنجی و کتابی و سروری
غم را که نشان داد، بلا را که خبر کرد
از حاشیهٔ تابلویی مینیاتور
به روایت بهمن محصص

از کوچه به خیابان آمد. از چهارراه مسجد تا هشت‌متریِ خیام گُله‌به‌گُله حجله گذاشته بودند و خیابان حالتی غیرعادی داشت. قبل از اینکه به‌طرف دکان مشدعباس برود جلوی یکی از حجله‌ها ایستاد ببیند شهید تازه را می‌شناسد یا نه. چشمش به عکس مجتبی افتاد. بهت‌زده در عکس و آگهی تحریم خیره ماند. هربار که می‌شنید به جبهه رفته، ناخودآگاه دلواپسش می‌شد. انگار مدام منتظر این خبر بود. اما حالا باورش نمی‌شد. دوباره به عکس و اسم نگاه کرد و چشمش روی آگهی ترحیم ثابت ماند و خیابان از زمان، تاریخ، و خاطره تهی شد و از حرکت ماند. سرش گیج خورد و چشمش به سیاهیِ هولناک و مرگ‌آوری رفت و پیشانی‌اش را به حجله تکیه داد. مردان سیاه‌پوش، لات‌ها و جاهل‌ها و داروسته‌های مزدور از جلوی

چشممش رژه می‌رفتند. همان‌ها که کتاب فروشی‌ها را به آتش می‌کشیدند، شاعرها را هو می‌کردند، آوازخوان‌ها را درخانه‌هاشان محبوس می‌کردند، ساز نوازندگان را می‌شکستند، تابلوهای نقاشی و پرتره‌ها را پاره می‌کردند، مجسمه‌ها را از میادین و پارک‌ها به زیر می‌کشیدند، روی درِ خانهٔ بهایی‌ها ضربدرِ باطل شد می‌کشیدند، به صورت زن‌های گِل می‌مالیدند، زیبایی را تقبح و زشتی را پرستش می‌کردند، در بلندگوها نعره می‌کشیدند و جوان‌ها و نوجوان‌ها و بچه‌ها را از دانشگاه‌ها، مدارس، و زیرِ تورهای والیبال و میان دروازه‌های گل کوچک فوتبال بسیج و به جبهه‌ها و به‌سوی مرگ راهی می‌کردند. حالا سرتاسر خیابان بیسیم را اشغال کرده بودند و مردمِ امید از کف داده و در خود خزیدهٔ محروم از شنیدن آواهای موزون، خواندن اشعار شاعران کهن و نو، گوش جان سپردن به نقل‌های حاج‌عباس، نقال قهوه‌خانهٔ داداعسگرِ سرِ بیسیم، آشنایی‌های اتفاقی و عاشق شدن‌های همسایگی و خیابانی، راه رفتن‌های بی‌منظور و بی‌هدف و سرخوشانه در پیاده‌روها و کوچه پس‌کوچه‌های محل، خواندن و تفسیر کتاب مقدس در شبستان مسجد بیسیم، و پرستش آزادانهٔ خدا را به خانه‌های سرد و ماتم‌زده می‌راندند.

سر از حجلهٔ مجتبی برداشت. دلشوره برای حاج‌اخترخانم به جانش افتاد. صورت همیشه ماتم‌زدهٔ او جلوی چشمش آمد. مجلس ختم گذشته بود، نه خودش فهمیده بود نه کسی به او خبر داده بود. معلوم بود همه‌چیز افتاده بود دست رمضان که پاسدارها آن‌طور سراسر بیسیم را قرق کرده بودند. دو روز بود یخچال خالی شده بود و چیزی در خانه برای خوردن نبود. چایی و قند می‌خورد و رغبت نمی‌کرد از خانه قدم بیرون بگذارد. بیرون همیشه همین بود، اتفاقات بد، مرگ جوانی در جبهه، اعدام زنی به جرم زنای مُحسنه، کشتن بی‌گناهی بر اثر تیراندازی اتفاقی یک بچهٔ بسیجی در ایست بازرسیِ

فلان خیابان، بمباران هوایی و مرگ دسته‌جمعیِ ساکنان چند خانه، یا دستگیریِ دوست و دوستانی که انتظار نداشت.

نمی‌توانست چشم از عکس رنگ‌باختهٔ مجتبی بردارد و از بهت مرگ آن دانش‌آموزِ سربه‌زیر و محجوب بیرون بیاید. تفنگی بر شانه و لبخندی به لب و چفیه‌ای دور گردن، به نقطه‌ای دور چشم دوخته بود: به خاکریز عراقی‌ها؟ به تصویر خیالی مادرش یا به دختری که عاشقش بود و کسی نمی‌شناختش که به اوتسلیت بگوید؟ باز سرش گیج و چشم‌هایش سیاهی رفت. به پیاده‌رو برگشت و روی سکوی مقابلِ بقالی مشدعباس نشست. سرش را میان دست‌هایش گرفت و ماند.

ده سال از انقلاب و کشته شدن شبنم گذشته بود و نتوانسته بود از زندگیِ تهی از عشق و معنایش خلاص شود. بیزاری از خیابان سبب شده بود آن قدرخرید نکند و در خانه بماند که ازگرسنگی درآستانهٔ بیهوشی قراربگیرد. کار را به جائی می‌رساند که جز نان خشک و پیاز و نمک چیزی برای خوردن در خانه نمی‌ماند و آن هم که تمام می‌شد به خودش گرسنگی می‌داد. مادر و پدرش چند سال بعد از انقلاب از محله بیسیم به نارمک اثاث کشیده بودند و دیگر روی غذاهای آمیخته به عطر مهربانی مادر هم نمی‌توانست حسابی باز کند. از مردم سرگشته می‌ترسید، از چهارراه‌ها و گذرهای تحت اشغال پاسدارها و کمیته‌چی‌ها، از توفان شرّ و خشونت و طاعونِ عوام‌زدگی که همهٔ شهر را می‌نوردید و محله‌ها را قاچ‌قاچ و ازهم بی‌خبر و منزوی می‌کرد و تا جنگ بتواند هر ثانیه قربانیِ تازه‌ای ازآنها بگیرد.

خانه برایش نه مکانی برای استراحت و آرامش، پناهگاهی برای خلوت با خود بود. پنجره‌ها را با چسب‌های ضربدری و مقوا پوشانده بود و پشت‌دری‌ها و پرده را کشیده بود و در تنهاییِ سرد و تاریک اتاق و میز شلوغ و به‌هم‌ریختهٔ کار و بوی دود و ته‌سیگارهای

مانده در زیرسیگاری و نور زرد و گرم و محدود چراغ رومیزی خود را از نظرها مخفی و منزوی کرده بود. مأوایی که رهایی و صلح عاشقانه‌ای را که شبنم به او عطا کرده بود تداوم می‌بخشید. می‌توانست به‌وقت دلتنگی او را بخواند و نامش را بر زبان بیاورد، شعری تازه اگر سروده بود برایش بخواند، شادمانش کند و به او حیات و زندگی دوباره و چندباره ببخشد، با عکس‌های بیشماری که در جای‌جای خانه از او گرفته بود به گفتگو بنشیند، او را ببوسد و از این احساس که منبع الهام اوست به خود ببالد.

بیرون از خانه ویرانی و تباهی حتی تا پشت درِ خانه‌اش آمده بود و به‌شکل «مرگ بر کمونیست»ی درشت و سیاه روی دیوار سمتِ کوچهٔ خانه‌اش نقش بسته بود. بعد از سوءقصد ناموفقی که چند سال پیش به جان شیخ‌علی‌اکبر شد و چند انفجاری که جلوی کمیته و بازداشتگاه ذغالی‌ها و بسیج مسجد اتفاق افتاد درگیری‌ها بالا گرفت و سرکوب و کشتار خیابانی شروع شد. شیخ‌علی‌اکبر حکم به جاسوسی مردم از یکدیگر داد. نشریات فرهنگی و ادبی و هنری یکی بعد از دیگری لغوامتیاز و به دفاتر آنها حمله و به آتش کشیده شد. سینماها را به انبار اسلحه و بازداشتگاه و زندان، مسجد را به پادگادن و محل استقرار نیروهای کمیته و بسیج و انبار مهمات، و خیابان‌ها و معابر را به جولانگاه انواع گشت‌های نظامی تبدیل کرده بودند. قهوه‌خانه‌ها و کافه‌ها و رستوران‌ها بی‌رونق و یکی از پیِ دیگری بسته می‌شدند.

خودش هم از آموزش‌وپرورش اخراج و حکم انقلابیِ آن را به آدرس خانه‌اش پست کردند. دوستان و همکارانش یا او را بیاد نمی‌آوردند، یا در زندان حبس می‌کشیدند، یا اعدام شده بودند. البته عده‌ای هم به خارج گریخته بودند و در میانشان کسانی هم بودند که در سرما و برف و بورانِ ارتفاعات مرزهای غربی هنگام فرار دستگیر شده یا از

سرما یخ زده بودند. جمع دیگری هم در خانه این‌وآن پنهان و آوارهٔ شهرها بودند ویا مثل خودش خانه‌نشین شده بودند. کسی نمانده بود که از او یا او از آنها سراغی بگیرد.

بیرون از خانه و بیرون از او چیزی نمانده بود، جز بیگانگی و تباهی و شهر و محله‌ای که هر روز بیشتر از پیش ترسیده و عبوس و متظاهر و متشرّع‌تر می‌شد. بر سرِ هر گذر و خیابان و کوچه‌ای پست بازرسی بود تا با نمایش اسلحه و ژولیده‌گی هول‌آور ریش‌ها و موهای چرک و چرب هر رهگذر را به بهانه‌ای تفتیش کنند و به کمیته‌های مقدس انقلابِ بی‌رمق و رنگ‌باخته‌ای ببرند که هر روزه از هر بلندگو و تریبونی وعدهٔ اعتلا و پیروزی نهایی‌اش را می‌دادند. خوراک، پوشاک، آرایش و حجاب زنان، تفریح و مهمانی، عزا و عروسی، و نماز و روزه و خدای مردم را فتح و تصرف و به کنترل خود آورده بودند. کسی توان و جرأت سرپیچی از احکام و فرامینی را که هر ساعت و هر روز صادر می‌شدند نداشت. شراب‌خوارها، بدحجاب‌ها، آنها که در مجالس عروسی رقصیده بودند، روزه‌خواران، و منکراتی‌ها را مقابل درِ خانه‌ها و دکان‌هاشان در ملاء عام شلاق می‌زدند.

همین چند سال پیش، بعد از سوءقصد ناموفق به جان شیخ‌علی‌اکبر در بیسیم و شهباز و تیردوقلو کمیته‌چی‌ها نیمه‌های شب به خانهٔ آنهایی که دانشجو یا جوان محصل داشتند یا که معلم و کارگرِ کارخانه بودند می‌ریختند و پی مجله و روزنامه و اعلامیه و کتاب و اسلحه می‌گشتند، مظنونین را به بازداشتگاه سینمای ذغالی‌ها می‌بردند و بعد از اینکه لَت‌وپارشان می‌کردند، همراه پرونده و ضمائمی قطور تحویل اوین می‌دادند. شنیده بود از بس زندان‌ها پر بود که شب‌ها در بندهای اوین زندانی‌ها را دو گروه کرده‌اند و یک گروه کتابی و گروه دیگر ایستاده می‌خوابند و نوبتی جا عوض

می‌کنند؛ کتابی‌ها به‌پهلو در کف بند و ایستاده‌ها تکیه به دیوار دورتادور بند. کتاب‌ها و دست‌نوشته‌هایش را در انباری خانه جاسازی و پنهان کرده بود. شب‌وروز برایش یکی شده بود و گاهی شب‌ها برای غلبه بر دلتنگی و اضطراب تا صبح کتاب می‌خواند و یادداشت برمی‌داشت. تنها چراغ رومیزی‌اش را روشن می‌کرد مبادا نوری اندک از وجود زندگی بر حیاط و کوچه و چشم پاسدارها و یا میگ‌های عراقی بتابد.

سال‌ها قبل، در بحبوحهٔ همان روزهای بگیروببند بود که فروغ و ابراهیم بعد از ماه‌ها درِ خانهٔ او را زدند. رمضان بند کرده بود به فروغ و ابراهیم و تهدیدشان کرده بود که اگر با پای خودشان نروند کمیته و خود را معرفی نکنند، آنها را از خانه بیرون می‌کشد تحویل زندان می‌دهد. بعد هم از دادستانی نامه نوشته بودند به کارخانه و دستور داده بودند ابراهیم و فروغ و تمام همفکرهایشان را بلافاصله و پس از رؤیت نامه از کارخانه اخراج کنند. نامه را رئیس انجمن اسلامی کارخانه، که خودش عضو شورا بود، در جلسهٔ شورا و با صدای بلند برای همهٔ اعضا خوانده بوده. بعد هم شورای کارخانه را منحل و همهٔ اعضایش و هیئت مدیرهٔ سندیکای تازه‌پای کارخانه را اخراج کرده بود و آنها هم از روز بعد به کارخانه برنگشته بودند. دو روز پس از اعتراض کارگران به اخراج آنها، انجمن اسلامی به بهانهٔ ارتباط بعضی از کارگران با آنها پنجاه شصت نفر دیگر از کارگران فعّال کارخانه اعم از مسلمان و غیرمسلمان را هم اخراج کرده بود.

فروغ کلافه و حیرت‌زده از همه‌چیز گفت: «ابراهیم می‌گه باید مخفی بشیم، من می‌گم هرچی عقب بشینیم جری‌تر می‌شن! تو فکرشو بکن، کار به جایی رسیده که برادر من منو و شوهرم رو که تازه دوست جون‌جونی‌ش هم هست تهدید می‌کنه یا برین خودتون رو معرفی کنین یا خودم میام دستگیرتون می‌کنم. من که می‌خوام بشینم

ببینم جرأت می‌کنه این کارو بکنه یا نه!» ابراهیم گفت: «توام فروغ! مگه تو انقلاب جرأت نکرد اون‌همه کارای غیرقانونی بکنه؟ از همچین آدمی هر کاری برمی‌یاد». فروغ گفت: «من یکی که مخفی‌بشو نیستم! از این مملکتم پام رو بیرون نمی‌ذارم، کاری نکردم که بخوام بترسم و قایم بشم یا فرار کنم».

رو به فروغ کرد و گفت: «ببین فروغ، ابراهیم درست می‌گه ازرمضونی که من شناختم هرکاری برمی‌یاد. اینم بگم که تو این شرایط لازم نیست کاری کرده باشی، همین که مثل اونا فکر نمی‌کنی جرمه وکافیه! تازه اگه بهت نبندن که تو کارخونه شورا و مرام اشتراکی راه‌انداختی!» ابراهیم گفت: «واسه همینه که من می‌گم تا دیر نشده اقلاً بریم شهرستانی، جایی، خونۀ قوم و خویشی، تا آبا از آسیاب بیفته». فروغ گفت: «من نمی‌تونم مامان رو تنها بذارم، نجمه که دربه‌دره و معلوم نیس کجا هس، مجتبا که جبهه‌س، خود بی‌شرفشم که از این محل رفته و سلطنت‌آبادنشین شده و دور مامان رو خط کشیده، فقط مونده که ما بریم».

گفت: «فروغ، فکر می‌کنم حق با ابراهیمه، واسه حاج‌اخترم این بهتره که شما مخفی بشین تا اینکه ببینه ریختن تو خونتون و دستگیرتون کردن». فروغ گفت: «من که روم نمی‌شه، می‌ترسم. برم به مامان چی بگم؟ بگم دنبالمونن! موضوع کارخونه و اخراجمون رو هنوز بهش نگفتیم».

گفت: «فکر مادرت رو بکن فروغ که با دستگیری تو و ابراهیم چه ضربه‌ای می‌خورده. تا دیر نشده باید بجنبین، اقلاً از خونه بزنین بیرون!» ابراهیم گفت: «سعید همین الانشم دیر شده، علناً تحت‌نظریم. می‌دونی دور و بر خونه و تو محل چند نفر شب‌وروز ما رو می‌پان». فروغ گفت: «می‌خوام واستم ببینم رمضون چی‌کار می‌کنه و ببینم چه‌جوری می‌تونه تو چشم مامان نگاه کنه!»

گفت: «معلومه که از مامانت خجالت می‌کشه، واسه همینم ازتون خواسته برین خودتون رو معرفی کنین که از گردن خودش برداشته شه. بعدم دادستانی که منتظر رمضون نمی‌مونه». ابراهیم رو به فروغ گفت: «منم فکر می‌کنم برا مامان همون وضع نجمه کافیه».

فروغ گفت: «نمی‌دونم چرا زورم می‌یاد سعید. هرجا یه قدم عقب گذاشتیم اینا ده قدم اومدن جلو! گفتیم بزاریم بیاین تو شورا بالاخره اینام یه نظرن، رأی براشون جمع کردیم، همچین که اومدن تو شورا شروع کردن جاسوسی ما رو کردن و گزارش دادن به دادستانی که کمونیستا کارخونه رو گرفتن. مگه سرِ ماجرای حجاب تو کارخونه همین آقایون نگفتن همهٔ کارگرا و کارمندا روسری سر کنن، سرکردیم. گفتن نه، مانتو هم باید بپوشین! مانتو پوشیدیم. گفتن موهاتون پیداس، مانع تولید و سبب گناه برادرای مسلمون می‌شین، مقنعه سر کنین، مقنعه سر کردیم. گفتن، مانتوتون تنگه باید گشاد و تا مچ پاتون باشه، مانتوی گشاد پوشیدیم. گفتن، آرایش نکنین، کسی هم آرایش نمی‌کرد، کارگر پول لوازم آرایشش کجا بود؟ گفتیم باشه. گفتن تو محیط کار نخندین، خنده نزد خداوند جز اعمال لغو به حساب می‌یاد، نخندیدیم. گفتن وقتی هر روز داریم تو جبهه‌ها شهید می‌دیم شادی نکنین، توقع داشتن کارگرا پشت ماشین ریسندگی و بافندگی با نوحه‌هایی که مدام از بلند گوهای سالن‌ها پخش می‌شد گریه کنن...» بعد هم با عصبانیت ادامه داد: «رو اگه بهشون بدی، به‌قول شاملو، خنده رو هم از روی لبت قیچی می‌کنن».

در آن سالِ انزوا و دلتنگی ودلهره با اینکه از عاقبت برخورد فروغ می‌ترسید، روحیه‌اش اثر خوبی روی او گذاشت. اما بالاخره آن اتفاقی که نمی‌بایست بیفتد، افتاد. هفتهٔ بعد از آن دیدار که برای خرید بیرون رفته بود از مشدعباس بقال شنید ابراهیم و فروغ را گرفته‌اند. به خانه برنگشت، با همان زنبیل پلاستیکیِ خریدهایش به

خیابان خیام پیچید و سمت خانهٔ حاج‌اخترخانم رفت. در را که باز کرد بُهت‌زده نگاهش کرد و گفت: «ننه، سعید تویی؟! بیا تو، بیا تو». زنبیل‌ها را همان‌جا توی هشتی گذاشت و همراهش شد.

حاج‌اخترخانم وسط حیاط ایستاد و سرش را به آسمان برداشت و با صدای بلند گفت: «خدایا تو رو به اون انبیات مرگم بده! خدایا! یه عمر نماز خوندم و روزه گرفتم و قرآن دوره کردم، به خونت اومدم، کلفتیِ امام‌حسین رو کردم، این بود عاقبتم؟ مرگم رو بده که همچین روزایی رو نبینم!» صورتش را در دست گرفت و هِق‌هِق گریه کرد و ادامه داد: «تو نگو بچه‌هام به خونهٔ من پناه آورده بودن و منِ بدبختم بی‌خبر از همه‌جا فکر می‌کردم می‌خوان من تنها نباشم. نه عبدالله، نه حسین‌سیاه، نه قاسم زیرِ بار نرفته بودن بریزن تو خونهٔ من. خودِ بدبختم در رو روشون باز کردم، نصف شب، چن‌تا جوجه تفنگچی اومدن و جلوی چشم من جگرگوشه‌هام رو از تو خونهٔ باباشون کشیدن و بردن. خدا، جونم رو بگیر که دیگه از خجالتِ نمازی که برات می‌خونم نمی‌تونم تو روی کسی نگاه کنم! خدایا، التماست می‌کنم یه کاری بکن!» لب پله‌ای که به اتاقش می‌رفت نشست، چادرش را که روی شانه افتاده بود به سرش کشید و با گوشهٔ آن اشک‌هایش را پاک کرد و همین‌طور که به آسمان خیره بود اشک می‌ریخت.

درد حاج‌اخترخانم آن‌قدر سنگین بود که نه می‌شد او را تسلا داد یا حتی دلجویی کرد. جز اینکه در سکوت همراه او اشک بریزد کاری از دستش برنمی‌آمد.

سرش را از میان دست‌هایش برداشت. از همان‌جا که نشسته بود به حجله و عکس مجتبی چشم دوخت. چفیه و ریش و تفنگِ روی دوشش هم نتوانسته بودند نگاه دانش‌آموز خجالتی و معصوم او را در سایهٔ خود بگیرند. با صورت خیس وارد بقالی مشدعباس شد.

سلام نکرده پرسید: «چند وقته این حجله‌ها اینجاست مشدعباس؟» سر و عرق‌چین مشدعباس از پشت پاچال و پسِ ترازو و سنگ ترازوها بالا آمد و عینکش را روی چشمش جابه‌جا کرد و دستش را به دسته عینکش برد و گفت: «سعید تویی؟ دو سه روزه، تازه فهمیدی؟ خوش به حالت که از خونه بیرون نمی‌یای و از همه‌چیِ این دنیای بی‌مرّوت بی‌خبری!» بعد صورتش را نزدیک‌تر آورد، مکثی کرد و بدون اینکه چشم‌های درشت‌شدهٔ از پس شیشهٔ ذره‌بینی عینکش را از او بردارد پرسید: «داری گریه می‌کنی؟!»

بغض گلویش را فشرده بود. مشدعباس نگاهش را از او گرفت و به‌سمت قفسه‌های پشت‌سرش برگشت و شروع به مرتب کردن جنس‌ها کرد و ادامه داد: «دلت رو بذار پیش دل حاج‌اخترخانم تا بفهمی اون بدبخت چی داره می‌کشه! روزا اعلامیه‌ها و عکسای مجتبا رو از سر هشت‌متری خیام تا خود کلانتری از روی حجله‌ها جمع می‌کنه، شبا بچه‌های کمیته دوباره می‌چسبونن رو حجله‌ها. می‌گفت رمضون با خون داداشش می‌خواد بازم خودش رو بالاتر بکشه. اجازه نداده تو خونه‌ش ختم بگیرن، رمضون تو مسجد ختم گرفت. حاج‌اختر که نرفت هیچی، جلوی درِ مسجد وایستاد و جلوی مردم و مقامات رو می‌گرفت و اجازه نمی‌داد داخل بشن. می‌گفته اگه مَردین و غیرت دارین برین جبهه تو همون سنگری که بچم کشته شد ختم بگیرین. گُله‌به‌گُله تو بیسیم زنای محل دورش رو می‌گیرن و وامی‌سته به درددل و گریه و زاری. همین دیروز اومده بود اینجا تو دکون می‌گفت مجتبی از خجالتِ کارای رمضون، مخصوصاً بعد از دستگیری خواهر و شوهرخواهرش، واسه اینکه رودرروی مردم نشه اِنقدر رفت جبهه و اومد تا به آرزوش رسید و خلاص شد. می‌گفت نمیدونم خدا چرا مرگم نمیده که خلاص بشم. می‌گفت حالا یه پام باید بهشت‌زهرا باشه یه پام اوین. مردم می‌گن

تو بهشت‌زهرا خودش رو انداخته تو قبر مجتبی و بیرون نمی‌اومده، می‌گفته تو رو خدا بذارین منم باهاش برم، نذارین تنها بمونم! انقدر اونجا می‌مونه تا با اشاره شیخ‌علی‌اکبر و دستور مقامات بهشت‌زهرا یه جا طبقه بالای قبرمجتبی بهش می‌ده که بعده مرگش همون‌جا خاکش کنن».

با صدای هِق‌هِق گریه‌اش مشدعباس برگشت نگاهش کرد و ادامه داد: «چقده این مجتبی خدابیامرز تو رو دوست داشت سعید، همین یکی دو ماه پیش از جبهه اومده بود و حالت رو از من می‌پرسید. می‌گفت بعد از اینکه عموسعید رو از آموزش‌وپرورش تسویه کردن دیگه روم نمی‌شه تو چشاش نگاه کنم. همیشهٔ خدا تعریف تو رو می‌کرد، می‌گفت بهترین معلم دورهٔ دبیرستانش بودی. دلش می‌خواست بیاد ببینت، خجالت می‌کشید، واسهٔ خواهرش وابراهیمم همین جور. می‌گفت چرا عموسعیدی که همیشه تو محل و تو خیابون و دم مغازه‌ها واستاده بود و با مردم و جوونا و دانش‌آموزای خودش خوش‌وبش می‌کرد، دیگه چند ساله نباید تو محل پیداش بشه».

طاقت ماندن نداشت، گفت: «مشد عباس میرم یه سر به حاج‌اخترخانم بزنم. بد شد که اِنقد دارم دیر می‌رم». مشدعباس گفت: «بهتر که دیرتر می‌ری، شاید جیگر سوخته‌ش آروم‌تر شده باشه». قدم به پیاده‌رو که گذاشت و گفت: «مشدعباس پدرجون، همون چیزای همیشگی رو برام کنار بذار. تخم‌مرغ و پنیر و ماست و شیر و کره و نون‌روغنی و اینا. برمی‌گردم می‌برم، حساب کوپنی‌هامم باخودت».

قدم‌هایش کُند و سنگین شده بود. دلش نمی‌آمد درِ خانهٔ کسی را بزند که هنوز پژواک صدای عجزولابه اش برای آزاد کردن فروغ و ابراهیم زیر گنبد مسجد و در کوچه پس‌کوچه‌های بیسیم به گوش

می‌رسید. فریادهای استغاثه‌ای که سرآخرم نتیجه‌اش این شد که به‌خاطر هیچ‌وپوچ به ده سال زندان محکومشان کردند. حاج‌اخترخانم رمضان را عاق کرده بود و درِ خانه‌اش را به روی او بسته بود و ترکش کرده بود. رمضان از هر دری درآمد موفق نشد، متوسل به حقه و کلک و دروغ شد که دَم فلانی را در دادستانی انقلاب دیدم به کی‌اک سفارش کردم، این را می‌بینم و اگر نشد از بیت امام وقت می‌گیرم بلکه دل مادرش را بدست بیاورد و نتوانست. انگار دل حاج‌اخترخانم با رمضان پاک‌شدنی نبود. خودش می‌گفت: «رمضان مثل لکهٔ سیاهی رو قلبم نشسته، سیاهی‌ای که روزبه‌روز بزرگ‌تر میشه».

تن بی‌جان و شکسته‌اش را به پشت درِ خانه آنها رساند. لای در باز بود و بر سردرِ خانه علَم کوچک و سیاهی بدون هیچ عکس و نوشته‌ای آویزان بود. عکس‌ها و پارچه‌نویسی‌های کمیته و میدان بارفروش‌ها و بازار و ارگان‌ها را که از در و دیوار خانه کنده بود و اجازه نصبشان را نداده بود، گوشهٔ درگاهیِ درِ خانه روی هم تلنبار بودند. در را کمی باز کرد و کوبهٔ قدیمی را کوبید، صدایی از داخل نیامد. دکمهٔ زنگ روی چارچوب را فشار داد. صدای زنگ را از حیاط و آن سوی دیوار شنید. خانمی مسن که نمی‌شناختش پشت در آمد و سلام کرد. گفت: «سلام، سعید پسر احترام‌خانم هستم». زن گفت: «سلام سعیدآقا، بفرمایین تو. ببخشین نشناختم‌تون. مادرتون چطورن؟» گفت: «به لطف شما بد نیستن. حاج‌اخترخانم هستن؟» زن گفت: «بله، بفرمایین تو».

از راهرو به حیاط که قدم گذاشت حاج‌اخترخانم از اتاق بیرون آمد و گفت: «ای وای سعید، تویی مادر؟» صدایش گرفته بود و به‌سختی حرف می‌زد. با مشت به سینه‌اش کوبید و گفت: «دیدی بچم چطور

پرپر شد سعید؟ جگرگوشه‌م چطور مادرشو تنها گذاشت و رفت. تو بگو این خبر رو چه‌جوری به فروغ و ابراهیم و نجمه بدم؟»

رفت لب پاشویهٔ حوض نشست و سرش را میان دست‌هایش گرفت. حاج‌اخترخانم آمد بالای سرش ایستاد. سرش را بلند کرد و گفت: «بچهٔ گُل و نازنینی بود حاج‌اخترخانم». گریه امانش نداد. هِق‌هِق و لرزی ویرانگر، آمیخته به اندوهی مزمن و رنجبار ناشی از سوگ دیرینِ مرگ شبنم که هربار و با مصیبتی تازه مهیب‌تر از پیش سر بر می‌آورد و تا آستانهٔ مرگ می‌کشاندش سراپایش را گرفت. سر بر آغوش حاج‌اخترخانم گذاشته بود. پیرزن هراسان و مضطرب مویه‌کنان مدام می‌گفت: «نکن این‌جور، نکن سعید، تو که داری خودتو می‌کُشی، نکن پسرم! به خودت رحم نمی‌کنی به مادرت رحم کن!»

با صدای گریهٔ او زنان سوگوارِ دیگری از اتاق بیرون آمدند و دور او جمع شدند و گریه‌کنان مشت به سینه‌هاشان می‌کوبیدند. حاج‌اخترخانم در همان حال که سر او را به آغوش داشت با زن‌های دیگر مویه می‌کرد: «اختر بمیره مادر که تو رو به این روز نبینه. شوکت‌جون برو یه نبات‌داغی، شربتی درست کن این بچم الانه که خدای نکرده پس بیفته!» صدای نیره‌سادات را از میان صداهای دیگر شنید که گریه‌کنان به دیگران می‌گفت: «سعیده! پسر احترام‌خانم و حاج‌محسن! معلم مجتبی،. رفیق جون‌جونیِ مهندس ابراهیم! خدا صبرش بده!»

گریهٔ جانکاه از اوجی به اوج دیگر می‌رفت. میان حیاط، نشسته برلب پاشویهٔ حوض، در سایهٔ ماتم‌زدهٔ تک‌درخت انجیر، گریه‌های همدلانهٔ زنان سوگوار و مویه‌ـ‌آوایِ حاج‌اخترخانم: «برمی‌گرده، برمی‌گرده، قول داده که برمی‌گرده. خودش گفت مادر دو هفته نمی‌کشه». سر از آغوش حاج‌اخترخانم برداشت و گریه‌کنان گفت: «منو

ببخشین حاج خانم، به‌جای اینکه تسلی شما باشم باعث رنج بیشترتون شدم». صدای گرفته و آرام زنی را میان زن‌های دیگر شنید که گفت: «چگونه شاد شود اندرون غمگینم/ به اختیار، که از اختیار بیرون است».

یک‌سالی بعد از آن روز، هفته‌ای از سالمرگ مجتبی نگذشته، بعدازظهر روزی پاییزی، حاج‌اخترخانم تلفن زد و گفت: «سعید، بلندشو بیا که باید یه‌سر با هم بریم خونهٔ فخری‌خانم اینا». لحن و صدای او خبر از اتفاق ناگواری می‌داد. نپرسید چه شده است، اگر می‌دانست و یا می‌خواست و توانش را داشت خودش گفته بود. چَشمی گفت و راه افتاد. بعد از مرگ مجتبی کمرش خم و شکسته بود. هفته‌ای دو سه بار به او سر می‌زد و تا جایی که از دستش برمی‌آمد در کارهای خانه و گرفتن کوپن‌های ارزاق، خرید روزانه، و دکتر رفتن وسر زدن به بهشت‌زهرا و اوین برای ملاقات فروغ همراهی و یاری‌اش می‌کرد. جلوی درِ خانه منتظر ایستاده بود. مدتی بود که چادر سر نمی‌کرد و با روسری و مانتو از خانه بیرون می‌آمد.

سلام کرد و پرسید: «چی شده خاله؟ اتفاقی افتاده؟»مدتی بود که خاله خطابش می‌کرد. حاج‌اخترخانم گفت: «نمی‌دونم مادر. مریم، خواهر ابراهیم، زنگ زد گفت یه سر بیاین خونهٔ ما مامانم حالش خوب نیس. امروز قرار بود بعد از چهار پنج ماه برن ملاقات ابراهیم، منم که می‌دونی تازه پریروز بعد از پنج شش ماه فروغ رو دیدم. خود محمدآقا بردم. به‌نظرم اون‌ور تو تلفن سروصدای گریه می‌اومد، دلم شور افتاد. گفته بودی هر وقت خواستم برم خونه‌شون به توام خبر بدم. گفتم یه زنگ بهت بزنم باهم بریم». گفت: «خوب کردین، خیلی‌وقته ندیدمشون!» حاج‌اخترخانم آهی کشید و گفت: «دلم شور می‌زنه. ایشالا که اتفاقی نیفتاده و خیره».

به‌سختی راه می‌رفت. مدتی بود که از پادرد می‌نالید. دستش را گرفت که کمکش باشد. گفت: «الهی خیر ببینی سعید، نمی‌دونم چرا این پادرد دست از سرم ورنمی‌داره». گفت: «وقت بگیرم ببرمتون دکتر ببینتون!» حاج‌اختر‌خانم گفت: «زحمتت می‌شه مادر، فعلن باهاش مدارا می‌کنم». گفت: «تو سن و سال شما خاله این‌جور چیزا رو باید جدی گرفت. پرس‌وجو می‌کنم از یه دکتر ارتوپد خوب براتون وقت می‌گیرم خودم می‌برمتون!» حاج‌اختر‌خانم گفت: «من که همیشه مزاحمم. خدا می‌دونه که چقده شرمنده‌تم». گفت: «این چه حرفیه، دشمن‌تون شرمنده! چه مزاحمتی، من که تو خونه بیکار نشستم!»

از عرض خیابان بیسیم گذشتند و وارد کوچهٔ قالی‌شورها شدند. زنگ خانهٔ پدر‌ومادر ابراهیم را زد. مریم، خواهر ابراهیم، با چشم‌های اشک‌آلود و سرخ در را باز کرد. حاج‌اختر‌خانم پرسید: «چی شده خاله؟ دلم به هزار راه رفته!» مریم دستش را روی سر دختر چهار پنج ساله‌اش، که از انتهای راهرو به‌دو خودش را به او رسانده بود و دامنش را بغل کرده بود، گذاشت و گفت: «هیچی خاله، بیاین تو می‌فهمین!» دخترک سلام کرد. از پله پایین رفت و قدم به راهرو گذاشت و دست حاج‌اختر خانم را گرفت و کمک کرد از پله پایین بیاید. مقابل دختربچه نشست و گفت: «سلام دختر‌خانم گل! اسمت چیه عمو؟» دخترک نوک انگشت سبابه‌اش را به دندان گرفت و سرش را روی گردنش خم کرد و آهسته و زیرلبی گفت: «صنم». حاج‌اختر‌خانم پیش افتاده بود و همین که وارد اتاق شد صدای گریه و شیون فخری‌خانم بلند شد.

روبه‌روی صنم ایستاد و دستی به موهای او کشید و مردّد گفت: «چه اسم قشنگی!» به‌سمت صدا برگشت. جلوی درِ اتاق پر بود از کفش و دمپایی‌های درهم‌وبرهم. نمی‌دانست چه در انتظارش است، اتفاق بدی افتاده بود و صدای گریه‌ها می‌ترساندش. دست دخترک را

گرفت، همان‌جا ایستاد تا مریم سرش را از اتاق بیرون آورد و گفت: «سعیدآقا چرا اونجا وایستادین، بیاین تو!» وارد اتاق شد و سلام کرد. همه ایستاده بودند و گریه می‌کردند. حاج‌اخترخانم فخری‌خانم را بغل کرده بود و پشت هم می‌پرسید: «چی شده؟ چرا گریه می‌کنی خواهر؟ یه کلمه بگو چی شده؟» و بعد رو به پدر ابراهیم کرد و گفت: «محمدآقا، این که چیزی نمی‌گه، تو رو خدا شما بگو چی شده. آخه شماها چرا این‌جوری می‌کنین؟ الانه که سکته کنم!»

محمدآقا صورتش را در دستهایش پنهان کرد و با صدای بلند گریه کرد. اسماعیل با صدای لرزان رو به حاج‌اخترخانم گفت: «امروز مامان و بابا رفته بودن ملاقات ابراهیم، خبر دادن اعدامش کردن!» حاج‌اخترخانم جیغی کشید و به صورتش چنگ زد و گفت: «وای خدا مرگ بده». روی پا بند نشد و همان‌جا وسط اتاق نشست و شروع کرد به شیون و گریه کردن و ناخن کشیدن به صورتش.

سعید بهت‌زده به او و پدر و مادر ابراهیم نگاه می‌کرد. انگار توان گریه نداشت. به سقف اتاق خیره مانده بود. چشم‌هایش پر از اشک شد و همان‌طور که به دیوار تکیه داده بود، لغزید، زانوهایش تا شد و فروریخت. انزوایی سوگوار اطرافش تنید و آرام و بی‌صدا شروع به مویه در خود و در سکوت کرد. نه صدایی می‌شنید و نه کسی را می‌دید، از زمین و زمان کَنده و به سیاهیِ تنهایی و بی‌کسی و انزوایی مرگبار پرتاب شده بود: جمعه بود و بازی تیغیِ والیبال تو کوچهٔ قالی‌شورها تمام شده بود. تور را که جمع کردند ابراهیم گفت: «بچه‌ها، بابا مامان اینام خونه نیستن، بریم خونهٔ ما؟» بردشان طبقه بالا، اتاق مهمان‌خانه. درِ یکی از کمدها را باز کرد و جعبه سیگار همای بیضی‌ای برداشت، درش را باز کرد و مقابل‌شان گرفت و پرسید: «می‌کشین؟» مردّد به او و جعبهٔ سیگار نگاه کرد. رمضان دست دراز کرد و یکی برداشت. او هم دستش را پیش برد و یکی

برداشت و پرسید: «بابات اینا نمی‌فهمن؟» خودش هم یکی برداشت و گفت: «بریم پایین از آشپزخونه کبریت برداریم و همون جا تو حیاط بکشیم».

خودش کبریت کشید و سیگارها را یکی‌یکی روشن کرد. پک اول را زد و همین‌طور که دود آن را بیرون می‌داد گفت: «دکی رمضون! سعیدو نیگا؟ دودشو باید بدی تو سینه‌ت خره، نگا کن، این‌جوری!» بعد هم پکی به سیگار زد و نفس عمیقی کشید و دود را به سینه‌اش فرو داد و گفت: «این کارو بکن تا بفهمی سیگار کشیدن یعنی چی!»

پکی به سیگار زد و این‌بار دود آن را با احتیاط فرو داد. سوزشی در گلویش احساس کرد و قبل از اینکه سرفه کند، دود را بیرون داد و بعد پُکی دیگر. با سومین پُک سرش به دوَران افتاد. نتوانست روی پا بماند، نشست. سرمای مرطوبی روی تنش احساس کرد. ابراهیم همدلانه و لبخندزنان نگاهش می‌کرد، با چشم‌هایی که دوست‌شان داشت، چشم‌هایی که وقتی روی پاس‌های کوتاهش به پرواز درمی‌آمد و آبشار می‌زد و توپ را داخل یک‌سوم زمین حریف می‌خواباند، با درخششی رفیقانه به او دوخته می‌شد، نگاهی که با طعم و نشئه و سرخوشیِ دودی که به سینه فرو برده بود سی سال بود با هر سیگاری که می‌کشید به او دوخته و تکرار می‌شد. گریه امانش نمی‌داد، ابراهیم آنجا کنارش ایستاده بود و می‌گفت: «اینو نیگا رمضون! رنگش پریده، عرق کرده! سعید نمی‌دونستم انقدر نازنازی‌ای، اگه نه بهت سیگار نمی‌دادم!»

همیشه کنارش بود، طبقهٔ دوم اتوبوس شرکت واحد در راه مدرسه. لای جزوه فیزیکش را باز کرده بود و آهسته اعلامیهٔ جبهه ملی را برایش می‌خواند. نمی‌توانست که نباشد، همان‌طور که شبنم پس از مرگش بود و هست. نبودن آنها برایش پایان زندگی بود. سخت‌تر و تلخ‌تر گریست، چنان غریبانه گریه‌ای که پیش از آن نکرده بود.

سوگوارِ خودش بود انگار. شبنم، دوستان اعدامی، مجتبی و باقی کشتگان جنگ با عکس‌های رنگ‌ورو رفته بر سردرِ خانه‌ها و دیوار کوچه‌ها و روی تاقچهٔ اتاق‌ها، و حالا اعدام ابراهیم! ضربه‌های شلاقی که از پیِ هم تخت سینه‌اش را نشانه رفته بودند و انگار قرار بود تا مرگ و پس از آن همچنان فرود بیایند بلکه جهنم نوید داده شده عینیت یابد.

صدای حاج‌اخترخانم به گوشش نشست: «یعنی نگفتن چرا؟ آخه اون که حکم داشت؟» محمدآقا گفت: «بعد از اینکه بقچهٔ لباشو دادن و گفتن پسرتون اعدام شده، فخری از حال رفت. به هوش که اومد دوباره رفتم پشت همون دریچه که بقچه رو داده بودن، پرسیدم آخه واسی چی؟ همون آدم گفت بی‌دلیل که اعدام نمی‌کنن پدرجان، حتماً یه خلافی کرده بوده! گفتم آخه اون که حکم ده ساله داشت، پنج شیش سالشم که کشیده بود، دیگه واسه چی اعدامش کردین؟ گفت ایناشو دیگه من نمی‌دونم، باید بری دادگاه انقلاب بپرسی، ولی از من به تو نصیحت پیِ‌شو نگیری به‌نفعته. پرسیدم جسدش؟ جسدش رو کجا باید تحویل بگیرم؟ گفت جسدی تو کار نیس، یکی دو ماه پیش خودشون زحمتشو کشیدن خاکش کردن. پرسیدم کیا؟ کجا؟ گفت نمی‌دونم، توام پی‌شو نگیری به صلاحته! گفتم این خودشونایی که می‌گی خاکش کردن کی‌ان؟ گفت پدر زیادی سئوال می‌کنی. اگه می‌دونستم که بهت می‌گفتم!»

فخری‌خانم گفت: «با همون حالم رفتم جلو گفتم خدا همه‌تون رو به خاک سیاه بشونه!» و این‌بار نه خطاب به همان متصدیِ باجه که نفرینش کرده بود بلکه به همهٔ آنهایی که مسبب اعدام پسرش بودند رو به حاج‌اخترخانم ادامه داد: « بی‌مروتا به ما گفتن امروز روزِ ملاقاته. گفتم بعد از پنج ماه اومدم بچم رو ببینم بقچهٔ لباساشو

تحویلم می‌دین؟ بچهٔ من رو این همه سال تو زندون نیگر داشتین که بکشینش! بعدم نمی‌گین کجا خاکش کردین؟»

رو به آسمان کرد، ضجه زد و ادامه داد: «ظالما! خدا عذابتون رو زیاد کنه که این‌جور آتیش به قلب منِ مادر زدین! خدا نسل‌تون رو از روی زمین ورداره!»

محمدآقا گفت: «حاج‌اخترخانم تازه معلوم شد چرا ملاقاتا رو قطع کرده بودن». فخری‌خانم گفت: «نگرانِ فروغم، حتماً بچم از هیچی‌ام خبر نداره». حاج‌اخترخانم گفت: «پریروز که محمدآقا زحمت کشیدن بردنم ملاقات، فکرشم نمی‌کردم، اگه نه یه پُرس‌وجویی ازش می‌کردم. حالا دارم می‌فهمم چرا بعضی از خونواده‌ها رو می‌فرستادن به یه قسمت دیگه. بچم بی‌خبر از همه‌چی، پشتِ هم حال ابراهیم رو می‌پرسید که ازش خبر دارم یا نه. منم گفتم نه مادر، چن‌روز دیگه نوبت ملاقاتشه. دفعهٔ دیگه که اومدم ملاقاتت بهت می‌گم!» با صدای بلند گریه کرد و پرسید: «آخه خدا تو به من بگو چه‌جوری یه همچین خبری رو به فروغ بدم؟!» اسماعیل گفت: «حاج‌اخترخانم نباید بگین، باید صبر کنین بیاد بیرون یواش‌یواش خودش بفهمه!»

فخری‌خانم سرش را به آسمان بلند کرد و گریه‌کنان گفت: «خدا الهی نسلتون رو از رو زمین ورداره! خدا الهی تک‌تک‌تون رو به خاک سیاه بشونه! بی‌شرفای بی‌همه‌چیز».

حاج‌اخترخانم هق‌هق گریهٔ او را که دید، ناله‌کنان پرسید: «ننه، سعید! فخری و محمدآقا بچه‌شون از دست دادن، این بچه‌ها برادرشون رو، فروغ اسیر من شوهرشو، تو دیگه چرا این‌جور بی‌تابی می‌کنی؟» سر از زانو برداشت، نگاهی به حاج‌اخترخانم کرد، خواست چیزی بگوید نتوانست، گریه امانش نمی‌داد. او ابراهیمی را از دست داده بود که

جلوی چشم آنها با هم بزرگ شده بودند. رفیقی نزدیک‌تر از خودش به خودش را از او گرفته بودند.

محمدآقا جلو آمد مقابلش نشست و دست در گردنش انداخت، اسماعیل و جلیل هم نزدیک آمدند دست در گردن آنها انداختند. مریم سر بر شانهٔ شوهرش گذاشت، زن اسماعیل و صنم هم طرف فخری‌خانم و حاج‌اخترخانم رفتند و آنها را در آغوش گرفتند. حاج‌اخترخانم فریاد زد: «رمضون! الهی به خاک سیاه بشینی! خدا از روی زمین برت داره! الهی که به حق پنج‌تن تو همین دنیا تقاص-شو پس بدی! رمضون حالا من با چه رویی تو چشم این پدرمادر نیگا کنم؟ خدایا چرا جونم رو نمی‌گیری و خلاصم نمی‌کنی؟ آخه مگه من چه کردم که اِنقدر باید عذابم بدی؟» اسماعیل گفت: «خاله این حرفا رو نزنین، حساب شما از حساب رمضون سواست. کیه که ندونه چه‌جوری همین شما جلوی رمضون رو گرفتین و نذاشتین از خون مجتبی سوءاستفاده کنه. کیه که ندونه قلم پاش رو قطع کردین و اجازه ندادین قدم تو خونه‌تون بذاره! اونو ولش کنین!»

دیر وقت بود که از خانهٔ آنها بیرون آمدند. در راه حاج‌اخترخانم گفت: «سعید نمیدونم به فروغ چی بگم. نمی‌شه که بی‌خبرش بذاریم، ولی خدا رو هم خوش نمی‌یاد تو زندون یه همچین خبری بهش بدم. سرِ مجتبی هی هردفعه از حالش پرسید، آخرش بغضم ترکید و همه‌چی رو گفتم. طفلک تا چن ماه تو هر ملاقاتی از اون می‌گفت و اشک می‌ریخت!»

گفت: «درست می‌گین، قبول مرگ هر عزیزی سخته، ولی بی‌خبریم خوب نیست. خبر اعداما تو زندونم می‌پیچه و دهن به دهن میشه، خصوصاً که از حکم فروغ دو سال دیگه مونده. اگه تقاضای ملاقات شوهرش رو بکنه، شما قطع بدونین واسه اینکه زجرش بدَن خودشون بهش می‌گن. بهتره اینو، با اینکه خیلی‌ام سخته، از زبون

شما بشنوه تا از زبون این بی‌همه‌چیزا. بازم فکر کنین، هرچی خودتون صلاح می‌دونین». حاج‌اخترخانم فکری کرد و در حالی که نفس‌نفس می‌زد گفت: «تو راست می‌گی مادر، خدا می‌دونه که ظالما چه‌جوری‌ام این خبر و بهش بدن. خدا خودش کمک کنه و صبرش بده. خدایا به من زبون گفتنش رو بده!»

او را تا خانه همراهی کرد دلش نمی‌آمد تنهایش بگذارد. گفت: «امشب شما تنهایین، اونم تو یه همچین وضعی، می‌خواین شب پیشتون بمونم؟» حاج‌اخترخانم گفت: «نه مادر! دیگه به تنهایی و مصیبت عادت کردم. پوستم کلفت شده، دعا کن بی‌غیرت نشم. برو خونه استراحت کن، ببینیم فردا چی‌کار باید بکنیم. بعد از ختم محمدآقا اینا منم باید یه ختمی تو خونه‌م بگیرم». گفت: «باشه، فردا می‌بینمتون و واسه ختمم حرف می‌زنیم. نگران نباشین من هستم، کمک می‌کنم.»

خداحافظی کرد و به‌طرف بیسیم برگشت. نسیمی سرد و مرطوب می‌وزید. سر به آسمان برداشت، تودهٔ ابرهای تیره به‌هم می‌پیچیدند و با خاکستریِ تیره‌شان سیاهی آسمان را می‌پوشاندند. قطره‌های پراکنده باران به برگ‌های زرد و لرزان درخت‌های دو سمت خیابان برخورد می‌کرد. تند بادی ناگهانی انبوهی برگ را از درخت‌ها کَند و به پرواز درآورد. برگ‌های پرنده درامتداد طیران و اوج‌وفرودشان با گذر از تابش مخروطیِ تیرهای چراغ‌برق می‌درخشیدند و بر زمین خیس می‌لغزیدند و خاموش می‌شدند. پای رفتن به‌سمت خانه را نداشت. احساس می‌کرد تباهی و سیاهیِ بدسرشت همچون پرده‌ای لزج و بویناک روی خیابان افتاده است.

به تاریکی و به کوچه نگاه کرد، انتهای زمین رمضان هم ایستاده بود و نگاهشان می‌کرد، بی‌آن‌که به یادش بیاورد. سال‌ها بود او را ندیده بود. هر دو از هم می‌گریختند و هراس داشتند. بعد از اینکه بچه‌های

کمیتهٔ بیسیم به خانهٔ حاج‌اخترخانم ریختند و فروغ و ابراهیم را بردند، حتی به او فکر هم نمی‌کرد. امشب وقتی حاج‌اخترخانم نفرینش می‌کرد آن‌قدر از او دور شده بود که رفاقتش را هم به خاطر نمی‌آورد. رمضان بعد از مرگ مجتبی دو سه سالی بود که در بیسیم هم آفتابی نمی‌شد، مخصوصاً از وقتی شیخ‌علی‌اکبر قاضی و نمایندهٔ مجلس شده بود و در قم مرکز تعلیمات اسلامی راه انداخته بود. هم از مادرش می‌ترسید هم از مردم که داستان‌ها از خلاف‌های او و مراوداتش با قاچاقچی‌های مواد و اسلحه و زدوبندهایش با مقامات و مصادرهٔ اموال مردم می‌گفتند.

کوچهٔ قالی‌شورها را تا انتها رفت به راست پیچید و بعد بدون مقصد از کوچه‌ای به کوچهٔ دیگر رفت. باران تند شده بود و ناودان‌ها به صدا در آمده بودند. شب از نیمه گذشته بود. سروصورت و لباس‌هایش خیس شده بود و میل بازگشتن به خانه نداشت. در خانه اندوهگینی و تنهاییِ توامان دردناک و رنجبارتر از تاریکی و خلوت باران‌خوردهٔ کوچه‌ها بود. از به چرخش افتادن دوبارهٔ گذران معمولِ زندگی شرم داشت. می‌خواست با ابراهیم و یار و همبازی ابراهیم بماند و از او دور نشود. غمگین شدن به‌وقت نوشتن بخش‌های اندوهبار داستان‌هایش را در فاصله‌ای که سوژه‌های تراژیک از نیستی به هستی درمی‌آمدند می‌شد روزها با امید به اینکه با شادمانی به سرانجام برسند تاب آورد، اما آیا مرگ، ترکِ بودن و هستی، نیستیِ غیرقابل بازآفرینی را هم می‌شد تاب آورد؟

خودش را به خیسیِ شیرین باران سپرده بود بلکه اندکی از تلخیِ اعماق روحش شسته شود. تا به خودش بیاید، خود را مقابل درِ خانهٔ شبنم یافت. آن کوچه و آن خانه نقطه‌ای از وجودش بود که خاموشی نمی‌گرفت. مدت‌ها بود که از اندوهِ نبود شبنم عبور کرده بود و با سرودن و نوشتن و جاری کردنِ تجربهٔ عاشقانهٔ خود در

فصل ده

سوژه‌هایش، او را به بخشی از روال زندگی خود تبدیل کرده بود. مثل کسی که ناگاه خود را مقابل مکان مقدسی یافته باشد، به در نزدیک شد و با نوک انگشتش همواری و ناهمواری‌های چوبین در را همچون تندیس قدیسی با نوک انگشت لمس کرد. قطره‌های درشت باران از سر و صورتش فرو می‌چکیدند. بوسه‌ای بر خیسی تنِ باران‌خوردهٔ در زد و راه افتاد. سحرگاه بود و ساعتی دیگر باید به خانه حاج‌اخترخانم می‌رفت.

همان پنجشنبه‌ای که مجلهٔ آدینه منتشر می‌شد و بعد از سال‌ها داستانی را از او چاپ کرده بود قرار داشت حاج‌اخترخانم را ببرد ابن‌بابویه و بهشت‌زهرا سر قبر حاج‌مهدی و مجتبی. فرصتی بود تا خودش سری هم به شبنم بزند، بین راه هم از یک روزنامه‌فروشی مجلهٔ آدینه را می‌خرید. سوار پیکان دست‌دومی که تازگی خریده بود شد و خیابان خیام را بالا رفت. حاج‌اخترخانم را جلوی درِ خانه سوار کرد و به‌سمت ابن‌بابویه حرکت کردند.

حاج‌اخترخانم گفت: «توی این دو سه سالی که از مرگ ابراهیم می‌گذره، هروقت که دارم می‌رم زیارت اهل قبور و سرِ خاک مهدی، به خودم می‌گم دل خودتو جای دل فخری بذار ببین چی می‌کشه که حتی مثل تو بچه‌ش یه قبر و سنگ قبر نداره که بره بشینه از دردِ دلش بگه. ظالمای بی‌مروّت جوونای بی‌گناه مردم رو کشتن، بعد دسته‌جمعی بردن تو اون بیابونی خاک کردن، بدون سنگ قبری، اسمی، هیچی. آخه بگو به خودشون رحم نکردین، اقلاً به مادراشون رحم می‌کردین!» گفت: «باز خوبه که همون بیابونی رو خونواده‌ها پیدا کردن!» حاج‌اخترخانم گفت: «یادته سعید دفعهٔ آخری که با محمدآقا و فخری رفته بودیم اونجا فخری چی گفت؟ گفت اگه بچه‌م قبر نداره عوضش اینجا تو یه قبر بزرگ با رفیقا و همفکراشه،

خدا می‌دونه چندتان، یکی از مادرا می‌گفت: سه هزار تا، باهمن و تنها نیستن!»

همین‌طور که دور میدان شوش ماشین را جلوی باجهٔ روزنامه‌فروشی پارک می‌کرد گفت: «درست گفته، منم شنیدم سه چهارهزار نفری رو تو چن ماه اعدام کردن. آمارش داره یواش‌یواش درز می‌کنه». ماشین را خاموش کرد و گفت: «خاله من یه‌دقه برم یه مجله از این کیوسک بخرم و بیام!» مجله را از روی میز جلوی کیوسک برداشت و پولش را داد و برگشت سوار شد و آن را روی صندلی عقب انداخت و راه افتاد. پرسید: «بالاخره معلوم شد فروغ رو کی آزاد می‌کنن؟»

حاج‌اخترخانم گفت: «نه مادر، خودش که هفته پیش می‌گفت دو سه ماهه دیگه، ولی کی از کار اینا سر در می‌یاره! حساب‌کتاب و قانون که ندارن، مگه به ابراهیم حکم نداده بودن؟» گفت: «ببخشین که نتونستم باهتون بیام ملاقات، درست همون روز تو انتشاراتی برام یه جلسه گذاشته بودن!» حاج‌اخترخانم برگشت نگاهی به او کرد و گفت: «نه ننه جون، تو حالا بعد از چن سال بیکاری یه کاری گیر آوردی، توقعی ازت ندارم، محمدآقا زحمت کشید بُردم». پرسید: «فروغ چطور بود؟ روحیه‌ش خوبه؟» حاج‌اخترخانم گفت: «خوب بود، دوران سختش رو گذرونده. سخت اون روزی بود که خبر اعدام ابراهیم رو بهش دادم. بچم چه حالی پیدا کرد، مُرد و زنده شد. یک سال هرماه موقع ملاقات گفت ابراهیم و گریه کرد. حالا که خوبه، اشک نمی‌ریزه، شایدم اشکش خشک شده. می‌گفت زندون خلوت شده، اونا که حکمشون سر اومده یکی‌یکی دارن مرخص می‌شن. بیشترشونم که دو سال پیش کشتن! دیگه کسی نمونده، یه عده کمی مثل دختر من که جَوونیش رو پشت میله‌های زندون سر کردن».

گفت: «شما تقریباً ده ساله هرماه می‌رین ملاقات». حاج‌اخترخانم آهی کشید و گفت: «آره مادر، ده سال بین بیسیم و اوین و گوهردشت». مکثی کرد و ادامه داد: «همهٔ اینا به‌کنارسعید، اینکه پاسدارای رمضون جلوی چشم من بچه‌هام رو دستگیر کردن و جلوی چشم رمضونِ بی‌غیرت تحویل زندون دادن، اینکه مجتبای معصومم تو جبهه کشته شد، اینکه ابراهیم اسیرم رو اعدام کردن، اینا بود که ده سال رو واسه من صد سال کرد و من رو که عمری عزادار حاج‌مهدی بودم و به‌خاطر بچه‌هام خم به ابرو نیاورده بودم زمین زد و زمین‌گیرم کرد».

ابن بابویه با آرامگاه‌ها و سنگ‌قبرهای قدیمی و خاک‌گرفته و بقعهٔ شیخ‌صدوق سوت‌وکور و متروک و خالی از زائر، ماتم‌زده و بی‌هیچ هیجانی شبِ آزادی مرده‌هایش را می‌گذراند. حاج اخترخانم کنار سنگ مزار تَرَک‌برداشته و کهنهٔ حاج‌مهدی نشست، بعد از خواندن حمد و قول‌هوالله شروع کرد به حرف زدن و درددل با حاج‌مهدی: «حاجی خوش به حالت که نیستی تا این سالای منو ببینی، ببینی که جای خالی مجتبی رو چه مرد رعنایی پُر کرده. خوب نگاش کنی می‌شناسیش، سعید پسر حاج‌محسن و احترام خانومه، همونا که خونه‌شون روبه‌روی قصابیت بود. ابراهیم دامادتم هم بود، همون که اومد پیش خودت. نمی‌دونم میون این همه جوونی که این سالا تو جنگ و تو خیابونا و تو زندونا کشته شدن تونستی پیداش کنی و بشناسیش یا نه. یادته که، با رمضون هم‌کلاسی بودن. رمضونِ بی‌غیرت! حاج‌مهدی، نیستی ببینی اختری که با نبودن تو ساخت، با داغ مجتبی کنار اومد، با اعدام دامات، زندونی بودن دخترت سوخت و ساخت، نتونست با این رمضونِ بی‌همه‌چیز که مثل بختک افتاده رو زندگیش کنار بیاد و هر روز پریشون و شکسته‌تر از روز پیش می‌شه. شنیدم تو خوابم داشتی می‌گفتی ببخشش اختر،

نادونه! می‌گن مرده‌ها دل‌رحم‌تر از زنده‌هان، باور نمی‌کردم! این پسرت ننگ من و تو شد. کی فکر می‌کرد اون بچهٔ معصوم و زحتمکشِ من که جای تو رو تو خونه پر کرده بود، یه همچین دیوی از آب در بیاد. فکر بخشیدن و این حرفا رو از سرت بیرون کن! نیستی که ببینی چه نکبتی دنیا رو گرفته، خوشا به سعادتت که رفتی و ندیدی. حالا تازه رمضون پیش شیخ‌علی‌اکبری که حکم اعدام پسر خودش رو امضا کرد فرشته به‌حساب می‌یاد».

حاج‌اخترخانم در بهشت‌زهرا بالای سر قبر مجتبی بی‌تاب بود و قرار نمی‌گرفت و اطرافش سلانه‌سلانه راه می‌رفت و روی عکس جوان‌های دیگر دست می‌کشید و به سنگ‌قبرهایشان نگاه می‌کرد. تا او با همسایه‌های پسرش خوش و بش کند، رفت دبهٔ پلاستیکی را از شیر آب کرد و روی سنگ مزار مجتبی ریخت و تمیزش کرد. حاج‌اخترخانم گفت: «پیرشی سعید جون، لب‌تشنه از دنیا نری!» و چهارپایهٔ تاشو را باز کرد و بالای سر قبر مجتبی گذاشت و روی آن نشست. دوسه سالی بود که جنگ تمام شده بود، هنوز «قطعهٔ شهدا» شب‌های جمعه شلوغ‌تر از باقی قطعه‌ها بود. جلو رفت و گفت: «حاج‌اخترخانم، تا شما اینجا هستین، یه‌سر می‌رم سرِ خاک یکی از دوستام و برمی‌گردم». حاج‌اخترخانم گفت: «برو سعید جون، اتفاقاً امروز دلم می‌خواد بیشتر بمونم. دیرم بیای عیبی نداره، می‌شینم تا برگردی».

ظرف آب را برداشت و پُر کرد و به‌طرف ماشین رفت. محلی که شبنم را خاک کرده بودند با قطعهٔ شهدا فاصلهٔ به‌نسبت زیادی داشت. سال‌ها پیش آدرس و ردیف و شمارهٔ مزار را قدسی، دوست شبنم، به او داده بود، یکی دو هفته بعد از آن صبحی که سراسیمه و پریشان، ناگهان به خانه‌اش آمد و خبر کشته شدن او را آورد. قبل از آن هم یک‌بار دیگر همراه شبنم به خانهٔ او آمده بود. یادش آمد آن

روز رنگِ پریده و پریشانیِ قدسی، پیش از اینکه حرفی بزند، گواهی خبر بدی را می‌داد. از قدسی پرسید: «چی شده؟ واسه شبنم اتفاقی افتاده؟» قدسی قادر به حرف زدن نبود. روی پلهٔ پشت درِ حیاط نشسته بود. دوباره پرسید: «واسه شبنم چیزی پیش اومده؟ با شوهرش دعواش شده؟ کتک خورده؟» قدسی صورتش را میان دو دستش گرفته بود و گریه می‌کرد. سرش را به علامت نفی تکان می‌داد بی‌آن‌که بتواند چیزی بگوید. خبر وحشناک‌تر از آنی بود که او حدس می‌زد. با صدای بلند و التماس کنان آن‌قدر سئوال خودش را تکرار کرد که قدسی هق‌هق کنان گفت: «شوهرش، شوهرش اونو کشت! دیروز تو غسال‌خونه دیدمِش. کاش کور شده بودم و ندیده بودمش. انقدر با چاقو به قلبش زده بود که سینه‌ش شکافته بود».

لرز و تشنجی ناگهانی به جانش افتاد. صدای تیک‌تیک به هم خوردن دندان‌هایش را می‌شنید. انگار جان از تنش درمی‌رفت و جای خود را به سرما و لرزگزندهٔ مرگ داده بود. حفرهٔ سیاه و دردناکی در قلبش سرباز کرده بود و خونش را به درون و به قهقرای تاریک و یخ‌زدهٔ آن فرو می‌کشید. ضربان قلبش کند و کندتر شد و سرگیجه و تاریکی و تودهٔ دردی سیاه جلوی چشم‌هایش را گرفت.

نگاهش به اتاق گشوده شد. روی تخت خوابیده بود. وحشت‌زده نشست. فکر کرد شاید خواب دیده. به اطراف نگاه کرد. قدسی ماتم‌زده کنج اتاق ایستاده بود. پرسید: «حالتون خوبه سعید آقا؟ من باید برم. ببخشین که یه همچین خبر بدی رو براتون آوردم. براتون یه قندداغ درست کردم گذاشتم رو میزِ پاتختی‌تون. مراقب خودتون باشین، یکی رو خبر کنین بیاد پیشتون، بهتره تنها نمونین. تا بیام به خودم بجنبم، خودتون رو رسوندین به تخت و افتادین و از حال رفتین». جلو آمد و استکان قندداغ را برداشت و به او داد و خداحافظی کرد و باعجله رفت. تب کرد و سه چهار روزی در خانه

بین مرگ و زندگی دست و پا زد. مدام در اتاق و حیاط راه می‌رفت و هذیان می‌گفت و با خودش حرف می‌زد. نمی‌توانست به زندگیِ بدون شبنم فکر کند. یکی دو روز قبل از آن بود که شبنم رفته بود پشت میز کارش نشسته بود و یادداشت‌هایش را جابه‌جا و مرتب کرده بود و گفته بود: «می‌خوام برم ماشین‌نویسی یاد بگیرم که همهٔ اینا رو برات تایپ کنم!»

روزها از پی هم می‌گذشت و شبنم همه‌جای خانه در رفت‌وآمد بود و حضور داشت. نمی‌توانست بپذیرد که دیگر نیست. از خانه بیرون رفت تا به خودش بقبولاند که همه‌چیز عادی و مثل همیشه است. در پارک بیسیم گشتی زده بود و موقع برگشتن رفته بود دکان مشدعباس برای خرید ماست و پنیر و کره. مشدعباس میان جور کردن اجناسی که خواسته بود گفته بود شنیده علی‌خیاط رفته کمیته و به قتل زنش اعتراف کرده. خبر به همهٔ محل رسیده بود. چنان برآشفته بود که مشدعباس پرسید: «آقا سعید، حالت خوبه بابا جان؟»

یکی دو ماه بعد که شنید علی، شوهر شبنم، در کمیته مشغول به‌کار شده فکر کرد تا رمضان را نبیند و حرف‌هایش را به او نزند نمی‌تواند از او بِبُرد. رفت و گفت هرچه در دلش مانده بود. از خانهٔ آنها که بیرون آمد، دیگر از رمضان بریده بود و او را بدون گذشته و خالی از خاطره پشت سر گذاشته بود.

قدسی بعد از روزی که آدرس مزار شبنم را به او داد دیگر برنگشت. او ماند و اندوه و مزار شبنم و سوگواری‌ای که در آن با کسی شریک نبود. خودش بود و شبنم و نشانه‌ها. هفته‌ای نبود که به دیدن او نرود. اوایل پنج‌شنبه‌ها می‌رفت. یک‌بار که پدر و مادر، دختر، و اقوام شبنم را سر مزار او دید، تصمیم گرفت وسط هفته و صبح‌های خیلی زود برود تا به آنها برنخورد. وسط هفته، مخصوصاً صبح‌های زود،

سکوت و آرامشی غریب بر بهشت‌زهرا حاکم بود که آن را دوست داشت. ماشین را هم به همین دلیل خرید، طوری از خانه حرکت می‌کرد که وقت طلوع خورشید کنار او باشد تا به تماشای برآمدن خورشید و درخشیدن قطره‌های شبنم بر گل‌های باغچه کوچکِ بالای سنگ قبرش بنشیند.

ماشین را مثل همیشه در خیابانِ حاشیهٔ قطعهٔ دویست‌ویک پارک کرد. در چشم‌اندازش عده‌ای پراکنده بالای سر قبرها ایستاده بودند. نزدیک رفت. به فاصلهٔ سه چهار قبر از سنگ مزار شبنم زنی را با مانتویی آراسته و روسری‌ای سرخ‌رنگ ایستاده بر سر مزار او دید. ظرف آب را همان‌جا روی سنگ قبری گذاشت و به انتظار ایستاد. به‌نظر زنِ جوانی می‌آمد. یقیناً قدسی نبود، او حالا باید زنی چهل ساله باشد که قدش هم از این زن کوتاه‌تر بود. زن که حضور کسی را در نزدیکی خودش احساس کرده بود برگشت و نگاهش کرد. خشکش زد، شبنم با همان چشم‌های قهوه‌ای و گونه‌ها و ابروهای کشیده و پیشانی دلپذیرش، آن‌جا ایستاده بود و نگاهش می‌کرد. ناخواسته و بهت‌زده قدمی به سوی او برداشت و بدون اینکه صدایی از گلویش بیرون بیاد با حرکت لب‌هایش گفت: شبنم؟

دختر که نام شبنم را روی لب‌ها و صورت بهت‌زدهٔ او خوانده بود رو در رویش ایستاد و گفت: «سلام، من گلی‌ام؟ ببخشید، شما؟» زبانش بند آمده بود. مکثی کرد و گفت: «من... من سعیدم!» گلی دو قدم به‌طرف او برداشت و گفت: «سلام. سعید، دوست مادرم، درست می‌گم؟» سرش را به علامت تصدیق تکان داد. گلی ادامه داد: «باورم نمی‌شه که شما رو می‌بینم. این آروزم بود که یه روزی شما رو پیدا کنم. خدایای من! چه اتفاقِ جالبی!» سعید گفت: «شباهت شما به مادرتون باور نکردنیه! منم خوشحالم که شما رو می‌بینم! پدربزرگ، مادربزرگتون چطورن؟» گلی گفت: «مامان‌بزرگ

دو سال پیش فوت کرد». با دست به دور اشاره کرد و ادامه داد: «اون‌طرف تو قطعهٔ دویست‌وسی‌وسه خاکش کردن. من با بابابزرگم زندگی می‌کنم. همیشه منتظر همچین اتفاق ولحظه‌ای بودم. بستهٔ شعرها و نامه‌های شما رو بابابزرگ بعد از فوت مامان‌بزرگ به من داد. همون ماه‌های اول مرگ مادرم پیداشون کرده بود. از ترس مامان‌بزرگ قایمشون کرده بود که وقتی بزرگ شدم بده به من. خیلی دلم می‌خواست پیداتون کنم، نشونی ازتون نداشتم. می‌بینین! آخرشم مامان باعث شد ببینمتون. چه خوب که فراموشش نکردین. ببخشین، حرف بی‌خودی زدم. معلوم بود که فراموشش نمی‌کنین! به دلم برات شده بود یه روزی می‌بینمتون!»

با تردید آمد بپرسد: «پدرتون هیچ...؟» خنده‌ای تلخ برلب‌های گلی نشست و حرف او را قطع کرد و گفت: «پدر؟! قاتل مادرم؟ می‌شه که پدرم باشه!» کمی دستپاچه شد و گفت: «همین‌طوره که می‌گی، منظورم این بود که هیچ سراغی از تو گرفته؟» گلی گفت: «تا بچه بودم فقط می‌فهمیدم که بلای جون پدربزرگ مادربزرگمه. مردیه که هر چن‌وقت یه‌بار پیداش می‌شه و اونا رو آزار می‌ده. واسه همین ازش متنفر بودم. وقتی بزرگ شدم و فهمیدم اون مادرم رو کشته طوری پای اومدنش رو به خونمون قطع کردم و آب پاکی رو دستش ریختم که رفت و دیگه پیداش نشد». گفت: «قدسی، قدسی خانم چطورن؟» گلی گفت: «دوست دبیرستانی مادرمو می‌گین؟ اونا بعد از انقلاب رفتن امریکا. شوهرش تکنسین جت‌های جنگی بود. یه‌بارم که اومده بود ایران اومد دیدن ما. بعد از اون دیگه خبری ازش ندارم». گفت: «آدرس اینجا رو قدسی خانوم همون موقع‌ها به من داد. اون اولا شبای جمعه می‌اومدم. یه دفعه که پدربزرگ و مادربزرگ شما رو اینجا دیدم، تصمیم گرفتم وسطای هفته بیام. امروزم اتفاقی بود که اومدم. مادر یکی از شاگرای قدیمیم رو که تو

جبهه کشته شده آورده بودم سرِ قبرش، گفتم بیام یه سرم به شبنمم بزنم. دیدن تو اینجا اونم بعد از این همه سال از اون اتفاقای باور نکردنیه».

گلی به‌طرف سنگ مزار مادرش برگشت و گفت: «یه چیزی که برای من و بابابزرگ و همهٔ فامیل هربار که می‌یاییم اینجا به نظرمون عجیب می‌اومد، طراوت و تازگیِ این باغچه کوچیک بالای سر قبر مادرمه، مثل الان. مادربزرگم می‌گفت به‌خاطر بی‌گناهی و مظلومیت مادرته! بزرگتر که شدم خصوصاً بعد از خوندن نامه‌ها و شعرهای شما و وقتی فهیمدم مادرم عاشق مردی بوده که اونم خیلی‌خیلی دوستش داشته حدس زدم علت طراوت این باغچهٔ کوچیک چیه. واسه همین می‌دونستم که یه روزی اینجا شما رو پیدا می‌کنم. نمیدونین چقدر از دیدن‌تون خوشحالم!» و رو به سنگ قبر کرد و گفت: «مطمئنم که مادرمم خوشحال شده» و اشک دور چشم‌هایش حلقه زد و با صدایی بغض‌آلود در حالی که به سنگ‌قبر چشم دوخته بود خواند: «می‌خواهم بدانی/ می‌خواهم بدانم!/ چه تو — که صورتِ ابر بر آسمانی/ بلندبالا و پیام‌آورِ بارانی!/ بودنِ پردغدغهٔ جهات هفت گانهٔ عشقی/ تنفسِ معطر اندیشه‌ای پاک در ذهنی — چه من! مردی ناگاه عاشق/ فرقی نمی‌کند، ما امتداد همیم/ اگرچه دیده نمی‌شوی / اگرچه شنیده نمی‌شوم، بازخواهم گشت».

پاراگراف پایانی شعر بلندی بود که در یکی از سفرهایش به آدرس خانهٔ خودش برای شبنم پست کرده بود. گلی گفت: «هروقت می‌یام اینجا این شعر شما رو براش زمزمه می‌کنم. خیلی اون رو دوست دارم!» برگشت رو در رویش ایستاد و ادامه داد: «منتظر شمان، مزاحمتون نمی‌شم» و تلفن خانهٔ پدربزرگ را روی برگ کوچکی نوشت و گفت: «این تلفن منه. ممکنه تلفن شما را داشته باشم؟» شماره‌اش را گفت و گلی یادداشت کرد و گفت: «خیلی زود بهتون

زنگ می‌زنم که یه روز بیاین خونمون هم بابابزرگم ببینَن‌تون، هم مفصّل از مامانم بپرسم!»

ساکت ماند. نگاهی به سنگ‌قبر شبنم انداخت، ظرف آب را برداشت و باغچهٔ بالای مزار را آب داد. لبخند رضایت‌مندانه‌ای بر لب‌های گلی نشست. گفت: «گلی خانم ماشین هست، می‌تونم برسونمتون!» گلی به‌سمت خیابان حاشیه قطعه اشاره کرد و گفت: «یه پیکان قراضه‌ای دارم، دانشگاه‌که قبول شدم بابابزرگ برام خرید!» پرسید: «چی می‌خونین؟» گلی گفت: «پزشکی، سال سومم!» گفت: «چه خوب!». گلی ادامه داد: «کلاس اول که بودم یادمه مامانم هروقت ازم می‌پرسید بزرگ بشی می‌خوای چی‌کاره بشی، می‌گفتم دکتر. دارم سعی می‌کنم به قولی که بهش دادم عمل کنم». خندید و دستش را پیش برد و دست گلی را به علامت خداحافظی گرفت و به‌طرف سنگ مزار برگشت و گفت: «شبنم!گلی خیلی به تو شبیه شده، حتی صداش. نمیدونی چقدر از دیدنش خوشحالم! این هدیه‌ای بود که تو به من دادی». گلی خندید و خطاب به مادرش و سنگ مزار دنبال حرف او راگرفت و گفت: «مامان منم خوشحالم که مردی رو دیدم که عاشقش بودی!» هر دو لبخندی زدند. گلی خداحافظی کرد و به‌طرف خیابان و ماشین خودش رفت.

گلی همان شب تلفن زد و برای روز بعد او را دعوت کرد. سال‌ها به او و پدر و مادر شبنم فکر کرده بود. روزهای پس از مرگ شبنم تصمیم گرفته بود به هر نحوی شده خانهٔ پدر و مادر او را در خیابان شکوفه پیدا کند، به آنجا برود و همراه آنها سوگواری کند. زمان که گذشت به ناممکن بودن تصمیم خودش پی برد. می‌خواست به پدر و مادر او چه بگوید؟ که او کیست؟ چه رابطه‌ای با دختر آنها داشته؟ دور ماند، حتی آن دفعه‌ای که اتفاقی آنها را سرِ مزار او دید. با وجود

این، فکر کردن به شبنم برایش همیشه همراه بود با فکر کردن به سرنوشت گلی.

خانه‌شان نبش یکی از فرعی‌های خیابان شکوفه، نزدیک خیابان جابری، بود. ساختمانی دوطبقه با نمای آجربهمنی قرمز و رگه‌دار و بندکشی‌های سیاه و برجسته و پنجره‌های چوبی و طاقچه‌های سیمانی و حفاظ‌های فرفورژهٔ بته‌جقهٔ قدیمی. درِ ورودی، با پنجرهٔ اتاق‌های دو سمتش و پنجره‌های مدوّر راه‌پله‌های بالای سرِ آن، تا خرپشته و در هر پاگردی تکرار شده بود و بنا را به دو نیمهٔ قرینه تقسیم کرده بود. دکمهٔ زنگ را فشار داد و سر بلند کرد و به تماشای زیبایی معماری قدیمی ساختمانی ایستاد که شبنم در آن متولد و بزرگ شده بود. گلی خندان و شادمان درِ خانه را باز کرد و سلام گفت و کنار رفت و گفت: «چه خوب کردین اومدین، بفرمایین تو!»

به سایه و به راهروی نیمه‌تاریک و فرش‌شده با موزاییک‌های دانه‌صدفی و قدیمی‌ای وارد شد که به حیاطی پوشیده از آفتاب بعدازظهری منتهی می‌شد. جلوتر گلی به دری در سمت راستِ راهرو اشاره کرد و گفت: «بفرمایین تو این اتاق!» پدربزرگ گلی از اتاق بیرون آمد و با او دست داد و تعارف کرد که داخل شود. اتاقی با پنجره‌ای چوبی و رو به حیاط که دری چهارلَتی آن را از اتاق هم‌جوار و شمالی‌اش جدا می‌کرد. پنجره‌های رو به حیاط با پشت درهای طوریِ صورتی رنگ وچین داری پوشیده شده بود. بخاری به‌طرزی زیبا و پرپیچ‌وخم طاقچه‌بندی شده بود و گچ‌بری‌ها و رنگ-آمیزی قدیمی خودش را بر بستری از رنگ‌های صورتی و آبی آسمانی و نقره‌ای حفظ کرده بود. عکس‌های خانوادگی در قاب‌های کوچک و متوسط روی طاقچه‌های متعدد و عکسی از دوران دبیرستان و نوجوانی شبنم با روپوش دبیرستان و دو گلدان گل نرگس در دو سمت آن روی طاقچهٔ بالایی توجه‌اش را جلب کرد. گلی رو به

پدربزرگش کرد و گفت: «باباجون، فکر نمی‌کنم دیگه احتیاج به معرفی داشته باشن، آقا سعید، ایشونم پدربزرگ من امیر دفتری هستن».

پدر بزرگ گفت: «خوش اومدین، خوشحالمون کردین. بفرمایین بشینین!» و با دست به مخدهٔ بالای اتاق اشاره‌کرد. مردی بود به‌نظر نزدیک هشتاد ساله، بلندقامت با موهای یکپارچه سفید و آراسته. نشستند. گوشهٔ پایین اتاق، سمت پنجره، روی بوفهٔ کوتاه چوبیِ خوش‌تراشی تلویزیونی رنگی قرار داشت. کف اتاق با قالی‌ای قدیمی و سرمه‌ای‌رنگ فرش شده بود. گلی رو به سعید کرد و گفت : «همین اول بگم که خیلی هیجان‌زده‌ام. فکر کنم باباجونَم همین‌طور. من بخش مهمی از عواطف و احساسات این سال‌های خودم رو به مامانم، به شما و نامه‌هایی که به اون نوشتین و شعرایی که براش گفتین مدیونم. همون‌جور که دیروزم گفتم باباجون همهٔ اونا رو برام نگر داشته بودن. اونا باارزش‌ترین هدیه و ارثیه‌ایه که از مامان بهم رسیده».

بعد نگاهی از سر مهر به پدربزرگش انداخت و ادامه داد: «با خوندن اون نامه‌ها مادرم رو بیشتر شناختم، تصویرم از اون مربوط به خیلی بچگیم بود، موجود نگرانی که دائماً مشغول مراقبت از من بود، همه چیزم به اون وابسته بود، تحمل یه لحظه دوری شو نداشتم. تا اینکه یه‌روز بابام اومد دنبالش و اونو برد و دیگه برنگشت. بعد، هروقت بابام می‌اومد فکر می‌کردم مامانم همراشه. تو عالم بچگی یادمه هربار که ازش می‌پرسیدم مامان کی می‌یاد همچین نگام می‌کرد که انگار اصلاً مامانی در کار نبوده. بزرگتر که شدم مادرجون و باباجونم بهم گفتن مادرم تصادف کرده. تا اینکه پونزده‌ـ‌شونزده ساله که شدم از پچ‌پچ‌ها و نگاه فامیلا احساس کردم یه چیزی تو مرگ مادرم هس که همه از من پنهونش می‌کنن. انقدر اصرار کردم

که مامان‌جون باباجونم گفتن که بابام چه بلایی سر مادرم آورده. بعد از اینکه باباجون اونم وقتی مامان‌بزرگ فوت کرد نامه‌ها و شعرای شما رو بهم داد مثل این بود که تازه مادرم رو پیدا کردم. تونستم اون تصویر محوی رو که وقتی کلاس اول بودم ازش داشتم کاملش کنم. من و باباجونم خیلی راجع به نوشته‌های شما حرف زدیم. باباجون فکر می‌کنه شما چیزیایی تو مامان دیدین که اون ندیده. ببخشین هنوز شما نرسیده من شروع کردم به حرّافی».

بلند شد و پرسید: «چای میل می‌کنین؟» جواب داد: «ممنون، می‌خورم، حرفتون رو ادامه می‌دادین!» گلی گفت: «بذارین اول یه چایی بیارم» و از اتاق بیرون رفت. پدربزرگ گفت: «گلی گفت که دیروز مادر یکی از شاگرداتون رو برده بودین بهشت‌زهرا. فضولیه می‌پرسم سعیدآقا، شما معلمین؟» جواب داد: «بله، دبیر ادبیات بودم، اخراج شدم، بعد انقلاب». پدربزرگ با تأسف گفت: «مثل خیلیای دیگه، چه حیف! الان چی‌کار می‌کنین؟» گفت: «برای یکی دو تا ناشر ادیت فارسی و بررسی و انتخاب رمان و داستان می‌کنم». پدربزرگ گفت: «منم توی معاونت اداری و پرسنلی وزارتخونهٔ آموزش‌وپرورش کار می‌کردم. یه سال بعد از انقلاب بازنشسته شدم. تازه اِخراجای فلّه‌ای معلما شروع شده بود.» دنباله حرف او را گرفت وگفت: «البته واسه من خوب شد. دورهٔ بدی بود و فشارهای محیط کار و تحمل یه‌مشت هیئتی که مدیر مدارس شده بودن از تحملم خارج بود». پدربزرگ پرسید: «چه سالی بود؟» گفت: «پنجاه و نه، ده یازده سال پیش، بعد از کشته شدن شبنم و شروع جنگ». پدربزرگ پرسید: «به چه دلیل اخراجتون کردن؟» گفت: «دلیل نمی‌خواست، همین که مثل اونا فکر نمی‌کردم کافی بود. راهی باقی نگذاشته بودن جز تسلیم شدن، همین که تسلیم می‌شدی پذیرفته و از اونا می‌شدی! دور دورِ فرصت‌طلبای بی‌قابلیت و جاه‌طلب و

پول‌دوست شده بود. من همون فردای انقلاب با قتل شبنم طعم تلخ تعصب رو چشیده بودیم. از همون اولم از بعضی آدمای متعصبی که تو تظاهرات به زنا تذکر می‌دادن می‌ترسیدم. می‌شناختم‌شون، میون‌شون بزرگ شده بودم و زندگی کرده بودم، آدمایی که توی هیئت‌ها و دسته‌های سینه‌زنی و زنجیرزنی معصوم و دوست داشتنی بودن، تو تظاهرات به‌نظرم موجودات غریبه، عقب‌مونده، و خطرناکی می‌رسیدن که روزبه‌روزم مخوف‌تر می‌شدن که شدن. شوهر شبنم نمونه‌ش».

گلی با سینی چای به اتاق آمد و گفت: «داشتم می‌شنیدم. تا می‌گی بسم‌الله حرفا سیاسی می‌شه!» خندیدند. سینیِ چای را مقابلش گرفت و رو پدربزرگش ادامه داد: «باباجون! امروز استثنائاً قراره فقط راجع به مامانم با سعیدآقا حرف بزنیم». از بوفهٔ زیر تلویزیون چند پیش‌دستی و ظرف شکلات و باقلوا و راحت‌الحلقوم بیرون آورد و مقابلش گذاشت و نشست. پدربزرگ گفت: «مام داشتیم راجع به مامانت هم حرف می‌زدیم» بعد روی به او گفت: «سعیدآقا دلم می‌خواست همون‌جور که گلی گفت بگم که من زبان و لحن شما رو توی نامه‌ها و شعراتون با شبنم خیلی دوست دارم. قبل از اینکه نامه‌ها و شعرهای شما رو بخونم، فکر نمی‌کردم که دخترم پیش از مرگش کسی رو اونقدر دوست داشته. نامه‌های شما منو با یه شبنم دیگه‌ای هم آشنا کرد که نمی‌شناختم. اونا رو بارها خونده بودم و تصمیم گرفتم به گلی‌ام بدم بخونه. حقِ گلی بود نامه‌هایی رو که متعلق به مادرشه بخونه و با بخش مهمی از زندگی مادرش که بالاخره سرنوشت تلخش رو رقم زد آشنا بشه! صادقانه بگم، تا قبل از اینکه نامه‌ها وشعرهای شما رو بخونم تصویر و برداشت خوبی از شما نداشتم و مقصرتون می‌دونستم. نامه‌هاتون رو که خوندم

نه‌فقط شما رو شناختم که فهمیدم دخترم چرا شما رو اون‌قدر دوست داشته».

نگاهش را از گل‌های قالی گرفت و رو به پدربزرگ گفت: «ممنونم. حرف زدن راجع به موضوعی که سال‌هاست با کسی جز با خودم راجع به اون حرف نزدم، بدون اینکه احساساتی بشم کار دشواریه، واسه همین پیشاپیش ازتون عذر می‌خوام. شما و گلی اولین کسایی هستین که توی این ده دوازده سالی که از مرگ شبنم می‌گذره دارین با من راجع به اون انقدر از نزدیک حرف می‌زنین. همهٔ این سالا خاموش و توی خودم به اون فکر کردم و با خاطره‌ش زندگی کردم. مطمئنم که اگه شبنم جای من بود رنج خودش رو با خشم زیاد فریاد می‌زد. اون از من شجاع‌تر بود. شبنم واسه من خیلی بیشتر از زنی بود که عاشقش بودم. اون زندگی منو به قبل و بعد از آشنایی با خودش تقسیم کرد. سعیدِ بعد از آشنایی با شبنم، به‌کل با سعیدِ قبل از اون تفاوت کرد. شبنم مدام در جوش و خروش بود تا قید و بندایی که زندگی به دست‌وپاش زده بود و می‌زد رو باز کنه و موانع خوشبختی رو از سر راهش کنار بزنه. هر روز نسبت به روز قبل شگفت‌انگیزتر می‌شد. برخوردار شدن از عشق کمترین دگرگونی‌ای بود که در من بوجود اومده بود. اون روح و خونِ زندگی و کارام شده بود. بودن بدون اون به تصوّرمم در نمی‌اومد. مثل هوا برای نفس کشیدنم بود. از زمین و زمان کَنده شده بودم. اون‌قدرمسرور و سرخوش و غرق در اون بودم که خودم رو نمی‌شناختم و فراموش کرده بودم. عشق و علاقه ما به هم به اندازهٔ مویی با جنون فاصله داشت و چه‌بسا که جنون بود. همین بود که بعد از اون از من فقط یه سایه باقی موند».

ساکت شد. انگار دیگر توانی برای ادامه دادن نداشت. گلی با چشمای خیسش به او نگاه کرد و گفت: «چی می‌شد اگه مادرم با

آدمی مثل پدرم ازدواج نمی‌کرد که به یه همچین فاجعه‌ای ختم بشه؟ چرا باید آدمی مثل اون تن به همچین ازدواجی بده؟ این سئوالیه که دست از سرم برنمی‌داره!» سعید نگاهی به پدربزرگ کرد و رو به گلی گفت: «این همیشه سئوال منم بود، مخصوصاً اون روزایی که تقاضای طلاق داده بود و پیش پدربزرگ و مادربزرگت و به این خونه برگشته بود. اون با عشق ازدواج کرده بود، پدرت رو دوست داشت، به این خاطر باهاش ازدواج کرده بود. هیچ‌کی جز خودش رو مقصر نمی‌دونست، حتی مادرش رو. فکر کرده بوده اگه با کسی که دوست داره ازدواج کنه آزاد و مستقل و خوشبخت می‌شه. بارها به من گفت که آقای دفتری مخالف بودن و ازش خواسته بودن که صبر کنه بره دانشگاه و به خودش فرصت بده. شبنمِ عاشق رو من می‌شناختم، عشق بی‌قرارش می‌کرد. متهورتر و جسورتر و بی‌پرواتر از اونی که در حالت عادی بود می‌شد. کاملاً درکش می‌کردم که چرا به پدربزرگت گوش نکرده بود».

گلی پرسید: «شما با این حال‌وهوای مامانم چی‌کار می‌کردین؟» جواب داد: «ما رابطهٔ متناقضی با هم داشتیم. از یه‌طرف دیوانه‌وار دوستش داشتم و نمی‌تونستم نسبت به بی‌پروایی و شهامتی که واسه ادامه دادن به رابطه با من از خودش نشون می‌داد و خطرات و فشارهایی که تحمل می‌کرد بی‌تفاوت باشم، از طرف دیگه واقعیت این بود که من، برخلاف اون، آدم محتاط و دست‌به‌عصایی بودم و از عاقبت کار مخصوصاً برای اون می‌ترسیدم و مدام به برگشتن به زندگیِ قبلی تشویقش می‌کردم».

پدربزرگ گفت: «این همون چیزیه که توی نامه‌هاتونم هست.. بارها برا گلی از خصوصیات مادرش، مخصوصاً توی دوره جوونیش گفتم. من آدم متعصب و خشکه‌مذهبی نبودم. واسه همین دخترم رو تا اونجایی که تشخیص می‌دادم خطری براش نداره، آزاد بار

آوردم و تربیت کردم. مادرش یه‌کم فرق داشت، سخت‌گیرتر و سنتی‌تر بود. قسمت ما هم این بود که تنها یه بچه داشته باشیم که اونم دختر پرشّروشوری از آب دراومده بود. بچگیش یه‌جور، وقتی‌ام بزرگ شد جور دیگه. اندازهٔ سه چهار تا بچه باید واسش وقت می‌ذاشتیم. من و مادرشم که سر تربیتش هم‌عقیده نبودیم. مادرش کنترلی و تند بود و من فکر می‌کردم باید ملایم‌تر با اون رفتار کرد. همین شد که تونست از لابه‌لای اختلافات من و مادرش برا خودش راه باز کنه و اون‌جور که می‌خواد زندگی کنه و تصمیم بگیره. ازدواجشم همین‌جوری اتفاق افتاد. من فکر می‌کردم باید صبر کنه و درسشو تموم کنه، مادرش اصرار داشت زودتر ازدواج کنه شاید سربه‌راه و آروم بشه. البته خودشم که علی رو دوست داشت و می‌خواست عروس بشه. واسه همین چاره‌ای نداشتیم و تسلیم شدیم. بدبختی از همون روزی که به خونهٔ شوهر رفت شروع شد. هنوز با اشتباهی که کرده بود کنار نیومده بود که بچه‌دار شد و مسئولیت مادری به زنجیر شوهرداری اضافه شد. نگرانی‌های مادرش از آبروریزی جلوی فامیل که اگه با داشتن بچه از شوهرش جدا بشه دو چندان شد. هرچی قیدوبندای ازدواج بیشتر خودش رو نشون داد اون بی‌قرارتر و شورشی‌تر شد». ساکت شد و با نگاهی مات به نقطه‌ای گنگ چشم دوخت.

لحظاتی سکوت برقرارشد. نفسی عمیق کشید و رو به گلی وپدر بزرگ گفت: «شبنم با وجود سن کمش اونقدر استقلال داشت که توی رابطه با منم اگه تصمیمی می‌گرفت یا چیزی می‌خواست، واقعاً نمی‌تونستم مانعش بشم. برا ساختن دوبارهٔ زندگیش اونقدراصرار داشت که آخرم جونش رو براش داد». گلی که انگار تاب اندوه را نداشت نگاهی به او کرد و پس از مکث کوتاهی بحث را عوض کرد و گفت: «دلتون می‌خواد عکسای مامانم رو ببینین؟!» لبخندی زد و

گفت: «عالیه!» گلی به‌طرف کمد باریک و بلندی که مقابل دیوارِ حاشیهٔ درِ بسته‌ای که بین دو اتاق بود رفت و آلبومی را برداشت و آمد میان او و پدربزرگ نشست. قبل از اینکه آلبوم را باز کند گفت: «عکسای این آلبوم رو مادرم خودش چیده بود. اونا رو تا صفحهٔ عکسای عروسیش همون‌جوری که بود دست نزدم. یکی دو تا از عکسای عروسیش رو نیگر داشتم، باقیش رو پاره کردم. یه سری عکسم هست که مال سالای بعد عروسیش و بچگی منه که به اونام دست نزدم و همون‌جوری سرجاشونن».

آلبوم را باز کرد. در اولین صفحه چهار قطعه عکس قدیمی بود. گلی به یکی از آنها اشاره کرد و گفت: «این مامانمه!» آقای دفتری در حیاط روی صندلی و کنار حوض نشسته بود و شبنم را که سه چهار ساله بود روی زانوهایش گرفته بود. چند گلدان روی زمین و جلوی پای آنها چیده شده بود. گلی به عکس دیگری اشاره کرد و گفت: «اینم مامانمه وقتی کلاس اول دبستان بوده، معلومه از همون موقع‌شم شیطون بوده. از چشاش پیداس، نه؟» خندید. عکسی با روپوش اُرمک و یقهٔ سفید وصورتی بشّاش با نگاهی شیطنت‌آمیز و بُراق.

در عکس‌ها پیدا بود که هر چه گذشته زیباتر و برازنده‌تر شده. به عکسی از دوران دبیرستانش که شبنم دو دستش را به گردن دختر دیگری انداخته بود و سرش را روی شانه او گذاشته بود و به دوربین لبخند می‌زد، اشاره کرد و گفت: «این قدسی دوست مامانه که دیروز حالش رو می‌پرسیدین». گفت: «با اون قدسی‌ای که من دیده بودم فرق داره!» وقتی به یکی ازعکس‌های عروسی که از وسط قیچی و نیمی از آن حذف شده بود رسید گفت: «بعد از اینکه باباجون و مامان‌جونم گفتن پدرم مادرم رو کشته، اولین کاری که کردم اومدم سراغ این آلبوم و عکسای عروسی و بابام رو بیرون آوردم و دور ریختم. یکی دو تا شونم که مثل اینا خیلی دوست داشتم و تموم

دوران بچگیم باهاشون رؤیاپردازی کرده بودم، بابام رو قیچی کردم مامانم رو نگر داشتم. روزی که بعد از اون اومد خونه‌مون یادم نمی‌ره. سال‌ها بود که با سوءاستفاده از بی‌خبریِ من می‌اومد اینجا، چون مامان‌جون آقاجونم محلش نمی‌ذاشتن به بهانهٔ دیدن من توی راهرو پشت دِ رخونه وامی‌ستاد. آقاجون اینا رو آزار می‌داد و تهدید می‌کرد. بعدم انقدر راجع به رشوه گرفتن‌ها و کثافت‌کاری‌هاش تو کمیته شنیده بودم که وقتی بابابزرگ و مامان‌بزرگ ماجرای مادرم رو گفتن مثل بنزینی بود که روی آتیش نفرتم ریخته شد. روزشماری می‌کردم پیداش بشه. همچین که در رو روش باز کردن و اومد تو و پرسید گُلی کجاست، یادم نمی‌ره از اتاق پریدم بیرون و چنون دادی سرش کشیدم که عقب‌عقب رفت و رنگ از روش پرید. انتظار نداشت، فکر نمی‌کرد از ماجرای مادرم خبردار شدم. همون‌جور که فریاد می‌زدم گفتم قاتلِ بی‌همه‌چیز، تو چه‌جوری به خودت جرأت می‌دی خودتو بابای من، منو دختر خودت بدونی و اسم منو به زبون بیاری. یه بار دیگه اینجا پیدات بشه یا سرِ راه این پیرزن و پیرمرد سبز بشی، چنون آبرویی میون مردم و فامیل و زن‌وبچه‌هات ازت ببرم که دیگه نتونی سر بلند کنی! گورت رو گم کن که حالم از دیدنت بهم می‌خوره. نمیدونم نفرت منو که از خودش دید یا از ترس آبروش که نکنه من برم به زن‌وبچه‌هاش بگم چه کثافتیه، رفت و دیگه پیداش نشد!»

صورت و لحن گلی بیش از پیش به شبنم وقتی از شوهرش حرف می‌زد شبیه شده بود. نفسی کشید و رو به او به‌آرامی گفت: «ببخشین سعیدآقا! من اِنقدرا تند و خشن نیستم. دست خودم نیست، هر وقت راجع به بابام حرف می‌زنم این‌جوری می‌شم». پدربزرگ گفت: «همون‌جور که گلی اشاره کرد، ما تا گلی بچه بود نگذاشتیم بویی از این ماجرا ببره. فکر می‌کردیم ضربهٔ نبودن مادر با فهمیدن اینکه

باباش اونو کشته اثر بدی رو بچه می‌ذاره. تا کوچکتر بود بهش می‌گفتیم مادرش گم شده. بزرگتر که شد انقدر کنجکاوی کرد که گفتیم تصادف کرده و جسدش رو بعدن تو سردخونه پیدا کردیم و خاکش کردیم. به‌هرصورت با هر سختی‌ای بود مرگ مادرش رو پذیرفت. پونزده شونزده ساله که شد، با چیزایی که از این‌طرف و اون‌طرف و بچه‌های فامیل می‌شنید کنجکاوتر شد و مرتب از ما راجع به روایت‌های جورواجوری که از این و اون می‌شنید سؤال می‌کرد. تا بالاخره تصمیم گرفتیم واقعیت رو بهش بگیم. انتظار همچین خشم وعکس‌العملی رو هم از گلی داشتیم، سرا پا نفرت از پدرش شد.»

گلی همین‌طور که صفحات خالیِ آلبوم را ورق می‌زد گفت: «چند صفحه‌ای خالیه، بیشترش عکسای عروسی و دسته‌جمعی فامیلای مامان و خالهٔ مامان بود، همه‌شون رو برداشتم». به اولین صفحهٔ عکس‌های خودش و مادرش که رسید شور و اشتیاق به صورتش برگشت و گفت: «این منم، سه‌ماهه، تو بغل مامانم. اینجا تو گهواره‌م، مامانم کنارم وایستاده، چقدرم خوشگل بوده! اینو نگاه کنین، روی پای خودم وایستادم و مامان دستمو گرفته و داره راه می‌بره، یه سالمه. این یکی منم و بچهٔ قدسی‌جون، سه سالمونه!»

تک تک عکس‌ها را با خاطراتی که از مادرش داشت آمیخت.

قبل از اینکه گلی آلبوم را ببندد، نگاهش کرد و گفت: «منم عکسای زیادی از مادرت دارم. خودم ازش گرفتم. عکاسی از اونو دوست داشتم، برام مثل این بود که دارم زوایا و حالت‌های مختلف زنی رو کشف می‌کنم که روحی زیبا و سیّال توی اون جریان داره و از یک زوایه به زاویهٔ دیگه شکل و معنای متفاوتی می‌گیره». چشم‌های گلی مشتاقانه به او دوخته شده بود. ادامه داد: «نگاتیو همه‌شون رو دارم. یه نسخه ازشون رو می‌دم برات چاپ کنن». گلی شادمان و ذوق‌زده

دستش را روی شانهٔ او حلقه کرد و گفت: «وای که چه لطف بزرگی به من می‌کنین، چقدردلم می‌خواد ببینم مامانم روزای خوشبختی‌ش چه شکلی بوده! فکرشو بکنین وقتی داره به شما و به عدسی دوربین‌تون نگاه می‌کنه با همون چشمایی که بقول خودتون تو یکی از شعراتون که وقتی به روی شما باز می‌شده مثل طلوع عشق و زندگی بوده و می‌ترسیدن مبادا بسته بشه!»

بعد به آلبوم بستهٔ مقابلش چشم دوخت، مکثی کرد و گفت: «براشون حتماً یه آلبوم مخصوص درست می‌کنم».

فصل یازده

میدونی چرا نمیتونم مرتب بهت سر بزنم؟ وضعیت طوری شده که تا می‌پیچم تو خاوران دنبالم راه می‌افتن که: «خواهرِ سردار حاج‌-مهدی، بزن بغل.» بعدم شروع می‌کنن که: «فروغ خانم کجا؟ شما که همین هفتهٔ پیش اینجا بودی؟!» یه ساعت سین‌جیمم می‌کنن که چه نسبتی با مادرای خاوران دارم؟ منم خودم رو می‌زنم به علی‌چپ که: «حاج‌آقا، شما که می‌دونین من نه مادرم نه نسبتی با مادرا دارم. شما به من بگو اصلاً به من می‌یاد بچهٔ اعدامی داشته باشم؟!» نیش‌شون که تا بنا گوش باز می‌شه می‌گم: «ببین حاج‌آقا، نسبتی‌ام اگه داشته باشم با زنایی دارم که شوهراشون رو اعدام کردین! حالا می‌ذارین برم به قبرستونی که قبرستون نیست؟ سر قبر شوهری که احتمالاً اونجام خاک نیست، جایی که اصلاً سنگ قبری نیست».

نشونم کردن، اعصابم رو خورد می‌کنن. تازِگیا این‌جوری شده، قبلاً نبود. سالی یه‌بار تو سالگردا پیداشون می‌شد. بعدم که حرفامم برات

تکراری شده، ده پونزده ساله دارم همینا رو می‌گم. امروز اومدم اینجا که بیشتر با خودم خلوت کنم و یه‌بار دیگه بعضی چیزا رو کنار تو برا خودم مرور کنم، شایدم یه حرفایی رو هم بزنم که تا حالا نزدم. تموم تهرون رو بگردی جایی مثل اینجا پیدا نمی‌شه، زیاتگاهی به بزرگی و عظمت و مقدسیِ کعبه، نزدیک‌ترین نقطه به قلب تو و همهٔ اونایی که کنارت خوابیدن. وقتی جلوی چنین وسعت و حجم عظیمی از انرژیِ دفن‌شده زانو زده باشی مثل اینه که داری عبادت می‌کنی. اگه بتونی فکراتو، خاطراتت رو همون‌جور که اتفاق افتاده مجسم کنی و تو ترازوی قضاوت بذاری، مثل اینه که از زمان و مکان بیرون بیفتی و بتونی زندگی رو مثل ورَقای تاریخ اطراف خودت پخش‌وپلا کنی و بعد یکی‌یکی برشون داری و نگاهشون کنی و بذاری سرِ جای اولش.

چه خوب بود اگه فکر کردن به همهٔ اون کارایی که کردیم قدَ یه بندانگشت به آدم احساس موفقیت می‌داد. یادته اون روزی که گفتی ما شکست خوردیم؟ درست می‌گفتی، ما از بیخ و بن شکست خوردیم ابراهیم! از اون شکست‌هایی که درسِ به‌درد بخوری‌ام از توش درنیومد. جز اینکه دلِ خودمون رو خوش کنیم که آبدیده شدیم. حرفی که بعد از انقلاب مشروطه و بعد از سی‌ودو بابابزرگا و پدرامونم گفتن. لابد پیش خودت فکر می‌کنی چی شده منی که اون روز باهات مخالف بودم، انقدر بدبین و منفی‌باف شدم، درسته، شدم. واسه همینه که دلم نمی‌خواد به گذشته برگردم. برگشتن به اون دوران یه‌جور احساس گناه بهم می‌ده. تنها چیزی که از اون گذشتهٔ بی‌شکوه مونده تویی و خاطره‌ت که نمی‌تونم از دست‌شون بدم. خیلی چیزا رو باختم. رفقائی که توشهٔ یه عمر زندگیم بودن، آرمانائی که دود شدن ورفتن به هوا. با انقلاب دوره‌ای از زندگیِ من و تو شروع شد که با از دست دادن و گم کردن و شکست خوردنای پی-

درپی همراه بود و اِنقدر ادامه پیدا کرد تا روزی که از زندون داشتم می‌اومدم بیرون جز جسم و جونم و بقچهٔ لباسا و لوازم شخصیم چیز دیگه‌ای برام نمونده بود که ازم نگرفته باشن.

می‌دونی! آنوش تو زندون می‌گفت یاد گرفته راجع به چیزایی که از دست داده حرف نزنه، می‌ترسید کینه و نفرت توش بمونه. این مال حال هوای اون روزای ما بود، برعکسِ حالا که مدام میام پیشت و حرف می‌زنم که از نفرت خالی بشم. چاره‌ای هم نیست، «گذشته» تنها چیزیه که از تو به من رسیده. رمضونم بخشی از این گذشته‌س که نتونستم فراموشش کنم، واسه اینکه یه‌جورایی به مرگ تو گره خورده. سعی کردم واسه خودم تحلیل کنم که چی می‌شه که آدما به جایی می‌رسن که اون رسیده تا شاید بتونم از ذهنم بذارمش کنار، نتونستم. اگه یادت باشه اون شبی که دنبالمون بودن و ریختن تو خونهٔ مامان، پاسدارا وقتی مقاومت من و تو رو دیدن و مادر سروصدا راه انداخت که شماها اصلاً کی هستین و از کجا اومدین، پسرم خودش رئیس کمیته‌س! یکی از پاسدارا از دهنش دررفت گفت: «حاج‌خانم، فکر می‌کنین ما به دستور کی اومدیم اینجا؟!»

نمیدونم تو چه حالی شدی. من با اینکه بهش فکر کرده بودم و انتظارشو داشتم خشکم زد، مثل این بود که یه سطل آب یخ روم ریخته باشن. صدای فریاد اون شب مامان تو گوشم موند. ضجه می‌زد: «ای وای که خاک عالم به سرم! ای وای که خاک عالم به سرم!» همچین که سردسته‌شون تفنگ به‌دست قدم به حیاط گذاشت مادر دویید طرفش و فریاد زد و گفت: «آقا به این بچه‌ها بگین چه‌جوری جرأت کردن بریزن تو خونهٔ مادر حاج‌رمضون و بچه‌هامو ببرن؟!» یادم نمیره، یارو داد کشید سر مامان و گفت: «چه خبرته، صداتو بیار پایین!» بعدم رو کرد به پاسدارایی که دستای من و تو رو از پشت دستبد زده بودند و گفت: «معطل چی‌این؟ ببرینِشون تو

ماشین!» مامان خواست جلوی پاسدارا رو بگیره، یارو بازوش رو گرفت و کشیدش طرف خودش و گفت: «بیا کنار حاج‌خانم وگرنه خودتم می‌برم!» ما رو که از خونه می‌بردن بیرون، مامان برگشته بود دستشو گذاشته بود روی سینه یارو و بهش التماس می‌کرد و می‌گفت: «پسرم، تو رو خدا، رحم کن! جون هر کی دوست داری...»

ده سال تو زندون این صحنه و التماسای مامان تو خواب و بیداری با من بود، مثل بختک افتاده بود روم و مغزم رو می‌خورد. فکر بلایی که سر مامان و سر تو اومد دست از سرم برنمی‌داشت. درسته که رمضون رفیق جون‌جونیت بود ولی قبل از اون داداش من بود. یه‌جور احساس خجالت و شرمندگیِ تلخی توم کاشت که دست از سرم بر نداشت و روز به روز توم ریشه دووند و دووند تا همهٔ وجودم رو گرفت. تو بهتر از من می‌دونی، زندون مثل یه تونل وحشتیه که وقتی می‌افتی توش باید هرلحظه واسهٔ یه اتفاق ترسناک و غیرمترقبه آماده باشی. این شرمِ سیاه‌تر از زندون مثل زخمی کهنه و عفونی شکنجه‌م داد و آمادگی‌م رو واسه اتفاقات زندون، مخصوصاً تو یکی دو سال اول، ازم گرفت. یادم نمی‌رفت که وقتی من و تو روی صندلی عقب ماشین نشستیم و یکی از پاسدارا که پونزده شونزده سال بیشتر نداشت، کنارمون نشست و درِ ماشین رو محکم بست. مادر ضجه‌زنان و سراسیمه پی‌مون از خونه بیرون اومد و دستش را روی شیشهٔ بستهٔ سمت من گذاشت و صورتش رو نزدیک آورد و با چشم‌های خیس نگام کرد و به فرمانده‌شون که داشت طرف ماشین خودش می‌رفت التماس کرد و گفت: «پسرم، اگه به اونا رحم نمی‌کنی به من رحم کن ننه! تو رو به ارواح خاک پدرش یه کم مروت نشون بده!» بعدم یارو واستاد تو روش گفت: «حاج‌خانوم، چرا اینو از پسرتون حاج‌رمضون نمی‌خواین؟ ما هیچی‌کاره‌ایم والّا». مادر سرش را به آسمان بلند کرده بود و پشت هم داد می‌زد: خدا! خدا!

ماشینا راه افتادن. مادر چند قدم دنبال ماشین ما اومد تا همسایه‌هایی که با شنیدن سروصداش از خونه‌هاشون بیرون ریخته بودن، دورش رو گرفتن. تو با فشاردادن شونه‌ت به شونه‌م دلداریم دادی و آهسته گفتی: «فکرشو نکن! این بدترین قسمتش بود، از این به بعدش به این سختی نیست». معلوم بود خیلی برات گرون تموم شده. پاسداری که کنارت نشسته بود گفت: «حرف نباشه!» ادامه دادی: «اونقدر که فکر مادرتم نگران خودمون نیستم». پاسداره بلندتر گفت: «اوهو با توام، گفتم حرف نباشه!» دوباره شونه‌ت رو به شونه‌م فشار دادی و ساکت شدی.

یه حس خوبی توی این کارت بود. اون شب وحشتناک و ضجه‌های تلخ مامان همیشه با تسلای فشار شونهٔ تو به شونه‌م یادم می‌اومد. یه چیزایی تو تاریکی و وحشتِ اون روزا مثل یه نقطهٔ امیدی گه‌گاه تو ذهنم می‌درخشیدن. یکیش همین تسلایی بود که بهم داده بودی، یکی دیگه‌ش خونسردیت بود. با اینکه قبلش این تو بودی که بیشتر نگران دستگیری‌مون بودی، یهو مثل آدمی شده بودی که بعد از یه دورهٔ کار سخت و پرفشار باروبندیلش رو بسته و داره می‌ره یه مرخصی درست و حسابی. شروع کردی با پاسدار کنار دستت به گپ زدن که: بچهٔ کدوم محلی؟ این طرفا ندیدمت. چن سالته؟ آقا رمضون بردتت تو کمیته؟ جبهه رفتی؟ چن کلاس درس خوندی؟ بابات کیه؟ فکر کنم بابات رو می‌شناسم...

آخرین شب و آخرین لحظه‌هایی بود که من و تو کنار هم بودیم. توی کمیته رمضون رو ندیدیم. یا اونجا نبود یا اگرم بود خیلی رو می‌خواست با ما چشم‌توچشم بشه. اونای دیگه‌م مثل اکبر ورامینی و اوس‌علی نجار که من و تو رو خوب می‌شناختن، می‌اومدن سلام می‌کردن و از خجالت چشماشون رو ازمون می‌دزدیدن و می‌رفتن. یه‌جوری نگاهمون می‌کردن که یعنی می‌دونیم دختر و دوماد حاج-

اخترین، حواسمون بهتون هس. بعد از صورت‌جلسه چشم‌بسته سوار ماشین‌مون کردن و تحویل کمیتهٔ عشرت آباد دادن تا به اندازهٔ کافی از حوزهٔ بی‌غیرتیِ رمضون دورمون کنن! اونجا من و تو رو از هم جدا کردن و دیگه ندیدمت تا سه سال بعد. نمی‌دونستم قراره تو رو ببینم، حتی نمی‌دونستم کجای اوین هستی. یه سال از نوشتن درخواست ملاقاتم با تو گذشته بود و امیدم به دیدنت رو از دست داده بودم. با چشم‌بند و چادر میون اتاقِ خالی و لختی کف زمین چارزانو نشسته بودم و فکر می‌کردم آوردنم بازجویی. داشتم خودم رو واسه چیزایی که حدس می‌زدم به‌خاطرشون ممکنه بازجویی بشم آماده می‌کردم. بیشتر نگرانِ گزارش توّابای بند بودم.

درِ اتاق باز شد و به‌نظرم اومد نگهبان یه زندونیِ چشم بسته رو داره سمتم می‌یاره. نزدیکم که شد بهش گفت: «همین‌جا بشین!» زندونی نشست. قلبم شروع کرد به تند زدن. مطمئن شدم یکی رو آوردن که با من روبه‌رو کنن. نگهبان گفت: «خب، حالا هر دوتاتون چشم‌بنداتون رو بردارین!» چشم بندم رو برداشتم. تو رو مقابل خودم دیدم. یه لحظه هاج‌وواج به هم نگاه کردیم. اختیار از دستم رفت و از شادی جیغ کشیدم و چادرم رو روی سرت کشیدم و بغلت کردم و شروع کردم به بوسیدنت! نگهبانه گفت: «اوهوو! خواهر چه خبرته! زیر چادر رفتین چی‌کار؟ این کار قدغنه!» همون‌جور که از اتاق بیرون می‌رفت با خودش گفت: «اینا رو باش! حالا مگه حرف حالیشون می‌شه؟! بگم که یه‌ربع بیشتر وقت ندارین!»

درِ اتاق رو پشت سرش بست. من و تو زیر چادر هنوز داشتیم هم‌دیگه رو می‌بوسیدیم. دلم نمی‌اومد چادر رو از روی سرمون کنار بزنم، فضای تاریک و تنگِ زیر اون واسم به مأوایی تبدیل شده بود که ما رو از زندونِ ناامن و پر از چشم‌های مراقب در اَمون نگه می‌داشت. تو هم همین احساس رو داشتی. گفتی: «شده عین

مامان‌بابا بازی‌یای بچگی‌مون!» دستامو روی گونه‌ها و ریشای زبر و نتراشیدت گذاشتم و آهسته طوری که فقط تو صدامو بشنوی پرسیدم: «چطوری عزیزِ دلم؟ قربون اون شکل ماهت برم، دلم واسه دیدنت پر می‌زد. خدای من! باورم نمی‌شه! خودتی ابراهیم؟ خواب نمی‌بینم؟!» هیچ‌وقت تو زندگیم اونقدر احساس خوشبختی و شادی نکرده بودم! دستاتو رو دستام گذاشتی و به صورتت فشار دادی و آهسته گفتی: «فکرشم نمی‌کردم قراره تو رو ببینم. چقدر لاغر شدی!» گفتم: «توام همین‌طور!» دستامو تو دستات مشت کردی و گذاشتی روی پاهات و گفتی: «تو عوضش خوشگل‌تر شدی! مرتب خوابتو می‌بینم. صبحا بیدار که می‌شم انگار تموم شب داشتم تو خواب باهات حرف می‌زدم و بحث می‌کردم».

خندیدم. به لبام نگاه کردی و گفتی: «چقدر دلم واسه خنده‌ت تنگ شده بود. دوستت دارم، بیشتر از همیشه!» گفتم: «همهٔ اون چیزایی رو که فکر کرده بودم اگه یه روزی بهمون ملاقات بدن بهت می‌گم پاک از یادم رفته». گفتی: «بی‌خیالشون شو، بذار فقط نگات کنم!» دستامو از تو دستات بیرون آوردم و دوباره گذاشتم روی صورتت و گفتم: «دلم می‌خواد نوازشت کنم! یادته اون شبای بارونی که پنجرهٔ اتاقمون رو باز می‌کردیم و لخت می‌رفتیم رو تخت می‌خوابیدیم و خودمون رو به رطوبت و صدای بارون و نسیم و به‌هم خوردن برگ درختا می‌سپردیم؟ چقد احساس خوبی بود، هزار بار بهش فکر کردم!»

دستام رو بردم تو موهات و دور گردنت و دوباره بوسیدمت. آهسته پرسیدی: «می‌تونم چشمات رو ببوسم؟» پلکام رو بستم، صورتم رو نزدیک آوردم، لبات روی پلکام نشست و موند و روی چشم دیگم لغزید. گفتی: «دوستشون دارم، هیچ‌وقت ازم جدا نشدن و از یادم نرفتن». پیشونیم رو روی شونه‌ت گذاشتم. موهام رو کنار زدی و

گردنم رو توی دستت گرفتی و گفتی: «چن ماهه تو بند ما یه دیوان حافظ پیدا شده که با سرّی‌ترین روش‌های مخفی‌کاری بند به بند و اتاق به اتاق توی زندون دست‌به‌دست می‌شه. چن وقت پیش نوبت به من رسید و چشمم به جمال لسان‌الغیبش روشن شد. اول کاری که کردم یه فال گرفتم به نیّت اینکه ببینم حافظ راجع به سرنوشتمون چی می‌گه. جوابش به دلم نشست، واسه همین حفظش کردم. می‌خوای برات بخونمش؟»

بدون اینکه پیشونیم رو از روی شونه‌ت بردارم گفتم: «آره، بخونش!» صورتت رو تو موهام بردی و آروم خوندی: «ما آزموده‌ایم در این شهر بخت خویش/ بیرون کشید باید از این ورطه رخت خویش؛ از بس که دست می‌گزم و آه می‌کشم/ آتش زدم به تنِ لَخت لَخت خویش؛ دوشم زبلبلی چه خوش آمد که می‌سرود/ گل گوش پهن کرده ز شاخ درخت خویش؛ کای دل تو شاد باش که آن یار تندخو/ بسیار تند روی نشیند ز بخت خویش؛ خواهی که سخت و سست جهان بر تو بگذرد/ بگذر ز عهد سست و سخن‌های سخت خویش؛ وقت است کز فراق تو و سوز اندرون/ آتش درافکنم به همه رخت و پخت خویش».

یه‌لحظه ساکت شدی و بعدش گفتی: «این چیزیه که من تو زندون بهش رسیده بودم، یهو حافظم از راه رسید و تأییدش کرد! فهمیدم که باید بپذیرم که شکست خوردیم، به‌خاطر شناخت سست‌مون از تاریخ و سنت، نه تاریخ دور که همین تاریخ معاصرِ مشروطه به‌بعد. بعدشم فهمیدم تنها راهِ دراومدن از این ورطهٔ هولناکی که به‌دست خودمون به‌وجودش آوردیم، به‌قول حافظ، دست برداشتن از تعهدای سست و افکار سخت و تعصب‌آلوده».

راستشو بگم جاخوردم. توی بند ما زنا از این خبرا نبود. هنوز تعصبای گروهی بین جریانای مختلف برقرار بود. اگرم کسی پیدا

می‌شد که مثل تو فکر کنه، جزو بریده‌ها به‌حساب می‌اومد. برام سخت بود فکر کنم تو بُریدی و میون بچه‌ها انگشت‌نما شدی. سکوت منو که دیدی گفتی: «چیه؟ جا خوردی؟!» آهسته گفتم: «یه‌کم». گفتی: «بی‌خود اینو بهت گفتم، وقتش نبود. الان موقع اینه که فقط نگات کنم. حتماً میدونی مادرم یه کار عالی کرده، اون عکسی رو که تو سالن بافندگی ازت انداخته بودن، زیر پیرهن بچهٔ یکی از رفقای همبندم قایم کرده داده تو زندون. مثل جونم ازش مراقبت می‌کنم!» گفتم: «آره می‌دونم. خوش به‌حالت، حسودیم می‌شه!» گفتی: «شبا وقتی همه خوابن و چشمی مراقب نیست، تا به اون نگاه نکنم خوابم نمی‌بره».

بوسیدمت، گفتی: «مثل هر زندونیِ دیگه‌ای روزشماری می‌کنم و واسه باقی زندگیم کنار تو رؤیا می‌بافم. حساب کردم وقتی ما آزاد بشیم من چهل‌وشش سالمه و تو چهل‌وسه سال، هنوز دست کم چهل سال وقت داریم کارایی که دوست داریم بکنیم، مسافرت بریم و با دوستامون و کتابامون و مردم زندگی کنیم». گفتم: «منظورت همون چند جلد بی‌خاصیت باقی مونده‌ست؟!» خندیدیم. گفتی: «فروغ صدبارم بگم عاشق خنده‌تم کم گفتم! توی عکس همین خنده روی لباته. نگاه کردن به همین خنده‌ته که منو به جلو و به آینده پرت می‌کنه!» انگشتاتو گذاشتی رو لبام، اونا رو بوسیدم. دستتو دور گردنم و لای موهام بردی و خم شدی و لبامو بوسیدی.

برات از آنوش گفتم، اینکه باهاش هم‌بندم و اون و شوهرشم دستگیر شدن و بچه‌هاش با پدر و مادر آنوش زندگی می‌کنن. توام از پرویز گفتی که هم‌بند بودین و اعدامش کردن. بُهتم زد، خیلی سخت بود. گفتی نباید بهِت می‌گفتم. گفتی روزها تو زندان بهش فکر کردی. گفتی زندگی سیاسی و فکری خودتو به اون مدیونی. گفتم هیچوقت اون رو تو جلسه‌های سازمانی‌ای که باهاش داشیتم فراموش نمی‌کنم.

گفتی:«یادته موقع انقلاب توی اون جلساتی که با کارگرای کارخونه داشتیم شرکت می‌کرد، همون جلساتی که آنوش رو هم به اون دعوت کردیم؟...» درِ اتاق باز شد و من و تو هنوز زیر چادر بودیم. همدیگر رو بغل کردیم تا صدای سربازی که تو رو اونجا آورده بود رو شیندم که گفت: «وقت تمومه. چشم‌بندتو بزن از جات پاشو!»

چشم‌بندت رو به چشمت زدی و قبل از اینکه چادرمو از روی سرت بردارم گفتی: «وقت است کز فراق تو و سوز اندرون/ آتش درافکنم به همه رخت و پخت خویش!» خندیدی، خنده‌ای که همراه غزل حافظ تو ذهنم موند. من و آنوش تونستیم تکه‌های این شعر رو کنار هم بزاریم و با کمک بچه‌ها بازسازی و کاملش کنیم. بارها تو زندون خوندمش و به حرفای تو فکر کردم. این یکی دو سال قبل‌تر از اونی بود که مادر توی یکی از ملاقات‌ها وقتی ازش حال مجتبی رو پرسیدم بغضش ترکید و های‌های گریه کرد و گفت: «مادر، داداشت شهید شد! رفت و جیگرمو آتیش زد».

شش ماه از مرگ اون گذشته بود و بروز نداده بود و هر دفعه‌م که حالش رو پرسیده بودم گفته بود خوبه، سلام می‌رسونه. روزای هولناکی گذشت. مجتبی رو تو خوب می‌شناختی، بچه که بود شَرّ و شیطون و بگوبخند بود، بزرگ که شد کم‌حرف و تودار و آروم شده بود. جبهه رفتنشم از روی پاکی و صداقتش بود. مامان می‌گفت نتونست کارای رمضون رو تحمل کنه. خصوصاً بعد از دستگیری من و تو خجالت می‌کشیده چش‌توچش مردم محل و دوستاش بشه. از جبهه می‌اومده یه سَری به مامان می‌زده دوباره برمی‌گشته.

مامان تنهای تنها شده بود. یکی از مشغله‌ها و نگرانی‌یام تو زندون وضعیت اون بود. یه زن شصت، شصت و پنج سالهٔ تنها با یه دنیا بلا و مصیبتی که با خودش می‌کشید و حمل می‌کرد. پسرش رو تو جنگ از دست داده بود و من و تو توی زندون، نجمه‌ام که تبعید و

دربه‌در. توی ملاقاتا ذرّه‌ای به روی خودش نمی‌آورد. می‌گفت کلی دوست و رفیق و خواهرخوندهٔ تازه پیدا کرده. راستم می‌گفت. علاوه بر هم‌جلسه‌ای‌های سابقش، همسایه‌ها و فامیلای دوروبرش و پدر و مادر تو، دوستایی‌ام توی روزای ملاقات و پشت درِ زندون و توی راه رفتن و برگشت به زندون پیدا کرده بود. نمی‌فهمیدم چطوری تونسته بود با این همه بلایی که تو زندگی سرش اومده کنار بیاد و دَووم بیاره. هر وقتم ازش می‌پرسیدم کارای خونه، خرید، رفت‌وآمدت به زندون و ملاقات من به‌کنار، به من بگو آخه با فکر و خیال یه داماد و دختر زندونی و یه دختر پناهنده و یه پسر شهید و یه پسر بی‌غیرت و آبروبَر، چه‌جوری کنار اومدی که هر وقت ازت می‌پرسم چطوری می‌گی خوب، توپِ‌توپ! می‌خندید و می‌گفت: «یادت رفته من زن آدمی مثل بابات، حاج‌مهدیِ خدا بیامرزم که شهربانیِ کل کشور از پسش برنمی‌اومد، تا اینکه وقتی زنش شدم یه‌تنه رام و سربراهش کردم؟!» بعدم باخنده ادامه می‌داد: «تو بهتره فکر خودت باشی و شوهرت تا من. خدا رو شکر من سرم رو هر شب توی خونهٔ خودم رو بالشم می‌ذارم. فقط از خدا یه چیز می‌خوام، اینکه اِنقد بهم عمر بده که یه دفعه دیگه تو و شوهرت رو سرِ سفرهٔ خودم ببینم!»

خبر مرگ مجتبی با خودکشی یکی از بچه‌های بند هم‌زمان شده بود و غصه از پا در آوُرده بودم. روزایی که آنوش کمکم کرد آسیب کمتری ببینم و بتونم تا حدی خودمو سرِپا نگر دارم. دو سالی بود که هم اتاق بودیم و بالا و پایین‌های زیادی رو تو زندون کنار هم گذرونده بودیم. اگه یه نقطهٔ مثبت و روشن تو زندون رفتن من وجود داشت، اونم آنوش بود. روزی که از انفرادی و بازجویی آوردنش بند ما از خوشحالی داشتم پرمی‌کشیدم. با ساکِ توی دستش وسط بند ایستاده بود و گیج به اطرافش نگاه می‌کرد. کسی توجهی به او نکرد.

تو بند زنا طول می‌کشید تا کسی به تازه‌واردا توجه کنه و نزدیک بشه، همه می‌ترسیدن و رعایت مسائل امنیتی رو می‌کردن. تازه‌واردا خودشون باید خودشون رو تو جمع جا می‌نداختن و اعتماد دیگران رو جلب می‌کردن. واسه همین منم بدون اینکه نشون بدم می‌شناسمش رفتم طرفش و دستم رو پیش بردم و سلام کردم و دستش رو گرفتم و با صدای بلند گفتم: «سلام، من فروغم!»

چشماش برق زد، خودشو کنترل کرد و دستم رو تو دستش فشار داد و گفت: «سلام!» متعجب به یه‌مشت استخونِ باریک و کشیده میون دستم نگاه کردم. بُهت منو که دید، دست وارفته‌ام رو محکم میون استخوان‌های دست خودش فشار داد و گفت: «از انفرادی منتقلم کردن، اسمم آنوشه. چی‌کار باید بکنم؟» خودم رو زدم به کوچهٔ علی‌چپ و گفتم: «آنوش؟ نکنه اَرمنی‌ای؟» گفت: «آره، چطور مگه؟» گفتم: «هیچی. بیا ساکتو بذار کنار ساکِ خودم و برام بگو چن وقت تو انفرادی بودی که اِنقدر لاغر و لاجون شدی». گفت: «نمیدونم، مگه اینکه تو به من بگی امروز چندمه چه ماه و سالیه!» لبخندی روی صورت آرومش نشست. گفتم: «پنجم دی شصت و چهار». گفت: «خوبه، پس یه سال نشده. تقریباً یازده ماه!»

پرسیدم: «یازده ماه؟!»

بدون اینکه چیزی بگه دوباره همون لبخند روی صورتش ظاهر شد. ساکش رو که جابه‌جا می‌کردیم سئوالم رو تکرار کردم. طوری که کسی نشنفه جواب داد: «نگران نشو، طوریم نیست، خوبم. یادت رفته؟ همیشه همین‌جور لاجون بودم، حالا یه‌کم بیشتر به چشم می‌یام. ازمَم نخواه که بگم توی بازجویی چی به سرم اومده. این همون چیزیه که بازجوها می‌خوان ما واسه هم تعریف کنیم تا ترس و وحشت همه‌گیر بشه. چیزی که فکر می‌کردیم با انقلاب از دستش خلاص می‌شیم، از روز اول انقلاب دوباره به جونِمون افتاد. بی-

خیالِ این شو که چه بلایی سرِ من و دیگران و خودت آوردن. من و تو واسه همدلی خیلی اشترکات دیگه داریم».

خیلی زود تونستیم رابطه‌مون رو تو بند عادی جلوه بدیم. اونم بعد از یازده ماه انفرادی تونست با شلوغی و فشردگیِ بند اُنس بگیره. روزای اول هر وقت از شوهر و بچه‌هاش می‌پرسیدم نگام می‌کرد و ساکت می‌موند. به هر دلیل، دلش نمی‌خواست راجع به اونا حرف بزنه، برای همین اصرار نمی‌کردم. یه روز وقتی ماجرای دستگیری خودمون رو براش تعریف کردم، گفت: «منو شوهرم رو هم با هم دستگیر کردن، سه ماه از دستگیری‌مون گذشته بود و تو انفرادی بودم و هیچ خبری ازش نداشتم. تا بهمون ملاقات دادن. اون ملاقات ملاقاتِ خداحافظی ابدیِ ما از هم بود. بعد از ملاقات همون‌جا اعدامش کردن».

ساکت موند و نگام کرد. بُهت و ناباوری تو چشمای من رو که دید انگار دلش برام به رحم اومده باشه ادامه داد: «وقتی فهمیدم قراره همون‌جا جلوی چشم من اعدامش کنن، جیغ کشیدم و گفتم نمی-خوام ببینم شاید از اونجا ببرنم، نبردن. عمداً برای زجرکُش کردن اون و شکنجهٔ من اون کار رو کردن. چشمام رو بستم و دستای دستبدزده‌م رو گرفتم جلوی صورتم. گریه نکردم، نه اینکه خواسته باشم، نه! دست خودم نبود. اون آروم و بی‌صدا و بی‌حرکت با دستای از پشت بسته، ایستاده بود کنار دیوار. با صدای بلند گفت: آنوش خوشحالم که دیدمِت. خیالم راحت شد! شلیک یک گلوله و صدای افتادنش به زمین با آخرین کلامش همراه شد، بعدم صدای یک گلوله دیگه. تا نبردم چشمام رو باز نکردم».

این تنها دفعه‌ای بود که از شوهرش حرف زدیم. دو سه هفته از اومدنش به بند نگذشته بود که دو تا توافق ناگفته بین ما شکل گرفته بود، یکی پرهیز از حرف‌های تلخ و سیاه که همه جا پراکنده بود،

یکی دیگه‌شم بحث راجع به مواضع سیاسی این یا اون سازمان و آدما. آنوش ضربهٔ مرگ شوهرش رو به تَه‌تَه‌های وجودش برده بود و کاملاً پنهان و استتارش کرده بود تا این‌جوری بتونه زندان و دوری از بچه‌هاش و مرگ شوهرش رو تاب بیاره. همین باعث بردباری و شکیبایی بی‌حدش شده بود و توجه همه رو جلب می‌کرد.

رفاقت‌مون بالا گرفته بود، شده بود مثل دوستی‌هایی که هم اون هم من دوران دبستان و سالای اول دبیرستان با هم‌جنسای خودمون تجربه کرده بودیم. با اینکه سال‌ها بود می‌شناختمش تازه داشتم یواش‌یواش می‌فهمیدم سلیقه‌هامون توی چیزای مختلف به هم شبیه و نزدیکه. هردوتامون نه گرایش‌های سازمانی که خصوصیات فردی و علقه‌های شخصیِ هم‌اتاقی‌یامون توجه‌مون رو جلب می‌کرد. برداشت و تلقیش از روابط داخل بند، که هر دو به دیدهٔ انتقادی بهش نگاه می‌کردیم، به هم نزدیک بود. سلیقهٔ ادبی و خونده‌ها و دیده‌هامون شبیه بود. واسه همین حال‌وهوای هم رو بهتر درک می‌کردیم و به‌خاطر گذشتهٔ مشترک‌مون از کار توی کارخونه موضوع‌های بیشتری برای گپ زدن و وقت‌گذرونی داشتیم.

چیزایی‌ام بود که مانع از دوستی و آزادی‌مون بود. مهمترینش جَوّ زندون بود، تو باید بفهمی چی می‌گم. کنجکاوی‌ها، مراقبت‌ها، و کنترل کردن‌های هم‌بندیا و توّابا و حتی دوروبری‌هامون که نمی‌ذاشت با خیال راحت و بدون دغدغه با هم رابطه داشته باشیم. در واقع رابطهٔ ما در جوّ بدگمانیِ داخل بند و زیر نگاه‌های ظنین و مشکوک دیگران جریان داشت. سوای خبرچینیِ توّابا، در معرض اتهام فردگرایی و برقراریِ رابطهٔ جزیره‌ای و انگ زدن‌های جورواجور هم بودیم. این محدودیّتا ما رو به هم دلبسته‌تر و وجه عاطفی رابطه‌مون رو تشدید کرده بود. به‌قول آنوش، دوستی ما

به‌جای اینکه در ارتفاع عقلانیت و آگاهی‌مون شاخ و برگ بگیره و قد بکشه، در عمق عواطف‌مون ریشه دوونده بود.

کارمون این شده بود که توی هر فرصتی که گیر می‌آوردیم جزئیاتی از زندگی‌مون رو واسه هم تعریف می‌کردیم. این مسئله باعث شده بود که مثل دوتا عضو یه خونواده بشیم. بحثی اگه مثلاً راه می‌افتاد راجع به خواهر و برادرامون، مفصل راجع بهشون حرف می‌زدیم، همین جور راجع به بابا و مامانامون و فامیلامون و دوستای دوران بچگی و نوجوونی‌مون، معلمامون، عاشق شدنامون و عروسی‌مون، از کارخونه و کارگرای اونجا و کارگرایی که سرپرستی‌شون کرده بودیم، از رابطهٔ تو و من، از تو، از وقتی که از قبل از انقلاب متوجه مواضع مشترک خودش و تو شده بوده، از اینکه تو به نظرش مرد قابلی می‌رسیدی و همیشه دلش می‌خواسته با ما معاشرت بیشتر و نزدیک‌تری داشته باشه و... خلاصه از هرچی که پیش می‌اومد. یه ولع عجیبی توی ما بود که بیشتر و بیشتر در مورد هم بدونیم. هرچی بیشتر از هم می‌دونستیم دلبستگی‌مون به هم بیشتر می‌شد. شناختی رو که معمولاً زن و شوهرها در طول یه زندگی شصت هفتاد ساله به دست می‌یارن تا با جیک‌وپوکِ هم آشنا بشن و خو بگیرن من و اون با یه سرعت غریبی طی می‌کردیم.

بالاخره با همهٔ مراقبت‌هایی که می‌کردیم آروم‌آروم از نگاه بچه‌ها به بریده‌هایی تبدیل شدیم که تنها تفاوت‌مون با توّابا این بود که آزاری به کسی نمی‌رسوندیم. این مسئله با اینکه برای ما تو بند کلی محدودیت و بایکوت و تبعیض آورد، نه اعتراضی کردیم نه عکس‌العمل دیگه‌ای نشون دادیم. اونا به‌تدریج با کشیدن دیوار بلندی دور خودشون ما رو غریبه و غیرخودی به‌حساب می‌آوردن و توی هیچ کار و فعالیت و تصمیم گروهی‌ای دخالت‌مون نمی‌دادن و نظرمون رو نمی‌پرسیدن و خبری اگه به‌دست‌شون می‌رسید به ما

نمی‌گفتن و در بی‌خبری از همه چی نگرمون می‌داشتن. منبع خبری ما مامان من و پدر و مادر آنوش بودن که جسته و گریخته خبرای جنگ و گرونی و کمبود مواد غذایی و خبرای خانوادگی رو بهمون می‌دادن.

اون روزی که از ملاقات حضوری با تو برگشتم و مفصّل براش همه‌چی رو گفتم، یکی از پرشورترین روزای دوستی‌مون بود. از برخورد تو و از شعر حافظ خیلی خوشش اومد و پنجرهٔ تازه‌ای تو گفتگوهای ما باز شد. فهمیدم اون یه مسیحی مؤمنی‌یه که اعتقاد به عدالت و برابری داره. یه بار ازش پرسیدم: «اگه مسیحی هستی پس چرا مناسک دین خودتو به‌جا نمی‌یاری؟» خندید و به‌طنز گفت: «تو زندون و فضایی که دینداری معنیِ تسلیم و فرمون‌بری داره، به‌جا نیاوردن اونا از خودشون واجب‌تره. قبل از انقلاب وقتی می‌رفتم کلیسا روسری سر می‌کردم، خونوادهٔ ما خیلی مؤمن و معتقد بودن. روزی که گفتن زنا باید موی خودشون رو بپوشونن کلیسا نرفتم که روسری نذارم. روسری سر کردن برام معنی تسلیم داشت».

پرسیدم چرا تو جلسات چندنفره‌مون تو کارخونه با اینکه می‌دونستی خط و خطوط ما چیه شرکت می‌کردی؟ گفت به نظرش اکثر پیغمبرها از جمله مسیح سوسیالیست بودن. اِنقدر تحت‌تأثیر صفای او قرار گرفته بودم که یه شب آهسته کنار گوشش گفتم که واقعاً مثل نجمه خواهرم، اگه نخوام بگم بیشتر، دوستش دارم. سرش رو از روی بالشش برداشت و به چشمام نگاه کرد و کنار گوشم خوند: «الا ای آهوی وحشی کجایی/ مرا با توست چندین آشنایی؛ دو تنها و دو سرگردان دو بی‌کس/ دد و دامت کمین از پیش و از پس؛ بیا تا حال یکدیگر بدانیم/ مراد هم بجوییم ار توانیم؛ که می‌بینم که این دشت مشوّش/ چراگاهی ندارد خرم و خوش!» گفتم: «مگر خضر مبارک پی درآید!» آهسته خندید و دستای منو تو دستای خودش گرفت و

چشماش رو بست و گفت: «مگر خضر مبارک پی درآید/ ز یمن همتّش کاری گشاید!»

خاموشی بود، همه خوابیده بودن، خوابید. بیدار موندم و نگاهش کردم؛ مثل بت کوچک و نحیفی که از ترسِ ناپدید شدن و از دست دادنش باید چشم ازش برنمی‌داشتم. صبح‌ها عادتش بود تا بیدار می‌شد می‌گفت صبح‌به‌خیر. صبح روز بعد از اون شب همین‌که چشماشو باز کرد به‌جای صبح‌به‌خیر گفت: «امیدوارم لیاقتشو داشته باشم فروغ!»

در پوست خودم نمی‌گنجیدم، مثل این بود که زخمای اسارت و تنهاییم التیام پیدا کرده بودند. تا اینکه وضعیت زندون و بندها عوض شد. ملاقاتا رو قطع کردن و تلویزیون بند رو بردن. رفتن به بهداری منتفی شد و تماس ما با بیرون از بند و بیرون از زندون به‌کلّ قطع شد. یه شب دو نفر و شب بعد سه نفر رو ظرف یه هفته ده پونزده نفر رو بردن که دیگه برنگشتن. اکثر اونایی رو که صدا می‌زدن مجاهد و مسلمون بودن.

قبلنم این اتفاق می‌افتاد که زندونیا رو از این بند به اون بند می‌بردن یا به گوهردشت و قزل‌حصار منتقل می‌کردن و یه عده دیگه رو جایگزینشون می‌کردن. این دفعه جایگزینی وجود نداشت. تو اون چن ماه چندبار هیئت‌های مختلفِ عفو به بند اومده بودن و واسه همین فکر می‌کردیم دارن بچه‌ها رو مرخص می‌کنن. ولی یواش‌یواش جّو سنگین شد. فکرمون به هزارجا می‌رفت و خودمون رو به فکرای خوش‌بینانه‌ای مثل اینکه مسلمونا رو دارن از غیرمسلمونا جدا می‌کنن قانع می‌کردیم. هرروز منتظر بودیم درِ بند باز بشه و من یا اون رو صدا بزنن.

برای ادامهٔ دوستی‌مون خارج از زندون نقشه می‌کشیدیم و رؤیا می‌بافتیم. یکی از رؤیاهامون رفتن به شیرپلا تو یه روز برفی با من وتو و بچه‌هاش و خوردن عدسی تو قهوه‌خونهٔ آخر و گرفتن عکس یادگاری میون برفا بود، یکی دیگش قدم زدن سه نفری تو یه روز پائیزیِ حاشیهٔ خیابون پهلوی بود، یکی هم آشنا کردن مامان اون و مامان من باهم بود. آرزوی اون این بود که بچه‌هاش من رو خاله وتو رو عمو صدا بزنن. بند ما هر روز خلوت‌تر می‌شد. تا اینکه یه روز صبح آنوش رو صدا کردن. جثهٔ کوچک و نحیف و استخوانیش رو بغل کردم، گفت: «خداحافظی نمی‌کنیم. چون ما باهم می‌مونیم. بیرون زندون همدیگه رو می‌بینیم!»

دو هفته بعد نوبت به خودم رسید. از جوّ راهروها و اتاقا و صداها و پچ پچ‌ها احساس بدی بهم دست داده بود. به‌نظرم پسِ همهٔ اون حرکتا و رفتارای غیرعادی و مشکوک یه اتفاق بد و هولناکی داشت می‌افتاد که می‌ترسیدم بهش فکر و کنجکاوی کنم. پرسشنامه‌ای جلوم گذاشتن و بعدم چن نفر ازم بازجویی کردن. سئوال‌ها نه مثل همیشه مربوط به تشکیلات و سازمان و مواضع ما که به شکل بودار و مرموزی جنبهٔ تفتیش عقیده‌ای و مذهبی داشت. خب منم مثل خودت توی یه خونوادهٔ مؤمن و معتقدی بزرگ شده بودم و با بعضی مسائل فقهی از طریق خوندن رسالهٔ آقای بروجردی که تو خونه‌مون بود آشنا بودم. برا همین تا می‌تونستم طوری جواب می‌دادم که دُم به تله ندم.

انداختنم انفرادی و اِنقدربهم شلاق زدن تا مجبور شدم نماز بخونم. توی دنیای پر از ابهام و ترسی به‌سر می‌بردم و قدرت فکر کردنم رو از دست داده بودم. دو سه ماه بعد، هنوز تو انفرادی بودم که بهم ملاقات دادن. همون موقع بود که مامان خبر اعدام تو رو بهم داد. تازه فهمیدم نه تو که خیلی‌های دیگه رو هم از دست دادم. زندگیم

به آخر رسیده بود. از فرط ناامیدی صبح تا شب گوشهٔ بند کز می‌کردم و تمرین مُردن و تلقین مرگ می‌کردم. دنبال این بودم که در اولین فرصت خودم رو خلاص کنم. همهٔ نقاط امید و اتّکام رو ازم گرفته بودن.

تو ملاقاتای بعدی، دیگه نتونستم با مامان حرف بزنم. خودت انفرادی کشیدی می‌فهمی چی می‌گم. آدم تو انفرادی تشنهٔ اینه که با یکی حرف بزنه و از بیرون باخبر بشه. همین‌که مامان رو می‌دیدم دیوونه‌وار گریه می‌کردم و قدرت حرف زدن ازم گرفته می‌شد، فلج می‌شدم. بیچاره مامان، ظلم بزرگی در حقش می‌کردم و دست خودم نبود. مامان با اون صورت و چشمای مهربون و نگران اون طرف کابین با آغوش گشوده و پرمهرش ایستاده بود و من احساس بی‌پناهی و بی‌کسی می‌کردم. پشت هم می‌گفت: کاش بهت نگفته بودم، کاش بهت نگفته بودم مادر! می‌ترسیدم که این از خدا بی‌خبرا جوری بهت بگن که داغونت کنن.

حتی قادر نبودم بهش بگم اون تقصیری نداره، تقصیر از منه که مثل بچهٔ دورافتاده از مادری شدم که اِنقدر مصیبت کشیده که گریه و سیل تموم‌نشدنیِ اشک، زبون گفته‌های گفته‌ناشدنی اون شده. گریهٔ من گریهٔ آدمِ درحال مرگ و احتضاری بود که در آخرین دقایق زندگیش پناهی می‌جست و با اینکه مادری با آغوش گشوده مقابلش بود، نمی‌تونست به دامنش پناه ببره. بعد از هر ملاقات به انفرادی که برمی‌گشتم خودم رو به مرگ نزدیک‌تر و جزو اعدام‌شده‌ها و شماها به‌حساب می‌آوردم. آروز می‌کردم یه روز درِ انفرادی رو باز کنن بگن پاشو نوبتت رسید. بالاخره یه روز تونستم از مامان بپرسم میدونه که تو رو به چه جرم و دلیلی اعدام کردن؟ گفت: «خودِ نامسلمونشون که نگفتن ننه! حوری از رمضون شنیده که به جرم ارتداد». از نحوهٔ بازجوییِ خودم حدسایی زده بودم. اون‌روز به حرف تو رسیدم که

گفتی ما شکست خوردیم،. محکوم به مرگ شدن به جرم خروج از دین. دیگه علت دشمنی اونا با ما ناشی از اختلاف‌های سیاسیِ سر مسیری که انقلاب بایستی طی می‌کرد نبود، مسئله‌شون تسویهٔ عقیدتی و مذهبی و حذف فیزیکی‌مون بود.

روز آزادی من، روزی که درِ سلولم باز شد و گفتن وسائلت رو جمع کن آزادی، در واقع روز تشیع‌جنازه‌م بود. همین که شلاقِ گذشت زمان به تنم خورد تازه متوجه شدم که زندون تنها این نیست که جسم و روح آدم رو به بند می‌کِشه، که زمان رو هم همراهِ آدم حبس می‌کنه. تمام اون سالا در واقع نه از زندگی که از حقِ در زمان زندگی کردن محروم شده بودم. قدم که به دنیای بیرون گذاشتم گذشت زمان صورت ترسناک خودش رو در تغییراتی نشون داد که من غایب و بیرون از اون افتاده بودم. مثل مرده‌ای که بعد از سال‌ها سر از خاک برداشته باشه، قدم به دنیایی گذاشته بودم که به من تعلق نداشت.

هنوز از دروازهٔ اوین رد نشده بودم که مامان رو مانتوپوش پشت درِ اوین دیدم. تا یادم می‌اومد اون رو حتی خیلی وقتا توی خونه‌م چادر به‌سر دیده بودم. بعدم از حضور سعید همراه مامان متعجب شدم؛ اول که نشناختمش، بعد که نزدیک اومد، تعجب کردم از بس که تغییر کرده بود. شکسته و مسن‌تر و آروم، اونقدر که بیگانه به نظرم اومد.

باورت نمی‌شه اگه بگم ناخودآگاه انتظار داشتم مجتبی را کنار مامان ببینم. انگار مرگ اون رو میون اون‌همه مرگی که پشت سر گذاشته بودم فراموش و گم کرده بودم. با اینکه قبلاً مامان از کمک‌ها و محبت‌های سعید به خودش گفته بود، وقتی دیدم با اون مثل اینکه با بچهٔ خودش طرفه، باتوقع و بی‌رودربایسی برخورد و بِهِش امر-ونهی می‌کنه، مبهوت به رابطهٔ نوظهور اونا نگاه می‌کردم. زمانی رو

که اونا برای رسیدن به چنان نزدیکی‌ای با هم گذرانده بودند از من سلب شده بود.

یه ساعت نشده بود که از زندان آزاد شده بودم و روی صندلی عقب ماشینِ سعید نشسته بودم و با ناباوری و تردید به خیابونایی که نمی‌شناختم و از مقابل چشمام می‌گذشتن نگاه می‌کردم و در انتظار رسیدن به محله و خونه‌ای بودم که به خاطره تبدیل شده بود. سعید و مادر هم بهت‌زده و شادمان از آزادی من ساکت نشسته بودن و فقط به سئوال‌ها و برخوردهای شگفت‌زدهٔ من عکس‌العمل نشون و جواب می‌دادن: میدونا، محله‌های جدید، لباس پوشیدن مردم، مانتوهای زنونه با رنگ‌های روشن کرِم و سفید و آبیِ آسمونی، جمعیت انبوه و ازدحام ماشین‌ها سر چهارراه‌ها، آسمون کدر و تیرهٔ شهر، صداهای مهیب و ناآشنای جرثقیل‌ها و ژنِراتورهای دستگاه‌های جوش و اسکلت‌های فلزی‌ای که از هرطرف روییده و سر برآورده بود، زمین‌هایی که با سروصداهای کرکنندهٔ بولدوزرها گود می‌شدن و ساختمان‌هایی با معماری‌های کج‌ومعوج و ناسازدر حاشیهٔ خیابونایی که حتی نامی از اونا باقی نمانده بود، سربرآورده بودن. همه‌چیز مثل این بود که انگار دارن احساس خواری و خفتِ شهر از خودش رو با پاشیدن رنگ می‌پوشونن.

وجود بیگانه و خارج از تحمل مادر و سعید و تهرون بدون حضور تو، همه و همه باعث شده بود فکر کنم بیگانه‌ای‌ام که به دنیای ناآشنایی که بهم تعلق نداره قدم گذاشتم. به بدبینیِ غریبی دچار شده بودم. اثری از شوک دستگیری‌ها، شکنجه‌ها، اعدام‌ها، تنهایی‌ها و شکنجهٔ انفرادی، توهین‌ها و تحقیرهای زندان‌بان‌ها در حال‌وهوای شهر و در صورت مردم دیده نمی‌شد. شهر و مردم و مادر و سعید مسیر متفاوتی رو پیموده بودن که از چند و چون آن سر در نمی‌آوردم. اون اندازه خوشحالی و شادیِ اونا از آزادیم، اینکه متوجه اندوه

وحشتناکم نبودن آزارم می‌داد. تمام سال‌های زندون آرزوی برگشتن به خونه و محله‌مون رو داشتم، ولی حالا که تهرون از مقابل چشمام عبور می‌کرد دلهره و اضطراب گرفته بودم.

به بیسیم پیچیده بودیم و اون رو نشناخته بودم، اصلاً متوجهش نشده بودم. سعید پرسید: «چطوره بنظرت؟» پرسیدم: «چی؟» به مقابلش اشاره کرد و گفت: «بیسیم!» گفتم: «کدوم بیسیم؟» ساکت موند و مادرم حرفی نزد. شک کردم مبادا همون‌قدر که برای من شهر و بیسیم و مردم و سعید غریبه‌ن، منم به نظر اونا یه آدم بی‌ربطی به چشم می‌یام و فکر می‌کنن زندان علاوه بر اینکه ابراهیم و هستیم رو گرفته، عقلم رو هم ضایع کرده، که کرده بود.

خونهٔ مامان اینا رو که دیدم شوک شدم. روی نمای آجری خونه رو سیمان تگَری خاکستری پاشیده بودن. همه‌چی عوض شده بود و هیچی از دست بنّای بی‌رحم در امان نمونده بود. حوض رو پر کرده بودن و آجرفرش حیاط جمع شده بود و به‌جاش موزائیک شده بود. از باغچه‌های دور حوض و آجر چینی یای قشنگ دور باغچه‌ها اثری نبود. درخت انجیر رو قطع و داربست مو رو جمع کرده بودن، حیاط لخت و عور شده بود. آشپزخونهٔ توی حیاط به حموم و یکی از اتاقای رمضون و حوری آشپزخونه شده بود. مثل این بود که روح کودکیِ خونه رو ازش گرفته باشن. خونهٔ بچگیم و نوجوونیم، خونه‌ای که توی اون سانت به سانت قد کشیده بودم، خونه‌ای که بوی بابا رو می‌داد، توش با رمضون دعوا کرده بودم، از نجمه جلو رمضون حمایت کرده بودم، به مجتبی تو درساش کمک کرده بودم، عاشق تو شده بودم و عروسی کرده بودم زیر لایه‌ای خاکستری از سیمان و موزائیک مدفون شده بود.

صورتم رو توی دستام گرفتم و رفتم گوشهٔ حیاط، اونجا که درخت انجیر سایه می‌انداخت، اونجا که بوی گلای یاس و اطلسی می‌داد،

اونجا که عصرها روزهای بهاری روی تخت کنار حوض می‌نشستیم و سفره پهن می‌کردیم و با مامان اینا کاهو و سکنجبین می‌خوردیم روی زمین و موزاییک‌ها نشستم و زدم زیر گریه. مامان و سعید بهت‌زده اومدن بالای سرم تا شاید بفهمن چم شده و آرومم کنن. مادر پرسید: «چی شد ننه؟! چرا گریه می‌کنی؟ یاد مجتبی و ابراهیم و نجمه افتادی؟» یاد خیلی چیزا افتاده بودم، همهٔ چیزایی که یا نبودن وازم گرفته بودن، یا بیرحمانه تغییر کرده بودن. نمی‌تونستم براش بگم چم شده. نه اون روز نه بعد از اونم ازش نپرسیدم چرا خونه رو اونجوری کرده. تا اینکه بعدها سعید گفت فکر می‌کنه مامان خیلی بیشتر از من توی این خونه ریشه داشته، واسه همین نه می‌تونسته بفروشش و ازش دل بکنه نه هر روز و هر ساعت با دیدن جزء به جزء خونه پدرت، مجتبی، ابراهیم، و تو و نجمه و یه‌جورایی حتی رمضون رو به یاد بیاره و غصه نخوره. با پاک کردن و پوشوندن نمای اون خونه و قطع کردن درختا و حذف باغچه‌ها و آشپزخونه و همهٔ نشونه‌های دیگه، درواقع با محو کردن خاطره‌هاش رنج خودشو قابل‌تحمل‌تر کرده.

عصر که آهو و رضا و مادرشون اومدن دیدنم، خشکم زد. وقتی می‌رفتم زندون یازده دوازده ساله بودن و حالا رضا بیست ساله و آهو نوزده سالش شده بود. هر کاری کردم نتونستم با اونا کنار بیام. به‌کلی همه‌چی‌شون برام غریبه بود و مطابق تصوّرم نبود. حرف زدن‌شون، صدای مردونهٔ رضا و زنونهٔ آهو، لباس پوشیدن‌شون، لحن و کلمات و آهنگ و برخورد متکی به نفس و فردیت‌شون، محبت کردن‌شون، نگاه‌شون، خلاصه همه‌چی‌شون عجیب به‌نظرم می‌رسید. حوری ضمن اینکه به‌نظر متدین‌تر شده بود، صریح‌تر و با اتکاء به نفس بیشتری حرف می‌زد و رفتار می‌کرد. معلوم بود فرمانروایی خونه و بچه‌ها رو دستش گرفته. دیگه از اون حوری

محافظه‌کار قبل و اوایل انقلاب خبری نبود. همین که تونسته بود دیپلم‌شو بگیره خودش نشونهٔ این بود که با یه حوریِ دیگه‌ای روبرو بودم.

بچه‌ها سیاسی بودن و روی حکومت موضع داشتن و با سعید و مامانشون سرِ برنامه‌های دولت بگومگو می‌کردن، بحث‌هایی که برام مفهوم و معنی‌ای نداشتن و عجیب بنظر می‌رسیدن. سعید می‌گفت دیگه از وضعیت انقلابی بیرون اومدیم و دوران سازندگی شروع شده، رضا می‌گفت، نه، اینی که ما می‌بینیم دوران بازندگی‌یه! چه چیز ساخته می‌شد و چه چیز باخته، نمی‌فهمیدم! حوری می‌گفت، هروقت باباشون می‌یاد سری بهشون بزنه ممکن نیست بین بچه‌ها و رمضون چه سر مسائل سیاسی چه سر شایعاتی که دربارهٔ اون شنیدن، یا سر زورگویی‌های معمول اون بگومگو درنگیره و دعوا نشه. آهو با اینکه مادرش چادر و مقنعه داشت روسری سرش بود و گفت کلی با پدرش سر روسری سر کردنش دعوا و زدوخورد کرده.

نه سعید و مامان و حوری و بچه‌ها، که انگار همهٔ درودیوار و فضاهای شهر و حتی افکار مردم از آثار و نشانه‌ها و حال‌وهوای انقلاب شسته و پاک شده بود. شکل روابط آدما و حتی معنی کلمات عوض شده بود. رابطه با سعید نمونهٔ دیگه‌ش، زمان برد تا تونستم اون رو جایگزین تصویر اون سعیدِ تلخ و ترسیده از انقلابی بکنم که مال ده سال قبل بود و تمام این سال‌ها تو زندون اونو همراه تو و با بحث‌های خودمون و اون به یاد می‌آوردم. حالا باید به سعیدی عادت می‌کردم که تو کنارش نبودی و انگار دنیای دیگه‌ای احاطه‌ش کرده بود، دنیایی که من رو به کنجکاوی و سردرآوردن از اون تحریک می‌کرد. همون‌جوری که باید به خونه و محله و شهری عادت می‌کردم که اثری از گذشته درش کمتر مونده بود، باید به آدمایی هم عادت می‌کردم که از گذشته‌شان فاصله گرفته بود.

خیلی چیزام بدون تو و حضور تو معنیِ متفاوت و دیگه‌ای پیدا می‌کرد، مثلاً محله‌مون، کوچه‌مون، و مهمتر از همه پدرومادر خودت. عصر همون روز اومدن دیدنم. من باید بهشون تسلیت می‌گفتم و دلداری‌شون می‌دادم، ولی اونا بودن که داشتن من رو که اختیار از دستم رفته بود و زار می‌زدم آروم می‌کردن. دنیای اطرافم رو با یه ذهن زندونی‌شده‌ای که زمان طولانی‌ای رو زندگی نکرده بود می‌فهمیدم. بسیاری واقعیت‌ها و حقایقی که دوروبرم می‌گذشت برام غیرقابل‌درک بود. جسمم آزاد شده بود، اما ذهنم هنوز زندونی بود. همه‌چی با ابهام و سؤال همراه بود که رفع اونا و پیدا کردن جواب‌شون با کنجکاوی و پرسیدن دائمی از دیگران باعث می‌شد فاصله‌م با آدما زیادتر و توی رابطه با اونا دچار خلاء و ناامنی بیشتری بشم.

روز رو با سؤال شروع می‌کردم و با ابهام به پایان می‌بردم. هر روز کارای زیادی باید انجام می‌دادم در نتیجه با موانع و ابهام‌های بیشتر و تصمیم گیری‌های سخت‌تری روبرو می‌شدم. توی همون چن ماه اول فهمیدم اون‌جوری نمی‌تونم ادامه بدم، قدم از قدم نمی‌تونستم بردارم. سعید اول رفت‌وآمدش رو به خونهٔ مامان اینا کم کرد. نمی‌دونم شاید اونم فهمیده بود که بودنش نبودنِ تو رو بیشتر یادم می‌یاره و باعث رنجم می‌شه. بعد که مامان ناتوانی و حال‌وروزم رو دید که حتی نمی‌تونم تو کارای خونه کمکش باشم، دست به دامن سعید شد که بیشتر به ما سر بزنه.

تو این فاصله رفتم پدر و مادر آنوش و دختر و پسر چهارده پونزده ساله‌شون رو دیدم. وقتی داشتم برای پدر و مادر پیرش از آنوش و ماجراهای زندان می‌گفتم، بچه‌ها بدون اینکه حرفی بزنن یا کنجکاوی‌ای از خودشون نشون بدن، فقط گوش می‌کردن. قصد داشتن اونا رو برای ادامه تحصیل بفرستن به ارمنستان پیش دایی-

شون که چند سال قبل به اونجا رفته بود و در دانشگاه ایروان درس می‌داد. حوری و رضا و آهو هم مرتب یا تلفن می‌زدن یا می‌اومدن دیدنم. کم‌کم فهمیدم رمضون بیشتر خونهٔ زن دوّمشه. بعد از اینکه زن صیغه‌ایش رو عقد می‌کنه رابطه‌ش با حوری شکرآب می‌شه ولی به‌خاطر بچه‌ها جدا نمی‌شه و سرد و رسمی می‌مونه و گاهی به اون و بچه‌ها سرمی‌زنه.

تو یکی از همین روزا بود که حوری برام از مؤسسه و خونه‌هایی گفت که رمضون و فرخنده، زن دومّش، تو تهرون و شهرای بزرگ دیگه راه انداخته بودن و زنا و دخترهای فراری و سرگردونِ تو خیابونا رو جمع می‌کردن می‌بردن اونجا که تربیت‌شون کنن و جلوی گناه و معصیت رو بگیرن. می‌گفت شنیده این دخترا رو به عقد موقت و دائم کسایی که متقاضی‌ان درمی‌یارن.

بعد از شش هفت ماه به مامان گفتم می‌خوام برم خونهٔ خودم. اولش که گفت نمی‌ذاره پام رو از اونجا بیرون بذارم و بفهمی‌نفهمی دلخورم شد. اما وقتی دید حالم بده، فکر کرد شاید برام بهتره باشه که برم. رفت و با مستأجره صحبت کرد که دخترم اومده می‌خواد بیاد سرِ خونه زندگیش و یه مهلتی بهشون داد یه جای دیگه رو اجاره کنن. اونام گفته بودن با وضع اجاره‌ها فعلاً تا یه سال باید صبر کنیم. تا اینکه سعید چندبار باهاشون صحبت کرد و بالاخره تونست قانع‌شون کنه. گفته بود بهشون کمک می‌کنه یه جایی رو پیدا کنن، که خیلی‌ام زود یه خونهٔ مرتبی رو پشت پارک بیسیم براشون پیدا کرد. اونام سرِ دو ماه اسباب کشیدن و رفتن.

از اون به بعد رابطهٔ من و سعید توی یه روال دیگه‌ای افتاد. رفاقت با سعید بدون وجود تو گیجم می‌کرد. تو نبودی ولی انگار حضورت بیشتر از گذشته احساس می‌شد. همون‌جور که من نمی‌تونستم سعید رو بدون تو تصوّر کنم، اونم منو زن نزدیک‌ترین رفیقی می‌دونست

که سایهٔ نبودنش گسترده‌تر از زمانِ بودنش روی رابطه‌اش با من افتاده بود. سعید رو می‌شناسی دیگه، در عین صراحت و رک‌گویی، آدم محتاط و مؤدب و ملاحظه‌کاریه. منم که نتونسته بودم از فضای زندون و سوگواریِ نبودن تو بیرون بیام، هم به عنوان یه زن بیوه، اونم تو جوّ مذهبی خونوادهٔ ما، هم اینکه همسر یه اعدامی سیاسی مثل تو بودم که منزلتی میون اهالی محل و فامیل داشت، بدون اینکه بخوام، خودم رو مقیدتر از گذشته می‌دیدم.

با همهٔ اینا سعید تو کارای اداریِ مربوط به انحصار وراثت و تعمیر و نقاشی خونه و نقل و انتقال به خونهٔ خودم، اونم با ناتوانی اون زمانم، کمک مؤثری بود. دوستیِ ما به همین روال چند سالی ادامه پیدا کرد. تو این سالا خیلی کارا کردیم و خیلی جاها رفتیم؛ از بحث‌های ادبی و هنری که سعید راه می‌انداخت بگیر تا سینما رفتن، تو خونه فیلم دیدن، یه وقتا هم می‌رفتیم کنسرت که تازه تو تهرون باب شده بود. اینا همه خیلی تو وفق پیدا کردنم با زندگیِ تازه‌م نقش داشت. مامانم که سوای نگرانی‌هایی که از در و همسایه به‌خاطر رفت‌وآمد من و سعید داشت، از اثر مثبتی که سعید به مرور زمان روی عوض کردن روحیهٔ من گذاشته بود خوشحال و راضی بود.

زمان می‌گذشت و به‌خاطر احساس امنیت فوق‌العاده‌ای که رابطه با اون بهم می‌داد، بدون اینکه متوجه باشم، تعلق‌خاطر و وابستگیِ خاصی بهش پیدا کردم. دوستیِ اون برام رنگ‌وبوی تازه‌ای گرفته بود و همدم ثابت و دائمی‌ای برام شده بود. هم اون هم من نسبت به چیزایی که خصوصی و فردی بودن گشوده‌تر شده بودیم و تو همین دوره بود که به تفصیل راجع به شبنم و رابطه‌اش با اون برام حرف زد. تک‌تکِ شعرهایی رو که چه وقتی زنده بود و چه بعد از مرگش براش گفته بود برام خوند. خودشم تفسیرشون می‌کرد! عکسایی رو که از اون گرفته بود بهم نشون داد. کپیِ نامه‌های خودش به اون رو

که گُلی، دختر شبنم براش گرفته بود برام خوند. رابطهٔ رشک‌برانگیزی با گلی داشت. از دل‌وجون دوستش داشت. گلی‌ام دختر فوق‌العاده مهربون، باهوش، ملایم، و متواضعیه. بیشتر وقتایی که سینما، کنسرت، یا پیک‌نیک می‌رفتیم اونم باهامون می‌اومد و گاهی‌ام با سعید خونهٔ منم می‌اومد. سعید رو بابا صدا می‌زنه و سعید به اون می‌باله. جوونی و انعطاف‌پذیری و طراوت اخلاقیش منو وادار می‌کرد خودم رو با اون مقایسه کنم. فکر می‌کردم در مقایسه با گلی من آدم خشکی‌ام، خصوصاً که تو رابطه با جوونا، درست برخلاف سعید که می‌تونست مثلاً با گُلی و رضا و آهو برابر رفتار کنه و باهاشون هم‌زبون بشه، احساس بیگانگی می‌کردم و از بالا برخورد می‌کردم.

من از همه‌چی عقب مونده بودم و رفتار و طرز فکرم شاید هنوز تحت‌تأثیر دوران دانشجوییِ قبل از انقلاب و اوایل انقلاب بود. این هیچی نبود جز اینکه ذهن من مقابل تغییرات اطرافم هنوز از خودش مقاومت نشون می‌داد و نمی‌تونست خودش رو با قوارهٔ تازهٔ جامعه و مردم وفق بده. سن هم بود. من یه زن چهل و پنج شش ساله بودم و چند سالی بود که از زندون بیرون اومده بودم و طبیعی بود که آمادگیِ لازم رو برای هضم تغییرات مردم، خصوصاً جوونا رو نداشته باشم. تو یه همچین شرایطی سعید رفیق تموم‌عیار و قابل‌اتکایی بود که توی این دریای طوفانی که هر دم از این طرف به اون طرف پرتم می‌کرد، منو حمایت و هدایت می‌کرد.

تا این که یواش‌یواش فهمیدم تعلقم به سعید فراتر از دوستی‌ای رفته که تصور می‌کردم تو چارچوب اون دارم حرکت می‌کنم. سعید مردی فوق‌العاده و موردتوجه همه بود. خویشتن‌داری، آرامش، و بی‌اعتناییش مقابل تعریف و تمجیدهایی که از طرف دوستاش ازش می‌شد جذاب و برانگیزنده بود. مراقبت و حساسیتی که به‌خرج

می‌داد تا از مرزای عواطف رفیقانه‌ش تو رابطه با من حفاظت کنه رو خیلی دوست داشتم. احترام و پایبندیش به رفاقت با تو و گذشته‌ای که باهات داشت، یا وفاداریِ بی‌حدش به عشق شبنم مثال‌زدنی بود. اون در طول زمان طوری با من دوستی و رفتار کرده بود که حتی توانایی بیان عواطفم نسبت به خودش رو از من سلب کرده بود. اگر میلی‌متری می‌خواستم پام رو فراتر از مرزهایی که اون به مرور و به صورت نامریی حدود و ثغورش رو رسم کرده بود بذارم، با دیوار بلندی از شرم و حیا و اخلاقیاتی مواجه می‌شدم که تو از یک طرف و شبنم از طرف دیگه بر بلندی اون وایستاده بودین. تو عواطف من رو نسبت به خودت تجربه کردی، واسه همین خوب می‌دونی که عشق از من چه موجود سرکش و غیرقابل‌مهاری می‌سازه.

با همهٔ موانع و محذوراتی که به‌صورت طبیعی توی رابطه با سعید به‌وجود اومده بود، بالاخره یه دفعه که من و اونو و گُلی رفته بودیم میگون و کنار رودخونه و زیر آفتاب گرم بهاری شونه به شونهٔ سعید نشسته بودیم اختیارم رو از دست دادم. اون و گلی داشتند باهم راجع به آیندهٔ شغلیِ گلی و اینکه چه تخصصی رو بعد از پزشکی عمومی می‌خواد انتخاب کنه حرف می‌زدن، نمی‌دونم چی شد که یه دفعه سرم رو گذاشتم رو شونهٔ سعید، کاری که قبلاً هرگز نکرده بودم. یه احساس نزدیکی و محبت بیش از حدی که ناگهانی اتفاق افتاده بود و کنترلش نکرده بودم و گذاشته بودم هرجوری که می‌خواد خودش رو نشون بده. شاید به‌خاطر حضور گُلی بود که سعید عکس‌العملی نشون نداد و با بی‌اعتنایی به حرف زدن با اون ادامه داد. در گرمایِ گنگ و لذت‌بخش احساسات دوستانه‌ای فرو رفته بودم که سال‌ها پیش در رابطه با تو و به‌شکل کاملاً متفاوتی توی زندان در رابطه با

آنوش تجربه‌ش کرده بودم، بدون اینکه بخوام یا اینکه بتونم قبول کنم که عاشقش شدم.

روز بعد سعید که بی‌اعتنا به معنی و علت حرکتم از کنار اون گذشته بود، طبق معمول زنگ زد و احوال‌پرسی کرد و گفت بازم تماس می‌گیره، کاری که معمولاً روزای وسط هفته می‌کرد و اگه چیزی پیش نمی‌اومد آخر هفته همدیگه رو می‌دیدیم. صداقت و میل درونیم حکم می‌کرد که دربارهٔ عواطفی که تازه در خودم کشف کرده بودم باهاش حرف بزنم، ولی فکرش هم دلواپسم می‌کرد. چی و چه جوری باید می‌گفتم که رنگ خیانت به تو و دوستی اون و تو به خودش نگیره یا توهین به شبنم و عشقش به اون تلقی نشه و جا و موقعیت من رو پیش اون در حد یه زنِ ناسپاس و دمدَمی پایین نیاره. آشوبی به جونم افتاده بود که خواب و خوراک رو ازم گرفته بود.

سعی می‌کردم به خودم بقبولونم که این یه عشق نابه‌جا و غیرعادیه که باید ازش عبور کنم یاکه تو خودم دفنش کنم. راه می‌رفتم و به خودم تلقین می‌کردم که جنس عواطفم به اون عشق نیست، همون دوستیه که بر اثر بی‌مبالاتی من شکل اغراق‌آمیز به خودش گرفته. از این راه می‌خواستم خودم رو قانع کنم که درمیون گذاشتن اون با سعید به برداشت غلطی از جانب او منجر نمی‌شه. ترس برم می‌داشت اگه یه کم کنجکاوی کنه و به‌طور مشخص بپرسه از چه نوع احساسی دارم حرف می‌زنم؛ چی می‌تونستم بهش بگم جز اینکه اعتراف کنم عاشقشم؟ از اشتیاقی سوزان به آشکار کردن احساساتم جلوی اون می‌سوختم و خودم رو ناتوان و قاصر از هر کاری می‌دیدم. فلج و بیمار و سرگردان، روز رو به شب و شب رو با پریشونی و بی‌خوابی به صبح می‌رسوندم. تا اون روزی که تلفن کرد و گفت پجشنبه‌شب برم خونه‌ش. قرار بود گُلی هم بیاد و شام رو دور هم بخوریم و فیلم ببینیم.

اون‌شب وقتی در زدم و پشت در منتظر ایستاده بودم تا در رو باز کنه، پاهام از شدت هیجان سست شده بود و می‌لرزید و به نقطه اوج عواطفم به سعید رسیده بودم. مدام به خودم هشدار می‌دادم که فروغ یادت نره چهل و پنج سالته، نوجوون نیستی، معلومه چته؟ خودت رو کنترل کن! در رو گلی باز کرد. اون شب مثل آدمای تب‌دار و مریض نه تونستم حرف بزنم نه میل به شام داشتم. قرار بود فیلم *عقل و احساس آنگ‌لی* که فیلمیه گلی براش آورده بود و گفته بود هم اسکار گرفته هم خرس طلایی برلین رو ببینیم. حرفای سعید موقع شام راجع به رمانِ عقل و احساس جین آستین که فیلم بر اساس اون ساخته شده بود توجهم رو جلب کرد. گفت این رمان اواخر قرن هجده و اوائل قرن نوزده نوشته شده. اسم آستین رو شنیده بودم ولی چیزی ازش نخونده بودم. اسم فیلم و شرایطی که من در اون بودم به شکّم انداخت که نکنه اونا با توجه به کاری که روزِ پیک‌نیک کرده بودم همچین تدارکی دیدن که چیزایی رو غیرمستقم از طریق این فیلم بهم بگن. خصوصاً که سعید و گلی رمان رو خونده بودن. نگاه متفاوت و کمی سنگینِ اون روز گلی رو تو میگون روی خودم یادم بود.

بدون اینکه حرفی بزنیم فیلم رو دیدیم. آخرِ فیلم من خودم رو بیشتر شبیه *ماریان* می‌دیدم، در صورتی که به‌نظر می‌رسید شخصیت خویشتندار *الینور* که در فیلم و رمان ستایش شده. گُلی و سعید توی بحثی که بینشون در گرفته بود با یه موضع تأییدآمیزی تأکیدشون رو روی خصوصیات شخصیتی و اخلاقی الینور گذاشته بودن. زنی باتحمل، دوراندیش، باگذشتِ با قدرت فوق‌العادهٔ عقلانی که می‌تونست در بحرانی‌ترین لحظاتِ عاطفی به احساسات خودش مهار بزنه و مقابل معشوق خویشتن‌دار بمونه. ماریان اما شورشی بود و در بروز احساساتش صریح و بی‌باک بود و به سدها و سنت‌ها

و قواعد اخلاقی در اشرافیت مردسالاری که در اون بزرگ شده بود و جامعه از یه دختر دم‌بخت انتظار داشت اعتنا نمی‌کرد.

سعید رو به من گفت: «فروغ چی شده امشب ساکتی؟ نظر تو چیه؟» خودم رو جمع‌وجور کردم و گفتم: «به‌نظرم الینور همون زن‌ـ فرشتهٔ سنت و کلیساست که می‌تونه به غرایز طبیعی‌ش مهار بزنه و منتظر بمونه مردی که دوستش داره انتخابش کنه. از این نظر زنِ نمونهٔ زمانهٔ خودشه، یعنی زن دوران روشنگری که تو گفتی نیست. فکر کنم عوضش ماریان بیشتر نمایندهٔ این دوره‌س. اونه که به احساسات و امیال خودش بیشتر از اخلاقیات سنتیِ جامعه بها می‌ده. در واقع با قبول ریسک و میدون دادن به احساساتش به عقلانیت و اخلاقی دست پیدا می‌کنه که از تجربهٔ شخصی خودش به‌دست آورده. برا همین بعد از اینکه آب‌ها از آسیاب می‌افته و آشوبای مسیر پرخطری که خودش انتخاب کرده فروکش می‌کنه به یه‌جور آرامش و صلح پایداری با خود شورشیش می‌رسه. اونم تو شرایطی که معشوقش، همون کلنل برندون، خیلی متواضعانه جلوش نشسته و داره براش شعرهای شکسپیر رو می‌خونه. اون‌طرف الینور رو داریم که انگار فروشکسته، غمگین و خسته انگار ناباورانه و از سر شوق به‌خاطر اینکه *ادوارد* انتخابش کرده اون‌طور گریه می‌کنه و به آغوش معشوق پناه می‌بره تا شاید رنجی که در این مسیر پر از صبر و انتظار کشیده تسکین پیدا کنه».

اون شب که برگشتم خونه تصمیم خودم رو گرفته بودم. یکی دو روز بعد که سعید تلفن زد اون چیزی که جرأت گفتن چشم‌درچشم با اون رو نداشتم پشت تلفن سلام نکرده گفتم: «سعید! من نمیتونم دیگه ساکت بمونم و خودمو سرکوب کنم. فکر نمی‌کنم ابراهیم هم راضی به رنجی باشه که این روزا دارم می‌کشم. من دوستت دارم، یعنی فکر کنم عاشقت شدم!»

خواست حرفم رو قطع کنه که چیزی بگه گفتم: «نه! صبر کن حرفم تموم نشده. خیلی چیزای اخلاقی و سنتی هس که واسه گفتن همین یه جمله باعث ترس و اضطرابم می‌شه. ولی من دنیا نیومدم که بدیهی و خصوصی و فردی‌ترین حقی که طبیعت بهم داده رو، یعنی احساسات عاشقانه‌ام رو به‌دست خودم سرکوب کنم. شاید از دید خیلیا این حق رو ندارم که بعد از ابراهیم عاشق بشم، خصوصاً عاشق تو که رفیق نزدیکش بودی. ولی یه احساس مهارناپذیری مدام بهم نهیب می‌زنه که فروغ مقهور و مغلوب ترس خودت از حرف و سخن مردم نشو، با صدای بلند به خودت و به اون بگو دوستش داری! هیچی نمی‌تونه به این احساس زیبا و لذت‌بخشی که بهش پیدا کردی انگ پلیدی بزنه. مگه ممکنه آدم یه همچین میل و احساس زیبایی رو تو خودش خفه کنه؟!»

می‌ترسیدم حرفم رو قطع کنم مبادا با اعتراض و سرزنش اون روبرو بشم. ولی میل به فهمیدن عکس‌العملش باعث شد ساکت شم. سعید بعد از یه سکوت طولانی با صدای گرفته گفت: «چه‌جوری می‌شه این همه صداقت و شهامت رو دید و تو رو دوست نداشت فروغ؟!» من، و مخصوصاً سعید با مهار زدن به عواطف و احساسات غریزی خودمون واسه چند سال تونسته بودیم به عواطفی تو رابطه‌مون دست پیدا کنیم که تو و شبنم در مرکزش جا داشتین و خودمون در حاشیهٔ اون. من اگه تونستم تو رابطه با سعید و جلوتر از اون بندای سنتی و فرهنگی و اخلاقی‌ای رو که به پام بسته شده بود پاره کنم فقط به‌خاطر قدرت و توانایی عشقی بود که به او پیدا کردم و ایمانی که به تو داشتم. من و اون چند سال بین عشق و دوستی و رنج ناشی از این دوگانگی زندگی کردیم تا اینکه نیروی عشق، بدون اینکه تو و شبنم رو از میون رابطهٔ من و اون کنار بزنه، به هردومون غلبه کرد و من دوباره هستی و زمانی رو که زندگی نکرده

بودم و از دست داده بودم به‌دست آوردم. استقبال مامان هم از این رابطه خیلی کمک‌مون کرد. گفتم برات، راه می‌ره به سعید می‌گه: «سعیدِ ترسو بالاخره یه زن شیر گرفت!» گُلی‌ام با اینکه برا عشق مادرش به سعید مقام بالا و مقدسی قائل بود و مادرش رو الهه‌ای تصور می‌کرد که جون خودش رو به‌خاطر عشقش به سعید از دست داده، با اعتمادی که به سعید و من داشت تونست با بردباری‌ای که از خودش نشون داد، در مسیری که توش قرار گرفته بودیم بهمون کمک کنه.

اومدم اینجا و همهٔ این حرفا رو زدم که فکر نکنی فراموشت کردم یا اینکه ذرّه‌ای از مهر و احترام و عشقم بهت کم شده، سوای اینکه تو بیشتر از هر کس دیگه‌ای حق داری راجع به رابطهٔ من و سعید بدونی.

فصل دوازده

سکتهٔ حاج‌اخترخانم هم‌زمان شد با روزهایی که مردم، پس از گذشت سی سال از انقلاب، بار دیگر ملیونی به خیابان‌ها آمده بودند. حاج‌اختر شبِ همان روزِگرم و پرحرارت و حادثه، سفرهٔ نان و پنیر و سکنجبین و خیاری را که گه‌گاه به‌یاد حاج‌مهدی برای شام می‌خورد جمع کرد. احساس خستگی می‌کرد و برای همین بدون اینکه بنا به عادت هر شب اخبار هشت و سی تلویزیون را نگاه کند و از غوغایی که سرتاسر تهران را درنوردیده بود باخبر شود، رختخوابش را روی تختِ چوبیِ کنار حیاط پهن کرد و پشه‌بند را بست و لامپ دویستِ قاب‌بشقابیِ میان حیاط را خاموش کرد و به رختخواب رفت. بی‌خبر از روز پرغوغای شهر چشمش را به آسمان آرام دوخت و به خواب رفت. نسیمی تند پشه‌هایی را که غروب در ارتفاع اندکی از سطح حیاط تاب می‌خوردند و می‌رقصیدند به پناهگاهاشان و لابه‌لای برگ‌های چند گلدانِ روی طاقچه‌های دور حیاط راند. ستاره‌های آسمان به‌سختی قابل دیدن و تشخیص بودند. سکوت و سیاهی شب هردم به حیاط و کف موزائیکی و دیوارهای

سیمانی آن بیشتر مسلط می‌شد. نسیم به‌تدریج از وزش باز ماند و صدای کف زدن و رقص برگ‌های درختان هشت‌متری خیام جای خودش را به خاموشی و سکون داد.

شبِ قبل از آن گردان‌های ضدشورش پلیس، بسیج، لباس‌شخصی، و انصارحزب‌الله در پادگان نماز را به جماعت و امامت رمضان خواندند. بعد از نماز، عبدالله و حسین آمدند روی زانو کنارش نشستند. رو به عبدالله کرد و پرسید: «چند نفر جمع کردی؟»

عبدالله به صف نمازگزارهای پشت سر اشاره کرد و جواب داد: «حاج‌رمضون می‌بینین که، دویست و پنجاه تایی می‌شن! همه با موتورا و ماشینای خودشون اومدن پادگان. بعضیا قمه‌هاشونم آوردن. یه نفرو دیدم با تبر اومده بود، ازش گرفتم! به تیمای پنج نفره تقسیم‌شون کردم و به هر تیم یه بیسیم دستی‌ام دادم». رمضان گفت: «همه رو خودت و حسین به‌کار بگیرین. لباسای فرمِتونم از تن‌تون دربیارن شخصی بپوشین. امشب از اون شباییه که شوخی نداریم! گفتم باتوم برقی و فلزیِ کافی دراختیارتون بذارن، چهل ـ پنجاه تایی کُلتم گفتم بهتون بدن که به هر کی خودتون می‌دونین بدین! ما و سپاه فقط راهو واستون باز می‌کنیم که برین تو، باقیش پای خودتونه. مگه اینکه زیرش بزایین و کمک بخواین که اونوقت ما و بعدشم سپاه وارد می‌شیم».

عبدالله و حسین رفتند. رمضان بلند شد و پشت بلندگوی مسجد پادگان ایستاد. یکی از میان نیروهای ضدشورش با صدای بلند گفت: «برای سلامتی سردار حاج‌مهدی صلوات!» صدای صلوات زیر سقف شبستان مسجد پادگان پیچید و منعکس شد. رمضان سرفه‌ای کرد و مطمئن که شد بلندگو روشن است گفت: «برادرا، می‌دونم این یکی دو روزِ بعد از انتخابات و آماده‌باش که بوی ناامنی و اغتشاشم به مشام می‌رسه کارِتون زیاد شده، مخصوصاً نیروهای

ضدشورش که دیروز و امروز تموم‌وقت تو خیابونا بودن. گزارش شده بازنده‌های انتخابات نمی‌خوان شکست رو قبول کنن و دارن واسه اعتراض و اغتشاش تدارک می‌بینن. دیر وقته، نمی‌خوام وقتتون رو بگیرم. امشب همون‌جور که قبلنم بخشنامه کردم، شام که خوردین استراحت مختصری که کردین با برادرای سیویلِ مولوی و بیسیم و شابدُالعظیم و انصار می‌ریم کوی دانشگاه که دو شبه شلوغه و مثل همیشه کانون مفسده و ناامنیِ تهرون شده. سپاهی‌هام قراره بیان، جمع‌مون جَمعه. حالا که بچه‌های کوی خوابشون نمی‌بره، می‌ریم واسشون لالایی بخونیم تا خوابشون کنیم!»

صدای خندهٔ بلند و یکپارچهٔ نیروها سکوتِ مسجد و پادگان را شکست. خنده‌ها که خوابید ادامه داد: «همه می‌دونین که لالایی خوندن و خوابوندن اونا پشت‌بندش پاداش نقدی و مرخصی داره. قدیمی‌ترا یه هفته مرخصی و پادش‌های سال هفتاد و هشت رو خوب یادشونه. دلم می‌خواد جلوی سپاهی‌یا نشون بدین که پاش بیفته ما بهتر از اونا بلدیم توطئه‌های دشمن رو تو نطفه خفه کنیم و کاری کنیم که عُمال داخلی‌شون توی این مملکت اسلامی هوای تظاهرات و اغتشاش دیگه بسرشون نزنه».

شامش را خورده بود که فرمانده‌های گردان‌های ویژهٔ ضدشورش از جمله علی آمدند و گزارش سلاح‌های دریافتی و تحویلی را دادند. دستورات لازم را برای ورود به محوطه خوابگاه داد و رو به علی کرد و گفت: «تو میون اینا باتجربه‌تری و ده سال پیشَم چهار پنج روزی درگیر کوی بودی و چم‌وخم کار دستته. واسه همین فرماندهی اون بخش از عملیاتی که با بروبچه‌های ماست با تو! فقط بهت بگم اینا که امشب می‌ریم سراغشون از اونای اون‌سال چپی‌تر و تندروترن! دلم می‌خواد دهن‌شون رو طوری سرویس کنین که از فک زدن بیفتن».

علی پاهایش را جفت کرد و سلام نظامی داد و گفت: «اطاعت سردار! مطمئن باشین، قول می‌دم لوله‌شون کنیم!»

همراه محافظ‌هایش سوار سواری ضدگلولهٔ خودش شد و زودتر حرکت کرد که به‌موقع به جلسه هماهنگی که قرار بود مقابل کوی دانشگاه با سپاه داشته باشند برسد. شب را تا نزدیکی‌های سحر با ناکار کردن و کشتن و دستگیری دانشجوها در کانتینر فرماندهی سپاه و کنار سایر فرمانده‌ها گذراند که عملیات سرکوب را هدایت می‌کردند. آفتاب زده بود که خوش‌وبش‌کنان همراه محافظ‌هایش شادمان و سرخوش با این احساس که شورش مردم و دانشجوهای کوی را در نطفه خفه کرده به‌سمت خانهٔ فرخنده می‌رفت که تلفن همراش زنگ خورد. از وزارت کشور بود. با وجود مخالفت دولت و دستور مقامات امنیتی، بازنده‌های انتخابات فراخوان تظاهرات اعتراضی داده بودند. به علی تلفن زد و گفت: «بچه‌ها رو که از کوی جمع کردی یه‌راست می‌رین پادگان استراحت می‌کنین. امروز عصر قراره تظاهرات بشه».

عصر آن‌روز، زمانی که تظاهرات ملیونی و غیرقابل انتظار که نیروهای سرکوب را زمین‌گیر و به ناظر تبدیل کرده بود، رمضان مجبورشده بود باعجله نیروهایش را از خیابان انقلاب جمع کند و به‌سمت میدان آزادی بفرستد. با تیراندازی بسیجی‌ها از پشت‌بام پایگاهی به‌طرف جمعیتی که سرخوش از نمایش قدرت خود می‌رفتند تا در میدان آزادی متفرق شوند و کشته و زخمی شدن چندین نفر، مردم به خشم می‌آیند و به پایگاهی که تیراندازی از آنجا صورت گرفته بود حمله می‌کنند و آن را به آتش می‌کشند. اوضاع از کنترل خارج می‌شد اگر با تمام قوا وارد عمل نمی‌شدند. در خیابان و میدان آزادی چاره‌ای جز آتش گشودن به‌سوی مردم و پراکنده کردن

آنها برایشان نمانده بود. چند ساعتی طول کشید تا کار پاک‌سازی سراسر خیابان آزادی و خیابان‌های اطراف و میدان آزادی تمام شود.

ساعتی از شب گذشته بود و نیروهای از نفس افتادهٔ او در ضلع شمالی میدان به انتظار کامیون‌های نفربر به‌خط ایستاده بودند. برق چراغ‌های خیابان و میدان آزادی را از سرِ شب قطع کرده بودند. آسمان تاریک بود و میدان و برج آزادی را مِهی غلیظ از دودِ باروت و لاستیک و مخزن‌های زباله‌ای که مردم آتش زده بودند و گازاشک‌آور پوشانده بود. پهنهٔ میدان و اطرافش تا چشم کار می‌کرد در تاریکی فرو رفته بود. کُپه‌های آتش و دود و شعله‌های لرزان و پراکنده‌ای جابه‌جای میدان و اطراف برج را پوشانده بودند. آثار خون‌های تازه ریخته‌شده بر زمین تیره‌تر از سیاهیِ آسفالت‌ها نمایان بودند و گاه شعله‌های آتش را در خود منعکس می‌کردند. راه بر عبور ماشین‌ها هم‌چنان بسته بود. لشکر منظمِ رفتگرهای جارو به‌دوشِ شهرداری از ضلع جنوبی وارد میدان می‌شدند. هنوز انعکاس شلیک گلوله‌ها، فریادهای مردم، نالهٔ زنان، و جیغ وحشتِ دخترهایی که در محاصرهٔ باتوم‌به‌دست‌ها بودند از شیارها و انحناها و پیچ‌وتاب‌های برج سربه‌فلک کشیدهٔ آزادی به گوش می‌رسید.

رمضان از ماشین ضدگلولهٔ شاشی‌بلند سیاه‌رنگ فرماندهی نیروی انتظامی پیاده شد و به‌طرف گردان‌های به‌خط‌شدهٔ پلیس رفت. سرهنگی با کاسکت و بلندگو دو قدم از صف جلو آمد، پاهایش را جُفت کرد، و فریاد کشید: «گردان‌های ویژه، خبر...دار!» گردان‌ها یک‌صدا فریاد زدند: «الله‌واکبر!» فریاد آنها همچون صدای رعدی مهیب از سیاهی‌های فضا و لایه‌های تابیده به‌همِ برج آزادی برکشید و در آسمان وحشت‌زدهٔ میدان انعکاسی چندباره یافت. رمضان درجا ایستاد و پاهایش را جفت کرد و دستش را مقابل نقاب کلاهش گرفت و بلند گفت: «آزاد!»

سرهنگ چند قدم جلو رفت، میکروفونِ بلندگوی دستی‌اش را به او داد و کنارش خبردار ایستاد. رمضان بلندگو را مقابل دهانش گرفت و گفت: «بچه‌ها دستخوش! خواستم بگم کارِتون عالی بود! یه نگاه به میدون بندازین تا ببینین که چه شیرینی کاشتین! ایول داره به‌خدا. ایول به تک تک‌تون! همین الان بهم بی‌سیم زدن گفتن فقط سه نفر از بچه‌های گردانِ یک زخمی شدن که یعنی هیچ. خسته نباشین. اون از کار قشنگ دیشب‌تون که واسه همیشه دانشجوها رو خفه کردین اینم از کار امروز و امشب‌تون که در عرض چن ساعت دو سه ملیون آدم رو تارومار کردین. وقتی وارد میدونِ به این ساکتی شدم واقعاً حال کردم. اَجر همه، مخصوصاً بروبچه‌های جنوب‌شهر و انصار با امام زمون. شما به دشمن نشون دادین که کوچکترین تعدی به پایگاه‌های بسیج و سپاه و نیروی انتظامی چه تاوان سنگینی داره. برین پادگان شامتون رو بخورین و امشب رو خوب بخوابین و استراحت کنین که آماده‌باش فعلاً تا اطلاع ثانوی تمدید شده و احتمالاً فردام مجبوریم بیایم تو خیابون».

فروغ و سعید صبح زود بیدار شده بودند و گلی هنوز در اتاق خودش و روی تخت غلت می‌زد. بعدازظهر روز قبل همراه آنها به تظاهرات رفته بود و شب را تا دیروقت به شام خوردن و بحث گذارنده بودند. به‌اصرار فروغ شب خانهٔ آنها مانده بود. بعد از فوت پدربزرگش، خانه‌ای را که در آن بزرگ شده بود و به ارث برده بود بازسازی کرد و همان‌جا ماندگار شد. با گرفتن تخصص زنان، ضمن اینکه صبح‌ها در بیمارستان زنانِ خیابان مولوی کار می‌کرد، بعدازظهرها در طبقهٔ اول همان خانه که به مطب تبدیلش کرده بود، بیماران خودش را ویزیت می‌کرد. در آستانهٔ چهل سالگی بود و ازدواج نکرده بود. به‌شوخی می‌گفت: منتظرم بلکه کبوتر عشق رو شونهٔ چپَم بشینه! هر چندوقت یک‌بار هم که سعید یا فروغ می‌پرسیدند بالاخره کبوتره

اومد یا نه، می‌خندید و هربار بهانه‌ای می‌آورد: بال‌هاش مشکل پیدا کرده و پروازش کنسل شده! یا اشتباهی رفته دوتا کوچه بالاتر، خونهٔ همون دختری که پریشب عروسیش بود نشسته، یا آدرسم رو گم کرده و خونه‌م رو پیدا نکرده.

سعید عقیده داشت ترس او از ازدواج به‌خاطر وحشتی است که از دچار شدن به سرنوشت مادرش دارد. اگر با او دربارهٔ این ترس هم حرف می‌زدند سکوت می‌کرد و به فکر فرو می‌رفت. سال‌ها بود سعید را جایگزین پدرش کرده بود. پس از مرگ پدربزرگ، وابستگی‌اش به سعید و بعدها به فروغ بیشتر شد. اوایل که فروغ از زندان آزاد شده بود و رابطه‌اش با سعید به‌تدریج زیاد شد، نگران بود مبادا جای او نزد سعید تنگ شود. چند سالی از آزادی فروغ گذشت و نه از محبت و نزدیکی سعید به او کاسته شد نه جز همدلی و توجه خاص از جانب فروغ چیزی دید.

موضوع ازدواج سعید و فروغ با مرگ پدربزرگش همزمان شد. اوائل برای او اینکه زنی جای مادرش را در قلب مردی که او را پدر می‌دانست اشغال می‌کرد کمی گران می‌آمد. اما چندان زمانی از ازدواج آنها نگذشته بود که متوجه جایگاه و سهم بزرگ مادرش در قلب و روح سعید، با وجود تمام علاقه‌اش به فروغ، شد. بیشتر از سی سال از مرگ مادر و رابطهٔ او با سعید گذشته بود و سعید نه فقط تأثیر او را بر خودش فراموش نکرده بود و آن را به انحاء مختلف به او و فروغ یادآوری می‌کرد، که همچنان خود را دلباختهٔ شبنم و مدیون شکوهِ سال‌هایی می‌دانست که با او گذرانده بود؛ واقعیتی که فروغ خود به‌واسطهٔ عشقش به ابراهیم درک می‌کرد و به آن باور داشت.

صدای فروغ را از پشت درِ اتاق شنید: «گُلی‌جون، خانم دکتر! پا نمی‌شی؟ دیرت نشه خاله!» گلی صدا رساند: «بیدارم خاله!» نهُ صبح در بیمارستان شیفت بود. چشم‌هایش را مالید و به موبایلش نگاهی

کرد. هفت‌ونیم بود. باید از دوش گرفتن صرفنظر می‌کرد. سحرخیزی عادت سعید بود. چهار صبح بیدار می‌شد، به اتاق خودش می‌رفت، تا ساعت شش کار می‌کرد و بعد می‌رفت پارک بیسیم می‌دوید و نرمشی می‌کرد و برمی‌گشت و مشغول آماده کردن صبحانه و بیدار کردن فروغ می‌شد. سعید بعد از ازدواج در خانهٔ فروغ مستقر شده بود. بعد از یکی دو سال خانهٔ خودش را کوبید و با پس‌انداز اندکش و کمک حاج‌اخترخانم و وام بانک، ساختمانی نو و دوطبقه ساخت و از خانهٔ فروغ به آن‌جا نقل مکان کردند.

سعید با اینکه پدر و مادرش سال‌ها پیش از بیسیم نقل مکان کرده بودند و در نارمک مستقر شده بودند و برادر و خواهرش در تهرانپارس زندگی می‌کردند، خودش در بیسیم ماندگار شده بود. از آن تیپ آدم‌هایی بود که دوست نداشت رابطه‌اش با گذشته قطع شود. دوست داشت همواره در امتداد گذشتهٔ خودش زندگی کند. آنجاکه بود، با ابراهیم و شبنم و حاج‌اخترخانم و فروغ و همهٔ آنهایی بود که در آن محل مانده بودند و بیسیم را ساخته و حفظ کرده بودند، اگرچه همیشه می‌گفت بیسیمِ امروز با بیسیمِ دوران کودکی و نوجوانی‌اش از هر نظر تفاوت کرده.

فروغ که خود به‌خاطر مادرش و خانوادهٔ ابراهیم نمی‌توانست از آن محل دل بکَند، در این مورد با سعید همدل و همراه شده بود. حاج‌اخترخانم راکه با هزار بندوبست به بیسیم بسته شده بود می‌شد مرکز و ثقلِ ماندگاری همهٔ آنها دانست. آنها خانهٔ فروغ را به دختر تازه‌عروس یکی از دوستان حاج‌اخترخانم اجاره داده بودند. در خانهٔ کوچک و نوساز سعید دو اتاق‌خواب و سرویس‌ها در طبقهٔ بالا بودند که یکی از اتاق‌ها متعلق به او بود. معمولا آخرهای هفته به خانهٔ آنها می‌آمد و تعطیلات را آن‌جا می‌گذراند. اتاق و کتابخانهٔ

سعید و سالن کوچک نشیمن و آشپزخانهٔ متصل به آن در طبقهٔ پایین قرار داشت.

لباسش را پوشید و آماده از پله‌ها پایین آمد. سعید و فروغ پشت میز صبحانه با نگرانی و هیجان داشتند دربارهٔ اتفاقاتی که انگار بعد از تظاهراتِ روز قبل افتاده بود حرف می‌زدند. آنها را بوسید و پشت میز نشست و پرسید: «چه‌خبر؟ اتفاقی افتاده؟» فروغ گفت: «بی‌بی‌سی گفت دیروز بعد از اینکه ما برگشتم خونه، تو خیابون آزادی و میدون آزادی درگیری شده و چن نفرم کشته شدن». سعید ادامه داد: «شب قبلش هم که به کوی دانشگاه حمله کردن و عدهٔ زیادی دانشجو زخمی و دستگیر و چن نفری‌ام کشته شدن!» گلی گفت: «پس خبرایی که دیروز سرِ زبون مردم بود درست بوده!» سعید گفت: «آره درست بوده. چهار پنج نفر دانشجو هم کشته شدن. دستگیرشده‌ها رو بردن تو زیرزمین وزارت کشور و جاهای دیگه. بدجوری همه رو زدن. زخمی‌ها رو ول می‌کردن و می‌گفتن ولشون کنین بزارین بمیرن. بعدم که دیشب رسماً به‌سمت مردم از پشت‌بوم پایگاه بسیج تیراندازی کردن. تو میدون آزادی یه ساعتِ تموم دستور شلیک گلوله پلاستیکی و جنگی داده بودن. خدا میدونه کشته‌ها و زخمی‌ها و دستگیرشده‌های دیشب چقدر بوده. بی‌بی‌سی که می‌گفت تعداد نامعلومی کشته و زخمی شدن».

گلی لحظه‌ای در فکر فرو رفت و گفت: «اون جمعیتِ دیروز نشون می‌داد اینا به این سادگی‌ها نمی‌ذارن این ماجرا ختم به خیر شه. وحشت به جون دست‌راستی‌یا افتاده و مجبور به عکس‌العمل‌شون کرده که بلکه بتونن مردم رو از خیابون جمع کنن». فروغ همین‌طور که با قوری داخل لیوان مقابل او چایی می‌ریخت گفت: «با اون جمعیتی که دیروز ما دیدم فکر نکنم این دفعه بتونن کاری از پیش ببرن!» و قوری چای را سر جای خودش برگرداند و پرسید: «گلی

عزیزم می‌خوای واست یه تخم‌مرغ نیمرو کنم؟» گفت: «مرسی خاله، بذارین خودم پا می‌شم.» فروغ گفت: «نه، نه، بشین چاییت رو بخور دیرت شده».

فروغ تکه‌ای کره داخل تابهٔ روی اجاق انداخت و شعلهٔ زیرش را روشن کرد و موبایلش را از روی سرتختی برداشت و طبق عادت همیشگیِ هرصبح شمارهٔ خانهٔ حاج‌اخترخانم را گرفت. صبر کرد زنگ خورد، کسی گوشی را برنداشت. گوشی را روی تلفن گذاشت و پرسید: «گلی، به‌نظرت جمعیت دیروز چند نفر بودن؟» گلی جواب داد:«والا خاله‌جون، نمی‌دونم،... یه ملیون،... دو ملیون». سعید گفت: «بی‌بی‌سی می‌گفت سه ملیون!»

فروغ تخم‌مرغی از یخچال برداشت و داخل تاوه شکست. صدای جلزوولزش که بلند شد گلی گفت: «من عاشق این صدا و عطر نیمروم و اگه مثِ باباجونم بخوام شاعرانه بگم...» ژستی گرفت و دست‌هایش را از هم باز کرد و گفت: «با عطر صبحگاهیِ نیمرو به زندگی سلام می‌کنم!» باصدای بلند خندیدند. فروغ گفت: «منم خیلی این بو رو دوست دارم. اشتهای آدم کورم که باشه به هوس می‌افته». سعید گفت: «باز خانومای شکمو خوردن به تیپ هم سیاست به حاشیه رفت!» فروغ گفت: «لطفاً بفرمایید خانومای خوش‌اشتها!» گلی خندید و در ادامهٔ حرف فروغ گفت: «و همواره آمادهٔ بحث و مداخلهٔ سیاسی. دیروز که تعداد زنا رو دیدی؟!» و مکثی کرد و گفت: «باخاله موافقم با اون جمعیت زن و مردی که دیروز دیدم، فکر نکنم بتونن به این سادگی‌ها مردم رو ساکت کنن».

فروغ نیمرو را در بشقابی سُراند و مقابلش روی صندلی نشست و دوباره شمارهٔ حاج‌اخترخانم را گرفت و منتظر ماند. گوشی را برنمی‌داشت. تلفنش را قطع کرد و رو به سعید کرد و گفت: «نمی‌دونم مامان کجاس، گوشی رو برنمی‌داره؟» سعید گفت: «ممکنه

خواب مونده باشه! بالاخره همین چند وقت پیش بود که تولد هشتاد و یک سالگی‌شو جشن گرفتیم». گلی گفت: «ماشاالله ماشاالله خاله، حاج خانم با این سن روی پای خودشونن و دارن تنهایی از عهدهٔ زندگی‌شون برمی‌یان!» فروغ گفت: «نمیدونم چرا بعضی وقتا بی‌خودی نگرانش می‌شم. می‌ترسم خدا نکرده تو اون خونهٔ قدیمی از پله‌ای، جایی بیفته بلایی سرش بیاد! کمرش که خم شده، پاهاشم که درد می‌کنه».

سعید گفت: «خوبه که بالاخره رضایت داد خریداش رو ما بکنیم، البته اگه ایرادای ریز و درشت شو از خریدایی که می‌کنیم ندید بگیریم». فروغ گفت: «مامان نه آشپزی دیگران رو قبول داره نه خرید کردن کسی رو جز خودش». سعید گفت: «منم اگه پنجاه سال یه تنه زندگیِ خودم و بچه‌هام رو تا بچه بودن یه‌جور، بزرگم که شدن جور دیگه چرخونده بودم حق داشتم کسی رو جز خودم قبول نداشته باشم».

گلی با تکه‌ای نان بشقاب نیمرویش را از ماندهٔ زرده و چربیِ کره پاک کرد، نگاهی به ساعتش انداخت و بلند شد و گفت: «خاله‌جون، دیرم شده، من می‌رم. ببینیم امروز چه خبر می‌شه. شاید عصری اگه بازم تظاهرات باشه با هم رفتیم». سعید گفت: «منو معاف کنین که کار عقب‌مونده زیاد دارم!» گلی گفت: «باباجون، اولاً که بی‌شما مزه نمی‌ده. دوماً خودمم با اینکه عصری مطب دارم، اگه بشه قرارای مریضام رو عقب می‌ندازم و تعطیل می‌کنم که با هم بریم. یادتون باشه تو این مملکت کسی که می‌ره رأی می‌ده باید دنبال رأی خودش رو بگیره وگرنه می‌خورنش و یه لیوان آبم روش!» سعید گفت: «اینا تصمیم خودشون رو گرفتن که این مرتیکه رو چارسال دیگه‌م نگر دارن تا همین آزادیِ قطره‌چکونی رو که تو دههٔ هفتاد مردم به‌سختی به‌دستش آورده بودنم ازشون بگیرن».

گلی به‌طرف جالباسی رفت و مانتویش را برداشت. فروغ دوباره شمارهٔ حاج‌اخترخانم را گرفت. تلفن چندبار زنگ خورد و کسی گوشی را برنداشت. رو به سعید کرد و گفت: «دیگه دارم نگران می‌شم، می‌رم یه‌سر به مامان می‌زنم و برمی‌گردم». مانتویش را از سر چوب‌لباسی برداشت و پوشید و روسری‌اش را سر کرد و همراه گلی از خانه بیرون آمد.

زنگ خانه را نزد، کلید انداخت و در را باز کرد. از هشتی وارد حیاط شد. مادر روی تختِ کنار حیاط، زیرِ پشه‌بند خوابیده بود. خودش را بالای سر او رساند و درِ پشه‌بند را بالا زد و دستش را روی پیشانیِ او گذاشت و آهسته گفت: «مامان، مامان، آفتاب حیاط رو گرفته، چطور تو این گرما خوابیدی؟ چرا پا نمی‌شی؟» حاج‌اخترخانم پلکایش را به‌سختی باز کرد و بلافاصله بست. شانهٔ او را گرفت و تکانش داد و بلندتر گفت: «مامان، مامان، چرا جواب نمیدی، حالت خوبه؟» پلک‌هایش تکان می‌خورد بدون اینکه از هم باز شوند. با صدای بلند گفت: «وای خدا مرگم بده مامان! نکنه خدا نکرده سکته کرده باشین؟» صدای زنگ تلفن را از داخل اتاق شنید. سراسیمه خودش را به تلفن رساند و گوشی را برداشت. سعید بود. پرسید: «مامان چطوره فروغ؟» جواب داد: «داشتم بهت زنگ می‌زدم، خوب نیست، از جاش بلن نشده، به‌هوش نیست». سعید گفت: «چی؟! به اورژانس زنگ بزن، فوراً! ممکنه سکته باشه، الان می‌یام». شمارهٔ ۱۱۵ را گرفت به خانمی که گوشی را برداشت با دستپاچگی گفت: «خانم‌جون، لطفاً یه آمبولاس! فکر کنم مادرم سکته کرده». خانم اپراتور گفت: «آدرس‌تون؟» گفت: «خیابان طیب، بیسیم سابق، شهید خادمی، خیام سابق، پلاک ۷۴». اپراتور گفت: «دست به مریض نزنین، جابه‌جاش نکنین و تکونش ندین، منتظر بمونین!»

رمضان شب قبل، بعد از اینکه میدان آزادی را ترک کرد، به خانه نرسیده بود که به جلسهٔ شواری تأمین احضار شد. تمام شب تا نزدیکی صبح مجبور شده در جلسه بماند. هفته‌ای دو سه شب به خانه می‌آمد و باقی شب‌ها در خانهٔ فرخنده می‌ماند. معمولاً روزهای سه‌شنبه، صبح‌ها بچه‌ها و نوه‌هایش همگی برای صبحانه در خانهٔ پاسداران جمع می‌شدند. قرار گذاشته بودند او هم باشد تا بتوانند حداقل به اندازهٔ یک صبحانه خوردن هفته‌ای یک‌بار دور هم جمع شوند. به خانه رسید و محافظ‌هایش را مرخص کرد و سلام نظامیِ نگهبان بیرون درِ خانه را جواب داد و در را باز کرد و وارد حیاط شد. انیس و طوبا، خدمتکارهای خانه، در آشپزخانه مشغول آماده کردن صبحانه بودند، جواب سلام آنها را داد. آفتاب تازه زده بود و نماز صبح را باید قضا می‌خواند. از پله‌ها بالا رفت. قبل از اینکه به اتاق خودش برود، آهسته لای درِ اتاق حوری را باز کرد روی تخت خوابیده بود. پشتش به او بود و متوجه نشد بیدار است یا خواب. سجاده‌اش پای تخت پهن بود، به‌نظر نماز صبح را خوانده بود و سجاده را جمع‌نکرده دوباره خوابیده بود. حوری بعد از ازواجش با فرخنده شرط کرده بود اگر می‌خواهد با بچه‌ها در آن خانه بماند باید اتاقش را سوا کند. آرام درِ اتاق را کیپ کرد. به اتاقش رفت، لباس‌های فرمش را درآورد و در دستشویی وضو گرفت و به اتاق برگشت و ایستاد به نماز.

حوری با صدای نماز خواندن رمضان از تخت پایین آمد و لباس‌هایش را پوشید و سمت پله رفت تا سری به آشپزخانه بزند. اوائل ازدواج رمضان با فرخنده اتکا و تمایل بچه‌ها به او بیشتر از پدرشان شده بود. گذشته و وجههٔ بد پدرشان، طلاق عاطفی بین آنها، و تنفر فروغ و سعید و حاج‌اخترخانم از رمضان باعث شده بود نه رمضان بتواند آن موقعیتی را که دوست داشت در خانواده و نزد

بچه‌ها به دست بیاورد، نه بچه‌ها به اندازه‌ای که پدرشان اشتیاق داشت با او همدل بودند. بچه‌ها به دبیرستان می‌رفتند که ابراهیم را اعدام کردند و دانشگاه که می‌رفتند عمه‌شان، فروغ، از زندان آزاد شد.

بعد از اینکه بچه‌ها ازدواج کردند، شب‌های جمعه به خانهٔ سلطنت‌آباد می‌آمدند و تا عصر جمعه می‌ماندند. در همین دوره بود که در جریان انتخابات خرداد هفتاد و شش به احزاب اصلاح‌طلب پیوستند و اختلاف آنها با پدرشان بیشتر از پیش علنی شد. دورهمی‌های هفتگی‌شان پر از بحث و بگومگو بود و همین شد که به صبحانهٔ سه‌شنبه‌ها محدودش کردند. این برنامه‌ای بود که رمضان چه شب پیش از آن در خانهٔ فرخنده بود چه مسافرت یا گرفتاری کاری داشت، خودش را می‌رساند که همه را ببیند. گاهی هم به اصرار او برای اینکه بتواند با نوه‌هایش وقت بگذارد، بعضی از تعطیلات به ویلای دماوند یا محمودآباد می‌رفتند.

در آشپزخانه از طوبا پرسید: «حاج‌آقا کی اومدن؟» طوبا گفت: «نیم‌ساعت پیش حوری‌خانم». حوری نگاهی به اطراف انداخت و گفت: «صبحونه رو روی میز تراس بچینین، هوا خوبه. انیس خانم، برو ببین اگه آقا رحمان اومده بگو باغچه‌ها و حیاط رو آبپاشی کنه! فواره‌های دور استخر رو هم باز کنه!» سمت طوبا و اجاق رفت و پرسید: «چی درست کردی؟» طوبا گفت: «املت توپُر، املت ایتالیایی با سینهٔ مرغ و قارچ، عدسی، پَن‌کیک ژاپنی، همه‌جور پنیر: فتا و گوت و بلوچیز، واسهٔ حاج‌آقا کله‌پاچه هم درست کردم که دوست دارن».

خودش طوبا را استخدام کرده بود، سرآشپز یکی از رستوران‌های کوچه پس کوچه‌های الهیه بود. لیسانس آشپزی داشت. یکی از آپارتمان‌های خالی رمضان در مبارک‌آباد را به او داده بود که با شوهر

و دخترش زندگی کنند. از شش صبح تا هفت شب مدیریت خرید،
پخت‌وپز، نظافت، و رسیدگی به باغچه‌ها و استخر و باقی امور خانه
از جمله مهمانی‌ها، افطاری‌ها، و خرجی دادن‌های عاشورا و تاسوعا
بر عهده‌اش بود. به دماوند یا شمال هم که می‌رفتند، خانواده‌اش را
با خودشان همراه می‌کرد. به مرور زمان، خصوصاً بعد از اینکه
رمضان به اصرار او خانه را از «بنیاد» با شندرغاز خرید و تعمیر و
بازسازی کرد و خیالش از بابت مسئله غصبی بودن آن راحت شد به
خانه، طوبا، انیس خانم، و آقا رحمان خو گرفت.

رمضان برای اینکه خیال او را از بابت حرام و حلال بودن پولی که
به زندگی‌شان می‌آید راحت کند، حسابی را که دولت حقوق و
مزایایش را به آن واریز می‌کرد به او سپرد تا هزینه‌های خانه را از
طریق آن پرداخت کند. از یکی از مراجع قم هم دربارهٔ درست بودن
یا نبودن نماز و روزه‌هایش درخانه‌ای‌که معلوم نباشد پولی که صرف
خرید آن و خرج ومخارج رومزهٔ آن شده و می‌شود حلال است یا
نه، استفتاء کرده بود و پاسخ گرفته بود درصورت بی‌خبری بلامانع
است. با همهٔ این‌ها باز هم احتیاط می‌کرد و تا می‌توانست برای نماز
به مسجد قبا می‌رفت که به خانه نزدیک بود.

انیس از حیاط به آشپزخانه برگشت و گفت: «خانم رحمان اومده
بود، بهش گفتم باغچه‌ها رو آب بده و آبپاشی کنه!» از آشپزخانه
بیرون آمد. چادر گلدار و سفیدش را به سرش کشید. صدای پای
رمضان را شنید، سرش را سمت پله‌ها بلند کرد: «سلام!» رمضان
درهمان‌حال که از پله‌ها پایین می‌آمد سلام کرد و پرسید: «حوری
بچه‌ها می‌یان؟» گفت: «آره!» شانه به شانه شدند و به‌طرف راهرو و
دری که به تراس باز می‌شد رفتند. روی صندلی‌های فرفورژهٔ راحتی،
رو به حیاط و باغچه‌ها و استخر و فواره‌های باز، نشستند. رحمان
که هنوز آن طرف حیاط مشغول آبپاشی بود سلام کرد. آفتاب دیوارِ

سمت غربیِ ساختمان را پوشانده بود. رو به رمضان پرسید: «چی شد که صبح به این زودی اومدی خونه؟» رمضان گفت: «خبرا رو که داری؟ پریشب گرفتار دانشجوهای خوابگاه بودم، دیروزم که تظاهرات بود و شبم شورای تأمین خواستنم. تا سحر تو جلسه بودیم».

حوری به‌تجربه دستش آمده بود وقت‌هایی که کار رمضان به تظاهرات مردم و دانشجوها مربوط می‌شود کنجکاوی نکند چون دورغ و چرندپرند به هم می‌بافت. خبرهای واقعی را این‌جور مواقع از بچه‌ها می‌شنید. به رادیو بی‌بی‌سی هم گوش می‌داد. درِ خانه باز شد و آهو و سیامک شوهرش و نازنین به حیاط آمدند. آقا رحمان سلام کرد، آهو جواب داد و احوالپرسی کرد و سیامک جلو رفت با او دست داد و چاق‌سلامتی کرد. به پله‌های تراس نرسیده سلام کردند. رمضان بلند شد و نازنین را که به‌طرفش می‌آمد بغل کرد و بوسید و گفت: «خوبی گُلم؟ خانم کوچولو! چقده ماه شدی! چطور مدرسه نرفتی؟» نازنین گفت: «دیگه تعطیل شدیم!»

سیامک جلو رفت و حوری را بوسید. طرف رمضان رفت و با او دست داد و همگی نشستند. آهو رو به رمضان کرد و پرسید: «شما خوبین بابا؟..». رمضان نازنین را روی پاهایش نشاند و گفت: «الحمدالله، شکرخدا دخترم» و نازنین را بوسید و پرسید: «دخملم چطوره؟ بگو ببینم کارنامه‌تو گرفتی؟» نازنین انگشتش را با دندان گاز گرفت و گفت: «هنوز ندادن!»

درِ کوچه باز شد و رضا و هستی زنش به حیاط آمدند. جواب سلام آقا رحمان را دادند. رضا سهراب را از بغل زمین گذاشت. سهراب دوید به‌طرف پله‌ها و تراس. حوری بلند شد و کنار پله ایستاد. سهراب را از زمین برداشت و بغل کرد. سهراب گونه‌اش او را بوسید. با دست دیگرش هستی را بغل کرد و بوسید. رضا او رو بوسید و

پرسید: «خوبی مامان؟» جواب داد: «آره مادر». رضا گفت: «بچه رو بذار زمین مادر، اذیَتِتون نکنه؟» رویش را به سهراب کرد و او را بوسید و گفت: «کاری به من نداره مادر».

بعد از روبوسی و احوال‌پرسی، روی صندلی‌های راحتی دورهم نشستند. صدای آب فواره‌ها و عطر گل‌ها و چمن‌ها و شمشادهای آب‌خورده همهٔ فضای حیاط را گرفته بود. آهو رو به پدرش کرد و پرسید: «خبرای تظاهرات دیروز رو دارم، می‌شه بگین پریشب کوی دانشگاه چه خبر بوده؟» رمضان نازنین را بوسید و گفت: «چه خبر بود؟! هیچی، مثل همیشه دانشجوها تظاهرات راه انداخته بودن». آهو گفت: «منظورم بعدشه بابا که لباس‌شخصیا ریختن تو خوابگاه!» رمضان گفت: «این لباس‌شخصی لباس‌شخصی چیه افتاده سر زبون شماها؟ مردم بودن، اومده بودن جلوی شورش و خرابکاری رو بگیرن!»

از این‌جور حرف زدن رمضان دلشوره می‌گرفت. آهو ادامه داد: «بابا تو رو خدا نگین مردم! اینا حقوق‌بگیر سپاه و خودتونن! یه مشت جوون علاف و بیکار، اگه نگیم لات‌ولوت، که واسه سنار سه‌شی حاضر به هر کاری هستن، خصوصاً اگه دست شما رو سرشون باشه. بی‌خودی چرا اسم مردم روشون می‌ذارین؟ مردم اونایی بودن که دیروز از میدون امام حسین تا آزادی رو پوشونده بودن و دست‌آخرم زدن کشتن و تارومارشون کردن، چرا؟ چون به نتیجه انتخابات اعتراض داشتن».

حوری امیدوار بود که رضا ساکت بماند ولی رضا دنبالهٔ حرف آهو را گرفت و گفت: «بابا دورتادور کوی محاصرهٔ نیروهای ضدشورش و سپاه بوده. به خوابگاه حمله کردن، تیراندازی کردن و راه رو واسه همین امت همیشه در صحنهٔ شما باز کردن که با قمه و ساطور و باتون‌برقی بریزن به جون یه‌عده دختر و پسر بی‌پناه و له‌ولورده‌شون

کنن! بعد شما می‌گین مردم بودن؟» رمضان پوزخندی زد و گفت: «شما که خبرگزاری‌تون به این خوبی کار می‌کنه دیگه واسه چی از من می‌پرسین اونجا چه خبر بوده؟ اگه از من می‌پرسین همچین خبرایی‌ام نبوده». مثل همیشه شروع کرد به حاشا کردن. حوری خواست چیزی بگوید جلوی خودش را گرفت، مداخلهٔ او معمولاً بحث را به دعوا و پرخاش رمضان می‌کشاند، با بچه‌ها مخصوصاً جلوی داماد وعروسش نرمتر بود. دلش نمی‌خواست که آن حداقل رابطه‌ای را که رمضان با آنها داشت را خراب کند.

رمضان سهراب را که به‌طرف او رفته بود بغل کرد و روی زانوی دیگرش نشاند و سر او را بوسید و پرسید: «آقا پسر، تو به من بگو کی می‌ری مدرسه؟» سهراب گفت: «من آمادگی می‌رم!» رضا دست‌بردار نبود و گفت: «بابا منظور آهو اینه تا کی باید توی عروسی و عزا دانشجوها رو لَت‌وپار کنن! اونا پریشب داخل محوطهٔ خوابگاه تجمع کرده بودن، از نتیجهٔ انتخابات عصبانی بودن، داشتن شعار می‌دادن، فرض بگیریم که شعارای تندی‌ام می‌دادن. کافی بود صبر می‌کردین تجمعشون تموم بشه برگردن تو خوابگاه، ولی نیروهای شما گاز اشک‌آور داخل محوطه شلیک کردن، تیراندازی کردن، و درهای خوابگاه رو واسه لباس‌شخصیا باز کردن و همراهشون ریختن تو خوابگاه‌ها و اتاقای دانشجوها و هرکاری دلشون خواسته کردن. خدا می‌دونه همین لباس‌شخصیا یا بقول شما مردم، فرقی نمی‌کنه هر اسمی می‌خواین روشون بذارین، با چند صد دانشجویی که گرفته بودنشون و توی محوطه آورده بودن چه‌ها نکردن، اونارو چه جوری زدن که بعضی از سپاهی‌ها هم بهشون اعتراض کردن که بازداشتی‌ها رو نزنین! بابا ویدئوش دراومده! تا حالاش که می‌گن پنج نفر کشته شدن!»

رمضان اول سهراب و بعد نازنین را که روی زانوی دیگرش نشسته بود بوسید و گفت: «چی؟ پنج نفر کشته! همچین خبرایی نبوده، من خودم اونجا بودم. فقط یکی از دانشجوها بود که حالش خوب نبود تا برسونَنِش بیمارستان فوت کرده بود».

حوری همیشه از اینکه جلوی غریبه و آشنا راجع به کشته شدن جوان‌های مردم آن‌طور سرد و راحت حرف می‌زد خجالت کشیده بود. رضا گفت: «چه مثل دیشبِ خیابون آزادی که خدا میدونه چند نفر کشته شدن چه به‌قول شما یه نفر تو خوابگاه فرقی می‌کنه بابا؟ تظاهرات آروم، اونم اعتراض مردمی که رفتن رأی دادن، یعنی نظام رو قبول داشتن که رأی دادن، زدن و کشتن‌شون خدا رو خوش می‌یاد؟»

سهراب دستش را به‌سمت صورت او دراز کرد و گفت: «بابایی، کی می‌بریم دریا؟» رمضان برگشت به او نگاه کرد و لبخندی زد و گفت: «حوری، بچم هوس دریا کرده! باشه بابا، هروقت تو بگی و مامان‌بزرگ حاضر باشه!» و بعد رو به رضا گفت: «هیچ کدومشون مجوز نداشتن، غیرقانونی بودن!» آهو گفت: «قانونی یا غیرقانونی، سئوالم اینه بابا شما کی می‌خواین خودتون رو از این افتضاح بکشین بیرون؟!» رمضان برافروخته و با لحن تندی گفت: «آهو، باز داری شورش رو در می‌یاری‌ها! این شما نُنُراپین که تا دیر نشده باید دوروبر این مثلاً اصلاح‌طلبا رو خط بکشین و به‌سمت نظام بیاین. کی میخواین بفهمین دورهٔ اینا سراومده».

حوری طاقت نیاورد و بلند شد و با لحنی تند رو به رمضون گفت: «اگه می‌خواین دعوا راه بدازین من می‌رم تو اتاقم. می‌دونین که من طاقت دعوا و مرافعهٔ سیاسی شماها رو تو خونه ندارم. اگه می‌خواین همین دلخوشیِ یه ساعت دور هم بودن و دیدن نوه‌هام رو بهم زهر کنین، بگین!» آهو گفت: «شما چرا ناراحت شدین مامان؟ باشه،

معذرت می‌خوام، بخاطر شما دیگه حرف نمی‌زنم! ولی اگه منم نتونم به بابام بگم که مردم چیا دارن راجع به کارای اون و نیروهای زیردستش می‌گین دیگه کی می‌خواد درد مردم رو به گوشش برسونه؟ بابا شمام مثل من و رضا دیروز توی خیابون انقلاب و آزادی بودین، وقتی ما می‌گیم مردم صحبت از ملیون‌ها جمعیتی می‌کنیم که با هزار امید رفته بودن پای صندوق رأی و ناامید برگشته بودن. حَقه که هنوز اثر انگشتشون روی برگای رأی خشک نشده خونشون ریخته شه؟!»

حوری نتوانست جلوی عصبانیتش را بگیرد، گوشهٔ چادر سفیدش را روی پاهایش انداخت وگفت: «مگه تو و رضا تا حالا کم بهش گفتین مادر؟ این اگه این حرفا به خرجش می‌رفت که ما وضع‌مون این نبود که نتونیم نیم‌ساعت دورهم بشنیم!» رمضان رویش را به او کرد و با تمسخر گفت: «تو یکی دیگه بهتره حرف نزنی!» رضا گفت: «بابا خواهش می‌کنم! لااقل جلوی ما این‌جوری با مامان حرف نزنین. شمام لطفاً چیزی نگین مامان. راست می‌گین، بهتره تو جمعای خونوادگی‌مون مخصوصاً وقتی شما راضی نباشین این حرفا زده نشه». رمضان خطاب به حوری با همان لحن تمسخرآمیز گفت: «اینم از بچه تربیت کردنت خانم، نتیجه‌ش شده دوتا ضدانقلاب و ضدمردم!» رضا گفت: «اینکه کی ضدانقلابه کی انقلابی رو تاریخ قضاوت می‌کنه نه من و شما». رمضان رو به حیاط و خطاب به همه ادامه داد: «بیا، حالا هی برین ورِ دل اون عمه و شوهرعمهٔ مثلاً روشنفکرتون بشنین». رضا چیزی نگفت بلکه مرافعه ختم شود. آهو زیرلب و خطاب به پدرش گفت: «فکر نکنم تو دوروبری‌های شما هیچکی به اندازهٔ عمه و عمو سعید به فکر مردم باشه!»

سکوتی سنگین برقرار شد. رمضان گرفته و درخود همان‌طور که نازنین و سهراب را در آغوش داشت بلند شد و به حیاط و سمت استخر و فواره‌ها رفت. طوبا و انیس سینی به‌دست به تراس آمدند

و مشغول چیدن میز صبحانه شدند. رمضان بچه‌ها را کنار استخر زمین گذاشت و دستشان را گرفت. خم شد و پرسید: «کدومتون دوست دارین بندازمتون تو استخر؟» نازنین دستش را بلند کرد و با هیجان گفت: «من!» زیر بغل‌هایش را گرفت و او را از زمین کند و میان هوا و فواره‌ها و استخر پشت‌هم تاب داد. نازنین جیغ می‌کشید و غش‌غش می‌خندید. سهراب دستش را به‌طرف او بلند کرده بود و پشت هم می‌گفت: «منم می‌خوام! بابایی من!» نازنین را زمین گذاشت و نوبت به رضا رسید. بازی که تمام شد دوباره هردو را بغل کرد و روی تراس آمد و نفس‌زنان آنها را روی زمین گذاشت و گفت: «نفس بابابزرگ بند اومد، سواری بسه!»

نازنین و سهراب به‌سمت حوری آمدند. آنها را به آغوش گرفت و پرسید: «قربونتون برم الهی، نترسیدن که؟» سرشان را به علامت منفی تکان دادند. ادامه داد: «خب ببینم، می‌تونین برین از آقا رحمان چن‌تا گلِ محمدی بگیرین برام بیارین؟» نازنین گفت: «باشه» و دست سهراب را گرفت و از پله‌ها پایین رفتند و کنار آقا رحمان ایستادند. آقا رحمان دستی به سر هر دو کشید و خم شد و با قیچیِ دستش چند شاخه گل محمدی صورتی از بوته‌های باغچه کَند و تیغ‌های آنها را گرفت و بین نازنین و سهراب تقسیم کرد. بچه‌ها به‌دو برگشتند و گل‌ها را نشان حوری دادند. آنها را بوسید. طوبا جلو آمد و گفت: «خانم، صبحانه حاضره!»

همگی بلند شدند و دور میز صبحانه در سایهٔ چتر نارونی که نیمی از تراس را پوشانده بود نشستند. هستی نگاهی به میز انداخت و برای اینکه سنگینیِ پس از بگومگو را بشکند گفت: «چه صبحانهٔ مفصّل و مثل همیشه کاملی!» رضا گفت: «مامان چه خبره، به این طوبا خانم بگین یه کم خلاصه‌ترش کنه». قوری چای یک‌رنگ را روی فنجان‌های نازنین و سهراب گرفت و گفت: «دوجور املت و یه

عدسی که مفصّل نیست، اونای دیگش که مخلفاته!» و انیس را صدا زد و گفت: «انیس خانم، این گلا رو از بچه‌ها بگیر بذار تو گلدون بیار بذار رو میز!»

موبایل رمضان زنگ خورد. آن را از روی میز برداشت و از جا بلند شد. صفحه‌اش را باز کرد و طرف گوشش برد و گفت: «در خدمتم حاج‌آقا! فقط یه ثانیه اجازه بدین!» از پله پایین رفت، کنار باغچهٔ میانی حیاط که صدایش در صدای ریزش فواره‌ها محو و گم می‌شد ایستاد و گفت: «ببخشین معطلتون کردم، جای درستی نبودم، حالا بفرمایین، درخدمتم». بعد از کمی مکث گفت: «حاج‌آقا، نیروهای ما بی‌تقصیرن، دفعه اولشون بود که از این باتومای برقی جدید استفاده می‌کردن، حالیشون نبوده که ضربهٔ زیاد، اونم تو سر، می‌کُشه. البته شش هفت نفر بیشتر تلف نشدن. خودشون زود متوجه شدن و مراقبت کردن!»

«..»

«ممنون حاج‌آقا، وظیفه‌مو انجام دادم».

«..»

«خاطرتون جمع باشه، کل نیروها آماده‌باشن. همهٔ مرخصیا لغو شده. گفتم سه چهار روز کسی خونه نره. دیشب تو شورای تأمین با برادرای سپاه و بسیج یه طرح استقرار نیروی ثابت واسه تموم نقاط حساس تهرون ریختیم».

«..»

«حاج‌آقا، به‌خدا نیم‌ساعتم نمی‌شه اومدم خونه. به‌محضی که صبحونم رو بخورم راه می‌افتم. مطمئن باشین نمی‌ذارم قدم از قدم وردارن! ما کارمون رو از پریشب شروع کردیم. همون جور که امر فرمودین مطمئن باشین در نطفه خفه‌شون می‌کنیم».

«..»

«حتماً، حتماً، راستی حاج‌آقا یه بار جنس واسه نیرو داره می‌رسه، لطف می‌کنین بگین بچه‌ها مثل اون‌دفه یکی از اسکله‌های خودمون رو تو هرمزگان، فرقی نمی‌کنه هر کدومش باشه، مشخص کنن و خبر بدن تا من فکس بزنم اون طرف آب و گرا بدم؟»

«..»

«ممنون حاج‌آقا، یه‌ربع بیست دقیقه دیگه راه می‌افتم!»

به میز صبحانه برگشت و نگاهی به گل‌های روی میز کرد و روی سرِ نازنین خم شد و فرق او را بوسید و گفت: «چه گُلای قشنگی آقا رحمان واستون چیده!» نشست، ظرف کله‌پاچه را برداشت و مقداری گوشت بناگوش و زبان توی بشقاب مقابل خودش کشید و چند تکه نان سنگگ برش‌خورده برداشت و مشغول تیلیت کردن و خوردن شد. حوری نگاهش را از او دزدید و لیوان آب‌پرتقالش را برداشت و به آهو گفت: «سیامک و رضا می‌خوان برن تظاهرات برن! مَردن شلوغ‌پلوغ بشه می‌تونن خودشون رو از مهلکه بکشن بیرون، تو و هستی می‌خواین برین چی‌کار؟ خدای نکرده اگه یه اتفاقی بیفته فکر بچه‌هاتون رو کردین؟» آهو گفت: «زن و مرد نداره مامان، حرفا می‌زنین‌ها! من و هستی‌ام رأی دادیم، وقتی رأی‌مون رو می‌دزدن دیگه چه فرقی بین ما و شوهرامون هس!»

لقمه‌ای به دهان گذاشت و رو به آهو گفت: «وضع خرابتر از اونیه که فکر می‌کنی آهو! این‌جور که من می‌بینم این تو بمیری دیگه از اون تو بمیری‌ها نیس بابا. حرف منو اگه قبول نداری، حرف مادرتو گوش کن! دوباره بگم می‌خواد خوشتون بیاد می‌خواد نیاد، دورۀ اصلاح‌طلب‌بازی سراومده، بهتره واسه یه مشت آدمی که دیگه حرفشون تو این مملکت صنارم ارزش نداره خودتون رو تو دردسر

٤٥١

ندازین. بازم دارم می‌گم، این دفعه دیگه مث همیشه نیس که نیروها مدارا داشته باشن. به حرف مامانتون گوش کنین!»

رضا بدون اینکه به او نگاه کند گفت: «اگه صدای مردمی که من دیروز دیدم شنیده نشه و سرکوب بشه آره بابا، دورهٔ خیلی‌یای دیگه‌ام، دورهٔ همه از بالا تا پایین نظام سر می‌یاد. دیروز عمه‌فروغ و عموسعید رو هم تو تظاهرات دیدم، وقتی خودمو کنار آدمایی مثل اونا می‌بینم، به‌قول آهو، آدم احساس می‌کنه داره به آینده پرواز می‌کنه. شما عمه رو ببینین، با اون همه بلایی که تو این انقلاب سرش اومده، ده ساله داره پشت‌هم رأی می‌ده، چرا؟ واسه اینکه امیدواره شاید اوضاع تغییری بکنه». آهو گفت: «جمعه مامان‌اخترم برده بودن رأی داده بود. من نه‌فقط عمو و داستاناش رو دوست دارم، عاشق مرامشم هستم. آدم به این دوراندیشی و متعادلی تو بحث سیاسی ندیدم، تو بگی اگه یه‌ذرّه تعصب توش باشه».

رو کرد به آهو و گفت: «سعید؟! اون که اصلاً سیاسی نیست، سی سال از انقلاب گذشته از گوشهٔ خونه‌ش تکون نخورده». آهو گفت: «این چه حرفیه می‌زنین بابا! شما کارای عمو رو بخونین بعد ببینین که کی سیاسیِ واقعی‌یه. من عمو و عمه رو از ته دل دوست دارم، بهشون احترام می‌ذارم. دیروز که تو صف تظاهرات دیدمشون علاقه‌ام بهشون بیشترم شد. یه امید دیگه‌ای پیدا کردم. به‌قول رضا، آدمی مثل عمه بعد از اون همه بلایی که حکومت سرش آورده بازم پای آرمان‌های اول انقلاب واستاده و امیدواره همه‌چی از دست نره».

زنگ تلفن آهو به صدا درآمد. گوشی را برداشت و آن را باز کرد و به صفحهٔ آن نگاه کرد و گفت: «شمارهٔ عمه‌فروغه، چه حلال‌زاده!» گوشی را زیر روسری روی گوشش برد و گفت: «اَلو؟ سلام عمه جون!... واسه چی بیمارستان، خدای نکرده مگه اتفاقی افتاده؟...

وای... حالا چطورن؟... سی سی یو؟!» حوری وحشت‌زده از روی صندلی بلند شد و از آهو پرسید: «چی شده؟ خدا مرگم بده! نکنه حاج‌خانم طوری شده؟» آهو سرش را به علامت تایید تکان داد. حوری برگشت به او چشم دوخت انگار که انتظار داشته باشد عکس‌العمل او را ببیند. گفت: «چته حوری؟ بشین، آروم باش ببینم چی شده!» و دستش را پیش برد و لیوان آب میوه را سمت حوری سُر داد و گفت: «آب‌میوه‌ت رو بخور حوری!»

مادر قبلهٔ آمال حوری و مثل قدیسی بود که انگار با آویختن به او می‌توانست برای همیشه آمرزیده شود. نه برای حوری که برای همهٔ آنها حکم ستون خیمه‌ای را داشت که یک‌یک‌شان را به هم پیوند می‌داد و زیر سایهٔ خودش می‌گرفت. میان آنها احساس تنهایی می‌کرد. سال‌ها پیش دیر جنبیده بود و میدان را به حوری واگذار کرده بود تا او اول مادر و بعد باقی را با خود همراه کند و او از آنها جدا وتنها بیفتد. بی خبر و اجازهٔ مادر حوری را برد مشهد و عقد کرد و به خانه برد، مادر نه از حوری، از او دلخور شده بود که این چه رسم زن گرفتن است. همه‌چیز از لحظهٔ قدم گذاشتن حوری به خانه‌شان شروع شد. حوری که حامله شد رضا و آهو که دنیا آمدند حوری دیگر مادری تمام عیار داشت. خصوصاً که در نظر مادر حوری معصوم و بی‌کس‌وکار هم بود. برای حوری مادر شدن با طعم مادر دار شدن همراه بود درحالی‌که پدر شدن برای او برعکس به از دست دادن مادر. عاطفهٔ بین حوری و مادر ریشه دواند و سایه‌اش بر سر دیگران و آن‌ها که بعداً به جمع خانواده اضافه شدند افتاد و ماندگار شد. مادر گرچه بعدها، بعد از ماجرای کشته شدن غلام به‌دست او، زندانی شدن فروغ و ابراهیم، مرگ مجتبی و اعدام ابراهیم و بالاخره ازدواج خودش با فرخنده او را طرد و عاق کرد اما

حوری و و نوه‌ها ونبیره‌ها به جانش بسته ماندند، به همان اندازه که آنها دلبسته و عاشقش بودند.

حوری با غیظ لیوان آب‌میوه را از مقابل خودش به‌سمت او برگرداند و منتظر ماند آهو تلفن را قطع کند. آهو گفت: «نه عمه، من و رضا اتفاقاً خونهٔ مامان اینا هستیم. داشتیم صبحونه می‌خوردیم که شما زنگ زدین. حواسم هست عمه. باشه مطمئن باشین، می‌بینمتون». گوشی را بست و نفسی کشید. حوری پرسید: « چی شده آهو؟» آهو چهره‌ای خونسرد به‌خودش گرفت و گفت: «نگران نشین، شنیدین که، ماماناختر سکته کرده. عمه صبح تلفن می‌زنه حالشو بپرسه مامان‌جون جواب نمی‌ده، نگران می‌شه و وقتی می‌ره خونه‌شون می‌بینه رو تختش خوابیده، صداش که می‌زنه متوجه می‌شه سکته کرده. فوری آمبولاس خبر می‌کنه و با عموسعید می‌برنش بیمارستان». حوری پرسید: «کدوم بیمارستان؟» آهو گفت: «طوس، تو مطهری!» رو به آهو با تعجب پرسید «آخه چرا اونجا پدر؟ یه زنگ می‌زدن به من می‌بردمش بقیةالله». حوری گفت: «معلومه چی می‌گی؟! مریض اورژانسی رو رویِ هوا نگر دارن که تو براش پارتی‌بازی کنی؟» آهو گفت: «تو اورژانس بیمارستان بودن، عمه گفت دارن می‌برنش سی‌سی‌یو». رضا گفت: «زنگ می‌زنم شرکت امروز رو مرخصی می‌گیرم، می‌رم بیمارستان».

حوری گفت که با آنها می‌رود. با اینکه جای آن بود که پیش‌قدم شود، آهسته و مردّد گفت: «من نمیتونم بیام، اوضاع به‌هم ریخته‌س و کل نیروها آماده باشن، ساعت ده باید پادگان باشم، جلسهٔ اضطراری گذاشتن. ببینم چی می‌شه، یه جوریایی وسط کارا خودم رو می‌رسونم». حوری با چشم‌های خیس، طوری که عمداً بخواهد جلوی بچه‌ها دلخوری خودش را از او نشان بدهد و جلوی دیگران نیامدن او را بزرگ و بی‌اعتنایی به مادرش جلوه دهد، با سگرمه‌های درهم

از او رو برگرداند، رو به آهو و رضا کرد و گفت: «صبحونه‌تون رو زودتر تموم کنین باهم بریم. دعا کنیم مشکلی براش پیش نیومده باشه. بیچاره حاج‌خانم!»

حوری در طول زندگی نتوانسته بود خودش را با شرایط کاری او هماهنگ کند، خصوصاً بعد از انقلاب که مسئولیت‌های او زیاد شده بود و همیشه می‌بایست آماده به خدمت و گوش به زنگ خبر و فرمان و فوریتی می‌بود. این بود که در چنین شرایطی به‌جای همدردی و همراهی با او با این نوع برخوردهایش باعث می‌شد او درنظر بچه‌ها خودخواه و بی‌اعتنا به مشکلات خانواده جلوه کند. خواست در دفاع از خودش و اهمیت جلسهٔ امروز حرفی بزند که حوری گریه‌کنان و با صدای بلند رو به بچه‌ها پیش‌دستی کرد و گفت: «خدایا خودت به فریادمون برس، خدایا سایهٔ مادرم رو از سر من و بچه‌هام کم نکن!» که یعنی:«نگا کنین! این آدم حتی وقتی مادرش سکته کرده بازم بفکر خودش وکاراشه!» نیت تفرقه اندازی حوری از این کنایه‌ها آزارش می‌داد.

سیامک نگاهی به او انداخت رو به آهو و رضا گفت: «حالا که حاج‌آقا نمی‌تونن بیان منم می‌یام!» رضا گفت: «خوبه. هستی‌ام می‌مونه بچه‌ها رو نگر می‌داره تا شما برگردین!» هستی گفت: «دلم می‌خواست منم می‌اومدم، ولی انگار چاره‌ای نیست! باشه، من می‌مونم بچه‌ها رو نگر می‌دارم».

ناگزیر و با لحنی مستأصل رو به همه گفت: «من می‌رم پادگان که به جلسه برسم. رضا، تو بیمارستان مشکلی پیش اومد زنگ بزن! ببینم کی می‌تونم خودِ بدبخت و گرفتارمو برسونم».

کسی جواب او را نداد و حتی روی خودشان را برنگرداندند که نگاهش کنند. اخلاق حوری و بی‌اعتنایی‌هایش به همه سرایت کرده

بود. همین برخوردها بود که او را از حوری و آن خانه و همه بیزار می‌کرد و سمت فرخنده می‌راندش. تا در قلب مادر بود، بزرگ و سروَر خانواده و فامیل بود چیزی که حوری از او ربوده بود. اگر پای بچه‌ها و حالا نوه‌هایش در میان نبود خیلی پیش‌تر طلاقش داده بود، همان موقع که با فرخنده آشنا شد و ازدواج کرد. ترسش از آن بود که خدا نکرده مادر طوریش شود و حوری جای او را بگیرد و ستون و خیمهٔ خانواده شود.

در راه پادگان عبدالله تلفن زد. فکر کرد جوابش را ندهد. لابد می‌خواست راجع به پیشنهاد تازهٔ شیخ‌حسن آل‌خمیس حرف بزند. روز قبل هم زنگ زده بود و جواب نداده بود. صفحهٔ موبایل را باز کرد. راننده‌اش را تازگی عوض کرده بودند و اعتماد کافی به او نداشت، خصوصاً که علی وقتی ردّ او را زده بود فهمیده بود قبلاً در حفاظت اطلاعات کار می‌کرده. علی گفته بود مراقب راننده‌ها و محافظ‌هایش باشد چون «معلوم نیس دیگه اینا رو چه ارگانا و آدمایی گزینش و استخدام می‌کنن و می‌فرستن برا ما».

گوشی را نزدیک گوشش بود و بااحتیاط، طوری که عبدالله متوجه محذوریت او بشود، گفت: «آق‌عبدالله رو عشقه! بگو ببینم چه خبره اونجا؟ اینجا که ما تا حکومت نظامی یه یاحسین فاصله داریم! ببین چی می‌گم، بی‌خیال حرفای شیخ شو. تو فقط بهش بگو یه نگا دیگه به عکس جنس بندازه بلکه بفهمه راجع به چی داره حرف می‌زنه! یه نگین بی‌نظیره، باید از نزدیک ببینیش تا بفهمی چی می‌گم. نگی با من حرف زدی‌ها! بهش بگو روت نمی‌شه پیشنهادشو به من بگی، بگو اگه پنج شش برابرش بکنه بلکه بتونی کاری بکنی! زنگ نزن تا خودش زنگ بزنه، حواست باشه لایی ندی!» بعد هم برای اینکه خیال رانندهٔ گوش‌خوابانده را خلاص کند گفت: «چه کنیم دیگه، مملکت به ارز احتیاج داره!»

بچههای گشت خیابان جردن دستگیرش کرده بودند، شانزده سال بیشتر نداشت. فیلمش را که به او نشان دادند دستور داد او را به خانهٔ امن خیریهٔ عفاف ببرند و تحویل حاج‌فرخنده خانم بدهند. یکی دو هفته‌ای طول کشید تا وقت کرد سری به خیریه بزند. فرخنده خوب به او و به سر و وضع و رفتارش رسیده بود و با اسم دومش، لیلی، او را صدا می‌زد. حالا که از نزدیک دخترک را می‌دید به‌نظرش مثل یک قطعه الماس درشت و گران‌قیمت می‌درخشید. فرخنده هم همین نظر را داشت و می‌گفت: «سال‌ها طول می‌کشه که یه همچین دختری به مؤسسه سپرده بشه».

نماز نصفه‌ونیمه و غلط‌وغلوط او را فرخنده همان چند روز اول تکمیل و مقنعه و چادری برازنده سرش کرده بود. فرشته‌ای کوچک و معصوم با زیبایی‌ای که نظیرش را میان دخترهای خیریه ندیده بود. فرخنده معاینه‌اش کرده بود و معلوم شده بود دست‌نخورده است. با دوست‌پسر هفده هجده ساله‌اش از کرمان فرار کرده بودند و آمده بودند تهران. پسرک از ترس گیر افتادن صبح همان روزی که گشت لیلی را ابتدای جردن سوار کرده بودند، بدون آن‌که تعرضی به دخترک کرده باشد او را توی پارک ملت قال گذاشته بود و فرار کرده بود.

در همان نگاه اول متوجه شد که او می‌تواند عروسی برازنده برای خاندان آل‌خمیس باشد، قیمتی نمی‌شد روی او گذاشت. الماسِ درشت و تراش‌نخورده‌ای که چشم را خیره می‌کرد. وقتی فرخنده به لیلی گفته بود که قانوناً باید به پدر و مادرش اطلاع بدهند که بیایند دنبالش، بیچاره به گریه و التماس می‌افتد که اگر او را تحویل پدر و مادرش بدهند، برادرهایش او را می‌کشند. فرخنده هم دلداری‌اش می‌دهد و به خاطر خدا و ترس از خشونت‌هایی که معمولاً در این-جور مواقع خانواده‌ها در حق دختران بی‌گناه فراری‌شان روا می‌دارند

راه‌حل ازدواج را پیش پایش می‌گذارد و به او می‌گوید به خاطر زیبایی‌اش شانس زیادی دارد که با یک مورد خوب ازدواج کند.

دخترک قبول می‌کند و او عکس و امکانات خواستگارهای رنگ‌وارنگ و متموّل را نشانش می‌دهد تا به شیخ‌حسن آل‌خمیس می‌رسد. لیلی وقتی عکس کاخ‌ها و دم‌ودستگاه شیخ را در کویت و انگلیس و کالیفرنیا می‌بیند، چشمش را بر سن و سال او می‌بندد و موافقت می‌کند که عروس شیخ شود. رمضان آن روز در حضور لیلی، فرخنده را به خاطر خیرخواهی و کاری که در حق او کرده بود دعا کرد و از لیلی خواست دست فرخنده را همان‌جا جلوی خودش ببوسد. دخترک را که مرخص کرد از فرخنده خواست آلبوم و بروشور عکس‌های او را، که معمولاً برای خواستگارهای سطح‌بالا تدارک می‌شد، فراهم کنند تا به شیخ برسانند. با توجه به زیبایی استثنایی و بکر بودن دخترک، مطمئن بود شیخ توصیهٔ چندبرابر شدهٔ او را درمقابل رقم صدهزار دلاری پیشنهادی‌اش رد نمی‌کرد.

عبدالله آن سوی خط گفت: «امر امر شماست قربان، مخصوصاً وقتی صحبت ارز و منافع نظام در بین باشه!» گفت: «خودتم این روزا مراقب باش که خوزستان مثل مینِ زیر خاک می‌مونه، پاتو بزاری روش می‌ری هوا! شش‌دونگ حواست رو بده به عَرَبا. هرجور تظاهراتی رو همون ساعت اول اگه خفه کردی، کردی! وگرنه بد- جوری می‌افتی تو هَچل، همون جور که فکر کنم ما افتادیم. باشه تا بعد که حرفشو بزنیم. می‌دونی تو این هیروبیر حاج‌اخترم سکته زده بردنش بیمارستان... نه شکرخدا، مثلیکه به هوشه. اوضاع زندگیِ مارو می‌بینی عشقی؟! ننه‌مون سکته کرده به‌جای اینکه تو راه بیمارستان باشم، تو راه پادگانم، تا می‌گی چی مردم می‌ریزن تو خیابونا، اینم شد مملکت؟!.. باید خودمو برسونم به یه جلسهٔ امنیتیِ مهم. قربونت... می‌دونم، یه زمانی یه بیسیم بود و یه حاج‌اخترخانوم.

منو که ترک کرده و قربونش برم مدام نفرینم می‌کنه... کجای کاری؟ عاشقشم، عاشق نفریناش! هنوزم می‌میرم واسه اینکه سرمو بذارم رو دامنش و یه خواب راحت بکنم، ولی لامصب مگه را می‌ده! ننَمه دیگه!... چاکرتم... آقایی.. درتماس... زَت زیاد!»

بار آخری که قصد کرده بود به خانه حاج‌اخترخانم برود تولد هشتاد سالگی او بود که همزمان شده بود با روز مادر. به حوری که با بچه‌ها راهیِ خانهٔ مادر بودند گفت که می‌خواهد همراهشان بیاید، حتی اگر پشت در بماند. حوری که از کوچک و کنِف شدن او بدش نمی‌آمد مخالفتی نکرد. از بازار صفویه یک مانتو و شال عالی خریدند و با یک سبد گل همراه رضا و آهو و هستی و سهراب بدون اسکورت، با ماشین‌های رضا و سهراب رفتند بیسیم. در ماشین آهو به کنایه به مادرش که روی صندلی عقب کنار او نشسته بود گفت: «باز روز مادر شد وبابا ما و بچه‌ها رو سپر کرده تا شاید از تشّر و بی‌محلی و نفرین مامان اختر در امان بمونه.»

دو سالی بود که روز اول سال نو، نیمهٔ شعبان و گاهی هم روز مبعث و شب چلّه از مواقعی بود که به بهانهٔ آنها کنار دیگران به دیدن مادرش می‌رفت، گرچه هربار با کم‌محلی و غرولند یا نفرین او روبرو می‌شد و مجبور بود کنار درِ اتاقش بنشیند و کلمه‌ای حرف نزند. آن روز فروغ و سعید هم آن‌جا بودند. حوری و بچه‌ها یکی‌یکی رفتند و دست مادر را بوسیدند و هدیه‌هاشان را دادند. بدون اینکه سلامی کند کنار درِ اتاق نشست، البته سلام هم اگر می‌کرد نه مادر، نه فروغ و سعید جوابش را نمی‌دادند. به‌تجربه فهمیده بود وقتی پا را از حد خودش و قاعدهٔ مادر فراتر می‌گذارد و به مادر نزدیک می‌شود، بهترین عکس‌العمل او این است که رویش را برمی‌گرداند و زیرلب نفرینش می‌کند. اگر هم اقاتش تلخ باشد و از دروهمسایه و مردم چیزی تازه درباره‌اش شنیده باشد سروصدا راه می‌اندازد و کلی

بدوبیراه بارش می‌کند. همین بود که تصمیم گرفته بود طوری رفتار کند که انگار نیست و نبوده بلکه حضورش برای مادر قابل تحمل شود.

مادر رو به حوری کرد و گفت: «حوری‌جون، این گُلای قشنگ رو گذاشتم به‌حساب هدیهٔ تو، ممنون که به‌فکرم بودی مادر! اما بیا این بسته کادو رو بردار پسش بده. آخه شما که می‌دونی من این‌جور چیزا رو از این‌جور آدما قبول نمی‌کنم. چرا منو تو محذوریت می‌ذارین!» حوری بدون هیچ تعارفی گفت: «چَشم حاج‌خانم!» و جلو رفت، بستهٔ کادوی خودشان را برداشت و برگشت نگاه معناداری به او کرد و روی صندلی‌اش نشست.

لحظه‌ای نگاهش با نگاه سعید و فروغ تلاقی کرد. فروغ رو برگرداند و سعید پلک‌هایش را به‌هم زد و وانمود کرد که انگار به او نگاه نمی‌کرده است. آهو و رضا طبق معمولِ این لحظات شروع کردند به میدان‌داری و حرف زدن و شوخی کردن با مادر بزرگشان. در این مواقع بود که حقیرشدنش پس شوخی‌ها و عادی سازی‌های بچه پنهان می‌ماند واو نفسی می‌کشید.

رضا گفت: «ماماناختر تولدتون مبارک! افتاد به روز مادر! به نفع ما شد و به ضرر شما!» آهو گفت: «منظورِ این رضای خسیس اینه که دیگه دوبار براتون کادو نمی‌خره!» مادرش خندید و گفت: «اوهو بدجنس! بی‌خود بدگوییه رضا رو نکن! حیف که شوهرت و بچه‌ات اینجان، اگه نه یادت می‌آوردم کی خسیسه!»

وقتی بچه‌ها مادر را سرحال می‌آوردند، با خودش فکر می‌کرد ای‌کاش جای آنها بود و می‌توانست مثل قدیم‌ها با او خوش‌وبش و شوخی کند و بگووبخند راه بیندازد و آن‌جور میانشان احساس زیادی بودن نکند. حسرت دو کلمهٔ محبت‌آمیز و نیم‌نگاهی از سر مهرِ مادر

به دلش مانده بود. اما به همین هم راضی بود. براش مهم نبود هدیه‌اش را قبول نمی‌کند و گوشه و کنایه می‌زند، یا اینکه با سعید و فروغ و حوری گرم می‌گیرد و به چیزهایی اشاره می‌کند که او به‌کل بی‌خبر است، همین اندازه که بالاخره بعد از سال‌ها گاهی در خانه و کنار پاشنهٔ درِ اتاقش او را تحمل می‌کند برایش کافی بود. رضا رو به مادربزرگ گفت: «قربون شما برم که هنوز یادتونه این خواهر من تو بچگی چه خسیسی بود، دستشو بمن نمی‌داد که نکنه یه‌چیزی به کف دستش چسبیده باشه بچسبه به دست من!» همه با صدای بلند خندیدند و مادر بلندتر از همه. با همان صدایی که وقت سرخوشی و شادی می‌لرزیدند گفت: «ها بارک الله به تو که آبجیت رو خوب می‌شناسی!»

خنده‌های مادرش را دوست داشت و خوشحال بود که به‌واسطهٔ نوه‌ها و نبیره‌هایش بالاخره توانسته همین اندازه او و خنده‌هایش را ببیند. دو سال پیش در یکی از همین دورهمی‌های خانوادگی، نازنین جلوی همه از مادربزرگش، حوری پرسیده بود: «چرا بابا رمضون با ما نمی‌یاد خونهٔ مامان اختر؟» همه ساکت می‌مانند. مادر توی هم می‌رود و ساکت می‌شود. شبِ همان روز حوری این موضوع را به او گفت و قرار شد دفعه دیگر برای امتحان همراه آنها به دیدن مادر بروند، شاید به‌خاطر نبیره‌هایش هم که شده حرفی نزند. همین کار را هم کردند. وقتی با تردید و ترس بعد از سال‌ها داشت قدم به خانهٔ مادر می‌گذاشت، هستی با صدای بلند گفت: «امروز نازنین و سهراب بابا رمضونش رو هم با خودشون آوردن خونهٔ مامان‌بزرگشون!» مادر ساکت ماند، سکوتی که در پناه آن حالا سالی ماهی می‌توانست او را ببیند و شاهد لذتی باشد که او از دیدن نوه‌ها و نبیره‌ها و عروس و داماد و دخترش می‌برد.

یک‌سال بعد از اعدام ابراهیم، در مراسم ختمی که حاج‌اخترخانم در خانهٔ خودش و برای فامیل گرفته بود، مقابل چشم خیلی از اقوام خودش را روی پای مادر انداخت و طلب عفو کرد، زار زد و خواست که ببخشدش. اما مادر او را پس زد و با صدای بلند نفرین و خوارش کرد. ناامید که شد به فروغ پناه برد که با صورت خیس ایستاده بود به تماشا و نگاهش می‌کرد. دست او را بوسید و مغفرت و آمرزش طلبید. فروغ دستش را از دست او بیرون کشید و گفت: «این کار رو نکن رمضون!» و زیرلب طوری که فقط او بشنود ادامه داده بود: «ابراهیم باید تو رو ببخشه، نه من!»

نفهمید که فروغ او را بخشیده بود یا نه. به چشم‌هایش نگاه کرد شاید از آنها چیزی دستگیرش شود. سرد و بی‌روح بودند. بخشوده نشد و باور کرد و قبول کرد که هرگز نخواهد شد. همهٔ فامیل و آشنا و محله اعدام ابراهیم را به پای او نوشته بودند، با اینکه میان آشنا و فامیل هرجا نشست و هر فرصتی که پیدا کرد گفت که از حکم اعدام ابراهیم بی‌خبر بوده، وگرنه شده جونش رو می‌ذاشته و جلوی آن را می‌گرفته!

روزی که فروغ و سعید عقد کردند، در خانهٔ مادر مهمانی خودمانی‌-ای دادند که خانوادهٔ سعید، حاج‌محسن که هنوز زنده بود و احترام‌خانم و فاطی، حتی خانواده ابراهیم، محمدآقا و فخری‌خانم و مریم را هم دعوت کرده بودند، اما مادر رسماً به حوری گفته بود: «به رمضون بگو سرشو نندازه پایین راه بیفته با شماها بیاد که جلوی همه از خونه می‌ندازمش بیرون!» فروغ ازدواج کرده بود و هنوز داغ اعدام ابراهیم از دل او و دیگران پاک نشده بود.

چند روز بعد از آن مهمانی، بعد از سال‌ها به سعید زنگ زد که مثلاً چیزی گفته باشد، همین که گفت: «اَلو، سلام» سعید صدایش را شناخت و سرد و آرام جواب سلامش را داد و ساکت ماند. پرسید:

«چطوری آق‌سعید؟» سعید پاسخی نداد. دستپاچه شد. خودش را آماده کرده بود که حال‌واحوالی بکند و بعد برود سر قضیهٔ ازدواج آنها و تبریکی بگوید. یک لحظه تصمیم گرفت تلفن را قطع کند. اما خودش را جمع‌وجور کرد و گفت: «خوبه والا، آبجیِ ما دوبار ازدواج بکنه و هر دو بار نصیب رفقام بشه!» سعید اما حاضرجواب‌تر از انتظارش، به همان سردی‌ای که سلام کرده بود گفت: «واسه اینکه برخلاف بعضیا، آدم درست و بامرام و معرفتیه!». مانده بود چه بگوید، جواب داد: «ناسلامتی آبجی منه دیگه». سعید مکثی کرد و گفت: «رمضون هرچی بخوای می‌تونی بگی، فقط خودتو به کوچهٔ علی‌چپ نزن! کدوم آبجی، کدوم تو؟! موندم چه‌طوری روت می‌شه به اون بگی آبجی». فکری کرد و گفت: «هرچی به‌جای خودش آق‌سعید! اولاً که یه صلهٔ ارحامی که به گردنمه، بعدشم، خون حاج‌مهدی و حاج‌اختره که منو می‌کشونه سمت خونوادم و شماها!» سعید گفت: «همین! چشمِ خودتو به همه‌چی بستی و چسبیدی به خون. بهتره با این چرت‌وپرِتا خودتو گول نزنی و یه‌کم فکر کنی!» بی‌فایده بود. مکثی کرد و گفت: «باشه آق‌سعید! من که دستم از ننه‌م و فروغ کوتاهه، گفتم اقلاً به تو تلفنی زده باشم و تبریکی بگم! ایشالا به پای هم پیر شین، از ما خداحافظ!»

نباید می‌گذاشت بگومگویش با سعید ادامه پیدا می‌کرد. سال‌ها بود که سعید جای خالیِ نفرین‌شدهٔ خودش و مجتبی و ابراهیم را در قلب مادرش اشغال کرده بود و حالا هم که دل خواهرش را برده بود و او را هم از آن خود کرده بود. به جا و مقام سعید در خانواده و در قلب بچه‌ها و زن خودش غبطه می‌خورد. سعید برایش حکم رشتهٔ باریک و آخرینی را داشت که او را به گذشته‌ای متصل می‌کرد که سال‌ها پیش، شاید همان فردای انقلاب از هم گسسته بود.

ماشینش وارد پادگان شد. پیاده شد و افسر نگهبان فرمان ایست داد و همهٔ پرسنل اطراف درِ ورودی به حالت خبردار ایستادند و سلام نظامی دادند. قرار بود جلسهٔ امنیتی در اتاق کنفرانس چسبیده به دفتر کارش برگزار شود.

مادر را به‌دستور پزشک کشیک از اورژانس به سی‌سی‌یو منتقل و بستری کردند. فروغ با چشم‌هایی که خشک نمی‌شدند همراه سعید به لابی بیمارستان برگشتند. موبایلش را از کیف بیرون آورد. سعید گفت: «عزیز من، تو حالت خوب نیست، به کی می‌خوای زنگ بزنی، بگو من می‌زنم، برو بشین بلکه یه‌کم آروم بشی». همین‌طور که شمارهٔ گُلی را می‌گرفت گفت: «خوبم سعید، چیزیم نیست! دارم به گلی زنگ می‌زنم بهش خبر بدم که آوردیمش به این بیمارستان، شاید آشنایی داشته باشه، سفارشی بکنه». قدمی از او فاصله گرفت و گفت: «سلام گُلی جون. آره آوردیمش بیمارستان طوس، همین الان بردنش سی‌سی‌یو. دکتر اورژانش گفت سنگین بوده، گفت باید سی-تی‌اسکن بشه... این بیمارستان نداره، دارن با بیمارستان مفید هماهنگ می‌کنن... جدی می‌گی؟... اتفاقاً زنگ زدم همین رو ازت بپرسم. مرسی عزیزم، زحمتته اونم با این همه مشغله‌ای که تو داری... باشه عزیزم، ممنون می‌شم».

تلفن را قطع کرد و رو به سعید گفت: «یکی از هم‌دانشکده‌یی‌های سابقش اینجا تو بخش زنان کار می‌کنه. گفت الان بهش زنگ می‌زنه و سفارش مامان رو می‌کنه». تماس گلی با دوستش که رئیس بخش زایمان بیمارستان بود به بستری شدن مادر سرعت بیشتری داد. دکتر مغز و اعصاب هم او را معاینه کرد و اسکن را تأیید کرد و سرپرستاری بخش از بیمارستان مفید برای ساعت ده شب وقت اسکن گرفت. بچه‌ها به بیمارستان رسیدند تازه مادر را به سی‌سی‌یو برده بودند. فروغ حوری را در آغوش گرفت و با هم گریه کردند،

قادر به حرف زدن نبود. سعید مختصری از حال حاج‌اخترخانم و تصمیم پزشک‌ها گفت. همان‌جا در لابی بیمارستان به انتظار نشستند تا شاید فرصتی پیش بیاید بتوانند مادر را از دور هم که شده ببینند. آهو گفت: «خدا نکرده اگه طوریش شده باشه چی عمه؟» گفت: «ایشالا که طوری نیست» و آهسته و برای دل خودش ادامه داد: «جوونیش‌رو رو ماها گذاشت، چه‌ها که نکشید! تموم زندگیش به عزا و انتظار و دلشوره گذشت و اخم به ابرو نیاورد. همین دو سه هفته پیش بود داشتم سختی‌هایی که تو زندگی بابت ماها کشیده واسش یکی‌یکی می‌شمردم، عصبانی شد و گفت نکنه وقتی مُردم دلت برا بدبختی‌ای من بسوزه و آبغوره بگیری! اگه می‌خوای اون دنیا به مادرت خوش بگذره به شادیای زندگیم فکر کن. بهش گفتم باشه، به‌شرطی که برام بشمُری‌شون! شروع کرد به شمردن، اول از همه از روز عروسیش گفت و اینکه بابامون تا به دنیا بوده یه مرد درست‌وحسابی براش بوده. گفت همچین که منو گرفت همه الواتی‌هاشو، عرق‌خوری‌هاشو، کافه رفتن‌هاشو، خانم‌بازی‌هاشو، چاقوکشی‌هاشو گذاشت کنار. از بابام نقل می‌کرد که بهش می‌گفته کاری که تو زن با من کردی استغفرالله از خدام بر نمی‌اومد! از به دنیا آوردن تک‌تک ماها گفت که چقدر از شیر دادن به ما و بو کردن‌مون کیف می‌کرده. از مدرسه فرستادن‌مون، شونه کردن موهای من و نجمه، پاک کردن هر روزهٔ یقهٔ سفید رمضون و مجتبی، از بزرگ شدن و مرد شدن یکشبهٔ رمضون بعد از کشته شدن بابام و ظاهر شدن یک‌شبهٔ یه مرد جای بابای خدای‌بیامرزم توی خونه، از مراقبتی که رمضون با وجود سن کمش از خونواده می‌کرده، از روز دومادی رمضون و از زندگی کردن تو یه خونه با مامانِ تو، از حوری که براش مثل حضرت زهرا پاک و معصوم و پر از خوبی بود، از دانشگاه رفتن من، از دنیا اومدن شما دو تا، از اذون گفتن تو گوشتون

و اینکه چه حال خوبی پیدا می‌کرده وقتی می‌دیده نسل خودش و
حاج‌مهدی ور نیفتاده، از صدای گریه و خنده‌های بچگی‌تون که به
خونه‌ش حال و رونق می‌دادین، از عروسیِ من و ابراهیم، از عروس
و دوماد شدن شما دو تا. از بغل کردن نازنین و سهراب و شیرینی
اونا وقتی تازه به حرف اومده بودن، می‌گفت هربار می‌بینمشون انگار
صد سال جوون می‌شم و خدا عمر دوباره بهم می‌ده، از ازدواج من
و سعید، از محبت‌های سعید به خودش ومن، محبت خودش به
سعید، می‌گفت سعید هدیهٔ خدا به اون و منه. من رو نصیحت می‌کرد
و می‌گفت مبادا روزی قدرنشناسی کنی و در حقش کوتاهی‌ای بکنی!
بهش گفتم فکر نمی‌کردم انقدر دوستش داشته باشی که سفارش اونو
به من بکنی».

رضا و آهو خندیدند و چشم‌های پر اشک خودشان را از او پنهان
کردند. برای آنها نگفت که در میان شمردن همهٔ شادی‌های زندگیش
از یاد نبرد که چندبار با مشت به سینه‌اش بکوبد و بگوید: «رمضون
الهی که به حق پنج‌تن نیامرزیده از دنیا بری که سیاهی کشیدی روی
همهٔ روشنی‌های زندگی و برکت‌هایی که خدا بمن داده بود!» رضا با
بغض گفت: «خوش‌ترین خاطرات من از بچگیم مال دوره‌ایه که ما
خونهٔ مامان‌جون زندگی می‌کردیم. به‌قول آهو، آجربه‌آجرِ درو دیوار
و سقف خونهٔ بچگی‌مون از خاطرات خونهٔ مامان‌جون ساخته شده!
ایشالا که خوب می‌شه و صد سال عمر می‌کنه و بچه‌های نازنین و
سهراب رو هم می‌بینه».

حوری موهایش را زیر مقنعه برد و چادرش را مرتب کرد و دست او
راگرفت و رو به سیامک و رضاگفت: «رضا، یادش به‌خیر سفرای
مشهدی که تابستونا با حاج‌اخترخانم می‌رفتیم! شماها بچه بودین،
با قطار می‌رفتیم، خیلی خوش می‌گذشت. مامان‌اختر واسهٔ تو راه و
تو قطار یه قابلمهٔ بزرگ لوبیاپلو درست می‌کرد. بعضی شبا رو تا

صبح توی صحن می‌گذروندیم. همیشه گفتم، من نماز و روزه و مسلمونیم رو مدیونشم. نشد اون‌جورکه حقش بود تو روزای پیری بهش خدمت کنم. خیلی به من خوبی کرد، هرچی دارم از اون دارم. قدرومقامش خیلی بیشتر از اونیه که به‌چشم ماها می‌یاد. زن به این بامرامی و بزرگواری تو زندگیم ندیدم. با اون‌همه ناراحتی‌ای که از باباتون داشت، هیچ‌وقت حساب اون رو با من قاطی نکرد. چه وقتی تو خونه‌ش بودم، چه وقتی رفتیم خونهٔ خودمون. عروسش نبودم، دخترش بودم. طوری حساب من رو از رمضون جدا کرده بود که خجالت می‌کشیدم اون رو مادرشوهرم بدونم. تو روضه‌خونی‌ها و عزادارِیای عاشورا تاسوعا، توی کوچه بازار و محله هرکی ازم می‌پرسید چه نسبتی با حاج‌اخترخانم دارم می‌گفتم مادرمه، اونم به غریبه‌ها می‌گفت من دخترشم».

رضا گفت: «چه دعواهایی که سرِ ما وقتی بچه بودیم واسه سخت‌گیریای بابام باهاش نکرد. مامان، ماجرای تلویزیون خریدنمون رو که یادته؟ انقدر بابا مخالفت کرد تا مامان‌اختر با اینکه تلویزیون خریدن رو گناه می‌دونست خودش رفت خرید آورد گذاشت تو اتاقش گفت حالا هروقت دلتون خواست بیاین تو اتاق من تلویزیون ببینین. یادم نمی‌ره اون روز من وآهو چقدر ماچش کردیم!» سیامک گفت: «منم که از بیرون تو خونوادهٔ شما اومدم می‌تونم حاج‌اخترخانوم رو همه‌جا و تو همه از کوچیک تا بزرگ ببینم». تلفنش را به آهو داد و گفت که تلفن نجمه را بگیرد تا با او صحبت کند.

گُلی از درِ بیمارستان وارد سالن انتظار شد و به‌طرف آنها آمد. سعید اولین کسی بود که او را دید، قدمی پیش گذاشت و او را در آغوش گرفت و گفت: «عزیزم! چه خوب کردی اومدی!» گلی گفت: «گفتم بیام یه‌سر بهتون بزنم ببینم حاج‌خانم چطورن، اوضاع که مرتبه؟»

جلو رفت و بغلش کرد و گفت: «چطوری خاله؟ از وقتی بردنش سی‌سی‌یو ازش بی‌خبریم، اجازه نداریم بریم تو». گلی با حوری و آهو سلام‌وعلیک کرد و گفت: «الان زنگ می‌زنم به دکتر روشن‌ضمیر، دوستم. سعی می‌کنم هم دکترش رو ببینم هم خودش رو».

آهو گوشی تلفن را به گوشش برد و از آنها فاصله گرفت. گلی شماره تلفن دوستش را گرفت. آهو گفت: «عمه‌نجمه سلام! آهو هستم، بی‌موقع که زنگ نزدم؟... مرسی خوبم!... اونم خوبه... عمه! عمه‌فروغ می‌خواستن باهاتون صحبت کنن... بله گوشی رو داشته باشین». و نزدیک آمد و گوشی را طرف اوگرفت. گلی از آنها فاصله گرفته بود تا با دوستش صحبت کند. گوشی را گرفت و به گوشش برد و گفت: «سلام نجمه... چطوری خواهر؟... خوبم، سعیدم خوبه... نه، واسه همین بهت زنگ زدم... یه سکتهٔ خفیف کرده... نگران نباش، آوردیمش بیمارستان... نه الحمدالله یه‌کم به‌هوشه، فعلاً تو سی‌سی‌یو بستریش کردن... زنگ زدم خبرت کنم... نمی‌خوام نگران بشی... مادر هشتاد سالشه... می‌گفتی می‌خوای بیای ایران ببینیش، فکر کنم دیگه وقتشه... نه به جون نجمه، فعلاً که طوریش نیست... ولی بد نیست بیای ببینیش، تو که پاس ایرونیت رو هم گرفتی و مشکلی نداری، سی‌سال از اون روزا گذشته... می‌دونم... بعد از انتخاباته و اوضاع یه‌کم به‌هم ریخته‌س... من نگم! خودت باید تصمیم بگیری، فقط زنگ زدم بگم اگه تصمیم داری بیای مامان رو ببینی وقتشه... فکر نمی‌کنم مشکلی پیش بیاد، خیلیا اومدن و رفتن».

گلی به سعید گفت: «بابا من می‌رم سی‌سی‌یو دکترِ حاج خانوم رو ببینم». قبل از خداحافظی گفت: «تصمیمتو که گرفتی خبرم کن. گابریل چطوره ؟... بچه‌هات؟.. فلورین؟... آرمین؟.. نگران نباش آوردیمش یه بیمارستان آشنا، گُلی‌جون اینجا آشنا داره، الانم خودش

اینجاست. زنگ زدم خبرت کنم، فعلاً که همه‌چی تحت کنترله، مزاحمت نشم، برو که به کارات برسی خواهرم!... قربونت، سلام برسون».

سعید نزدیکش آمد و گفت: «خوب کردی زنگ زدی فروغ، اون که می‌خواد بیاد ایران بهتره الان بیاد! چقدم حاج‌خانم خوشحال می‌شه». گفت: «امیدوارم نگرانش نکرده باشم». سیامک پرسید: «عمه‌نجمه چند ساله ایرون نیومدن؟» گفت: «وقتی رفت سی‌سالش بود، سه چهار سال از من کوچکتره، الان باید پنجاه و شش هفت سالش باشه. بیست و هفت هشت سالی می‌شه رفته. اولش که شوروی بود، بعدم که رفت آلمان و نشد بیاد ایران». حوری گفت: «من و نجمه دو سال اختلاف سن داریم. وقتی قدم به خونهٔ حاج‌اخترخانم گذاشتم نجمه مدرسه‌ای بود و چقدم وقت گذاشت خوندن و نوشتن یادم بده. تصدیق ششمم رو مدیون اونم و دیپلم رو مدیون حاج‌خانم، گذاشت پشتش که بخون، بخون مبادا از بچه‌هات عقب بیافتی! چقدم درست می‌گفت، همون درس خوندن چقدر تو زندگیم اثر گذاشت».

فروغ احساس گرسنگی می‌کرد. پیشنهاد کرد در بوفه چیزی بخورند. گلی از سی‌سی‌یو آمد و چشم‌ها به‌سمت او برگشت. گفت: «حاج‌اخترخانم حالشون بد نیست. من با دکترش صحبت کردم، سطح هوشیاریش خوبه، به محرک‌های یه‌کم قوی جواب می‌ده. خوشبختانه به کما نرفته، ولی خطرش هست. داروهای لازم برای جلوگیری از پیشروی آسیب‌های مغزی رو دکتر براشون تجویز کرده. سی‌تی‌اسکن که بشن دکتر تصویر دقیق‌تری از آسیب‌های واردشده به مغزشون پیدا می‌کنه. الان تو سی‌سی‌یو بیشتر متمرکزن روی کاهش عوارض سکته». آهو پرسید: «گلی‌جون، ببخشین، اینکه گفتین به محرکای یه‌کم قوی جواب می‌ده یعنی چی؟» گُلی گفت:

«سکتهٔ مغزی اگه به کما منجر نشه عموماً با یه درجاتی از کاهش هوشیاری همراه می‌شه. این‌جور که دکتر می‌گفت حاج‌خانم دچار خواب‌آلودگی شدیدن. باید به‌شدت تکونشون بِدن تا چشماشون رو باز کنن».

حوری دستش را روی شانهٔ گلی گذاشت و پرسید: «کِی می‌تونیم ببینیمش؟» گلی گفت: «فکر نمی‌کنم تا فردا بشه خاله! ملاقات مریضای سی‌سی‌یو محدوده. دوستم به سرپرستاری بخش سفارشای لازم رو کرده، نگران نباشین» و مکثی کرد و رو به او گفت: «خاله فروغ، خیلی دلم می‌خواست می‌موندم، ولی باید برم مطب. بدشانسی درست همین امروز صبح یکی دو تا از مریضای پابه‌ماهم وقت گرفتن! ولی ویزیت‌شون که کردم برمی‌گردم». جواب داد: «برو عزیزم! همین که اومدی سفارش کردی خیلی ممنونم ازت. برو به کارِت برسی، احتیاجم نیست دوباره برگردی، اگه لازم شد بهت زنگ می‌زنم». گلی بازوی سعید رو گرفت و فشرد و رو به همه گفت: «خیلی عذر می‌خوام، اگه اجازه بدین من مرخص بشم. برمی‌گردم. خاله جون، باباجون، مشکلی پیش اومد حتماً زنگ بزنین». خداحافظی کرد و رفت. رو به همه گفت: «باید می‌رفت مطب، از مولوی پاشده اومده حیوونک و حالام باید خودشو برسونه خیابون شکوفه.».

فصل سیزده

منتظر ایستاده بودند تا خبر تازه‌ای از حاج‌اخترخانم بگیرند و اگر
بشود به سی‌سی‌یو بروند. میان جواب دادن فروغ و سعید به
تلفن‌های آشنا و فامیل که احوالپرس مادر بودند، صدای هیاهو و
شعار دادن جمعیتی به‌گوش رسید. آهو گفت: «تظاهرات شروع
شد!» رضا گفت: «پس ادامه پیدا کرد!» سیامک گفت: «برم ببینم چه
خبره؟» آهو گفت: «منم میام!» حوری گفت: «تو دیگه واسه چی
می‌ری؟» آهو گفت: «زود برمی‌گردم مامان!» سعید گفت: «امیدوارم
گُلی تو ترافیک و بگیروببند گیر نیفته؟»

تلفنِ فروغ زنگ خورد، به صفحه موبایلش نگاه کرد، فخری خانم
مادر ابراهیم بود. گوشی‌اش را بازکرد و زیرِ روسری برد و گفت:
«سلام مامان!... خوبه، آوردیمش بیمارستان، سی‌سی‌یو بستریش
کردن... بله... نه، این‌جور که دکترا می‌گن خیلی حاد نیست.

سی‌تی‌اسکن کنن مشخص می‌شه... زحمتتونه... بیمارستان طوس ماماان... ممنون. شمام مریم جون رو سلام برسونین».

صدای شعارهای مردم شدیدتر شده بود. گروهی رفتند جلوی درِ ورودی ایستادند به تماشا. سعید به‌طرف درِ خروجی رفت و به سیامک و آهو پیوست. انبوه جمعیت در خیابان مطهری مثل رودی خروشان در حرکت بود. تعداد زیاد نیروهای گارد و لباس‌شخصی در خیابان فرعی‌ای که ورودیِ اورژانس و لابی بیمارستان در آن قرار داشت جلب توجه می‌کرد. بعد از حمله به کوی دانشگاه و تیراندازیِ روز قبل از بام پایگاه بسیجِ خیابان آزادی، شعارها تندتر و خشم جمعیت بیشتر شده بود.

صدای شلیک گاز اشک‌آور و گلوله که از سمت خیابان ولی‌عصر آمد، خروش جمعیت شدت گرفت. غریو شعارها شیشهٔ پنجره‌های رو به خیابان لابی بیمارستان را می‌لرزاند. با بلند شدن صدای رگبار مسلسل‌ها، امواج جمعیت به تلاطم افتاد و شکاف برداشت و به فرعی‌ها از جمله به فرعی‌ای که ورودیِ اورژانس بیمارستان در آن قرار داشت سرازیر شدند. مواجهٔ مردم با نیروهای کمین‌کرده در کوچه و حمله به آنها فشار جمعیت مقابل درِ بیمارستان را دوچندان کرد. مردمِ گیرافتاده در تلهٔ گارد و لباس‌شخصی‌هایی که با باتوم و زنجیر به جانشان افتاده بودند، هراسان راه فرار می‌جستند و نمی‌یافتند.

سعید و سیامک و آهو همراه با جمعیت به داخل سالن انتظار و اورژانسِ بیمارستان رانده شدند. نیروهای گارد که در دو سوی کوچهٔ باریک به‌صف شده بودند آرایشی تهاجمی به خود گرفتند و ورودی بیمارستان را سد کردند و مانع ورود جمعیت بیشتر به داخل آن شدند. جمعیت هراسانی که از خیابان مطهری به کوچه پناه می‌آورد داخل دیواره و تونلی که از سپر نیروهای ویژه هدایت می‌شدند و در

مسیری دویست سیصد متری باران باتوم و زنجیر از دو سمت بر سرورویشان باریدن می‌گرفت. کسانی که حرکت در طول تونل را تاب نمی‌آوردند، زخمی و خونین به زمین می‌افتادند و زیر دست و پای جمعیت لگدکوب می‌شدند تا دیگران به کمک آنها بیایند و راه نجاتی پیدا کنند. اگر از آن تونل هم جان سالم به‌در می‌بردند احتمال اینکه گرفتار نیروهای لباس‌شخصی شوند کم نبود.

این درست همان روشی بود که آن روز صبح رمضان حاج‌مهدی، سرتیپ نیروی انتظامی، طرح آن را در جلسهٔ فرمانده‌هان برای پراکنده کردن و مهار اعتراضات خیابانی پیشنهاد کرده بود و حالا داشت در سراسر خیابان مطهری و ولی‌عصر با موفقیت اجرا می‌شد. صدای فریاد و نالهٔ زن‌ها و مردهایی که به تله افتاده بودند لابی بیمارستان را پوشانده بود. سعید و آهو و سیامک و گروهی از مردمی که جان به‌در برده بودند و داخل لابی ایستاده بودند سعی می‌کردند به‌نحوی راهی برای ورود زخمی‌ها به اورژانس پیدا کنند که با فحاشی نیروهایی که ورودی بیماستان را بسته بودند مواجه شدند.

حوری که چادرمشکی روی شانه‌اش افتاده بود، مقنعه‌اش را روی پیشانی کشید هراسان به فروغ گفت: «حالا چرا اقلاً نمی‌ذارن مردم زخمی بیاین تو بیمارستان؟» فروغ گفت: «دلت خوشه حوری؟ تو که اینا رو باید خوب بشناسی!» در حرف فروغ کنایه‌ای هم بود که حوری متوجه شد منظورش رمضان هم هست. حوری به‌طرف در رفت و به یکی از لباس‌شخصی‌ها گفت: «برادر اقلاً اجازه بده اون چن‌تا زن بدبخت و زخمی بیاین تو بیمارستان!» جوانک که شهرستانی و به‌نظر از نیروهای آموزشی گارد بود نگاهی به چادر و مقنعهٔ حوری انداخت و گفت: «اونا بازداشتن. نمی‌تونم خواهر. اگه فرماندم ببینه عاقبت داره...» حوری گفت: «فرمانده‌ات کیه؟»

جوانک به دست راست خودش اشاره کرد و گفت: «اونه که اونجا وایساده».

حوری به‌زحمت خودش را به فرماندهٔ دسته رساند و گفت: «آهای برادر با شمام، میشه اجازه بدین اون چن‌تا خانم زخمی بیان داخل بیمارستان؟» سروان جوان نیروی انتظامی نقاب شیشه‌ای کاسکتش را بالا زد و او را برانداز کرد و گفت: «چی گفتی، نفهمیدم؟!» بلند-ترگفت: «گفتم اجازه بدین اون خانوما‌ی زخمی بیان تو بیمارستان!» سروان نگاه تهدیدآمیزی به او کرد و گفت: «برو تو بیمارستان تا خودتم نگرفتم!» حوری نگاهی به او کرد و به بیمارستان برگشت و به فروغ گفت: «اینا دیگه کین؟» فروغ دستش راگرفت و گفت: «من که گفتم خواهرم!» سروصداها در خیابان ادامه داشت و صدای تیراندازی‌های پراکنده‌ای از دور و نزدیک به گوش می‌رسید. نیروهایی که ورودی اورژانس را سد کرده بودند همچنان اجازهٔ ورود و خروج به کسی نمی‌دادند. آنهایی که داخل سالن انتظار گیر افتاده بودند با نگرانی یکدیگر را نگاه می‌کردند و راهی برای بیرون رفتن می‌جستند. زخمی‌ها و دستگیرشده‌ها را سوار مینی‌بوس‌ها می‌کردند. همان سروان با چند نفر کاسکت به‌سر و تعدادی لباس‌شخصی داخل سالن انتظار شدند و جلوی ورودی‌ها و خروجی‌ها به راهروها و طبقات و بخش اورژانس را باگماردن مأمور بستند. سروان به گوشهٔ خلوت سالن رفت و با باتوم به نقطه‌ای کنار خودش اشاره کرد و با صدای بلند گفت: «خواهرها و برادرها توجه کنین! کارکنان و کادر بیمارستان، ملاقاتی‌ها، و همراهان بیماران، و اونایی که پرونده و مدرک پزشکی همراه دارن سر جاشون بمونن، بقیه بیان اینجا!»

سکوتی برقرار شد و جمعیت انبوه و فشردهٔ داخل سالن پرسشگرانه و نگران به یکدیگر نگاه کردند. فروغ رو به حوری و دیگران کرد و

آهسته گفت: «می‌خوان بقیه رو دستگیر کنن!» آهو به‌طرف بغل
دستی خودش برگشت و آهسته گفت: «ببخشین آقا، اگه مدرکی
ندارین با خانومتون بیاین اینجا کنار ما!» مرد تشکر کرد و دست
همسرش را گرفت و به جمع آنها پیوست. رضا رو به مرد کرد و
گفت: «مادر بزرگ من امروز توی سی‌سی‌یو بستری شده، اگه ازتون
پرسیدن نسبت‌تون با بیمار چیه بگین عمه یا خاله‌تونه! اسمش حاج‌-
اختره» و به سروان جوان نگاه کرد و ادامه داد: «دلم می‌خواد ببینم
اینا می‌خوان چی‌کار کنن؟»

جمعیت داخل سالن مقابل دستور سروان مقاومت کرد و کسی
به‌سمت جایی که او تعیین کرده بود نرفت. زمان می‌گذشت و
تشرهای او مؤثر واقع نشده بود. گفت: «حالا که این‌جوری شد
مدارک خودتون رو آماده کنین تا موقع بیرون انداختنتون از
بیمارستان یکی‌یکی‌تون رو بازرسی کنیم تا معلوم بشه کیا
رباب‌رجوعن، کیا اخلالگر!» میان جمعیت داخل سالن همهمه
درگرفت و از گوشه و کنار صدای اعتراض بلند شد. یکی از کارکنان
کادر درمانی از پشت سکوی اطلاعات به اعتراض گفت: «جناب
سروان، اینجا بیمارستانه، تو همین طبقه بخش اورژانسه، ما مریض
بدحال داریم، لطفاً رعایت مریضا رو بکنین!» سروان رو به او کرد
و با صدای بلند گفت: «تو یکی تا نگفتم دستگیرت کنن بهتره
دخالت نکنی تا ما به کارمون برسیم!»

آهو روی پا بند نبود و خون‌خونش را می‌خورد. به حوری گفت: «این
مرتیکهٔ احمق فکر می‌کنه کیه این‌جور با مردم حرف می‌زنه و تهدید
می‌کنه؟!» حوری گفت: «یه‌کم آروم باش مادر، واسه‌چی این‌قدر
حرص می‌خوری، دندون رو جیگر بزار ببینیم چی می‌شه». رضا
گفت: «اینا رو باش! یعنی واقعاً می‌خوان این جمعیت رو یکی‌یکی

بازرسی و سین‌جیم کنن؟ روتون رو برم!» سیامک شانه به شانهٔ آهو ایستاد و گفت: «بهتره وایستیم ببینیم چی می‌شه؟»

زنی مسن از میان جمعیت که به سروان نزدیک بود بلند گفت: «- جناب سروان! می‌شه به من بگی مردمی که از دست تیر و فشنگ شماها اینجا پناه گرفتن، چه گناهی کردن که این‌جور دنبالِ‌شونی؟» سروان جوان که از مقاومت و اعتراض مردم به تنگ آمده بود با تشر جواب داد: «تو بهتره خفه شی با اون موهای سفیدت!» آهو که بی‌تاب شده بود به‌سمت سروان جوان یورش برد که: «آهای! تو به چه حقی به این خانم که جای مادرته بی‌احترامی می‌کنی؟» سروان با خشم گفت: «توام غلط کردی دخالت می‌کنی؟» بعد رو به یکی از نفرات نزدیک به خودش گفت: «سرکارحسینی، اینو دستبند بزن ببرش تو مینی‌بوس!»

گروهبان حسینی به‌طرف آهو رفت. رضا و سیامک مقابل آهو به اعتراض ایستادند. حوری و فروغ به همراه عده‌ای از جمعیتِ داخل سالن با سروصدا و دادوبیداد سعی کردند مانع شوند. جوّ سالن انتظار بر اثر درگیری گروهبان حسینی با آنها یکپارچه علیه مأمورها شد. سروان عکس‌العمل مردم را که دید سر نیروهایش فریاد کشید وآنها به را به سرعت عمل تشویق کرد. آنها با ضربه‌های باتوم به سروصورت مردم به‌طرف آهو راه باز کردند و نهایتاً با ضرب‌وشتم جمعیت، آهو و سیامک را همراه با چند نفر دیگر دستبند زدند و در میان جیغ‌وداد حوری و فروغ و معترضان دیگر از سالن انتظار بیمارستان خارج شدند.

رضا و سعید پی آنها رفتند. رضا پشت هم می‌گفت مادربزرگشان در سی‌سی‌یو بستری است و آهو و سیامک جزو تظاهرات‌کننده‌ها نبوده‌اند تا شاید آنها را رها کنند، اما کسی به او توجه نمی‌کرد. سعید جلو رفت و با لحنی ملایم‌تر درحالیکه به آهو و سیامک اشاره می‌کرد

گفت: «ممکنه ازتون خواهش کنم به حرف من توجه کنین! این خانم و آقا زن و شوهرن، همراه من و مادرشون اومده بودند ملاقات مادربزرگ‌شون، ما اصلاً داخل بیمارستان بودیم و ...» سروان حرف سعید را قطع کرد و گفت: «خوبه که همراهش بودی و دیدی چه‌جوری مردمِ تو سالن رو علیه ما تحریک کرد! اینا بازداشتن، از دوروبرِ وَن نیروانتظامی‌ام برین کنار وگرنه می‌گم شما دوتا رو هم بندازن توش!»

آهو رو به سعید کرد و گفت: «عموسعید، ولشون کن، اینا آدم نیستن که شما ازشون چیزی بخواین!» سروان و دو نفر همراهش به‌طرف آهو و سیامک هجوم آوردند و همین که بازوی آهو را گرفتند تا او را داخل مینی‌بوس هُل بدهند، آهو که به‌دستش دستبد خورده بود توی صورت سروان فریاد زد: «دست به من نزن کثافت!» سروان جاخورد و عقب کشید. آهو و سیامک خودشان سوار مینی‌بوس شدند. رضا جلو رفت و به سروان گفت: «اون خانوم دختر سردار حاج‌مهدیه و اون آقام دامادشونن جناب سروان! منم پسرشونم، خواستم بگم بدونی داری چه کسایی رو دستگیر می‌کنی!» سروان گفت: «این‌جوری که تو می‌گی ننهٔ منم زن رئیس‌جمهوره! بچهٔ خدام باشن اخلالگرن! زیادی‌ام زر بزنین جفت‌تونو بازداشت می‌کنم، برین پی کارتون!» و به‌طرف ون مقابل اتوبوس رفت. رضا درحالی‌که از خشم می‌لرزید برگشت و به سعید گفت: «اینا دیگه چه لاتایی‌ان! مثلاً یارو سروان مملکته!»

حوری با گونهٔ کبود همراه با فروغ وحشت‌زده و در میان شلوغی خودشان را به آنها رساند و پرسید: «چی شد رضا، کو آهو؟» رضا گفت: «هیچی سوار مینی‌بوسشون کردن بردن!» حوری گفت: «وای خدا مرگم بده!» و با دستپاچگی موبایلش را از کیفش بیرون آورد و شمارهٔ رمضان را گرفت.

یک‌ساعتی طول کشید تا رمضان و محافظ‌هایش به سالن انتظار بیمارستان آمدند. همهمهٔ سالن جای خودش را به سکوت داد و نگاه‌ها متوجه آنها شد. فروغ و سعید مشغول احوال‌پرسی با فاطی، خواهر ابراهیم و دخترش بودند. با دیدن رمضان برای اینکه با او رودررو نشوند به بهانهٔ دیدن دکتر و خبر گرفتن از حاج‌اخترخانم آنها را ترک کردند.

حوری چادرش را روی سرش انداخت و به‌طرف رمضان که پیشاپیش حرکت می‌کرد رفت. مأموری که دسته‌گل بزرگی هم دردست داشت همراه محافظ‌ها و دیگران با فاصله‌ای از آنها ایستاده بودند. رضا، فاطی، و دخترش هم نزدیک رفتند. رمضان فاطی و دخترش را که دید سلام کرد و گفت: «احترام‌خانوم چطورن فاطمه‌خانوم؟» فاطمه که در رودربایستی مانده بود، با تردید و لکنت گفت: «خوبن الحمدالله. پادرد و کمردرد خونه‌نشینش کرده. بعد از ابراهیم مادرم شکست حاج‌آقا!» رمضان بدون آن‌که به روی خودش بیاورد، گفت: «سلام منو بهشون برسونین! خدا سایه‌شون رو از سرِ ما کم نکنه. خدا حاج‌محسن‌آقا پدرتون رو هم بیامرزه، چه مرد نازنینی بود» و نگاهی به دخترش کرد و پرسید: «ایشون دخترتون هستن؟ ماشاالله، ماشاالله! همه بزرگ شدن و ما همون‌جور جوون موندیم!» و زد زیر خنده و فاطمه هم لبخندی زورکی به لب آورد.

رمضان که چشمش به حوری افتاد پرسید: «بگو ببینم چی شده». حوری گفت: «چی شده؟ هیچی گاردیا بی‌خود و بی‌جهت ریختند تو بیمارستان و آهو و سیامک و چند نفر دیگه رو گرفتن با خودشون بردن!» رمضان گفت: «این رو پای تلفنم گفتی و منم بیسیم زدم دستور دادم ببینن کجا بردنِشون! سئوالم اینه که چرا اونا رو گرفتن، مگه کاری کردن؟» رضا گفت: «نه بابا، بیرون درگیری شده بود و یه‌عده از مردم داخل سالن انتظار بیمارستان پناه آورده بودن، گاردیام

ریختن تو که مردم رو یکی‌یکی بازرسی کنن که دادوبیداد همه بلند شد. آهو یه جوابی به توهین‌های فرمانده‌شون داد. اونام با باتوم به مردم حمله کردن. مامان رو که زدن، آهو و سیامک رو هم با چن نفر دیگه بردن!»

رمضان که تازه متوجه گونهٔ کبود حوری شده بود گفت: «تو رو دیگه واسه چی زدن؟» حوری که اشک در چشم‌هایش جمع شده بود گفت: «واسه اینکه جلوشونو گرفتم که بچه‌ها رو نبرن». رمضان گفت: «بهشون می‌گفتی اونا دختر و دوماد منن، اسم من رو می‌آوردی!» رضا گفت: «آخرسر گفتم بابا، سروانه جواب داد هرکی می‌خوان باشن، اخلاگرن باید بازداشت بشن». رمضان ساکت شد و زیرلب چیز نامفهومی را زمزمه کرد و فکری کرد و پرسید: «ننه چطوره؟» رضا گفت: «تو سی‌سی‌یو بستریه، هنوز اجازه ندادن ببینیمِش». رمضان درحالی‌که همراهان نظامی او بافاصله پشت‌سرش حرکت می‌کردند به‌طرف اطلاعات بیمارستان رفت و به خانم متصدی گفت: «خواهر! من سردارحاج‌مهدی از نیروی انتظامی تهرونم. مادرم حاج‌اختر امروز توسی‌سی‌یو بستری شده. من و خانومم می‌خوایم بریم ببینیمش!» خانم متصدی با دستپاچگی گفت: «بله! اجازه بدین از دکتر بخش اجازه بگیرم».

رمضان به ساعتش نگاه کرد و تا او به دکتر بخش تلفن بزند رویش را به‌سمت همراهانش برگرداند و پرسید: «خبری شد؟!» سرهنگ همراهش گفت: «هنوز خیر قربان!» دست به جیب جلوی سینه‌اش برد و تلفن همراهش را بیرون آورد و شماره علی را گرفت و گوشی را به گوشش برد و منتظر ماند و آهسته پرسید: «علی چی شد؟ پیداشون کردی؟... بهت بگم اگه یه مو از سر بچم و دومادم کم بشه هرچی دیدین از چشم خودتون دیدین! اون سروانهٔ مادرقحبه، هم بچه و دومادم رو دستگیر کرده هم زنم رو زده کبود کرده. وقتی

برگشت پادگان بازداشته تا بیام دهنشو سرویس کنم.... گُه خورده که هنوز هیچی نشده بازداشتیا رو تحویل سپاه داده... سپاه بخواد، مگه من و تو برگ چغندریم؟!... معلومه که فقط ما می‌تونیم اجازه تحویل بازداشتیا رو بدیم. یه سروان گوزوی دهاتی تو خیابون بگیره بعد زرتی تحویل سپاه بده! می‌بینی علی خودت و بچه‌هات چه گَندی به سر تا پام زدین؟ آبرو واسم نذاشتین! این‌جوری پیش بره دو روز دیگه میان می‌رینن به سر تو و من! بفهم چی می‌گم علی!... چه می‌دونم، هر غلطی می‌خوای بکن... نه نه ..فکرشم نکن که من زنگ می‌زنم به یه سپاهیِ الدنگِ نمی‌دونم چی‌چیه حفاظت اطلاعات بگم مادرقحبه بچه‌مو پس بده! به‌خدا اگه طوری‌شون بشه اول سرِ تو رو می‌کوبونم به دیوار بعدشم، منو که می‌شناسی، آبرو واسه هیشکی نمی‌ذارم! وقتی اون سروان مادرجندۀ تحت‌امرم زن منو بزنه ببین دیگه کارمون به کجا کشیده؟! یه خواهری ازش...»

تلفن را بست و دو قدمی به‌طرف میز متصدی اطلاعات برگشت و به او خیره شد و پرسید: «چی شد خواهر؟» متصدی گفت: «می‌تونین تشریف ببرین، سرپرستار داخل بخش منتظرتونن!» رمضان به‌طرف حوری برگشت و اشاره کرد که با او همراه شود. رو به محافظی که دسته‌گل را مثل تفنگ پیش‌فنگ کرده و مقابل خودش گرفته و به حالت خبردار ایستاده بود کرد و با اشاره به او فهماند که دسته‌گل را به او بدهد. حوری کنارش قرار گرفت و گفت: «ببین تو چه وضعیتی بی‌خود و بی‌جهت باید بچه‌ها رو بگیرن! حالام وقت همچین مصیبتی بود؟» رمضان گفت: «بی‌خود تو بوقش نکن، دارم حلش می‌کنم! حواست رو بده به حاج‌اختر که خیلی گرفتارم. پس فروغ کو، ندیدمش؟» حوری گفت: «با سعید اینجا بودن، نمیدونم چی شد غیب‌شون زد».

مقابل ورودی سی‌سی‌یو لباس و کفش مخصوص پوشیدند و با زدن ماسک روی صورتشان وارد بخش شدند. سرپرستار جلو آمد و به‌سمت تخت حاج‌اختر راهنمایی‌شان کرد. رمضان دسته‌گل را بالای سر مادرش گذاشت و خم شد و آرام گفت: «ننه! ننه‌جونم!» چشمان بسته و صورت رنگ‌پریدهٔ حاج‌اختر زیر ماسک اکسیژن شکسته‌تر و پیرتر از همیشه به‌نظرش رسید. به کیسهٔ سرُم و مانیتور بالای سر او نگاه کرد و دستش را روی پیشانی‌اش گذاشت، سرد و نمناک بود. سرپرستار گفت: «وضع عمومی‌شون خوبه، ضربان قلب خوبه و داره بهترم می‌شه. مسئله هوشیاریه که تغییر مثبتی دیده نمی‌شه، فقط به محرکای قوی عکس‌العمل نشون می‌دن. اسکن بشن بهتر می‌شه فهمید معالجه‌شون چطور پیش می‌ره».

پرستاری با گلدانی دردست آمد و دسته‌گل را داخل آن گذاشت. رمضان از سرپرستار پرسید: «شما تو بخش سی‌سی‌یو اتاق خصوصی‌ام دارین؟» پرستار گفت: «نه نداریم! چون مریضای این بخش باید دائماً تحت‌نظر و جلوی چشم ما باشن». حوری که آن‌سوی تخت و سمت دیگر حاج‌اخترخانم ایستاده بود پرسید: «از صبح که بستری شده چشماشو باز کرده؟» پرستار گفت: «بله چندبار، اگه شدید تکونش بدین و صداش بزنین چشماشون رو باز می‌کنن».

رمضان سرش را روی صورت حاج‌اختر خم کرد، حوری گفت: «رمضون صداش نزنی، بذار بخوابه!» پرستار گفت: «نه اشکالی نداره، بذارین صداش بزنن، خوبم هست». رمضان شانه مادرش را گرفت و درحالیکه محکم تکانش می‌داد با صدای بلند گفت: «حاج‌خانم، منم رمضون!» خطوط صورت و پلک‌های حاج‌اخترخانم بدون اینکه چشم‌هایش را باز کند لرزش خفیفی کرد و آرام گرفت. رمضان دوباره صدایش زد، عکس‌العملی نشان نداد.

حوری صورتش را نزدیک صورت او برد و شانه دیگرش را گرفت و تکان داد و صدایش زد: «حاج‌خانوم، حاج‌خانوم، حوری‌ام، حالتون خوبه؟» حاج‌اختر سرش را تکانی داد و لحظه‌ای چشمانش را باز کرد و به او خیره شد و سعی کرد چیزی بگوید اما نتوانست و باز چشمانش را بست. پرستار رو به حوری گفت: «خوب صداتون رو شناخت، می‌خواست جوابتونم بدِه ولی نتونست. معلومه که دوستتون داره، عروسشون هستین؟» حوری سری به تأیید تکان داد و لبخند رضایتی روی لب‌هایش ظاهر شد. رمضان به مادرش خیره ماند و اشک دور چشم‌هایش حلقه زد. خم شد و پیشانی سرد او را بوسید و آهسته زیرلب گفت: «به خدا دوستِت دارم مادرم!»

فروغ و سعید عصر ماشین را سر کوچهٔ مهربان پارک کردند. به کوچه وارد نشده بودند که کاسب‌ها و عابرها و همسایه‌ها در پیاده‌رو دوره‌شان کردند و خصوصاً قدیمی‌ترها که از سکتهٔ حاج‌اخترخانم باخبر شده بودند، احوالش را می‌پرسیدند. هرکس چیزی می‌گفت. کاظم‌آقا، پسر داداعلی و صاحب دیزی‌سرای پارک گفت: «یه بیسیمه و یه حاج‌اخترخانم که نصف هم‌سن و سالای من به مادری قبولش دارن. خدا عمر دراز بهش بده. آقا سعید، کاری چیزی اگه داشتین ما مخلص خونواده حاج‌مهدی خدابیامرزیم‌ها!»

مرضیه‌خانم، عروس نیره‌سادات گفت: «نیره‌خانم خدابیامرز تا دم مرگ از حاج‌اختر خانم و خوبیاش می‌گفت. می‌گفت از خواهر بهش نزدیک‌تر بوده». غلام، پسر اکبر ورامینی گفت: «مثل بابای خدابیامرز من که خونه‌نشین و بازنشسته شده بود و مدام سفارش حاج‌اخترخانم رو بهم می‌کرد. شایدم به‌خاطر ایشون بود که همون اولای انقلاب از کمیته اومد بیرون. من یکی که چاکر مادرتون بودم و هستم. همین‌که دیدم براش سخت شده بیاد خرید گفتم حاج‌خانم نوکرتم! تلفن بزن سفارش بده خودم میارم دم درِ خونه تحویلت

می‌دم. رودربایستی می‌کرد. خودم بهش تلفن می‌زدم لیست خریداشو می‌گرفتم می‌بردم تحویلش می‌دادم».

یحیی، پسر سعیدآقا خرّاز، صاحب کتاب‌فروشی شیخ اجل گفت: «حاج‌اخترخانم کسیه که خشت‌خشت این محله به اسمشه، بزرگ و مادرِ این محله‌س». حسن، پسر مشدعباس بقال و صاحب مینی‌سوپر افق گفت: «پدرم چه خاطره‌ها که از حاج‌مهدی و همسایهٔ دیوار به دیوار مغازه‌ش، پدر خدابیامرزِ خانم مهندس، که تعریف نمی‌کنه از مردونگیش و مرام و دین و ایمونش. چیزایی که پَر زد و رفت و جاشو به بی‌مروتی و طمع و دزدی و دروغ و ریا داد. حاج‌اخترخانم مث نور چشم بابامه. کدوم بیمارستان بستریش کردین تا هرجورشده ببرمش عیادت؟» فروغ گفت: «بیمارستان طوس تو تخت طاووس، ولی نندازینش تو زحمت، اون بنده‌خدا نزدیک صدسالِشه، چشمشم که درست نمی‌بینمه. ایشالا زود می‌یاریمش خونه، ممنون از همه‌تون».

پسر اکبر ورامینی گفت: «چه زحمتی؟! وظیفه همَه‌مونه، من چاکر تک‌تک خونواده‌تونم. از اون آقا مجتبای گُل بگیر که شهید شد، تا خدا رحمت کنه مهندس ابراهیم که یه پارچه آقا بود، همین‌جور نجمه خانوم خواهرتون که خارجن. پدر خدابیامرزتونم که قدیمیای محل هنوز جوونمردی و مرام و مسلمونیش رو مثال می‌زنن!» دست روی شانهٔ سعید گذاشت و ادامه داد: «این سعیدآقام که حق معلمی به گردن همه‌مون دارن!»

از تک‌تک خداحافظی کردند و وارد کوچه شدند. درِ خانه را باز نکرده بودند که صدای زنگ تلفن از اتاق به‌گوش رسید. فروغ با قدم‌های بلند به‌طرف ساختمان رفت. گوشی را برداشت، رضا بود و جواب سلام او را داد و پرسید: «سلام عمه! از آهو و سیامک چه خبر؟» سعید به سالن آمد و سراغ ضبط‌صوت رفت. سی‌دی

شبانه‌های شوپن را داخل دستگاه پخش گذاشت و روی مبل ولو شد. فروغ به‌طرف سعید آمد و حرفش را با رضا ادامه داد: «فکر کنم واسه تسویه‌حساب و گروکشیه. خدا می‌دونه عمه اون پشت‌مُشتا چه خبره و اینا چه خُرده‌حسابایی که با بابات ندارن!... خدا کنه... می‌دونم! ولی باید به مامانتم حق بدی، فکرشو بکن یه افسر زپرتیه چماق به‌دست واسه هیچ‌وپوچ چه قشقرقی وسط بیمارستان راه انداخت... معلومه که آموزشِ چی دیدن! از یه باتوم به‌دست چه انتظاری داری؟»

فروغ روی دسته مبل نشست و دستش را روی شانهٔ سعید گذاشت و گفت: «تا فردا صبر کنیم ببینیم چی می‌شه... آره حتماً، باید نتیجهٔ اسکن رو از دکتر بپرسم... من اونجام، به مامانت بگو نگران نباشه... باشه عزیزم، حوری رو سلام برسون». برگشت و سر سعید را به بغل گرفت و گفت: «خسته‌ای؟ روز سنگینی بود. یه‌کم موسیقی گوش کن تا یه چیزی واسه شام درست کنم». سعید پرسید: «خونهٔ حوری اینا بودن؟» فروغ گفت: «آره، به‌خاطر نازنین که تنها نمونه! ظاهراً تا حالا کاری از دست رمضون برنیومده و نتونسته از چنگ سپاه درشون بیاره!» سعید گفت: «واقعاً واسه آهو و سیامک دلم می‌سوزه. نمیدونم چه‌جوری این ماجرا رو با کارهای باباشون می‌تونن هضم کنن. یه‌جورایی وضع رمضونم غم‌انگیز شده!» فروغ گونهٔ سعید را بوسید، بلند شد گوشی تلفن را روی سرتختی آشپزخانه گذاشت و به‌طرف جالباسی رفت و همین‌طور که مانتویش را درمی‌آورد گفت: «واسه هرکی می‌خوای دل بسوزونی بسوزن، الا رمضون که فرماندهٔ همهٔ این بی‌سروپاهاست!» و رفت به‌سمت آشپزخانه.

سعید بلند شد و گفت: «اومدم کمکت، چی می‌خوای درست کنی بگو من درست می‌کنم، تو برو یه دوش بگیر یه کم حالت جا بیاد!» فروغ گفت: «نه، حوصله ندارم. یه‌کم مایهٔ کتلت از دیشب داریم».

سعید گفت: «من سرخ می‌کنم، تو فقط سالاد درست کن». و کنار فروغ رفت، تابه را از کابینت برداشت روی اجاق گذاشت و او را بوسید و گفت: «تو حالت خوش نیست، خسته‌ای، چرا نمی‌ری نیم‌ساعت بشینی تا من همه‌چی رو آماه کنم؟ خیلی بد بود، سکتهٔ مامان و دستگیری بچه‌ها باهم فاجعه شد! برو دیگه». فروغ گفت: «نه، همین که تو آشپزخونه با هم گپ می‌زنیم آرومم».

خوشحال بود که مادرش خیلی قبل از اینکه فرسوده و ناتوان شود شاهد ازدواج او و سعید بود و آرامش او را در زندگی به چشم دیده بود. نمی‌دانست که مادرش چطور تأثیر رابطه با سعید را بر تولد دوباره او معنا کرده است، اما می‌دانست که به‌تجربه دریافته که این عشق در تداوم عشق و دوستی با ابراهیم ممکن شده. انگار می‌دید که در پناه و سایهٔ سعید آرامشی ماندگار یافته و دلشورهٔ آیندهٔ مبهم دیگر برایش رنگ باخته است.

همین‌طور که کاهوهای شسته را داخل ظرف سالاد خرد می‌کرد پرسید: «فکر می‌کنی مامان به حال اولش برمی‌گرده؟» سعید اولین کتلت را در تابه خواباند و گفت: «نمی‌دونم راستش، ولی امیدوارم. زن قوی و بابنیه‌ایه. اگه خونریزی پیشرفت نکرده باشه و دکترا تونسته باشن متوقفش کنن...» و بعد مکثی کرد و ادامه داد: «میدونی! اگه جای مامانت بودم تو یه همچین وضعیتی به چی فکر می‌کردم؟» فروغ پرسید: «به چی؟» سعید جواب داد: «فکر می‌کردم دیگه می‌تونم با خیال راحت با دنیا خداحافظی کنم، چون‌که یکی مثل فروغ رو دارم که از جنس خودمه و یکی مثل حوری رو دارم که کپیه خودمه و تا زنده‌س سایه‌ش رو سر همه‌س و با اون بعد از من دنیا برا نوه‌ها و نبیره‌هام امن و امانه. خلاصه همه‌چی راست‌وریس و پر از عشق و محبته». فروغ چاقو را در ظرف سالاد رها کرد، دستش را دور گردن او حلقه کرد و گفت: «و یه سعیدی دارم که

فروغ و نوه‌هام و نبیره‌هام عاشقشن!» و سعید را بوسید. به ظرف سالاد برگشت و مشغول آماده کردن آن شد و سعید هم کتلت‌های داخل ماهیتابه را پشت‌ورو کرد و گفت: «بعد از شام یه زنگ به بیمارستان بزنم ببینم بالاخره اسکن انجام شد!»

تلفن زنگ خورد. فروغ گوشی را از روی سرتختی برداشت: «اَلو!... نجمه تویی؟... صدات ضعیفه... مامان خوبه... قرار بوده امشب ببرنش سی‌تی‌اسکن... آره ما اومدیم خونه... اجازه نمی‌دادن ببینَمش، اِنقدر اصرار کردم تا قبول کردن. فقط چن‌دقه رفتم بالا سرش، شایدم از ترس رمضون!... آره، با محافظاش و دبدَبه و کبکَبه، اونو که می‌شناسی... با حوری رفتن داخل سی‌سی‌یو. حوری می‌گفت رمضون هرچی صداش زده چشماشو باز نکرده ولی حوری که صداش زده چشِشو یه‌لحظه وا کرده، می‌خواسته یه چیزی بگه نتونسته. نمی‌دونم، ولی شاید قدرت تکلمش رو از دست داده باشه... منم که دیدمش خواب بود، ضربان قلبش، تنفسش خوب بود... جدی؟!... چه‌جوری بلیط گیرآوردی؟... گابریل و بچه‌ها چی؟... چند روز مرخصی گرفتی؟... آره می‌فهمم... خیلی خوشحالم خواهر که می‌بینمت... باید مراقب خودت باشی، می‌دونی اینجا این‌روزا شلوغ‌پلوغ و بگیروببنده!... باشه، توام گابریل رو سلام برسون، بچه‌ها رو ببوس... خداحافظ».

سعید گفت: «پس نجمه‌ام داره می‌یاد؟» فروغ گفت: «آره، تنهایی. این‌جور که می‌گفت پس‌فردا سه‌چار صبح اینجاس». سعید آخرین کتلت را در تابه انداخت و گفت: «امیدوارم ماجرای آهو و سیامک یه‌طوری حل بشه، فکرشو بکن بعد از این همه سال تو چه وضعی داره میاد ایران». فروغ به‌طرف سعید رفت، از پشت بغلش کرد و گفت: «خیلی‌خیلی خوشحالم که می‌بینمش». سعید پرسید: «بعد از چند سال؟» فروغ گفت: «بیست و شیش سال!»

صبح روز بعد بدلیل ناآرامی‌ها و درگیری‌های پراکنده، شهر بی‌تاب به‌نظر می‌رسید. ترافیک شدید بود و راننده‌ها پشت ترافیک سرهاشان را از پنجره ماشین بیرون می‌آوردند و راجع به وقایع دیروز گپ می‌زدند. بعضی‌ها هم شعار می‌دادند: «رأی منو پس بده!» به‌زحمت خودشان را به بیمارستان رساندند. مسئول اطلاعات بیمارستان رو به فروغ گفت: «خانم حاج‌مهدی دکتر می‌خواد ببیندِتون، می‌تونید برین سی‌سی‌یو تا من بهشون زنگ بزنم خبر بدم». به سی‌سی‌یو که می‌رفتند فروغ گفت: «نمی‌دونم چرا دلم شور افتاد سعید. دکتر واسه چی می‌خواد ما رو ببینه؟» سعید گفت: «حتماً می‌خواد راجع به نتیجه اسکن حرف بزنه».

حاج‌اخترخانم برای سعید مثل مادری بود که نمی‌توانست تحت تأثیر خوشی و ناخوشی، نیاز و بی‌نیازی، اندوه و شادی، و بیماری و سلامت او قرار نگیرد. با اینکه نگران حالش بود به فروغ حرفی نمی‌زد. پرستاری درِ اتاق سی‌سی‌یو را باز کرد و کمک‌شان کرد روپوش و ماسک مخصوص بزنند و آنها را به‌طرف تخت مادر هدایت کرد و گفت: «دکتر الان میان!»

حاج‌اختر با چشم‌های بسته و صورت رنگ‌پریده و با سُرم‌های آویزان بر بالای تخت و دستگاه تنفس مصنوعی آرام خوابیده بود. صورتش نسبت به دو روز پیش که در خانه دیده بود خیلی نحیف و شکسته به‌نظر می‌رسید. رنگ به صورت نداشت و هرچه صدایش می‌زدند عکس‌العملی نشان نمی‌داد. فروغ دستش را گرفت و اشک در چشمانش حلقه زد. به لوله‌ای که زیر گلویش متصل و باندپیچ شده بود اشاره کرد و با بغض گفت: «سعید این لوله چیه بهش وصل کردن؟ چرا این کارو کردن؟» سعید گفت: «چیز مهمی نیست، دستگاه تنفس مصنوعیه». دستش را روی پیشانی حاج‌اخترخانم

گذاشت، نمناک و سرد بود. آهسته صدایش زد و زیرلب گفت: «مامان، مامانم، چی شد که این‌جوری شدی؟ تو که خوب بودی؟»

دکتر آمد و نگاهی به مانیتور علائم حیاتی بالای سر مادر انداخت و رو به آنها گفت: «متاسفانه دیشب متوجه شدیم مداوای ما برای جلوگیری از خونریزیِ مغزی تأثیری نگذاشته و ایشون دیگه به محرک‌ها پاسخ نمی‌دن. اکسیژن خونشون در مویرگ‌ها مغز پایین اومده بود و تنفسشون هم مشکل پیدا کرده. مجبور شدیم با سوراخ کردن نای اکسیژن رو با دستگاه تنفس مصنوعی به ریه برسونیم. سن ایشونم اجازه نمی‌ده عمل جراحی کنیم و فشار رو از روی غشای مغز برداریم. برای جوون‌ترها این کار رو می‌کنیم، اما ریسک عمل مغز برای ایشون بالاست. من و همکارام توصیه نمی‌کنیم مگر شما و خونواده اصرار داشته باشین».

فروغ پرسید: «اگه عمل نکنیم چی می‌شه؟ با دارو خوب می‌شه؟» دکتر گفت: «بستگی به تأثیر داروها و مقاومت و توانایی بدن داره و اینکه اعضای حساسی مثل ریه و قلب و کلیهٔ ایشون در همین وضعیتی که الان هست بمونن. شانسش هست، ولی من نمی‌خوامم بهتون خیلی امیدواری بدم». بغض گلوی فروغ را گرفت و نتوانست به سئوال‌هایش ادامه بدهد.

سعید رو به دکتر پرسید: «اسکن دیشب چی نشون می‌ده؟ جوابش اومده؟» دکتر جواب داد: «بله، اسکنم نشون می‌ده سطح خونریزی وسیعه و آسیب زیادی به مغز وارد شده. احتمالاً پریشب توی خواب سکته کردن. دیروز صبح وقتی به بیمارستان آوردینشون زمان زیادی از سکته گذشته بوده و معالجه‌های ما نتونست جلوی پیشروی خون‌ریزی رو به‌موقع بگیره».

دکتر گزارش پرستاری را از پایین تخت برداشت و به آن نگاهی انداخت و روی آن چیزهایی نوشت. بعد به سر پرستار دستوراتی دربارهٔ تزریق دارویی را داد و خداحافظی کرد و رفت.

فروغ دستش را روی پیشانی مادر گذاشت و به او چشم دوخت و گفت: «مامانم، عزیزم، بیدار شو، نجمه داره می‌یاد ببینتِت. مامان خوبم، کاش پریشب پیشت بودم زود می‌رسوندَمت بیمارستان». سعید دستش را روی شانهٔ فروغ گذاشت و گفت: «چه صورت آرومی پیدا کرده... می‌بینی چه راحت خوابیده؟... دیشب بهت گفتم!» فروغ به چشم‌های خیس سعید نگاه کرد و پرسید: «فکر می‌کنی صدای ما رو می‌شنوه؟ من که فکر می‌کنم صدای ما رو می‌شنوه، فقط نمی‌تونه جواب بده. باید باهاش حرف بزنیم، بهش امیدواری بدیم که فکر نکنه تنهاس». دوباره روی صورت او خم شد و گفت: «مامان یادته وقتی زندون بودم می‌اومدی ملاقاتم؟ چشات رنگ و حال بیرونِ زندون رو داشت. اگه تو و اون صورت و نگاه پر از امیدت نبود من دق کرده بودم. قول بده پا می‌شی. تو قراره صد سال عمر کنی، فکر نکن می‌تونی ما رو تنها بذاری بری!... تازه قراره نجمه بیاد که براش خورشت قیمه درست کنی» و لبخندی زد و دست سعید را گرفت و سرش را به شانهٔ او تکیه داد و باهم به تماشای مادر ایستادند. فروغ آهسته خطاب با مادر اما انگار به سعید گفت: «مامان اقلاً جواب سعید ترسوی خودت رو بده.»

سعید ده یازده ساله بود که رمضان اصرار کرد بروند خرابه‌های شترخان ببینند چه خبر است. پیش از آن گاوچال‌های بیابانی و قنات دولت‌آباد را پیدا کرده بودند. رمضان از میان گاوچال‌ها، گاوچال کارخانهٔ رسومات را به نام خودش ثبت و به محل دوچرخه‌سواری بچه‌های ایستگاه مهربان تبدیل کرده بود. با اینکه بیست سی‌سال از اعدام اصغر قاتل گذشته بود هنوز وحشتش دست از سر مردم خیابان

خراسان و شهباز و بیسیم نجف‌آباد برنداشته بود. خرابه‌های شترخان در روزهای گرمِ تعطیلات تابستان مثل قلعهٔ وحشتی در دوردست، در پسِ امواج لرزان سراب پهناوری که در بیابان داغ و بی‌انتهای دولت‌آباد شکل می‌گرفت، به چشم آنها پر از رمزوراز به‌نظر می‌آمد. بالاخره رمضان در رقابت با کرکُری‌های بچه‌های تیردوقلو و برای اینکه نشان بدهد ترسی ندارد، بعد از هفته‌ها رجزخوانی توانست اول ابراهیم را قانع کند بعد هم سعید را. به او می‌گفت ترسوست و اگر همراهشان نرود رفاقت بی‌رفاقت. عاقبت آنها با رمضان چماق و کاردی را که از قصابی حاج‌مهدی کش رفته بودند دست به پرخطرترین سفر اکتشافی و روکم‌کنی‌ای زدند که تا آن وقت بچه‌های تیردوقلو، خیابان خراسان و دروازه غار تنها خیالش را کرده بودند.

بعد از یک راهپیمایی طولانی در بیابان برهوت و ترسناک شترخوان، طبق توصیه‌ها و اخطارهای امنیتی رمضان، بالاخره به خرابه‌های شترخان رسیدند. پشت دیواری به‌کمین نشستند و منتظر ماندند رمضان نحوهٔ پیشروی بعدی را معین کند که گلهٔ سگ‌های ولگرد پارس‌کنان به آنها حمله‌ور شدند. رمضان داد زد «فرار نکنین، جری می‌شن بیشتر حمله می‌کنن».

چوب‌ها را زمین گذاشتند و شروع کردند به پرت کردن سنگ به‌طرف سگ‌ها. یکی دوتاشان که زوزه‌کشان عقب نشستند رمضان شیر شد و چوب به‌دست به‌طرفشان هجوم برد. سعید و ابراهیم با سنگ‌پرانی از پشت حمایتش کردند تا سگ‌ها از ضربه سنگ‌ها و چوب رمضان و داد و فریادهایش عقب کشیدند. طوری شد که ابراهیم هم چوب را برداشت و از کمینگاه بیرون آمد و به آنها حمله‌ور شد. سعید اما ترسیده و قالب تهی کرده آهسته و دولا از کمینگاه بلند شد و

عقب‌عقب پا به فرار گذاشت و تا بیسیم و خانهٔ حاج‌اخترخانم یک نفس دوید.

درِ خانه را زد. حاج‌اخترخانم در را باز کرد. نفس‌زنان و بغض‌آلود ماجرا را تعریف کرد. حاج‌اخترخانم وحشت‌زده گفت: «وای خدا! حالا چه خاکی به سرم بریزم؟!» چادرش را سر کرد و باهم به‌طرف بیابانی دویدند. رمضان و ابراهیم از دور با مسخره‌بازی و درحالی‌که شکلک و ادای سعید را درمی‌آوردند به طرفشان آمدند. حاج‌اخترخانم خیالش از رمضان و ابراهیم که راحت شد برگشت و به سعید تشر زد که: «ای ترسو! رفیقات رو گذاشتی فرار کردی؟!» از آن به بعد بود که سعیدترسو صدایش می‌زد. حتی این اواخر یک‌بار که فروغ در حضور سعید داشت با حاج اختر دربارهٔ ترس خودش از گربهٔ سیاهی که بعضی شب‌ها روی دیوار خانه‌شان می‌نشیند و به او زُل می‌زند با مادرش حرف می‌زد، گفت: «فروغ یه‌وقت سعید رو خبر نکنی بیاد کمکت کنه، ممکنه از ترس زهره‌ترَک بشه!»

به سرسرا و ورودیِ بیمارستان که برگشتند، آهو و سیامک مقابل اطلاعات بیمارستان منتظرشان ایستاده بودند. فروغ به‌طرفشان رفت و پرسید: «اومدین؟ بالاخره آزادتون کردن؟!» آهو گفت: «فقط ما رو. حتماً به‌خاطر بابا. همهٔ اونای دیگه رو که با ما گرفته بودن نگر داشتن!» سیامک بعد از روبوسی با سعید کنارش ایستاد و گفت: «آهو نمی‌خواست بیاد بیرون. وقتی من و اونو بردن تو اتاق رئیس بازداشتگاه، پاشو تو یه کفش کرده بود که تا اونایی رو که دیروز تو بیمارستان دستگیر کردین آزاد نکنین بیرون نمی‌رم!»

سعید پرسید: «کِی آزادتون کردن؟» سیامک گفت: «همین یکی دو ساعت پیش. به‌زور سوار ماشین‌مون کردن و تو شریعتی پیادمون کردن. خونه نرفتیم، گفتیم بیایم اول به مامان‌بزرگ سربزنیم، دیروز که ندیدمشون. چطورن؟» فروغ برای اینکه آنها را نگران نکرده باشد

گفت: «مثل دیروز، فرق چندونی نکرده». سعید رو به آنها پرسید: «حالا بگین ببینم بازداشتگاه چه‌جوری بود؟» آهو گفت: «افتضاح! باید بعداً براتون مفصّل بگم این جایی که ما دیشب توش بودیم چه فاجعه‌ای بود و چه رفتارای وحشناکی با مردم داشتن! من که بابا و رضا رو نمی‌بخشم. رضا دیروز بی‌خودی به اون افسرهٔ گارد گفت که من دختر حاج‌مهدی‌ام، بابام رو هم که ما رو با پارتی‌بازی از بازداشتگاه بیرون کشید. صبح تا حالا هرچی زنگ زده جوابشو ندادم. آخرشم به سیامک زنگ زد، اون جوابشو داد» و رو به سیامک ادامه داد: «که نباید جواب می‌داد!» سیامک به‌اعتراض گفت: «توام دیگه! خوب نبود منم جواب ندم».

آهو گفت: «مگه خون ما از اونای دیگه رنگین‌تره که اونارو نگر دارن ما رو آزاد کنن. اونام مثل ما بی‌خود و بی‌جهت واسه هیچی بازداشت شده بودن، کتک خورده بودن، از کی؟! نیروهای بابام، چرا؟! چون به نتیجهٔ انتخابات اعتراض کرده بودن. این برام اُفت داره عمه! بیام بیرون، چشم تو چشم بابام بشم؟! نمی‌دونم از این به بعد به چه رویی تو چشم دوستام نیگا کنم، حتی اگه با خبرم نشده باشن. من از این چیزا خجالت می‌کشم، اذیت می‌شم... اعصابم خوردِه به‌خدا!»

سعید گفت: «به تناقضی که باباتم گرفتارشه فکر کن! بالاخره شما بچه‌هاشین». آهو گفت: «بابام؟! گرفتار هیچ تناقضی نیست عمو. خوب می‌دونه داره چی‌کار می‌کنه. منو اگه آزاد می‌کنه نه اینکه دلش برام سوخته باشه. بابام رو نمی‌شناسین، من می‌شناسمش». سعید جواب داد: «باباته! بالاخره همین که سعی کرده تو رو آزاد کنه خودش نشون می‌ده نگرانت بوده». آهو برافروخته‌تر گفت: «عمو من بابام رو می‌شناسم. به شما قول می‌دم که اون برا اینکه از سپاهیا و فرمانده‌هاشون نخورده باشه و پیش زیردستا و دوروبری‌هاش

کوچیک نشه این در و اون در زده که ما رو آزاد کنه. نه اینکه فکر کنین دلش واسه ما سوخته، نه بابا، اهل این حرفا نیست! پاش بیفته خیلی کارا می‌کنه، کیه که ندونه!»

فروغ که متوجه کنایهٔ او شده بود گفت: «من هیچ‌وقت کارای بابات رو فراموش نکردم. سعید هم قصد دفاع از بابات رو نداشت، می‌خواست بگه زمونه فرق کرده، اون دوره‌ها کجا حالا کجا؟!» آهو گفت: «برا بابام امروز با روز اول انقلاب هیچ فرق نداره. واسه حفظ موقعیت و قدرقدرتیش دست به هرکاری می‌زنه». سیامک گفت: «آهو دیگه بهتره این بحث رو تموم کنیم. ما اومده بودیم اینجا حال حاج‌خانوم رو بپرسیم!»

با اینکه حال حاج‌اخترخانم رو به وخامت می‌رفت فروغ و سعید دوی نیمه‌شب به‌خاطر نجمه ناچار به فرودگاه رفتند که هواپیمایش سحر به زمین می‌نشست. در فرودگاه آهو و رضا و سیامک و هستی، همراه حوری به آن دو پیوستند. رمضان به حوری گفته بود بعد از جلسهٔ شواری فرماندهان، نیمه‌شب سری به بیمارستان و مادر می‌زند و بعد هم می‌رود خانهٔ فرخنده بخوابد، چون این شب‌ها خواب درستی نداشته است. سالن فرودگاه پُر از جمعیت بود، از مسافرها گرفته تا همراهانشان و فضای آن، برخلاف شهر که همه‌چیز آن روزها به‌هم‌ریخته بود، حال و هوایی عادی داشت. در چهرهٔ مردم و در صورت کارکنان و خدمه اثری از درگیری‌های خیابانی یکی دو روز اخیر دیده نمی‌شد. مسافرها و همراهانشان مثل همیشه با چشم‌های گریان یکدیگر را در آغوش می‌گرفتند، وداع می‌کردند یا شادمان و خندان، برای آنها که از سفر برگشته بودند اشک شوق می‌ریختند. کارکنان فرودگاه هم خسته و بی‌اعتنا با همه برخورد می‌-کردند و از کنارشان می‌گذشتند. هواپیما یکساعت تاخیر داشت،

فروغ خسته بود و پیشنهاد کرد بروند کافی شاپ بشینند. وقتی نشستند سفارش قهوه وچای دادند.

فروغ آهسته از سعید پرسید: «یعنی ممکنه مادر به هوش بیاد و نجمه رو ببینه؟» سعید گفت: «امیدوارم. اونم بعد از این همه سال!» فروغ گفت: «اگه تو بازرسی مشکلی براش پیش بیاد چی؟» سعید گفت: «فکر نکنم، بی‌خودی دلواپس نباش». حوری که گفتگوی آنها را شنیده بود گفت: «امیدوارم سعیدآقا. تواین هیر و بیر همین رو کم داریم که به نجمه گیر بدن!» آهو رو به سیامک و هستی کرد و گفت: «من ده سالم بود که عمه نجمه از ایران رفت، یه چیزائی یادمه! بابا و مامان سعی می‌کردن من و رضا نفهمیم. بزرگ که شدیم کم کم فهمیدیم. فهمیدیم چرا خاله نجمه ایران نمی‌یاد، چرا مامان اختر بابا رو دوست نداره و کسی اسم اونو جلوش به زبون نمی‌یاره. اینکه بابام تو دستگیری عمه فروغ و عمو ابراهیم دست داشته».

به مادرش چشم دوخت و گفت: «چرا این‌جوری نگام می‌کنی مامان؟ همهٔ دنیا این چیزا رو می‌دونن و راجع بهش حرف میزنن، فقط تو خونه ما نباید راجع به این چیزا حرف زده بشه...».

فروغ بی‌تابی حوری را که دید رو به آهو کرد و گفت: «بسه آهو، الان که وقت این حرفا نیست عمه!»

رضا گفت: «نه عمه اتفاقاً این روزها وقتشه راجع به این چیزا حرف بزنیم. همین امروز بعد ازظهرجلوی چشم ما، تو تظاهرات یه نفر از میون جمعیت به یه دختر شلیک کرد. دختره درجا کشته شد. درعرض یه ساعت ویدئوش تو تموم دنیا پخش شد. معلومه یکی از همین لباس شخصیای لات و پاتی که بابا فرمانده شونه این کارو کرده».

سعید نگاهی به آهو و سیامک کرد و برای منحرف کردن بحث گفت: «بابا ایول! از بازداشتگاه بیرون نیومده رفتین تظاهرات؟!»

حوری گفت: «مگه کسی حریف اینا می‌شه، بچه‌ها رو سپردن به من و چارتایی شون رفتن تظاهرات! آهو همچین که از بازداشتگاه اومد خونه به باباش زنگ زد و گفت اِنقده می‌ره تظاهرات که دوباره دستگیرش کنن. رمضونم بهش گفت باشه برو پای خودت!.. رو لجبازی و عصبانیت گفت..»

هستی گفت: «امروز وقتی این دختر تو چن متریم تیر خورد واقعاً یه لحظه مرگ رو جلوی چشمم دیدم، باورم نمی‌شد که به این راحتی مردم رو بی‌هوا و از توی جمعیت بزنن، وحشتناک بود!.. حسابی ترسیده بودم!»

فروغ دلشورهٔ حوری را حس کرد و با لبخندی به هستی گفت: «یاد اون شعرشاملوافتادم که میگه می‌ترسه ازمردن در سرزمینی که مزد گورکن بالاتراز جون آدمهاست...». رویش را به سعید کرد و پرسید شعره چی بود؟» سعید با گلایه گفت: «چرا از من می‌پرسی فروغ؟» آهو گفت: «عمو خب بگید دیگه. شما که می‌دونید».

سعید مکثی کرد و خواند: «هرگز از مرگ نهراسیده‌ام، هراس من — باری — همه، مردن در سرزمینی ست که مزد گورکن از....»

بلندگوی فرودگاه اعلام کرد پرواز شماره هفتصد و شصت و پنج لوفتانزا از مونیخ هم اکنون به زمین نشست! همه به هم نگاه کردند و حوری گفت: «خب الحمدالله تا اینجاش که به‌سلامتی رسید!» سعید رو به او کرد و آهسته گفت: «حتماً باقیش رو هم بدون مشکل رد می‌شه». فروغ به پله‌های ورودی مسافران نگاه کرد و گفت: «بیاین بریم طرف سالن ورودی مسافرا».

نجمه که بالای پله‌های برقی ظاهر شد فروغ اولین نفری بود که او را دید و برایش دست تکان داد و شادمانه و بی‌اختیار گفت: «اوناهاش، نجمه!» همه به‌سمتی که نجمه سوار بر پله‌برقی پایین می‌آمد نگاه کردند. از آن سوی پنجره برای آنها دست تکان می‌داد. سمت ورودی رفتند و منتظر ایستادند. نجمه با عبور از در، چمدانش را رها کرد و به‌طرف فروغ دوید و یکدیگر را در آغوش گرفتند. رضا دستهٔ چمدان را گرفت و کنار کشید. سعید جلو رفت و به چشم‌های خیس فروغ نگاه کرد و گفت: «سرِ راه مردم وایستادین، یه‌کم بیاین این طرف‌تر!» نجمه سمت سعید رفت و گفت: «سعید بیا حالا که شوهر خواهرم شدی اقلاً بغلت کنم، ماچت کنم!» و او را درآغوش گرفت.

حوری به‌سمت آنها آمد. نجمه دستش را دور گردن او حلقه کرد و گفت: «حوری‌جونم!» حوری همان‌طور که نجمه را می‌بوسید بلند گفت: «به‌به خانم معلم عزیزِ من». نجمه به جوانترها که رسید مقابلشان ایستاد و دست‌هایش را از هم باز کرد و گفت: «وای چقدر بزرگ شدین... چه استقبال باشکوهی ازم شده!» یک‌یک آنها را بوسید و به خوش‌وبش کردن ادامه داد و به‌سمت ماشین‌ها رفتند. نجمه با اینکه دلش می‌خواست از فروغ و حوری وضع مادرش را و ناگفته‌های تلفنی را بشنود ترجیح داد در ماشینِ جوانترها بنشیند و با آنها همراه شود. دلشورهٔ مادر همهٔ وجودش را گرفته بود، اینکه مبادا نتواند درخشش مهربانی سال‌های جدایی از او را در چشم‌هایش ببیند و همهٔ رؤیابافی‌های سالیانش برای غرق شدن در عطر آغوشِ امن او جای خود را به تماشای حزن‌انگیز بدنِ بیمارش بدهد. دلش می‌خواست به سعید بگوید که او مرد محبوب دوران نوجوانیش بوده ولی چون کوچک بوده و به حساب نمی‌آمده هیچوقت حرفی نزده است. در ماشین و با جوان‌ها آن لحظه مرموز

احساس حسادت را وقتی که خبر ازدواج فروغ و سعید را شنید فراموش کرد و خود را به سرخوشی دیدار خواهر وبچه‌ها سپرد.

خیابان‌های دم‌کرده و خوابیده در شمدی بافته از دودی سیاه و بدبو یکی پس از دیگری از مقابل چشم‌های متحیرش عبور می‌کردند. تهران شهری نبود که بیست و پنج سال پیش از آن گریخته بود. همهٔ سرزمینی که زمانی با دهات باقرآباد و قلعه میر و چهاردانگه، در دوردست‌های بیسیم و بیابانی شترخان محصور بود، به اشغال و تصرف محلات غریبه، خیابان‌های کج‌ومعوج جدید، و پل‌ها وساختمان‌های بی‌قواره درآمده بود و تهرانِ لُرزاده و خیابان ری و میدان شاه انگار لابه‌لای این هیکل بی‌قواره محو و گم‌وگور شده و از نظرها دورافتاده بود.

آهو و رضا نام خیابان‌های غریبه‌ای را که از آنها عبور می‌کردند و همگی نام و نشانی از جنگ و مرگ و شهادت داشتند برایش می‌گفتند. نام‌هایی که او نه شنیده بود و نه به‌جا می‌آورد. برای بچه‌ها از خاطراتش از میدان بیست و چهار اسفند و روبه‌روی دانشگاه و از زمان دانشجویی و علافی‌ها و سینما رفتن‌هایش در خیابان پهلوی گفت، از شب‌های جمعه‌ای که مادر دست او و مجتبی را می‌گرفت و با اتوبوس به شاه‌عبدالعظیم می‌رفتند، از بوی ریحان و نان سنگک و کباب و نان زیرکباب، گفت و گفت و متوجه نبود که چشم‌هایش از اشک خیس شده‌اند.

به بیمارستان که رسیدند، آفتاب رنجور صبحگاهی از پس لایهٔ ضخیم دودی سیاه بر سطح شهر گسترده شده بود. با اینکه وقت ملاقات سی‌سی‌یو نبود، چون از خارج آمده بود اجازه دادند همراه فروغ به دیدار مادرش برود. فروغ به طعنه گفت: «از وقتی رمضون اینجا خودی نشون داده اجازهٔ ملاقات برا ما آسون‌تر شده».

مادر را که روی تخت دید میخکوب شد و نتوانست قدمی به جلو بردارد. آن مادرِ گرم و پرجوش و خروشی که نقش پدر سخت‌گیر و متعصب و مادرِ مهربان و بخشنده را توأمان برای او ایفا کرد بود و در هوایِ همواره مطبوع اطرافش ایمن و شاد زیسته بود و بالیده بود و سال‌ها لحظهٔ پناه بردن به آغوش و دامنش را مشتاقانه انتظار کشیده بود، حالا سالخورده و تکیده مثل پرنده‌ای که از پرواز باز مانده باشد، شکسته‌بال و در حال اغما روی تخت بیمارستان در برابر چشم‌های ناباورش آرامیده بود. فروغ کمی ماند و جلو رفت، دستش را روی شانهٔ مادر گذاشت و به او اشاره کرد که یعنی چرا معطلی؟ بیا نزدیک تخت و مادر! صورتش یکپارچه خیس شده بود و سراپا می‌لرزید. اگر فروغ خودش را به او نمی‌رساند، از فرط اندوه و تأثر از هوش رفته بود و به زمین افتاده بود. بازویش را گرفت و گفت: «نجمه، خواهر! بیا اینجا روی این صندلیِ کنار تخت بشین، حالت خوب نیست. ببین چه رنگی پیدا کردی!»

فروغ به پرستار کشیک اشاره کرد و لیوانی آب خواست. یک لحظه انگار در این دنیا نبوده باشد، نفهمیده بود چطور و کِی روی صندلی کنار تخت مادر نشسته بود. صورتش را روی تخت و ملافه گذاشت و پاهای مادر را بغل کرد و صدای هق‌هق فروخورده‌اش بلند شد. دستِ فروغ از روی سرش به روی کتف‌هایش لغزید و او را نوازش کرد. احساس می‌کرد پس از سال‌ها انتظار و طی مسافتی طولانی و رنجبار در انتهای دنیا به دیوار بلند و نفوذناپذیری برخورد کرده که مادر آنسویش دور از دسترسِ او ایستاده و قادر نیست خودش را به آغوش او برساند. رنج و تألم سال‌های تنهایی و جدایی از خانواده و از ایران و همهٔ وقایع مشقت‌باری که در مسیر طولانیِ رفتن به تبعید از سرگذارنده بود، آسیب‌هایی که برای عبور از مرز دیده بود، مرارت‌هایی که در کمپ‌های سوسیالیستی تبعیدیان باکو از دست

رفقای هم‌سازمانی‌اش کشیده بود، و تحقیرهایی که پس از پناه بردن به آلمان تحمل کرده بود تا بتواند راه خودش را به دانشگاه باز کند با دیدن صورت بی‌جان و بی‌حالت مادر که دیگر نه مثل آن سال‌ها خشم می‌گرفت که بترساندش نه مهر می‌ورزید که شادمانش کند، صفحهٔ دیگری از زندگی رنجبارش را رقم می‌زد. فروغ دستش را روی شانهٔ او برد و گفت: «نجمه، خواهر، نکن! این کارو با خودت نکن!» سرش را از روی پاهای مادر برنداشت، انگار گریه و هِق‌هِق‌های بی‌امانش بندآمدنی نبود.

لب تخت نشست و پاهایش را روی پاشویهٔ حوض گذاشت و به فروغ نگاه کرد که آن سوی حوض میان حیاط زیر درخت انجیر روی چهارپایه نشسته بود و داشت با شانه گره از موهایش باز می‌کرد. پنجرهٔ اتاق‌ها باز بود و رادیو روی تاقچهٔ اتاق روشن بود و برنامه‌های نوروزی پخش می‌شد. آفتاب گرمای مطبوعی داشت و بعد از صبحانه به اتاق‌ها برنگشته بودند و همان‌جا زیر درخت انجیر نشسته بودند. هرسه پیراهن بلند و راسته‌ای را که مادر خودش از ململ سفید و یک شکل دوخته بود پوشیده بودند. مادر سرش را از روی بالش برداشت و نشست و دستش را به‌طرف موهای او آورد و شروع کرد به گشودن روبان سرخابی‌ای که موهایش را با آن بافته و به پشت سرش انداخته بود.

فروغ بلند شد و شانه به مادر داد و دوباره روی چهارپایه نشست و پیراهنش را تا روی زانوها بالا زد و پاهایش را داخل آب حوض گذاشت. مادر باحوصله، نرم و آرام، تاربه‌تار گره از موهایش می‌گشود و آهسته و زیرلب، طوری که مبادا صدایش را نامحرمی که از کوچه می‌گذرد بشنود، *آمد نوبهار* را با دلکش که از رادیو پخش می‌شد زمزمه می‌کرد. موهای فرخورده‌اش را روی شانه‌ها تُنُک کرد و نگاهی از سر تحسین به آن همه زیبایی خرمن‌گون آنها انداخت و

شانه را به‌دستش داد و پشت به او کرد و نشست. نجمه دستش را به زیر پشتهٔ موهای خاکستری مادر برد و شانه را روی آنها کشید. موهای مادر برخلاف موهای او و فروغ که نرم و نازک و روشن بودند، درشت و تیره و پرپشت بود و بعد از کشته شدن پدر روزبه‌روز تارهای سفید آن مدام زیادتر شدند. گرچه غمگین‌تر، زیباتر شده بود. گودی و سیاهیِ عزادارانهٔ پای چشم‌هایش رفته بود و صورت سفید و لاغرش روشن‌تر از قبل و چشم‌های سیاه و ابروهای کشیده‌اش با موهای جوگندمی درخشش بیشتری یافته بودند. سی و شش هفت ساله بود، ولی مسن‌تر و پخته‌تر از سنش به‌نظر می‌رسید و این شاید به‌خاطر رنگ خاکستری موهایش بود.

همین که صدای آهنگ *گل اومد بهار اومدِ* پوران از رادیو بلند شد به فروغ گفت: «برو صداش رو یه‌کم زیاد کن!» فروغ بلند شد به اتاق رفت و صدای رادیو را کمی بلند کرد. مادر از تخت کنار حوض پائین آمد و دست او را گرفت و کشید ومیان حیاط شروع کرد به رقصیدن نگاهش کرد و گفت: «چیه؟ چرا به‌من زل زدی؟ برقص!» دو دستش را گرفت و سعی کرد او را با خودش همراه کند. فروغ خندان و مبهوت در قاب پنجرهٔ گشوده ایستاده بود و به آنها نگاه می‌کرد. مادر صدایش کرد و گفت: «فروغ بیا! توام بیا برقص مادر!»

سال‌ها بود که پس از کشته شدن پدر مادر را به آن حال ندیده بود. ناگاه پردهٔ خاکستریِ اندوه از صورتش رخت بربسته بود و مثل پرنده‌ای عاشق به وجد آمده بود. با وزش نسیم خنکی که از سرکلاغ پرهای دیوار به حیاط می‌ریخت و روی سطح حوض می‌خزید، پیچ و تاب می‌خورد و پیراهن سفید و آستین‌های بلند و دست‌هایش را در آبی آسمان به رقص و پرواز درمی‌آورد. همه‌چیز رنگارنگ شده بود. او و فروغ و لبخندهای شکفته روی لب‌هاشان همراه با همهٔ اجزای خانه و ماهی‌های حوض، گلدان‌های شمعدانی، بنفشه‌های

رنگانگِ باغچه، و برگ‌های نورس درخت انجیر و گلدان‌های روی طاقچه‌های دورتادور حیاط درآمدن مادر را از عزا جشن گرفته بودند. این تصویری بود که در سال‌های غربت و دوری از او با خیال و فکر و احساس خاک و نام ایران و تهران و محله و خانه‌شان آمیخته و شکل و نام واحدی به خود گرفته بود، سرزمین مادری.

حال مادر پریده‌رنگ و فسرده و در اغما بر تخت بیمارستان و زیر نور ماتِ مهتابی‌های کم‌سوی اتاق سی‌سی‌یو آرامیده بود. نمی‌توانست به صورتش نگاه کند، از خطوطی که بر آن نقش بسته بود خجالت می‌کشید و بابت رنجی که رفتنش از ایران به او تحمیل کرده بود احساس گناه می‌کرد. سرش را از روی پاهای او برداشت و گریان و مویه‌کنان زیرلب به فروغ گفت: «خوش به‌حالت! تو بعد از بیرون اومدن از زندون فرصت زیادی داشتی که با اون باشی و خوبی‌هاشو جبران کنی، من چی؟ جز زحمت و رنج براش هیچی نداشتم». هق‌هق گریه‌هایش ادامه یافت. یکی از پرستارها با اشاره به ساعتش اعلام کرد که وقت آنها تمام شده است. فروغ زیر بغلش را گرفت و کمک کرد تا بلند شود.

نزدیک ظهر به اصرار نجمه با فروغ و سعید به خانهٔ مادر رفتند. عریانی و غربت و رنگ خاک و خاک‌گرفتگی درها و پنجره‌ها و محو شدن حوض و درخت انجیر و باغچه و اطلسی‌ها را که دید روی پلهٔ راهرو نشست و با بغض به فروغ که کنارش نشسته بود نگاه کرد. فروغ گفت: «به‌قول سعید مامان نه می‌تونست این خونه رو بفروشه و ازش دل بکنه، نه‌ام می‌تونست هرروز و هرساعت با دیدن گوشه‌گوشهٔ اون بابا، مجتبی، ابراهیم، تو، حتی رمضون رو بیاد بیاره و رنج نبره. این‌جوری خونه رو واسهٔ خودش قابل تحمل‌تر کرد».

غروب همان روز و بعد از فوت حاج‌اخترخانم، در نبود فروغ و دیگران در بیمارستان، مأمورهای نیروی انتظامی به‌دستور رمضان

جسد حاج‌اخترخانم را از بیمارستان تحویل گرفتند و به خانه‌اش بردند. خبر فوت او همان ساعات اولیه دهان به دهان چرخید و به گوش اهالی محل و آشنایان و فامیل رسید. شب را همهٔ خانواده در خانه کنار جسد گذراندند. تلفنِ خانه و موبایل‌ها پشت هم زنگ می‌خورد و فامیل و آشنایان و مردم محل تسلیت می‌گفتند و دربارهٔ مراسم تشییع جنازه و کفن‌ودفن می‌پرسیدند. دیروقت بود و مردم برای رعایت حال آنها به خانه نیامدند. جمع خودمانی خانواده که نجمه هم به آن اضافه شده بود، دورِ هم به عزا نشسته بود و خاطرات‌شان از حاج‌اخترخانم را مرور می‌کردند. گاهی شیون فروغ یا حوری مویهٔ جمع را حین روایت خاطرات مادر می‌شکست، شیون و برفضا غلبه می‌کرد و اوج می‌گرفت.

نیمه‌شب گذشته بود که رمضان هم آمد. تمام شب همراه سرهنگ علی و سرگرد قاسم و حسین در حیاط ماند و به اتاق‌ها نرفت . فقط چند کلمه‌ای با حوری و بچه‌ها حرف زد. با مرگ حاج‌اختر دیگر مانعی در رفت‌وآمد به خانهٔ مادر و تماس با فامیل سرراهش نبود و با خیال راحت می‌توانست بعد از سی سال در محله‌ای که به دنیا آمده بود و بزرگ شده بود به بهانهٔ مرگ مادرش، قدیمی و متنفذترین زن بیسیم، خودی نشان دهد.خصوصاً که در آستانهٔ بازنشستگی قصد داشت آرام‌آرام خودش را برای ورود به مجلس شورا و عالم سیاست آماده کند. گویی از لحظهٔ مرگ او گذشته، حتی فروغ، ابراهیم، نجمه یک‌باره از خاطرش محو شده بودند و خونی تازه در رگ‌هایش دویده بود. طوری وارد عمل شد که انگار به‌عنوان بزرگ خانواده همهٔ تصمیم‌گیری‌های مربوط به کفن‌ودفن و مراسم به‌عهدهٔ اوست و کسی حق مداخله ندارد. فروغ به‌خاطر اینکه دهان به دهانش نشود و المشنگه و آبروریزی راه نیفتد سکوت کرده بود، گرچه به نیت رمضان پی برده بود و می‌دانست می‌خواهد با مراسم

خاکسپاری و سوم و هفتم مادر وجهه‌اش را نزد مردم محل و میان آشنا و فامیل ترمیم کند.

نجمه شاهد میدان‌داری رمضان بود و خون خونش را می‌خورد اما به ناگزیر به‌عنوان تازه‌واردی که از نظر رمضان دخلی به موضوع ندارد ساکت مانده بود، مبادا رمضان برخورد نامربوط و تندی بکند و کنترل از دستش خارج شود. تمام طول شب تنها یک‌بار، آن هم وقتی برای اولین بار با او روبرو شد، ناخواسته و مردّد سلام کرد و رمضان با تکان دادن سر پاسخ او را داد که: «چطوری حاج‌خانم؟ رسیدن به خیر!»

فروغ و سعید با بی‌اعتنایی با رمضان مثل غریبه‌ای رفتار می‌کردند که در کشاکش عزاداری به کمک صاحبان عزایی شتافته که پس از فوت بزرگ خانواده سررشتهٔ امور از دست‌شان خارج شده. رمضان به کمک علی و قاسم و حسین و نیروهای تحت اختیارشان شبانه ترتیب دستهٔ موزیک و سیاه‌بندی سراسر خیابان بیسیم و خیام، تشریفات بهشت‌زهرا، واجارهٔ اتوبوس‌ها را داد، چند مسجد را برای برگزاری ختم‌های رسمی و دولتی و خانوادگی رزرو کرد، و با رستوران برای ناهارهای بعد از خاکسپاری و مراسم شب‌هفت قرارداد بست. در این میان حوری، و بیشتر رضا و آهو سعی می‌کردند سنگینی فضای سرد و مظنونانهٔ رابطهٔ بین رمضان با نجمه و فروغ و سعید را با دادن اخبار مربوط به تصمیم‌ها و برنامه‌های پدرشان برای مراسم خاکسپاری و سوم و هفتم پُر کنند.

جسد حاج‌اختر را در اتاق خودش روی تخت و رو به قبله خوابانده بودند و رویش ترمه‌ای کشیده بودند و بالای سرش شمع‌های جفت لاله‌های به‌جا مانده از سفرهٔ عقد خودش را روشن کرده بودند و قرآنی روی سینه‌اش قرار داده بودند. نجمه با اینکه دو شب بود نخوابیده بود، بیشتر از دیگران بی‌تابی و گریه می‌کرد. دمدمای سحر

فروغ قرص آرام‌بخشی به او داد و مجبورش کرد بخوابد. صبح با صدای همهمهٔ مردانه‌ای که حیاط خانه را برداشت، با توهم اینکه در خانهٔ خودش بیدارشده از تخت پایین آمد و پردهٔ پنجره را کنار زد. حیاط پر بود از نظامیان و دستهٔ ارکستری‌که با لباس فرم صف کشیده و فشرده ایستاده بودند. خانه با حضور آن‌همه پلیس و نظامی هیچ به خانه کودکی‌اش نمی‌مانست. احساس ناامنی کرد. فروغ درِ اتاق را باز کرد و گفت: «بیدار شدی؟ بیا یه چیزی بخور که داره دیرمی‌-شه!»

همه صبحانه خورده و سیاه‌پوش دورتادور اتاق نشیمن نشسته بودند. فروغ رو به نجمه کرد و گفت: «عمداً بیدارت نکردم یه‌کم بیشتر بخوابی. اینم قسمتِ تو بود که هنوز خستگیِ سفر از تنت درنیومده این اتفاق بیفته. داشتی خودت رو داغون می‌کردی، خوب شد اقلاً یکی دو ساعتی خوابیدی». آهو سینیِ نان و پنیر و کره و چای را مقابل نجمه گذاشت. فروغ لباس‌های سیاهش را کنار دستش قرار داد و گفت: «صبحونه‌ات رو که خوردی اینا رو بپوش، یه مانتو و بلوز و شلواره با روسری مشکی!»

خیابان خیام مملو از جمعیتی بود که برای بدرقهٔ حاج‌اختر آمده بودند. نگهبان‌هایی که سرهنگ علی در دو سمت در خانه گمارده بود به آنها اجازه ورود نداده بودند. حسین با لباس فرم و قپه‌های براق سرشانه با بلندگوی دستی ضمن عذرخواهی از اقوام و آشنایان، بابت اینکه امکان ورود به خانه به‌خاطر ازدحام مهیا نیست از مردم می‌خواست صبر کنند تا جنازه را برای تشییع از خانه بیرون بیاورند. حوری صدای بلندگو را که شنید رو به نجمه که استکان چای را میان دستهایش می‌فشرد گفت: «دَرِ خونه‌ای رو که عمری به روی همه باز بوده نگهبان گذاشته. مردم چی فکر می‌کنن؟ اینم از کارهای شوهر من!» و نگاهی به حیاط پر از نظامیان انداخت و ادامه داد: «فکر نکن

از بی‌عقلی‌شه، خوبم می‌فهمه داره چی‌کار می‌کنه. تا مادر زنده بود جرأت نطُق کشیدن نداشت. سرِ شهادت مجتبی خودش رو کُشت که همین الم‌شنگه رو راه بندازه، حاج‌اخترخانم خدابیامرز همچین از جلوش دراومد که از ترسِ آبروش عقب نشست». فروغ گفت: «موندم تو روی فامیل و آشناهایی که بیرون خونه زیر آفتاب سرپا نگر داشته چه‌جوری نیگا کنم؟»

دستهٔ موزیک و نظامی‌ها از حیاط بیرون رفتند. مأموران مردم را از جلوی درِ خانه و میان خیابان به پیاده‌روها راندند. نظامیان یاالله گویان به اتاق حاج‌اخترخانم آمدند و جسد او را در تابوت گذاشتند، پرچم سه رنگ را روی آن کشیدند، و با دم لااله‌الاالله به حیاط بردند و تاج گلی بر روی آن گذاشتند. رمضان به اتاق آمد، سهراب پسر رضا را صدا زد و او را بغل کرد و رو به رضا و سیامک گفت: «شما دوتام بیاین، ما باید جلوی تابوت باشیم! قراره تا سر بیسیم و میدون خُراسون تابوت رو رو دست ببریم. حوری شماهام زود حاضر شین» و درِ اتاق را بست.

رضا رو به سعید کرد و پرسید: «عمو شما میان جلوی صف کنارِ ما؟» سعید گفت: «اگه ناراحت نمی‌شی، نه! ترجیح می‌دم میون فامیلا باشم». فروغ رو به رضا کرد و گفت: «عمو سعیدت رو بذار هرجور که راحته، می‌شناسیش که، پای باباتم اگه درمیون نبود آدم این‌جور کارا نیست!» نجمه از فروغ پرسید: «باید چادر سر کنیم؟» فروغ گفت: «من که سرم نمی‌کنم، توام لازم نیست سرت کنی، مردم این محله و فامیلا سی ساله به ما همین‌جوری که هستیم عادت کردند. یعنی وقتی‌ام مامان چادر رو گذاشت کنار تعجب نکردند». بعد مکثی کرد و آهسته کنار گوش او گفت: «با سعید قرار گذاشتیم بعد از خاکسپاری من و تو و گلی بریم سر خاک بابام و شبنم، بعدم

بریم خاوران دیدن ابراهیم. مجتبی رو هم که موقع خاک کردن مادر می‌بینی».

لبخندِ اندوهگینی روی لب‌های نجمه نقش بست. شش نفر از درجه‌دارهای نیروی انتظامی تابوت را روی شانه‌هایشان گذاشتند و از هشتی عبور کردند و به کوچه رفتند و مقابل دستهٔ موزیک که از لحظاتی پیش مارش عزایی را آغاز کرده بود، قرار گرفتند. دو سرباز با لباس مراسم تشییع رسمی تاج بزرگی از گل‌های میخک سفید را مقابل تابوت گذاشتند. رمضان با لباس رسمی نیروی انتظامی در حالی که سهراب را به بغل گرفته بود میان سیامک و رضا پشت تابوت و دستهٔ موزیک ایستادند و پشت سرشان سرهنگ حسین، کارگر سابق کارخانهٔ یخ‌سازی، علی خیاط، عبدالله یه‌وری شاگرد احمد دوچرخه‌ساز و فرمانده نیروی انتظامی اهواز که شبانه با هواپیما خودش را به مراسم رسانده بود، علی نجار بازنشسته نیروی انتظامی، و احمد دوچرخه‌ساز فرمانده سابق اُردُنانس نیروی‌های انتظامی همگی با لباس‌های رسمی در صف مقامات ایستاده بودند. پشت سر آنها جمعیت مردان و بعد هم انبوه زنان بودند. برابر صف زن‌ها اقوام و دوستان حاج‌اختر خانم و درمیان آنها فروغ و دیگر زنان خانواده قرار گرفتند. حوری مثل همیشه با چادر مشکی و مقنعه بود. تابوت بر دوش سربازها به‌آرامی و هماهنگ با طبل بزرگ و مارش عزا حرکت می‌کرد.

مریم، خواهر ابراهیم، از حاشیهٔ خیابان جلو آمد و به آنها پیوست و تسلیت گفت. فروغ رو به نجمه کرد و گفت: «نجمه‌جون، مریم خانم خواهر ابراهیم هستن!» نجمه لحظه‌ای بهت‌زده مکث کرد و به‌طرف او برگشت و دست در گردنش انداخت و روبوسی کرد. مریم هیجان‌زده گفت: «حالت چطوره؟ تسلیت می‌گم خانم! کِی اومدی؟» نجمه با بغض گفت: «ممنون، دیروز چهار صبح اومدم. مادرتون،

فخری‌خانم، چطورن؟» مریم گفت: «خوبه، خیلی دلش می‌خواست بیاد. به‌خاطر پادرد و کمردردش نتونست. فروغ جون می‌دونن، خیلی شکسته شده، دیگه نمی‌تونه راه بره». نجمه درپاسخ گفت: «مریم جون یاد بچگی‌مون بخیر، یاد مدرسه‌مون بخیر».

از خیابان خیام به بیسیم سرازیر شدند. تابوت را در طول خیابان بیسیم می‌بردند و مردمی که برای مشایعت آن می‌آمدند مدام بیشتر می‌شدند. نجمه آهسته از فروغ پرسید: «یعنی همهٔ این جمعیت مامان رو می‌شناختن؟» فروغ گفت: «معلومه که نه! نصفشون واسه دستهٔ موزیک و سربازا از خونه‌ها و کوچه‌هاشون ریختن بیرون ببینن چه خبره. مامان رو اگه نشناسن رمضون رو خوب می‌شناسن. سردار رمضان حاج‌مهدی، صاحب عزایی که بیشترِ این جمعیت اسمشو داستاناش رو شنیدن و امروز از نزدیک و وسط خیابون بیسیم می‌بیننش».

به چهارراه مسجد نرسیده بودند که گلی از حاشیه خیابان به‌سمت آنها آمد و با دستپاچگی رو به فروغ کرد و گفت: «سلام! تسلیت می‌گم!» فروغ به گلی اشاره کرد: «اینم خواهرم نجمه». گلی گفت: «بله، لازم به معرفی نیست. بهتون تسلیت می‌گم. منو تو غم خودتون شریک بدونین!» نجمه گفت: «ممنون عزیزم! تعریف تو رو از فروغ خیلی شنیدم. خوشحالم که از نزدیک می‌بینمت». چهارراه مسجد تابوت را به احترام خانهٔ خدا رو به قبله روی زمین گذاشتند و دستهٔ موزیک به نواختن ادامه داد. گلی کنار گوش فروغ گفت: «باباعلیِ منم اینجاست خاله، جلوی جمعیت پشت سر آقارمضون راه می‌رفت». فروغ گفت: «بچه محل‌های سابق امروز همه تو محل جمع شدن تا خودی نشون بدن». گلی گفت: «تا به خیال خودشون پشت جنازهٔ حاج‌اخترخانم خرابکاری‌هاشون رو تو نظر مردم پاک کنن».

پسر شیخ‌علی‌اکبر، آیت‌الله علی‌اصغر حسینیان که پس از مرگ پدرش متولی مساجد جنوب شرق تهران و از جمله مسجد بیسیم شده بود، کنار رمضان قرار گرفت و پس از تسلیت و سرسلامتی به او در حالی که دستهٔ سربازان و نظامیان خبردار ایستاده بودند، شروع کرد به خواندن سورهٔ یاسین: بِسمِ الله اَلرَّحمنِ اَلرَّحِیم. یس. و الْقُرْآنِ الْحَكِيمِ. إِنَّكَ لَمِنَ الْمُرْسَلِينَ. عَلَى صِرَاطٍ مُّسْتَقِيمٍ. تَنزِيلَ الْعَزِيزِ الرَّحِيمِ...

بعد برگشت و پیشانی و روی رمضان را بوسید. فرمانده دستهٔ موزیک فرمان آزادباش داد و تابوت روی دوش سربازها رفت و موزیک شروع به نواختن مارش کرد و راه افتادند. تابوت به ابتدای بیسیم و میدان خراسان که رسید آمبولاس ویژهٔ بهشت‌زهرا پوشیده از گُل‌های میخک سفید ایستاده بود و در پشت آن صف طویل اتوبوس‌ها بَرِ خیابان شهباز پارک بودند تا مشایعت‌کننده‌ها را به بهشت‌زهرا ببرند. تابوت را در آمبولانس گذاشتند. آمبولانس و پشتِ آن، ماشین‌های شخصیِ رمضان و تعدادی از مقامات راه افتادند تا زودتر خودشان را به بهشت‌زهرا برای غسل و نماز میت برسانند.

افسر زنِ چادرپوشی نزدیک آمد و به فروغ گفت: «سردار حاج‌مهدی دستور دادن یه وَن ویژه خونواده و نزدیکان رو ببره بهشت‌زهرا. تشریف بیارین راهنمایی‌تون کنم». فروغ رو به حوری کرد و گفت: «من توی یکی از همین اتوبوسا سوار می‌شم». حوری هم رو به زن گفت: «نه، ما با همین اتوبوسا می‌آیم، بهتره با فامیل باشیم». هنوز حرف حوری تمام نشده بود که آهو و هستی پیش افتادند و به‌طرف اتوبوسی که در نزدیکی پارک بود رفتند. بقیه‌شان هم پشت سر آنها سوار شدند. مأمور زن بهت‌زده نگاهشان کرد و رفت. سعید هم که مدتی قبل از جمعیت جدا شده بود به کوچهٔ مهربان برگشت و سوار

ماشین خودش شد تا در تنهایی و خارج از جنجال به بهشت‌زهرا برود.

نیروهای انتظامی تحت فرماندهی حسین با نظمی خاص در خیابان و پیاده‌روی‌های منتهی به مزار مجتبی ایستاده بودند. اتوبوس‌ها در فاصله‌ای دورتر از آنها، در میدانگاهیِ محوطهٔ ورودی بهشت‌زهرا یکی‌یکی از راه می‌رسیدند و مردم پیاده می‌شدند و پشت تابوتِ حاج‌اختر که در این فاصله و تا رسیدن همهٔ اتوبوس‌ها از تهران در غسالخانه غسل داده شده بود و بر آن پسر شیخ‌علی‌اکبر نماز خوانده بود، قرار می‌گرفتند. تابوت بر دوش سربازان همراه دستهٔ موزیک حمل می‌شد و جمعیت در دالانی که نیروهای انتظامی در دو سمت بلوار تا کنار قطعهٔ شهدا ساخته بودند فشرده شد و سپس از حرکت باز ماند.

بعد از سال‌ها قطعهٔ شهدای جنگ در حضور آن جمعیت جلوه و رونقی گرفته بود. رمضان و نظامی‌ها و مقاماتِ همراهش در نزدیکی قبر مجتبی که خاکبرداری و آمادهٔ دفن جسد شده بود به‌انتظار ایستاده بودند تا همان طورکه حاج‌اخترخانم خواسته بود در قبر مجتبی و کنار او دفن شود. از بلندگوهای اطراف قطعهٔ شهدا سورهٔ قدر با صدای عبدالباسط پخش می‌شد: إِنَّا أَنْزَلْنَاهُ فِي لَيْلَةِ الْقَدْرِ. و مَا أَدْرَاكَ مَا لَيْلَةُ الْقَدْرِ. لَيْلَةُ الْقَدْرِ خَيْرٌ....

دستهٔ موزیک در حاشیهٔ خیابان ماند. درجه دارها تابوت حاج‌اختر را از حاشیهٔ خیابان تا کنار قبر سه‌بار زمین گذاشتند و دقیقه‌ای مکث کردند تا وحشت میت از گور کاسته شود. حوری زیر گوش فروغ گفت: «اینا نمی‌دونن حاج‌اخترخانم از گور وحشت نداره، اون داره با آغوش باز به خونهٔ مجتبی می‌ره». تابوت را در نزدیکی گور زمین گذاشتند. عبدالباقر، مداحِ ویژهٔ پادگان آموزشی نیروی انتظامی، پشت میکروفن رفت و قبلِ از اینکه شروع به روضه‌خوانی کند از

آقایان و مقامات خواست برای فاتحه‌خوانی و وداع بر سر تابوت حاضر شوند. اول رمضان همراه با حسین، علی، عبدالله، و علی نجار و چند نظامی و نمایندۀ مجلس و مقاماتی که از وزارت کشور و شهرداری آمده بودند جلو رفتند و کنار تابوت به فاتحه خواندن نشستند و بعد نوبت مردهای فامیل رسید.

سعید و رضا و سیامک جلو رفتند و کنار تابوت نشستند و دیگران به آنها پیوستند. سعید گوشۀ پرچم روی تابوت را کنار زد و دستش را روی ترمۀ زیر پرچم گذاشت و به آن خیره ماند. بین آنچه حاج‌اخترخانم برای برگزاری ساده و سحرگاهی خاکسپاری خودش آرزو می‌کرد و بارها با او و فروغ راجع به آن حرف زده بود و الموشنگه‌ای که رمضان راه انداخته بود تفاوت زیادی بود. خلوت و تنهایی‌ای را که برای سوگواری و وداع با حاج‌اخترخانم می‌طلبید از او و فروغ و نجمه و همه گرفته بود و احساس بیگانه و سردی را جایگزین آن کرده بود. شب قبل وقتی کارهای رمضان و نیروهای تحت فرمانش را می‌دیدند و حرص می‌خوردند فروغ در گوش او گفته بود: «فکر کنم رمضون داره اختیارات و قدرت و حکومت از دست رفته‌شو از مردۀ مامان پس می‌گیره» سعید با فروغ همدل و موافق بود. دلش می‌خواست هرچه زودتر از زیر بار آن‌همه خودنمایی و عرض‌اندام‌های آبروبر رمضان خلاص شود و خودش را در جمعیت گم‌وگور کند. دل‌دل می‌کرد بروند سرِ خاک شبنم و حاج‌مهدی در ابن‌بابویه و ابراهیم در خاوران و وقتی برگردند که تنها خودشان باشند و حاج‌اخترخانم.

رمضان زیرچشمی آنها را می‌پایید. رضا که کنار سعید نشسته بود گفت: «عمو، تهرون ناآرومه و خوشبختانه بابام با همۀ فرمانده‌هاش اینجان!» سعید گفت: «خُب این نمایش براش مهمه». رضا گفت:

«آره بزرگ‌شده بیسیم باید بالاخره از مردم جنوب شهر رأی بیاره». لبخندی گوشهٔ لب سعید نشست.

مداح از بلندگو اعلام کرد که دخترها و نوه‌های دختری و خانم‌های فامیل برای فاتحه‌خوانی و آخرین وداع با مرحومه حاج‌خانمِ حاج‌مهدی تشریف بیاورند. فروغ و نجمه و حوری و بچه‌ها پیشاپیش و زنان فامیل پشت سرشان به‌طرف تابوت رفتند. فروغ در سمتی از تابوت نشست که مُشرف به قبر بود. نجمه اختیار از دست داد و خودش را بر تابوت مادر انداخت و زار زد. فرصت زندگی کنار مادری را که می‌پرستید از دست داده بود و اکنون خلوت لازم برای وداع با او را نداشت. رو به قبر مجتبی گفت: « مجتبی‌جون، سلام عزیزم، سرت سلامت! می‌بینی خواهرتو؟ بعد از سی سال با تن بی‌جونِ مامان اومده دیدنت!»

نگاه خیس از اشک فروغ موّاج و غریبانه بر قبری که قسمت بالایش خالی‌شده بود خیره ماند. انگار با گشوده شدن قبر، روح مجتبی شادمان و آزاد از سنگینیِ خاک، برفراز سر آنها و لابه‌لای شاخه‌های سبز درخت‌ها همچون نسیمی به پرواز درآمده بود. برای لحظه‌ای عبور او را روی پوست صورت خود حس کرد. پچ‌پچی نامفهوم کنار گوشش شنید و بی‌اراده برگشت به بغل دست خودش نگاه کرد. نجمه پیشانی بر تابوت بابی‌تابی زاری می‌کرد و مادر را صدا می‌زد. مجتبی برخاسته بود و پیچیده در نسیمی خنک، نام ابراهیم را لابه‌لای درخت‌های اطراف زمزمه می‌کرد. صورتش خیس شده بود و اشک‌های گریهٔ خاموشش روی گونه‌هایش می‌باریدند. مراسم وداع ادامه داشت و همراه آن نوحه‌خوان با خواندن اشعاری در سوگ مادر روضهٔ تازه‌ای را شروع کرد.

گلی بلند شد و کناری ایستاد تا فضا را برای سوگواری حوری و نجمه و فروغ تنگ نکرده باشد. علی، پدرش، که او را دید خودش

را به او رساند و کنارش ایستاد و گفت: «سلام دخترم!» گلی، انگار با غریبه‌ای رودررو شده، ساکت و سرد فقط نگاهش کرد. علی چشم‌هایش را به زمین دوخت و زیرلب پرسید: «خوبی؟» گلی صورتش را برگرداند. علی آهسته گفت: «کِی می‌خوای پدرت رو ببخشی؟» گلی بی‌تفاوت و تلخ، انگار با خودش، گفت: «هِه! پدر؟!»

دوباره به‌سمت تابوت و فروغ و نجمه، خالهٔ تازه‌یافته‌اش برگشت. علی ایستاد و دورادور و با حسرت تماشایش کرد. روضه‌خوانی تمام شد و گورکن داخل قبر رفت. زن‌ها از دور تابوت کنار رفتند. از بلندگوها قرآن تلاوت می‌شد. نجمه و گلی به مریم و فروغ پیوستند و اندکی از جمعیت دورِ قبر فاصله گرفتند و سعید هم به آنها پیوست. سربازها پیش رفتند و تابوت را کنار قبر گذاشتند، پرچم و ترمه را از روی آن برداشتند و درِ تابوت را باز کردند، گره‌های دوسرِ کفن جنازه را گرفتند و آهسته آن را برداشتند و از پهلو و عرض بااحتیاط داخل قبر هدایت کردند. گورکن بعد از اینکه جنازه داخل قبر قرار گرفت از قبر بیرون آمد و رو به سمتی که مردان ایستاده بودند کرد و گفت: «یه نفر مَحرَم بره تو قبر صورت میت رو باز کنه رو به قبله بذاره رو خاک».

رضا خیز برداشته بود که جلو برود، رمضان حالتی چالاک به خودش گرفت، با دست چپ کلاه نظامی‌اش را از زیر بازوی راستش برداشت و به رضا گفت: «رضا وایستا، من می‌رم!» کلاهش را به رضا داد. بالای قبر ایستاد و نگاهی به داخل آن و جنازهٔ کفن‌پوش مادرش انداخت. مداح آمد کنارش ایستاد و گفت: «سردار، اگه اجازه بدین قبل از اینکه صورت حاج‌خانم رو باز کنین من تلقین رو بخونم». رمضان سرش را به تأیید تکان داد. مداح لب گور نشست و رو به جنازه کرد و گفت: «سیده حاج‌اخترخانم، فرزند مش‌موسی ورامینی، گوش کن! هَلْ

اَنْتَ عَلَی الْعَهْدِ الَّذی فارَقْتَنا عَلَیْهِ مِنْ شَهادَةِ اَنْ لا اِلهَ اِلا اللّهُ و حْدَهُ لا شَریکَ لَهُ و رسُولُهُ و سَیِّدُ النَّبِیّینَ و خاتَمُ الْمُرْسَلینَ».

آفتاب درخشش درجه‌های سرتیپی رمضان را دو چندان کرده بود. فروغ آهسته به نجمه گفت: «فکر نمی‌کنم مادر راضی باشه صورتی رو که سال‌ها از رمضون برگردونده بود رو رمضون باز کنه!» نجمه گفت: «شاید می‌خواد از مامان حلالیت بطلبه!» فروغ گفت: «همون! مگه از مردهٔ مامان حلالیت بطلبه. تا مامان زنده بود که جرأت همچین کارایی رو نداشت.

زنگ مرگ تلقین‌خوانی عبدالقادر مداح گوش‌ها را می‌آزرد: ذا اَتاکَ الْمَلَکانِ الْمُقَرَّبانِ... کِتابی و الْکَعْبَهُ قِبْلَتی.

مراسم تلقین که تمام شد مداح و همه نامحرمین از کنار گور دور شدند و فروغ و نجمه و بقیه‌شان هم همراه جمعیت به سمت خیابان عقب نشستند. رمضان نگاهی به گودیِ قبر انداخت و خم شد و دو دستش را به دو لبهٔ گور حائل کرد. پاهایش را داخل گودال آویزان کرد و به لبهٔ هرّه‌ای که برای گذاردن سنگ لحد از پیش ساخته شد بود گذاشت و شانه‌های پهنش را به سختی داخل گور فرو برد و روی کفن حاج‌اخترخانم خم شد. بند کفن را باز کرد. ضربان قلبش شدت گرفته بود و دهانش خشک شده بود. ترس برش داشته بود و جرأت نمی‌کرد به صورت مادر نگاه کند.

چشم‌هاش را بست. کفن را از روی صورت او کنار زد. صورت مادر را میان دست‌هایش گرفت و چشم‌های خودش را باز کرد. مادر سرد و رنگ پریده بود، با چشمانی که گویی از پشت پلک به او خیره شده است. قلبش فروریخت و سرش گیج خورد و چشم‌هایش سیاهی رفت و به درون تاریکی فرو بلعیده شد و به

همان حال ماند. از گودال که بیرون نیامد رضا بالای قبر رفت و صدایش زد، بی‌حرکت نشسته بود، دوباره صدایش زد.

فروغ و نجمه آهسته عقب کشیدند و همراه گلی و سعید با مریم، همان‌طور که قرارشان بود به سر مزار شبنم رفتند. مابقیِ روز به دیدار مزار حاج‌مهدی در ابن‌بابویه و سرزدن به ابراهیم در گور جمعی خاوران گذشت. عصر، پیش از غروب آفتاب، دوباره به بهشت‌زهرا برگشتند و در سکوت و خلوت تا غروبِ خورشید کنارِ مزار حاج‌اختر ماندند. به تهران که برمی‌گشتند میان صحبت‌های مربوط به تظاهرات آن روزها، نجمه که قبل از آمدن به ایران در آلمان رأی داده بود، با خنده گفت: «نمی‌خواین من‌رو هم ببرین تظاهرات؟! منم می‌خوام برم رأی خودمو پیدا کنم، البته اگه به ایران رسیده باشه!».

تاریخ اتمام اولین ویراست: بیست و نهم مارچ ۲۰۲۱

بیوگرافی نویسنده

جواد علوی در سال‌های ۱۳۷۸ تا ۱۳۸۵ دبیر مجموعهٔ «داستان کوتاه» در تهران بود که به صورت گاهنامه منتشر می‌شد. هر شماره این مجموعه علاوه بر نشر داستان‌های کوتاه و معرفی نویسندگان جوان، مقالاتی در پژوهش ادبی داشت که به تحلیل ساختاری قصه‌نویسی و ادبیات روایی ایران در دوره‌های کهن، مشروطه و معاصر می‌پرداخت. او یکی از محققان آثار داستان‌نویسان متقدم و نویسندگان جوان افغانستانی در ایران است که تحول و نو شدن ادبیات داستانی این کشور را بررسی کرده است. علوی پیش از انقلاب هم در نقد ادبی فعال بود و طی سال‌های ۱۳۴۷ و ۱۳۵۰ با سیروس طاهباز درانتشار شماره‌های اول و دوم «دفترهای زمانه» و با کاظم رضا در تهیه جُنگ ادبی «لوح — دفتری درقصه» (از شماره ۱ تا ۴) همکاری داشت. در سال ۱۳۵۰ به بخش پژوهش ومستند تلویزیون ملی ایران پیوست و تحت مدیریت فریدون رهنما مونوگرافی صید و شکار در شمال ایران را نوشت. سایرمقالات و نوشته‌های نویسنده در مجله‌های کارنامه، گفتگو، و رودکی در ایران و مجله باران در استکهلم سوئد چاپ شده است.

انتشارات آسمانا (تورنتو) منتشر کرده است:

پژوهش‌های علمی و دانشگاهی

- *Music on the Borderland: Remembering and Chronicling the 1979 Revolution's Shadow on Iranian Music*, by K. Emami, 2024.
- *Whispers of Oasis: Likoo's Poetic Mirage*, by M. Ganjavi, A. Fatemi and M. Alimouradi, 2024

- *تنگلوشای هزار خیال، جستارهایی در ادب و فرهنگ*، رضا فرخفال، ۲۰۲٤
- *دلالت‌های تحلیل طبقاتی در سرمایه‌داری امپریالیستی*، محمد حاجی‌نیا و شهرزاد مجاب، ۲۰۲۴
- *شبِ سیاه و مرغان خاکسترنشین؛ شعر نیما در دهه‌ی دوم: ۱۳۲۱ ـ ۱۳۱۱*، ۲۰۲۴
- *حافظ و بازگویی*، تالیف رضا فرخفال، ۲۰۲۴
- *زنان کُرد در بطن تضاد تاریخی فمینیسم و ناسیونالیسم*، تالیف شهرزاد مجاب، ۲۰۲۳
- *شورش دهقانان مکریان ۱۳۳۲ ـ ۱۳۳۱: اسناد کنسولگری، مکاتبات دیپلماتیک و گزارش روزنامه‌ها*، پژوهش امیر حسن‌پور، ۲۰۲۲

تصحیح انتقادی

- *تاریخ شانژمان‌های ایران*، تالیف میرزا آقاخان کرمانی (به کوشش م. رضایی تازیک)، ۲۰۲۴

- *رستم در قرن بیست‌ودوم* (تصحیح انتقادی و مصور)، تالیف عبدالحسین صنعتی‌زاده (ویرایش م. گنجوی و م. منصوری)، ۲۰۱۷

شعر

- *با سایه‌هایم مرا آفریده‌ام*، گزینه شعر هادی ابراهیمی رودبارکی، ۲۰۲۴
- *شهروندان شهریور*، غزل از سعید رضادوست، ۲۰۲۴
- *آینه را بشکن*، شعر از نانائو ساکاکی، ترجمه مهدی گنجوی، ۲۰۲۴
- *عجایب یاد*، شعر از امیر حکیمی، ۲۰۲۳
- *کهکشان خاطره‌ای از غروب خورشید ندارد*، شعر از مهدی گنجوی، ۲۰۲۳
- *غریبه‌هایی که در من زندگی می‌کنند*، شعر از مهدی گنجوی، ۲۰۲۱
- *تبعیدی راکی*، شعر از علی فتح‌اللهی، ۲۰۱۸

داستان

- *جلوی خانه ما یکی مرده بود*، مجموعه داستان از اکبر قلاح‌زاده، ۲۰۲٤
- *فیل‌ها به جلگه رسیدند*، رمان از کاوه اویسی، ۲۰۲۴
- *درنای سیبری*، نمایش‌نامه از علی فومنی، ۲۰۲۴
- *مقامات متن*، رمان از مرضیه ستوده، ۲۰۲۴
- *انتظار خواب از یک آدم نامعقول*، مجموعه داستان از مهدی گنجوی، ۲۰۲۰

برای ارتباط با نشر آسمانا:

Asemanabooks@gmail.com
Asemanabooks.ca

Lead to Evil

Javad Alavi

Asemana Books

2025

I0634558

------------------Asemana Books--------------